Alexia Andoniou

Bis in Athen der Morgen dämmert

Roman

Bis in Athen der Morgen dämmert

Copyright © 2015 Alexia Andoniou
Alle Rechte, einschließlich das des vollständigen oder auszugsweisen Nachdrucks, in jeglicher Form, sind vorbehalten. Dies ist eine fiktive Geschichte, die Handlung und die darin vorkommenden Charaktere sind frei erfunden. Ähnlichkeiten mit lebenden oder verstorbenen Personen sind rein zufällig und nicht beabsichtigt.

Covergestaltung: Irene Matsouki

Alexia Andoniou
10678 Athen
Griechenland

alexiaandoniou@gmail.com
http://www.facebook.com/alexiaandoniou.author

Über das Buch:
Aris, ein im Aufstieg begriffener griechischer Politiker, und Melinda, eine junge deutsche PR-Fachfrau, treffen vor dem Hintergrund des gesellschaftspolitischen Umbruchs im Griechenland der Eurokrise aufeinander. Die Tatsache, dass er eine in der Öffentlichkeit stehende Person ist, seine Ehe und ihre Angst, sich nach einem dramatischen Schicksalsschlag in ihrem Leben auf eine neue Beziehung einzulassen, verhindern zunächst, dass sie diese Anziehung zwischen ihnen, die von Anfang an existiert, offen ausleben. Trotz aller Hindernisse kämpfen sie schließlich um eine gemeinsame Zukunft. Gerade als sie glauben, einen Weg gefunden zu haben, wird ihr Leben durch einen politischen Skandal erschüttert, der Aris vor den Augen der gesamten Nation in die Tiefe zieht. Von einem Moment auf den anderen werden Melinda und Aris in den Strudel der Ereignisse dieser fast irrealen Phase seiner Amtsenthebung und der Konfrontation mit der Justiz hineingerissen, in der er plötzlich von allen fallen gelassen wird - von nahestehenden Personen, seinen Parteifreunden, dem Premierminister und nicht zuletzt den Medien, die eine gnadenlose Hatz auf ihn starten. Aris und Melindas Beziehung wird auf eine harte Probe gestellt, in der sich zeigen muss, ob ihre Liebe stark genug ist, diese Extremsituation zu überleben.

Für meinen Mann, der sehr viel durchmachen musste für dieses Buch. Und meine Schwester. Sie weiß, warum.
Aber ganz besonders für meine ersten beiden richtigen Leserinnen: Rebecca und Vivi. Ohne sie wäre die Geschichte von Melinda und Aris nie veröffentlicht worden.

Kapitel 1

Langsam schob sich Melinda, gefolgt von den letzten Fluggästen, den Gang in der Maschine entlang. Immer wieder mussten sie stehen bleiben, wenn jemand sein Sakko auszog oder Platz für sein Handgepäck in den überfüllten Ablagen suchte. Melinda hasste dieses Gedränge beim Einsteigen in den Flieger. Sonst benutzte sie ihre Vielfliegerkarte, um als eine der ersten Passagiere das Gate passieren zu können. Aber heute handelte es sich nicht um eine ihrer üblichen Geschäftsreisen und für diese Fluggesellschaft galt die Karte nicht. Außerdem war sie spät dran gewesen, weil sie am Flughafen noch ein paar letzte Dinge hatte einkaufen müssen. Wegen ihres vollen Terminplanes war sie vor ihrer Abreise einfach nicht dazu gekommen.

Als sie endlich im hinteren Teil der Maschine ankam, stellte sie entnervt fest, dass ihr Sitz schon besetzt war.

»Ich glaube, Sie sitzen auf meinem Platz«, sagte sie, um einen freundlichen Tonfall bemüht, zu der alten, schwarzgekleideten Frau, die sie unsicher ansah.

»Ach, tut mir leid, die Flugbegleiterin hat ihn mir zwar gezeigt, aber vielleicht habe ich mich geirrt, ich sehe nicht mehr so gut.«

Sie machte umständlich Anstalten, aufzustehen, und die beiden Passagiere auf dem Mittel- und dem Gangplatz ebenfalls.

»Bitte, bleiben Sie sitzen«, sagte Melinda, »geben Sie mir Ihre Bordkarte, ich setze mich auf Ihren Platz.«

Die Frau wandte sich ihrer Tasche zu, die sie auf dem Schoß hatte, und begann darin zu wühlen.

»Da, vor Ihnen, das Papier in Ihrer Sitztasche«, half ihr Melinda.

Die Frau hörte auf zu suchen und sah Melinda fragend an, aber zum Glück reagierte der Mann neben der alten Frau und reichte Melinda die Bordkarte.

Sie warf einen kurzen Blick darauf und gab sie ihr zurück.

»Es ist der Platz genau davor. Kein Problem, ich setze mich einfach dahin«, sagte Melinda und lächelte sie an.

Die Frau nickte erleichtert. »Danke, mein Kind.«

»Kommen Sie, ich helfe Ihnen«, sagte der junge Mann mit dem Dreitagebart und erhob sich von dem Gangplatz in der Reihe davor.

Melinda überließ ihm dankbar ihren kleinen Trolley und ließ sich am Fenster nieder. Zum Glück schien der Sitz in der Mitte frei zu bleiben.

»Danke«, sagte sie an den Mann gewandt, als er sich wieder gesetzt hatte, und holte das Notebook aus ihrer Tasche.

»Gern geschehen«, erwiderte er.

Sie nickte ihm kurz zu und vertiefte sich in ihren Rechner, um ihm keinen Raum zu geben, ein Gespräch mit ihr anzufangen. Der Flug von Brüssel nach Athen dauerte immerhin gute drei Stunden, die sie nicht unbedingt mit Smalltalk verbringen wollte.

Als der Flieger kurz darauf an den Start zu rollen begann, schaltete sie das Notebook aus und wandte ihren Blick zum Fenster. In Gedanken ging sie noch einmal durch, ob sie alle Vorbereitungen für ihre Abwesenheit getroffen hatte. Sie würde etwas mehr als zwei Monate weg sein.

Das Angebot von ihrem Chef Nico für seine Agentur nach Athen zu gehen, um ihren Kunden, die neue griechische politische Partei, im Wahlkampf für die anstehenden Parlamentswahlen zu unterstützen, hatte sie sofort angenommen. Nicht nur wegen der beruflichen Herausforderung und der Möglichkeit, Griechenland besser kennenzulernen. Sie hoffte auch, dass der Umgebungswechsel ihr endlich eine neue Perspektive in ihrem Leben öffnen würde. Dass er ihr helfen würde, diesen Schmerz, der sie seit zwei Jahren ständig begleitete, zu lindern. Natürlich war er über die Zeit dumpfer geworden, aber immer noch so präsent, dass sie mit ihrem Leben nicht wirklich weitermachen konnte. Nur arbeiten half. Und mittlerweile tat sie fast nichts anderes mehr.

Als die Geräusche der Maschine sich nach dem Start normalisiert hatten, schaltete sie ihren Rechner wieder an. Sie stellte eine Liste mit den liegen gebliebenen Dingen zusammen, die ihre Assistentin in Brüssel alleine abschließen musste. Als sie fertig war, sah sie kurz auf und überlegte, ob sie an der Präsentation für die Partei, die nächste Woche anstand, weiterarbeiten sollte.

Der Mann neben ihr ließ jetzt sein iPad auf den leeren Sitz zwischen ihnen fallen und lächelte sie an. »Ich tippe auf beruflich«, sagte er.

»Wie bitte?«

»Dass Sie beruflich in Brüssel waren.«

So viel zu der Hoffnung, dass er sie in Ruhe lassen würde.

»Ich lebe in Brüssel.«

»Oh. Dann fliegen Sie geschäftlich nach Athen.«

»Und was macht Sie da so sicher?«, fragte sie etwas schärfer als beabsichtigt.

Er war ihr nicht unsympathisch, ganz im Gegenteil, aber er schien es eindeutig darauf anzulegen, sie näher kennenzulernen, und er versuchte auch nicht wirklich zu verstecken, dass ihm gefiel, was er sah. Und solchen Situationen ging sie in den letzten zwei Jahren konsequent aus dem Weg.

»Naja, Sie scheinen schwer beschäftigt zu sein.« Er zeigte auf ihren Rechner.

Instinktiv drehte sie das Notebook ein Stück von ihm weg. Sie sollte sich endlich so einen Bildschirmschutz zulegen, der einen vor neugierigen Blicken schützte.

»Tut mir leid«, sagte er, als er offensichtlich ihren verärgerten Ausdruck bemerkte, »ich wollte nicht indiskret wirken oder Sie von der Arbeit abhalten.«

»Ist schon in Ordnung.« Ihre Abwehrhaltung kam ihr plötzlich selbst ein wenig lächerlich vor. Sie sollte einfach einmal versuchen, ein normales Gespräch mit einer Person zu führen, die nichts mit ihrer Arbeit zu tun hatte. Was war so schlimm daran, dass er Interesse an ihr zeigte?

»Ich fliege tatsächlich beruflich nach Athen«, sagte sie jetzt freundlicher.

Er lächelte wieder. »Ok. Fangen wir nochmal an. Ich bin Paris. Paris Galanopoulos.« Er reichte ihr die Hand.

»Melinda Kessler«, erwiderte sie und ergriff sie kurz.

»Kessler?«, fragte er erstaunt, »ich war mir fast sicher, dass Sie Griechin sind.«

»Bin ich auch. Zumindest zur Hälfte.«

»Dem Nachnamen nach zu schließen mütterlicherseits. Und die andere Hälfte?«

»Mein Vater ist Deutscher. Ich bin in Deutschland aufgewachsen. Obwohl man das im Moment in Griechenland gar nicht mehr sagen darf, wie ich erfahren habe.«

Er lachte. »Die Kanzlerin ist nicht sehr beliebt bei uns seit den letzten Verhandlungen über das Rettungspaket, die die Regierung zum Rücktritt gezwungen haben.«

»Die extremen Sparmaßnahmen sind sicher nicht leicht für das Volk. Ich gebe zu, ich habe, außer aus Medienberichten, kein Bild, wie die Sache vor Ort aussieht.«

»Wann waren Sie denn das letzte Mal in Griechenland?«

»Das ist schon eine ganze Weile her. Es war zwei Jahre nach den Olympischen Spielen.«

»Tja, dann müssen Sie sich, vor allem in Athen, auf einige Veränderungen gefasst machen.«

»Das denke ich mir. Aber es sind ja bald Wahlen, die dann vielleicht wenigstens politische Klarheit schaffen werden.«

Er sah sie skeptisch an. »Der Ausgang der Wahlen ist sehr ungewiss. Und noch viel fraglicher ist, wie die neue Regierung aussehen wird. Wir haben im Prinzip zwei neue Parteien, die als Wahlsieger in Frage kommen. Die euroskeptische Partei, die sich offen gegen das Memorandum ausspricht, die aber eher einen losen Zusammenschluss verschiedener Splittergruppen von Gegnern des Memorandums über das Hilfspaket darstellt, die sich untereinander kaum einig sind. Und die neue Zentrumspartei unter Michalis Seferlis, der die Pro-Europa Kräfte vereint. Seine Partei hätte eher Chancen, eine stabile Regierung zu bilden, falls sie gewinnt. Aber da sie natürlich aus dem alten Zweiparteiensystem hervorgegangen ist, das nicht ganz zu Unrecht für den Großteil der Missstände verantwortlich gemacht wird, ist ihr der Wahlsieg alles andere als sicher.«

»Ja, aber Seferlis hat doch den reformunwilligen Teil der alten Garde abgestoßen. Von denen, die in irgendeiner Form in den letzten Jahren auch nur annähernd in einen Skandal verwickelt waren, ist doch keiner dabei. Selbst solche Grenzfälle wie Liakopoulos und Andritsos hat er abgelehnt.«

»Ich sehe, Sie sind gut informiert. Haben Sie mal länger dort gelebt?«

»Nein, gelebt habe ich in Griechenland nie. Als ich klein war, sind wir jeden Sommer im Urlaub dort gewesen. Dann ist meine Mutter gestorben und mein Vater hat es nicht über sich gebracht, ohne sie nach Griechenland zu reisen. Jedenfalls habe ich von ihr eine kleine Wohnung in Athen geerbt und als Studentin war ich auch einmal im Jahr dort. Aber dann mit der Arbeit fehlte einfach die Zeit.«

»Was machen Sie denn? Beruflich?«

»Ich bin Unternehmensberaterin. Bei einer Agentur für politische Kommunikation.«

»Sie sind Lobbyistin!«

Sie lachte. »So wie Sie das sagen, hört es sich an, als ob das etwas Kriminelles wäre.«

Paris lachte ebenfalls. »Nein, so meinte ich das natürlich nicht. Der Lobbyismus in Brüssel ist nur ein kontroverses Thema. Ich wollte Ihnen keinesfalls zu nahe treten, natürlich sind nicht alle, die in dem Bereich tätig sind, schwarze Schafe. Selbstverständlich hat der Lobbyismus seine Existenzberechtigung.«

Sie beschloss, sich auf so eine Diskussion nicht einzulassen. »Und was machen Sie?«

»Ich bin Journalist bei einem griechischen Privatsender. Bei »Ultra-Channel«.«

»In welchem Bereich?«

»Politik. Da haben wir also etwas gemeinsam.«

Sie lächelte ihn kurz an und nickte nur. Vielleicht sollte sie ein bisschen aufpassen, falls er weiterfragte, was sie in Athen machte. Die Linie mit der nationalen Presse hatten sie mit dem Parteichef noch nicht abgesprochen. Und sie wusste nicht, wie die Kräfteverhältnisse in der griechischen Medienlandschaft aussahen.

Jetzt nahm sie den Geruch der in der Bordküche aufgewärmten Mahlzeit wahr, der durch die Kabine zog, als die Passagiere in den Reihen vor ihnen die mit Alufolie abgedeckten Behälter zu öffnen begannen, und sah nach vorne.

»Hungrig?«, fragte er.

»Ein bisschen.«

»Was möchten Sie trinken?«, fragte die Flugbegleiterin, die mit dem Getränkewagen inzwischen bei ihnen angelangt war.

»Ein Wasser bitte. Still«, sagte Melinda.

»Und zwei Weißwein. Oder möchten Sie lieber roten?«, fragte Paris an sie gewandt.

Melinda wollte schon protestieren, aber dann entschied sie sich, es nicht zu tun. »Weiß ist in Ordnung.«

Sie prosteten sich zu und wenig später stellte ihnen ein junger Steward das Tablett mit dem Essen hin. Melinda sah zu Paris, der den Deckel von dem warmen Gericht löste, und verzog das Gesicht, als sie die mehr als pappig wirkende Lasagne sah.

»So schlimm ist es doch gar nicht«, sagte er lachend.

»Wenn Sie meinen. Dann können wir ja tauschen. Sie geben mir Ihre Vorspeise und bekommen dafür mein warmes Essen.«

»Gerne«, sagte er und reichte ihr den Lachs mit dem Salat. »Ich mag keinen Fisch.«

»Sie sind Grieche und essen keinen Fisch?«

»Ja. Ich nehme mal an, es gibt auch Deutsche, die kein Sauerkraut und Bier mögen.«

Sie musste lachen. »Ok. Der Punkt geht an Sie. Ich mag weder das eine noch das andere.«

Er lachte wieder und dann aßen sie eine Weile schweigend. Als sie fertig waren, schenkte er ihnen Wein nach.

»Ich weiß übrigens, was Sie in Athen machen«, sagte er und trank einen Schluck aus seinem Glas.

»Ach, tatsächlich?«

»Ihre Agentur wird auf EU-Ebene für Seferlis Partei die Werbetrommel rühren und ihm dort Unterstützung sichern. Und Sie werden versuchen, das angeschlagene Image der griechischen Politiker, zumindest von Seferlis Leuten, wieder aufzubessern.«

Sie hatte Mühe, sich ihre Überraschung nicht anmerken zu lassen. Das stimmte tatsächlich. Die Aufgabe ihrer Agentur würde es sein, die neue Partei auf Europaebene in Brüssel zu profilieren und die Kommunikationswege, die sich aufgrund des Verhaltens der griechischen Seite während der Verhandlungen über das Rettungspaket zu schließen drohten, wieder zu öffnen. Trotzdem würde sie es ihm nicht auf die Nase binden.

»Wir sind eine Unternehmensberatung, wir machen keine Wahlkampagnen.«

Nicos Agentur hätte so einen Auftrag normalerweise auch nicht übernommen. Aber wie viele Auslandsgriechen hatte sich Nico sofort bereit erklärt, seinen Beitrag zu leisten, um zu helfen, das Land wieder auf die Beine zu stellen, als er von seinem Studienfreund, dem PR-Chef der neuen Partei, darum gebeten worden war.

»Das ist ja nicht unbedingt eine Wahlkampagne. Nur der Teil einer Kampagne«, stellte Paris fest.

Sie sah ihn mit hochgezogener Augenbraue an.

»Ok. Mir ist klar, dass Sie dazu nichts sagen werden. Schließlich sind Sie neu in dem ganzen Spiel bei uns. Aber ich weiß, dass es so ist.«

»Und woher wollen Sie das wissen?«

»Ich kenne Alexis Alexandridis und Pavlos Livas von der PR-Agentur der Partei, die den Wahlkampf übernommen hat. Die beiden waren vor nicht allzu langer Zeit in Brüssel, um sich dort von so einer Agentur für politische Kommunikation beraten zu lassen. Und ganz zufällig fliegen Sie zwei Monate vor den Wahlen geschäftlich nach Athen.«

»Ich kann Ihnen natürlich nicht vorschreiben, was Sie glauben wollen.«

»Es ist kein Geheimnis, dass Seferlis so etwas vorhat. Er wird gute Kontakte zu Europa brauchen. Umso mehr, wenn er gewinnt.«

»Wollen Sie, dass er gewinnt?«, wechselte sie das Thema.

»Ich will, dass mein Land in der EU bleibt.«

Sie nickte.

Er griff in seine Sakkotasche. »Hier«, sagte er und hielt ihr eine Karte hin, »falls Sie einen Freund bei den griechischen Medien brauchen. Oder sonst irgendetwas solange Sie in Athen sind.«

»Danke«, sagte sie und nahm die Karte.

»Bekomme ich Ihre auch?«

Sie lachte. »Falls Sie eine Lobbyistin aus Brüssel brauchen sollten?« Sie suchte in ihrer Tasche nach ihren eigenen Karten und gab ihm dann eine von denen, auf der ihre Handynummer nicht abgedruckt war.

»Ja. Und ich habe nicht grundsätzlich etwas gegen Lobbyisten, nur damit wir uns da nicht falsch verstehen«, sagte Paris.

»Das hört sich nach einer längeren Diskussion an«, bemerkte sie.

»Die ich sehr gerne mit Ihnen führen würde, aber ich habe das Gefühl, dass ich mir auf meine Frage, ob Sie Lust hätten, das mit mir morgen Abend beim Essen in einer kleinen Taverne mit Blick auf die Akropolis auszudiskutieren, einen ziemlichen Korb einhandeln würde.«

Sie lachte wieder.

»Also werde ich das nicht tun. Aber ich bin mir sicher, dass wir uns schon sehr bald wiedersehen, wenn Sie für Seferlis Partei arbeiten. Dann versuche ich es noch einmal.«

»Mit mir eine Grundsatzdiskussion über Lobbyismus zu führen?«

»Ja. Das auch«, sagte er und hielt ihren Blick kurz fest.

Dann stand er auf und ging nach hinten zu den Toiletten.

Melinda ließ sich in ihren Sitz zurücksinken. Das war ja eigentlich schon ein Flirt gewesen. Sie hatte ihn zumindest nicht vollkommen vor den Kopf gestoßen, wie sie das sonst immer tat. Vielleicht konnte Athen doch etwas verändern. Nicht, dass sie sich irgendetwas Entscheidendes in die Richtung erhoffte. Selbst wenn sie Paris während des Wahlkampfes wiedertreffen sollte, das mit der Taverne würde ganz bestimmt nicht passieren. Auch wenn ein Teil von ihr sich danach sehnte, wieder eine ganz normale Frau zu sein. Deren Leben nicht nur aus ihrem Job bestand. Aber dazu musste sie endlich loslassen. Und das konnte sie einfach nicht.

Als Paris wiederkam, hatte die Maschine schon mit dem Landeanflug begonnen. Er bot ihr einen Kaugummi an, machte aber keine Anstalten, ihr Gespräch wieder aufzunehmen.

Melinda sah aus dem Fenster. Sie dachte an ihre Kindheit zurück, als sie diese Flugreise nach Athen jeden Sommer gemacht hatte. Die Vorfreude ihrer Mutter auf den Besuch in ihrer Heimat war immer ansteckend gewesen. Melinda hatte selbst zappelig auf ihrem Sitz gesessen und darauf gewartet, dass endlich das Meer auftauchte unter einem strahlend blauen Himmel und der gleißenden Sonne, die die Wasseroberfläche glitzern ließ. Jetzt spürte sie einen kleinen Teil dieser alten Vorfreude in sich aufsteigen. Nur, dass nicht Sommer war, sondern Winter und der Himmel nicht blau, sondern wolkenverhangen. Melinda schloss die Augen, um sich für die Landung zu wappnen, die ihr immer unangenehm war.

»Ist alles in Ordnung?«, hörte sie Paris besorgte Stimme.

Sie nickte nur, ohne die Augen zu öffnen.

Erst als sie den Ruck spürte, mit dem die Hinterreifen der Maschine auf dem Boden aufsetzten, machte sie sie wieder auf.

»Kann ich Sie irgendwohin mitnehmen?«, fragte Paris, als sie aus der Schleuse in das Flughafengebäude traten, »ich habe meinen Wagen hier.«

»Nein danke, ich muss noch auf mein Gepäck warten«, erwiderte Melinda.

»Ich warte gerne noch einen Moment mit Ihnen.«

»Nein, wirklich. Nochmals Danke.«

»Ok. Ich gebe auf. Aber nur, weil ich weiß, dass ich Sie spätestens in der akuten Wahlkampfphase wiedertreffen werden.«

»Hat mich gefreut, Sie kennenzulernen, Herr Galanopoulos.«

»Mich auch. Ich wünsche Ihnen einen guten Start hier in Athen.«

»Danke«, erwiderte sie lächelnd und wandte sich in Richtung der Gepäckausgabe.

Als sie am Band auf ihre Koffer wartete, klingelte ihr Handy.

»Hallo Kostas«, meldete sie sich, »ich bin gerade angekommen!«

Kostas, der alte Freund ihrer Mutter, war Anwalt und kümmerte sich um ihre Wohnung und ihre Angelegenheiten in Griechenland. Sie hatten sich seit dem Tod ihrer Mutter nicht sehr häufig gesehen, aber immer Kontakt gehalten. Seine Frau Eleni und er kamen für sie einer Familie in Griechenland am nächsten.

»Ich weiß«, sagte er, »ich stehe in der Ankunftshalle und warte auf dich.«

»Aber Kostas, es wäre doch nicht nötig gewesen, mich abzuholen, ich hätte mir doch ein Taxi nehmen können!«, rief sie aus.

»Also, ich konnte doch Amalias Tochter nicht einfach alleine in die Stadt fahren lassen. Wo du doch endlich mal wieder dein zweites Heimatland besuchst, muss dich doch jemand willkommen heißen.«

»Bis gleich«, sagte sie gerührt und legte auf, um ihre Koffer, die gerade kamen, vom Band zu heben.

Den Wagen mit ihrem Gepäck vor sich her schiebend, lief sie durch den Ausgang in die Ankunftshalle. Sie sah ihn sofort.

»Willkommen in Athen, mein Kind«, sagte er und kam auf sie zu.

»Danke«, erwiderte sie, während der kleine, ältere Mann sie in die Arme schloss.

»Gut siehst du aus«, sagte er und nahm ihr die Koffer ab. »Das war ja eine schreckliche Sache, die dir passiert ist. Eleni und mir hat es sehr leid getan für dich. Es ist jetzt fast zwei Jahre her, oder?«

»Ja«, antwortete sie. »Zwei Jahre. Aber das Leben geht eben weiter.«

»Das wird wieder«, sagte Kostas. »Du bist noch jung.«

Sie nickte. »Ich freue mich jedenfalls, hier zu sein. Ich habe ja noch nie in Griechenland gelebt und bin sehr gespannt«, sagte sie, als Kostas an den Automaten trat, um das Parkticket zu bezahlen.

»Du hast dir keine leichte Zeit dafür ausgesucht. Aber so kannst du wenigstens aus der Nähe miterleben, was hier geschieht.«

Sie folgte ihm über den Parkplatz. Vor einem uralten, blauen BMW blieb er stehen.

»Was denkst du denn über Michalis Seferlis?«, fragte sie.

Er kramte einen Schlüsselbund aus seiner Jackentasche hervor und öffnete den Kofferraum.

»Er hat zumindest gute Vorsätze«, sagte er, als er ihr Gepäck hinein wuchtete, »aber ich bin mir nicht sicher, ob die ausreichen werden, den Karren aus dem Dreck zu ziehen. Diesmal ist die Sache ernst. Und es ist ja auch offen, ob er tatsächlich gewinnen wird.«

»Aber es gibt doch in dem Sinne keine Alternative«, sagte sie und ließ sich neben Kostas auf dem Beifahrersitz nieder. »Es ist doch offensichtlich, was für Folgen das haben wird, wenn die Euroskeptiker die Wahlen gewinnen. Dann wird Europa das Land fallen lassen, daran besteht doch wohl kein Zweifel. Ist den Leuten denn nicht klar, dass das mit ziemlicher Sicherheit einen Staatsbankrott bedeuten würde?«

»Melinda, so einfach ist das nicht. Hier geht es nicht nur um Zahlen, die aus dem Ruder geraten sind, weil die politische Elite über Jahre Misswirtschaft betrieben und ein System getragen hat, an dem sich viele wild bereichert haben. Es geht hier um wirkliche Menschen. Im Ausland bekommt man das wahrscheinlich nicht so mit, aber es ist tragisch. Es handelt sich nicht nur um Sparmaßnahmen im öffentlichen Sektor, sondern die ganze Gesellschaft ist betroffen. Gehaltskürzungen, Rentenkürzungen, enorme Steuerbelastungen, die Leute verlieren ihre Arbeit, ihre Häuser. Die Wirtschaft ist vollkommen eingebrochen. Jeder zweite junge Mensch ist arbeitslos. Wer gehen kann, der geht. Die Leute sind wütend auf das alte System, auf die Politik und auf die ganze privilegierte Schicht, die an dem Untergang des Landes beteiligt waren. Aber sie sind auch wütend auf das europäische Ausland, das das Land jetzt knechten will. Die Gelder aus dem Rettungspaket kommen beim Bürger ja nicht an. Und er sieht nicht ein, dass er für etwas bezahlen soll, für das er sich nicht verantwortlich fühlt.«

»Dass diese ganze Sache auch einen großen Teil der Bevölkerung trifft, der wirklich nichts dafür kann, ist natürlich schlimm«, sagte Melinda, »aber die Korruption und die Steuerhinterziehung waren hier überall weit verbreitet. Ich kann mich noch gut erinnern, dass ich bei meinem letzten Besuch in Griechenland nie eine Quittung für irgendwas bekommen habe. Weder in Lokalen noch sonst wo. Du hattest mir selbst dazu geraten, die Renovierung meiner Wohnung teilweise schwarz zu bezahlen, weil es wesentlich kostengünstiger ist.«

»Kind, einerseits hast du recht. Da waren wir tatsächlich fast alle daran beteiligt. Ich will das keinesfalls verteidigen, aber so funktionierten die Dinge eben. Die Mentalität war, dass man den Staat übers Ohr hauen muss, weil man doch sonst nur draufzahlt. Wenn der Bürger für eine einfache Genehmigung horrende Schmiergelder zahlen muss, also für Dinge, auf die er ein Anrecht hat, ist es schwer, ihm klarzumachen, warum er sich dem Staat gegenüber gesetzestreu verhalten soll. Ich bin auch der Meinung, dass unser einziger Weg raus aus dieser Sache der ist, endlich umzudenken. Wir müssen diese ganzen Missstände, diese total ausgeuferte Korruption ausmerzen. Das ist auch viel zu lange aufgeschoben worden und selbstverständlich musste das alte System irgendwann zusammenbrechen. Wir sind selbst alle erstaunt, wie lange das gutgegangen ist! Wie viele Menschen in diese Korruption verstrickt sind und um was für Summen es eigentlich geht. Wir wussten, dass es schlimm war, aber keiner hat sich vorstellen können, dass es tatsächlich derartige Ausmaße angenommen hatte.«

Melinda sah aus dem Fenster. Hier auf der Schnellstraße wirkte alles jedenfalls unverändert.

»Aber nur mit Aufräumen und Sparen ist es eben nicht getan«, fuhr er fort, »wenn man die Wirtschaft abwürgt, gibt es auch keinen Aufschwung, mit dem wir unsere Schulden irgendwann einmal bezahlen können. Ich rede gar nicht von großen Investitionen. Ich geb dir mal ein Beispiel: Die Steuern und Abgaben, die ein kleiner Unternehmer oder Selbständiger zahlen muss, sind mittlerweile zu hoch, und gepaart mit der schlechten Auftragslage, müssen viele schließen und werden eine weitere Nummer auf der Liste der Arbeitslosen. Oder sie arbeiten schwarz weiter. In jedem Fall aber wird die Krise noch verstärkt, weil sie gar keine Steuern mehr zahlen und ihre Beiträge zu den Rentenkassen nun ganz wegfallen. Und die halbe Arbeitsstelle, die manche von ihnen einem Angestellten vielleicht bieten könnten, fällt ebenfalls weg. Da muss man doch kein Wirtschaftsexperte sein, um zu sehen, dass das nicht funktioniert!« Er wandte sich ihr kurz zu, bevor er seinen Blick wieder auf die Straße richtete.

»Diesen Punkt verstehe ich ja. Aber mit den Argumenten der Euroskeptiker wird dieses Problem doch auch nicht gelöst«, warf sie ein.

»Da stimme ich dir zu. Trotzdem kann ich nachvollziehen, dass jemand, der vollkommen verzweifelt ist, weil er seine Familie nicht mehr ernähren kann, nicht eine Partei wählt, die aus dem alten System hervorgegangen ist und ihm eine Zukunft in Europa, aber eben keine unmittelbare Hoffnung auf Besserung seiner Situation verspricht. Dieser Wähler wendet sich in seiner Verzweiflung einer Lösung zu, die verspricht, mit allem zu brechen.«

Jetzt, als sie in die Innenstadt kamen, sah sie die ersten Anzeichen der Krise. Viele Fensterfronten der Geschäfte, die sich auf den Hauptstraßen aneinanderreihen, waren mit Graffiti überschmiert, was darauf schließen ließ, dass sie ihren Betrieb schon längere Zeit eingestellt hatten.

»Du wirst gleich feststellen, dass die Krise auch vor Kolonaki nicht halt gemacht hat«, sagte Kostas, als er von der Vassilisis-Sofias-Straße in das Viertel am Fuße des Lykavittos-Hügels abbog.

Kolonaki war immer schon das Nobelviertel der Innenstadt gewesen, hier befanden sich die meisten Botschaften, ein teures Geschäftsviertel, aber auch viele Arztpraxen und Anwaltskanzleien. In den schmalen Straßenzügen, die zum Lykavittos hinaufführten, lagen Restaurants, Bars und Cafés im Erdgeschoss der alten, aber teuren Wohnblocks, deren obere Stockwerke durch ihre Lage am Hang einen beeindruckenden Blick auf die Stadt boten. Aber auch hier standen einzelne Geschäftsräume leer und fast an jedem Hauseingang informierten kleine gelbe Schilder darüber, dass Wohnungen zum Verkauf standen oder Mieter gesucht wurden. Das wäre früher undenkbar gewesen, in Kolonaki hatte es praktisch keine leer stehende Immobilie gegeben.

»Also, das habe ich tatsächlich nicht erwartet«, sagte Melinda betroffen, »dass so etwas so schnell geht.«

»Schau dir die nächsten Tage alles erst einmal an. Du wirst feststellen, dass die Lösung nicht so einfach ist.«

Melinda nickte nur. Sie sollte sich etwas zurücknehmen. Langsam wurde ihr klar, dass es für die Leute hier, die das jeden Tag am eigenen Leib erfuhren, sicher anders war als für die Bürokraten beim IWF oder in Brüssel, die vor ihren Excel-Tabellen saßen.

Kostas ließ den Wagen in einer öffentlichen Parkgarage einen Block von ihrer Wohnung entfernt stehen und half Melinda mit ihrem Gepäck.

»Was sind das eigentlich für Leute?«, fragte Melinda und zeigte auf zwei junge Schwarzafrikaner, die Einkaufswägen mit lauter rostigem Zeug vor sich herschoben.

»Das ist ein neues Phänomen der Krise. Die Einkaufswagenmenschen. Das sind hauptsächlich Wirtschaftsflüchtlinge, aber mittlerweile auch Einheimische, die den ganzen Tag mit diesen geklauten Supermarktwägen die Straßen der Innenstadt ablaufen und alles aus dem Müll fischen, was irgendwie verwertbar ist.«

Melinda drehte sich noch einmal um und sah den einen jungen Mann jetzt über einen Müllcontainer gebeugt stehen und mit bloßen Händen durch den Inhalt wühlen. Entsetzt wandte sie sich ab.

»Das ist leider ein alltägliches Bild für uns Athener geworden«, sagte Kostas. »Du musst generell ein bisschen vorsichtiger sein als früher. Ich will dir keine Angst machen, aber die Kriminalität in der Innenstadt ist nicht zu unterschätzen. Falls du angegriffen wirst, versuche auf keinen Fall, dich zu wehren. Überlasse ihnen alles, was du bei dir hast. Es gibt eine Menge Verzweifelter, die für ein paar Euro auch vor einem Mord nicht zurückschrecken.«

Er reichte ihr einen Schlüsselbund und sie öffnete die Haustür.

»Aber bei dir in der Wohnung solltest du nichts zu befürchten haben, du hast die Sicherheitstür und die Alarmanlage«, sagte er, während sie in den Aufzug traten.

»Das will ich doch hoffen. Aber so schnell lasse ich mich nicht einschüchtern«, erwiderte Melinda, sich bewusst, dass sie überzeugter klang, als sie sich fühlte.

Die Wohnung roch frisch geputzt und die Heizkörper strahlten eine angenehme Wärme aus. Sogar das Bett war bezogen, wie sie feststellte, als sie mit Kostas durch die Zimmer ging.

»Ich habe dir übrigens dieses drahtlose Internet einrichten lassen, worum du mich gebeten hast. Ich hoffe, es funktioniert.«

»Danke Kostas. Für alles. Ihr habt euch viel zu viele Umstände gemacht«, sagte sie.

»Das ist doch selbstverständlich«, wehrte er lachend ab. »Und jetzt lasse ich dich erst einmal in Ruhe ankommen. Wenn du etwas brauchst, ruf einfach an. Eleni und ich erwarten dich heute Abend zum Essen bei uns.«

Erst wollte sie ablehnen, aber das wäre mehr als unhöflich gewesen. Sie hatten sich sehr um sie gekümmert. Außerdem würde sie sich sonst wieder nur in ihren Rechner vertiefen und bis spät in die Nacht arbeiten.

»Ich komme gern«, sagte sie zu Kostas, während sie ihn zur Tür brachte.

Dann machte sie sich ans Auspacken und rief ihre Stiefmutter in München an. Carla war natürlich besorgt, vor allem nachdem Melinda ihr ihre ersten Eindrücke beschrieben hatte. Carla machte sich ständig zu viele Sorgen, obwohl das in der letzten Zeit sicher nicht ganz unberechtigt war. Melinda liebte ihre Stiefmutter, aber die Spanierin drohte sie manchmal mit ihrer Bemutterung zu erdrücken. Trotzdem vergaß sie nie, was Carla für sie getan hatte.

Als Melindas Mutter nach einer kurzen, aber leidvollen Krankheitsphase an Krebs gestorben war, hatte ihr untröstlicher Vater sich total in seinen Beruf zurückgezogen und konnte ihr bei ihrer eigenen Trauer nicht wirklich helfen. Zu dieser Zeit war Carla nach der Scheidung von ihrem Mann mit ihrem Sohn in das Haus neben ihnen gezogen und Melinda hatte Freundschaft mit dem gleichaltrigen Antonio geschlossen und eigentlich mehr bei Carla als bei sich zu Hause gelebt. Sie wusste, dass sie es ihr verdankte, dass sie sich zu einem ganz normalen Teenager entwickelt hatte. Carla war es schließlich sogar gelungen, zu Melindas Vater Georg durchzudringen und ihn einige Jahre später zu heiraten.

»Wie geht es Vater?«, fragte sie jetzt.

»Naja, wie immer«, schnaubte Carla, »er sitzt in seinem Zimmer, in irgendwelche Berichte über Ausgrabungsfunde vergraben.«

Melinda musste lachen. Sie verstand bis heute nicht, was diese beiden grundverschiedenen Menschen verband. »Dann störe ihn nicht, ich melde mich ein anderes Mal bei ihm.«

»Ok. Und vergiss nicht, deinen Bruder anzurufen«, erinnerte sie Carla.

»Mache ich«, sagte Melinda und legte auf.

Antonio lebte auch in München und betrieb dort ein Nachtlokal. Als Kinder und Jugendliche hatten sich sehr nahe gestanden. In den letzten Jahren war ihre Beziehung allerdings etwas belastet. Vor allem seit der Sache mit Daniel. Antonio setzte ihr ziemlich zu, weil sie ihr persönliches Leben so vollkommen auf Eis gelegt hatte. Dafür, dass sie nach der ganzen Zeit immer noch nicht weitermachte, konnte er kein Verständnis aufbringen.

Sie würde sich später bei ihm melden. Im Moment war sie seinen guten Ratschlägen, was sie mit ihrer Freizeit alleine in einer fremden Stadt anfangen sollte, einfach nicht gewachsen. Stattdessen versuchte sie, sich mit dem Internet zu verbinden, was einwandfrei funktionierte. Sie öffnete ihren Posteingang und sah dann durch, was ihr ihre Assistentin zu dem letzten Projekt in Brüssel geschickt hatte. Unzufrieden verzog sie das Gesicht und begann, Anmerkungen mit Verbesserungsvorschlägen zu machen.

Plötzlich hielt sie inne und löschte sie wieder. Das war tatsächlich schon krankhaft. An der Arbeit ihrer Assistentin gab es nichts auszusetzen. Sie musste endlich aufhören, ständig alles selbst machen zu wollen. Und eigentlich hatte sie sich ein paar Tage Urlaub genommen bis zu dem Treffen mit dem Parteichef und den Kandidaten, zu dem auch ihr Chef Nico aus Brüssel kommen würde.

Egal wie sehr ihr Antonio in letzter Zeit auf die Nerven ging, er hatte recht. Sie musste endlich einmal auch etwas anderes tun, als zu arbeiten. Entschlossen fuhr sie den Rechner herunter. Sie beschloss, noch kurz in den Supermarkt gehen, bis es Zeit war, zu Kostas und Eleni zu fahren. So konnte sie Antonio von unterwegs anrufen und ihn notfalls abwürgen, falls er ihr wieder mit seiner Lebensphilosophie zu sehr zusetzte.

Kapitel 2

Aris blinzelte in das helle Tageslicht, das durch das Verandafenster hereinfiel. Verdammt, er war schon wieder auf dem Sofa eingeschlafen! Mit einem lauten Krachen fiel sein Notebook, das er noch auf dem Schoß gehabt hatte, zu Boden, als er mühsam versuchte, sich aufzusetzen. Es war schon kurz vor acht, wie er erschrocken feststellte. Er sammelte den Rechner auf und ging ins Bad, wo er sich seiner Kleider vom Vortag entledigte, in denen er wieder einmal geschlafen hatte.

Während er sich rasierte, rief er seine Sekretärin Aleka an. Er fluchte, als bei seinem Versuch, die Freisprechfunktion einzustellen, Rasierschaum auf das Display tropfte.

»Ich bin gleich da«, sagte er knapp, als sie abnahm. »Mach mir bitte einen Kaffee. Extra stark.«

»Dir auch einen guten Morgen«, erwiderte Aleka fröhlich und legte auf.

Er musste endlich ein bisschen mehr Organisation in den Teil seines Lebens bringen, den er selbst managte. Und das war wirklich nicht viel. Nur abends die Kleider ausziehen, ins Bett gehen und morgens rechtzeitig aufstehen. Alles andere war von seinen Leuten durchgeplant. Aber der Tag hatte eben nur vierundzwanzig Stunden. Wenn er nach seinem letzten Abendtermin nach Hause kam, ließ er sich mit einem Glas Whiskey auf sein Sofa nieder und sah sich bis in die frühen Morgenstunden das durch, was seine Leute am Vortag für ihn zusammengetragen hatten. Dabei fiel er regelmäßig einfach ins Koma.

Er befand sich mitten im Wahlkampf, auch wenn die offizielle Wahlkampfphase erst in einem Monat begann. Seit der Gründung von Seferlis Partei hatte sich auch seine eigene politische Karriere plötzlich überschlagen.

Er putzte sich kurz die Zähne und stieg, noch mit dem Mundwasser gurgelnd, in die Dusche. Das Wasser, das auf ihn niederprasselte, weckte allmählich seine Lebensgeister.

Aris kannte den ein paar Jahre älteren Seferlis schon aus seiner Studienzeit, als er mit ihm im Vorstand der Jugendorganisation ihrer Vorgängerpartei gesessen hatte und Seferlis kurze Zeit später als jüngster Abgeordneter der jüngeren griechischen Geschichte ins Parlament gewählt worden war. Als Aris dann in seine Heimatgemeinde, eine Insel vor der Westküste, zurückgekehrt war, um sich dort als Bauingenieur niederzulassen, war er zwar Parteimitglied geblieben, aber nicht mehr richtig aktiv gewesen. Erst als er sich einen Namen als lokaler Bauunternehmer gemacht und einen gewissen Grad an finanzieller Unabhängigkeit erreicht hatte, war er wieder in die Politik eingestiegen, diesmal auf kommunaler Ebene. Schon bei seinem ersten Versuch war er zum Bürgermeister gewählt worden. Mittlerweile hatte er die dritte Wiederwahl hinter sich.

Seine Insel bildete schon seit einigen Jahrzehnten ein attraktives Ziel für den Tourismus und auch viele Ausländer besaßen hier Ferienhäuser. Aber er hatte es geschafft, seine Insel und den gesamten Bezirk innerhalb kurzer Zeit zu einem absoluten Vorzeigebeispiel für wirtschaftlichen Aufschwung zu machen. Durch seine Erfolge war er zu Beginn seiner zweiten Amtsperiode ins Augenmerk der zentralen Partei gerückt. Seferlis, der damals amtierender Minister gewesen war, hatte ihn überredet, in der Partei wieder aktiv zu werden. Aber als Seferlis aus seinem damaligen Regierungsposten heraus den Missständen im Gesundheitswesen den Kampf angesagt hatte, und er von seiner eigenen Partei zurückgepfiffen worden war, hatte das wegen seiner engen politischen Bindung an Seferlis auch Aris gezwungen, seine zentralpolitischen Ambitionen vorerst auf Eis zu legen.

Er war eigentlich nicht unzufrieden mit seinem Amt als Bürgermeister, aber die nationale Politik hatte er nie aus dem Blick verloren. Und jetzt, nach Seferlis Angebot eine zentrale Rolle in der neuen Partei zu übernehmen, bekam er endlich die Chance, etwas auf nationaler Ebene zu bewegen. Er glaubte fest daran, dass sie es mit Seferlis schaffen konnten, das Land wirklich zu verändern.

Er schlüpfte in sein Sakko und griff sich eine einigermaßen passende Krawatte aus dem Schrank, die er in die Tasche stopfte, um sie sich nachher von Aleka binden zu lassen.

Nur das, was über seine Frau Maria ans Licht gekommen war, als Seferlis ihm offiziell die Kandidatur für die Parlamentswahlen angeboten hatte, überschattete diese für ihn sehr aufregende Zeit. Sie konnten von Glück reden, dass es nicht an die Öffentlichkeit gedrungen war. Aber diese Sache hatte es ihm auch ermöglicht, alleine nach Athen zu ziehen, und Maria befand sich nun weit weg auf der Insel mit den Kindern, wo sie ihre eigene Karriere in der Kommunalpolitik plante.

Aris suchte seine Sachen zusammen und ließ die Wohnungstür hinter sich ins Schloss fallen. Als er unten im Eingangsbereich seines Wohnhauses aus dem Aufzug trat, wäre er fast mit seiner Haushälterin Natascha zusammengestoßen, die vor dem Lift stand. Er grüßte sie kurz, bevor er sich an ihr vorbei auf die Straße hinaus drängte.

Natascha kümmerte sich um seinen Haushalt und er traf sie, seit sie seine Wohnung in Athen übernommen hatte, vielleicht heute zum vierten Mal. Sie arbeitete eigentlich für seinen Jugendfreund Thymios, der in Athen lebte, wo er auch seine Anwaltskanzlei hatte. Auf Thymios Bitte hin war sie bereit gewesen, auch Aris unter die Arme zu greifen. Ohne

Maria war Aris mit solchen Dingen vollkommen überfordert und er hatte dringend eine vertrauenswürdige Person für diese Aufgabe gebraucht.

Mit schnellen Schritten lief er über die schmalen Bürgersteige die wenigen Blocks zu seinem Büro, das, wie seine Wohnung, die er vorausschauend vor einigen Jahren in der Hauptstadt erworben hatte, ebenfalls in Kolonaki lag. Natürlich besaß er auch ein Büro in der Parteizentrale, seit Seferlis ihn auf die geschlossene Parteiliste gesetzt hatte, aber er zog es vor, auch etwas Eigenes zu haben, wo seine Leute ungestört arbeiten konnten. Fast alle seine engen Mitarbeiter aus seiner Zeit als Bürgermeister waren mit ihm nach Athen gekommen.

Ursprünglich hatte er in seinem Wahlkreis im Bezirk seiner Insel antreten wollen, was er auch sicher geschafft hätte. Aber Seferlis brauchte seine wenigen getreuen Anhänger im zentralen Wahlkampf an seiner Seite und konnte sie nicht entbehren, um sie auf unbedeutenden Versammlungen auf irgendwelchen Inseln und in Kleinstädten um ein paar Wählerstimmen kämpfen zu lassen. Aris hatte das schließlich schweren Herzens akzeptiert.

Er lief die drei Stockwerke zu seinem Büro zu Fuß hinauf und drückte auf die Klingel. Aleka öffnete ihm und folgte ihm den Gang entlang zu seinem Zimmer. Er grüßte Pavlos, der im Nebenraum saß und an zwei Telefonen gleichzeitig sprach.

Pavlos war erst seit Kurzem in seinem Team, aber für Aris mittlerweile unentbehrlich. Der etwas jüngere Mann arbeitete auch für die PR-Agentur der Partei und er hatte diese Sache, die sich Maria geleistet hatte, aufgedeckt. Mittlerweile war Pavlos, unter anderem, sein Wahlkampfstratege.

Aris ließ sich in seinen Sessel sinken und trank einen tiefen Schluck von dem Kaffee, den Aleka schon bereitgestellt hatte. Sie musterte ihn missbilligend, als er sich eine Zigarette anzündete, während sie sich auf einem der Stühle vor seinem Schreibtisch niederließ.

»Aleka, bitte«, sagte er, »es ist wirklich nicht der richtige Moment, um mit dem Rauchen aufzuhören.«

»Das höre ich schon, seitdem ich dich kenne«, erwiderte sie schnippisch und sortierte ein paar Unterlagen, die auf seinem Schreibtisch lagen.

Aleka arbeitete schon seit der Anfangszeit seiner Karriere, als er noch ein unbekannter Bauingenieur gewesen war, für ihn.

Sie begannen seine sämtlichen Termine für den Tag durchzusprechen, als sein Handy klingelte. Er warf einen Blick darauf, stellte den Ton ab und ließ es weiterläuten.

Aleka sah ihn an. »Darf ich dich mal etwas fragen?«

»Du darfst«, erwiderte er gönnerhaft, während er sich in sein E-Mail-Konto einloggte.

»Was ist eigentlich mit dir und Maria?«
Er sah sie scharf an. »Was soll mit uns sein?«, fragte er zurück.
Sie deutete auf sein Telefon. »Du ignorierst meist ihre Anrufe und wenn du mal abnimmst, sagst du nicht mehr als zwei Sätze zu ihr. Sie war nur einmal hier, seitdem du in Athen bist, für diesen offiziellen Empfang zur Gründung von Seferlis Partei. Wie ich sie kenne, würde sie nie freiwillig darauf verzichten, sich hier in der Hauptstadt bei jeder Gelegenheit zu präsentieren. Vor allem aber ruft sie mich nicht mehr an, um mich in ihrer einmaligen Art einem Verhör über deinen Verbleib zu unterziehen, wenn du nicht ans Telefon gehst.«

Aleka hatte noch nie einen Hehl daraus gemacht, dass sie Maria nicht mochte, auch wenn sie es ihm niemals deutlich ins Gesicht gesagt hatte.

»Maria ist auf der Insel gut aufgehoben und ich will das hier lieber alleine machen. Jetzt im Wahlkampf ist allerdings nicht der passende Zeitpunkt für offizielle Veränderungen in meinem Privatleben. Sie wird also vorerst weiterhin meine Ehefrau bleiben und auch auf bestimmten Anlässen erscheinen, wenn es sich nicht vermeiden lässt.«

Er wusste, dass Aleka klug genug war, da nicht weiter in ihn zu dringen und die Tatsache zu übergehen, dass er ihre Frage nur indirekt beantwortet hatte. Ein Lächeln konnte sie sich aber nicht ganz verkneifen, wie Aris feststellte.

Er musste selbst ein Lächeln unterdrücken. Es hatte ihn schon gewundert, dass sie nicht früher gefragt hatte.

»Ok, lass uns weitermachen«, wechselte sie das Thema. »Morgen um elf ist der Termin mit diesen Leuten von der Brüsseler Agentur bei der Partei.«

»Ach verdammt, das haben wir ja auch noch!«, sagte Aris genervt. »Im Grunde ist das eine gute Idee von Seferlis. Mir ist klar, dass wir uns unseren sogenannten »Verbündeten« in Europa wieder annähern müssen. Wir brauchen sie, daran führt kein Weg vorbei. Aber dass er uns jetzt auf EU-Ebene einzeln profilieren will! Im Moment haben wir noch nicht einmal unseren nationalen Wahlkampf im Griff. Und das Allerletzte, was ich jetzt brauche, sind irgendwelche arroganten Anzugträger aus Brüssel, die meinen, alles besser zu wissen. Das Problem ist nämlich, dass sie es eben nicht besser wissen. Die experimentieren doch nur herum mit uns und es ist gar nicht sicher, dass sie uns nicht trotzdem fallen lassen. Auch wenn wir die Wahlen gewinnen und nicht die anderen.«

»Ich sehe das ja genauso«, sagte Aleka. »Aber wie du selbst immer sagst, wir kommen da nicht alleine raus. Falls ihr die Wahlen gewinnt, müsst ihr schon einmal Vorarbeit geleistet haben. Die müssen euch absolut positiv gesinnt sein. Ein gutes Bild im Ausland wird sicher die Wahlen nicht entscheiden, aber es hilft enorm. Ihr braucht jede Hilfe, die ihr bekommen könnt. Die Mitarbeiter von der Agentur, die kommen, sind beides Griechen, wie ich von Pavlos gehört habe. Er war ja mit Alexandridis, eurem PR-Mann, in Brüssel bei dem Treffen und er hat einen guten Eindruck von ihnen. Der Agenturchef ist mit Alexandridis an der Universität gewesen. Hör dir das doch morgen erst mal an und dann kannst du dich immer noch aufregen. In euren Wahlkampf hier werden sie sich ja auch gar nicht einmischen.«

Aris seufzte. »Ich gebe der Sache eine Chance. Es bleibt mir sowieso nichts anderes übrig.«

Aris Blick blieb sofort an ihr hängen, als sie hinter dem grauhaarigen Mann den Konferenzraum betrat. Den meisten Männern im Zimmer erging es ähnlich, wie er sehen konnte. Sie war klein, er überragte sie, trotz der hochhackigen Pumps, die sie trug, sicher um einen ganzen Kopf und er würde sich selbst nicht als Riese bezeichnen. Aber außer ihrer Größe hatte sie absolut nichts Kindliches an sich. Er wusste gar nicht, wo er zuerst hinschauen sollte. An dem Bild stimmte wirklich alles.

Sie setzte sich zwischen Alexis Alexandridis, den PR-Mann der Partei, und den Grauhaarigen, der wahrscheinlich der Agenturchef aus Brüssel war, an die ihm gegenüberliegende Seite des Konferenztisches.

Irgendwie schien sie seinen Blick zu spüren, denn sie wandte plötzlich den Kopf, sah ihm direkt in die Augen und lächelte ihn an.

Aris fühlte sich jetzt wie im freien Fall, während er zurücklächelte. Das war fast das gleiche Gefühl wie bei diesen Fallschirmsprüngen damals, als er in der Luftwaffe gedient hatte. Er konnte sich nicht erinnern, so etwas schon einmal empfunden zu haben, nur durch einen einzigen Blick.

Sie sah weg und Aris versuchte, sich zusammenzureißen. Er konzentrierte sich mit aller Kraft auf Seferlis, der gerade eintrat.

Das Stimmengewirr legte sich allmählich, während sich der Parteichef an der Kopfseite niederließ.

»Guten Morgen«, sagte Seferlis und kam wie immer gleich zur Sache. »Ich möchte Herrn Stamatiou und Frau Kessler aus Brüssel sehr herzlich bei uns willkommen heißen.«

Die beiden lächelten in die Runde.

Ihr Nachname war eindeutig nicht griechisch, stellte Aris fest. Er klang deutsch, aber er war sich nicht sicher. Selbst wenn es so sein sollte, konnte das ihre Sympathiepunkte, bei ihm zumindest, nicht mindern. Nicht bei ihrem Anblick.

»Wie wir ja besprochen hatten, hilft uns ihre Agentur, das Image unserer Partei und auch Ihr persönliches in Europa aufzubauen«, fuhr Seferlis fort. »Ich weiß, dass Wahlkampf ist und Sie alle Hände voll zu tun haben, aber ich möchte, dass Sie da ein bisschen Zeit investieren. Wir brauchen Europa.«

Seferlis nickte den beiden zu und Stamatiou räusperte sich.

»Meine Damen, meine Herren, ich wünsche Ihnen einen guten Morgen«, sagte er mit einem leichten französischen Akzent. »Ich freue mich, hier in Athen zu sein, der Stadt, in der ich geboren wurde. Ich wünsche Ihnen allen viel Erfolg. Für uns im Ausland lebende Griechen ist es sehr schwer, mit ansehen zu müssen, was in unserem Heimatland passiert. Ihre Partei hat durchaus Unterstützer im Ausland, und das nicht nur aus den griechischen Kreisen. Dies können wir noch optimieren. Meine Mitarbeiterin wird Ihnen einen kurzen Überblick darüber geben, wie wir für Sie aus dieser Unterstützung aus dem Ausland das Beste herausholen können.«

Stamatiou wandte sich ihr zu. Sie strich sich eine Strähne ihrer Haare aus dem Gesicht, die in langen, dunklen Locken über ihre Schultern fielen, und sah dann zu Seferlis.

»Ich bin Melinda Kessler. Als Mitarbeiterin unserer Agentur werde ich hier vor Ort mit Ihnen arbeiten. Wir verfügen über langjährige Erfahrung mit der Beratung an der Schnittstelle von Wirtschaft, Politik und Gesellschaft. Unser breites Netzwerk auf EU-Ebene ermöglicht es uns, in allen für Sie interessanten Bereichen Kommunikationswege zu öffnen. Ziel ist es, die Partei und natürlich auch Sie persönlich, die Kandidaten, bekannt zu machen und Ihr Image im Ausland aufzubauen. Wir werden Unterstützung aus der Wirtschaft, aber auch aus der Politik auf EU-Ebene sicherstellen, die Ihren Wahlkampf hier auf nationaler Ebene fördern, und natürlich, mit Blick auf die Zukunft, Ihre Akzeptanz als neue griechische Regierung in Europa gewährleisten und damit auch Ihren Verhandlungsspielraum mit Ihren Gläubigern erweitern wird.«

Sie sprach ebenfalls einwandfrei Griechisch, wie Aris feststellte. Sie hatte die volle Aufmerksamkeit aller Beteiligten, vor allem der Männer, was sicher nicht nur an dem lag, was sie sagte. Sogar Seferlis schien beeindruckt zu sein und das kam eher selten vor.

Aris versuchte, ihr Alter einzuschätzen. Die Art wie sie sprach und die Selbstsicherheit, die sie ausstrahlte, ließen ihn zu dem Schluss kommen, dass sie älter war, als sie aussah. Vielleicht Anfang dreißig. Das war ein Altersunterschied von zehn Jahren, schoss es ihm durch den Kopf. Er musste sich zwingen, sie nicht die ganze Zeit anzustarren.

»... das werden wir durch Ihre Profilierung in von uns ausgewählten ausländischen Medien erreichen, aber auch durch Ihre Teilnahme an einigen ausgesuchten Events, auf denen wir Sie mit den richtigen Leuten in Kontakt bringen können. Die Strategien sind auf Sie persönlich zugeschnitten und werden selbstverständlich unter Ihrer Mitwirkung einzeln angepasst. Sie werden feststellen, dass Sie sehr schnell messbares positives Feedback aus unserer Arbeit ziehen können.«

Seferlis erhob sich, als sie ihren Vortrag beendet hatte. Die anderen taten es ihm nach. Seferlis trat zu ihr und Stamatiou und stellte ihnen einige der Kandidaten vor. Gerade ergriff Athanasiou ihre Hand und schien sie gar nicht wieder loslassen zu wollen. Athanasiou hatte am meisten über diese Sache gemeckert, aber jetzt war er offensichtlich begeistert.

»Herr Assimakopoulos!« rief Seferlis zu ihm hinüber und forderte ihn mit einer Geste auf, sich zu ihnen zu gesellen.

Aris ging auf die andere Seite des Raumes und schüttelte Stamatiou die Hand. Dann wandte er sich der Frau zu, die Melinda hieß. Sie reichte ihm tatsächlich nur bis zu den Schultern. Er ergriff ihre Hand, die sich klein und fest anfühlte. Der Geruch ihres dezenten Parfums stieg ihm in die Nase.

»Sie sind der Bürgermeister«, sagte sie.

Aris konnte seinen Blick einfach nicht von ihr lösen.

»Ich lasse Ihnen gleich noch mehr Material über mich schicken, Frau Kessler«, mischte sich Athanasiou ein, »dann können wir uns sofort zusammensetzen.«

Athanasiou legte sich ja richtig ins Zeug. Was ziemlich lächerlich war, er könnte locker ihr Vater sein, wenn nicht ihr Großvater.

Melinda nickte Athanasiou nur kurz zu und wandte sich dann wieder an ihn.

»Von Ihnen hätte ich auch gerne etwas mehr«, sagte sie.

»*Du kannst von mir haben, was auch immer du willst*«, schoss es ihm plötzlich durch den Kopf. Verdammt, er sollte sich in den Griff bekommen. Er war drauf und dran, sich genauso lächerlich zu benehmen wie Athanasiou.

»Selbstverständlich«, sagte er in einem möglichst professionellen Tonfall, um sich von Athanasiou abzugrenzen, und zeigte auf Pavlos. »Herrn Livas kennen Sie ja bereits aus Brüssel, wie ich gehört habe. Er macht auch für mich den Wahlkampf und er wird Sie in allem unterstützen, was Sie von mir benötigen.«

»Pavlos«, sagte sie erfreut, als dieser zu ihnen herüber kam und sie begrüßte.

Es versetzte ihm einen leichten Stich, dass sie ihn anscheinend gut genug kannte, um ihn beim Vornamen zu nennen. Was natürlich albern war, er wusste, dass Pavlos nicht auf Frauen stand.

»Ich denke, Ihr Wahlkampf ist da in den besten Händen, Herr Assimakopoulos«, sagte sie und lächelte ihn an.

Er lächelte zurück. »Ich stehe Ihnen zur Verfügung, wenn Sie etwas von mir brauchen.«

»Gut. Ich komme darauf zurück«, sagte sie und wandte sich Seferlis zu.

»Frau Kessler, meine Assistentin zeigt Ihnen noch Ihr Büro hier bei uns«, sagte Seferlis und ging, gefolgt von Melinda und Stamatiou, zur Tür des Konferenzraumes.

Aris sah ihnen nach. Er war auf einmal richtig froh darüber, dass er nicht im Wahlkreis seiner Insel antreten würde. Dann hätte er diese Begegnung verpasst. Ab sofort würde er sein Büro im Parteigebäude intensiver nutzen. Seferlis wollte sowieso, dass sie sich mehr hier aufhielten, um seine Leute alle beisammen zu haben.

»Und, was meinst du?«, fragte Nico Melinda, als sie am Abend nach dem Treffen bei der Partei in seinem Hotel beim Essen saßen.

Sie lachte. »Es war ein ziemliches Durcheinander in dem Parteigebäude. Ich bin froh, ein eigenes Büro zu haben und die Tür schließen zu können. Aber es ist Wahlkampf. Und wir sind in Griechenland. Das muss wohl so sein. Bei der Besprechung lief es doch ok. Die waren uns aus Brüssel gegenüber gar nicht so negativ eingestellt, wie ich erwartet hatte«, sagte sie, während sie ein Stück von dem Fisch mit dem unaussprechlichen Namen, den Nico ihr empfohlen hatte, auf ihre Gabel spießte.

»Ich glaube, das lag in erster Linie an dir«, sagte Nico und zwinkerte ihr zu. »Aber ich denke, sie haben auch verstanden, dass es ihnen tatsächlich etwas bringen wird. Es sind doch alles Politiker. Wenn man es ihm richtig verkauft, sagt kein Politiker nein, wenn es darum geht, ihm eine Plattform zu geben, auf der er sich profilieren kann. Sie haben gesehen, dass sie sich selbst eigentlich kaum kümmern müssen und wir alles machen. Du hast das wunderbar hinbekommen. Sie haben dir ja förmlich aus der Hand gefressen.«

»Du übertreibst«, sagte Melinda und trank einen Schluck von ihrem Wein. »Wie lange bleibst du?«, fragte sie ihn.

»Bis übermorgen. Ich setze mich noch ein mal mit Seferlis zusammen. Aber den Rest kannst du alleine machen. Ich komme natürlich zwischendurch, falls es nötig sein sollte. Was denkst du, mit wem du anfängst?«, fragte er, während er sein Besteck auf seinem leeren Teller zurechtlegte.

»Mit denen, die sich angeboten haben. Dieser nervige Athanasiou zum Beispiel. Er scheint Seferlis nicht sehr nahe zu stehen, obwohl sie ihre politischen Karrieren in der Vorgängerpartei mehr oder weniger gleichzeitig begonnen haben. Ihm war in der Vergangenheit, wie auch Seferlis, schon mal ein Regierungsposten anvertraut worden. Er ist in seiner Karriere eigentlich nicht weiter aufgefallen, nicht positiv, aber auch nicht unbedingt negativ.«

»Ok. Ich weiß, wen du meinst«, sagte Nico, »lass mich den nochmal mit Seferlis besprechen.«

Sie lehnte sich in ihrem Stuhl zurück, während der Kellner ihnen Wein nachschenkte.

»Der, der wirklich vielversprechend ist«, sagte sie und griff nach ihrem Glas, »und sich auch am ehesten in das Image des reformwilligen griechischen Politikers pressen lässt, was wir aufbauen wollen, ist dieser Assimakopoulos, der Bürgermeister. Er gehört nicht zur alten Garde oder zu irgendeiner dieser belasteten Familien und er hat sich einen Namen als Kommunalpolitiker gemacht, indem er in seinem Bezirk den Tourismus angekurbelt hat. Jedenfalls ist er genau das, was wir vermitteln wollen. Eine neue Generation von griechischen Politikern. Jüngerer Jahrgang, sauber, unverbraucht. Also, der hat etwas.«

Nico sah sie an. »Du bist ja richtig begeistert von ihm!«

»Wie bitte? Ach komm schon Nico! Er ist ein attraktiver Mann mit einer attraktiven Geschichte, die sich wunderbar verkaufen lässt.«

Nico trank einen Schluck Weißwein. »Melinda, bitte! Es ist nicht schlimm, dass er dir gefällt, unabhängig davon, ob sich das verkaufen lässt oder nicht.«

»Was soll denn das? Ich sehe einfach das Potential in ihm. Das heißt doch nicht gleich, dass ...«

»Ich habe nicht gesagt, dass das irgendwas bedeutet«, unterbrach er sie amüsiert, »entspann dich.«

Himmel, warum mussten alle Leute, die ihr nahe standen, sie immer mit diesem Thema nerven?!

»Tut mir leid. Ich wollte dich nur ein bisschen aufziehen«, sagte er in versöhnlichem Tonfall, als er offensichtlich ihre Verärgerung bemerkte, »ich weiß, was du durchgemacht hast in den letzten beiden Jahre. Ich wollte dir nicht zu nahe treten.«

»Ist schon ok. Ich reagiere zu empfindlich darauf. Es ist nur, dass alle mich in dem Punkt ständig drängen, und jetzt fängst du auch noch an.«

Zugegeben, sie hatte diesen Mann mit den eisgrauen Augen tatsächlich attraktiv gefunden. Und dieser Blick in dem Konferenzraum heute Morgen hatte sie irgendwie eingenommen. Aber das war auch schon alles.

»Melinda, ich weiß, dass du mit der ganzen Sache noch zu kämpfen hast. Ich bin der Letzte, der sich da einmischen und dich zu etwas drängen will. Du brauchst eben so viel Zeit, wie du brauchst.« Er prostete ihr zu. »Schau einfach nach vorne. Nun bist du erst einmal hier und so wie ich das einschätze, wird es ziemlich aufregend werden mit den Wahlen.«

Am nächsten Nachmittag nach der Besprechung mit Seferlis, Alexandridis und Nico stieß Melinda fast mit Aris Assimakopoulos zusammen, als sie aus dem Lift trat.

Sein Gesicht erhellte sich, als er sie erkannte.

»Frau Kessler«, sagte er lächelnd, »wie läuft denn Ihr erster Tag hier bei uns?«

Sie sah ihm direkt in diese eisgrauen Augen. Er schien ihren Blick förmlich festzuhalten.

»Ich versuche, mich zurechtzufinden«, erwiderte sie, »aber Ihr Mitarbeiter, Pavlos Livas, hat mir zum Glück unter die Arme gegriffen. Er hat mir übrigens Ihr Material geschickt. Ich wollte dann auch noch einmal mit Ihnen über Ihr Profil sprechen.«

»Gerne. Jederzeit. Machen Sie die Einzelheiten mit Pavlos aus«, sagte er.

»Geht in Ordnung, Herr Assimakopoulos«, erwiderte sie lächelnd.

»Aris«, sagte er. »Sag einfach Aris zu mir.«

»Ok. Und ich bin Melinda«, erwiderte sie mit fester Stimme.

»Dann bis morgen, Melinda.«

Wie er ihren Namen aussprach. Es fühlte sich an, als ob sie zum ersten Mal jemand so nannte. Überrascht über ihre Gedanken nahm sie sich zusammen.

»Ich leite Ihnen..., dir dein Profil weiter, wenn ich es fertig habe«, sagte sie, wandte sich um und ging den Gang entlang zu ihrem Büro.

Sie war fast sicher, dass er ihr nachsah, aber sie traute sich nicht, sich umzudrehen, um es zu bestätigen.

Als Melinda ein paar Stunden später beschloss, für heute Schluss zu machen, erschien Pavlos im Türrahmen.

»Alles in Ordnung?«, fragte er.

»Ja, alles bestens«, erwiderte sie lächelnd. »Komm, setz dich doch«, forderte sie ihn auf und zog ihm den Stuhl ihrer Assistentin heran, die sie schon nach Hause geschickt hatte.

»Brauchst du noch etwas hier? Ein paar Möbel vielleicht?«, fragte er, während er sich ihr gegenüber niederließ.

»Ich bin ok. Ich organisiere mir das schon. Vielen Dank nochmal für deine Hilfe.«

Er hatte ihr heute Mittag, als er in die Parteizentrale gekommen war, einen Überblick darüber verschafft, wie die Dinge hier funktionierten, und sie den richtigen Leuten in den Schlüsselpositionen vorgestellt, die sie kennen musste, um ihr ihre Arbeit zu erleichtern - von dem jungen Mann aus der Kantine, bei dem man Kaffee bestellen konnte, bis zur Leiterin von Seferlis Büro.

Er lächelte. »Ist doch selbstverständlich. Es muss dir hier ja ziemlich chaotisch vorkommen im Vergleich zu euren Büros in Brüssel.«

»Es ist anders«, lachte sie, »aber auch eine willkommene Abwechslung. Wie lange arbeitest du eigentlich schon bei Alexandridis?«

»Ich arbeite seit zehn Jahre mit ihm zusammen, aber ich bin nicht bei ihm angestellt. Meine Unabhängigkeit ist mir sehr wichtig, ich arbeite aus Prinzip nur auf Provisionsbasis. Und im Moment mache ich auch Aris persönlichen Wahlkampf, wie du ja weißt.«

»Es ist sein erstes Mal bei den Nationalwahlen. Dass Seferlis ihn gleich auf die geschlossene Parteiliste gesetzt hat, ist eine beachtliche Leistung«, sagte Melinda.

»Er war immer schon einer von Seferlis Leuten. Wie du wahrscheinlich mitbekommen hast, gibt es in der griechischen Politik im Moment nicht viele Personen, denen man abkauft, dass sie tatsächlich etwas verändern wollen und können. Aris hat auf jeden Fall eine Chance verdient.« Er lächelte sie an, während er sich erhob. »Sag mal, kann ich dich irgendwohin mitnehmen?«, fragte er. »Allerdings bin ich mit dem Motorrad da«, fügte er mit einem Blick auf ihren engen Rock hinzu.

»Nein, ist schon in Ordnung. Ich rufe mir ein Taxi«, erwiderte sie lachend.

»Wenn du willst, nehme ich dich die nächsten Tage abends mal auf einen Drink in die Lokale mit, wo die Journalisten und alle Leute aus dem Politikbereich verkehren. Dann kannst du dir ein Bild davon machen, wie das hier so läuft«, sagte Pavlos, als er sich zum Gehen wandte.

»Gerne«, sagte Melinda erfreut.

Sieh sah ihm nach. Er bemühte sich wirklich um sie, obwohl er sie nur von den zwei Tagen in Brüssel kannte. Aber sie hatte nicht das Gefühl, dass da irgendetwas anderes dahinter steckte. Sie hatte eine leise Ahnung, dass Pavlos auf dieser Ebene nicht an Frauen interessiert war. Allerdings kannte sie ihn nicht gut genug, um sicher sein zu können.

Kapitel 3

Melinda hatte ihren Rock etwas hochgezogen und versuchte, die Laufmasche in ihrer Strumpfhose kurz über ihrem Knie mit Nagellack aufzufangen. Es ging schon auf Ende April zu, aber die Temperaturen konnte man nicht unbedingt als warm bezeichnen. Sie kannte den Winter in Athen nicht, aber wie kalt der März hier gewesen war, hatte sie ziemlich überrascht. Plötzlich spürte sie, dass jemand sie beobachtete, und sah auf.

Mist, auch das noch. Athanasiou stand in der offenen Tür zu ihrem Büro und starrte auf ihre Beine. Hastig rollte sie sich mit ihrem Stuhl wieder hinter den Schreibtisch.

»Herr Athanasiou, wie kann ich Ihnen helfen?«, fragte sie so höflich wie möglich.

Musste ihre Assistentin genau jetzt Mittagspause machen?!

»Ach, ich ..., ich wollte kurz mit dir sprechen«, sagte er offensichtlich enttäuscht darüber, dass er ihre Beine nicht mehr sehen konnte, und ließ sich unaufgefordert auf dem Stuhl vor ihrem Schreibtisch nieder.

Sie fragte sich, wann sie ihm erlaubt hatte, sie zu duzen. Mittlerweile war sie es zwar gewöhnt, dass das mit dem Du hier sehr schnell ging und dass Ältere oder Ranghöhere ihre Untergebenen ungefragt mit Vornamen und »du« ansprachen. Trotzdem empfand sie das mit Leuten wie Athanasiou als ziemlich unangenehm. Vor allem, weil er in keinster Weise ihr Vorgesetzter war. Sie wusste, dass Seferlis ihn in seiner Partei einfach nur duldete, weil er ihn als einer der Ersten bei der Gründung unterstützt hatte und der Parteichef auf Athanasious feste Stammwählerschaft zum jetzigen Zeitpunkt nicht verzichten konnte.

»Also, ich wollte dir sagen, dass mir gut gefallen hat, was du da für mich erreicht hast«, sagte er und heftete seinen Blick auf ihren Ausschnitt. »Das Interview in dieser deutschen Zeitschrift hat ja ein richtig objektives Bild von mir gezeichnet. Ich war anfangs etwas skeptisch, ich hatte befürchtet, dass die Deutschen alles verzerren würden. Du scheinst sehr gute Kontakte zu haben, ich bin beeindruckt.«

Melinda hatte ihn zunächst unauffälliger behandeln wollen, aber auf Seferlis Bitte hin war sie gezwungen gewesen, sich etwas einfallen zu lassen, um ihn zufriedenzustellen. Die Zeitschrift hatte sich angeboten, weil ihr dort ein Bekannter einen Gefallen schuldete und Athanasiou gut Deutsch sprach. Athanasiou war an dem Interview natürlich in keinster Weise beteiligt gewesen, sie hatte es selbst ausgearbeitet und so nichtssagend wie möglich ausfallen lassen.

»Das freut mich«, sagte Melinda knapp.

»Ich esse immer im Restaurant des Parlaments zu Mittag«, sagte er und ließ seinen Blick von ihrem Ausschnitt zu ihrem Gesicht wandern, »vielleicht möchtest du mich begleiten?«

Das fehlte ihr gerade noch. Sie hatte schon zu Anfang ziemliche Probleme mit den teilweise sehr eindeutigen Annäherungsversuchen mancher männlicher Mitarbeiter gehabt. Es war anstrengend und nervig, diese oft sehr offenen Andeutungen in höflicher, aber bestimmter Weise zurückzuweisen. Dabei ging es keineswegs nur ihr so, sie sah, dass viele weibliche Mitarbeiterinnen, von der jungen Praktikantin bis zur Kandidatin für die Parlamentswahlen, mit Ähnlichem kämpfen mussten. Aber Athanasiou trieb es jetzt zu weit. Warum kam ihre Assistentin nicht endlich zurück?

»Danke, Herr Athanasiou, aber ich habe hier noch zu tun«, sagte sie bestimmt.

Sie sah durch die offene Tür auf den Gang, wo Aris gerade vorbeiging und ihr zuwinkte. Als sein Blick auf Athanasiou fiel, blieb er stehen und kam dann in ihr Büro.

Gott sei Dank.

Er nickte Athanasiou kurz zu. »Melinda, ich habe etwas mit dir zu besprechen, hast du einen Moment? Ich muss gleich los, begleitest du mich zum Aufzug?«

Melinda erhob sich und warf Athanasiou einen entschuldigenden Blick zu. Der stand auch widerwillig auf.

»Dann vielleicht ein andermal«, sagte Athanasiou und entfernte sich in die entgegengesetzte Richtung den Gang hinunter.

»Was willst du denn mit mir besprechen?«, wandte sich Melinda an Aris, während sie neben ihm her zu den Aufzügen ging.

Er lachte. »Nichts. Ich dachte nur, dass du vielleicht gerettet werden wolltest.«

Melinda lachte ebenfalls. »Danke dir! Er ist ziemlich gruselig.«

»Er ist dafür bekannt, dass er sich in diesem Punkt etwas überschätzt. Aber du musst dir von ihm nichts gefallen lassen, Seferlis braucht ihn zwar, aber was unangemessenes Verhalten betrifft, ist er ziemlich streng.«

»Also dann will ich mir eigentlich nicht vorstellen, was sich unter anderen Umständen abspielen würde«, sagte Melinda und blieb neben Aris im Vorraum stehen. »Ich habe mitbekommen, dass Seferlis überhaupt sehr streng mit euch ist. Er soll den Wahlkreiskandidaten für die südliche Ägäis gezwungen haben, seine Yacht zu verkaufen.«

Aris lachte wieder. »Ja, da greift er im Moment hart durch. Er hat unmissverständlich klar gemacht, dass er nichts dulden wird, was irgendwie geeignet ist, zu provozieren. Keine protzigen Autos, keine teuren Empfänge, keine ausschweifenden Besuche in Nachtlokalen. Er hat uns alle auf Herz und Nieren geprüft, bevor er uns die Kandidaturen angeboten hat. Seferlis kann es sich nicht leisten, dass etwas Unangenehmes aufgedeckt wird. Wenn jetzt irgendeine Steuersünde oder eine Beteiligung an dubiosen Firmen bei einem von uns ans Licht kommt, werden wir es nicht schaffen bei den Wahlen.«

»Es sieht ja leider weiterhin sehr knapp aus«, sagte sie.

Er nickte. »Aber wir haben noch ein paar Wochen. Wir müssen einfach gewinnen. Melinda, ich bin spät dran, wir sehen uns.«

»Bis dann«, sagte sie und ging zurück zu ihrem Büro.

Durch Pavlos, der wie sie zum PR-Team der Partei gehörte und mit dem sie eng zusammenarbeitete, hatte sie Aris recht gut kennengelernt. Regelmäßig saß sie mit Pavlos in Aris Büro, wo Aris zwischen den Terminen in seinem immer voller werdenden Programm zu ihnen stieß.

Sie fühlte sich wohl mit Aris, was nicht zuletzt daran lag, dass er zu denen gehörte, die zwar ein herzliches, aber professionelles Verhältnis zu ihr pflegten. Das leise Knistern zwischen ihnen, das sie von Anfang an gespürt hatte, existierte immer noch, aber nichts an seinem Verhalten überschritt die Grenzen. Manchmal ertappte sie sich mittlerweile auch dabei, wie sie sich irgendeinen eindeutigeren Hinweis von ihm wünschte. Der Gedanke war natürlich lächerlich, er hatte eine Ehefrau und Kinder und stand mitten im Wahlkampf. Außerdem wusste sie nicht sicher, wie sie damit umgehen würde, falls er deutlicher wurde.

Nach dem täglichen Treffen der PR-Leute auf Seferlis Stockwerk ging Melinda neben Pavlos den Gang entlang zu den Aufzügen, als sie Paris erkannte, der ihnen entgegen kam. Ein Lächeln breitete sich auf seinem Gesicht aus.

»Frau Kessler! Ich habe es Ihnen doch gleich gesagt!«

Melinda lachte. »Herr Galanopoulos. Es freut mich, Sie wiederzusehen!«

»Hallo Pavlos«, wandte er sich ihm kurz zu und heftete seinen Blick dann wieder auf sie. »Ich denke, jetzt habe ich mir aber das Du verdient, weil ich damals richtig lag.«

»Ok«, sagte Melinda lächelnd.

»Ihr beiden kennt euch?«, fragte Pavlos erstaunt.

Sie erzählten ihm, wie sie sich im Flugzeug begegnet waren.

»Und er hat sofort gewusst, was ich in Athen mache und mich in eine ziemlich schwierige Situation gebracht. Ich wusste ja noch nicht, wie Seferlis dazu steht«, sagte Melinda.

Pavlos lachte. »Paris ist eben ein guter Journalist. Du triffst dich mit Seferlis, oder?«, wandte er sich an Paris.

»Ja, wir machen die Sendung mit ihm schon Ende dieser Woche.«

»Was ist eigentlich mit dem Interview in den Hauptnachrichten für Assimakopoulos, über das wir gesprochen hatten?«, fragte Pavlos.

»Das ist im Moment etwas schwierig, mein Freund. Du weißt ja, wir liegen mit den Quoten in den Hauptnachrichten seit einem halben Jahr regelmäßig vorn, was auch bedeutet, dass eure Gegner uns im Visier haben. Eure Leute sind in letzter Zeit etwas überrepräsentiert, da müssen wir ein bisschen aufpassen.«

»Komm, Paris, du kannst einen Weg finden.«

»Ich werde sehen, was sich machen lässt. Aber versprechen kann ich nichts. Sorry. Ich melde mich. Ich muss los, ich bin spät dran.«

Er winkte ihnen zu und wandte sich um, hielt aber plötzlich inne.

»Melinda, ich mache mir nicht viele Hoffnungen, dass du mir helfen kannst, aber einen Versuch ist es wert. Hast du Zugang zu Lefevre?«

»Jaques Lefevre? Von der Kommission?«

»Ja. Ich wollte ein Interview zu den Wahlen in Griechenland mit ihm machen. Aber es ist unmöglich, an ihn heranzukommen. Er scheut die Presse wie der Teufel das Weihwasser.«

»Ja, dafür ist er bekannt. Aber du hast Glück. Ich denke, ich kann dir helfen.«

»Wirklich?! Wahnsinn. Danke!«

»Ein Interview in den Hauptnachrichten. Für Pavlos Kandidaten. Mit vorher abgesprochenen Fragen«, sagte Melinda.

»Ok. Du hast mein Wort. Ich rufe euch an wegen der Einzelheiten.«

»Nicht schlecht!«, sagte Pavlos anerkennend, als Paris außer Hörweite war, »ich bin beeindruckt. Und danke, dass du das für mich getan hast.«

»Kein Problem«, sagte sie, während sie sich den Aufzügen näherten.

»Paris ist schwer in Ordnung«, sagte Pavlos, »er ist einer der ganz wenigen, der sich, in seiner Sendung zumindest, um eine objektive Berichterstattung bemüht. Sein Sender macht es ihm alles andere als leicht. Aber er ist einfach gut und man kann sich auf sein Wort verlassen.«

Sie blieben vor dem Aufzug stehen.

»Ich möchte, dass ihr es schafft. Und … «, Melinda verschlug es buchstäblich die Sprache, als sich die Aufzugstüren öffneten und ihr Blick auf die beiden Riesen fiel, die plötzlich vor ihr standen. Der eine trat aus dem Aufzug und Pavlos riss sie zur Seite.

Sie sah den beiden erschrocken nach, als sie an ihnen vorbei auf Seferlis Büro zugingen, und bemerkte dann erst den Mann, der zwischen ihnen ging und neben ihnen wie ein Zwerg wirkte.

»Was war denn das?«, fragte sie verblüfft.

Pavlos lachte. »Das war Sideris, der Chef der Meinungsforschungsagentur mit der wir zusammenarbeiten. Und seine Sicherheitsleute. Beeindruckend oder?«, fragte er.

»Allerdings. Aber ist das nicht ein bisschen übertrieben? Nicht einmal Seferlis hat solche Leute.«

Nur mit Mühe konnte sie den Blick von ihnen lösen, als sie mit Pavlos in den Lift trat.

»Je näher der Wahltag rückt, desto gefährlicher wird es. Bei den vorletzten Wahlen ist der Agenturchef massiv bedroht worden. Man hat ihn unter Druck gesetzt, die Umfrageergebnisse zu fälschen, und seine gesamte Familie musste unter Polizeischutz gestellt werden. Das ist kein Einzelfall. Alle Meinungsforschungsagenturen arbeiten so kurz vor den Wahlen unter enormen Sicherheitsmaßnahmen«, klärte Pavlos sie auf.

Dass Politik nicht ganz ungefährlich war, wusste sie natürlich aus ihrem Job in Brüssel. Sie hatte selbst vor einigen Jahren im Bereich der Meinungsforschung gearbeitet und natürlich hatte es Sicherheitsvorkehrungen gegeben, aber sie konnte sich nicht erinnern, dass da solche Kaliber aufgefahren wurden. Jetzt begann ihr allmählich klar zu werden, dass hier in Griechenland der Einfluss der Vertreter der einzelnen Interessensgruppen wesentlich größer und unmittelbar entscheidend für den Ausgang der Wahlen war, da viel weniger Leute involviert waren.

Diese Umfrageergebnisse, die nun fast täglich zu allen möglichen Themen hereinkamen, halfen ja nicht nur der Partei, ihre Strategie anzupassen, sondern wurden natürlich teilweise auch von den Medien veröffentlicht, die bei denselben Agenturen Umfragen in Auftrag gaben. Und was hinter den Kulissen für Spiele gespielt wurden, um die Kandidaten in den Radio- und Fernsehsendungen zur Wahl zu platzieren, und wie tief Alexandridis und Pavlos vernetzt waren, machten ihr erst bewusst, wie stark das alte System war, das in Griechenland bis jetzt Macht und Einfluss verteilt hatte. Seferlis musste notgedrungen erst einmal mitspielen, wenn er eine Chance haben wollte, die Wahlen zu gewinnen. Und selbst wenn er es schaffen sollte, würde es sehr viel Mut brauchen, das zu durchbrechen. Falls es überhaupt möglich war.

Die Partei hatte eindeutig einen Vorsprung, was ihre Präsenz in allen traditionellen Medien betraf, da sie dem System näher stand als ihre Konkurrenz. Aber ihre Gegner lagen einfach aus dem Grund, dass die Wähler diesmal einen wirklichen Umbruch erwarteten, wie die Umfragen zeigten, trotzdem noch leicht vorn, ohne dass sie dafür viel tun mussten.

Melinda hatte festgestellt, dass die Konkurrenzpartei das Internet und die sozialen Medien viel besser nutzte als sie. Alexandridis führte die Tatsache, dass die Konkurrenzpartei vor allem bei den jungen Wählern einen Vorsprung hatte, darauf zurück, dass die Ideale der Partei jüngere Altersgruppen eben eher ansprachen. Was sicher zum Teil stimmte, aber sie fand, dass man noch viel mehr tun konnte. Alexandridis unterschätzte den Einfluss der sozialen Medien, die sich allmählich auch hier durchzusetzen begannen.

Sie hatte schon überlegt, ob sie das Thema in einem der Meetings offen ansprechen sollte. Alexandridis akzeptierte sie als Hilfe bei den ausländischen Medien, aber der nationale Wahlkampf gehörte natürlich nicht zu ihren Aufgaben und er würde über eine Einmischung in seine Domäne wahrscheinlich wenig begeistert sein. Obwohl sie mit allen Mitarbeitern mittlerweile ganz gut zurecht kam, spürte sie dennoch oft die Distanz, die sie zu ihr wahrten. Die Abwehrhaltung gegen Verbesserungsvorschläge aus dem Ausland war überall spürbar. Ihr deutscher Nachname half ihr dabei natürlich nicht unbedingt.

Aber inzwischen lag ihr der Wahlsieg der Partei auch persönlich sehr am Herzen und so hatte sie Pavlos überredet, sich von ihr helfen zu lassen, die Präsenz im Netz, zumindest für Aris, professioneller zu organisieren, und sie hoffte, dass das positive Feedback Alexandridis überzeugen konnte, dasselbe für die gesamte Partei aufzubauen. Die Zeit wurde zwar langsam knapp, aber sie war sich sicher, dass sie, zumindest bei den jungen Wählern, auch im letzten Moment noch eine ganze Menge rausholen konnten.

Als sie zurück in ihr Büro kam, stellte ihre Assistentin Vivi gerade den Ton des Fernsehers lauter, der in allen Büros den ganzen Tag mit den Wahlsendungen im Hintergrund lief. Die mehr oder weniger seriösen Magazine, die auf allen Sendern täglich über die aktuellen Ereignisse berichteten, enthielten auch Diskussionsrunden, in denen Experten, Vertreter verschiedener Interessengruppen, aber auch Politiker die aktuellen Themen diskutierten. Diese Sendungen waren nun in regelrechte Wahlsendungen umfunktioniert worden, in denen sich die geladenen Vertreter der einzelnen Parteien bis spät in die Nacht austauschten. Dabei handelte es sich keineswegs um eine geordnete Frage - und Antwortrunde, sondern die Beteiligten führten teilweise regelrechte Streitgespräche untereinander und nicht selten arteten solche Gesprächsrunden auch aus, so dass sich der Moderator schwer tat, wieder Ordnung herzustellen.

Am Anfang hatten Melinda diese Sendungen befremdet, aber mittlerweile sah sie durchaus ihren Nutzen. Einerseits ermöglichten sie es, den Wählern die Meinungen der verschiedenen Kandidaten aller Parteien zuzutragen. Aber andererseits war ihr klar, dass den Sendern damit auch eine große Macht gegeben wurde, verbunden mit Freiraum für Manipulation, auch wenn die Wahlgesetzgebung natürlich einen Rahmen absteckte, wer wo, wie oft und wie lange erscheinen durfte.

»Sieh mal, in was für einer Runde Aris Assimakopoulos gelandet ist«, sagte Vivi.

Melinda richtete ihren Blick auf das Bild. »Das sieht tatsächlich interessant aus«, erwiderte sie lachend.

Aris saß neben der Spitzenkandidatin einer linksgerichteten Partei und am anderen Ende des Tisches hatte sich ein gutaussehender junger Mann im Anzug, der der faschistischen Partei angehörte, angriffslustig auf seinem Sitz vorgebeugt. Melinda wusste, dass die Partei schon lange einen festen Bestandteil des politischen Systems bildete. Es war allgemein bekannt, dass ihre Aktivitäten den legalen Rahmen überschritten, aber da sie bisher nur eine sehr kleine Anhängerschaft gehabt hatte, war nichts unternommen worden, um ihr nicht mehr Aufmerksamkeit zu schenken als nötig. Aber nun saßen die Faschisten erstaunlich stark vertreten in den Gemeinderäten aller größeren Städte. Und dieses Mal würden sie es auf jeden Fall ins nationale Parlament schaffen, und zwar mit erschreckend hohen Prozentsätzen, wie die Umfragen zeigten.

Sie hatte Aris schon öfter in solchen Sendungen gesehen und war jedes Mal beeindruckt. Obwohl er in dem Bereich natürlich viel weniger Erfahrung als die meisten seiner Konkurrenten hatte, merkte man ihm das absolut nicht an. Er hatte es einfach drauf.

Im Moment sagte Aris allerdings gar nichts und hatte sich wie die übrigen Gäste und die Moderatorin in seinem Sitz zurückgelehnt und verfolgte den Schlagabtausch zwischen der Kandidatin mit dem streichholzkurzen, platinblonden Haar und dem jungen Faschisten, den dieser eindeutig zu verlieren schien. Die Frau von den der linken Partei hatte sich inzwischen regelrecht in Rage geredet und überdröhnte ihn einfach mit ihrer donnernden Stimme, so dass er keine Chance hatte, sich Gehör zu verschaffen. Er schlug immer wieder mit der Hand auf die Tischplatte, während er erfolglos gegen sie anschrie.

Die Moderatorin lehnte sich nach vorne und versuchte, die Aufmerksamkeit auf sich zu lenken. Als den beiden kurz der Atem ausging, nahm sie die Gelegenheit wahr. »Wir machen jetzt mit unseren anderen Themen weiter«, sagte sie mit einem warnenden Blick auf die beiden.

Die Kandidatin schnaubte und blickte wieder auf den jungen Mann. »Weißt du was, ich hab dir schon viel zu viel Aufmerksamkeit geschenkt. Ich werde keine Energie mehr auf irgendwelche hirnlosen Faschisten verschwenden!«, rief sie und wandte sich demonstrativ von ihm ab.

Der junge Faschist starrte sie an. Er sah aus, als wollte er sich jeden Moment auf sie stürzen. Dann ließ er sich aber schwer atmend wieder auf seinen Stuhl zurücksinken. »Es ist wirklich Zeitverschwendung mit dir zu streiten. Da sind wir uns einig. Du linke ...«

»Ach, halt doch endlich die Klappe«, schnitt ihm die Kandidatin der linken Partei das Wort ab und wandte sich an Aris. »Dass wir uns heute mit diesem Mann im gleichen Raum aufhalten müssen«, sagte sie in scharfem Tonfall zu Aris und zeigte auf den jungen Mann, »haben Sie und Ihre Leute zu verantworten. Dass Sie und wir ebenfalls bald auch im Parlament neben solchen Kreaturen sitzen werden, geht alleine auf Ihr Konto!«

»Also, das ist ja wohl ...«, der junge Mann setzte dazu an, sich gegen die Beleidigung zu verteidigen, aber die Kandidatin beachtete ihn gar nicht und redete einfach weiter. »Durch die Misswirtschaft Ihrer beiden Vorgängerparteien, Herr Assimakopoulos, ist es doch erst dazu gekommen, dass sich die Bürger in ihrer Verzweiflung an die Faschisten wenden müssen!« Sie schlug mit der Hand auf den Tisch. »Und ...«

»Ach, und Ihre Partei, die diesmal darum kämpfen muss, überhaupt ins Parlament zu kommen, trägt dafür keine Verantwortung, ja?«, fiel Aris ihr ins Wort. »Tatsache ist doch, dass Ihnen die Wähler weggebrochen sind, weil Sie sie nicht mehr überzeugen können mit Ihrer Einstellung, gegen alles zu sein, ohne konstruktive Gegenvorschläge! Sie tragen doch auch dazu bei, dass die Wähler extreme Lösungen suchen. Wir hatten zumindest den Mut, uns neu zu formieren und dem Wähler eine Alternative anzubieten, ein umsetzbares Konzept! Was haben Sie denn getan?! Nichts, wie immer!«

»Dass ich nicht lache, neues Konzept! Das sind doch die gleichen Leute wie vorher, die bei Ihnen in der Partei sitzen. Ihr Parteichef war sogar in der Vergangenheit Mitglied der Regierung, die den Weg in diese Katastrophe hier eingeleitet hat. Und überhaupt! Von welcher Alternative reden Sie eigentlich? Falls Sie gewinnen, wofür ich, ehrlich gesagt, schwarz sehe, werden Sie das Land doch gar nicht selbst regieren, wie aus Ihrem Programm hervorgeht. Sie haben sich dazu verschrieben, eine Marionette der Troika zu werden. Sie versprechen Ihren Wählern eine Besatzungsmacht!«

»Da muss ich Ihnen allerdings zustimmen«, mischte sich der Mann neben ihr ein, bei dem es sich um einen Kandidaten der euroskeptischen Partei handelte, »was Sie vorhaben, Herr Assimakopoulos, ist genau das. Sie verkaufen unser Land an die internationalen Einflussmächte!«

»Das stimmt. Das ist auch unsere Meinung«, sagte der junge Mann von den Faschisten zu dem Kandidaten der Euroskeptiker. »Aber das heißt nicht, dass ich mich hier von Ihnen beschimpfen lassen werde«, fuhr er fort und blitzte die Kandidatin der linken Partei an, »wir sind eine legale Partei ...«

»Da haben Sie es«, unterbrach ihn Aris und wandte sich an die Frau von den Linken, »die Ansichten Ihrer Parteien scheinen sich ja nicht sehr zu unterscheiden. Die Linken, die Euroskeptiker und die Faschisten. Alle in einem Boot. Ihr Weg, und zwar der von Ihnen allen dreien ist es doch, der das Land auf dem sichersten Weg in den Untergang führt! Der Staat ist bankrott ...«

»Das ist ja ungeheuerlich, was Sie da von sich geben«, fiel ihm die Kandidatin der Linken ins Wort und sah ihn wütend an. »Sie wagen es, mich mit diesen Schlägertypen, mit diesen Kriminellen, mit diesem Abschaum der Gesellschaft«, fuhr sie mit einem verächtlichen Blick auf den jungen Mann fort, der aufgesprungen war und sie wutentbrannt ansah, »in einen Topf zu werfen!«

Offensichtlich drehte der junge Mann plötzlich durch. Melinda starrte nur entgeistert auf den Bildschirm, als er aufsprang und mit zum Schlag erhobener Hand auf die Frau zustürzte. Sie sah, wie Aris in der Sekunde von seinem Sitz hochschoss, sich nach vorne über den Tisch warf und ihn mit aller Wucht zurückstieß, bevor er die Kandidatin der Linken treffen konnte.

Der Mann ging zu Boden. Im Hintergrund waren jetzt die aufgeregten Schreie der Moderatorin zu hören und zwei Männer in schwarzen Uniformen, wahrscheinlich Sicherheitsleute, liefen ins Bild. Dann wurde der Fernsehschirm schwarz.

Die Werbung, die kurz darauf eingeblendet wurde, riss Melinda aus ihrer Fassungslosigkeit.

»Das darf doch nicht wahr sein, oder? Es kann doch nicht sein, dass der sie tatsächlich geschlagen hätte. Vor laufender Kamera! Ich habe so etwas noch nie im Leben gesehen. Was um Gottes willen sind das für Leute in dieser Faschistenpartei?!«, rief Melinda aus.

Vivi schüttelte nur ungläubig den Kopf.

Melinda sprang auf und lief in Aris Büro, wo alle aufgeregt durcheinander redeten und Pavlos umringt hatten, der telefonierte.

»Es ist alles in Ordnung«, sagte er und hob beschwichtigend die Hände. »Aris ist ok. Wir müssen das sofort ausnutzen!«

Aris gesamtes Team machte sich an die Arbeit und auch Melinda setzte sich zu Pavlos an den Rechner, um in den sozialen Medien für maximale Aufmerksamkeit auf dieses unverhoffte Ereignis zu sorgen.

Als Aris wenig später wiederkam, war der Zwischenfall in der Sendung auf allen Medien das Hauptthema.

»Also, Aris«, begrüßte ihn Pavlos, »ich denke, ab heute bist du definitiv nicht mehr Seferlis unbekannter Listenkandidat! Besser hätte man das gar nicht inszenieren können!«

Aris lachte und Pavlos hielt sich sein Handy ans Ohr, das gerade klingelte.

»Hallo Paris.«

»Ich denke, das können wir tun. Aber das schließt nicht aus, was wir heute Mittag besprochen haben.«

»Ok. Ich organisiere das.«

»Sein Sender will dich heute in den Hauptnachrichten zuschalten, um über das Geschehnis mit dem Faschisten zu sprechen«, sagte er an Aris gewandt, »und sie wollen es, für heute zumindest, exklusiv.«

»In Ordnung. Ich denke nicht, dass etwas dagegen spricht, wir versuchen ja schon länger bei ihnen ein bisschen Sendezeit zu kriegen«, erwiderte Aris.

»Die hättest du sowieso bekommen«, sagte Pavlos mit einem Blick auf Melinda und erzählte ihm von dem Deal mit Paris vor ein paar Stunden.

Aris sah sie überrascht an. »Danke«, sagte er und hielt ihren Blick fest.

Nach dem Telefoninterview bei »Ultra-Channel« lehnte sich Aris in seinem Sessel zurück. Er wollte sich gerade eine Zigarette anzünden, als sein Handy klingelte.

»Thymios!«, meldete er sich.

»Hey, Held des Tages!«, sagte sein Freund Thymios lachend, »das war ja eine einmalige Show heute Nachmittag. Hut ab vor deiner schnellen Reaktion. Allerdings gehe ich davon aus, dass sehr viele schon oft davon geträumt haben, das zu tun, was der Faschist getan hat!«

Aris lachte. »Ja, mich eingeschlossen. Aber im Ernst, dass der Typ tatsächlich so weit geht, Frauen zu schlagen in aller Öffentlichkeit, ist schon allerunterstes Niveau. Das hat mich ziemlich schockiert.«

»Hat sie sich wenigstens bei dir bedankt?«

»Sie hat sich eine kurzes Dankeschön abgerungen. Aber natürlich hat sie mich sofort wissen lassen, dass ich mir nichts darauf einbilden soll, und mir klar gemacht, dass sie mich weiterhin bekämpfen und bei unserem nächsten Zusammentreffen keine Gnade zeigen wird.«

»Etwas anderes habe ich auch nicht erwartet. Aber es ist schon erschreckend, was das für Typen sind, die von den Faschisten. Und so wie es aussieht, habt ihr die dann ja wirklich im nationalen Parlament. Ich fürchte auch, dass ihnen dieses Ereignis heute nicht schaden wird. Ganz im Gegenteil.«

»So ist es leider.«

»Sag mal, bist du frei heute Abend? Vielleicht können wir etwas trinken gehen und deine gute Tat feiern.«

»Ja, gerne, für heute bin ich durch.«

»Ok. Ich komme bei dir vorbei.«

Aris legte auf und eine halbe Stunde später ging er mit Thymios zu der nahegelegenen Bar, wo sich die Leute aus der Politik trafen.

An diesem Abend wurde ihm schließlich voll bewusst, dass sich sein Leben unwiderruflich verändert hatte. Fast alle starrten ihn an, als er sich mit Thymios einen Weg in den hinteren Teil des Lokals bahnte. Natürlich war er aus seiner Zeit als Bürgermeister an die öffentliche Aufmerksamkeit auf der Insel und in der näheren Umgebung gewöhnt. Aber in Athen war er bis jetzt anonym gewesen. Er hatte es auch immer als einen Rückzugsort gesehen. Damit war es definitiv vorbei. Er hatte sich nur nicht klargemacht, was das eigentlich bedeutete.

Einige Leute prosteten ihm zu und gratulierten ihm zu seiner mutigen Reaktion in der Sendung, andere witzelten, dass er besser nicht hätte eingreifen sollen, und ein paar traten an ihn heran und sagten ihm geradeheraus, was sie von ihnen erwarteten, falls sie an die Regierung kommen sollten.

Unter denen, die ihm und Thymios ständig neue Drinks spendierten, waren auch einige junge, teilweise sehr beeindruckende Frauen. Thymios genoss das sichtlich.

»Also, dir sind die Frauen immer schon zugeflogen, aber das hier ist ja wie im Paradies!«, sagte er lachend zu Aris.

»Nur leider kann ich es mir im Moment nicht leisten, in diese Richtung aufzufallen«, erwiderte er, »aber du kannst dich gerne bedienen!«

»Ich würde ja«, sagte Thymios fast sehnsüchtig, »aber weißt du, selbst wenn Stella es nie erfährt, ich würde es wissen. Und ich könnte ihr dann nicht mehr in die Augen sehen. Das ist es einfach nicht wert.«

Aris verdrehte innerlich die Augen. In dem Punkt hatte er seinen Freund noch nie verstanden.

Es war ein schöner Abend mit Thymios, trotz der ständigen Unterbrechungen durch die Leute, die mit ihm reden wollten. Sie sprachen und lachten endlich mal wieder über alles Mögliche miteinander, wie er das nur mit Thymios konnte. Fast erzählte er ihm von Melinda, aber dann tat er es doch nicht. Irgendwie gab es nicht wirklich etwas zu erzählen. Er sah sie fast jeden Tag und sie schien ihn zu mögen, sie ging nie einem Gespräch mit ihm aus dem Weg, das er bei jeder Gelegenheit, die sich bot, initiierte. Aber absolut nichts an ihrem Verhalten hatte ihm signalisiert, dass sie vielleicht auch etwas anderes zu ihm hinzog. Er hielt sich natürlich auch zurück. Das war nicht der richtige Zeitpunkt, um sich mit irgendwelchen Anmachversuchen lächerlich zu machen. Mit denen hatte sie schon von anderen Seiten genug zu kämpfen. Und er glaubte zu wissen, dass einer der Gründe, warum sie sich mit ihm wohlfühlte, der war, dass er sie auf dieser Ebene in Ruhe ließ. Aber Tatsache war, dass er inzwischen jeden Tag regelrecht darauf wartete, dass sie zu ihnen ins Büro kam, sich vor Pavlos Schreibtisch setzte und sich mit ihm und den anderen austauschte. Immer öfter ertappte er sich dabei, wie er in den unpassendsten Momenten an sie dachte. Und manchmal rissen ihn auch Traumszenen mit ihr und ihm, in denen ziemlich eindeutige Dinge geschahen, aus seinem sowieso schon kurzen Schlaf.

Melinda streckte sich und griff nach ihrem Handy auf dem Nachttisch. Die Uhr auf dem Display zeigte kurz nach sieben. Sie brauchte einen Moment, um zu realisieren, dass etwas ganz Entscheidendes anders war.

Schlagartig setzte sie sich auf, als ihr bewusst wurde, dass sie durchgeschlafen hatte. Was bedeutete, dass sie den Traum nicht geträumt hatte!

Sie atmete tief ein, stand auf und trat auf die Veranda.

Sie war sich schon fast sicher gewesen, dass sie diesen Alptraum, der sie Nacht für Nacht aus dem Schlaf schrecken ließ, nie mehr loswerden würde. Aber nun war es doch passiert.

Vor Erleichterung stiegen ihr Tränen in die Augen. Sie wusste, dass das nicht hieß, dass er nie wiederkommen würde, sie hatte eine Schlacht gewonnen und noch lange nicht den ganzen Krieg. Aber es war ein Anfang.

Als sie kurz darauf zu Fuß die wenigen Blocks bis zur Parteizentrale lief, spürte sie deutlich, wie sich dieses dumpfe Gefühl, was seit diesem Tag im März vor zwei Jahren über ihr hing und so sehr ein Teil von ihr geworden war, dass sie es kaum noch wahrnahm, endlich zu lösen begann.

Mit einem strahlenden Lächeln auf den Lippen trat sie in Aris Büro. Heute war Samstag, an dem es die meisten ein wenig später angehen ließen, nur Pavlos saß schon an seinem Rechner.

»Melinda! Du bist ja richtig gut gelaunt heute Morgen«, sagte er, als sie sich mit ihrem Kaffee auf dem Stuhl vor seinem Schreibtisch niederließ, »gibt es da einen bestimmten Grund?«

»Nein, eigentlich nicht. Ich habe mal wieder ausreichend geschlafen.«

»Tja, ich fürchte, das wird eines der letzten Male gewesen sein. Es geht auf die Ziellinie zu. Für mich zumindest bedeutet es, dass ich praktisch hier einziehen werde«, sagte Pavlos.

Melinda lachte. »Das gefällt Dimitris wahrscheinlich nicht besonders!«

»Er meckert jetzt schon. Aber er ist es ja gewöhnt, dass ich viel arbeite. Ach, wenn man vom Teufel spricht«, sagte er und griff nach seinem Handy, das läutete.

Melinda machte ihm ein Zeichen, dass sie in ihr Büro gehen würde, und verließ den Raum. Sie hatte von Anfang an richtig gelegen, er lebte mit einem Mann zusammen. Nach und nach hatte er sie das wissen lassen, als er ihr außer den Leuten, mit denen er zu beruflichen Zwecken verkehrte, auch seinen Freundeskreis vorgestellt hatte. Mit seinem Lebensgefährten Dimitris, der einen exklusiven Friseursalon in Athen betrieb, verstand sie sich auf Anhieb gut, was ihr Verhältnis zu Pavlos intensivierte. Es überraschte sie, wie wohl sie sich in dem Kreis der beiden fühlte, und es machte ihr bewusst, wie einsam ihr Leben nach Daniel gewesen war. Aber sie hatte einfach keine Nähe zulassen können. Auch nicht auf einer rein freundschaftlichen Ebene.

Als sie ihren Rechner hochfuhr, machte sich allmählich Aufregung in ihr breit. Es waren nur noch zwei Wochen bis zu den Wahlen. Das Tempo würde sich in den nächsten Tagen enorm steigern. Seferlis würde alle Hände an Deck brauchen.

Am späten Nachmittag, als sie gerade den Thunfischsalat essen wollte, den Vivi ihr hingestellt hatte, traten Pavlos und Alexandridis zu ihr ins Zimmer. Die beiden strahlten über das ganze Gesicht.

»Wir haben es geschafft«, sagte Alexandridis. »Wir haben gerade das letzte Umfrageergebnis hereinbekommen. Wir stehen jetzt in allen

Umfragen mindestens vier Punkte vorn. Natürlich können wir nicht aufatmen, wegen der unentschiedenen Wähler, aber es sieht gut aus. Wenn wir uns noch ein bisschen ins Zeug legen, schaffen wir auch die Mehrheit im Parlament. Es fehlt nicht mehr viel!«

Melinda sprang auf und umarmte beide. »Das ist ja großartig!«, rief sie aus. »Ich wünsche mir so sehr, dass es klappt.«

»Du hast sehr viel dazu beigetragen, das ist dir hoffentlich klar«, sagte Alexandridis an sie gewandt.

Sie winkte ab. »Wir geben hier alle unser Bestes.«

»Diese letzten Ergebnisse liegen aber vor allem an deiner Hilfe bei unserer Profilierung in den sozialen Medien«, sagte Alexandridis. »Bei den jungen Wählern haben wir einen riesigen Sprung nach vorne gemacht, seit wir uns richtig engagiert haben. Das hätten wir ohne dich nicht so schnell geschafft!«

Sie lächelte und war ein bisschen gerührt. »Ich freue mich, dass es etwas gebracht hat.«

Alexandridis zeigte ihr einen erhobenen Daumen. »Ich muss weiter«, sagte er und ließ sie mit Pavlos alleine.

»Wir müssen noch einmal alles geben«, sagte er, während er sich auf einen Stuhl fallen ließ, »und hoffen, dass nichts schiefgeht.«

»Es darf nichts schiefgehen«, sagte Melinda, »dafür haben wir zu hart gearbeitet. Seferlis muss einfach gewinnen. Sag mal, denkst du, dass Seferlis Aris ein Ministerium anbieten wird bei einem Wahlsieg?«

»Unter normalen Umständen würde er keinen Ministerposten bekommen. Es ist seine erste Amtsperiode als Abgeordneter. Aber so wie die Dinge im Augenblick liegen, wird Seferlis ihm ziemlich sicher etwas anbieten. Er hat nicht genug Leute, denen er vertrauen kann. Ich denke, er wird ihm einen Vizeministerposten geben. Aris war zwar innerhalb der Partei für den Fachbereich Tourismus zuständig, aber ich weiß nicht, ob er ihm gleich zu Anfang das Ministerium übertragen wird. Ganz ausgeschlossen ist es jedenfalls nicht.«

»Ich würde es ihm wünschen«, sagte Melinda.

»Wir werden es bald wissen. Seferlis lässt sich leider nicht in die Karten schauen. Ich habe kaum Informationen zu seinen Plänen erhalten können. Das Ministerium für Wirtschaft und Finanzen wird sehr wahrscheinlich an einen Außenstehenden gehen. Das muss in dieser Situation einfach jemand sein, der das notwendige Fachwissen hat und von dem Druck der Wählerstimmen unabhängig ist. Athanasiou wird Seferlis auch ein Ministerium übertragen müssen, angeblich will er das Bauministerium.«

»Ach komm! Er wird Regierungsmitglied?«

»Seferlis braucht ihn. Auch wenn er zu dem alten System gehört hat, gilt er als sauber. Sicher ist jedenfalls, dass Seferlis enger Vertrauter, Simos

Eleftheriadis, Justizminister wird. Dieses Ministerium hat für Seferlis höchste Priorität. Er will endlich aufräumen mit der Korruption, das hat er sich ja auf die Fahne geschrieben. Und um das durchsetzen zu können, muss er erst einmal die ganzen Lücken im System stopfen, die das so haben ausufern lassen. Wenn die Wähler Seferlis eine Chance geben, wird er sie gleich nutzen müssen. Sehr viel Geduld wird das Volk nicht mehr aufbringen.«

Melinda sah ihn nachdenklich an. Die Wut der Bevölkerung war nur allzu verständlich. Sie hatte Seferlis gut genug kennengelernt, um zu wissen, dass er es wirklich angehen würde. Aber es würde Zeit brauchen. Und davon hatte das Land keine mehr zu verlieren. Wenn die neue Regierung, egal welche sie war, es nicht schaffte, bald etwas zu verändern, würde es hier über kurz oder lang überkochen.

»Lass uns etwas trinken gehen. Wir werden in den nächsten Tagen sicher nicht mehr dazu kommen«, sagte Pavlos.

Sie nickte und packte ihre Sachen zusammen.

Zehn Minuten später saßen sie in ihrem Stammlokal.

Es wurde ein ziemlich langer Abend und sie schauten beide etwas zu tief ins Glas. Das erste Mal sprachen sie so offen über Persönliches miteinander. Pavlos schüttete ihr sein Herz aus, wie schwer es ihm fiel, sein Privatleben immer verstecken zu müssen, dass sein Vater nicht mehr mit ihm redete, seitdem er erfahren hatte, dass er mit einem Mann zusammenlebte, und dass er zu seiner Mutter nur heimlich in Kontakt stand. Und sie erfuhr, dass er nach seinem Studium in London eigentlich hatte dort bleiben wollen, aber schließlich auf Dimitris Drängen hin nach Griechenland zurückgekommen war.

Als Pavlos sie dann geradeheraus fragte, was in ihrem Leben los war, erzählte sie ihm von Daniel. Es war das erste Mal, dass sie mit jemand darüber sprach, der nichts über ihr früheres Leben wusste. Und es tat gut. Dadurch, dass sie Pavlos davon erzählte, schien es ein Stück weiter von ihr abzurücken. Zum zweiten Mal an diesem Tag spürte sie, dass endlich etwas Entscheidendes mit ihr geschah.

Dieses Ereignis lag in der Vergangenheit und gehörte nicht mehr zu ihrer Gegenwart. Natürlich hatte sie noch nicht ganz damit abgeschlossen, aber sie konnte endlich wieder durchatmen.

Kapitel 4

Erschöpft streifte Aris sein Sakko ab und öffnete die oberen Knöpfe seines Hemdes. Seine Uhr zeigte zehn Minuten nach Mitternacht. In etwas weniger als sieben Stunden würden die Wahllokale öffnen. Vollkommen fertig ließ er sich auf sein Sofa sinken. Die letzten Tage hatten ihm alles abverlangt. Er hatte nicht einmal die Kraft, sich seinen Whiskey einzuschenken, auf den er sich sonst immer freute. Aris konnte es selbst kaum glauben, was in diesen letzten sechs Monaten in seinem Leben passiert war. Und jetzt stand er kurz vor dem Durchbruch. Egal, wie die Wahlen ausgingen, er würde ins Parlament einziehen.

Sein Handy läutete. Er warf einen Blick auf die Rufnummer und fluchte leise.

»Was zum Teufel willst du?!«, fragte er genervt.

»Ich versuche dich seit einer Woche erfolglos zu erreichen! Auf meine Mails antwortest du auch nicht!«, drang Marias vorwurfsvolle Stimme an sein Ohr.

»Wie dir vielleicht nicht entgangen sein dürfte, sind morgen Wahlen. Ich hatte wirklich keine Zeit, mich mit deinem verdammten Scheiß zu beschäftigen«, erwiderte er.

»Deswegen wollte ich mit dir sprechen«, sagte sie mit gefährlich süßer Stimme. »Ich komme morgen nach Athen. Sobald ich gewählt habe.«

»Nein, das wirst du nicht«, erwiderte er.

»Oh doch, mein Lieber, das werde ich. Da kannst du überhaupt nichts dagegen tun.«

»Maria, Seferlis hat angeordnet, dass er seine Mitarbeiter an diesem Tag alleine um sich haben will. Ohne Anhang. Also auch keine noch offiziellen Ehefrauen!«

»Ja, darüber bin ich informiert«, sagte sie ruhig, »aber das gilt nur für den Wahltag, am Abend werden die Ehefrauen und Ehemänner dabei sein. Ich habe auch meine Quellen, nachdem du mich ja über nichts auf dem Laufenden hältst.«

Das war das Allerletzte, was er brauchte. Maria in Athen. Aber er konnte sie unmöglich davon abhalten. Sie war seine Frau. Es würde negativ auffallen, wenn sie nicht erschien.

»Ok. Daran kann ich dich nicht hindern. Im Moment jedenfalls. Aber du wirst im Hotel wohnen!«

»Nein, werde ich nicht. Du willst doch nicht, dass die Leute in einem für dich so wichtigen Moment unangenehme Fragen stellen?«

»Treib es nicht zu weit«, sagte er warnend, »du bekommst, was du willst, aber nur, weil ich es gerade nicht riskieren kann, dass irgendetwas von dieser Geschichte nach außen dringt. Und glaube mir, das ist auch der einzige Grund, warum du überhaupt noch existierst. Während du hier bist, wirst du dich absolut unauffällig benehmen. Haben wir uns so weit verstanden?!«

»Haben wir«, sagte sie. Er konnte die verbitterte Ernüchterung aus ihrer Stimme heraushören.

»Wie geht es den Jungs?«, fragte er in einer Anwandlung von Sentimentalität, aber sie hatte schon aufgelegt.

Er ließ sich in die Kissen sinken, während er seinen Rechner anmachte. Aber Aris war schon eingeschlafen, bevor er hochfuhr.

Um kurz nach sechs Uhr morgens am Wahlsonntag trat Simos Eleftheriadis in das Büro des Parteichefs.

»Wie geht es dir?«, fragte er, als er in Michalis Seferlis übernächtigtes, erschöpftes Gesicht blickte, »hast du wenigstens ein bisschen schlafen können?«

»Ein paar Stunden«, sagte Seferlis und trank einen Schluck von seinem Kaffee.

»Weißt du Simos«, sagte er, während Eleftheriadis sich in den Sessel vor seinen Schreibtisch setzte, »schon als kleiner Junge träumte ich davon, irgendwann dieses Land zu regieren. Ich habe all die Jahre darum gekämpft, es wahr zu machen. Und dabei habe ich nie davon geträumt, mich vom Volk beklatschen zu lassen und diesen Moment auszukosten, wenn ich zum ersten Mal »Herr Premierminister« genannt werde. Es war die Macht, die dieses Amt mit sich bringt, die ich wollte. Die Macht, dieses Land so zu formen, wie es sein sollte. Ein Griechenland auf das wir stolz sein können, nicht der belächelte, arme Verwandte des übrigen Europas. Ein Land, in dem alle die gleichen Chancen haben und am gleichen Strang ziehen, um es aus eigener Kraft voranzubringen. An dem Traum hat sich seit damals eigentlich nie etwas verändert. Nur, dass wir jetzt nicht nur belächelt, sondern regelrecht beschimpft werden.«

Er hielt kurz inne und nahm einen Briefbeschwerer in Form eines kleinen Fischerboots, der vor ihm auf dem Schreibtisch stand, in die Hand.

»Ich habe nie diese idealistischen Vorstellungen der linken Ideologien geteilt«, fuhr er fort. »Es war für mich in Ordnung, dass derjenige, der die besten Ideen und Fähigkeiten hat, auch weiter vorankommen soll. Absolute Chancengleichheit ist selbstverständlich Utopie. Aber trotzdem, so ein paar Grundlagen müssen doch da sein. Ein Rechtssystem, das funktioniert und für alle gilt. Das sicherstellt, dass nicht jeder, der irgendeine Art von Macht hat, sich ungestraft wild bereichern kann. Mir ist klar, dass das an unserem korrupten Staatsapparat liegt. Den wir selbst kreiert haben, nicht nur wir Politiker, sondern alle von uns. Weil es einfacher ist, von fremden Geldern etwas abzuzweigen, als selbst etwas zu tun. Kaum ein Politiker hat sich je dafür interessiert, das zu ändern. Das kam doch allen gelegen. Und nun haben wir mit dieser egoistischen, kurzsichtigen Sichtweise unser Land in die Katastrophe gestürzt.«

Eleftheriadis lächelte ihn aufmunternd an. »Aber nun wird dein Traum wahrscheinlich bald wahr werden.«

»Das ist es ja gerade«, sagte Seferlis, wobei er das kleine Fischerboot aufmerksam betrachtete. »Und zum ersten Mal in meinem Leben habe ich Angst. Das habe ich eigentlich noch nie gehabt. Ich hatte keine Angst, als ich noch klein war und der Geheimdienst der Junta zu uns nach Hause kam und meinen Onkel suchte, der Mitglied der letzten legitimierten Regierung war, den wir versteckt hielten, weil er es nicht geschafft hatte, rechtzeitig zu fliehen. Ich hatte keine Angst, als ich eine meiner ersten Reden als Vorsitzender der Studentenvereinigung meiner Partei hielt und von einer Gruppe vermummter Linker fast zu Tode geprügelt worden wäre, nur weil ich es gewagt hatte, zu sagen, dass auch die Arbeitgeberverbände ihre Lebensberechtigung haben. Und ich hatte keine Angst, als ich als Gesundheitsminister von diesen Mafiosi der Pharmaunternehmen, aber auch aus meinen eigenen Reihen, bedroht wurde, nur weil ich endlich mit den Missständen aufräumen wollte. Aber jetzt habe ich Angst. Nicht davor, heute nicht zu gewinnen. Ich habe Angst davor, zu gewinnen und es dann nicht zu schaffen. Simos, ich habe Angst, dass ich es nicht schaffe, dieses Land wieder auf die Beine zu stellen und endlich weiterzubringen.«

Seferlis nahm seine Brille ab und drückte seine Hände gegen die Schläfen.

Eleftheriadis konnte nachempfinden, unter was für einem enormen Druck sein Freund stand. Von ihm und seinen Fähigkeiten, die er erst noch unter Beweis stellen musste, hing die Zukunft einer ganzen Nation ab. Er beneidete ihn keineswegs um seine Situation. Michalis Seferlis war alles an Hoffnung, die sie hier noch hatten. Dies war der vielleicht wichtigste Wahlsonntag seit dem Fall der Militärdiktatur in den siebziger Jahren.

»Michalis«, sagte er mit bestimmter Stimme, »wir kennen uns seit unserer Kindheit. Ich gehörte damals, wie du dich sicher erinnern kannst, zu dieser Gruppe der älteren Jugendlichen - die meisten von uns waren im letzten Schuljahr. Wir herrschten damals sozusagen über die Nachbarschaft, so fühlten wir uns wenigstens. Wir hatten unseren Stammplatz, die Bank unter dem Pinienbaum gegenüber der Kirche. Da durfte sich niemand anderes hinsetzen. Sogar den alten Herrn Koulis vertrieben wir, wenn wir ihn dort antrafen. Die meisten jüngeren Kinder machten immer einen großen Bogen um uns.«

Eleftheriadis sah, wie ein leichtes Lächeln über Seferlis Gesicht huschte.

»Du kamst immer im Sommer ins Dorf, um die Schulferien bei deinen Großeltern zu verbringen«, fuhr er fort. »Du warst damals noch in der Grundschule oder im ersten Jahr des Gymnasiums, ich weiß es nicht mehr. Jedenfalls warst du wesentlich jünger, kleiner und schwächer als wir, aber du hattest als Einziger den Mut, dich uns zu nähern. Immer kamst du zu uns mit irgendwelchen Vorwürfen, wie, dass es nicht in Ordnung ist, den kleinen Ilias zu ärgern oder Konservendosen an den Schwanz des Hundes von Herrn Andreas zu binden oder dem Pfarrer den Wein zu klauen. Natürlich haben wir dich ausgelacht und dann Pläne geschmiedet, wie wir dich vernichten können, denn du hast uns ständig den Spaß verdorben. Aber nie hat dir jemand ein Haar gekrümmt und wir haben immer das getan, was du vorgeschlagen hast, weil du uns überzeugen konntest, dass du recht hattest und wir unrecht. Das werde ich nie vergessen - diesen mutigen kleinen Jungen, der sich für die Gerechtigkeit eingesetzt hat. Michalis«, sagte er eindringlich, »wenn es irgendjemand auf der Welt gibt, dem ich zutraue, dass er das schafft, dann bist du das!«

»Danke«, sagte Seferlis sichtlich gerührt, »danke, dass du an mich glaubst. Es bedeutet mir sehr viel.« Er stellte das Fischerboot wieder an seinen Platz und setzte seine Brille auf. »Ist Alexandridis schon da?«, fragte er.

»Er ist, glaube ich, gar nicht weggewesen. Die letzten Tage lebt er praktisch hier«, erwiderte Eleftheriadis.

Seferlis drückte eine Taste auf dem Telefon vor ihm. »Rita, schicke bitte Alexandridis zu mir. Und organisiere uns noch einen Kaffee und ein Koulouri oder so etwas.«

Dann griff er nach der Fernbedienung und machte den Fernseher an. »Es geht gleich los«, sagte er, »es ist fast sieben.«

Um kurz nach zwölf Uhr mittags stieg Aris aus seinem Wagen und machte sich, begleitet von Pavlos, Kimonas, seinem anderen engen Mitarbeiter, und den beiden Sicherheitsleuten, die den wichtigsten Kandidaten von der Partei für diesen Tag zur Verfügung gestellt worden waren, auf den Weg zu seinem Wahllokal.

Vor dem Schulgebäude, in dem sich sein Wahllokal befand, standen schon Reporter und Journalisten, die im gesamten Land die Stimmabgabe der Parteichefs und der Kandidaten verfolgten. Der Polizeischutz des Wahllokals hielt die Bürger zurück, die sich um ihn drängten. Die Kameras folgten ihm, als die Polizisten ihn zu seinem Wahllokal führten. Sie hatten das offenbar vorbereitet, da er keine Warteschlange vor dem Klassenraum antraf.

Die übergewichtige Leiterin des Wahllokals mit dem hübschen Gesicht schien alles andere als begeistert über die Unterbrechung der Routine ihres Wahlablaufs zu sein.

Die Verantwortlichen für die Wahllokale waren keine freiwilligen Wahlhelfer, sondern wurden für den Tag der Wahlen per Staatsakt als Vertreter der Justiz aus den Reihen der Anwälte, Notare und Gerichtssekretäre rekrutiert, in dem Versuch, die Wahlfälschung zu unterbinden.

Die Leiterin blitzte die Polizisten an. »Die Reporter bleiben bitte an der Tür stehen, ich bin nicht einverstanden damit, dass sie den Raum betreten«, sagte sie mit bestimmter Stimme. »Herr Assimakopoulos, Ihren Ausweis bitte«, wandte sie sich an ihn.

Wenigstens tat sie nicht so, als ob sie nicht wusste, wer er war.

Er griff in die Tasche seines Sakkos und reichte ihrer Helferin seinen Ausweis, die ihn entgegennahm und mithilfe eines langen Lineals seinen Namen auf ihrer Wählerliste durchstrich. Er lächelte die Leiterin mit seinem strahlendsten Lächeln an, aber sie schien absolut immun gegen seinen Charme zu sein. Sie reichte ihm mit versteinerter Miene den weißen Umschlag, nachdem sie den offiziellen Stempel auf dessen Rückseite gedrückt hatte.

»Bitte«, sagte sie und zeigte auf den jungen Wahlhelfer, der ihm den Packen mit den Stimmzetteln entgegenhielt.

»Also, hören Sie mir mal zu, bitte!« rief die Leiterin des Wahllokals empört in Richtung der Reporter und seiner Begleiter, während er die Stimmzettel in die Hand nahm. »Das ist immer noch mein Wahllokal, auch wenn Herr Assimakopoulos hier wählt. Ich muss Sie alle bitten, einen Schritt zurück zu treten, hinter die Türschwelle. Von da aus können Sie den Moment, in dem er den Umschlag in die Wahlurne wirft, sicher akkurat genug verewigen. Und das gilt auch für Sie«, fügte sie mit einem Blick auf den Sicherheitsmann hinzu, der einen Schritt hinter Aris stand, »ich bin mir sicher, dass Herr Assimakopoulos imstande ist, die paar Schritte bis zur Wahlkabine alleine zu laufen.«

Aris holte tief Luft und verschwand hinter dem Vorhang, während sich alle Anwesenden den Anweisungen der Frau fügten. Sie war wahrscheinlich Anwältin, schloss Aris. Es würde sicher sehr viel Spaß machen, so jemand für seine Scheidung von Maria zu engagieren. Aber natürlich würde er Thymios niemals gegen einen anderen Anwalt eintauschen.

Er begann die Stimmzettel durchzusehen, bis er den seiner Partei fand. Sein Name stand nicht darauf, er war an vierter Stelle auf der geschlossenen Parteiliste platziert. Laut Umfragen wurde es ab der siebten Stelle kritisch. Er setzte vier Kreuze hinter die Namen seiner engeren Parteifreunde, für die er sich entschieden hatte, faltete den Zettel zusammen und steckte ihn in den Umschlag. Dann trat er hinter dem Vorhang hervor und ging mit festen Schritten zur Wahlurne. Blitzlicht prasselte über ihn herein, als er mit seinem besten Lächeln den Umschlag über den Schlitz der Urne hielt. Er ließ ihn in die transparente Plastikkiste fallen, während sich die Leiterin des Wahllokals schwerfällig erhob und ihm ihre Hand entgegen streckte. Er ergriff sie unter dem noch immer andauernden Blitzlichtgewitter und sah sie an.

»Ich wünsche Ihnen, und natürlich den Kandidaten aller Parteien, viel Erfolg!«, sagte sie mit einem Lächeln, das ihr gesamtes Gesicht erhellte und ihr Übergewicht fast vergessen ließ. »Nehmen Sie das bitte nicht persönlich, ich finde nur, an so einem Tag, an dem das Volk auch endlich mal seine Meinung äußern kann, die auch wirklich zählen wird, sollten die Regeln einfach ausnahmslos für alle gelten.«

»Da stimme ich Ihnen vollkommen zu«, sagte Aris, sich bewusst, dass die Kameras das Gespräch aufnahmen, »und dass sollte nicht nur am Wahltag so sein, sondern an jedem Tag und in allen Bereichen. Das Gesetz muss für alle gelten.«

Seferlis würde begeistert sein, wenn er diesen Beitrag in den seit sieben Uhr morgens laufenden Wahlsendungen zu sehen bekam.

Melinda stand im Gang vor Aris Büro und unterhielt sich mit Aleka, als Aris nach seiner Stimmabgabe in das Parteigebäude kam.

»Melinda«, sagte Aris gut gelaunt, während er sein Sakko auszog und es Aleka in die Hand drückte, »hast du schon gewählt?«

»Ja! Es war das erste Mal für mich in Griechenland. Ich hatte meine ganzen Papiere schon vorbereitet, bevor ich hergekommen bin«, erwiderte sie.

»Was hast du denn gewählt?«, fragte er.

»Das Wahlgeheimnis gilt ja wohl auch hier«, antwortete sie lächelnd, »ich habe jedenfalls in der gleichen Schule gewählt wie du. Sie haben es gerade gezeigt«, sagte sie mit einer Geste auf den Fernseher, der hinter Alekas Schreibtisch stand.

»Das ging aber schnell«, bemerkte Aris. »Ich wusste gar nicht, dass du auch in Kolonaki wohnst«, kam er wieder auf ihre vorige Bemerkung zurück. »Wo genau wohnst du denn?«, fragte er.

Sie nannte ihm die Straße.

»Das ist ja weniger als zehn Minuten zu Fuß von meiner Wohnung entfernt«, sagte er überrascht.

»Melinda«, unterbrach Pavlos, der gerade vor ihnen auftauchte, ihr Gespräch, »Alexandridis sucht dich.«

»Bis später«, sagte sie an beide gewandt und machte sich auf den Weg zu Alexandridis.

Sie traf ihn vor seinem Büro an. Er legte einen Arm um ihre Schultern und führte sie in sein Zimmer. Er wirkte vollkommen erschöpft.

»Alexis«, sagte sie sanft, »es ist bald vorbei. Dann übernimmt Tselios, der Pressesprecher.«

»Gott sei Dank«, erwiderte Alexandridis mit dem Hauch eines Lächelns, während er sich hinter seinen Schreibtisch sinken ließ.

»Hier«, sagte er und bot ihr das eine der beiden Sandwiches an, die auf seinem Tisch lagen, »iss! Du wirst später wahrscheinlich nicht mehr dazu kommen.«

Melinda nahm das angebotene Sandwich und tat, was er gesagt hatte. Ein ebenso erschöpfter Teslios gesellte sich kurz darauf zu ihnen und dann sprachen sie ihre Strategie zu den Wahlergebnissen durch. In wenigen Stunden, am frühen Nachmittag, würden sie die ersten Prognosen der Exit-Polls von der Meinungsforschungsagentur haben, mit der sie zusammenarbeiteten. Diese würden ein erstes Bild der Ergebnisse wiedergeben, die um sieben, nach Schließung der Wahllokale, auf allen Sendern veröffentlicht werden würden. Diese allerersten Ergebnisse wurden mit absoluter Geheimhaltung behandelt, nur die engsten Mitarbeiter des Parteichefs würden davon erfahren und natürlich auch einige wenige Journalisten der großen Privatsender, die teilweise mit denselben Meinungsforschern zusammenarbeiteten. Aber es war in der Vergangenheit fast nie vorher etwas nach außen gedrungen, weil alle Beteiligten wussten, dass so etwas im schlimmsten Fall die Annullierung der Wahl bedeuten konnte.

Als sie fertig waren, ging Melinda in ihr Büro und rief Nico an, der nicht dabei sein konnte, da sein drittes Kind sich entschieden hatte, einen Monat früher auf die Welt zu kommen. Sie sprach kurz ein paar Sachen mit ihm ab. Als sie auflegte, spürte sie die Spannung, die in ihr hochstieg. Es war bald soweit.

Sie hörte den Signalton der Kurznachricht auf ihrem Handy. Alexandridis informierte sie, dass es gleich losging. Sie atmete tief durch und machte sich auf den Weg zu Seferlis Büro.

Seine engsten Mitarbeiter waren da und die PR-Leute. Auch seine Frau war gekommen, sie saß neben ihm hinter seinem Schreibtisch. Melinda kannte sie nur aus den wenigen Medienberichten, die über sie existierten. Sie wirkte zurückhaltend und nett. Und ziemlich besorgt um Seferlis. Melinda versuchte sich vorzustellen, wie es wohl sein musste, mit einem Mann verheiratet zu sein, der fast nie lächelte, geschweige denn je lachte.

Sie stellte sich neben Alexandridis. Pavlos stand auf der anderen Seite des Zimmers neben Aris und zwinkerte ihr zu. Ein leises Stimmengewirr beherrschte den Raum.

Und dann klingelte ein Handy.

Der gesamte Raum schien plötzlich den Atem anzuhalten.

Alle Blicke richteten sich schlagartig auf Alexandridis, der eine Hand an den Kopfhörer in seinem Ohr legte und sich mit der anderen das Kabel mit dem Mikrofon direkt vor den Mund hielt.

»Ja«, meldete er sich. Seine Miene war ausdruckslos, während er seinem Gesprächspartner zuhörte.

»Ok, dann gebe ich es raus«, sagte er knapp.

Er sah Seferlis an. »Laut der ersten Prognosen der Exit-Polls liegen wir sechs Punkte vorn. Wir haben achtunddreißig Komma fünf Prozent. Das reicht für die Mehrheit!«

Seferlis versteinertes Gesicht erhellte sich schlagartig. Er lächelte. Für seine Verhältnisse war das fast schon ein Strahlen.

Alle riefen Seferlis Glückwünsche zu. Jeder umarmte jeden. Alexandridis fiel Melinda um den Hals und drückte sie fest an sich. Sie lachte und löste sich von ihm, um zu Pavlos zu laufen. Aris stand plötzlich vor ihr und legte seine Arme um sie. Sie konnte sein Aftershave riechen, als er sie auf die Wange küsste. Jetzt war ihr fast ein bisschen schwindlig von der ganzen Aufregung.

»Hören Sie mir bitte mal alle zu!«, rief Seferlis, während Aris sie freigab.

Die Stimmung im Raum beruhigte sich etwas.

»Das sind allererste Prognosen. Es sieht gut aus und ich bin stolz auf Sie alle, die hier mitgemacht haben. Aber wir sollten noch ein bisschen abwarten, bevor wir uns dem Siegestaumel hingeben. Sie wissen ja, was bis zu den ersten Hochrechnungen noch passieren kann!«

Seferlis war natürlich, wie immer, vorsichtig. Aber er schaffte es diesmal nicht, der guten Stimmung einen Dämpfer aufzusetzen.

Die nächsten Stunden verbrachte Melinda zwischen Alexandridis und Aris Büro. Sie sahen sich die Wahlsendungen der einzelnen Sender an, während laufend neue Meldungen der Meinungsforscher eingingen und das erste Ergebnis weiter bestätigten. Als dann um sieben die Resultate der Exit-Polls im Fernsehen offiziell veröffentlicht wurden, war die Stimmung im ganzen Parteigebäude siegessicher.

Jetzt trafen allmählich die Leute von der Presse ein und auch die Lebensgefährten und Ehepartner der engen Mitarbeiter und Listenkandidaten von Seferlis. Das lief hier ganz anders ab, als Melinda es vom Ausland her kannte. Man versammelte sich nicht auf organisierten Wahlpartys, um mit Sekt anzustoßen, sondern der Wahlabend fand auf den Gängen und in den Räumen des Parteigebäudes statt.

Je näher der Moment der ersten offiziellen Hochrechnung des Innenministeriums rückte, desto mehr Menschen drängten sich in den Vorraum vor Seferlis Büro. Tselios, der Pressesprecher, und Seferlis

Assistentin versuchten Ordnung in den ganzen Andrang zu bringen und ließen die Leute in kleinen Gruppen kurz zu Seferlis herein.

Melinda begrüßte Paris, der sich auch eingefunden hatte. Nachdem sie ihm das Interview mit Lefevre verschafft hatte, war sie ihm öfters begegnet, auch abends in den Lokalen, wo Pavlos sein Networking betrieb. Und obwohl er weiter unterschwellig mit ihr flirtete, hatte er, trotz seiner Ansage bei ihrer ersten Begegnung, ihre Bekanntschaft ansonsten auf einer professionellen Ebene gehalten und keine Anstalten gemacht, einen Schritt weiter zu gehen. Wofür sie dankbar war, da sie ihn inzwischen sehr schätzte.

Sie diskutierten gerade die Ergebnisse der Exit-Polls, als ihr Blick auf Aris fiel. Neben Aris, der mit Eleftheriadis sprach, stand eine sorgfältig zurechtgemachte Frau und hatte ihren Arm locker um Aris Taille gelegt.

»*Himmel, das ist seine Frau*«, schoss es ihr durch den Kopf.

Sie kannte sie natürlich von Fotos aus Aris Zeit als Bürgermeister, aber sie tatsächlich in Person mit Aris zu sehen, ließ sie alles andere als kalt, wie sie sich eingestehen musste.

Die Frau wandte plötzlich den Kopf in ihre Richtung und sah Melinda kurz an, bevor sie ihren Blick weiter über die Anwesenden gleiten ließ. Sie war Melinda auf Anhieb unsympathisch. Aber das musste wahrscheinlich so sein. Trotzdem überraschte es sie, dass Aris mit so einer Frau verheiratet war. Sie hatte sich noch nie Gedanken darüber gemacht, aber irgendwie hatte sie etwas anderes erwartet. Jemand, der ein bisschen mehr Wärme ausstrahlte. Auf der anderen Seite urteilte sie vielleicht ein bisschen vorschnell. Sie wusste kaum etwas über diese Frau, sie hatte noch nicht einmal ein Wort mit ihr gewechselt. Und sie hoffte, dass es so bleiben würde. Das Letzte, was sie wollte, war, ihr vorgestellt zu werden.

Melinda versuchte sich wieder auf Paris zu konzentrieren, der weiter auf sie einredete. Als sie bemerkte, dass sein Blick etwas zu lange in ihrem Ausschnitt hängen blieb, unternahm sie nichts dagegen, sondern sah ihn mit einem strahlenden Lächeln an, als er wieder aufsah. Ermutigt legte Paris ihr einen Arm um die Schulter.

»Es ist gleich soweit«, sagte Pavlos, der auf sie zukam, zu Paris, »wenn du Seferlis noch kurz sehen willst, solltest du jetzt reingehen.«

Paris eiste sich widerwillig von ihr los. »Bis nachher«, sagte er bedauernd und entfernte sich in Richtung des Büros von Seferlis.

»Sag mal«, wandte sich Melinda an Pavlos und machte eine unauffällige Geste in Richtung der Frau von vorhin, die sich von Aris entfernt hatte und mit einem der anderen Kandidaten sprach, »das ist Aris Frau?«

»Ja«, sagte er, »das ist Maria.« Er schien noch etwas hinzufügen zu wollen, wurde aber von der Ankündigung der Hochrechnungen unterbrochen.

Gebannt starrten alle auf das Bild des staatlichen Senders. Das gesamte Parteigebäude hallte von den Jubelrufen wieder, als die Diagramme mit den Prozentangaben der Parteien auf dem Bildschirm erschienen.

Erschöpft sank Melinda ein paar Stunden später mit einem Glas Wein auf ihr Sofa. Sie ließ diesen langen, aufregenden Tag noch einmal in Gedanken vorbeiziehen. Sie hatten es geschafft.

Nach dem vorläufigen Endergebnis des Innenministeriums war Seferlis mit wenigen engen Mitarbeitern zum Zappion-Gebäude aufgebrochen, wo er seinen Wahlsieg offiziell der Presse verkündet hatte. Nachdem Melinda ihr letztes Material vom Wahltag an ihre Agentur geschickt hatte, die es weiter verteilen würde, hatte sie sich von einem vollkommen erledigten Pavlos verabschiedet. Für ihn war der Tag noch nicht zu Ende gewesen, er würde Aris noch zu der Wahlsendung von Paris Sender begleiten, bei der er zu Gast war.

Sie überlegte, ob sie ins Bett gehen sollte. Aber dann machte sie doch den Fernseher an und zappte durch die Wahlsendungen. Natürlich blieb sie bei der hängen, an der Aris teilnahm. Sie fragte sich, wie er das durchhielt. Man sah ihm den ganzen Stress kaum an, als er mit den anderen Gästen die Wahlergebnisse analysierte. Jetzt, als die Entscheidung gefallen war, schien die Stimmung ruhiger, die Aggressionen der letzten Tage waren nicht mehr spürbar.

Sie konnte vor Müdigkeit die Augen kaum noch offen halten, mit Mühe versuchte sie sich auf das Gesagte zu konzentrieren, aber es war ihr unmöglich, einfach auszuschalten.

Als sich Aris endlich um zwei Uhr früh aus der Runde verabschiedete, machte sie den Fernseher aus. Sie fragte sich, ob seine Frau zu Hause auf ihn wartete. Schnell verscheuchte sie den Gedanken wieder. Sie wollte sich diesen Tag nicht verderben.

Sie trank den letzten Schluck Wein aus ihrem Glas. Genugtuung, Hoffnung und ein kleines bisschen Stolz auf ihre Arbeit machten sich in ihr breit. Griechenlands Zukunft in der Eurozone war, vorerst, gerettet.

Kapitel 5

Obwohl Aris gestern nach seinem Auftritt in der Sendung zu den Wahlergebnissen vollkommen erschöpft ins Bett gefallen war, hatte er nur ein paar Stunden Schlaf finden können. Er wälzte sich noch eine Weile erfolglos herum, gab dann auf und erhob sich.

In der Küche schenkte er sich ein Glas Wasser ein und trat auf die Veranda hinaus. Gedankenverloren starrte er auf die Stadt unter ihm, die gerade zum Leben erwachte. Das Licht der ersten Strahlen der Morgensonne begann den Himmel zu erhellen. Es wurde langsam Sommer.

Alles fühlte sich seltsam unwirklich an. Sie hatten die Wahlen gewonnen. Er war jetzt Abgeordneter des nationalen Parlaments. Nichts in seinem Leben würde jemals wieder so sein wie vorher. Und heute begann Seferlis mit seiner Regierungsbildung.

Plötzlich spürte er eine Hand auf seinem nackten Rücken. Erschrocken fuhr er herum, wobei sich das Wasser in seinem Glas in einem Schwall auf den Boden ergoss.

»Verdammt, was zum Teufel soll das?!« rief er aus und starrte Maria an, die, in einen Morgenmantel gehüllt, vor ihm stand.

»Ich habe gehört, dass du aufgestanden bist, ich wollte nach dir sehen«, erwiderte sie leise.

»Fass mich nie wieder an«, sagte er mit eisiger Stimme.

»Aris, bitte! Ich kann verstehen, dass du immer noch sauer auf mich bist, aber versuche, mir zu verzeihen. Ich habe einen Fehler gemacht. Es war ein dummer, dummer Fehler!«

»Maria, ich bin fertig mit dir. Mehr habe ich dazu nicht zu sagen.«

Er drehte ihr den Rücken zu und ging zurück in die Wohnung.

»Weißt du, was ich nicht verstehen kann?!«, rief sie ihm hinterher. »Dass ausgerechnet du dich als Moralapostel aufspielst. Jahrelang habe ich das billige Parfum und die Lippenstiftspuren deiner verdammten Huren aus deinen Hemden waschen dürfen!«

Er blieb abrupt stehen und sah sie warnend an. »Ach ja?«, sagte er verächtlich. »Denk mal darüber nach, was da der Unterschied ist!« Er machte sich nicht die Mühe, es wenigstens zum Schein abzustreiten. »Das mit uns ist zu Ende. Dieses Ereignis war das Tüpfelchen auf dem i, aber unsere Ehe ist schon lange vorbei. Ich bin nicht bereit, weiter darüber zu sprechen. Und ich will mit dir auf dieser Ebene nichts mehr zu tun haben.«

An ihrer Miene konnte er erkennen, dass sie allmählich zu realisieren begann, dass er es ernst meinte.

»Ich werde nur noch für unsere Karrieren mit dir zusammenarbeiten«, fuhr er fort. »Ich werde dich unterstützen, solange du dasselbe für mich tust. Mit den Kommunalwahlen helfe ich dir, ich denke, du wirst es schaffen. Wer weiß, vielleicht wirst du eines Tages die erste Bürgermeisterin auf der Insel sein.«

»Aris, ich will dich nicht verlieren«, sagte sie fast flehentlich.

Natürlich wollte sie das nicht, jetzt wo er Abgeordneter war und reale Chancen auf einen Ministerposten hatte.

»Du hast mich schon lange verloren«, erwiderte er. »Es ist allerdings nicht der richtige Zeitpunkt für eine Scheidung. Du hast also noch ein bisschen Zeit, deine Eigenschaft als meine Ehefrau für deine politischen Zwecke auszunutzen. Nur halte dich dabei von mir so fern wie möglich. Ich möchte, dass du heute abreist.«

Tränen begannen ihr plötzlich über die Wangen zu laufen. Und obwohl er so viele Jahre mit ihr zusammengelebt hatte, war es ihm unmöglich zu sagen, ob sie tatsächlich echt waren.

»Viel Erfolg, Aris. Das meine ich ehrlich«, sagte sie gefasst, »und ich wünsche dir, dass du einen Regierungsposten bekommst.«

Er ignorierte sie einfach, ging ins Bad und ließ die Tür krachend hinter sich zufallen.

Wie angekündigt, begann der neue Premierminister schon an diesem Montag mit den Anrufen, in denen er den Leuten seiner Wahl die einzelnen Ministerien anbot. Pavlos versorgte Aris ununterbrochen mit Informationen, die er aus seinen Quellen abzweigen konnte. Aris war überrascht, dass Pavlos besser informiert zu sein schien als die meisten Journalisten der einzelnen Sender, die sich mit ständigen Bestätigungen und Widerrufen von Meldungen über die Verteilung der Regierungsposten förmlich überschlugen.

Als er bis Dienstagmittag noch überhaupt nichts gehört hatte, wurde er langsam unruhig. Pavlos tat sein Möglichstes, ihn immer wieder zu beruhigen und davor zu bewahren, vollkommen durchzudrehen.

Am frühen Abend, als Pavlos ihn zum wiederholten Mal mit der Ansage beschwichtigte, dass die Verteilung der Vizeministerposten immer länger dauerte, da es da die meisten Rangeleien gab, rief Seferlis dann endlich an.

»Aris, du bist einer der Letzten«, sagte er. »Das liegt aber einfach daran, dass ich nicht wollte, dass es durchsickert, bevor ich die ganzen Kämpfe mit den anderen durchgestanden habe. Ich wollte nicht mehr Missgunst schüren als unbedingt nötig. Also, möchtest du mein Tourismusministerium?«

Aris hatte es vollkommen die Sprache verschlagen und erst Pavlos Zeichen, dass er Seferlis antworten musste, riss ihn aus seiner Überraschung.

»Es ist mir eine Ehre, Michalis«, sagte er, »ich werde dich nicht enttäuschen.«

»Ich hab es dir doch gesagt!« rief Pavlos begeistert aus, als er auflegte.

Aris ließ sich absolut überwältigt in seinen Sessel sinken.

»Pavlos, wir haben ab morgen ein Ministerium«, sagte er nur.

»Ja, das ist wohl richtig«, erwiderte Pavlos und ließ sich auf den Stuhl vor Aris Schreibtisch fallen. »Schenk mal was ein«, fügte er hinzu und deutete auf den Schrank in dem Bücherregal.

Aris drehte sich kurz um, holte die Flasche Whiskey hervor und schenkte ihnen einen guten Schluck in ihre beiden Wassergläser, die auf dem Schreibtisch standen.

»Auf das Ministerium«, sagte Pavlos und prostete ihm zu.

»Auf dass wir es schaffen«, erwiderte Aris.

Seine übrigen Mitarbeiter informierte er erst am nächsten Morgen. Als sie begannen, in Jubelgeschrei auszubrechen, bremste er sie. Sicher war es erst, wenn der Pressesprecher die Verordnung über die Regierungszusammensetzung offiziell verlesen würde.

Jetzt, gegen Mittag, warteten sie alle auf die Ankündigung. Die Aufregung wurde von Minute zu Minute spürbarer. Aris Nerven waren zum Zerreißen gespannt. Sein Blick glitt immer wieder zwischen den einzelnen Sendern hin und her, die auf dem Fernseher und den Rechnern zu sehen waren, die Pavlos vor ihm aufgebaut hatte.

»Noch fünf Minuten!« rief Pavlos ihm zu.

Der staatliche Sender hatte schon zum Ministerium für Medienangelegenheiten geschaltet, wo die neue Regierung verkündet werden würde. Aris Mitarbeiter drängten sich alle aufgeregt zu ihm ins Zimmer. Die Spannung im Raum steigerte sich ins Unerträgliche.

Als die Kamera Tselios zeigte, den Sprecher der neuen Regierung, wie er auf das Podium trat, herrschte schlagartig absolute Stille. Sie starrten alle gebannt auf den Bildschirm.

»Premierminister: Michalis Seferlis«, begann Tselios mit ruhiger, sachlicher Stimme die Verordnung zu verlesen.

»Regierungssprecher:...«, er stockte kurz, bevor er seinen eigenen Namen vorlas, »Antonis Tselios.«

Aris umklammerte die Armlehne seines Sessels, als Tselios die einzelnen Ministerien in der Reihenfolge ihrer Priorität, die der Premierminister ihnen zugeordnet hatte, und die Namen der Minister verlas. Und dann kam es. Gleich nach dem Ministerium für Handelsschifffahrt.

»Ministerium für Tourismus. Minister: Aris Assimakopoulos.«

Jetzt brach die Hölle los. Alle drängten gleichzeitig auf Aris zu, umarmten und beglückwünschten ihn und redeten aufgeregt wild durcheinander. Handys begannen zu klingeln. Aleka brach in Tränen aus.

»Aris, ich hab es immer schon gewusst«, sagte sie, während sie um Fassung rang. Sie tupfte mit einem Taschentuch an ihren Augen herum und drückte ihn dann fest an sich, als er seine Arme um sie schloss.

Er sah zu Pavlos, der ein breites Lächeln auf dem Gesicht hatte. Es ist auch sein Sieg, dachte Aris. Ohne ihn hätte er das niemals geschafft. Er sah Pavlos in die Augen und schloss seine eigenen kurz, um ihm seinen Dank zu signalisieren, während er sich von Aleka löste. Der jüngere Mann nickte kaum merklich.

»Wie ich euch schon am Wahlabend gesagt habe«, wandte sich Aris an alle seine Mitarbeiter, »wäre das ohne eure Hilfe, euren Einsatz niemals möglich gewesen! Ich bin stolz auf alle von euch und auch, wenn ich vielleicht nicht immer den Anschein erweckt habe, ich weiß, was jeder Einzelne von euch geleistet hat die letzten Monate. Das gilt auch für die, die erst seit Kurzem in unserem Team sind. Ich würde das gerne feiern, aber es geht gleich weiter. Und auf die Gefahr hin, dass ich mich wie Seferlis anhöre«, fügte er hinzu, was ihm einvernehmliches Gelächter einbrachte, »jetzt geht es erst richtig an die Arbeit. Ab morgen sind wir alle im Ministerium. Dann müssen wir zeigen, dass wir unser Versprechen auch halten können.«

Sie klatschten und riefen ihm gute Wünsche entgegen. Aleka verteilte mit den Assistenten inzwischen Süßigkeiten und ein paar Häppchen, die sie vorausschauend bestellt hatte. Er hätte wirklich einen Whiskey gebrauchen können, aber das konnte er sich angesichts der in wenigen Stunden anstehenden Vereidigungszeremonie der Regierung wohl kaum leisten.

Er zündete sich eine Zigarette an und griff nach seinem Handy, das er auf lautlos gestellt hatte. Er sah sich die Anrufe in Abwesenheit durch und rief Thymios zurück, während Aleka die anderen aus dem Zimmer drängte, um ihm ein bisschen Ruhe zu verschaffen.

»Ich bin absolut sprachlos«, meldete Thymios sich, »ich freue mich wahnsinnig für dich, mein Freund!«

»Danke«, sagte Aris gerührt, »ich habe das nie im Leben erwartet«, er atmete tief durch.

»Ich nehme mal an, dass das überwältigend sein muss für dich im Moment.«

»Allerdings. Ich bin einfach…, ich kann gar nicht in Worte fassen, was ich empfinde. Sag mal Thymios, kann ich dich nicht doch noch überreden, bei mir mitzumachen?«, fragte er.

»Das hatten wir doch schon besprochen. Du weißt, wie ich darüber denke. Aus der Politik will ich mich heraushalten. Für dich persönlich werde ich natürlich immer da sein. Ich stehe dir zur Seite, wenn du etwas brauchst, aber ein offizieller Beraterjob bei dir im Ministerium ist nichts für mich. Ich bin dafür einfach nicht geschaffen.«

»Ok, ich verstehe das. Das ist nicht dein Ding und das muss ich respektieren.«

»Viel Erfolg Aris, ich glaube an dich!«

Als er aufgelegt hatte, lehnte er sich zurück und ließ dieses Gefühl auf sich wirken. Er hatte erreicht, was er wollte. Er war Minister!

Eine leise Verunsicherung mischte sich plötzlich in sein Hochgefühl. Aber die ständig eingehenden Anrufe von Leuten, die ihn beglückwünschen wollten, lenkten ihn davon ab, sich damit ernsthaft auseinanderzusetzen.

»Wir müssen los«, unterbrach ihn Pavlos kurze Zeit später, der, gefolgt von Aleka, die seine Krawatte und sein Sakko über dem Arm liegen hatte, in sein Zimmer trat. Pavlos informierte ihn über den Ablauf der Vereidigung, während Aleka ihm die Krawatte band.

Um halb fünf traf Aris mit den beiden und seinem Mitarbeiter Kimonas im Palast des Präsidenten der Republik ein. Unter Blitzlichtgewitter lief er zu den anderen Regierungsmitgliedern, die sich schon versammelt hatten und sich leise unterhielten und beglückwünschten. Die meisten von ihnen hatten zum ersten Mal einen Ministerposten, auch wenn Aris der einzige unter ihnen war, der neu im Parlament saß. Die Stimmung war feierlich und positiv, niemand ließ sich irgendwelche missgünstigen Gefühle anmerken. Athanasiou, der Dienstälteste unter den Abgeordneten von Seferlis Partei, der das Bauministerium bekommen hatte, klopfte ihm anerkennend auf die Schulter.

Das Oberhaupt der Griechisch-Orthodoxen Kirche trat nun vor sie und begann mit der Zeremonie. Auf dem Tisch vor ihnen lag die Bibel, auf die Seferlis nach einem Zeichen des Geistlichen seine rechte Hand legte. Die Minister in der ersten Reihe taten es ihm nach, während diejenigen, die wie Aris in der zweiten Reihe standen, ihrem Vordermann eine Hand auf die Schulter legten.

Und dann war es auch schon vorbei. Sie waren die neue Regierung.

Nachdem sie alle einzeln vor dem Präsidenten der Republik unterzeichnet hatten, machten sie sich zum Maximou-Gebäude auf, dem Sitz des Premierministers, und versammelten sich in dem Sitzungssaal um Seferlis zur ersten Kabinettssitzung.

Seferlis umriss für jedes Ministerium, was er diesem für Aufgaben zugedacht hatte, so dass sie für die erste Parlamentssitzung ihre Regierungserklärungen vorbereiten konnten.

Als sie um kurz vor Mitternacht endlich fertig waren, ließ es sich Seferlis nicht nehmen, ihnen nochmals eine Ansprache zu halten, dass er absolute Unangreifbarkeit von ihnen erwartete.

»Ich werde keine Nachsicht zeigen, mit niemand. Vor allem nicht mit den Mitgliedern meiner Regierung. Sie, wir alle hier, stehen nicht über dem Gesetz, dass das klar ist. Und das gilt auch für grenzwertige Sachen, die sich zwar im rechtlich erlaubten Rahmen bewegen, aber dennoch moralisch und ethisch gegen die von uns vertretenen Grundprinzipien verstoßen. Wie diese Geschichte mit dem Geldtransfer großer Summen ins Ausland, die sich einige unserer Kollegen in den letzten Monaten geleistet haben, was zu einem regelrechten Bank-Run führte, wie Sie ja wissen. Wir können nicht erwarten, dass uns das Volk vertraut, wenn wir nicht selbst an unsere Wirtschaft glauben. Was Sie in Ihrem Privatleben machen, falls Sie noch eines haben werden, ist mir egal, solange es nichts Illegales ist. Aber versuchen Sie bitte zumindest Ihre Verstrickung in peinliche Affären zu vermeiden und auch unangemessene öffentliche Auftritte, die uns der Lächerlichkeit preisgeben könnten. Wir können uns nichts mehr leisten. Machen Sie sich an die Arbeit. Wir haben keine Zeit zu verlieren. Viel Erfolg, uns allen!«, schloss er endlich seine erste Kabinettssitzung.

Am nächsten Tag übernahm Aris in Begleitung seiner engsten Mitarbeiter das Ministerium offiziell von seinem Vorgänger aus der Übergansregierung. Nach einer kurzen Rede vor laufenden Kameras ging es dann mit dem Protokoll weiter. Der gesamte leitende Mitarbeiterstab des Ministeriums stellte sich einzeln bei ihm vor, während die zuständige Angestellte des Ministerbüros versuchte, ihm kurz die wichtigsten Dinge zum Ablauf zu erklären. Pavlos und Aleka würden es später übernehmen, die Eingliederung seiner eigenen Mitarbeiter in die Organisationsstruktur des Ministeriums vorzunehmen.

Sein persönlicher Sicherheitsdienst wurde ihm zugeteilt und er stellte erfreut fest, dass er einen der Männer von der Insel her kannte. Vassilis war dort früher Polizist gewesen, bevor er in die Einheit des Personenschutzes der nationalen Polizei versetzt worden war. Aris hatte sich noch nie damit auseinandergesetzt, was es bedeutete, einen ständigen Sicherheitsdienst zu haben, aber als ihm klar wurde, dass je nach Protokoll zumindest einer dieser Männer ihn ab sofort fast überall hin begleiten würde, musste er erst mal schlucken. Im Eingangsbereich seines Wohnhauses würde von nun an vierundzwanzig Stunden am Tag ein Polizist postiert sein. Ihm wurde plötzlich bewusst, dass seine Privatsphäre in Zukunft von diesen Leuten abhängen würde, und nahm sich deshalb wirklich Zeit, die Männer kennenzulernen. Vassilis hatte sie aber offensichtlich schon positiv auf ihn eingestimmt und so verlief das Gespräch mit ihnen sehr herzlich.

Am darauffolgenden Morgen betrat er relativ ausgeruht nach endlich mal wieder sechs Stunden Schlaf sein neues Büro im Ministerium. Der weitläufige Empfangsraum vor seinem Zimmer, der gestern noch wie eine statische Kulisse für einen Film gewirkt hatte, quoll jetzt geradezu über mit Geschäftigkeit und überall standen Rechner, Monitore, Kopierer, Multigeräte und unausgepackte Kartons herum.

Aleka, die sich offenbar an dem Schreibtisch direkt neben dem Eingang zum eigentlichen Büro des Ministers eingerichtet hatte, erhob sich und strahlte ihn an.

»Guten Morgen, Herr Minister«, sagte sie.

»Guten Morgen«, erwiderte er lächelnd und wäre fast über eines der provisorisch verlegten Kabel gestolpert.

Aleka begleitete ihn in sein Büro.

»Danke Aleka«, sagte er, als sein Blick auf den Kaffee fiel, der schon auf seinem Schreibtisch stand.

Er trank einen Schluck aus der Tasse und sah auf den Tagesplaner, den Aleka ihm auf dem Rechner geöffnet hatte. Sein Handy klingelte, als er sich seine erste Zigarette anzündete.

Ein paar Stunden und zwei Kaffees später war er auf Alekas Planer noch nicht einmal bis Punkt zwei gekommen. Er hatte gehofft, dass es heute nach der offiziellen Übergabe gestern etwas ruhiger sein würde. Aber weiterhin kamen immer wieder Mitarbeiter des Ministeriums zu ihm ins Zimmer, um sich vorzustellen. Er hatte mittlerweile aufgegeben, zu versuchen zu verstehen, wer sie waren und was sie genau machten. Sein Handy klingelte ununterbrochen und alle möglichen Leute, die er teilweise gar nicht kannte, beglückwünschten ihn zu seinem Amt. Gestern in dem ganzen Stress hatte er es Aleka überlassen, sich um seine Anrufe zu kümmern, da wahrscheinlich niemand erwartete, dass er selbst ans Telefon gehen konnte, aber heute musste er die Glückwünsche zu seinem Ministerposten wohl zeitweise selbst entgegennehmen. Er sollte sich schnellstmöglich eine neue Privatnummer zulegen.

»Ja«, meldete er sich zum gefühlt hundertsten Mal an diesem Vormittag.

»Aris, hier ist Melinda.«

Ihre Stimme ließ alles in ihm sofort warm werden.

»Ich nehme an, du hast schon unzählige Anrufe bekommen, aber ich wollte es dir auch noch einmal sagen. Gratuliere dir zu deinem Amt. Ich freue mich sehr. Ich wünsche dir, euch allen, alles Gute! Ihr schafft das!«

»Danke Melinda!«, erwiderte er. »Von dir bedeutet mir das sehr viel!«

»Und ich wollte mich auch verabschieden. Ich fliege heute mit meiner Stiefmutter für einen Kurzurlaub nach Santorini und dann geht es zurück nach Brüssel«, sagte sie.

Das hatte er vollkommen verdrängt mit allem, was in den letzten Tagen los gewesen war. Natürlich würde sie gehen, die Wahlen waren vorbei! Und er würde sie nie wiedersehen.

»Viel Spaß auf Santorini«, er suchte verzweifelt nach einem Ausweg, »lass uns noch einmal reden, bevor du fliegst. Vielleicht schaffst du es ja auch, vorbeizukommen.« Auf die Schnelle fiel ihm einfach nichts Besseres ein.

»Mache ich. Viel Erfolg!«

»Danke«, sagte er lahm und legte auf.

Scheiße! Er konnte sie nicht gehen lassen. Er brauchte noch ein bisschen Zeit.

Seine Gedanken überschlugen sich, während er auf eine Eingebung hoffend zur Zimmerdecke hinauf sah. Dann drückte er entschlossen auf die Durchwahltaste des Telefons vor ihm.

»Schicke mir Pavlos bitte«, sagte er knapp zu Aleka, »und nimm für zehn Minuten meine persönlichen Anrufe entgegen, ich will in Ruhe mit ihm sprechen.«

Pavlos erschien wenige Augenblicke später, gefolgt von Aleka, die nach seinem Handy griff, das schon wieder läutete. Sie schloss die Tür hinter sich und ließ sie alleine.

»Guten Morgen, Aris!«, sagte Pavlos gut gelaunt, »oder soll ich in Zukunft »Herr Minister« zu dir sagen?«

Aris lachte. »Nein, du nicht. Hör mal, ich habe da ein Problem.«

»Das denke ich mir. Du wirst noch eine ganze Menge Probleme haben in nächster Zeit. Das gehört zum Job«, sagte Pavlos.

»Jetzt im Ernst, Pavlos, da ist eine Sache, die ein bisschen drängt. Als ich für den Bereich Tourismus zuständig war für die Partei, hatten wir ja schon besprochen, dass wir die Griechische Tourismusorganisation, die unsere ganze Öffentlichkeitsarbeit im Ausland macht, umstrukturieren müssen. Diese Saison haben wir natürlich verloren, aber für nächstes Jahr müssen wir etwas unternehmen. Ich brauche unbedingt jemanden, der mich berät, wie wir da das Maximum herausholen können.«

»Naja«, sagte Pavlos, »wir finden schon jemanden. Ich kann mich mal umhören, wenn du möchtest. Aber lass uns doch erst einmal schauen, was uns unsere Vorgänger hier überhaupt so hinterlassen haben. Wie wir unsere Vertretungen im Ausland umstrukturieren, müssen wir ja nicht gleich am ersten Tag in Angriff nehmen. Das eilt doch nicht so.«

»Doch, es eilt ein bisschen«, sagte Aris bestimmt. »Ich hatte mir gedacht, ich könnte vielleicht Melinda fragen. Sie ist perfekt dafür. Allerdings ist sie nicht mehr lange hier. Wenn sie erst wieder in Brüssel ist, kann ich sie wahrscheinlich nicht mehr überreden.«

Pavlos sah ihn überrascht an. Aris konnte förmlich hören, wie bei seinem Gegenüber der Groschen fiel. Aber es war ihm egal. Pavlos wusste noch ganz andere Dinge über ihn.

Pavlos setzte dazu an, etwas zu sagen, schien es sich dann aber anders zu überlegen. »Also, eigentlich ist das gar keine schlechte Idee«, sagte er schließlich, »das könnte vielleicht klappen. Ich glaube, sie würde gerne noch ein bisschen bleiben. Ihr hat es gefallen bei uns und sie ist sehr gespannt darauf, was ihr auf die Beine stellen werdet. Ich denke, es könnte sie interessieren, mitzumachen. Allerdings hat sie eine Karriere in Brüssel, die sie ganz bestimmt nicht für uns hier aufgeben wird.« Er hielt kurz inne. »Vielleicht könnte man ihr vorschlagen, dass es zeitlich begrenzt sein wird und dass sie uns nur am Anfang helfen soll, alles aufzubauen. Sie müsste ja nicht die ganze Zeit vor Ort sein. Soll ich mal mit ihr sprechen?«

»Nein, das mache ich schon selbst. Ich wollte nur wissen, was du davon hältst. Ein paar Monate wären auch schon eine große Hilfe«, erwiderte Aris.

Das würde ihm noch ein bisschen Zeit kaufen. Und sie passte tatsächlich in den Job.

»Du glaubst also, dass sie zusagen wird?«, hakte Aris nach.

»Wenn du ihr das gut verkaufst und ein bisschen an ihren wiederentdeckten Patriotismus appellierst, denke ich schon, dass du eine Chance hast.«

Aris nickte. Das könnte funktionieren.

»Bleib noch einen Moment«, sagte Aris, als Pavlos sich erheben wollte, »wir müssen hier tatsächlich erst einmal Inventur machen. Wo würdest du anfangen?«

Melinda saß mit einem letzten Glas Wein auf der Veranda ihres Zimmers der kleinen, aber exklusiven Hotelanlage auf Santorini und blickte auf das Meer unter dem nächtlichen Himmel hinaus. Der Anblick überwältigte sie. Sie war auch früher schon öfter hier gewesen, aber die natürliche Schönheit der Vulkaninsel beeindruckte sie jedes Mal aufs Neue. Deswegen hatte sie diesen Ort gewählt, um ihren Aufenthalt in Griechenland ausklingen zu lassen.

Gestern hatte sie sich mit Carla in Athen am Flughafen getroffen und gemeinsam waren sie mit der Abendmaschine nach Santorini geflogen.

Jetzt, Mitte Mai, war der Touristenandrang noch erträglich und sie freute sich auf ein paar erholsame, ruhige Tage mit viel Sonne, Meer und gutem Essen, bevor sie zurück nach Brüssel musste.

Sie konnte fast nicht glauben, dass ihre Zeit in Griechenland schon vorbei war. Gestern Vormittag, als sie ihre Sachen in ihrem alten Büro bei der Partei zusammengepackt hatte, war ihr richtig schwer ums Herz gewesen. Das Gebäude hatte im Vergleich zur Vorwoche fast schon gespenstisch leer gewirkt, nur die regelmäßigen Angestellten waren dagewesen. Alle anderen, die dort zwei Monate lang die Büros der Partei fast aus allen Nähten hatten platzen lassen, befanden sich nun entweder in ihren neuen Ministerien oder bereiteten ihren Amtsantritt als Abgeordnete vor.

Von den meisten hatte sie schon am Abend der Wahlen Abschied genommen. Pavlos würde sie noch einmal sehen, bevor sie zurückflog. Nur von Aris hatte sie sich nicht persönlich verabschiedet. Sie hatte ihn seit dem Wahlabend, als seine Frau aufgetaucht war, nur kurz bei der Vereidigung der Regierung gesehen, von den Presseplätzen aus, aber er hatte sie nicht bemerkt. Die letzten Tage mussten für ihn ziemlich überwältigend gewesen sein. Sie freute sich sehr für ihn über seinen Ministerposten.

Als sie mit dem Karton mit ihren Sachen zum Aufzug gelaufen war, hatte sie fast wehmütig einen letzten Blick in Aris leeres Büro geworfen. Auf dem Weg nach Hause hatte sie ihn dann angerufen, um ihm zu gratulieren. Er schien wirklich erfreut gewesen zu sein, von ihr zu hören, aber auch ein bisschen von der Rolle. Wahrscheinlich würde er eine Weile brauchen, um sein neues Leben als Mitglied der Regierung zu realisieren.

»Worüber lächelst du?«, riss sie ihre Stiefmutter, die sich jetzt zu ihr auf die Terrasse setzte, aus ihren Gedanken.

»Ach, über nichts«, erwiderte Melinda. »Ich habe nur an meine Zeit in Athen gedacht. Es war sehr aufregend. Ich habe einen ganz neuen Blickwinkel auf sehr viele Dinge bekommen. Es tut mir fast ein bisschen leid, dass es vorbei ist. Es hat mir gut getan.«

»Ich weiß«, erwiderte Carla und schenkte sich ein Fläschchen Wein aus der Minibar in ein Glas, »du wirkst auch ganz anders. Obwohl das ja alles auch ziemlich stressig gewesen sein muss. Aber du lachst endlich wieder. Hast du dir eigentlich mal überlegt, noch eine Weile hier zu bleiben?«

»Ehrlich gesagt, ja. Nico würde mir auch einen längeren Urlaub geben, schließlich habe ich die letzten Jahre mindestens für zwei gearbeitet. Aber ich hätte hier ja nichts zu tun. Die Leute, die ich kennengelernt habe, arbeiten alle in ziemlich zeitintensiven Jobs. Jetzt noch viel mehr, nachdem sie an der Regierung sind. So ganz ohne Arbeit wüsste ich nichts mit mir anzufangen.«

Melinda legte den Kopf in den Nacken und sah zum Sternenhimmel hinauf. Sie seufzte.

»Melinda, was ist es?«, fragte Carla, »es ist nicht nur deine Zeit bei der Partei, die dir fehlen wird. Ich spüre doch, dass da noch etwas anderes war.«

»Es war nichts. Also, zumindest nicht wirklich. Es ist eigentlich nichts passiert«, sagte Melinda und zündete sich eine Zigarette an.

»Aber du denkst an ihn«, stellte Carla fest und trank einen Schluck Wein.

»Wir haben uns gut verstanden. Und es wird mir leid tun, ihn nicht mehr um mich zu haben. Aber da war nichts zwischen uns. Nur so ein Gefühl. Was hätte sein können, wenn wir uns unter anderen Umständen kennengelernt hätten.«

»Es ist dieser Aris, der neue Tourismusminister, oder?«, fragte Carla.
Melinda sah sie überrascht an. »Woher weißt du, das?«

Sie hatte ihr ab und an mal etwas von Aris erzählt, aber nicht im Detail und schon gar nicht, was er heute machte. Carla interessierte sich kaum für die deutsche Politik, dass sie über die neue griechische Regierung informiert war, erstaunte sie.

»Du hast immer öfter von diesem Aris gesprochen. Da habe ich ihn mir eben ein bisschen genauer angeschaut und mitverfolgt, was er tut. Zugang zum Internet habe ich schließlich auch. So weit reicht mein Englisch gerade noch«, sagte Carla und trank erneut einen Schluck aus ihrem Glas.

Melinda lächelte. »Dann weißt du ja wahrscheinlich auch, dass er verheiratet ist. Und wie du vorhin gerade festgestellt hast, Mitglied der neuen griechischen Regierung. Also, ich glaube nicht, dass sich unsere Wege jemals wieder kreuzen werden.« Melinda blies den Rauch in den Nachthimmel.

»Ich weiß, dass du mich jetzt wieder belächeln wirst, mit meinem esoterischen Gerede, wie du es nennst, aber gib solche Dinge nie ganz auf. Du weißt nicht, welche verschlungenen Pfade und Ziele das Schicksal für dich vorgesehen hat.«

»Also, in dem Fall müssten sie schon sehr verschlungen sein«, sagte Melinda lachend.

»Man weiß nie«, sagte Carla bestimmt. »Aber alleine die Tatsache, dass du dich für ihn interessiert hast, ist doch ein Zeichen, dass du endlich bereit bist, weiterzumachen mit deinem Leben. Das ist viel mehr, als du hattest, als du nach Griechenland gekommen bist.«

»Es stimmt, dass es mir ein ganzes Stück besser geht. Aber ganz losgelassen hat mich das noch nicht. Manchmal tut es immer noch wahnsinnig weh.«

»Ich weiß, mein Kind«, Carla stand auf, beugte sich zu Melinda und nahm sie fest in die Arme. »Komm, lass uns schlafen gehen«, sagte sie leise.

Melinda lag auf einer Liege am Pool und genoss die Sonne, die auf sie herunter schien. Es war schon zwölf Uhr mittags und sie hatte noch nicht einmal nach ihren E-Mails gesehen. Es tat gut, sich aus allem auszuklinken. Vielleicht würde sie es ja doch schaffen, mal eine Weile gar nichts zu tun.

Ihr Handy klingelte. Sie war drauf und dran es einfach läuten zu lassen, aber dann griff sie doch danach. Mit zusammengekniffenen Augen versuchte sie, die Rufnummer auf dem Display zu erkennen, aber in dem gleißenden Sonnenlicht war das unmöglich.

»Ja?«, meldete sie sich.

»Melinda, wie geht es dir?«

»Aris!«, sagte sie überrascht und setzte sich auf. Es kam ihr plötzlich unangemessen vor, sich liegend in der Sonne zu räkeln, während sie mit ihm telefonierte, obwohl er das natürlich gar nicht sehen konnte.

»Störe ich dich?«, fragte er.

»Nein«, sie lachte, »ich bin am Pool und versuche, mal nichts zu tun.«

»Da bin ich richtig neidisch auf dich. Ich weiß gar nicht, ob ich jemals wieder in der Sonne liegen kann!«

»Also, übertreib mal nicht, man wird sich ja ab und zu auch als Minister an den Strand legen dürfen! Oder hat Seferlis das auch verboten?«, fragte Melinda.

Aris lachte.

Melinda spürte diese Vertrautheit wieder, die sich in den vergangenen Wochen zwischen ihnen entwickelt hatte. Bei ihrem letzten Gespräch war das nicht da gewesen.

»Ich hoffe, du hast eine schöne Zeit mit deiner Stiefmutter.«

»Es ist sehr erholsam hier. Wir machen nicht viel, nur baden, schlafen, essen.«

»Wann kommst du denn zurück nach Athen?«, fragte er.

»Morgen Abend. Und am Mittwoch fliege ich zurück nach Brüssel.«

»Könntest du dann am Dienstagvormittag bei mir im Ministerium vorbeischauen?«, fragte er, »ich will etwas mit dir besprechen.«

»Gerne«, sagte sie überrascht, »um was geht es denn?«

»Ich möchte das nicht am Telefon bereden, ich erkläre dir alles, wenn wir uns sehen, ok?«

»Ich bin am Dienstag bei dir.«

»Bis dann. Und Melinda, pass auf dich auf.«

»Mach ich«, sagte sie und legte auf.

Ein Lächeln breitete sich auf ihrem Gesicht aus. Carla, die gerade aus dem Pool gekommen war und nach ihrem Handtuch griff, sah sie forschend an.

»Wer war denn das?«, fragte sie neugierig.

»Er war das«, sagte Melinda immer noch lächelnd.

»Und? Was wollte er?«

»Er will mich am Dienstag sehen bei sich im Ministerium, um etwas mit mir zu besprechen. Aber er hat nicht gesagt, was.«

»Ich habe es dir doch gesagt!«, triumphierte Carla.

»Ach komm schon! Er wird mich ja nicht in sein Büro zitieren, um dann zu fragen, ob ich Lust hätte, in der netten Taverne um die Ecke mit ihm etwas essen zu gehen!«, holte Melinda sie wieder auf den Boden zurück. »Ich nehme an, er wird etwas von uns aus Brüssel wollen«, fügte sie hinzu.

»Was auch immer es ist, er will dich wiedersehen! Sonst hätte er dich auch in Brüssel anrufen können.«

Sie musste lachen, Carla gab einfach nicht auf.

»Ich bin ja auch gespannt. Am Dienstag werde ich mehr wissen«, sagte Melinda und lief zum Pool, um sich Carla zu entziehen, die sicher gleich damit beginnen würde, alle möglichen Szenarien zu entwerfen.

Aris erhob sich, als Melinda in den Raum trat. Wie immer sah sie beeindruckend aus. Sie schien auf Santorini viel Sonne getankt zu haben, ihre gebräunte Haut bildete einen eindrucksvollen Kontrast zu ihrem weißen, kurzen Kleid. So viel Haut hatte er noch nie bei ihr gesehen. Das war eben das Gute an der Sommerhitze, die ziemlich plötzlich eingesetzt hatte. Er fragte sich, ob die Teile ihres Körpers, die sich unter ihrem Kleid verbargen, auch so perfekt waren wie der ganze Rest an ihr.

Himmel, das reichte jetzt. Er besann sich und konzentrierte sich auf das, was vor ihm lag. Wenn er es nicht schaffte, sie zu überreden, würde er gar nichts mehr von ihr zu sehen bekommen. Weder die bedeckten noch die unbedeckten Teile.

»Du siehst gut aus«, sagte er und küsste sie auf beide Wangen.

»Danke«, erwiderte sie und lächelte ihn an.

Er bot ihr einen Stuhl vor seinem Schreibtisch an und setzte sich auf den zweiten.

»Kann ich dir etwas zu trinken bringen lassen?«, fragte er.

»Ich bin ok«, antwortete sie und sah sich um. »Schön hast du es hier. Wie fühlst du dich denn als Minister für Tourismus?«

»Ich fange gerade an, mich daran zu gewöhnen. Für mich war es auch eine Überraschung, ich hatte nicht damit gerechnet, dass Seferlis mir das anbietet. Aber ich habe gute Mitarbeiter und ich denke, ich schaffe es.«

»Da bin ich mir sicher«, sagte sie.

»Das ist allerdings auch das, worüber ich mit dir sprechen wollte«, begann er vorsichtig. »Der Tourismus ist extrem wichtig für unsere Wirtschaft, wie du ja weißt. Es ist einer der wenigen Bereiche, der tatsächlich Geld einbringen kann. Und das brauchen wir dringend. Obwohl es ein eher kleines Ministerium ist, hat Seferlis uns auf der Prioritätenliste ganz nach oben gesetzt. Für dieses Jahr ist es natürlich zu spät, leider ist der Tourismus wegen der Krise und dem schlechten Ruf unseres Landes richtig eingebrochen. Das hatte sich ja schon vor den Wahlen abgezeichnet, da können wir nur noch Schadensbegrenzung betreiben. Aber für die nächste Saison müssen wir uns reinhängen. Dazu will ich die Griechische Tourismusorganisation von Grund auf umstrukturieren. Es ist eine eigene Organisation, die zwar dem Ministerium untersteht, aber da ist es über Jahrzehnte ziemlich undurchsichtig zugegangen. Und ihr Ruf im Ausland ist auch nicht der beste. Jedenfalls brauche ich jemanden, der mir dabei hilft, unsere Vertretungen im Ausland neu aufzubauen. Tja, und da habe ich an dich gedacht.«

Er sah sie gespannt an.

»An mich?«, fragte sie verblüfft. »Also, warte mal, wenn ich das richtig verstanden habe, bietest du mir einen Job an.«

»Eigentlich ist es eher so, dass ich dich um deine Hilfe bitte. Wir können nicht besonders gut zahlen und ich weiß, dass du eine Karriere in Brüssel hast. Ich hatte mir gedacht, dass du uns vielleicht eine Weile zur Seite stehen kannst, um das Ganze zu organisieren. Natürlich wirst du genug Zeit haben für deinen Job bei Stamatiou. Ich weiß, dass dir die Arbeit bei der Partei vor den Wahlen Spaß gemacht hat. Da dachte ich, dass du möglicherweise Lust hättest, bei uns mitzumachen. Eine Weile jedenfalls. Du wärst perfekt für den Job. Du musst alles ja nur koordinieren, du bekommst genug Leute, die das umsetzen.«

Er sah, dass er sie ziemlich überrumpelt hatte. Aber wie immer bekam sie sich sofort wieder in den Griff.

»Also, zunächst einmal danke, dass du an mich gedacht hast. So wie du mir das auf die Schnelle beschrieben hast, wäre es durchaus etwas, bei dem ich euch helfen könnte.« Sie machte eine Pause und sah ihn an. »Um ehrlich zu sein, würde ich gerne bei euch mitmachen. Und noch eine Weile in Athen bleiben, um zu sehen, wie sich die Dinge hoffentlich bald verändern werden.«

Jetzt lächelte sie und er entspannte sich etwas.

»Allerdings will ich meinen Job in Brüssel auf keinen Fall aufgeben. Ich müsste mit meinem Chef darüber reden. Aber je mehr ich darüber nachdenke - also ich glaube, das könnte gehen!«

Sie sah ihn strahlend an.

»Ist das ein Ja?«, fragte er vorsichtig.

»Ja. Wenn Nico damit einverstanden ist.«

»Ich freue mich Melinda«, sagte er und versuchte, sich nicht anmerken zu lassen, wie sehr es ihn freute. »Du wirst genug Freiraum haben, das verspreche ich dir.«

»Ok. Ich fliege morgen nach Brüssel, dann spreche ich mit Nico. Aber zwei Wochen musst du mir schon geben, vorher kann ich auf keinen Fall anfangen. Ihr könnt mir ja schon mal alles zusammenstellen, wie ihr euch das vorstellt, und dann klären wir die Einzelheiten.«

Aleka steckte ihren Kopf zur Tür herein. »Der Direktor ist da.«

»Wir sind gleich fertig«, sagte er zu ihr. »Melinda, ich höre von dir.«

»In jedem Fall. Ich schaue noch kurz bei Pavlos vorbei.«

»Er wird sich auch sehr freuen«, sagte er, als er sie zum Abschied auf die Wange küsste. »Danke dir. Du wirst uns eine große Hilfe sein.«

Kapitel 6

Melinda suchte in ihrer Handtasche nach ihrem Ausweis, der ihre Sicherheitsfreigabe für die Etage des Büros des Ministers bescheinigte, und heftete ihn an ihren Ausschnitt, bevor sie an dem Sicherheitsmann vorbei durch den Metalldetektor lief. Im Empfangsraum vor Aris Büro war es um kurz vor sieben Uhr morgens noch leer, nur Aleka saß wie immer schon an ihrem Schreibtisch. Melinda grüßte sie freundlich und ging dann in ihr eigenes Zimmer, das genau neben dem von Pavlos lag.

Es war jetzt vier Wochen her, seit sie im Ministerium angefangen hatte. Nico hatte nichts dagegen gehabt, dass sie den Job eine Weile machen wollte, auch wenn er nicht ganz verstand, warum sie das nicht von Brüssel aus tat und stattdessen in Athen wohnen wollte. Sie hatten sich darauf geeinigt, dass sie eine Weile auf Provisionsbasis arbeiten würde. Die Bezahlung für ihren Beraterposten im Ministerium war natürlich ein Witz im Gegensatz zu dem, was sie in Brüssel verdiente, aber das großzügige Gehalt, das Nico ihr über die Jahre gezahlt hatte, und die Aufträge, an denen sie mitarbeiten konnte, würden es ihr ohne Probleme ermöglichen, das eine Weile zu machen, ohne sich einschränken zu müssen. Außerdem war sie inzwischen mit den Anteilen an Nicos Agentur, die sie als Bonus für die Wahlen bekommen hatte, gewinnbeteiligt.

Melinda war ziemlich entsetzt darüber gewesen, wie es im Ministerium ausgesehen hatte, als sie ein paar Wochen nach Aris Amtsantritt ihre Stelle angetreten war. Aris hatte erst einmal in allen Bereichen von Grund auf umstrukturieren müssen, um überhaupt anfangen zu können, zu versuchen, produktiv zu arbeiten. Vielen der Mitarbeiter standen Entlassungen und Gehaltskürzungen bevor, was sie natürlich nicht gerade kooperativ machte, und es herrschte eine Atmosphäre wie nach einer feindlichen Übernahme.

Mittlerweile hatten sie endlich eine gewisse Ebene an Struktur erreicht, obwohl sich die Stimmung in bestimmten Abteilungen immer noch als sehr angespannt erwies.

Aris hatte sie von Anfang an in das Team seiner engen Mitarbeiter geholt. Sie war überrascht gewesen, dass er sie in viele Entscheidungsprozesse mit einbezog, die über ihren Aufgabenbereich und vor allem ihr Fachwissen weit hinaus gingen, aber sie merkte, dass er von ihr einfach eine andere Sichtweise auf das erwartete, was sein inzwischen recht gut funktionierendes Expertenteam für ihn ausarbeitete. Tatsache war jedenfalls, dass sie nur wegen Aris überhaupt versuchte, durchzuhalten und sich durch dieses ganze Chaos zu arbeiten.

Inzwischen hatte sie endlich ihren eigentlichen Auftrag in Angriff nehmen können: Die Umstrukturierung der Griechischen

Tourismusorganisation. Es sollte ein neuer Vorstand eingesetzt werden und einige Verwaltungszuständigkeiten, die die Organisation gehabt hatte, würden direkt dem Ministerium übertragen werden, so dass die Organisation nur noch für die Bewerbung des Landes als Reiseziel im Ausland zuständig war. Was natürlich einigen Ärger mit dem festgefahrenen alteingesessenen System bedeutete.

Sie kam nie vor zehn Uhr abends nach Hause. Meistens wurde es noch später. Wochenenden gab es in dem Sinne auch nicht und ein Privatleben existierte für sie alle kaum noch. Zwei Abende hatte sie bei Dimitris und Pavlos zu Hause gegessen. Einen einzigen Tag war sie am Strand gewesen, als sie Kostas und Eleni an einem Sonntag in ihrem Sommerhäuschen besucht hatte, um das Versprechen, sich diesmal öfter bei ihnen blicken zu lassen, einzuhalten. Da hatte Kostas auch das erste Mal Klartext mit ihr geredet und ihr deutlich gemacht, dass er über ihren Job im Ministerium nicht begeistert war.

»Ich habe ja gar nichts gegen diesen Assimakopoulos und ich glaube wirklich, dass Seferlis den Willen hat, etwas zu tun«, hatte er ihr gesagt. »Aber das ist auch das Problem. Wenn er tatsächlich etwas tun will, dann wird er sich mit einer ganzen Menge Leute anlegen müssen. Es wird vielen nicht gefallen, wenn sie merken, dass ihr Bereicherungssystem bedroht ist. Die werden sich mit allen Mitteln schützen wollen und das birgt auch Gefahr in sich. Und die Wut der Bürger im Allgemeinen macht mir Sorgen. Im Augenblick werden sie erst einmal abwarten, Seferlis ein bisschen Zeit geben. Aber wenn er nicht schnell Ergebnisse bringt und nur die erdrückenden Sparmaßnahmen der Troika weiter umsetzt, wird es hier irgendwann zu einem Aufstand kommen. Dann werden die Leute auf Regierungsebene nicht sehr beliebt sein.«

Kostas Generation hatte schon einige einschneidende politische Umbrüche der jüngeren griechischen Staatsgeschichte miterlebt und sie gab viel auf seine Erfahrung und seine Meinung. Trotzdem war sie der Ansicht, dass er die Dinge etwas dramatisierte, und sie hatte ihn damit beschwichtigt, dass sie ja nur einen zeitlich begrenzten Beraterjob mit einem ziemlich konkreten Aufgabenbereich hatte. Aber mittlerweile begann sie zu realisieren, dass seine Worte vielleicht nicht so maßlos übertrieben waren.

Es war erschreckend, in was für einem Zustand sich nicht nur ihr Ministerium, sondern die gesamte öffentliche Verwaltung befand. Schon zu Beginn der Wirtschaftskrise und während der Übergangsregierung hatten die Ermittlungsbehörden durch die Initiative einiger mutiger Staatsanwälte angefangen, ernsthafte, großangelegte Ermittlungen einzuleiten, die allmählich Ergebnisse zeigten. Fast täglich traten neue Fälle krasser Misswirtschaft, Veruntreuung von Staatsgeldern und vor allem der offenen Korruption in allen Bereichen der Vergabe öffentlicher

Aufträge ans Licht, wo hemmungslos bestochen worden war. Die Medien kamen mit den einzelnen Berichten kaum noch nach. Dann waren da die unzähligen Betrugsfälle im Rentenbereich, die über Jahrzehnte Milliardenlöcher in das sowieso schon desolate Kassensystem gefressen hatten. Das vom System offenbar bewusst akzeptierte Fehlen von Kontrollinstanzen war für eine ganze Reihe von Verschwendungen und Veruntreuungen von staatlichen Geldern verantwortlich. Ganz zu schweigen von der tief verwurzelten Vetternwirtschaft. Manche Amtsinhaber hatten fast ihre gesamte Verwandtschaft in den Staatsdienst platziert.

Die Realität für den Durchschnittsbürger hatte sich durch die aufgezwungenen Sparmaßnahmen dramatisch zugespitzt. Die Mittelschicht schien zusammenzubrechen, die Leute waren kaum mehr in der Lage, grundlegende Kosten zu decken, wie Miete, Strom und Nebenkosten, ganz zu schweigen von ihren Krediten, was zur Folge hatte, dass sie jetzt um ihre Häuser bangen mussten. Es gab keinen Haushalt, in dem nicht mindestens ein Mitglied arbeitslos war, teilweise lebten ganze Familienzweige von einem Hungergehalt, den Essenspaketen aus dem Heimatdorf der Großeltern und den zu Ende gehenden Ersparnissen.

Mittlerweile wohnten tatsächlich Familien mit kleinen Kindern in Autos. Dabei handelte es sich nicht nur um Wirtschaftsflüchtlinge, sondern um Griechen, die noch vor ein paar Jahren ein vollkommen normales Mittelstandleben geführt hatten. Es gab einfach kein soziales Netz. Das wurde in Griechenland immer von der Familie übernommen, deren Bindung auch unter der weitläufigen Verwandtschaft traditionell sehr stark war. Sonst gab es nur kirchliche und private Initiativen, deren Mittel aber bei Weitem nicht ausreichten, um den immer weiter anwachsenden Bedarf zu decken.

Melinda sah von ihrem Rechner auf, als ihre Assistentin Vivi ins Zimmer kam. Auf Melindas Bitte hin hatte Aris ihr erlaubt, Vivi zu übernehmen, die nach dem Ablauf ihres befristeten Vertrags bei der Partei arbeitslos geworden war.

Die junge Frau schien ziemlich aufgewühlt, als sie sich zu Melinda setzte, um das Tagesprogramm durchzusprechen.

»Geht es dir nicht gut?«, fragte Melinda besorgt. Sie sah aus, als ob sie geweint hätte.

»Ich bin ok. Ich hatte nur ein ziemlich schlimmes Erlebnis am Wochenende, das mir einfach nicht aus dem Kopf geht.«

»Möchtest du mit mir darüber reden?«, fragte Melinda vorsichtig.

Sie hatten zwar ein gutes Verhältnis zueinander, aber über etwas Persönliches würde Vivi mit ihr vielleicht nicht sprechen wollen. Sie wusste zwar inzwischen, dass offene Diskussionen über Privates hier an der Tagesordnung waren, aber das galt eher unter gleichrangigen Mitarbeitern und nicht unbedingt im Verhältnis zu den Vorgesetzten.

»Also, ich…, ich kann nicht fassen, was da geschieht in unserem Land«, sagte sie und Melinda stellte überrascht fest, dass Vivi Tränen in die Augen stiegen.

»Was ist denn passiert?«, fragte Melinda und richtete ihre volle Aufmerksamkeit auf ihre Assistentin.

»Also, du weißt ja, dass meine Schwester Kindergärtnerin ist.«

Melinda nickte. Sie wusste, dass Vivi mit ihrer Schwester und ihrer arbeitslosen Mutter zusammenlebte. Eine eigene Wohnung war bei ihrem Gehalt natürlich undenkbar und obwohl ihre Schwester auch verdiente, reichte es bei den drei nur für das Notwendigste.

»Am Freitag hat eine Mutter in der Kinderkrippe, wo sie arbeitet, ihre kleine Tochter nicht abgeholt. Die Kleine ist schon als Baby dort gewesen, meine Schwester kennt die Mutter auch ziemlich gut, sie hat mir von diesem Fall schon oft erzählt. Es gibt keinen Vater, sie ist alleinerziehend und hat anscheinend auch keine Angehörigen. Vor anderthalb Jahren ist sie dann arbeitslos geworden. In den letzten Monaten fingen die massiven Probleme an, als sie kein Arbeitslosengeld mehr bekam und einfach nichts Neues finden konnte. Meine Schwester hat ihr auch immer Essen mitgebracht von meiner Mutter. Jedenfalls versuchten die Kindergärtnerinnen, die Mutter zu kontaktieren, aber sie ging nicht ans Telefon. Meine Schwester durchsuchte dann die Sachen der Kleinen und fand einen Zettel, auf dem die Mutter ihre Lage beschreibt und sich von ihrer kleinen Tochter verabschiedet, mit der Bitte an den Kindergarten, sie in ein Waisenhaus zu geben, da ihre Wohnung an dem Tag geräumt werden würde und sie das Kind nicht mit auf die Straße nehmen wollte. Die Mutter war einfach nicht mehr auffindbar. Also hat meine Schwester die Kleine mit zu uns nach Hause genommen, bis die zuständigen Sozialbehörden endlich in die Gänge gekommen sind und das Kind am Sonntagmorgen bei uns abgeholt haben. Die Kleine hat die ganzen anderthalb Tage herzzerreißend geweint und nach ihrer Mutter gerufen. Wir wollten sie behalten, bis sich die Sache geklärt hat, aber die Behörden haben das nicht erlaubt!« Vivi schluchzte.

Melinda hatte sie die ganze Zeit nur entsetzt angesehen. Sie war regelrecht schockiert. Dass Mütter ihre Kinder aus eigener Initiative in Waisenhäusern abgaben, weil sie sich nicht mehr in der Lage sahen, sie mit den Grundnahrungsmitteln zu versorgen, war ihr schon zu Ohren gekommen. Aber dass Vivi so etwas tatsächlich erlebt hatte, war kein Bericht mehr auf einer Internetseite, den man wegklicken konnte, sondern real. So etwas durfte nicht passieren. Es durfte nicht sein, dass in einem europäischen Land ein Kind von seiner Mutter getrennt wurde, nur weil sie keine Arbeit und keine Verwandten hatte, die sie unterstützten konnten. Und zum ersten Mal konnte sie diese Wut auf das System, die Troika, auf das europäische Ausland, wo die Griechen als arbeitsfaule Betrüger dargestellt wurden, vollkommen nachvollziehen.

»Können wir die Mutter finden?«, fragte sie Vivi, als sie sich einigermaßen wieder gefangen hatte.

Vivi schnäuzte sich, es fiel ihr sichtlich schwer, sich wieder unter Kontrolle zu bringen.

»Nein, wir waren auch bei ihr zu Hause, aber anscheinend haben sie die Wohnung tatsächlich räumen lassen, sie hatte die Miete ja seit Ewigkeiten nicht mehr bezahlt. Die von der Sozialbehörde sagten uns, dass sie sich darum kümmern werden, sie zu finden. Dieses hilflose, kleine Mädchen!« Sie schluchzte wieder.

»Vergiss die Behörden. Ruf deine Schwester an und frag sie nach den Daten. Alles, was sie weiß. Name, Geburtsdatum, letzte Adresse. Wir werden sie finden. Und wir werden ihr helfen«, sagte Melinda bestimmt.

Vivi sah sie erstaunt an. »Aber wie willst du denn ..., was kannst du denn tun?«, fragte sie und wischte sich die Tränen ab.

»Rede mit deiner Schwester. Ich kümmere mich darum.«

Vivi tat, was sie gesagt hatte, und Melinda hielt kurz inne, bevor sie entschlossen zum Telefon griff. Sie suchte Paris Nummer aus ihren Kontakten, den sie regelmäßig sah, da er auch für ihr Ministerium zuständig war.

»Paris, ich brauche deine Hilfe«, sagte sie knapp, als er abnahm.

Sie umriss ihm die Situation und er sagte sofort zu. Zwei Tage später hatten sie mithilfe seines Senders die Mutter gefunden und eine Hilfsorganisation, die sie unterstützen würde, bis sie wieder für sich selbst und ihre kleine Tochter sorgen konnte. Die Szene, wo die Mutter die Kleine in den Arm nahm, als sie sie aus dem Waisenhaus abholte, ging durch alle Medien. Melinda schwor sich, den Fall selbst im Auge zu behalten, bis die Mutter wieder Arbeit gefunden hatte.

Als sie an dem Abend nach Hause kam, setzte sie sich auf das Sofa und ließ ihren Tränen freien Lauf. Durch den Zufall, dass sie von dieser Sache erfahren hatte, konnte sie einer Familie, einer Mutter mit ihrem Kind, helfen. Aber ihr war bewusst, dass es unzählige ähnliche Fälle gab. Gegen die sie nichts tun konnte. Und zum ersten Mal in ihrem Leben fühlte sie sich schlecht, weil es ihr finanziell gut ging. Sie brauchte nur ins nächste Flugzeug zu steigen, um all diesem Elend zu entfliehen. Ihr wurde plötzlich schmerzlich klar, dass das die meisten Menschen hier nicht konnten.

Ein paar Tage später, als Melinda nach dem Meeting mit Aris, Pavlos und dem neuen Generaldirektor der Tourismusorganisation zurück in ihr Büro kam, verspürte sie das erste Mal, seit sie im Ministerium angefangen hatte, so etwas wie wirklich gute Laune. Es war ihnen in einer Blitzaktion endlich gelungen, den Vorstand der Organisation auszuwechseln, und die neue Führung schien eindeutig reformwillig. Es galt natürlich noch viele Hindernisse zu überwinden, bis das Image des Ministeriums und Griechenlands generell so weit aufgebaut war, dass wieder mehr Touristen ins Land kamen. Aris würde sich nach der Sommerpause im Ausland auch persönlich richtig engagieren müssen und sie hatte schon mit der Planung der Treffen mit den entsprechenden Interessenvertretern in den wichtigsten Zielländern begonnen, aber seit der Besprechung eben hatte sie endlich das Gefühl, dass es Leute gab, die bereit waren, sich einzusetzen und etwas zu verändern.

Sie ließ sich in ihren Sessel fallen und schaute sich die Pressemeldungen durch, die jeden Tag für den Minister und seine Mitarbeiter zusammengestellt wurden, um ihnen einen Überblick über die Gesamtsituation zu verschaffen.

Trotz der Tatsache, dass sie ihre Hoffnungen, was einen schnellen Umbruch betraf, hatte zurückschrauben müssen, sah sie auch, dass der neue Premierminister es anging. Gegen die einbrechende Wirtschaft und die Steuerbelastungen konnte er im Moment nicht sehr viel tun, da die ausländischen Gläubiger in den Verhandlungen über das Hilfspaket weiterhin hart blieben. Aber in den Bereichen, wo er eingreifen konnte, tat sich endlich etwas. Er versuchte, die schreienden Ungerechtigkeiten des Systems auszugleichen, und setzte eindeutige Zeichen, dass es den straffreien Raum, in dem viele Privilegierte immer noch glaubten, zu leben, nicht mehr gab. Und er hatte alle unnötigen staatlichen Ausgaben radikal begrenzt.

»Was ist denn das für ein Event, diese Feier zur Wiedereinsetzung der Demokratie, das der Präsident auf Seferlis Drängen hin abgesagt hat, worüber alle Medien heute berichten?«, fragte Melinda ihre Assistentin Vivi.

»Er hat das abgesagt?«, fragte Vivi überrascht.

»Ja, wie ich hier lesen kann, wird der Präsident dieses Jahr nur die Mitglieder der Regierung und die Abgeordneten sowie ganz wenige andere Amtsträger zu einem schlichten Empfang laden. Ohne Begleitung.«

»Also, das ist die Feier zum Jahrestag des Falls der Militärdiktatur in den siebziger Jahren. Das war eigentlich immer das gesellschaftliche Ereignis überhaupt. Die Einladungen sind richtig heiß begehrt. Daran kann man sehen, ob man noch zur Elite gehört. Aber ich finde es gut, dass die Feier heuer nicht im großen Stil stattfinden wird. Man braucht den Steuerzahler ja in diesen Zeiten nicht auch noch damit vor den Kopf zu stoßen, dass er dafür zahlen muss, dass die ganzen Tussen da ihre teuren Designerkleider der Klatschpresse präsentieren dürfen!«

Melinda musste lachen. Sie wusste, dass Vivi ein Faible für eben diese Designerkleider hatte, aber bei ihrem Gehalt musste sie sich notgedrungen auf die gängigen Ketten beschränken.

»Ich bin ganz deiner Meinung. Es ist anerkennenswert, dass endlich solche Zeichen gesetzt werden«, sagte Melinda.

»Und für manche ist es sicher ein ziemlich harter Schlag, dass sie sich nicht vorführen können. Wie für die Frau von unserem Minister. Ich habe seine Sekretärin zu Kalliopi sagen hören, dass sie es sicher gar nicht erwarten kann, Ende des Monats zu diesem Empfang zu erscheinen, wo sie sich dann endlich offiziell in die High-Society einreihen kann. Kennst du seine Frau?«, fragte Vivi Melinda neugierig.

»Nein, nicht persönlich. Ich habe sie einmal gesehen, bei den Wahlen. Von Weitem«, erwiderte Melinda.

»Sie scheint bei den Mitarbeitern des Ministers, die sie von der Insel kennen, nicht sehr beliebt zu sein. Sie wirkt wahnsinnig arrogant auf den Fotos. Für ihr Alter hat sie sich ja ganz gut gehalten, aber so toll sieht sie nun auch nicht aus, dass sie sich so viel auf sich einbilden kann. Ich verstehe ehrlich gesagt auch nicht, was der Minister an ihr findet. Aber das ist eben Geschmackssache. Tja, das wird sie dann wohl ziemlich enttäuschen, dass das nichts wird mit der Einführung in die hohe Gesellschaft. Ich habe übrigens gehört ....«

Vivi wurde von ihrem Handy unterbrochen und machte eine entschuldigende Geste in Melindas Richtung, als sie abnahm.

Aris Frau würde ihn also nicht auf das Ereignis des Jahres begleiten. Melinda stellte fest, dass sie so etwas wie Erleichterung darüber empfand. Natürlich hatte sie gar kein Recht auf solche Gedanken, es war seine Frau, ihr Name stand in seinem offiziellen Lebenslauf. Melinda hatte versucht, dieses Thema konsequent zu verdrängen und sich damit möglichst nicht zu beschäftigen, aber ihr war selbstverständlich nicht entgangen, dass seine Frau in Athen überhaupt nicht in Erscheinung trat.

»Ich hole mir etwas zu essen, soll ich dir was mitbringen?«, unterbrach Vivi, die aufgehört hatte, zu telefonieren, ihre Gedanken.

»Danke, nein«, sagte Melinda und lächelte sie an.

An der Tür stieß Vivi fast mit Aris zusammen.

»Entschuldigen Sie, Herr Minister«, sagte sie und drängte sich vorsichtig an ihm vorbei.

Aris, der Vivi gar nicht wahrgenommen zu haben schien, kam aufgeregt auf Melinda zu.

»Melinda, ich brauche eine neue Krawatte«, stieß er atemlos hervor, »ich habe mir gerade Kaffee darüber gegossen. Ich muss zu Seferlis. Ein neues Hemd habe ich finden können, aber ich weiß nicht, wo Aleka meine verdammten Krawatten hat. Sie ist bei einem Arzttermin und hat ihr Handy aus.«

Melinda musste lachen. »Komm mit«, sagte sie und ging in Pavlos Zimmer.

Sie suchte Aris eine passende Krawatte aus Pavlos gut bestückter Sammlung von Ersatzkrawatten heraus und hielt sie ihm hin. Er stellte den Kragen seines Hemdes auf und legte sich die Krawatte um den Hals.

»Hilf mir bitte damit«, sagte er mit gestresster Stimme.

Melinda sah ihn ungläubig an. »Willst du mir jetzt sagen, dass du sie dir nicht selber binden kannst?«

»Ja. Ich meine nein, aber ich kann es nicht so gut. Aleka macht das sonst immer. Es ist auf jeden Fall besser, wenn du es übernimmst.«

Sie lächelte belustigt und machte sich daran, ihm zu helfen.

Plötzlich wurde sie sich bewusst, wie nah sie ihm war. Er hatte sich offensichtlich gerade rasiert, seine Haut am Hals und am Kinn war glatt und an ein paar Stellen ganz leicht gerötet. Sie konnte sein frisches Rasierwasser riechen. Und sie wollte plötzlich nichts so sehr, wie ihm über die Wange zu streichen und ihren Finger in dieses kaum wahrnehmbare Grübchen an seinem Kinn zu legen, das sie jetzt genau auf Augenhöhe hatte. Sie sah, wie sein Kehlkopf sich bewegte, als er schluckte.

»Ist es zu fest?«, fragte sie leise.

»Nein, ist gut so«, erwiderte er, während sie sich an die zweite Schlaufe machte.

Er schien sich der körperlichen Nähe zu ihr in diesem Moment überhaupt nicht bewusst zu sein. Er war total im Stress wie immer vor einer Besprechung mit Seferlis.

Als sie fertig war, blieb ihr Blick unter seinem Ohr hängen. Sie konnte einen winzigen Rest Rasierschaum auf seiner Haut erkennen. Sie hatte schon die Hand ausgestreckt, um ihn mit dem Finger wegzuwischen, besann sich dann aber im letzten Augenblick und zeigte auf die entsprechende Stelle auf ihrem eigenen Hals.

»Du hast da Rasierschaum«, sagte sie.

»Danke«, erwiderte er und wischte den Fleck weg. »Ich muss los, ich bin spät dran«, fügte er hektisch hinzu und stürzte aus dem Zimmer.

Melinda stand immer noch an Pavlos Türrahmen gelehnt, als dieser zurück in sein Büro kam.

»Melinda, du träumst vor dich hin«, sagte er und ging an ihr vorbei zu seinem Schreibtisch.

»Tut mir leid, ich war gerade woanders. Du Pavlos, ich habe Aris eben eine von deinen Krawatten gegeben. Aleka ist nicht da«, fügte sie erklärend hinzu.

Pavlos sah sie forschend an. »Ist ok. Hast du sie ihm gebunden?«

»*Scheiße, er weiß es!*«, fuhr es ihr durch den Kopf.

»Ja«, sagte sie knapp und flüchtete aus dem Zimmer, damit er nicht sehen konnte, wie sie rot wurde.

Am Freitagnachmittag nach der Besprechung mit Seferlis und Stavridis, dem Minister für Handelsschifffahrt, ließ sich Aris erschöpft auf den Rücksitz seines Wagens sinken. Ein Blick auf seine Uhr bestätigte ihm, dass sie es gerade noch so zum Flughafen schaffen würden. Er überlegte kurz, ob er den Besuch auf seiner Insel nicht doch im letzten Moment absagen und das Wochenende lieber in seinem Büro in Athen durcharbeiten sollte. Seferlis hatte mit ihnen die Linie abgesprochen für die Tagung in Brüssel über den europäischen Tourismus Mitte Juli, in deren Rahmen auch ein informelles Treffen der zuständigen Minister der Mitgliedsstaaten stattfinden würde. Sein und Stavridis Ministerium lagen voll im Fokus des Premierministers. Ihre Zuständigkeitsbereiche standen in enger Verbindung miteinander, die Kreuzschifffahrt, der Linienschiffverkehr und die Yachthäfen, die in Stavridis Bereich fielen, betrafen sein Ministerium natürlich auch und ihre Teilnahme an der Tagung, die auch ihr erstes offizielles Auftreten in Brüssel sein würde, mussten sie wirklich gut vorbereiten. Aber er konnte den Veranstaltungen zur Inbetriebnahme der Entsalzungsanlage, um die er seit seiner Anfangszeit als Bürgermeister gekämpft hatte, schlecht fernbleiben, auch wenn die Aussicht, zwei Nächte mit Maria unter einem Dach zu verbringen, natürlich wenig verlockend war.

Er rief Pavlos kurz an, um ihn über die Besprechung zu informieren. Erschöpft fuhr er sich mit der Hand durch die Haare, als sie auflegten. Er war knapp zwei Monate im Amt. Wenn es Stress pur gewesen war, was er die letzten Monate vor den Wahlen erlebt hatte, dann gab es für das, was er jetzt empfand, einfach keinen Ausdruck. Nachdem er nach der ersten Euphorie festgestellt hatte, was da vor ihm lag, hatte er richtig Panik bekommen. Es war die Hölle. Er hatte sich ernsthaft gefragt, wie Herakles sich vor dem Ausmisten der Ställe von Augias gefühlt haben musste.

Auf das Ausmaß der Vettern- und Misswirtschaft, die auch sein Ministerium fest im Griff hielt, war er, zumindest in dieser Form, nicht vorbereitet gewesen. Er wusste nur zu gut, wie die Dinge in seinem Land seit Jahrzehnten funktionierten, aber mit so etwas hätte er nicht im Traum gerechnet. Seine Zuversicht hatte er nicht verloren und der Gedanke, das Handtuch zu schmeißen oder zumindest die Augen zu verschließen und sich einfach durchzuwurschteln, war ihm auch nie gekommen, aber seine Selbstsicherheit, mit der er sonst an Herausforderungen heranging, hatte einen heftigen Dämpfer erfahren.

Mittlerweile spürte er eine leise Hoffnung, dass sie alles allmählich unter Kontrolle bekamen, aber die wöchentlichen Kabinettssitzungen, in denen Seferlis förmlich mit der Peitsche knallte, trieben Aris Adrenalinspiegel weiterhin jedes Mal in gesundheitlich bedenkliche Höhen. Die Regierung war darauf vorbereitet, dass ihre Schonfrist nach der Sommerpause vorbei sein würde und sie dann mit organisiertem Widerstand in Form von Streiks und Demonstrationen rechnen mussten. Deswegen setzte Seferlis seine Minister auch extrem unter Druck, bis dahin klare Linien ausgearbeitet zu haben. Er ließ seinen Ministerrat jede Woche tagen und kontrollierte die Fortschritte in den einzelnen Ministerien persönlich. Aris wusste, dass er versuchen musste, alles ein bisschen gelassener anzugehen. Alle Mitglieder der Regierung kämpften mit ähnlichen Problemen. Im Prinzip lief es bei ihnen auch den Umständen nach gut. Sie gewannen allmählich den Überblick. Sie waren weitergekommen. Trotzdem lag noch ein weiter, steiniger Weg vor ihnen. Und es gab keine Alternative. Sie mussten es einfach schaffen.

Auf der Insel wartete glücklicherweise ein straff durchgeplantes Programm auf Aris, was ihn hoffen ließ, sich so wenig wie möglich mit Maria alleine auseinandersetzen zu müssen. Vom Flughafen wurde er von einem Wagen der Gemeinde abgeholt, der ihn zum offiziellen Empfang der am Projekt beteiligten Geldgeber brachte. Maria, die schon dort war, klebte natürlich die ganze Zeit förmlich an seiner Seite und nutzte die Tatsache aus, dass er ihr in der Öffentlichkeit voll ausgeliefert war.

Sobald sie zu Hause waren, brach sie einen handfesten Streit über das übliche Thema vom Zaun, warum er sich in Athen nie mit ihr auf einer öffentlichen Veranstaltung zeigen wollte, wobei sie zum Glück eine ihrer Kopfschmerzattacken überkam, so dass sie sich sofort hinlegen musste. Ihr Anblick blieb Aris dann bis zum späten Samstagvormittag erspart, als sie die Kinder mit ihrer kreischenden Stimme aus dem Bett scheuchte und darauf bestand, dass sie als gesamte Familie zur Einweihungsfeier erschienen. Aus Marias Geschrei bekam er mit, dass der fast siebzehnjährigen Lefteris sich jetzt in den Ferien die Nächte mit seinen Freunden um die Ohren schlug, während der fünf Jahre jüngere Stamatis offensichtlich die ganze Nacht mit Spielen am Rechner verbrachte, so dass sie es selten vor Mittag aus dem Bett schafften. Aris hatte sich in Erziehungsfragen noch nie eingemischt und er würde sicherlich nicht heute damit anfangen.

Stamatis begrüßte ihn mit einem knappen »Hallo Vater«, aber Lefteris schien sich zu freuen, ihn zu sehen. Die ganze Fahrt bis zur Entsalzungsanlage ließ Lefteris sich über die technischen Details des Motorrads aus, das er haben wollte, bis Aris es ihm schließlich versprach.

Bei der Einweihung, bei der er mit einer überdimensionierten Schere das rote Band durchzuschneiden versuchte, was ihm erst beim dritten Versuch gelang, stand Maria die gesamte Zeit auf Tuchfühlung neben ihm und wich auch den übrigen Nachmittag nicht von seiner Seite. Er musste sich zusammenreißen, um sich nicht anmerken zu lassen, wie sehr sie ihm inzwischen zuwider war.

Nach der Einweihung fuhren sie nur kurz nach Hause, um die Kinder abzusetzen und sich für den offiziellen Empfang des neuen Bürgermeisters umzuziehen, den die Gemeinde Aris zu Ehren veranstaltete. Auf dem Weg dorthin überzog Maria ihn mit einer Schimpftirade, weil er Lefteris das Motorrad zugesagt hatte. Er ließ sie wortlos über sich ergehen und war froh, als sie durch Pavlos Anruf unterbrochen wurde, der ihn über die positiven Pressestimmen zu der Einweihung informierte.

Als sie vor dem Rathaus aus dem Wagen stiegen, wo der neue Bürgermeister sie schon erwartete, hatten sie natürlich beide wieder ein strahlendes Lächeln im Gesicht. Maria drehte diesmal ihre eigene Runde durch die Menge, aber dafür schwänzelte der neue Bürgermeister, der sein Amt nur aufgrund seines Rücktritts innehatte, den ganzen Abend um ihn herum und legte ihm seine Pläne dar, wie er sich bei den nächsten Kommunalwahlen im Frühjahr vom Wähler endlich legitimieren lassen würde. Er versicherte Aris, dass Maria natürlich ganz oben auf seiner Kandidatenliste stand. Was ihm selbstverständlich Aris Wähler sichern würde. Aris hatte ihn noch nie gemocht und der einzige Grund, warum er ihn damals mit in seine Partei eingebunden hatte, war der große Einfluss seiner Familie in der Region gewesen. Aber er ließ sich von seinen negativen Gefühlen nichts anmerken, nicht zuletzt wegen seines Versprechens an Maria sie zu unterstützen, was er einhalten würde, schon alleine seiner Kinder wegen. Außerdem gab es keine bessere Rache, als dass der Mann sich in Zukunft mit Maria auseinandersetzen musste, wenn er sie neben sich im Gemeinderat haben würde.

Aris hielt eine kurze Rede aus dem Stehgreif für die Versammelten und die Lokalpresse mit genau den Worten, die der neue Bürgermeister und Maria hören wollten, und beantwortete anschließend ein paar Fragen der lokalen Reporter. Als er sich dann händeschüttelnd zum Ausgang durchgearbeitet hatte und schon dachte, dass es endlich ausgestanden war, trat Maria an seine Seite, legte den Arm um ihn und küsste ihn auf den Mund.

Am liebsten hätte er sie von sich geschleudert. Aber er lächelte nur mit seinem professionellsten Lächeln. Er wusste, dass er sich in der Öffentlichkeit so verstellen konnte, dass nicht mal seine eigene Mutter an ihm gezweifelt hätte, aber er spürte, dass sein Lächeln diesmal seine Mundwinkel nicht erreichte.

Als der Wagen sie nach Hause brachte, stieg er nicht mit aus. Stamatis saß sicher entweder vor seinem Rechner oder schlief schon und Lefteris war wahrscheinlich ebenfalls noch nicht zurück, von was auch immer er abends tat. Das Letzte, was er jetzt ertragen konnte, war, mit Maria alleine zu sein.

»Ich komme später nach«, sagte er.

Maria, die schon ausgestiegen war, drehte sich abrupt zu ihm um und wollte etwas sagen, aber sein Sicherheitsmann Vassilis hatte die Wagentür schon geschlossen und stieg neben dem Fahrer ein.

»Ich würde gerne einfach nur ein paar Minuten irgendwo alleine am Meer sitzen, glaubst du das ist ok?«, fragte er Vassilis.

»Herr Minister, das hatten wir doch schon. Wir können Sie nicht zwingen, den Personenschutz in Ihrem Privatleben anzunehmen, wenn Sie nicht wollen. Aber so wie die Dinge im Moment liegen und da jeder weiß, dass Sie sich auf der Insel befinden, sollten Sie mich als Gesellschaft akzeptieren.«

Aris stieß einen resignierten Laut aus und erklärte dem Fahrer den Weg zu einer abgelegenen Stelle weit genug von der Stadt entfernt, wo er wusste, dass sich keine Touristen und Besucher aufhalten würden. Er war schon als Kind in den Sommern oft mit dem Fahrrad dort gewesen und später hatte er den Ort regelmäßig mit diversen weiblichen Begleitungen aufgesucht. Die Einheimischen kannten die kleine versteckte Bucht zwar, aber er hoffte, dass sie Glück haben würden.

Sie ließen den Fahrer mit dem Wagen an der Straße zurück und folgten dem kleinen Pfad hinunter ans Meer. Vassilis setzte sich auf dem feinen Kies neben Aris nieder und schweigend starrten sie, jeder in seine eigenen Gedanken vertieft, auf das nächtliche Meer hinaus.

Aris sehnte sich nach Athen zurück. Zu seinem Leben dort. Er musste das mit Maria endlich beenden. Nochmal konnte er sich dem nicht aussetzen. Und er war auch nicht bereit, zu akzeptieren, dass es ihm vor jedem Besuch auf der Insel den Magen umdrehte, weil es ein Aufeinandertreffen mit ihr bedeutete. Er würde noch eine Weile durchhalten, bis sie sich als neue Regierung nach der Sommerpause hoffentlich endlich langsam etabliert haben würden, aber dann musste er die Trennung in die Wege leiten. Seit Seferlis ihn nach Athen geholt hatte, war Maria auch nicht mehr Teil seines Teams. Das hatte er ohne sie durchgezogen und sie spielte in seiner jetzigen Karriere, anders als in seiner Zeit als Kommunalpolitiker, eigentlich keine Rolle mehr.

Er überlegte, wann er angefangen hatte, diese Abneigung gegen sie zu verspüren. Wann hatten sie es das letzte Mal miteinander getan? Das musste noch lange vor dieser Geschichte letztes Jahr gewesen sein. Aber es fiel ihm nicht ein und plötzlich war er richtig froh darüber, dass er sich absolut nicht erinnern konnte.

Überhaupt war er schon eine ganze Weile nicht mehr mit einer Frau zusammen gewesen. Seit dem Wahlkampf konnte er es sich nicht wirklich leisten, mit irgendwelchen Affären auffällig zu werden. Früher hatte er sich nur mit Maria auseinandersetzen müssen, aber dass so etwas vielleicht an die breite Öffentlichkeit drang, ließ ihn extrem vorsichtig sein. Selbstverständlich gab es andere Möglichkeiten, die Diskretion garantierten und vor allem die Gefahr gefühlsmäßiger Verwicklungen der anderen Seite ausschlossen, die ihn in der Vergangenheit schon öfter in ziemlich unangenehme Situationen gebracht hatten. Die Tatsache, dass man dafür bezahlte, hatte außerdem den Vorteil, dass es nur um seine Bedürfnisse ging und nicht um das ganze störende Drumherum.

Er fragte sich, wie er so etwas umsetzen würde, wenn er es vorhätte. Ob er Vassilis da einbinden sollte. So etwas war ihm in seinem Job sicher nicht neu. Wahrscheinlich gab es dazu sogar ein internes Protokoll. Aber er verspürte überhaupt kein Bedürfnis danach. Es gab im Moment nur eine einzige Frau, die er wollte.

Seit diesem Blick damals bei ihrer ersten Begegnung hatte er sich schon unzählige Male in allen möglichen Varianten vorgestellt, wie es wohl sein würde, mit Melinda ins Bett zu gehen. Aber er wusste immer noch nicht, wie er das umsetzen konnte. Noch nie war er in diesem Punkt so blockiert gewesen, sie hatte ihn da total paralysiert. Und inzwischen war sie ganz klar viel mehr für ihn geworden, als einfach nur eine Herausforderung, die er abgehakt hätte, wenn er es endlich schaffen würde. Es war nicht nur das, was er von ihr wollte. Er brauchte sie in seinem Team, er brauchte die Gespräche mit ihr, er brauchte sie in seinem Leben. Zu dieser überwältigenden körperlichen Anziehung war allmählich eine emotionale Anziehung gekommen, die ihm jetzt erst vollends ins Bewusstsein drang. Plötzlich wurde ihm endlich klar, was er eigentlich von ihr wollte. Mit einfachen Worten - er hatte sich vollkommen in sie verliebt.

Er musste fast lachen. Er war noch nie verliebt gewesen. Jedenfalls hätte er diesen Ausdruck nicht für das verwendet, was er für diese Frauen in seinem Leben, zu denen er sich zeitweise hingezogen gefühlt hatte, empfunden hatte.

Verdammt, er war dreiundvierzig Jahre alt. Vielleicht war er ein Spätzünder. Oder es handelte sich um ein Anzeichen der Midlife-Crisis. Und einen ungünstigeren Zeitpunkt in seinem Leben für so etwas hätte es wahrscheinlich nicht geben können. Aber es war Tatsache.

Auf einmal fühlte er sich seltsam befreit. Etwas verunsichert vielleicht, aber sonst war es ein richtig gutes Gefühl. Es hatte Momente zwischen ihnen gegeben, aus denen er die Hoffnung schöpfte, dass sie sich möglicherweise auch auf einer anderen Ebene für ihn interessierte. Da war etwas zwischen ihnen, diese zu langen Blicke und zufälligen Berührungen, die länger angedauert hatten, als unbedingt erforderlich. Aber eben zu wenig, um sicher sein zu können, dass er sich das nicht nur einbildete.

Er wusste, dass sie ihn mochte und gerne mit ihm zusammenarbeitete. Sonst hätte sie sein Angebot nach den Wahlen nicht angenommen. Natürlich glaubte er nicht, dass der Job bei ihm der eigentliche Grund war, warum sie sich entschieden hatte, noch eine Weile in Athen zu bleiben. Irgendetwas schien da in ihrem Leben vorgefallen zu sein, zu dem sie Abstand suchte. Er konnte nur nicht erfassen, was. Obwohl er in den letzten Monaten viel über ihre Art zu denken und ihre Ansichten erfahren hatte, wusste er wenig Privates über sie. Aber aus dem, was er aus Pavlos herausquetschen konnte, schien es keinen Mann in ihrem Leben zu geben.

Jetzt, als er sich endlich eingestanden hatte, was er für sie empfand, wollte er einfach wissen, ob er eine Chance hatte. Ihm war bewusst, dass die Initiative von ihm ausgehen musste. Und natürlich wusste er auch, dass er sie endgültig verlieren könnte, wenn er sich täuschte. Aber er musste es zumindest versuchen.

Er stieß einen Seufzer aus und Vassilis wandte sich ihm zu. »Hier«, sagte Vassilis und reichte ihm einen Flachmann.

»Danke«, erwiderte Aris erstaunt und trank einen vorsichtigen Schluck. Es war Whiskey. Zwar nicht seiner, aber immerhin ein guter Whiskey.

Er bot Vassilis die Flasche an, aber der winkte ab. »Ich trinke nicht im Dienst. Aber ich habe immer was dabei für Notfälle.«

»Wie ist das eigentlich für dich? Dieser Job im Personenschutz?«, wollte Aris wissen, »die Verantwortung für das Leben eines anderen Menschen?«

Vassilis lächelte. »Ich bin Polizist. Ich bin dazu ausgebildet worden, Leben zu schützen. Ob ich das im Streifendienst mache oder eben für bestimmte Personen, macht im Grunde keinen Unterschied. Irgendwann hört man auf, darüber nachzudenken, dass es ein potentiell gefährlicher Job ist.«

»Ich habe mir eigentlich nie Gedanken darüber gemacht, dass mir jemand nach dem Leben trachten könnte. Ich habe eher Angst vor den Tomaten, die wütende Bürger auf mich werfen werden«, sagte Aris.

Vassilis lachte. »Ja, so wie die Situation ist, stimmt das wohl. In letzter Zeit ist es tatsächlich nicht sehr angenehm, Politiker zu sein und sich als Dieb und Verräter beschimpfen lassen zu müssen. Obwohl das bei Ihnen ja noch nicht vorgekommen ist.«

»Noch nicht«, sagte Aris resigniert. »Aber ich fürchte, dass es nur eine Frage der Zeit ist. Alles ist so im Argen, dass ich nicht weiß, ob wir es rechtzeitig schaffen werden, bevor die Leute endgültig die Geduld verlieren.«

»Wissen Sie, ich kenne Sie ja noch aus Ihrer Zeit als junger Bürgermeister. Da haben Sie es auch geschafft. Und die Leute stehen heute noch hinter Ihnen. Ich war froh, Ihnen zugeteilt zu werden. Um meinen Job gut zu machen, muss ich die Person, die ich beschütze, nicht schätzen, aber es macht die Sache einfacher.«

Aris sah ihn überrascht an. »Danke«, sagte er schließlich, »das meine ich ehrlich.«

Vassilis erhob sich. »Kommen Sie«, sagte er und reichte Aris seine Hand, um ihm hoch zu helfen, »wir sollten wieder zurück.«

Kapitel 7

Genervt durchsuchte Melinda Vivis Rechner nach den Listen, die sie die letzten Tage zusammengestellt hatten, wurde aber nicht fündig. Vivi hatte sich einen absolut unpassenden Zeitpunkt ausgesucht, um sich mit einer Sommergrippe ins Bett zu legen. Sie waren voll mit der Vorbereitung auf die zweitägige Tagung beschäftigt, auf der sich auch alle für den Tourismusbereich zuständigen Minister der einzelnen EU-Mitgliedsstaaten treffen würden. Sie griff zum Telefon, um Vivi anzurufen, als Aris ins Zimmer trat und die Tür hinter sich schloss.

Überrascht sah sie ihn an. Das hatte er noch nie getan, allenfalls wechselte er vom Türrahmen aus ein paar Worte mit ihr. Er rief alle seine Mitarbeiter zu sich, wenn er etwas wollte.

»Wie sieht es denn aus mit den Vorbereitungen?«, fragte er.

»Ich kämpfe mich durch. Nachher haben wir eine Besprechung deswegen«, sagte sie.

Er nahm einen Stapel Ordner von dem Stuhl vor ihrem Schreibtisch und ließ sich darauf fallen.

»Aris, du hättest mich doch in dein Büro rufen können, da ist es weniger chaotisch als hier bei mir.«

Er lächelte. »Ich dachte, ich schaue einfach mal nach meinen Mitarbeitern. Seit ich Minister bin, fühle ich mich so abgeschnitten von der wirklichen Welt.«

»Also, von der wirklichen Welt fühle ich mich aber auch abgeschnitten, seit ich hier arbeite.«

»Ich weiß, das ist nicht das, was ich dir versprochen hatte. Nach der Tagung entlaste ich dich, ok? Mir ist klar, dass du auch noch für Stamatiou arbeitest.«

»Ich habe im Moment noch keinen größeren Auftrag übernommen, aber nach dem Sommer sollte ich da wieder mehr machen.«

»Das wirst du. Und ich bin froh, dass du uns hier so unter die Arme gegriffen hast. Auch wenn das wahrscheinlich wie für uns alle hier bedeutet, dass es kein Privatleben mehr gibt.«

»Ist schon ok. Die letzten Jahre habe ich sehr viel gearbeitet, eigentlich bin ich das gewöhnt.«

»Ich auch, aber ab und zu durchatmen sollte schon drin sein.«

»Ich war neulich ein Wochenende mit Pavlos auf Mykonos. Das muss erst einmal reichen.«

»Mit Pavlos?«, fragte er.

»Ja. Und einem Freund.«

Sie sah, wie sich sein Blick verdunkelte.

»Einem Freund von Pavlos«, fügte sie hinzu und seine Miene hellte sich schlagartig wieder auf.

Sie nahm einen Stapel zusammengeheftetes Papier in die Hand und konzentrierte sich darauf, mit einem Brieföffner die Heftklammer daraus zu entfernen, um sich ihre Aufregung darüber, was dieser offensichtliche Stimmungsumschwung bedeutete, nicht anmerken zu lassen.

»Aua, Scheiße!« Sie ließ den Brieföffner fallen, als der Schmerz durch ihren Finger schoss.

»Melinda!«, rief Aris und sprang auf.

Sie hielt sich die Hand und starrte erschrocken auf das Blut, das aus ihrem Finger quoll. Er zog sie vom Stuhl hoch, griff nach einem Papiertaschentuch aus der Schachtel auf ihrem Schreibtisch und wickelte es um ihren Finger. Dann umschloss er ihn fest mit seiner Hand, um die Blutung zu stillen.

»Es ist ok. Ich glaube, es ist nur ein kleiner Schnitt«, sagte sie mit ruhigerer Stimme.

»Lass mich mal sehen«, sagte er und wickelte das Tuch vorsichtig ab. »Ich denke, es ist nicht weiter schlimm.«

Er wickelte ein neues Papiertuch darum und hielt ihre Hand wieder fest. Sie sah zu ihm hoch und ihre Blicke trafen sich. Er sah sie zärtlich an und beugte sich einen Zentimeter weiter zu ihr hinunter. Ihr stockte der Atem.

Plötzlich richtete er sich wieder auf und lächelte sie an. »Das wird schon wieder«, sagte er und gab ihr ein weiteres Tuch. »Halte es noch ein bisschen fest.«

Er ließ ihre Hand vorsichtig los. In dem Moment wurde die Tür aufgerissen und Elli, die Praktikantin aus der Presseabteilung, stürmte herein. Aris sah sie scharf an.

»Herr Minister!«, rief sie aus, »ich wusste nicht, dass Sie hier sind!«

»Bring Frau Kessler ein Hansaplast, sie hat sich in den Finger geschnitten«, sagte Aris knapp und folgte Elli, die sofort losstürzte, hinaus.

Melinda ließ sich zittrig in ihren Sessel zurücksinken. Oh mein Gott! Er hatte sie fast geküsst! Das hatte sie sich nicht nur eingebildet. Oder doch?

Das, was sie sicher wusste, war, dass sie ihn zurückgeküsst hätte, wenn er es getan hätte.

Und sie wären von Elli dabei erwischt worden. Himmel, sie hatte diesem Mädchen schon wer weiß wie oft beizubringen versucht, dass sie auf diesem Stockwerk nicht einfach so überall hereinplatzen konnte, ohne anzuklopfen. Sie hoffte, dass ihre tatsächliche Verletzung für Elli Erklärung genug war, warum Aris so dicht vor ihr gestanden hatte.

Elli kam mit dem Hansaplast hereingelaufen und half Melinda, den Finger zu verbinden.

»Danke«, sagte Melinda nur.

Sie verkniff sich eine erneute Ansage wegen dem Anklopfen. Sie wollte dem Mädchen keinen Nährboden für irgendwelche anderen Schlüsse, was sie und Aris betraf, bieten.

Als Elli gegangen war, versuchte sie sich wieder auf ihre Arbeit zu konzentrieren, aber es gelang ihr natürlich nicht. Immer wieder schweiften ihre Gedanken zu dem Vorfall gerade eben ab. Und zu dieser ganze Sache zwischen ihr und Aris. Wenn sie ehrlich war, wusste sie auch, dass es keine Frage mehr war, dass es passieren würde. Es ging nur noch darum, wann und wie es geschehen würde. Sie sollte endlich aufhören, sich etwas vorzumachen. Sie würde sich auf das einlassen, was da zwischen ihnen war. Aber sie würde sich ihm nicht an den Hals werfen. Den ersten Schritt musste er tun.

Aris ließ sich in den Sessel hinter seinem Schreibtisch fallen und atmete tief durch. Das mit Melinda vorhin war verdammt knapp gewesen. Er wusste auch nicht, wie seine Vernunft im allerletzten Moment die Oberhand gewonnen hatte. Gerade noch rechtzeitig bevor die Praktikantin hereingeplatzt war. Er war sich fast sicher, dass Melinda es auch gewollt hatte. Aber eben nur fast.

Seit er von der Insel zurück war, suchte er einen Weg, um mal in Ruhe mit ihr alleine zu sein. Sie einfach in ein Restaurant zum Abendessen einzuladen, ging natürlich nicht. Und es ihr am Telefon zu sagen, kam wahrscheinlich auch nicht so gut an. Aber hier im Ministerium konnte er, wie vorhin, nie sicher sein, dass nicht gleich jemand ins Zimmer kommen würde. Nicht einmal in seinem eigenen Büro. Er hatte keine Ahnung, wie er Aleka erklären sollte, nicht zu ihm hereinzukommen, weil er bei seinem Gespräch mit Melinda nicht gestört werden wollte. Vielleicht könnte er unter einem Vorwand spätabends eine Besprechung ansetzen, wenn die meisten schon gegangen waren, aber selbst da gab es keine Garantie, dass nicht doch jemand erschien. Er konnte seine Bürotür aus Sicherheitsgründen noch nicht einmal abschließen. Aber abzuwarten, ob sich nicht doch irgendwann eine günstige Gelegenheit bieten würde, kam nicht in Frage. Er musste es jetzt einfach wissen.

Es klopfte an seiner Tür und Aleka trat ein, ohne seine Antwort abzuwarten. »Schau dir bitte die Rede an, die Kimonas dir für heute Abend vorbereitet hat.«

»Verdammt, das hatte ich ganz vergessen, heute ist ja die Eröffnungsveranstaltung des Kreuzfahrt-Kongresses«, seufzte er.

Aleka öffnete ihm das Dokument auf seinem Rechner und er begann, die Rede durchzulesen. Als sie ein paar Unterlagen auf dem Schreibtisch zusammengesucht hatte und sein Büro verließ, griff er zu seinem Handy und rief seinen Sicherheitsmann Vassilis an.

»Vassilis, ich bräuchte da einen Gefallen. Suche mir bitte einen Fahrer für heute Abend, dem du vertraust. Und besorge mir eine Flasche Rotwein. Und einen Strauß Blumen. Etwas Gescheites. Ich melde mich wieder«, sagte er knapp.

»Geht in Ordnung, Herr Minister«, erwiderte Vassilis.

Falls Vassilis überrascht war, ließ er es sich jedenfalls nicht anmerken.

Aris las sich die Rede durch, machte ein paar Änderungen und lud das Dokument auf sein iPad.

»Ich gehe mich umziehen«, verabschiedete er sich wenig später von Aleka, »bitte schicke sie alle früh nach Hause, ihr müsst euch mal ein bisschen ausruhen.«

»Ok, ich rufe den Wagen«, erwiderte sie.

Um halb acht hielt Aris Wagen vor Melindas Wohnung. Er hatte etwa anderthalb Stunden bis zu seiner Rede. Es musste reichen.

Er machte Vassilis ein Zeichen, zu warten, und rief sie an.

»Hallo Aris«, meldete sie sich.

»Melinda, ich muss über etwas mit dir sprechen. Ich bin auf dem Weg zu diesem Termin in Piräus und habe noch ein bisschen Zeit. Ich stehe mit dem Wagen vor deiner Wohnung. Hast du etwas dagegen, wenn ich kurz hochkomme?«

Er hörte, wie sie überrascht die Luft einzog. »Klar, ja..., natürlich kannst du hochkommen, ich bin nur...«

Sie klang ziemlich verunsichert. So kannte er sie gar nicht. Trotz der Vollklimatisierung im Wagen wurde ihm heiß. Vielleicht hätte er sie nicht so überfallen sollen. Himmel, vielleicht hatte er sich getäuscht und sie war gar nicht alleine! Er hätte das vorher mit Thymios besprechen sollen, der hätte ihn sicher vor so einer Riesendummheit bewahrt. Aber er hatte nie die Zeit oder, wenn er ehrlich war, den Mut gefunden, seinem Freund von Melinda zu erzählen.

Jetzt lachte sie. »Tut mir leid, du hast mich damit vollkommen überrascht, ich habe das nicht erwartet. Komm einfach hoch.«

Sie hatte sich wieder gefangen. Er entspannte sich ein bisschen.

Vassilis reichte ihm die Blumen. »Herr Minister, sind Sie sicher, dass das eine gute Idee ist?«, fragte er ernst.

»Nein«, antwortete Aris wahrheitsgemäß, »aber wenn ich es nicht wenigstens versuche, werde ich es ein Leben lang bereuen.«

»Sie wissen, dass ich Sie da eigentlich nicht alleine hochgehen lassen sollte«, bemerkte Vassilis, »ich mache das nur, weil Sie es sind und ich sicher bin, dass es der Sache, um die es hier geht, nicht sehr helfen wird, wenn ich mitkomme.«

»Nein, bestimmt nicht«, Aris lachte.

Vassilis machte dem Fahrer ein Zeichen, die Tür zu öffnen. Er stellte sich so vor Aris, dass jemand, der zufällig vorbeikam, ihn nicht erkennen konnte.

»Ich warte hier unten«, sagte er, während Aris zum Aufzug ging.

Melinda stand in der Tür und sah überrascht auf die Blumen in seiner Hand.

»Was …, womit habe ich das denn verdient?«, fragte sie, als er ihr die Blumen gab.

»Einfach so«, erwiderte er und folgte ihr in die Wohnung.

Es war eine Altbauwohnung wie seine eigene. Aber Melinda hatte ihre vollkommen umgestaltet, der ganze Empfangsbereich, die Küche und das Wohnzimmer, die bei den alten Wohnungen immer getrennte Zimmer bildeten, waren zu einem großen Raum zusammengefasst. Sie trug noch das Kleid von der Arbeit. Die Schuhe hatte sie ausgezogen, sie war barfuß.

Sie legte die Blumen auf die Arbeitsfläche neben der Spüle. Unsicher lächelte sie ihn an.

Er sollte irgendetwas sagen, aber im Augenblick fiel ihm absolut nichts ein.

»Wein?«, fragte sie und zeigte auf die Flasche, die er immer noch in der Hand hielt.

»Ich denke, einen Schluck könnte ich vertragen«, sagte er.

Sie reichte ihm einen Korkenzieher. »Kannst du bitte?«

Während er die Flasche aufmachte, stellte sie zwei Rotweingläser auf den Küchenblock mit dem Herd, der gleichzeitig als Raumtrenner zum Wohnbereich diente.

Sie holte eine Vase für die Blumen und er schenkte die Gläser voll. Sie prosteten sich zu. Dann trank er einen tiefen Schluck und sah sich um.

»Die Wohnung ist wunderschön. Ich kenne mich zwar nicht aus in solchen Sachen, aber sie ist …«, er suchte nach Worten, »sehr »du«.«

»Danke«, sie lächelte. »Die Wohnung gehörte meiner Mutter. Hier lebten meine Eltern als sie ein Paar wurden, während mein Vater an der Athener Universität Archäologie lehrte.«

»Sie ist also ein Teil deiner Geschichte«, stellte er fest und lächelte sie an.

Langsam ging er zur offenen Verandatür und sah auf die Terrasse hinaus. »Das ist ja ein richtiger Garten, den du da hast!« rief er aus.

Er war erstaunt, wie viel die Wohnung eines Menschen über ihn aussagen konnte. Er war gerade fünf Minuten hier, aber er fühlte sich wohl. Sie spiegelte ihre Persönlichkeit wieder, es war ihre Wohnung. Das machte ihm plötzlich bewusst, wie unpersönlich er sein ganzes Leben lang gewohnt hatte.

Er trank einen Schluck aus seinem Glas und wandte sich wieder zu ihr. Sie stand an die Arbeitsfläche gelehnt und nippte an ihrem Wein.

»Melinda«, begann er vorsichtig, während er langsam in ihre Richtung ging, »ich wollte dir sagen, dass ..., also ich weiß nicht wie ...«, er stockte. Verlegen fuhr er sich mit der Hand durch die Haare. Es fehlte nur noch, dass er rot wurde.

Sie stellte ihr Glas ab und sah ihn abwartend an. Er konnte ihre Anspannung deutlich spüren.

»Tut mir leid, mir fehlen da ein bisschen die Worte. Ich bin mir bewusst, dass ich drauf und dran bin, etwas möglicherweise ziemlich Dummes zu tun.« Er holte tief Luft. »Ich will einfach nur wissen, ob nur ich das so empfunden habe oder ob du auch...«, er kam schon wieder ins Stocken.

Sie trat einen Schritt näher, legte eine Hand auf seinen Arm und sah ihm direkt in die Augen.

»Ach verdammt«, sagte er leise.

Er beugte sich zu ihr hinunter und küsste sie sanft auf die Lippen. Als er spürte, wie sie seinen Kuss erwiderte, überkam ihn eine unendliche Erleichterung. Ihre Lippen fühlten sich warm und weich an. Sie öffnete sie ein wenig und ihre Zungenspitzen trafen zum ersten Mal vorsichtig aufeinander. Die Intensität dieser Berührung war einfach unbeschreiblich. Er spürte ihre Hand hinter seinem Kopf, die ihn näher zog. Ihre Zungen begannen sich zu erforschen, behutsam zuerst und dann immer entschlossener, bis sie sich in einem eigenen Spiel umeinander zu winden begannen, als hätten sie sich verselbstständigt. Er hatte sich das nicht annähernd so vorgestellt. Er hätte nie gedacht, dass er fähig war, so etwas überhaupt zu empfinden.

Sie lösten sich kurz voneinander, um wieder zu Atem zu kommen. Dann küsste er ihre Stirn, ihre Haare und jede Stelle ihres Gesichtes, bis ihre Lippen wieder zueinander fanden. Es waren keine bewussten Handlungen, er steuerte das nicht mehr, es schien wie von selbst zu passieren.

Er hob sie auf die Arbeitsfläche und streifte sein Sakko ab. Sie schlang ihre Beine fest um seine Hüften und drängte sich an ihn. Er war so hart, dass es schmerzte. Als er ihr Kleid zurückstreifte, um ihre nackten Schultern zu küssen, grub sie ihre Nägel in seinen Rücken. Ihre Haut fühlte sich glatt und makellos an unter seinen Lippen und ihr Geruch, ein leichter Hauch von ihrem Parfum vermischt mit ihrem eigenen, raubte ihm fast den Atem. Er umfasste eine ihrer Brüste und hörte ihr Seufzen, als er mit dem Daumen in kreisenden Bewegungen um ihre Brustwarze strich. Jetzt fühlte er sich wie im Rausch, die Außenwelt schien immer weiter weg zu rücken und er war kurz davor, sich vollkommen in der Situation zu verlieren.

Mit aller Kraft versuchte er, sich zusammenzureißen, sich aus diesem Sog zu befreien. Er durfte nicht zulassen, dass das hier zu weit ging. Er musste sie davon überzeugen, dass er mehr von ihr wollte als eine schnelle Nummer.

Vorsichtig löste er sich von ihr und sah, dass sie damit kämpfte, wieder in die Realität zurückzufinden.

»Melinda«, sagte er mit heiserer Stimme, »ich will dich. Glaube mir, nichts auf der Welt will ich im Moment mehr. Aber ich möchte nicht, dass es so passiert, dass es passiert und ich dann aufstehen und gehen muss. Ich will dich danach in den Armen halten können. Die ganze Nacht lang.«

Sie lächelte ihn an. »Das wird allerdings nicht ganz einfach werden, so wie die Dinge liegen«, stellte sie fest und küsste ihn zärtlich auf den Mund.

»Wir werden einen Weg finden, ok? Wenn wir das wirklich wollen, werden wir einen Weg finden«, sagte er leise und strich ihr sanft eine Haarsträhne aus dem Gesicht.

Sein Handy meldete sich. Er verdrehte die Augen, nahm aber ab. Es war Aleka. Kurz angebunden wimmelte er sie ab.

»Ich muss los.«

»Ich weiß«, sagte sie.

Erfreut stellte er fest, dass Bedauern in ihrer Stimme mitschwang.

Sie reichte ihm das Sakko. Er zog eine Krawatte aus der Tasche und hielt sie ihr hin.

»Du hast das schon einmal gemacht, weißt du noch?«

»Klar weiß ich das noch. Es war Pavlos Krawatte, vor einer Besprechung mit Seferlis, wegen der du total gestresst warst.«

»Ich war nicht wegen Seferlis gestresst«, sagte er, während sie ihm den Knoten band.

Sie hielt inne und sah ihn überrascht an. Dann lächelte sie. »Wegen was warst du denn gestresst?«

»Ich glaube, mittlerweile weißt du ganz genau, warum ich da so aufgeregt war.«

Er sah ihr tief in die Augen und küsste sie dann sanft.

»Kann ich dich später noch anrufen?«, fragte er, als sie ihm in sein Sakko half.

»Du kannst mich immer anrufen«, erwiderte sie.

»Bis dann«, sagte er, während er sich zum Aufzug wandte.

»Bis später«, erwiderte sie.

Mit einem verträumten Lächeln auf den Lippen schenkte sich Melinda ihr Glas wieder voll und trat auf die Veranda. Tief atmete sie den Duft des

Jasmins ein, der in der Luft des Sommerabends hing. Sie ließ sich in einen der Korbsessel fallen und blickte in den Himmel über Athen.

Es war passiert. Diese ganze Spannung, die sich fast vier Monate zwischen ihnen aufgebaut hatte, diese Unsicherheit, ob es nicht vielleicht doch nur Einbildung war, dieser Druck, keine Gefühlsregung nach außen dringen zu lassen, die möglicherweise die Grenze überschritt, hatten sich in einem einzigen Moment entladen.

Sie war über seinen Anruf ziemlich überrascht gewesen, auch nach heute Mittag in ihrem Büro hätte sie nicht gedacht, dass er plötzlich alles so auf eine Karte setzen und einfach bei ihr zu Hause auftauchen würde. Und er war sich über ihre Reaktion keineswegs sicher gewesen. Sie hatte seine Erleichterung förmlich spüren können, als sie seinen Kuss erwidert hatte.

Dieser Kuss nach dieser ganzen Zeit, seit diesem ersten Blick in seine Augen, war das absolut Intensivste, was sie auf dieser Ebene je erlebt hatte. Wenn er das nicht abgebrochen hätte, hätte sie sich ihm hingegeben. Vollkommen.

Ihr war klar, warum er das getan hatte. Das rührte sie irgendwie, aber es machte ihr auch ein bisschen Angst. Sie war inzwischen mehr als bereit, sich auf etwas Neues einzulassen. Aber sie wusste nicht, ob sie schon bereit war, sich auf etwas Ernstes einzulassen.

Sie ging ins Wohnzimmer und holte ihr iPad. Während sie sich wieder in den Sessel auf der Veranda fallen ließ, stöpselte sie sich die Kopfhörer ins Ohr. Sie öffnete die entsprechende App, sah, dass Antonio online war und rief ihn an. Die Stimmung zwischen ihnen war teilweise noch angespannt, obwohl sie natürlich nach wie vor Kontakt hatten. Aber er gehörte schon immer zu den Personen, die ihr am nächsten standen, und sie musste unbedingt mit jemanden sprechen.

Er meldete sich sofort und sie sah, dass er schon im Lokal war. Er hatte seine Haare kurz geschnitten.

»Sieht gut aus«, sagte sie.

»Danke«, erwiderte Antonio. »Du siehst auch gut aus. Aber irgendwas anderes erkenne ich da in deinem Blick. Hast du endlich...?«, fragte er, als er offensichtlich ihr strahlendes Lächeln bemerkte.

»Also, es ist etwas passiert, aber nicht ganz das, was du meinst«, sagte sie.

Sie umriss ihm kurz, was gerade zwischen ihr und Aris gewesen war.

»Und er hat dich nicht gepoppt?!«, fragte Antonio entgeistert.

»Nein Antonio, so weit ist die Sache nicht gegangen«, sagte sie.

»Also, entweder er hat da ein Problem ...«

»Da ist alles in Ordnung. Ich habe ihn gespürt, ok?«, unterbrach sie ihn genervt.

»Dann gibt es nur zwei weitere Optionen, entweder er ist ein absolutes Weichei oder er will dich nicht einfach nur poppen. Dann möchte er dich beeindrucken, dir zeigen, dass er mehr von dir will, als dich flachzulegen. Weiß er von der Sache mit Daniel?«, fragte er.

»Nein«, erwiderte sie knapp.

»Ok, Melinda, der Typ ist total in dich verliebt. Vielleicht solltest du da ein bisschen aufpassen. Ich bin ja echt froh, dass endlich jemand aufgetaucht ist, der dich interessiert, aber ich hatte an etwas Einfacheres gedacht. Ernsthaft, willst du die Geliebte eines griechischen Politikers werden?!«

»Ich weiß es ja auch nicht. Ich weiß nicht, was ich wirklich von ihm will, nur dass ich ihn will. Ich lasse das auf mich zukommen. So wahnsinnig viel kann sich da ja erst einmal gar nicht entwickeln. Er ist verheiratet und ich arbeite für das Ministerium.«

»Melinda, sei bitte vorsichtig.«

»Jetzt nerv nicht schon wieder. Ich bin vorsichtig.«

Melinda saß mit ich ihrem Rechner auf dem Bett, als Aris um kurz nach elf anrief. Ihr Herz machte einen Sprung.

»Bist du schon fertig?«, meldete sie sich.

»Ja, das ging zum Glück nicht so lange. Was machst du?«

»Ich bin im Bett und schaue mir ein paar Sachen durch«, erwiderte sie. *Und muss die ganze Zeit an dich denken*«, fügte sie in Gedanken hinzu.

»Ich auch. Allerdings liege ich auf der Couch. Und leider schaffe ich es oft nicht ins Bett und schlaf dann da.«

»Das hört sich ja nicht unbedingt nach einem erholsamen Schlaf an«, sagte sie.

»Ist es auch nicht«, bestätigte er. »Melinda, ich..., ich hoffe, ich habe dich vorhin nicht total überfallen.«

Sie lachte. »Naja, überfallen hast du mich schon, aber so unangenehm war mir der Überfall dann auch wieder nicht.«

»Nein, den Eindruck hast du tatsächlich nicht gemacht. Aber das wusste ich ja vorher nicht. Ich hatte wirklich Angst, dass ich mir das zwischen uns nur eingebildet habe. Hast du von Anfang an gemerkt, wie ich zu dir stehe?«

»Also, ich hatte so eine Ahnung.«

»Ich habe dich sehr schnell auch auf einer anderen Ebene schätzen gelernt. Deswegen wollte ich, dass du für mich arbeitest. Ich bin froh, dich in meinem Team zu haben, und unsere Zusammenarbeit ist mir sehr wichtig geworden. Das wollte ich nicht verlieren. Deswegen habe ich mich lange nicht getraut, in die Richtung etwas zu unternehmen. Am Anfang hast du mir auch nicht das Gefühl vermittelt, dass ich eine Chance gehabt hätte, wenn ich es einfach versucht hätte.«

»Nein, wahrscheinlich nicht.« Sie lachte. »Das musste sich allmählich entwickeln. Ich glaube, dass wir mittlerweile an einem Punkt angelangt waren, wo es einfach irgendwann passiert wäre. Aber Aris, die Situation ist ziemlich schwierig. Du stehst in der Öffentlichkeit und die äußeren Umstände stecken im Moment einen wirklich engen Rahmen ab«, sagte sie.

»Ich weiß. Aber ich denke, es ist zu stark, um es ignorieren zu können.«

Melinda seufzte. »Ich will es ja auch nicht ignorieren. Wenn ich ehrlich bin, habe ich gehofft, dass du endlich einen Schritt zu weit gehen würdest.«

»Du hast mich teilweise ganz schön gequält. Heute Mittag in deinem Büro hätte ich dich fast geküsst und ich war mir ziemlich sicher, dass du es zulassen würdest. Aber als ich dich vor deiner Wohnung angerufen habe, dachte ich, dass es vorbei ist. Dass du nicht alleine warst, dass ich mich getäuscht hatte.«

»Aber du hast dich nicht getäuscht.«

»Nein, zum Glück. Ich kann mich jedenfalls nicht erinnern, schon einmal so verdammt verunsichert gewesen zu sein. Als ich da so rumgestottert habe – ich glaube, selbst mit fünfzehn habe ich mich nicht so angestellt.«

Sie lachte wieder. »Eigentlich fand ich das ganz süß.«

»Du hast mich wirklich bis zum Ende zappeln lassen«, sagte er vorwurfsvoll.

»Das stimmt nicht. Auf den letzten Metern habe ich dir geholfen.«

»Naja, vielleicht auf den allerletzten Zentimetern. Ein ganz kleines bisschen.«

Sie lachten beide.

»Melinda«, sagte er, »wie ist das denn mit unserem Aufenthalt in Brüssel? Hast du vor, bei dir zu Hause zu wohnen?«

»Nein, das wäre zu kompliziert, wir reisen ja als Delegation. Bei uns im Hotel wohnen auch nur unsere Mitarbeiter und die vom Ministerium für Handelsschifffahrt. Die Journalisten sind woanders untergebracht. Wenn deine Sicherheitsleute mitmachen und wir vorsichtig sind, wird es gehen, denke ich. Du meinst das ernst mit der ganzen Nacht, oder?«

»Ja, das tue ich. Ich will, dass wir ein bisschen Zeit miteinander haben. Hier in Athen wird das im Moment nicht umsetzbar sein. Ein paar Stunden bei mir oder bei dir kann mir Vassilis organisieren. Aber die ganze Nacht wird natürlich schwierig, ohne dass es auffällt. Obwohl es mir nach heute Abend sehr schwerfällt, noch bis dahin abzuwarten.«

»Mir auch«, sagte sie.

»Melinda, sag mir bitte, dass ich nicht morgen aufwachen werde und feststellen muss, dass das nur ein Traum war.«

Sie lachte. »Du kannst mich ja anrufen, wenn du unsicher bist.«

Die nächsten Tage bis zu ihrer Abreise nach Brüssel verlangten Melinda einiges ab. Sie musste die letzten Vorbereitungen für die Tagung treffen und war sehr gestresst deswegen. Sie wusste, wie solche Veranstaltungen abliefen, aber sie hatte das natürlich noch nie für ein griechisches Ministerium organisiert und sie war alleine dafür verantwortlich.

Diese Spannung zwischen ihr und Aris war mittlerweile unerträglich. Sie musste sich zwingen, sich zu konzentrieren, wenn sie vor den anderen zusammenarbeiteten, und nicht die ganze Zeit daran zu denken, wie sich seine Lippen angefühlt hatten, seine Hände und andere Teile von ihm. Sie konnte nur hoffen, dass man ihnen das nicht anmerkte. Ein paarmal, als sie für ganz kurze Zeit alleine waren, fielen sie regelrecht übereinander her. Aber dieser abrupte Abbruch jedes Mal machte es nur noch schlimmer.

Und dann hatte sie auch mit diesen Momenten zu kämpfen, in denen sie die Unsicherheit überkam. Sie wollte Aris, sie wollte sich diesen Gefühlen einfach hingeben. Aber was, wenn sie im letzten Moment kalte Füße bekam? Wenn Daniel sich zwischen sie drängte? In Brüssel lauerten so viele Erinnerungen aus ihrem gemeinsamen Leben. Seit Daniel hatte sie mit keinem Mann mehr geschlafen. Ihr war bewusst, dass diese Gedanken lächerlich waren, an dem Abend in ihrer Wohnung war sie mehr als bereit dazu gewesen, es war wie von selbst abgelaufen. Trotzdem konnte sie diese Angst nicht ganz abschütteln.

Am Tag vor ihrer Abreise, als sie ihre Sachen im Büro zusammenpackte, stand Pavlos plötzlich in der Tür.

»Sag mal, Melinda, was ist eigentlich los mit dir?«, fragte er und sah sie forschend an.

»Ich bin total gestresst wegen der Tagung. Es ist schließlich das erste Mal, dass ich alleine für Aris verantwortlich bin«, erwiderte sie. »Mir wäre wohler, wenn du mitkommen würdest«, fügte sie hinzu.

»Aber das ist doch genau dein Bereich, da kennst du dich schließlich aus. In jedem Fall besser als ich. Es ist doch alles vorbereitet, da kann doch gar nichts schief gehen.«

Sie atmete tief durch. »Ich weiß. Ich bin wohl nur ein bisschen überarbeitet.«

»Du brauchst mir nichts vorzumachen. Was ist es, das dich beschäftigt?«, fragte er sanft.

»Ach nichts. Wirklich. Es geht schon wieder. Wir reden, wenn ich wieder da bin.«

»Ich will dich nicht drängen. Aber ich bin nicht blind. Ich habe eine leise Ahnung, was gerade passiert.«

Melinda sah ihn an. »Ich hoffe nur, dass es andere nicht auch gemerkt haben«, sagte sie.

»Keine Angst«, erwiderte er beschwichtigend, »niemand hat davon etwas mitbekommen. Ihr habt euch vollkommen im Griff. Aber ich kenne euch beide mittlerweile ganz gut und ich kann eben zwei und zwei zusammenzählen. Ich sage dir jetzt nur das: Über manche Dinge sollte man nicht so viel nachdenken. Höre einfach in dich hinein. Sei ehrlich zu dir selber. Verlasse dich auf dein Gefühl.«

Kapitel 8

Aris Wagen hielt vor dem VIP-Terminal des Athener Flughafens. Danai Apostolidis, die für die Organisation seiner Auslandsreisen zuständig war, erwartete ihn vor dem Flughafengebäude und begrüßte ihn herzlich.

Es waren schon fast alle da, wie er feststellte, als er in die für ihre Delegation reservierte Lounge trat. Die Journalisten, die mit ihnen fliegen würden, saßen im hinteren Bereich zusammen und sahen noch ziemlich verschlafen aus. Ein paar nickten ihm kurz zu, als er in ihre Richtung blickte, aber sie hielten sich zu dieser frühen Stunde noch zurück. Er ließ sich in einen der Sessel fallen und sah sich suchend nach Melinda um, konnte sie aber nirgends entdecken. Ein Kellner servierte ihm einen Kaffee und er trank dankbar einen Schluck. Sein Mitarbeiter Kimonas gesellte sich zu ihm und briefte ihn über die laufenden Angelegenheiten wie jeden Morgen.

Er sah kurz hoch und bemerkte Melinda, die gerade den Raum betrat. Sie lächelte, als ihr Blick auf ihn fiel. Er musste an den Tag denken, als er sie zum ersten Mal gesehen hatte. Das mit ihr fühlte sich so vertraut an und gleichzeitig neu, fremd, ungewiss.

Ihre Absätze klapperten über den Boden, während sie zum anderen Ende der Lounge ging, wo sie offenbar ihre Sachen gelassen hatte. Sie raffte sie zusammen und kam auf sie zu. Mit einem Seufzer ließ sie sich ihm und Kimonas gegenüber nieder.

»Guten Morgen, Aris«, sagte sie, immer noch lächelnd.

Der Duft ihres Parfums wehte zu ihnen herüber und er hörte, wie Kimonas genussvoll die Luft einsog. Er sah ihn mit einem scharfen Blick an, woraufhin sich Kimonas gerade in seinem Sessel aufsetzte.

»Habt ihr euch mit den Mitarbeitern vom Ministerium für Handelsschifffahrt geeinigt wegen der Pressekonferenz?«, fragte Aris.

Sie hatte ihre Haare locker hochgesteckt. Er überlegte, wie es sein würde, die silberne Haarnadel herauszuziehen und diese ganzen Locken auf ihre Schultern fallen zu sehen.

»Ja, du bekommst mehr Zeit, weil es hauptsächlich dein Ressort ist, wie wir abgesprochen hatten«, erwiderte sie.

Er wollte ihre Hand ergreifen, sie an sich ziehen und unzählige Dinge mit ihr tun, die er jetzt eigentlich nicht einmal denken sollte.

»Es geht los«, sagte Melinda und deutete auf Danai Apostolidis, die gerade auf sie zu kam.

Aris war schon früher ein paarmal in Brüssel gewesen, als Bürgermeister bei irgendwelchen europäischen Tagungen über Selbstverwaltungsangelegenheiten und auch mit ihrer Vorgängerpartei, aber eben noch nie als griechisches Regierungsmitglied. Sein Land war im Moment natürlich im europäischen Ausland nicht sonderlich beliebt. Es herrschte inzwischen wieder eine etwas positivere Einstellung der neuen griechischen Regierung gegenüber, aber ihre europäische Familie würde sie sicherlich nicht mit offenen Armen empfangen. Es lag an ihnen, das zu ändern, und Seferlis hatte klargestellt, dass er im Ausland absolute Zurückhaltung von ihnen erwartete.

Es handelte sich zwar nur um eine Tagung des Europäischen Parlaments in Brüssel mit einem informellen Treffen der zuständigen Minister der einzelnen Mitgliedsstaaten, aber aufgrund der Tatsache, dass der Tourismusbereich für die griechische Wirtschaft höchste Priorität hatte und zwei Ministerien betroffen waren, stellte Seferlis ihnen für diese Reise sogar eine eigene Maschine zur Verfügung. Nach den Sparmaßnahmen gab es so etwas nur noch für die offiziellen Gipfeltreffen und Staatsbesuche. Alle anderen Dienstreisen wurden mit den normalen Linienflügen durchgeführt.

Der Pilot und die gesamte Crew begrüßten Aris herzlich mit Handschlag, als sie in die Maschine stiegen. Aris setzte sich auf den Platz in der ersten Reihe, auf den Danai zeigte, während sich Vassilis, der ihn in Zusammenarbeit mit dem dort zuständigen Sicherheitsdienst zu den offiziellen Anlässen in Brüssel begleiten würde, hinter ihm niederließ. Melinda legte ihre Tasche auf den Sitz neben Aris und trat dann wieder zu Danai, um irgendetwas mit ihr zu besprechen. Aris hatte keine Ahnung, wie so eine Reise organisiert wurde. Aber das gute an seinem Job war, dass er es auch nicht wissen musste.

Als der Flieger an den Start zu rollen begann, setzte sich Melinda zu ihm. Sie sprach das Programm mit ihm noch einmal durch.

»Wann glaubst du denn, dass wir durch sind abends?«, fragte er sie.

»Kommt darauf an, wie lange du das inoffizielle Beisammensein mit den Journalisten im Hotel ziehen willst«, erwiderte sie.

»Wenn es nach mir ginge, so kurz wie möglich. Ich habe danach nämlich noch etwas anderes vor«, sagte er in leiserem Tonfall.

Sie lächelte. »Was denn?«, neckte sie ihn.

»Also, ich hab da eine Frau kennengelernt, die ich nicht mehr aus meinem Kopf bekomme ...«

»Aris«, unterbrach sie Stavridis, der Minister für Handelsschifffahrt, der plötzlich neben ihnen aufgetaucht war, »hast du einen Moment?«

Aris nickte ihm zu und Melinda bot ihm ihren Platz an. Er sah, wie sie nach hinten zu den Journalisten ging, und konzentrierte sich dann auf Stavridis. Ihr Gespräch dauerte den gesamten Flug und erst als sie aufgefordert wurden, sich wieder anzuschnallen, ging Stavridis zurück zu seinem Platz und Melinda setzte sich wieder neben ihn.

Er sah sie überrascht an, als sie die Augen schloss, während die Maschine zur Landung ansetzte. Ihre Gesichtszüge verrieten, dass ihr alles andere als wohl dabei war, und er musste sich zusammenreißen, um nicht nach ihrer Hand zu greifen.

An diesem Tag bekam er einen kurzen Einblick, wie Melindas Leben, zumindest ihr Berufsleben, in Brüssel aussehen musste. Nach den Begrüßungsansprachen im Parlamentsgebäude ließen sie die anderen Mitarbeiter im Tagungssaal zurück und Melinda begleitete ihn zu der ganzen Reihe an Terminen, die sie für ihn ausgemacht hatte, bevor am Nachmittag die Arbeitsgruppe der südeuropäischen Länder stattfinden würde.

Er war ziemlich beeindruckt gewesen, als sie ihm erklärt hatte, warum sie diese konkreten Kontakte für die richtigen hielt, die auf den ersten Blick für sein Ministerium gar nicht wichtig zu sein schienen. Als sie ihn jetzt von einem Termin zum nächsten durch das Gebäude jagte, wurde ihm erst richtig klar, wie gut sie hier tatsächlich vernetzt war. Die Resultate dieser Treffen würden seinem Land eindeutig sehr viel mehr bringen, als die offizielle Teilnahme an der Tagung selbst.

Am frühen Nachmittag schwirrte ihm der Kopf von dem Tempo, das sie an den Tag gelegt hatte, aber auch von den ganzen Sprachen, in denen sie mit den einzelnen Leuten redete. Teilweise verstand er kaum, welche Sprache sie gerade benutzte, und erst recht nicht, was sie sagte. Ihm wurde schmerzlich bewusst, dass eine ganze Welt da draußen lag, von der sein Land nur ein sehr kleiner, in der derzeitigen Situation sogar sehr unangenehmer Teil war. Und trotz der Macht, die ihm sein Amt verlieh, würde er immer auf Leute wie sie angewiesen sein, um Zugang zu dieser Welt zu erhalten, zu der sie gehörte und er nicht. Darum beneidete er sie plötzlich.

Nach dem offiziellen Abendessen im Rahmen der Arbeitsgruppe der südeuropäischen Länder, an dem sie mit Stavridis ohne ihre Mitarbeiter teilgenommen hatten, trat er um neun Uhr endlich nur noch in Begleitung von Vassilis in die Hotelbar, wo er sich eine Weile zu den Journalisten gesellen würde. Er ließ sich von dem Geräuschpegel leiten, der im abgetrennten hinteren Bereich, wo sie sich versammelt hatten, um einiges höher lag als in der übrigen Lounge. Ein paar der älteren, die sich nach all den Jahren, die sie als Journalisten den konkreten Politikbereich abdeckten, gut kannten, zogen sich gegenseitig mit irgendetwas auf und der Rest lachte laut durcheinander. Es ging wahrscheinlich um die üblichen alten Geschichten, die sie auf früheren Reisen gemeinsam erlebt hatten. Melinda und Kimonas saßen unter ihnen am Tresen und schienen sich ebenfalls prächtig zu amüsieren. Paris, der Journalist von dem großen Privatsender, stand für seinen Geschmack etwas zu nah neben Melindas Barhocker. Als er zu seinem Glas griff, streifte er leicht ihren Arm, wie Aris sehen konnte.

Ihr Blick fiel auf ihn. Sie lächelte ihn strahlend an und erhob sich.

»Herr Minister«, rief sie, »kommen Sie!«

Als die anderen ihn bemerkten, legte sich der Geräuschpegel etwas. Sie machten ihm Platz und er ließ sich auf Melindas Hocker an der Bar nieder. Rellos von dem öffentlich-rechtlichen Sender bestellte ihm einen Drink und kurze Zeit später setzte sich auch Stavridis zu ihnen.

Die Gespräche blieben locker, die für die Öffentlichkeit bestimmten Fragen würden sie sich für die morgige Pressekonferenz aufsparen. Immer wieder sah er zu Melinda hinüber, die sich etwas zurückgezogen hatte, um den anderen Gelegenheit zu geben, mit ihm zu sprechen. Sie hielt seinen Blick jedes Mal kurz fest, wenn er sie ansah, und er sehnte sich allmählich wirklich das Ende des Abends herbei. Er wollte endlich mit ihr alleine sein.

Jetzt trat Paris wieder zu Melinda, beugte sich zu ihr hinunter und sagte etwas an ihr Ohr. Dabei vergaß er auch nicht, einen Blick in ihren Ausschnitt zu werfen. Das wurde wirklich langsam ein bisschen nervig mit Paris. Melinda lachte höflich über das, was er ihr gesagt hatte, und wandte sich dann einem von Stavridis Mitarbeitern zu. Der schien sichtlich erfreut über die Aufmerksamkeit, die ihm von Melinda zuteilwurde, aber wenigstens warf er keinen Blick in ihren Ausschnitt, wie Aris erleichtert feststellte.

Er richtete seine Aufmerksamkeit wieder auf das Gespräch mit dem Journalisten von einer größeren Tageszeitung. Nach einer Weile begannen die Diskussionen, welche Nachtlokale sie später noch besuchen würden, und Aris nahm die Gelegenheit wahr, um sich loszueisen.

»Ach kommen Sie doch mit, Herr Minister!«, rief Rellos, »wir erzählen auch Seferlis nichts davon!«

Aris lachte, kommentierte es aber nicht und wünschte allen noch einen schönen weiteren Abend.

»Melinda, du wirst dich uns doch hoffentlich anschließen, oder?«, fragte Paris sie.

»Tut mir leid, aber wir haben morgen einen wichtigen Tag und ich muss noch einiges vorbereiten«, sagte sie bedauernd.

Aris musste ein Lächeln unterdrücken, als er Paris enttäuschtes Gesicht sah. Er tat ihm fast ein bisschen leid.

Gefolgt von Vassilis trat Melinda mit Aris in den Aufzug. Erst fühlte es sich eigentlich ganz normal an, wie sie das schon sehr viele Male getan hatten, wenn sie ihn zu einem Termin begleitete. Aber das hier war anders. Aris berührte ganz leicht ihren Arm. Sie wandte sich ihm kurz zu, ihre Blicke trafen sich. Sofort sah sie wieder nach vorne auf Vassilis schwarze Anzugsjacke. Die Tatsache, dass Vassilis die Situation so unmittelbar miterlebte, war ihr mehr als unangenehm. Aber sie wusste, dass es nicht anders ging. Solange Aris im Amt war, würde er auch einen Großteil seines Privatlebens mit seinen Sicherheitsleuten teilen.

Sie fühlte Aris Hand auf ihrem Rücken, die dann sanft zu ihrem Po glitt. Die Anspannung wurde fast unerträglich. Gleichzeitig spürte sie Verunsicherung in sich aufsteigen. Er ergriff ihre Hand und verschränkte seine Finger fest mit ihren. Als sich die Aufzugstüren endlich auf ihrem Stockwerk öffneten, ließ er sie los.

Das Herz klopfte ihr bis zum Hals, während sie zwischen Aris und Vassilis den Gang entlang ging. Sie atmete tief durch und versuchte, sich zu beruhigen. Es war nur Sex. Mit einem Mann, den sie eindeutig wollte. So etwas passierte die ganze Zeit. Daran war absolut nichts Ungewöhnliches. Sicherheitsleute bekamen hautnah mit, was im Privatleben der Personen, die sie beschützten, geschah. Leute, die zusammen arbeiteten, gingen auf Geschäftsreisen miteinander ins Bett. Menschen ließen sich wieder auf andere Menschen ein, nachdem etwas Schlimmes geschehen war.

Vor Aris Hotelzimmer blieben sie stehen, Vassilis nickte ihnen kurz zu und verschwand den Gang hinunter. Melinda sah, dass Vassilis offensichtlich ihre Sachen aus ihrem Zimmer gebracht hatte, als sie in den kleinen Vorraum trat. Aris schloss die Tür hinter ihnen. Mit aller Kraft versuchte sie, ihre Aufregung niederzukämpfen, die ihm nicht entgangen sein konnte.

Er legte ihr eine Hand unter das Kinn, hob ihren Kopf ein Stück an und sah ihr tief in die Augen. Sie war unfähig, sich auch nur einen Zentimeter zu bewegen. Er ließ sie los und trat einen Schritt zurück, während er sein Sakko auszog und die Krawatte löste. Dann griff er zu der offenen Flasche Rotwein, die auf dem Couchtisch stand, und schenkte zwei Gläser voll.

Plötzlich spürte sie, dass er die Situation vollkommen im Griff hatte. Das Einzige, was sie tun musste, war, sich darauf einzulassen.

Er bot ihr das eine Glas an. Ihre Fingerspitzen berührten sich, als sie es ihm vorsichtig aus der Hand nahm.

»Auf uns«, sagte er leise und trank einen Schluck.

Sie tat es ihm nach und hielt seinen Blick fest.

Er stellte sein Glas ab und nahm ihr auch das ihre aus der Hand, ohne den Blick von ihr abzuwenden. Dann küsste er sie sanft auf den Mund.

Während sie seinen Kuss erwiderte, fiel ihre Nervosität allmählich von ihr ab und schlug in Verlangen um. Sie blendete alles andere aus und konzentrierte sich ganz auf das Hier und Jetzt, auf ihn, auf diese Gefühle, die er in ihr auslöste, als seine Zunge zärtlich mit ihrer zu spielen begann.

Langsam streifte er ihr das Top von den Schultern. Ein Schauer durchfuhr sie, als er ihre Brüste vorsichtig aus dem Spitzenstoff befreite. Sie legte eine Hand in seinen Nacken und küsste seinen Hals während sie mit der anderen die Knöpfe seines Hemdes öffnete. Mit einer schnellen Bewegung streifte er es ab und sie ließ ihre Hände über seine Brust gleiten, spürte, wie sich seine nackte Haut unter ihren Fingerspitzen anfühlte, nahm dieses erste Mal, dass sie ihn so berührte, tief in sich auf.

Er zog sie mit sich in das Schlafzimmer und küsste sie jetzt heftiger. Sie biss sich auf die Lippen, als seine Zunge um ihre harte Brustwarze strich und der Reiz eine Hitzewelle durch ihr Innerstes schießen ließ. Dann sank er langsam vor ihr auf die Knie und küsste zärtlich ihren Bauch, während er ihr die restlichen Kleider abstreifte.

Er hob sie auf das Bett und sah sie an, während er sich ganz auszog. Quälend langsam ließ er seinen Blick über ihren Körper gleiten. Es fühlte sich fast wie eine Berührung an.

»Du bist wunderschön«, sagte er leise.

Dann beugte er sich über sie und begann mit seinen Lippen und seiner Zunge ihren Körper zu erforschen, bis sie sich unter ihm wand. Sie stand vollkommen unter Strom.

Als sie spürte, wie er ihre Schenkel auseinander schob und sich seine Lippen um ihre intimste Stelle schlossen, schrie sie leise auf. Auf einmal war es ihr peinlich, wie heftig sie auf ihn reagierte. Sie wollte sich ihm entwinden, aber er hielt sie fest und sah sie amüsiert an. Sie merkte, wie sie rot wurde, was er hoffentlich bei dem gedimmten Licht nicht so deutlich sehen konnte.

Scharf zog sie die Luft ein, als er mit der Zunge in ihrem Bauchnabel kreiste und sie dann wieder langsam abwärts wandern ließ. Diesmal wehrte sie sich nicht dagegen. Sie konnte die Laute hören, die sie ausstieß, aber es war ihr egal.

Er spielte nur mit ihr, reizte sie immer nur so weit, bis sie ganz kurz davor war, sich zu verlieren. Und als sie glaubte, gleich zerspringen zu müssen, wenn er es nicht zu Ende brachte, hörte er ganz auf. Sie unterdrückte einen frustrierten Aufschrei und er sah sie wieder mit diesem amüsierten Lächeln an. Sie wollte ihn nur noch in sich haben.

Er küsste sie und sie konnte sich selbst schmecken in seinem Kuss. Sie ließ ihre Hand an seinem Bauch entlang gleiten, bis sie ihn fand, fühlte seine eigene Feuchtigkeit auf der Spitze, als sie mit ihrem Finger vorsichtig darum herum strich. Er stöhnte, als sie ihre Hand um ihn schloss und sie vorsichtig bewegte. Langsam erhöhte sie den Druck, spürte, wie er sich dem hingab, was sie mit ihm tat. Plötzlich hielt er ihre Hand fest und zwang sie, innezuhalten. Sie musste lächeln.

»Melinda, hör auf«, sagte er mit heiserer Stimme, »ich halte das sonst nicht mehr lange aus.«

Er löste sich von ihr und griff auf den Boden neben das Bett, wo seine Hose lag.

Sie sah ihm zu, wie er sich das Kondom überrollte.

»Ich will dich«, flüsterte sie.
»Ich dich auch. Du hast ja keine Ahnung wie sehr.«
Sie zog ihn über sich und spürte seine Hand zwischen ihren Beinen. Ungeduldig presste sie sich an ihn. Und dann drang er endlich langsam in sie ein. Das Gefühl, als er sie allmählich ganz ausfüllte, war unbeschreiblich. Sie hatte fast vergessen, wie gut sich das anfühlte.

Vorsichtig begann er, sich in ihr zu bewegen, und sie reckte sich ihm entgegen. Er gab ihr Zeit, sich auf ihn einzustellen, bis ihre Bewegungen im Einklang waren. Sie war überrascht, wie sehr er auf sie einging, eigentlich hatte sie sich den Sex mit ihm anders vorgestellt, härter, weniger sanft.

Als seine Stöße allmählich fordernder wurden, spürte sie, wie eine plötzliche Woge der Erregung sie hochtrug. Alles in ihr brannte wie Feuer. Sie wollte nur noch Erlösung, aber irgendwie konnte sie sich nicht ganz fallen lassen.

Er schien das zu merken, denn er zog sie jetzt über sich, ohne sich von ihr zu lösen, und setzte sich auf. Sein Blick war dunkel vor Verlangen, als er ihre Hüften fest mit seinen Händen umschloss, sie aber ihren eigenen Rhythmus finden ließ.

Sie fühlte, wie diese Wellen der Lust in ihr höher und höher stiegen, sie vollkommen zu überwältigen drohten. Sie musste ihn auf einmal ansehen, sich vergewissern, dass er sie da durchbringen würde, und was sie dann in seinen Augen sah, war das Intimste, das sie jemals erlebt hatte. Für den Bruchteil einer Sekunde lag alles offen vor ihr. Sie spürte ihn nicht nur in sich, sondern überall um sich herum, und das, was sie in diesem einen Augenblick verband, war machtvoller, größer als sie beide.

Und dann schwappten diese Wellen plötzlich über ihr zusammen. Er sagte etwas in ihr Ohr, aber sie war schon zu weit weg, um die Worte wahrzunehmen. Sie hörte ihren eigenen heiseren Schrei, irgendwo aus der Ferne, als würde er von jemand anderen kommen, während ihr Orgasmus jede einzelne Zelle ihres Körpers explodieren zu lassen schien. Nur am Rande bekam sie seinen unterdrückten Aufschrei mit, als er von der Heftigkeit ihrer Reaktion offensichtlich einfach mitgerissen wurde.

Sie barg ihr Gesicht an seinem Hals, während die Ausläufer ihres Höhepunktes sie immer wieder erzittern ließen. Es war ihr fast unheimlich, wie lange das andauerte. Sie hörte die wimmernden Laute, die aus ihrer Kehle drangen und klammerte sich an ihn, sich bewusst, dass sie gerade vollständig die Kontrolle über sich verloren hatte.

Er hielt sie fest in seinen Armen, bis es schließlich vorbei war und ihr Atem sich allmählich beruhigte. Dann lösten sie sich vorsichtig voneinander.

Er sah sie an. »Melinda«, flüsterte er. »Oh mein Gott, Melinda.«

Sie legte ihren Kopf auf seine Brust und er strich ihr sanft über das Haar, während sie seinem Herzschlag lauschte und versuchte, in die Wirklichkeit zurückzufinden.

Aris stand auf, um die Gläser zu holen und sah dabei auf sein Handy. Unwillkürlich verzog er das Gesicht, als er über das Display strich, um die Nachricht zu löschen.

»Was ist?«, fragte sie.

»Nichts«, erwiderte er und reichte ihr das Glas.

Sie zog die Bettdecke über ihre nackten Brüste und nahm es ihm aus der Hand. Er spürte ihren plötzlichen Stimmungswandel.

»Es war wirklich nichts«, sagte er, als ihm aufging, woher der Umschwung kam. »Es war nur eine Erinnerung an einen Termin. Es war nicht, was dir gerade durch den Kopf gegangen ist, ok? Es war nicht meine Frau«, fügte er leise hinzu.

»Ich will es gar nicht so genau wissen.« Sie hob abwehrend die Hände.

»Das mit meiner Ehe ist nicht so, wie du glaubst«, sagte er eindringlich. »Meine Ehe ist zu Ende. Wir sind nur wegen des Wahlkampfes zusammen geblieben. Ich bin mir bewusst, dass das nach dem Standartklischeesatz für solche Situationen klingt, aber in dem Fall ist es die Wahrheit und ich habe vor, die Sache auch offiziell zu beenden.«

Sie zog amüsiert eine Augenbraue hoch. Dann wurde sie wieder ernst. »Mir fällt es alles andere als leicht, dass du da eine Ehefrau und Kinder im Hintergrund hast.«

»Das weiß ich. Aber ich kann dir gerne erklären, warum es wirklich vorbei ist.«

»Nein, bitte nicht jetzt. Ich will das erst einmal ausklammern. Lass uns nicht weiter darüber sprechen. Im Moment ist es für mich leichter, wenn ich so wenig wie möglich darüber weiß.«

Ihre Abwehrhaltung überraschte ihn ein wenig. »Ok. Ich werde das vorerst respektieren«, sagte er, »aber du musst auch wissen, dass ich mich hier mit dir nicht einfach nur auf ein Abenteuer eingelassen habe. Ich will dich, nicht nur deinen Körper. Und ich hoffe, ich kann dich im Laufe der Zeit davon überzeugen, dass ich das ernst meine.«

Jetzt lächelte sie wieder. »Du bist so anders, als ich gedacht habe«, sagte sie.

»Wie dachtest du denn, dass ich bin?«, fragte er und zog sie näher zu sich heran.

»Ich weiß nicht - anders eben.«

»Vielleicht machst ja nur du mich so anders«, sagte er.

»Vielleicht«, antwortete sie und küsste ihn sanft.

»Melinda, ich muss dich etwas fragen«, begann er vorsichtig, »es beschäftigt mich schon die ganze Zeit. Nach dem, was da eben zwischen uns war, noch viel mehr.«
»Frag mich einfach«, sagte sie und sah ihn an.
»Du bist eine sehr schöne Frau. Und damit meine ich nicht nur dein Äußeres. Du bist alles, was ich mir in einer Frau wünschen kann. Das empfinde nicht nur ich so, ich sehe doch, dass eine Menge Männer ganz ähnlich über dich denken. Sei mir nicht böse, ich habe deine Akte gelesen und auch Pavlos ausgequetscht. Da scheint niemand in deinem Leben zu sein, du warst auch nie verheiratet. Warum bist du alleine?« Er sah, wie ihr Blick sich verdunkelte, und fürchtete schon, dass er zu weit gegangen war. »Ich will dir nicht zu nahe treten«, fuhr er fort, »ich spüre, dass etwas vorgefallen ist, vor dem du geflüchtet bist. Ich möchte einfach nur mehr über dich wissen. Tut mir leid, wenn ich da an etwas gerührt habe.«
»Es ist ok«, sage sie beschwichtigend, »es ist ok, dass du Dinge über mich wissen willst. Es fällt mir nur schwer, darüber zu reden.«
Er sah sie abwartend an.
Sie trank einen tiefen Schluck aus ihrem Glas und wickelte die Bettdecke fester um sich.
»Vor zweieinhalb Jahren stand ich kurz davor, zu heiraten. Er..., Daniel, war Berater der Kommission in Brüssel und lehrte gleichzeitig an einer Universität in London. Zwei Wochen vor der Hochzeit, als er sich gerade in England aufhielt, erfuhr ich, dass ich schwanger bin.«
Sie schien Mühe zu haben, das alles in Worte zu fassen, als ob sie die Geschichte nicht oft erzählte. Er konnte den Schmerz in ihren Augen sehen und wappnete sich innerlich.
»Ich wollte es ihm am Tag seiner Rückkehr sagen. Er meldete sich noch vom Flughafen, dass er da ist.« Sie sah ihn nicht an, als sie leise weitersprach. »Er ist nie zu Hause angekommen. Dafür erschienen zwei Polizisten. Ein Lastwagenfahrer war auf die Gegenfahrbahn geraten, Daniel hatte keine Chance gehabt. Eine Woche später habe ich das Baby verloren.«
»Oh mein Gott, Melinda, es tut mir leid. Ich weiß nicht, was ich sagen soll«, sagte er erschüttert. Damit hatte er wirklich nicht gerechnet. Das war so eine Geschichte, die nur in Filmen geschah. Oder die man auf Internetseiten las. Die immer nur anderen passierte, niemand, den man wirklich kannte. »Ich hatte ja keine Ahnung, dass es so etwas Schlimmes ist.«
Er streckte vorsichtig die Hand nach ihr aus und sie ergriff sie, sah ihn aber immer noch nicht an.
»Wir kannten uns schon ziemlich lange. Er war mein Professor an der Uni, als ich in London meinen Master gemacht habe, und er hat mir auch mit meiner Karriere geholfen. Viele Jahre waren wir einfach nur Freunde.

Aber irgendwann ist daraus mehr geworden. Wir hatten eine sehr enge Beziehung, die sich ganz allmählich zu etwas Tieferem entwickelte. Der Unfall ..., sein Tod hat mir ziemlich den Boden unter den Füßen weggerissen. Ich kam nicht darüber hinweg. Ich habe mich in die Arbeit gestürzt, bis mein Leben aus eigentlich nichts anderem mehr bestand, und versucht, weiterzumachen. Aber es hat nicht funktioniert. So nahm ich Nicos Angebot mit Athen an. In der Hoffnung, dass ein Tapetenwechsel helfen würde.«

Das war es also gewesen. Er fragte sich, ob Pavlos davon wusste. Aber selbst wenn, hatte sie ihm das wahrscheinlich im Vertrauen erzählt.

Jetzt sah sie ihn an. »Das ist auch der Grund, warum ich so vorsichtig mit dir war, obwohl ich auch von Anfang an gemerkt habe, dass da etwas zwischen uns ist. Aber ich war noch nicht so weit. Erst allmählich wurde mir klar, dass ich bereit bin, es zuzulassen. Ich ...«

»Melinda«, unterbrach er sie, als ihm bewusst wurde, was sie gerade sagte, »war das heute das erste Mal seit, seit ... «, er traute sich nicht, es auszusprechen.

Sie nickte.

»Warum hast du mir das nicht gesagt?!«, rief er bestürzt aus. »Melinda, wenn ich das gewusst hätte, dann hätte ich doch..., dann wäre ich..., das hätte ich einfach wissen müssen!«

»Genau deswegen habe ich es dir nicht erzählt«, erwiderte sie. »Ich musste selbst sicher sein, dass ich das wollte, dass ich dazu bereit war. Wenn ich es dir vorher gesagt hätte, dann hätten wir uns vorhin nicht so vollkommen aufeinander eingelassen. Und wenn wir das zerredet hätten, wäre es vielleicht überhaupt nicht passiert.«

»Da hast du wahrscheinlich recht«, stimmte er ihr nachdenklich zu. Diese Geschichte erklärte natürlich einiges. Wenn er davon gewusst hätte, wäre alles mit Sicherheit komplizierter geworden. »Im Nachhinein macht es das, was zwischen uns passiert ist, noch viel wertvoller für mich«, sagte er sanft, »ich werde hier nichts überstürzen. Ich werde dich nicht drängen und ich gebe dir alle Zeit, die du brauchst, ok?«

»Ok«, sagte sie. »Ich bin mir darüber klar, dass es auch für dich nicht so leicht ist, damit umzugehen. Aber ich möchte, dass du weißt, dass ich das mit uns wirklich wollte. Ich hatte Angst davor. Aber ich wollte es.«

Er nahm sie in die Arme und hielt sie fest. Und er wollte sie nie wieder loslassen.

Aris konnte nicht aufhören, zu Melinda hinüber zu sehen, die mit den Leuten von der Presse und seinen übrigen Mitarbeitern am anderen Ende des Tagungssaals saß. Eigentlich sollte er sich die Rede anhören. Aber er konnte sich einfach nicht auf den Dolmetscher konzentrieren, der mit eindringlicher Stimme über den Kopfhörer in sein Ohr redete.

Er war immer noch vollkommen überwältigt von letzter Nacht. Wie heftig das zwischen ihnen gewesen war. Auch von ihrer Seite. Bei ihrem ersten Höhepunkt hatte er keine Chance gehabt, seinen eigenen Körper in irgendeiner Form kontrollieren zu können. Und es hatte gar nicht mehr aufgehört bei ihr. Er konnte sich nicht erinnern, mit einer anderen Frau je etwas Vergleichbares erlebt zu haben.

Aber alles mit Melinda war Neuland für ihn. Wie diese ganzen Gefühle, die plötzlich auf ihn eingeströmt waren. Er hatte Thymios nur ausgelacht, als dieser einmal versucht hatte, ihm klarzumachen, dass es den Ausdruck »Liebe machen« tatsächlich gab und sich von »Sex haben« eindeutig unterschied. Natürlich war er von einigen Frauen in seinem Leben zeitweise eingenommen gewesen und manche hatten ihm auch ziemlich den Kopf verdreht gehabt. Aber immer stand da eine starke sexuelle Anziehung im Vordergrund. Mit wirklich tiefen Gefühlen hatte es jedenfalls nicht viel zu tun gehabt. Aber das mit Melinda war anders. Er fühlte sich, als habe er ihr etwas ganz tief aus seinem Inneren gezeigt, etwas, von dem er selbst nicht gewusst hatte, dass es existierte.

Ihm wurde bewusst, dass es eine ziemlich gefährliche Mischung war, was er für Melinda empfand. Er hatte immer geglaubt, dass er immun gegen derartige Gefühle war, dass nur sentimentale Persönlichkeiten wie Thymios Gefahr liefen, sich in so etwas zu verstricken. Und die Tatsache, dass es keinen Weg zurück gab, machte ihm ein bisschen Angst. In diesem Moment wurde ihm klar, dass er sie ganz haben musste, dass er es nicht ertragen würde, sie wieder zu verlieren. Schon alleine der Gedanke, dass ein anderer Mann das von ihr bekommen könnte, was sie ihm gestern gegeben hatte, schnürte ihm die Kehle zu.

Ihre ziemlich schockierende Geschichte lieferte ihm endlich die fehlenden Puzzlestücke über sie. Es berührte ihn tief, dass er der erste Mann war, mit dem sie nach diesem ziemlich dramatischen Schicksalsschlag geschlafen hatte. Aber es machte ihm auch schmerzlich bewusst, dass sie diesen anderen Mann wirklich geliebt hatte und um ihn immer noch trauerte. Er war zwar tot und nicht mehr in der Lage, einzugreifen, aber auf der anderen Seite bedeutete das auch, dass er keine Fehler mehr machen konnte, dass ihre Gefühle für ihn sich nicht verändern würden. Sie würden wahrscheinlich mit der Zeit verblassen, aber sie würde sich an ihn immer so erinnern, wie sie für ihn empfunden hatte, als er gestorben war. Diesen immensen Vorsprung musste er erst einmal aufholen.

Sie hatte sich ihm zwar geöffnet und es zugelassen, diese extreme Anziehung zwischen ihnen auszuleben. Er glaubte auch, dass sie mehr für ihn empfand, als rein körperliches Verlangen. Aber er spürte auch ihre Zurückhaltung. Es waren in jedem Fall nicht die gleichen bedingungslosen Gefühle wie die, die er sich mittlerweile eingestanden hatte. Und das zwischen ihnen gestern war sicher für sie auch ziemlich intensiv gewesen, aber ihm war durchaus bewusst, dass Frauen sich einem Mann im Bett voll und ganz hingeben konnten, ohne dass das auf gefühlsmäßiger Ebene irgendetwas Tiefgreifendes bedeuten musste. Er würde um sie kämpfen müssen, das war noch nicht vorbei.

Jetzt machte er einen erneuten Versuch, dem Dolmetscher zuzuhören, der etwas von der fehlenden Infrastruktur in den südeuropäischen Ländern erzählte. Er strich über das Display seines iPads und suchte in dem Programm nach dem Namen des recht arrogant auftretenden Redners.

Es war natürlich ein Nordeuropäer, der schon wieder an ihnen herummeckerte. Er fragte sich, warum dann im Sommer so viele von ihnen in ihre Länder kamen, wenn sie dort nichts zufrieden stellen konnte.

Melinda schien auch in die Rede vertieft zu sein. Aus ihrer Miene konnte er allerdings nicht ablesen, was sie darüber dachte. Plötzlich schoss ihm dieses Bild durch den Kopf, dieser völlig losgelöste Ausdruck in ihrem Gesicht, als sie gekommen war.

Er spürte, wie er hart wurde. Das war wirklich ziemlich peinlich und absolut unpassend. Er saß auf dieser verdammten Tagung, bei der er sein Land vertrat, und das Einzige, an das er denken konnte, war an gestern Nacht. Vergeblich versuchte er, sich zusammenzureißen, aber er bekam sie nicht aus seinem Kopf. Wenn sie wenigstens mal kurz zu ihm herüber sehen würde!

Er entsperrte sein Handy. »*Ich will diese Stelle zwischen deinen Brüsten küssen, genau da, wo der Ausschnitt deines Kleides aufhört.*« Entschlossen drückte er auf »Senden«.

Der Dolmetscher redete weiter in sein Ohr, aber auch er hatte sichtlich Probleme, sich zu konzentrieren, wie seine stammelnden Übersetzungsversuche signalisierten.

Sie griff nach ihrem Telefon, verzog aber keine Miene. Sie sah nicht einmal aus den Augenwinkeln zu ihm hinüber. Jetzt setzte sich ausgerechnet Paris auf den Platz neben sie. Eigentlich mochte er Paris ja, aber eben nicht in Melindas Nähe. Ihm war schon früher aufgefallen, dass er nie eine Chance ausließ, mit ihr ins Gespräch zu kommen, wenn sie sich über den Weg liefen. Aber auf dieser Reise schien er richtig entschlossen zu sein.

Mit einer fahrigen Bewegung riss er sich den Kopfhörer aus dem Ohr.

Sie sah immer noch nicht zu ihm hin. Paris beugte sich zu ihr hinüber und sagte irgendwas zu ihr. Sie lachten beide leise.

Er spürte, wie ihm heiß wurde, wie dieses dunkle Gefühl der Eifersucht in ihm hochkroch. Mit Mühe unterdrückte er den Impuls, seinen Krawattenknoten zu lockern.

Sie spielte mit ihrem Handy. Paris quatschte unbeirrt weiter auf sie ein.
Am liebsten wäre er aufgesprungen, um ein paar Takte Klartext mit dem jungen, gutaussehenden Journalisten zu reden. Er holte tief Luft und versuchte, sich zu entspannen. Ihm war bewusst, dass er sich vollkommen irrational verhielt.

Plötzlich erinnerte er sich an das, was ein europäischer Ex-Präsident kürzlich über seinen Amtsnachfolger gesagt hatte, als Fotos von letzterem ans Licht gekommen waren, wie er unter einem Helm versteckt hinter seinem Sicherheitsmann auf einem Motorroller saß und zu seiner Geliebten gefahren wurde. Er konnte sich nicht mehr an den genauen Wortlaut entsinnen, aber es war etwas in der Art gewesen, dass ein Amtsträger ein Recht auf Privatsphäre hätte, es aber vermeiden sollte, sich dabei der Lächerlichkeit preiszugeben. Die Tatsache, dass ausgerechnet der konkrete Ex-Präsident dies gesagt hatte, schmälerte die Wahrheit, die darin lag, keineswegs. Vielleicht sollte er sich das ein bisschen mehr zu Herzen nehmen. Denn er befürchtete, auf dem besten Weg zu sein, genau das zu tun. Sich absolut lächerlich zu machen.

Sein Handy riss ihn aus seinen Gedanken. Als er die letzte Mail aus seinem Posteingang öffnete, ließ er sich erleichtert in seinen Sitz zurücksinken. Sie hatte ihm ein Foto von genau dieser Stelle in ihrem Ausschnitt geschickt.

Melinda sah, wie Aris offensichtlich ihre Mail mit dem Foto bekommen hatte, denn er lehnte sich jetzt mit einem leichten Lächeln in seinen Stuhl zurück. Sie spürte schon den ganzen Vormittag lang seine Unkonzentriertheit. Was sie nachvollziehen konnte, ihr war selbst noch ganz schwindlig von ihrer gemeinsamen Nacht. Es fühlte sich an wie ein überschäumendes Champagnerglas, was man nicht so schnell trinken konnte, dass kein Schaum auf den Boden tropfte.

Melinda war sich vollkommen im Klaren darüber, dass sie alle ihre Grenzen überschritten hatte. Noch nie hatte sie sich einem Mann beim ersten Mal so absolut hingegeben. Nach dieser ganzen Zeit war sie ausgehungert, aber trotzdem. Und in manchen Dingen waren sie wirklich unverantwortlich gewesen. Beide. Das zweite Mal hatte er sie einfach so genommen, ohne Schutz. Später, als ihm das aufgegangen war, hatte sie ihn zwar damit beruhigen können, dass sie die Pille sowieso nahm, um ihren Zyklus in den Griff zu kriegen. Was natürlich nichts daran änderte, dass es noch andere Gründe gab, ein Kondom zu benutzen. Es war so intensiv gewesen, dass sie die Realität vollkommen ausgeblendet hatten. Wie er ihren Körper lesen konnte, wie er auf alle seine Bedürfnisse sofort eingegangen war, er schien ihn fast besser zu kennen als sie selbst.

Und sie empfand Erleichterung darüber, dass er nun von Daniel wusste. Er wollte das mit ihnen offensichtlich auf eine ernstere Ebene bringen und sie musste ihn da etwas bremsen. Sie war noch nicht so weit, in diesem Punkt in die Zukunft sehen zu können, das ging ihr einfach zu schnell. Mal unabhängig davon, dass sie keine Ahnung hatte, wie sie dies in seiner derzeitigen Situation überhaupt umsetzen sollten. Aber er schien verstanden zu haben, dass er ihr Luft lassen musste. Und dann war sie in seinen Armen eingeschlafen. Irgendwann hatten sich wieder geliebt. Und wieder, bis es dann plötzlich Morgen gewesen war.

Paris beugte sich zu ihr. »Ich gehe einen Kaffee trinken, kommst du mit?«, fragte er.

»Mein Minister wird gleich seinen Vortrag halten, ich muss noch ein paar Dinge in seiner Rede anpassen«, antwortete sie.

»Ok. Bis dahin bin ich wieder da«, sagte er und schlängelte sich an ihr vorbei auf den Gang.

Sie machte Kimonas, der eine Reihe hinter ihr saß, ein Zeichen, sich zu ihr zu setzen. Sie sprachen die Änderungen der Rede gemeinsam durch und schickten sie an Aris. Sie sah, dass er sich in sein iPad vertiefte, und er signalisierte ihnen kurz darauf mit einer Geste, dass er einverstanden war.

Als Aris hinter das Rednerpult trat, kam Paris zurück in den Saal und schien sichtlich enttäuscht darüber zu sein, dass Kimonas auf dem Platz neben ihr saß. Sie musste ein bisschen aufpassen mit ihm. Langsam begann er eindeutiger zu werden, auch wenn er, abgesehen von den Blicken in ihren Ausschnitt, noch nichts Konkretes versucht hatte. Aris war das nicht entgangen, wie sie bemerkt hatte, und sie wollte auf keinen Fall, dass ihn irgendwelche archaischen Instinkte dazu trieben, es sich mit Paris zu verscherzen. Sein Sender lag bei den Hauptnachrichten in den Quoten noch immer weit vorn.

Sie stöpselte sich den englischen Dolmetscher ins Ohr und konzentrierte sich auf Aris Rede. Kimonas machte das Gleiche mit dem französischen. Es lief gut und auch der Seitenhieb auf seinen Vorredner mit der Infrastruktur, bei dem sie mit Kimonas entsetzte Blicke austauschten, da sie davon nichts gewusst hatten, war gut platziert und nicht geeignet, wirklich böses Blut aufkommen zu lassen.

Nach Stavridis Vortrag schlossen die Gastgeber von der EU die Tagung mit ihren Schlussansprachen ab. Anschließend fand das offizielle Mittagessen der Minister statt, bei dem die Mitarbeiter nicht dabei sein konnten, und sie machte sich mit Kimonas und den anderen daran, die nationale Pressekonferenz vorzubereiten.

Drei Stunden später, nach dem offiziellen Foto, trat Aris in der Lobby zu ihr.

»Bist du ok?«, fragte sie, als sie seinen leicht erschöpften Ausdruck sah.

Es war sein erstes derartiges Event auf internationaler Ebene und sie wusste, dass ihn das gestresst hatte, auch wenn er dies natürlich nicht zugeben würde.

»Alles in Ordnung.«

»Gut. Dann machen wir jetzt die Pressekonferenz«, sagte Melinda und nickte der jungen Angestellten vom Parlamentsgebäude zu, die sie in den griechischen Presseraum begleitete.

Melinda und Kimonas ließen sich links und rechts neben Aris nieder, als er und Stavridis die Journalisten begrüßten. Die Atmosphäre war alles in allem positiv, aber man merkte, dass ein paar Journalisten schon etwas ungeduldigere Fragen stellten als noch vor wenigen Wochen. Auch Paris, der sich gestern Abend auf dem informellen Treffen ziemlich locker gegeben hatte, machte eine Anmerkung zu den Verzögerungen bei den Sofortmaßnahmen, die den inländischen Tourismus für diesen Sommer hätten unterstützen sollen, auf die Aris schärfer antwortete, als notwendig gewesen wäre.

»*Scheiße*«, dachte Melinda, genau diese Reaktion hatte sie vermeiden wollen. Wenn das mit Aris und Paris so weiter gehen würde, musste sie eingreifen.

Nachdem ihre Delegation wenige Stunden später endlich die Abfertigung am Flughafen hinter sich hatte und sie im Flieger saßen, war es zehn Uhr abends. Vollkommen erschöpft ließ sich Melinda in ihren Sitz neben Aris sinken. Er lächelte sie an.

»Geht es dir gut?«, fragte er.

Sie nickte. »Ich bin nur müde. Am liebsten würde ich jetzt meinen Kopf auf deine Schulter legen und ein bisschen schlafen.«

»Das würde ich auch gerne haben.«

Sie sah die Sehnsucht in seinem Blick und ihr wurde warm ums Herz.

Er strich ihr kurz über den Handrücken, was im schlimmsten Fall nur Vassilis durch die Lücke zwischen den Sitzen sehen konnte.

»Mach doch trotzdem ein bisschen die Augen zu«, sagte er sanft.

»Nein, lass mal, wir sollten nach dem Essen zu den Journalisten, wie es üblich ist«, erwiderte sie.

Sie griffen beide zu ihren Rechnern und vertieften sich darin, bis die Flugbegleiterin mit dem Essen kam. Melinda aß ein paar Bissen, ließ aber ihren Wein stehen, da sie befürchtete, sonst sofort ins Koma zu fallen.

Nach dem Essen folgte sie Aris nach hinten zu den Journalisten. Stavridis saß schon bei ihnen. Die Stimmung war gut, was wohl auch an den freien Drinks lag, die sie fast alle in den Händen hielten, während sie laut durcheinander redeten.

Dann begannen sich die Gespräche allmählich um die erste ordentliche Parlamentssitzung nach der Sommerpause zu drehen.

»Eines der ersten Gesetze, was in den ordentlichen Sitzungen beschlossen werden wird, ist das über die Bekämpfung der Korruption«, sagte Stavridis gerade. »Die Privilegien in Verfahren, die Straftaten amtierender Regierungsmitglieder betreffen, werden aufgehoben, wir werden alle nur noch die normale Immunität der Abgeordneten genießen. Und natürlich wird es eine Reihe von Regelungen geben, die das Vorgehen gegen alle Fälle von Korruption und Steuerhinterziehung erleichtert.«

»Das ist mir Sicherheit ein begrüßenswerter Ansatz«, warf Paris ein, »aber Gesetze hat es in der Vergangenheit auch schon gegeben. Das Problem ist doch die Umsetzung. Wenn die Regierung endlich die Umsetzung vorantreiben würde, wäre ja schon viel gewonnen. Neue Gesetze sind doch eher zweitrangig.«

»Und noch mehr wäre gewonnen, wenn die Presse auch mal anerkennen würde, dass wir in der kurzen Zeit schon sehr viel in diese Richtung unternommen haben, anstatt immer an allem herumzumeckern«, sagte Aris mit einem scharfen Blick auf Paris.

Melinda schluckte.

»Sag mal, was hat er eigentlich heute gegen mich?«, fragte Paris, der neben ihr stand, als Aris sich wieder Rellos von dem öffentlich-rechtlichen Sender zuwandte. »Wir haben uns bisher immer gut verstanden. Und ich unterstütze die Regierung und ihn ja auch. Aber ich muss doch meine Arbeit machen!«

»Er ist ziemlich gestresst«, versuchte Melinda ihn zu beschwichtigen. »Seferlis setzt sie wirklich unter Druck, weil er eben genau diese Ergebnisse sehen will, die du angedeutet hast. Das ist nichts Persönliches.«

»Ich hoffe, dass du recht hast. Aber lege bitte mal bei Gelegenheit ein gutes Wort bei ihm für mich ein. Ich will hier keine Kämpfe anfangen, mein Sender ist der Regierung wirklich wohl gesinnt«, sagte er.

»Wir sind nach wie vor mit eurer objektiven Berichterstattung sehr zufrieden«, sagte Melinda. »Und du kannst dich jederzeit an Pavlos Livas und mich wenden.«

Sie lächelte ihn strahlend an.

Das wirkte.

»Danke. Melinda, ich dachte mir ...«

Die Ansage, dass sie sich zum Landeanflug zu ihren Sitzen begeben sollten, unterbrach ihn.

»Wir sehen uns«, sagte sie.

»Das hoffe ich.«

Sie würde sich mit Paris auseinandersetzen müssen. Aber jetzt musste sie erst einmal ein ernstes Wort mit Aris reden.

Sie ging zurück zu ihrem Platz und ließ sich neben ihn fallen.

»Was soll denn das heute schon den ganzen Tag mit Paris?«, zischte sie Aris an, während sie ihren Gurt festzog.

Offensichtlich überrascht über ihren Tonfall, den sie das erste Mal ihm gegenüber anschlug, sah er sie an. »Ich bin es leid, dass nie etwas anerkannt wird, obwohl wir uns wirklich reinhängen ...«

»Das ist nicht der Grund, warum du ihn so angegangen bist. Mache mir da bitte nichts vor«, schnitt sie ihm das Wort ab.

»Ok«, sagte er kleinlaut, »es ist einfach nur, dass man ihm ansieht, wie er dich jedes Mal mit seinen Blicken auszieht. Er will dich in seinem Bett haben und mir ist das unerträglich, wie er es vor meinen Augen die ganze Zeit bei dir versucht!«

»Aris, er weiß nichts von uns. Hast du Anzeichen dafür, dass ich Interesse an ihm zeige, dass ich auf ihn eingehe oder in die Richtung irgendeine Hoffnung schüre?«, fragte sie leise.

»Nein«, gab er zu, »aber...«

»Also?«

Er sagte nichts.

»Paris war euch, dir, immer positiv gegenüber eingestellt. Sein Sender ist aufgrund der Einschaltquoten wirklich wichtig. Mach das nicht kaputt. Und was da sonst noch ist, lass das bitte meine Sorge sein. Ich bemühe mich hier wirklich, das Gleichgewicht zu halten, weil wir ihn brauchen. Wenn er auf persönlicher Ebene zu weit geht, werde ich ihn in seine Schranken weisen, glaube mir. Aber ich werde das tun und nicht du, ok?«

»Ok«, sagte er schließlich, »ich sollte mich in dem Thema ein bisschen besser im Griff haben. Ich werde versuchen, das mit Paris bei nächster Gelegenheit wieder auszubügeln.«

Am Tag nach ihrer Rückkehr aus Brüssel hatten sie keine Zeit, durchzuatmen, da die Vorbereitungen auf die erste Parlamentssitzung nach der Sommerpause auf Hochtouren liefen. Trotzdem war Melinda so entspannt und guter Stimmung wie schon lange nicht mehr. In Brüssel war alles glatt gelaufen und so hatte sie ihre erste richtige Herausforderung in ihrem Job für die griechische Regierung erfolgreich bewältigt, was ihr Respekt eingebracht hatte und ihre Position unter denjenigen von Aris Mitarbeitern, die sie anfangs ein bisschen als Außenseiterin gesehen hatten, stärken würde.

Aber vor allem war natürlich Aris der Grund für ihre Hochstimmung. Jetzt, als die ganze Anspannung von ihr abgefallen war, zauberte jeder Gedanke an ihre gemeinsame Nacht sofort ein Lächeln auf ihr Gesicht. Heute hatten sie den ganzen Tag noch kaum gesprochen, aber sie wusste, an was er dachte, wenn er sie ansah, und das beschleunigte jedes Mal ihren Herzschlag.

Mit Pavlos sprach sie auch nicht unter vier Augen, aber er sah sie ein paarmal amüsiert an, als er sie dabei ertappte, wie sie in den Besprechungen verträumt vor sich hin lächelte.

Als sie um halb zehn Schluss machte und kurz an Pavlos Tür stehen blieb, um ihm gute Nacht zu wünschen, schoss er von seinem Sessel hoch.

»Nein, Melinda, so einfach kommst du mir nicht davon!«, rief er aus. »Ich habe zwar wahnsinnig viel zu tun, aber wir gehen ein Stündchen etwas trinken. Versuche es gar nicht erst mit irgendwelchen Ausreden. Ich weiß, dass du heute nichts mehr vorhast. Er ist bei Seferlis und wird da sicher noch eine Weile bleiben!«

Sie lachte und gab sich geschlagen.

Wenig später setzten sie sich in ihrem Stammlokal einen Block weiter etwas abseits von den anderen Gästen an die Bar.

»Also, dass es passiert ist, kann ich sehen«, sagte Pavlos, noch bevor sie bestellt hatten, »aber jetzt will ich die ganzen Details wissen!«

Sie lachte. »Ach komm schon, Pavlos!«

Sie glaubte, dass Aris nicht sehr begeistert sein würde, wenn er davon wüsste, dass sie Pavlos das erzählte. Aber sie musste einfach darüber reden. Und wenn sie hier überhaupt jemandem vertrauen konnte, dann ihm. Nur Antonio und Carla wussten von Aris, auch wenn sie von Brüssel noch nicht erfahren hatten. Also erzählte sie Pavlos, was zwischen ihnen gewesen war. Natürlich ließ sie die Einzelheiten trotz Pavlos Drängen aus, aber das meiste konnte er sich wahrscheinlich aus dem zusammenreimen, was aus ihrem Gesichtsausdruck abzulesen war.

»Ok«, sagte Pavlos, als sie geendet hatte, »mit anderen Worten, scheint das ja der absolute Hammer gewesen zu sein. Mir ist jedenfalls ganz heiß geworden«, zog er sie auf und fächelte sich mit einer Papierserviette Luft zu.

»Pavlos, bitte!«, sagte sie lachend und warf ihren Pappuntersetzer nach ihm.

»Und ich weiß auch, was du als Nächstes sagen wirst«, sagte er. »Dass es zwar super Sex war, aber dass du nicht sicher bist, wo das hinführen soll, und die Situation sowieso schwierig ist - und überhaupt, kann ja auch nicht mehr daraus werden, was ja eigentlich ganz gut so ist. Habe ich recht?«, fragte er geradeheraus.

Melinda sah ihn überrascht an. Dass er sie nach den wenigen Monaten, die er sie kannte, so gut einschätzen konnte, beeindruckte sie.

»Naja, so ungefähr«, sagte sie kleinlaut.

»Melinda«, sagte er sanft, »es ist noch früh und genieße das einfach. Aber mache dir nichts vor. Das ist nicht nur Sex und das weißt du auch. Zu den Rahmenbedingungen sage ich dir nur so viel: Seine Ehe ist nicht das Problem.«

»Das hat er mir auch schon gesagt«, seufzte sie, »aber ich wollte und ich will im Moment nichts darüber hören. Bitte.«

»Ok. Schau mal, ich möchte, dass du weißt, dass ich zwar für ihn arbeite, aber auf deiner Seite stehe. Ich hoffe, dir ist klar, dass ich das mit uns beiden mittlerweile als Freundschaft sehe. Du kannst mir vertrauen, du kannst immer zu mir kommen. Mit allem«, sagte er eindringlich.

Sie sah ihn gerührt an. »Danke, Pavlos.«

Er wartete noch mit ihr auf ein Taxi und als sie zu Hause war, fiel sie todmüde ins Bett. Aris schickte ihr um ein Uhr nachts eine Gutenacht-SMS, aber sie war einfach zu erschöpft, um ihm zu antworten.

Kapitel 9

Um kurz nach elf Uhr abends loggte sich Nassos Sarantis in den Online-Account seiner Bank in Honkong ein. Er kontrollierte die Transaktionen gewissenhaft. Dann sah er sich sein Konto auf den Cayman-Inseln an. Und zuletzt das in Singapur.

Seine Frau Ismini hatte sich schon vor einer Weile zurückgezogen, um eine ihrer Fernsehserien anzusehen, es war unwahrscheinlich, dass sie noch einmal auftauchen würde. Er trank einen Schluck aus der Tasse Tee, die neben ihm stand, und sah sich ein paar Aktien an. Heute hatte er keine Lust auf etwas Kompliziertes. Er überprüfte ein paar Informationen und entschied sich dann für ein kanadisches Unternehmen. Für solche Geschäfte benutzte er immer sein Konto in Singapur. Er überlegte kurz und beschloss, hundertfünfzigtausend US Dollar zu investieren, eine im Vergleich zu dem Gesamtbetrag, der sich inzwischen auf diesen drei Konten angehäuft hatte, ziemlich kleine Summe. Er zockte nie richtig, wägte immer sorgfältig ab. Wie er das eigentlich mit fast allem in seinem Leben tat.

Im Grunde genommen konnte er mit seinem Geld nicht sehr viel mehr machen, als es zu vermehren. Er lebte in einer großzügigen Eigentumswohnung in einem der besseren Vororte von Athen, wobei es sich bei ihrem Wohnort aber keineswegs um ein Nobelviertel handelte. Sie hatten sich auch ein kleines Haus in der Nähe von Kalamata gebaut, der Stadt auf dem Peloponnes, in der sie beide aufgewachsen waren. Er und seine Frau stammten aus relativ einfachen Verhältnissen, sie hatten beide kein Vermögen mit in die Ehe gebracht. Nach seinem Studium, als er endlich den Mut aufgebracht hatte, Isminis Vater um ihre Hand zu bitten, waren sie in die Hauptstadt gezogen, wo er sich als Wirtschaftsprüfer niederlassen wollte. Aber dann hatte er über die Beziehungen seines Cousins eine Stelle im öffentlichen Dienst bekommen. Und nach jahrelangem, vorsichtigem Manövrieren war es ihm schließlich gelungen, zum Direktor der Abteilung für Investitionen des Tourismusministeriums aufzusteigen.

Ihr heutiger Lebensstil ließ sich durch sein Gehalt gerade noch rechtfertigen. Vor den Kürzungen war das ein lukrativer Job gewesen. Das ganze Geld auf seinen Auslandskonten konnte er also nicht ausgeben, ohne sich angreifbar zu machen. Zumal seine Frau nichts davon wusste. Natürlich hatte er ihr ein paarmal teure Geschenke gekauft und auch den langen Krankenhausaufenthalt ihrer Mutter in einer Privatklinik bezahlt. Und ihre Tochter studierte an einer renommierten Universität in den USA. Allerdings glaubte Ismini, dass sie ein Stipendium erhalten hatte. Aber darüber hinaus war er vorsichtig gewesen, denn seine Frau hätte die Quelle seines Vermögens niemals gut geheißen. Ismini meinte tatsächlich, dass es im Leben sauber und fair zugehen sollte. Deshalb hatte sie auch diesen Seferlis gewählt. Sie war tatsächlich davon überzeugt, dass er etwas verändern würde.

Er öffnete den Posteingang seines E-Mail-Kontos, um die Bestätigung seiner Transaktion zu überprüfen. Als sein Blick auf die andere neue Nachricht fiel, erstarrte er.

Er wappnete sich und öffnete die E-Mail. Nachdem er sie gelesen hatte, erhob er sich leise fluchend und ging zur Tür. Er drehte den Schlüssel im Schloss, so dass seine Frau, falls sie doch nach ihm sehen würde, nicht gleich hereinkommen konnte.

Langsam rückte er die kleine Kommode ein Stück zur Seite. Er löste ein Dielenbrett vom Boden und nahm ein Handy aus dem Hohlraum. Vorsichtig entwickelte er das zugehörige Kabel und steckte es in eine Steckdose. Der Akku war vollkommen leer, er hatte es seit Monaten nicht mehr benutzt. Dann öffnete er die kleine Plastiktüte, die eine Handvoll SIM-Karten enthielt, und fischte eine heraus. Den Rest legte er zurück und schob das Möbel wieder an seinen Platz. Als er endlich in einer langwierigen Prozedur die Karte freigeschaltet hatte, wählte er die Nummer aus der E-Mail.

»Bist du verrückt, mich in diesen Zeiten zu kontaktieren?«, sagte Sarantis mit unterdrückter Stimme in das Telefon, als sein Gesprächspartner abnahm.

»Ich brauche deine Hilfe«, sagte die Stimme am anderen Ende der Leitung.

»Ich kann dir im Moment nicht helfen«, erwiderte Sarantis, um einen möglichst ruhigen Tonfall bemüht. »Weißt du nicht, wen wir an der Regierung haben? Der Premierminister ist ein absoluter Albtraum. Genau wie mein Minister. Wenn du nicht vorhast, uns beide für den Rest unserer Zeit ins Gefängnis zu bringen, sollten wir dieses Gespräch schnellstmöglich beenden«, sagte Sarantis.

»Vielleicht solltest du mir erst einmal zuhören, wenn du nicht unter die Räder kommen willst. Ich weiß, was los ist. Und deinen Minister kenne ich noch aus sehr alten Zeiten. Der ist nicht einzunehmen, das ist mir klar. Aber ich habe da einen anderen Plan. Halte dich bereit. Ich brauche dich wahrscheinlich nicht daran zu erinnern, was passieren könnte, wenn du es nicht tust.« Er legte auf.

Sarantis machte das Handy aus und versteckte es mitsamt der Verlängerungsschnur, damit es vollständig aufladen konnte, notdürftig hinter ein paar Büchern im Regal. Er würde es von jetzt an wieder bei sich tragen müssen. Resigniert stützte er den Kopf in seine Hände. Welcher Teufel hatte ihn damals geritten, sich auf so etwas einzulassen?

»Bitte vergiss nicht, das Treffen nächste Woche mit den russischen Reiseveranstaltern in Moskau rückzubestätigen«, sagte Melinda zu Vivi, während sie ihre Sachen zusammenpackte, »ich mache für heute Schluss, mein Bruder wird gleich hier sein, ich bin spät dran.«

»Ich habe alles unter Kontrolle«, erwiderte Vivi, »viel Spaß am Wochenende!«

Melinda verzichtete auf den Aufzug und eilte die fünf Stockwerke zu Fuß hinunter. Zum Glück fand sie sofort ein Taxi.

Antonios Besuch in Athen war schon eine ganze Weile geplant, aber aufgrund ihres vollen Programmes hatten sie ihn immer wieder verschieben müssen. Im Ministerium liefen die Dinge für sie nun allmählich etwas ruhiger. Die Werbekampagne für die nächste Tourismussaison im Ausland war endlich in die Wege geleitet und Aris persönliche Treffen mit den großen Reiseveranstaltern der wichtigsten Zielländer, zu denen sie ihn teilweise begleitet hatte, schienen gefruchtet zu haben. Einen Großteil ihrer Aufgaben konnte sie mittlerweile auf die neue Leiterin der Abteilung für internationale Kommunikation des Ministeriums delegieren, allerdings arbeitete sie wieder mehr für Nico. Aber dieses Wochenende für Antonio wollte sie sich nehmen, um sich nach der angespannten Stimmung zwischen ihnen in den letzten beiden Jahren endlich einmal wieder mit ihm auszusprechen.

Sie kam dann doch zu spät, er wartete schon vor ihrer Haustür auf sie.

»Melinda«, sagte er erfreut, als sie aus ihrem Taxi stieg und ihn umarmte, »ich hab dich vermisst.«

»Ich dich auch«, erwiderte sie und drückte ihn fest an sich.

Und es stimmte, sie vermisste ihn wirklich. Als sie wenig später mit einem Glas Wein in ihrem Wohnzimmer saßen und er die neusten Geschichten über Carla zum Besten gab, spürte sie auch etwas von der Nähe zu ihm wieder, die sie früher verbunden hatte.

»Ich habe mich übrigens sehr gefreut, als du mich im Sommer angerufen hast, um mir zu erzählen, was da zwischen dir und deinem Minister passiert ist«, sagte er, als er mit den Neuigkeiten aus München fertig war. »Es war das erste Mal nach sehr langer Zeit, dass du etwas Persönliches mit mir geteilt hast. Du hattest mich eine Weile richtig aus deinem Leben ausgeschlossen.«

»Mir ging es nicht gut. Das mit Daniel hat einfach Zeit gebraucht. Du wusstest, wie nahe wir uns standen. Aber anstatt mir ein bisschen Luft zu geben, damit ich selber damit fertig werden kann, hast du ständig genervt und gedrängelt. Ich war noch nicht so weit, weiterzumachen. Mir ist dieser ständige Druck von dir zu viel geworden. Ich hatte keine Kraft, mich jedes Mal mit dir auseinanderzusetzen, warum ich immer noch nicht darüber hinweg bin.«

»Ich kann verstehen, dass du getrauert hast. Aber in manche Sachen bringst du dich zu tief ein. Nach Daniels Tod warst du mehr als zwei Jahre überhaupt nicht mehr ansprechbar.«

»Er ist gestorben! Zwei Wochen vor unserer Hochzeit. Ich habe unser Kind verloren. Ich hatte ja wohl das Recht, zu trauern. Mir ist klar, dass du es nicht böse meinst, aber du kannst dir nicht einfach anmaßen, besser als ich zu wissen, was gut für mich ist. Ich sage dir doch auch nicht, wie du zu leben hast.«

Antonio hatte sich eigentlich immer schon zu sehr in ihr Leben eingemischt. Vor allem, was Männer betraf. Einer der Gründe für ihren Master in London damals war das Bedürfnis nach mehr Unabhängigkeit gewesen. Sie hatte Carlas ständiger Bemutterung und Antonios Kontrolle über alles, was sie tat, entkommen wollen. Und ihre Beziehung zu Daniel, auch als noch nichts zwischen ihnen war, hatte Antonio von Anfang an nicht gut aufgenommen, da er sich von ihm verdrängt fühlte.

»Melinda, ich habe mir Sorgen um dich gemacht. Teilweise hatte ich Angst, dass du aufgibst. Manchmal passieren tragische Dinge. Aber es hilft nichts, das Leben geht weiter.«

»Ich weiß, dass du das anders siehst«, sagte Melinda und trank einen Schluck Wein, »deine Philosophie ist, alles einfach zu ignorieren und weiterzumachen. Vielleicht funktioniert das für dich. Aber für mich nicht. Manche brauchen zwei Monate, manche zwölf, manche länger. Ich brauchte zweieinhalb Jahre. Und jetzt habe ich mich auf einen anderen Mann eingelassen und schaue wieder nach vorne.«

»Darüber bin ich ja auch froh. Es scheint dir tatsächlich gut zu gehen. Ich habe nur so eine Ahnung, dass dein Verhältnis zu diesem Aris wieder etwas sehr Verstricktes ist. Lass mich ihn wenigstens kennenlernen.«

Natürlich wäre das praktisch umsetzbar, Aris konnte ja durchaus mit seinen Mitarbeitern oder mit Bekannten ausgehen, aber eine Begegnung zwischen den beiden zu diesem Zeitpunkt war definitiv keine gute Idee. Antonio würde sich sicher sofort als der große Bruder und Beschützer aufspielen und Aris Reaktion darauf wollte sie sich lieber nicht ausmalen. Auf so eine Szene konnte sie im Moment gut verzichten.

»Nein. Das ist keine offizielle Beziehung, es ist eine Affäre, von der niemand weiß, und eben weil diese Sache etwas kompliziert ist, weiß ich auch selbst noch nicht, wohin das führen wird. Wahrscheinlich nirgendwohin.«

Er lachte. »Ich würde dir ja gerne glauben, aber irgendwie ist mir nicht wohl bei der Sache. Obwohl ich dir wünsche, dass es so ist.«

»Was passt dir denn schon wieder nicht? Du hast mich doch immer dazu gedrängt, mich unverfänglich auf jemanden einzulassen!«, rief Melinda genervt aus.

»Unverfänglich. Das ist es eben bei dir. Da ist nie etwas unverfänglich. Melinda, schon immer hättest du fast jeden Mann haben können, aber den meisten hast du nicht einmal eine Chance gegeben! Bis Daniel kam, dein Professor, in den du dich verliebt hast, den du nicht gleich haben konntest, und dann hast du wie viele Jahre auf ihn gewartet?!«

Da lag er nicht so ganz falsch. Was sie Aris über ihre langjährige Freundschaft zu Daniel erzählt hatte, stimmte nur bedingt. Sie war von Anfang an in Daniel verliebt gewesen. Als ihm das klar geworden war, hatte er ihr deutlich gemacht, dass für ihn mehr zwischen ihnen wegen dem Altersunterschied nicht in Frage kam. So hatte sie notgedrungen akzeptiert, dass ihre Beziehung auf die Zusammenarbeit mit ihm beschränkt war und auf die schützende Hand, die er über ihre berufliche Laufbahn gehalten hatte. Aber sie hatte nicht aufgegeben und ihn einige Jahre später dann ja doch herumbekommen.

»Antonio, das stimmt so nicht. Es gab auch in der Zeit andere Männer!«

»Komm, Melinda! Wie viele? Mal ehrlich, mit wie vielen Männern hast du in deinem Leben geschlafen?«

»Was soll denn das jetzt? Es waren sicher nicht so viele, wie es bei dir Frauen gab. Mir hat da immer etwas gefehlt. Ich brauchte einfach mehr als nur jemanden in meinem Bett. Als ich Daniel kennengelernt habe, wusste ich eben, dass er der Mann war, den ich wirklich wollte. Was ist so falsch daran? Ist das, was du machst, besser? An die unzähligen Frauen in deinem Leben kannst du dich teilweise wahrscheinlich noch nicht einmal erinnern. Sobald dir eine zu nahe kommt, wechselst du sie gegen die nächste aus. Hast du jemals zugelassen, etwas dabei zu empfinden?«

»Ich habe nie nach so etwas gesucht.«

»Vielleicht ersparst du dir damit viel Leid, vielleicht kommst du so besser durchs Leben, ich will mir nicht anmaßen, das beurteilen zu können. Aber genauso wie ich akzeptiere, wie du die Dinge siehst, möchte ich auch, dass du respektierst, dass ich darüber anders denke. Ich weiß auch nicht, ob ich mein Leben jemals wieder so tief auf allen Ebenen mit jemanden teilen kann. Aber selbst nach allem, was geschehen ist, schließe ich das nicht von vornehrein pauschal aus. Wenn es wieder passiert, dann passiert es eben.«

»Ach, wusste ich es doch, dass die Sache mit Aris nicht so unverfänglich ist«, sagte er resigniert.

»Das habe ich damit nicht gemeint. Da ist im Moment überhaupt nichts anderes. Wir arbeiten zusammen. Und wir schlafen miteinander. Mehr nicht.«

Ihr war klar, dass sie ihn anlog. Nicht nur, um ihn zu beruhigen. Manchmal versuchte sie sich auch selbst davon zu überzeugen.

Antonio lachte. »Dass du das jemals sagen würdest, hätte ich nicht gedacht. Pass trotzdem auf.«

Später trafen sie sich mit Pavlos und Dimitris, mit denen sich Antonio sofort gut verstand. Sie gingen in eines dieser klassischen Nachtlokale mit griechischer Live-Musik, wo die Leute zu später Stunde auf den Tischen tanzten, das trotz der Krise gut besucht war. Natürlich hielten sie sich zurück, Pavlos und sie sollten als Aris Mitarbeiter, auch wenn sie in dem Lokal wahrscheinlich niemand kannte, nicht unangenehm auffallen. Aber sie wollte Antonio diesen Teil des Athener Nachtlebens unbedingt zeigen und er schien sich sichtlich zu amüsieren. Melinda befürchtete schon, dass die junge Frau am Nebentisch, die versuchte, ihn in die ganzen griechischen Tänze einzuführen, in ihrem Gästezimmer die Nacht verbringen würde, aber Antonio verabschiedete sich dann schließlich mit einem innigen, aber endgültigen Kuss von ihr.

Aris war natürlich überhaupt nicht begeistert darüber, dass sie in so ein Lokal ging. Er hatte sie jedenfalls die ganze Zeit mit Kurznachrichten bombardiert und erst in Ruhe gelassen, als sie ihn dann von zu Hause anrief. Es fiel ihm generell schwer, dass sie nach außen ungebunden und als Single auftrat. Sie sah jedes Mal, wenn ein Mann ihr Komplimente machte oder sie nur eine Sekunde zu lange ansah, diesen eisigen Ausdruck in seinen Augen. Obwohl er sich nach der Sache mit Paris etwas besser unter Kontrolle hatte.

In dieser Nacht hätte sie fast einen handfesten Streit vom Zaun gebrochen. Er war schließlich derjenige mit dem Ministerposten und einer offiziellen Ehefrau. Sie tat sich auch alles andere als leicht mit der Situation. Diese Fotos von der Insel im Sommer in einer einschlägigen Zeitschrift, die ihr neulich in Dimitris Friseursalon in die Hände gefallen war, von Aris und Maria auf einer lokalen Veranstaltung, hatten sie auch erst einmal schlucken lassen.

Im letzten Augenblick verkniff sie sich die giftigen Bemerkungen, die ihr schon auf der Zunge lagen, da sie sich einem richtigen Streit zwischen ihnen dann doch noch nicht gewachsen fühlte und sie vermeiden wollte, dass Antonio im Zimmer nebenan davon etwas mitbekam. Und natürlich wurde ihr sofort klar, auf was das hinausgelaufen wäre. Nämlich auf ein ernsthaftes Gespräch über seine Ehe und ihre Beziehung. Seine wiederholten Versuche mit ihr darüber zu reden, hatte sie jedes Mal abgeblockt. Mittlerweile glaubte sie zwar tatsächlich nicht mehr, dass ihn noch viel mit Maria verband. Aber sie hatte eine leise Ahnung, dass seine Frau das anders sah. Sie wollte keinesfalls in einen Rosenkrieg zwischen den beiden hineingezogen werden. Und sie fühlte sich nicht wohl damit, der Grund für das Ende seiner Ehe zu sein. Sie würde nicht in der Öffentlichkeit als die Frau dastehen, die eine Familie auseinander gerissen hatte. Damit musste er selbst fertig werden, sie wollte absolut nichts damit zu tun haben. Aber sie wusste, dass es nur noch eine Frage der Zeit war, bis sie diesem Thema nicht mehr ausweichen konnte. Und es lag auf der Hand, was das bedeutete. Wenn er seine Ehe beendete, musste sie sich entscheiden.

Sie war sich bewusst, dass ihre Abwehrhaltung allmählich albern wurde. Diese kurzen privaten Momente mit Aris waren intensiv und überwältigend und echt. Aber sie boten eindeutig zu wenig Platz für all das, was sich zwischen ihnen entwickelte.

Aris sah auf, als Aleka in sein Büro kam.

»Du hast nachher noch den Termin mit Sarantis«, erinnerte sie ihn, »den du schon zweimal verschoben hast.«

Aris seufzte. Die Besprechungen mit dem Direktor der Abteilung für Investitionen überließ er meist Pavlos, aber dieses Mal konnte er sich nicht davor drücken. Sie mussten das Vergabeverfahren für die Darlehen weiterbringen, für die Seferlis mit Hilfe der EU extra Fonds zur Verfügung gestellt hatte, so dass die Unternehmen, die die Finanzierungen bekamen, sie für die nächste Saison nutzen konnten.

Irgendetwas an dem stillen, allzu beherrschten Mann gefiel ihm nicht, obwohl er nicht wirklich sagen konnte, was es war. Sarantis hatte diese Position schon viele Jahre inne und seine Abteilung fest im Griff, wie es schien. Ihn abzusetzen, vor allem ohne triftigen Grund, würde sicher für Aufruhr und Unordnung sorgen, was sie jetzt nicht gebrauchen konnten.

»Diesmal wird nichts dazwischen kommen«, sagte Aris.

Aleka suchte ein paar Unterlagen auf seinem Schreibtisch zusammen. Sie sah müde aus.

»Ist alles ok?«, fragte er besorgt.

»Es ist nur der Stress«, antwortete sie. »Und ich mache mir wieder Sorgen um Makis.«

»Nicht schon wieder!«, rief Aris aus.

Makis, Alekas Sohn, den sie alleine großgezogen hatte, war ein ziemlich vielversprechender junger Mann gewesen, der mithilfe eines Stipendiums sein Studium an einer renommierten britischen Universität mit Auszeichnung abgeschlossen hatte. Seither arbeitete er in einem internationalen Großkonzern in London, wo er sehr gut verdiente. Aber seine Schwäche für Glücksspiel hatte ihn vor zwei Jahren an den Rand des Ruins getrieben. Mit Aris Hilfe war es Aleka möglich gewesen, einen Teil seiner Schulden zu begleichen, damit er wieder auf die Beine kommen konnte.

»Ja, leider habe ich den Eindruck, dass er wieder spielt. Ich merke das an seiner Stimme, wenn wir telefonieren. Er ist dann immer so abwesend.«

»Vielleicht täuschst du dich ja«, versuchte er, sie zu beruhigen.
»Ich hoffe es. Vor allem, weil es diesmal gefährlich wird. Er kommt nach dieser Sache damals auf legale Weise nicht mehr an Kredit. Du weißt wahrscheinlich, was das bedeutet. Dann wird er sich an die Unterwelt wenden.«
»Male den Teufel doch nicht gleich an die Wand.«
Das Telefon auf seinem Schreibtisch läutete.
»Danke Kalliopi, stelle ihn durch. Es ist der Premierminister«, sagte er an Aleka gewandt.
Sie nickte ihm kurz zu und verließ das Zimmer.
Als er das Gespräch mit Seferlis beendet hatte, lehnte er sich in seinen Sessel zurück. Langsam wurde es besser, sein Adrenalinspiegel stieg bei seinen Gesprächen mit Seferlis nicht mehr jedes Mal an. Allmählich hatte er das Gefühl, dass sie das Ministerium in den Griff bekamen. Natürlich waren sie mit ihren Überprüfungen der einzelnen Abteilungen noch lange nicht bis zum Kern durchgedrungen, aber sie hatten inzwischen wenigstens einen ungefähren Durchblick, wo die Probleme lagen. Eigentlich war schon fast so etwas wie Alltag eingekehrt, wenn man den Ausdruck überhaupt dafür verwenden konnte. Er arbeitete zwar auch weiterhin fast rund um die Uhr, aber er konnte wenigstens wieder durchatmen. Obwohl er sein ganzes Leben hauptsächlich damit beschäftigt gewesen war, seine Karriere voranzubringen, und er in dem Sinne, wenn man mal von seinen Frauengeschichten absah und dass er gerne ab und zu ein paar Stunden in der Woche im Fitnessclub verbachte, keine Freizeitbeschäftigung hatte, die er vermissen konnte, wünschte er sich jetzt doch ein bisschen mehr Zeit. Für Melinda.
Diese Momente zwischen ihnen waren wie ein Feuerwerk und er konnte nicht genug von ihr bekommen. Die Leidenschaft, mit der sie sich ihm hingab, überwältigte ihn. Er war allerdings überrascht gewesen, dass sie sich in manchen Dingen ziemlich überwinden musste, was er bei einer Frau in ihrem Alter eigentlich nicht erwartet hätte. Daniel hatte wohl auf Kuschelsex gestanden. Zumindest da konnte er also ein bisschen punkten.
Genauso wichtig waren ihm aber ihre Gespräche. Vor allem die, die sie jeden Abend vor dem Einschlafen am Telefon führten. Sie hatte einen ganz anderen Blickwinkel auf die Dinge als er und er merkte, dass er durch sie neue Perspektiven bekam, die ihm bisher vollkommen verschlossen gewesen waren.
Er wollte sehr viel mehr von ihr, als diese heimliche Affäre, die sie hatten. In dem Punkt versuchte er, sein Versprechen einzuhalten und sie so wenig wie möglich zu drängen, aber es fiel ihm zunehmend schwerer. Er konnte verstehen, dass sie Zeit brauchte, dass sie nach der Sache mit

diesem Daniel Angst hatte, sich auf eine neue Beziehung einzulassen. Aber manchmal befürchtete er, dass sie es vielleicht nie zulassen würde.

Seit der Nacht in Brüssel hatte er sich auch nicht mehr getraut, sie auf Daniel anzusprechen. Eines Abends fand er nach zwei Gläsern Whiskey schließlich den Mut, ihn sich näher anzusehen. Er wusste zwar nicht einmal seinen Nachnamen, aber mit dem, was sie ihm über ihn erzählt hatte, schaffte er es, ihn zu googeln. Daniel schien auf seinem Gebiet ziemlich bekannt zu sein, er war irgendeine Koryphäe in der Meinungsforschung gewesen. Die Universität und seine Studenten hatten ihm nach seinem Unfall sogar eine Gedenkseite auf Facebook eingerichtet. Er konnte eine ganze Bandbreite offizieller Ehrungen vorweisen. Aris fand sogar ein Bild von ihm mit dem vorherigen britischen Premierminister. Überhaupt, wie er auf den Fotos aussah. Er entsprach ganz und gar nicht dem Bild des zerstreuten Professors, das er von einem Spitzenakademiker hatte. Alles an dem Mann strahlte Selbstsicherheit und Erfolg aus. Bei seinem Tod war er fünfzig gewesen, wie aus seinem ziemlich beeindruckenden Lebenslauf hervorging, aber das sah man ihm nicht an.

Als Aris dann auf ein anderes Foto stieß, auf dem Daniel neben Melinda zu sehen war, die ein atemberaubendes, tief ausgeschnittenes Abendkleid trug und glücklich in die Kamera lächelte, musste er kurz die Augen schließen. Als er sie wieder öffnete, fiel sein Blick auf den Text unter dem Bild, in dem sie als seine Verlobte angeführt wurde.

Er klickte die Seite weg und fuhr sich mit der Hand durch die Haare. Vielleicht hätte er sich das nicht ansehen sollen. Der Typ war tatsächlich nicht zu unterschätzende Konkurrenz. Und im Augenblick half es ihm auch nicht, dass Daniel offenbar auf Kuschelsex gestanden hatte. Verdammt, er war eifersüchtig auf einen Toten. Diese Frau machte ihn vollkommen verrückt!

Mit dieser Eifersucht hatte er generell ziemlich zu kämpfen. Mit diesen Blicken, mit denen andere Männer sie ansahen. Melinda war keine Frau, die offen provozierte, aber sie sah einfach gut aus, was sie nicht versteckte. Er wollte das ja auch gar nicht, er sah sie auch gerne an. Und obwohl er noch nie bemerkt hatte, dass sie in irgendeiner Weise auf diese Flirt- und Anmachversuche reagierte, machte ihn das wahnsinnig. Dadurch, dass sie ihre Beziehung geheim hielten, konnte er auch nicht viel dagegen tun. Seit er damals mit Paris eindeutig zu weit gegangen war und Melinda ihm deshalb die Hölle heiß gemacht hatte, versuchte er, sich besser im Griff zu haben, was ihm aber ganz und gar nicht leicht fiel. Das war auch mit ein Grund, warum er ihre Beziehung öffentlich machen wollte. Wenn sie offiziell zu ihm gehören würde, hätte diese offene Anmache wenigstens ein Ende.

Er war mehr als bereit, diesen Schritt zu tun. Dazu musste er endlich mit Melinda über seine Ehe reden. Ein paarmal hatte er es versucht, aber sie verweigerte sich diesem Thema vollkommen. Er verstand ihre Haltung da einfach nicht. Er musste einen Weg finden, sie davon zu überzeugen, dass Maria kein Hindernis darstellte. Sein Entschluss, seine Ehe mit ihr zu beenden, stand sowieso fest. Er würde Melinda nicht drängen, wenn sie noch Zeit brauchte, aber er wollte zumindest in seinem Leben Klarheit schaffen. Und er musste wissen, ob sie bereit war, eine Zukunft für ihre Beziehung wenigstens in Betracht zu ziehen.

Melinda lehnte sich auf Aris Sofa zurück und streifte ihre Schuhe ab. Aris telefonierte und sie ließ ihren Blick durch den Raum gleiten, während sie darauf wartete, dass er mit seinem Anruf fertig wurde. Sie fragte sich, ob Maria die Wohnung eingerichtet hatte. Die Möbel und die Teppiche sahen teuer aus. Alles war bis ins Detail aufeinander abgestimmt. Für ihren Geschmack viel zu düster und der ganze Raum wirkte unpersönlich, fast wie die Suite in einem Hotel. Nur die Anrichte und der kleine Tisch am anderen Ende des Sofas, auf denen sich Unterlagen und auch einige persönlichen Sachen stapelten, verrieten, dass Aris hier lebte.

Sie hielt sich ungerne in seiner Wohnung auf, aber das hatte natürlich nichts mit der Einrichtung zu tun, sondern mit seiner Frau. Aris versicherte ihr immer wieder, dass Maria nicht einmal über einen Hauschlüssel verfügte, trotzdem fühlte sie sich nicht richtig wohl damit. Tatsächlich hatte sie überhaupt keine Anzeichen von ihr bemerkt. Sie hatte nicht einmal eine zweite Zahnbürste gefunden. Aber sie wusste, dass Maria, zumindest an dem Wahlabend, hier gewesen war.

Heute hatte er allerdings darauf bestanden, dass sie sich bei ihm trafen. Natürlich wusste sie, über was er mit ihr reden wollte. Und sie musste sich mit diesem Thema endlich auseinandersetzen. Sie wollte inzwischen auch, dass das Zusammensein mit ihm weniger kompliziert wurde. Zu Anfang war es noch aufregend gewesen, dass sie ihr Verhältnis geheim hielten. Diese gestohlenen Momente hatten durchaus ihren Reiz gehabt. Mittlerweile aber empfand sie die Tatsache, dass sie sich die ganze Zeit verstellen musste, zunehmend als Belastung. Dieser ständige plötzliche Wechsel von ihrer privaten zu ihrer professionellen Beziehung in der Gegenwart anderer erforderte ein unglaubliches Maß an Selbstbeherrschung. Was ihm wesentlich leichter fiel als ihr, wie sie festgestellt hatte. Aris war eindeutig der bessere Schauspieler.

Sie war es auch leid, die ganze Zeit darum bangen zu müssen, dass ihr Verhältnis durch einen unglücklichen Zufall ans Licht kam. Sie wusste, dass so etwas meist zum ungünstigsten Zeitpunkt erfolgte, und dann verheerenden und vor allem unnötigen Schaden anrichtete, den man sehr wohl kontrollieren konnte, wenn man die Aufdeckung selbst steuerte. Aber sie wusste nicht, ob sie schon so weit war, sich dem zu stellen.

Sie nahm das Glas, das er für sie eingeschenkt hatte, und nippte an ihrem Wein.

Er beendete sein Telefonat und setzte sich auf die Armlehne des Sessels ihr gegenüber. Sie wappnete sich, als sie den entschlossenen Ausdruck in seinen Augen sah.

»Melinda«, begann er, »ich weiß, dass du diesem Gespräch schon ziemlich lange aus dem Weg gehst, aber irgendwann müssen wir es einfach führen. Du weißt, dass ich mehr von dir will als das, was wir im Augenblick haben. Ich habe dir versprochen, dich nicht zu drängen, und das werde ich auch nicht tun, aber ich möchte in meinem Leben endlich klare Verhältnisse schaffen, damit wir ein bisschen Freiraum haben. Ich bin dieses Versteckspiel leid. Wir haben sowieso nur wenig wirklich private Zeit zusammen. Und die meiste davon verbringen wir abends, jeder in seinem eigenen Bett, miteinander am Telefon. Unsere intimen Momente sind eben immer nur Momente und immer unter diesem Druck, dass es auffliegt. Bitte, antworte mir ehrlich, reicht dir das?«

»Nein, natürlich reicht mir das nicht.« Sie setzte sich auf und stellte ihr Glas vor sich auf den Tisch. »Aber wir haben uns nun mal unter diesen konkreten Rahmenbedingungen aufeinander eingelassen. Wir wussten, dass es schwierig wird. Du bist bald sieben Monate im Amt. Es läuft gut. Ich will nicht, dass du jetzt mit dieser Sache deine Karriere gefährdest.«

»Komm Melinda«, unterbrach er sie, »ich ...«

»Lass mich bitte ausreden«, fiel sie ihm ins Wort, »ich weiß, was du sagen wirst - dass das mit deiner Frau sowieso zu Ende ist, dass wir in Europa leben und es niemand interessiert, ob ein Politiker sich scheiden lässt oder eine neue Beziehung eingeht. Ich sehe, dass deine Frau nie hier ist und du da wohl einen ziemlichen Abstand zu ihr wahrst. Aber ich weiß auch, dass ihr damals, als du Bürgermeister warst, in der Öffentlichkeit immer zusammen aufgetreten seid. Ich habe dein Profil gemacht für den Wahlkampf, wie du dich ja wahrscheinlich erinnern kannst. Ihr ward ein ziemlich enges Team. Und auf den Fotos, die ich vom Sommer auf der Insel gesehen habe, sah es auch nicht so aus, als ob ihr kurz vor der Scheidung steht.«

Er sah sie irritiert an. »Scheiße«, sagte er, als ihm offensichtlich aufging, was sie meinte. »Ich wusste gar nicht, dass Bilder davon irgendwo veröffentlicht wurden. Melinda, es war damals schon vorbei. Ich..., sie hat es ausgenutzt, dass ich mich ihr in der Öffentlichkeit nicht entziehen konnte. Das wird nie wieder passieren. Deswegen will ich auch endlich mit ihr reden. Ich will mich offiziell von ihr trennen.«

»Also, das ist genau das, was ich meine. Du stehst in der Öffentlichkeit und musst damit rechnen, dass potentiell alles, was du machst, nach außen dringen kann. Ich will dir ja gerne glauben, dass deine Ehe für dich vorbei ist. Aber aus dem Ganzen muss ich schließen, dass es für sie nicht so zu sein scheint. Was ist, wenn sie nicht bereit ist, dich einfach aufzugeben? Wenn das jetzt hässlich wird zwischen euch, dann wird es negative Auswirkungen auf dich haben. Sie hat da offensichtlich ein eigenes Netzwerk, das stark mit deinem eigenen verbunden ist. Sie weiß auch viel zu viel über dich und kann dir extremen Schaden zufügen mit Dingen, an die du im Moment vielleicht gar nicht denkst.«

Er lächelte amüsiert. »Ok, ich finde es süß, wie du dich dafür einsetzt, mich zu schützen. Aber hör mal, ich bin schon länger in der Politik. Ich weiß, was ich tue. Glaube mir, ich habe auch nicht vor, meine Karriere zu kompromittieren. Ich bin überzeugt, dass in meinem Leben Platz für beides ist. Für dich und meine Karriere. Und wenn du mich endlich einmal aussprechen lassen würdest, was meine Ehe betrifft, würdest du vielleicht ein paar Dinge anders sehen. Ich verstehe, dass dir das Thema unangenehm ist, aber du kannst nicht auf ewig die Augen davor verschließen. Es gibt da etwas, was du wissen musst. Höre mich dieses eine Mal einfach an. Bitte.«

»Ok«, antwortete sie mit sanfterer Stimme. »Es tut mir leid. Es ist nur so, dass ich da nicht involviert werden will. Es wird sie möglicherweise verletzen, wenn es für sie nicht vorbei ist, auch wenn es das für dich ist. Ich will nicht der Grund für das Ende deiner Ehe sein...«

»Melinda, verdammt noch mal!«, unterbrach er sie. »Ich versuche dir das schon die ganze Zeit zu erklären, aber du lässt es ja nie zu! Du bist nicht der Grund für das Ende meiner Ehe!«

Er griff nach einem Umschlag von einem Stapel Unterlagen auf dem Beistelltisch, öffnete ihn und breitete vier großformatige Fotos vor ihr auf dem Couchtisch aus.

Sie zog scharf die Luft ein, als sie erkannte, was sie abbildeten.

»Oh mein Gott«, entfuhr es ihr, während sie sich vorbeugte, um die Bilder näher zu betrachten.

Das erste Foto, auf das ihr Blick fiel, zeigte Aris Frau in einer eindeutigen Situation, wie sie rittlings auf einem gutgebauten, dunkelhaarigen Mann saß. Sie hatte ihm den Rücken zugekehrt, so dass die Kamera wirklich alles eingefangen hatte, und der Ausdruck in ihrem Gesicht ließ keine Fragen darüber offen, was sie dabei empfand. Es war eigentlich ein sehr erotisches Foto, schoss es Melinda unpassender Weise durch den Kopf. Die weiteren Bilder zeigten ähnliche Szenen, wahrscheinlich von demselben Akt. Der Mann schien wesentlich jünger als Maria zu sein, vielleicht Mitte, höchstens Ende zwanzig. Sein Gesicht, das nur undeutlich im Hintergrund zu erkennen war, sagte ihr nichts.

»Ich..., ich weiß nicht was ich sagen soll«, sieh sah zu Aris hoch.

Seine Miene war ausdruckslos, sie konnte keinerlei Gefühlsregung daraus ablesen.

»Wann war das? Wer ist das?«

Er sammelte die Fotos wieder ein. »Es ist knapp ein Jahr her. Zu der Zeit überlegte sich Seferlis, wer als Kandidat für die Parlamentswahlen in Frage kommen würde. Was den Mann betrifft - so krass es klingt, ich hätte nie gedacht, dass diese Klischees in der realen Welt tatsächlich existieren: Er war Stamatis Englisch-Nachhilfelehrer.«

Sie verstand selbst nicht, warum sie das so überraschte. Solche Dinge kamen andauernd vor, es war bei Weitem nicht der schlimmste Fehltritt eines Partners einer in der Öffentlichkeit stehenden Person, den sie sich vorstellen konnte. Sie hatte viel zu lange die Augen verschlossen. Sie hatte nichts wissen wollen, weil sie zu sehr mit ihren eigenen Zweifeln beschäftigt gewesen war. Seine Ehe hatte ein wunderbares Alibi dafür geboten, ihre Entscheidung darüber, was das mit Aris eigentlich war und worauf es hinauslaufen sollte, hinauszuzögern.

»Und die Fotos?« fragte sie.

»Sie stammen von Pavlos. Als Seferlis mir das Angebot machte, bei den Wahlen mit ihm anzutreten, war klar, dass ich absolut sauber sein musste. Und unangreifbar. Also habe ich zugestimmt, dass Alexandridis Agentur, für die Pavlos damals arbeitete, alle Facetten meines Lebens durchleuchten ließ.«

Er schenkte ihnen beiden Wein nach und zündete sich eine Zigarette an. Obwohl sie es hasste, wenn in Wohnräumen geraucht wurde, sagte sie nichts dazu, sondern suchte in ihrer Tasche nach ihrer eigenen Packung und tat es ihm nach.

»Wie hast du reagiert?«

Er lachte bitter. »Tja, ich war stinksauer, wie du dir ja vielleicht vorstellen kannst. Dass sie mich betrog, ist mir eigentlich nie durch den Kopf gegangen, aber ehrlich gesagt, das als solches hat mich nicht so umgehauen. Unsere Ehe war schon lange kaputt und sie hatte sicherlich auch Anhaltspunkte dafür, dass ich auf dieser Ebene nicht ganz enthaltsam lebte. Zwar wusste Maria zu dem Zeitpunkt der Affäre nichts davon, dass ich für die Parlamentswahlen in Frage kam. Aber ich war immerhin Bürgermeister. Dass sie meine Karriere und auch ihre eigene so leichtfertig aufs Spiel gesetzt hat! Der verdammte Nachhilfelehrer! Die Insel ist eine kleine Gemeinde. Auf kommunaler Ebene verzeihen die Wähler so etwas nicht ohne Weiteres. Wenn das rausgekommen wäre, vor allem mit solchen Fotos, hätte sie als Schlampe dagestanden und ich als der betrogene Ehemann!«

Was wahrscheinlich noch schlimmer war als Schlampe. Melinda wusste, dass so etwas sehr viele männliche Wähler vergraulen konnte. Ein Mann mit außerehelichen Affären stellte eigentlich kein Problem dar, aber ein Mann der seine Ehefrau nicht unter Kontrolle hatte und sie offensichtlich im Bett nicht befriedigen konnte – das war ein schwerer Schlag fürs Image. In den Großstädten waren die Wähler nicht so konservativ, aber in Aris Bezirk sah das natürlich anders aus. Seine Beliebtheit und sein Erfolg als Bürgermeister der Insel hatten ihn als Seferlis Kandidaten für die Parlamentswahlen überhaupt erst in Frage kommen lassen. Zum Zeitpunkt der Bekanntgabe seiner Kandidatur hätte ihn so eine Sache durchaus ins politische »Aus« befördern können.

»Ich sehe deinen Punkt, was eure Ehe angeht.«

Ihr war klar, dass er seiner Frau das nie verzeihen konnte. Aris Ansichten unterschieden sich diesbezüglich in keinster Weise von den Ansichten dieser potentiellen Wähler, die ihn wegen so etwas fallen lassen würden. Auch wenn er es ihr gegenüber nie zugeben würde, er wäre der Erste, der den Respekt vor einem Mann in einer ähnlichen Situation sofort verloren hätte. Ihr wurde plötzlich bewusst, wie schwer es ihm gefallen sein musste, ihr die Bilder zu zeigen.

»Die Fotos sind schon sehr eindeutig«, sagte sie, »Pavlos hat da ja ein ziemliches Kaliber aufgefahren. Hätten die Information über diese Affäre und ein paar Fotos in abgeschwächter Form nicht auch gereicht?«

Grausamkeit war eigentlich nicht Pavlos Art.

»Schau mal, er musste mich schockieren. Mir musste klar sein, was es bedeutete, mit Seferlis für die Wahlen zu kandidieren. Der suchte händeringend nach Leuten für seine neue Partei. Um nach den Wahlen, falls er sie gewinnen würde, die Regierungsposten zu besetzen. Es gab viele, die Regierungsposten wollten und nicht sauber waren, und die meisten Sauberen wollten mit griechischen Regierungsposten nichts zu tun haben. Also musste er so weit wie möglich sicher sein, dass die wenigen, die er finden konnte, unantastbar waren. Pavlos wollte mir mit diesen Fotos klar machen, wo ich mich angreifbar machte. Das Problem war ja gar nicht so sehr der Ehebruch an sich, sondern, dass solche Bilder davon ans Licht hätten kommen können. Sie hat bei dieser Affäre überhaupt keine Vorsicht walten lassen. Die Fotos stammen aus seinem Haus! Auf der Insel kennt sie praktisch jeder! Das war total verantwortungslos.«

»Weiß Seferlis davon?«, fragte sie.

»Ich glaube, Pavlos hat das begraben.«

Sie nickte. »Wie lief die Konfrontation mit Maria?«, fragte sie vorsichtig.

»Wie du dir vorstellen kannst, war es ziemlich unerfreulich.«

Er zündete sich eine neue Zigarette an. »Ich beschloss, für den Wahlkampf mit ihr zusammen zu bleiben, zumindest nach außen. Ich würde sowieso in Athen leben und so brauchten wir auch den Kindern nichts zu erklären. Es hätte nicht gut ausgesehen, wenn wir uns getrennt hätten, obwohl das natürlich meine erste Reaktion war. Aber wir sind während meiner Zeit in der Kommunalpolitik, wie du ja vorhin schon festgestellt hast, immer als Team aufgetreten. Unsere Trennung zu diesem Zeitpunkt hätte Fragen aufgeworfen und ich wollte nicht riskieren, dass jemand anfangen würde, nach den Gründen zu suchen. Ohne Fotos war die Story natürlich halb so wild, aber ich wollte es nicht riskieren.«

»Wie konntet ihr sicher sein, dass er keine Schwierigkeiten machen würde?«, wollte sie wissen.

»Naja, wir konnten nicht sicher sein. Wir mussten uns darauf verlassen, dass Maria, aber auch ich, ihm eher von Nutzen sein würden, wenn ich als Abgeordneter im Parlament sitze. Er ist jedenfalls kurz darauf nach Kreta gezogen und hat eine Schule für Fremdsprachen gegründet. Dank der großzügigen Hilfe von Marias Familie.«

»Ihr habt ihn also gekauft«, stellte sie fest.

»Nein, das stimmt nicht ganz«, erwiderte er, »Maria hat ihn gekauft.«

Sie zog eine Augenbraue hoch, verkniff sich aber einen Kommentar.

»Ich denke schon länger darüber nach, dass der Zeitpunkt für eine Scheidung gekommen ist. Ich werde ihr eine saubere Trennung anbieten. Das können wir mittlerweile rechtfertigen. Wir haben beide unser eigenes Leben und die räumliche Distanz hat eben dazu geführt, dass wir uns auseinandergelebt haben. Wir trennen uns im Guten. Das wirft keine Fragen mehr auf. Seit ich in Athen bin, hat sie mit meiner Karriere auch nichts mehr zu tun gehabt. Sie ist nicht mehr Teil meines Images«, sagte Aris.

»Und wenn sie sich querstellt?«, fragte sie.

»Melinda, unsere Vereinbarung war, die Ehe nach außen hin so lange aufrecht zu erhalten, wie es für unsere Karrieren von Vorteil sein würde. Sie weiß, dass unsere Ehe zu Ende ist. Sie hat unsere Ehe, oder besser, das, was noch davon übrig war, an dem Tag endgültig beschlossen, als sie diesen verdammten Nachhilfelehrer gevögelt hat, ohne an die Konsequenzen zu denken!« Er trank einen Schluck Wein. »Außerdem hat sie keine Wahl. Sie wird mir keine Steine in den Weg legen, weil sie weiß, dass ich die Fotos habe. Ihr ist klar, dass, wenn diese Bilder heute an die Presse gehen, mir das zwar auch schaden wird, aber ich das ziemlich wahrscheinlich politisch überleben werde. Ich bin kein im restlichen Griechenland unbekannter Kommunalpolitiker mehr, ich habe mittlerweile auch andere Wählerstimmen. Für sie allerdings wäre es definitiv das Ende.«

»Du wirst die Bilder gegen sie verwenden«, sagte sie in sachlichem Tonfall.

»Du hast mir doch vorhin noch gesagt, dass sie mir Schaden zufügen könnte mit Dingen, an die ich jetzt noch nicht einmal denke. Das waren doch deine Worte, oder?«, sagte er leicht verärgert.

»Aris, es war nur eine Feststellung, keine Wertung«, erwiderte sie ruhig.

»Du kennst Maria nicht. Und glaube mir, du willst sie auch nicht kennen. Aber unabhängig davon, was ich nach all diesen Jahren an ihrer Seite von ihr halte, werde ich sie in ihrer Karriere auch weiterhin unterstützen. Sie will in die Kommunalpolitik einsteigen und ich werde ihr helfen, solange sie mit der Trennung kooperativ ist und mir nicht mit einer ihrer Intrigen in den Rücken fällt. Sie ist schließlich die Mutter meiner Kinder. Aber durch diese Sache habe ich die Möglichkeit, mich von ihr zu lösen. Ohne mit Schwierigkeiten von ihrer Seite rechnen zu müssen.«

»Ok. Ich kenne sie wirklich nicht. Und ich will auch weiterhin so wenig wie möglich mit ihr zu tun haben. Aber ich sehe jetzt, dass das Ende eurer Ehe nicht an uns liegt. Mir ist bewusst, dass ich mich diesem Gespräch immer versperrt habe, obwohl du es mir von Anfang an erzählen wolltest. Es tut mir leid, aber ich war einfach noch nicht so weit. Und deine Ehe ist natürlich deine Entscheidung. Wann willst du es ihr sagen?«, fragte sie.

»Ich wollte morgen früh hinfliegen. Ich habe die Jungs ewig nicht gesehen und es ist mein einziges freies Wochenende. Deswegen wollte ich heute mit dir sprechen. Ich will das Gespräch mit Maria nicht länger hinauszögern.«

»Morgen schon?«, fragte sie überrascht.

»Melinda, ich habe mich entschieden. Ich will es hinter mich bringen. Das heißt ja nicht, dass wir unsere Beziehung gleich am Montagmorgen an die große Glocke hängen werden.«

»Ok. Ich fühle mich nur ein bisschen überrumpelt. Aber du hast recht, ich wollte ja so lange nichts davon hören.«

Er küsste sie auf die Stirn. »Ich gebe dir alle Zeit, die du brauchst. Wir werden das mit uns erst öffentlich machen, wenn du so weit bist«, sagte er leise. »Ich will uns ein wenig Freiraum schaffen«, fuhr er fort, »mir ist bewusst, dass wir aufgrund meines Amtes sowieso nicht das machen können, was normale Leute tun, die sich gerade kennenlernen. Aber ich möchte zumindest ein bisschen Alltag mit dir haben, mit dir zum Essen ausgehen, gemeinsam auf der Straße laufen. Ich will einfach morgens neben dir aufwachen können!«

Sie lächelte. »Ich verstehe, was du sagst. Ich möchte das ja auch und ich hoffe, dass du inzwischen spürst, was ich für dich empfinde. Aber es gibt da noch ein paar andere Dinge, außer deiner Ehe, mit denen ich ein bisschen zu kämpfen habe.«

»Dann lass uns bitte darüber reden. Sag mir, was es ist.«

»Zum einen bist du aufgrund deines Amtes eine öffentliche Person. Ich weiß, dass die Medien hier bei uns in Europa nicht so sehr auf dein

Privatleben fokussiert sind, aber ich bin mir nicht ganz sicher, wie ich mit dieser öffentlichen Aufmerksamkeit zurechtkommen werde. Und ich kann mir auch nicht vorstellen, mein Leben ganz nach Athen zu verlegen. Nicht zum jetzigen Zeitpunkt. Ich will meinen Job in Brüssel nicht aufgeben.«

»Melinda«, unterbrach er sie, »mir ist klar, dass du eine Karriere hast. Dafür bewundere ich dich auch und ich würde niemals von dir verlangen, dass du sie aufgibst. Wir finden da eine Lösung.«

»Ich werde auch schnellstmöglich im Ministerium aufhören müssen. Da habe ich sowieso schon die ganze Zeit Angst. Wenn das mit uns rauskommt, wird im Raum stehen, dass du auf Staatskosten eine Affäre hast«, sagte Melinda.

Er seufzte. »Ja, ich weiß, dass du gehen musst. Es wird mir ziemlich schwer fallen, dich bei der Arbeit nicht mehr um mich zu haben. Wir sind inzwischen ein gutes Team geworden mit Pavlos. Es wird nicht mehr das Gleiche sein, wenn du nicht mehr da bist.«

Sie lächelte. »Es ist sowieso nicht gut für unsere Beziehung, wenn wir weiter so eng zusammenarbeiten.«

»Ich weiß«, sagte er und griff nach ihrer Hand.

»Da sind eine ganze Menge Dinge, die wir lösen müssen. Ich bin mir bewusst, dass dieses Gespräch heute überfällig war, und dass es meine Schuld ist. Es wird nur funktionieren, wenn wir ehrlich zu einander sind und darüber reden.« Sie sah ihn an. »Aris, du weißt, warum ich in dieser Sache mit uns vorsichtig bin.«

Er nickte nur und hielt ihren Blick fest.

»Ich will das mit dir«, fuhr sie vorsichtig fort. »Seit dem Tag, als du mich das erste Mal geküsst hast, war ich mir sicher. Diese ganzen Gefühle zwischen uns sind ziemlich überwältigend, aber sie machen mir auch Angst. Manchmal weiß ich nicht, ob ich schon so weit bin. Ich kann mittlerweile akzeptieren, dass es Daniel nicht mehr gibt, dass es vorbei ist. Sonst wäre das zwischen uns nie passiert. Aber es gibt Momente, in denen ich Angst davor habe, dass es ernst wird mit dir, dass ich mich bedingungslos darauf einlasse und es dann wieder von mir weggerissen wird. Ich kann so etwas nicht nochmal durchmachen«, sagte sie leise.

»Ich verstehe, dass du Angst hast und ich kann sie dir auch nicht ganz nehmen. Es gibt im Leben keine Garantien, das weiß wahrscheinlich niemand so gut wie du.« Er strich ihr zärtlich über die Wange. »Ich will mir nicht anmaßen, zu wissen, wie das für dich gewesen sein muss. Das alles so plötzlich zu verlieren. Aber«, sagte er zögerlich und nahm ihre Hände in seine, »mir ist bewusst, dass du ihn geliebt hast.«

Irgendwie war das falsch, er sollte das nicht sagen müssen. Daniel sollte nicht hier sein.

Sie legte ihm einen Finger auf die Lippen. »Bitte, du musst das nicht tun«, sagte sie mit heiserer Stimme, »du musst das nicht sagen. Bitte, tu das nicht«, bat sie leise.

»Lass es mich dieses eine Mal aussprechen«, sagte er sanft, »und dann brauchen wir nie wieder darüber zu reden.«

Sie spürte, wie ihr Tränen in die Augen stiegen, und wandte sich ab. Mit aller Kraft versuchte sie, sich zusammenzureißen. Sie durfte jetzt auf gar keinen Fall weinen. Sie konnte unmöglich von ihm erwarten, dass er hinnahm, dass sie vor ihm um einen anderen Mann weinte.

»Natürlich tut es mir weh«, sagte er, »aber ich muss akzeptieren, dass du dieses Leben hattest, bevor du mich kennen gelernt hast, und dass du um diesen Verlust trauerst. Aber wenn du uns eine Chance gibst, kannst du mit mir vielleicht ein anderes Leben haben.«

Sie kämpfte die Tränen nieder und legte ihre Hand an sein Gesicht. »Aris, ich will uns eine Chance geben. Ich will mich darauf einlassen«, sagte sie mit fester Stimme.

Er sah sie lange an und küsste sie dann auf die Stirn.

»Halte mich fest«, sagte sie, »halte mich einfach fest.«

Aris schloss seine Arme um Melinda und zog sie vorsichtig mit sich aufs Sofa. Sie legte ihren Kopf auf seine Brust und er streichelte ihr übers Haar, während sie einfach nur ruhig dalagen. Er versuchte, sich möglichst nicht zu bewegen, damit er diese Stille nicht zerstörte. Diese einvernehmliche Stille, nachdem erst einmal alles gesagt worden war. Es hatte ziemlich wehgetan, das mit Daniel auszusprechen. Aber er wusste, dass er, wenn er eine Zukunft mit ihr haben wollte, akzeptieren musste, dass sie diesen Mann geliebt hatte. Dass er vielleicht immer einen Platz in ihrem Herzen haben würde. So schwer ihm das auch fiel, es würde mit Sicherheit noch viel mehr wehtun, wenn er sie verlieren sollte. Aber sie war auch das erste Mal endlich bereit gewesen, mit ihm wirklich über ihre Beziehung zu reden. Über die Zukunft. Sie hatte ihn ein ganzes Stück näher an sich herangelassen. Er hatte gespürt, dass sie es ernst meinte. Sie wollte es mit ihm versuchen. Es fühlte sich gut an, sie in den Armen zu halten, und er hoffte um alles auf der Welt, dass sie bleiben würde.

Jetzt wollte er nur noch die Sache mit Maria zu Ende bringen. Natürlich würde sie nicht aus seinem Leben verschwinden, schon alleine wegen der Kinder, aber auch wegen der engen Verflechtung ihrer politischen Laufbahnen. Sie hatte aktiv an seiner Karriere mitgewirkt und das konnte er nicht einfach übergehen.

Er dachte an den Tag zurück, als er die Fotos zum ersten Mal gesehen hatte. Er war außer sich gewesen, als Pavlos ihn mit den Tatsachen konfrontiert hatte. Und nicht nur deswegen, weil Marias Verhalten eine Gefahr für seine Karriere darstellte.

Sein Auftritt von damals war ihm immer noch peinlich. Ihm brannten alle Sicherungen durch. Er tobte und warf alle möglichen Dinge im Zimmer herum. Er war selbst überrascht, über was für einen Wortschatz an Schimpfwörtern die griechische Sprache verfügte, die er dann alle vor Pavlos zum Besten gab, der den Ausbruch stoisch über sich ergehen ließ. Dann flößte Pavlos ihm einen doppelten Whiskey ein und redete Klartext mit ihm. Zum Schluss fragte er ihn:

»Aris, was willst du? Willst du die Kandidatur oder willst du sie fertig machen? Wenn du die Kandidatur willst, dann geh nach Hause und regele das. Ohne sie totzuschlagen.«

Nach dem Gespräch mit Pavlos rief er Maria an und befahl ihr, die Kinder über Nacht zu ihrer Mutter zu bringen. Und als er sie dann über die Kandidatur für die Parlamentswahlen informierte und die Fotos vor ihr auf den Tisch knallte, war er tatsächlich drauf und dran, sich zu vergessen. Aber er hatte noch nie die Hand gegen eine Frau erhoben und daran würde auch Maria nichts ändern, obwohl er sie in dem Moment abgrundtief hasste. So machte er ihr nur unmissverständlich klar, dass sie von nun an das zu tun hatte, was er ihr sagte. Dann war er bis zum nächsten Morgen ins Gästehaus geflüchtet und hatte eine Flasche Whiskey gelehrt.

Er war sich bis zum Schluss nicht sicher gewesen, ob er Melinda die Fotos zeigen würde. Diese Bloßstellung, die sie für ihn darstellten, hatte er sich eigentlich ersparen wollen. Wahrscheinlich sah Melinda das gar nicht so, sie hatte diesbezüglich vollkommen andere Leitbilder im Kopf als er. Trotzdem war ihm das unangenehm. Egal für wie aufgeklärt und weltoffen er sich selbst hielt, in diesem Punkt tat er sich einfach schwer damit, über seinen eigenen Schatten zu springen.

Aber er hatte etwas Einschneidendes gebraucht, um Melinda davon zu überzeugen, dass seine Ehe nicht zwischen ihnen stand. Er verstand auch nicht ganz, warum es ihr so wichtig war, nicht der Grund für seine Trennung von Maria zu sein. Was in diesem Fall ja tatsächlich nicht zutraf. Die Ehe schien ihr ziemlich heilig zu sein. Vielleicht lag es daran, dass sie selbst nie verheiratet gewesen war, dass sie so kurz davor gestanden und es dann so plötzlich verloren hatte.

Er mochte das an ihr. Ihre Prinzipien. Wie sie sich immer treu zu bleiben schien. Früher hatte er gedacht, dass er auch so ein Mensch war. Mit Grundsätzen und klaren Linien, die er für nichts und niemand überschreiten würde. Wenn man Ehebruch nicht zu diesen Grundsätzen zählte. Aber mittlerweile war er davon nicht mehr so überzeugt.

Wenn er ganz ehrlich war, hatte er Maria nicht nur wegen ihren äußerlichen Reizen, denen er damals verfallen war, geheiratet, sondern auch wegen ihres Geldes und der gesellschaftlichen Stellung ihrer Familie. Und obwohl die anfänglichen positiven Gefühle für sie schnell erloschen waren, als er festgestellt hatte, wie skrupellos sie sein konnte, wenn es um ihren eigenen Vorteil ging, hatte er darin keinen Grund für eine Trennung gesehen. Denn er hatte auch davon profitiert. Seine Ehe mit Maria war ihm beim Vorantreiben seiner Karriere von Nutzen gewesen. Ihm wurde plötzlich bewusst, dass ihn diese Tatsache eigentlich mit Maria auf die gleiche Stufe stellte.

Vielleicht gab es noch Hoffnung. Zumindest hatte er ziemlich sauber gearbeitet, was seine politische Laufbahn betraf. Soweit das in einem Land wie Griechenland überhaupt möglich war. Und auf diesem Weg wollte er Melinda an seiner Seite haben. Weil sie ihn ganz einfach zu einem besseren Menschen machte.

»Wie spät ist es?«, riss Melinda ihn aus seinen Gedanken.

»Kurz nach elf«, antworte er ihr.

»Ich denke, es ist Zeit für mich, nach Hause zu gehen. Du musst früh raus und es wird ein langer Tag.«

»Ok.« Widerwillig gab er sie frei. »Ich sage dem Fahrer Bescheid.«

Er sah ihr zu, wie sie ihre Sachen zusammensammelte, während er telefonierte, und alles in ihm wollte sie bei sich behalten heute Nacht.

Er küsste sie lange und heftig, während sie auf den Aufzug warteten.

»Ich will dich nicht gehen lassen«, sagte er mit brüchiger Stimme.

»Ich weiß.« Sie strich mit ihren Fingern zärtlich über seine Wange.

»Wir sehen uns Sonntagabend« sagte er leise.

Sie trat in den Aufzug.

»Viel Glück!«, wünschte sie ihm und hielt seinen Blick fest.

»Ich liebe dich«, sagte er mit kaum wahrnehmbarer Stimme.

Er erkannte gerade noch, wie sich ihre Augen vor Überraschung weiteten, als ihr offensichtlich bewusst wurde, was er da soeben gesagt hatte, bevor sich die Aufzugstür schloss.

Aris lehnte sich gegen die geschlossene Wohnungstür und fuhr sich mit beiden Händen durch die Haare. Verdammt nochmal! Ich liebe dich! Wo zum Teufel war das denn hergekommen?!

Er schenkte sich einen Whiskey ein und trank einen tiefen Schluck. Jetzt musste er unbedingt mit jemanden reden. Alleine bekam er das nicht mehr auf die Reihe. Er griff nach seinem Handy und wählte Thymios Nummer. Es dauerte eine Weile, bis er abnahm.

»Schläfst du schon?« fragte Aris.

»Wie du hörst, noch nicht«, erwiderte Thymios gut gelaunt.

»Ich hab da ein Problem. Ich muss mit dir reden«, sagte Aris.

Und dann erzählte er ihm die ganze Geschichte mit Melinda. Wie sie sich kennengelernt hatten. Wie sie ihm nicht mehr aus dem Kopf gegangen war und er ihr den Job bei ihm im Ministerium angeboten hatte. Wie er sich darüber klar geworden war, dass er mehr für sie empfand.

Dass er sie nicht nur hatte flachlegen wollen. Es sprudelte alles aus ihm heraus. Ihre erste Nacht zusammen. Seine Eifersucht auf alle diese Männer, die um sie herumschwirrten. Und auf diesen Daniel, der tot war. Wie sie heute endlich bereit dazu gewesen war, ihrer Beziehung eine ernsthafte Chance zu geben.

»Also, zunächst mal bin ich ziemlich beleidigt. Du hast mir absolut nichts davon erzählt!«, sagte Thymios vorwurfsvoll, als Aris fertig war. »Dafür, dass du wenig Zeit hast, habe ich vollstes Verständnis, aber wir sprechen doch. Du hättest ja mal etwas darüber sagen können! Aber unabhängig davon, ich sehe, ehrlich gesagt, nicht, wo da die Schwierigkeit liegt. Ihr habt das doch ganz gut hinbekommen. Die Sache mit Maria stellt meiner Meinung nach auch kein Hindernis dar. Sie kann gar nicht anders, als da mitzugehen. Jetzt ist auch der Zeitpunkt gekommen, wo du die Trennung öffentlich machen kannst, ohne nachteilige Auswirkungen für dich befürchten zu müssen. Es ist doch alles auf dem Weg. Wo ist denn das Problem?«

»Das Problem ist, dass ich ihr gerade vorhin zum Abschied gesagt habe, dass ich sie liebe!«

»Wie bitte, was hast du ihr gesagt?!«, rief Thymios aus. Er prustete und brach dann in schallendes Gelächter aus.

Aris hielt sich genervt das Telefon ein Stück vom Ohr weg. Hoffentlich saß Stella nicht genau neben Thymios. Die beiden hatten ein für ihn unverständlich enges Verhältnis zueinander. Sie teilten wirklich alles, wie er wusste. Die Vorstellung, dass sie das vielleicht eins zu eins mitbekam, war ihm mehr als peinlich.

»Wie, um Gottes willen, ist dir das denn passiert?«, fragte Thymios, als er sich wieder beruhigt hatte.

»Ich weiß es nicht! Es ist mir einfach so rausgerutscht. Sie stand schon im Lift und ich habe es auch nur ganz leise gesagt. Aber sie hat es gehört. Himmel, Thymios, außer zu meiner Mutter habe ich das noch nie zu jemand gesagt. Nicht einmal zu meinen eigenen Kindern! Und ich hatte ihr gerade versprochen, dass ich sie in keinster Weise drängen werde!«

»Ok. Beruhige dich. Von dem, was du mir erzählt hast, kann ich dir versichern, dass sie dich deswegen nicht verlassen wird.«

Aris hörte, wie er einen erneuten Lacher zu unterdrücken versuchte.

»Aris, lass dich einfach auf diese Sache ein, denk nicht zu viel darüber nach. Ruf sie morgen an, sei ganz normal zu ihr. Du wirst sehen, es ist alles in Ordnung. Aber einen Rat gebe ich dir noch. Sprich es nicht von dir aus an und warte auch nicht die ganze Zeit darauf, dass sie es dir auch sagt. Lass ihr die Zeit, die sie braucht. Denke daran, so tragisch es auch klingt, deine Konkurrenz ist tatsächlich tot. Sie hat sich für dich entschieden.«

»Ok. Danke Thymios, dass du mir zugehört hast.«

»Aris«, sagte Thymios, »diese Frau, die dich dazu gebracht hat, »Ich liebe dich« zu sagen, muss ich unbedingt kennenlernen! Organisiere das. Oder ich rede kein Wort mehr mit dir!«
»Mach ich. Ich verspreche es dir. Und nochmals danke.«
»Ist selbstverständlich. Viel Erfolg morgen. Und, das muss ich jetzt mal ehrlich sagen, es tut mir in keinster Weise leid, dass das zwischen dir und Maria endlich vorbei ist.«
»Mir auch nicht«, sagte Aris und legte auf.

Als Melinda zu Hause war, ließ sie sich benommen in ihren Sessel fallen und versuchte, diese ganze Flut von Emotionen zu entwirren, die sich in den letzen Stunden mit Aris offenbart hatten. Ihr war bewusst, dass er diese letzten drei Worte nicht nur so dahingesagt hatte.

Sie musste lächeln, als sie an diesen Moment vorhin zurückdachte. An seinem Gesichtsausdruck hatte sie ablesen können, dass er fast noch überraschter gewesen war als sie, als ihm das offensichtlich einfach so rausgerutscht war. Aber sie wusste, dass er diese Worte durchaus ernst meinte. Auch wenn sie das immer wieder gerne verdrängte, spürte sie inzwischen, was er für sie empfand. Von Anfang an hatte er seine Gefühle für sie nicht verborgen. Und dass sie aus Angst, sich ihren eigenen Gefühlen hinzugeben, damit sie nicht wieder verletzt werden konnte, an dem Irrglauben festhalten wollte, dass seine Ehe ihn schützend von ihr trennte, war schließlich nicht seine Schuld.

Sie durfte nicht noch einmal zulassen, dass sich ihre Trauer um Daniel so zwischen sie drängte. Natürlich musste Aris wissen, was sie so vorsichtig machte. Aber sie konnte von ihm nicht erwarten, dass er hinnahm, dass das der Preis war, den er für sie zahlen musste. Drei in einer Beziehung waren einfach einer zu viel. Auch wenn es sich bei diesem einen um einen Toten handelte.

Aber als sie jetzt bewusst darüber nachdachte, wurde ihr langsam klar, dass es eigentlich gar nicht mehr nötig sein würde, das in Aris Gegenwart zu unterdrücken, um es von ihm fernzuhalten. Im Laufe dieses Gesprächs heute hatte sie nicht nur ihm, sondern auch sich selbst eingestanden, dass sie wirklich eine Zukunft mit ihm sah. Was sie für Daniel empfand, war eine Erinnerung. An einen Mann, der nicht mehr existierte. Aber was sie für Aris fühlte, war real. Und mit diesem Eingeständnis hatte sie Daniel gehen lassen. Sie würde ihn nie vergessen, aber sie hatte endlich losgelassen. Er würde nie wieder zwischen ihnen stehen.

Sie dachte an diesen Abend in Brüssel zurück, als die beiden Polizisten bei ihr geklingelt hatten. Sie rief sich jede Einzelheit in Erinnerung. Wie sie in dem Moment, als sie die beiden sah, wusste, dass Daniel niemals wiederkommen würde. Wie sie von der Realität ein Stück zurückversetzt wurde, so dass sie das alles nur wie durch eine Wand von Nebel wahrnahm. Sie rief Carla an, noch im Beisein der Polizisten, die darauf bestanden, dass sie jemand informierte. Die alte Frau, die neben ihnen wohnte, und der sie immer geholfen hatten, die schweren Abfalltüten hinunter zu tragen, wartete mit ihr, bis Antonio und Carla endlich am frühen Morgen in Brüssel ankamen. Antonio, der sie in den Arm nahm. Ihre Unfähigkeit, die nächsten Tage in irgendeiner Weise für sich selbst zu sorgen. Sie tat, was Carla und Antonio ihr sagten. Sie trank ein paar Schlucke, aß zwei Löffel, antwortete auf Fragen, duschte sich, wenn man es von ihr verlangte. Eine ganze Woche lebte sie so.

Und dann kam sie eines Morgens in die Küche, wo Carla schon Kaffee kochte. Ihr klang immer noch dieses klirrende Geräusch von auf den Küchenfließen zerschmetternden Glas in den Ohren, das sie gehört hatte, als Carla das Blut wahrgenommen hatte, das ihr die Beine heruntergelaufen war, und die Kanne fallen gelassen hatte. Sie erinnerte sich an die Sanitäter, die in ihre Wohnung gekommen waren, und an das besorgte Gesicht ihres Arztes, als er ihr gesagt hatte, dass sie das Baby verloren hatte.

Die Erinnerungen taten immer noch weh. Aber sie war jetzt wenigstens in der Lage, sie zu Ende zu denken. Und zum ersten Mal seit damals raubte ihr der Schmerz nicht mehr den Atem.

Sie war einen ganzen Schritt weiter. Endlich hatte sie sich eingestanden, dass Aris sehr viel mehr für sie war als eine Affäre. Sie konnte sich ein Leben mit ihm tatsächlich vorstellen. Natürlich war sie noch lange nicht so weit, diese drei Worte erwidern zu können. Aber zumindest machte es ihr keine Angst, dass er sie zu ihr gesagt hatte. Es war vielleicht etwas früh, aber sie konnte diese Worte von ihm annehmen.

Während sie sich abschminkte und sich die Zähne putzte, überlegte sie, ob sie ihm wenigstens noch eine Nachricht schicken sollte. Er machte sich sicherlich Sorgen darüber, wie sie seine letzten Worte aufgenommen hatte. Aber dann entschied sie sich dagegen. Für heute Abend war es einfach genug, sie mussten das alles erst einmal verarbeiten. Sie würde sich morgen früh bei ihm melden.

Kapitel 10

Aris wartete auf seinen Flug. Er trank den letzten Schluck aus der Tasse Kaffee und sah kurz auf die Uhr, während er sein Handy hervorholte.

»Habe ich dich geweckt?«, fragte Aris, als Melinda sich verschlafen meldete.

»Naja, es ist viertel nach sechs und es ist Samstag«, erwiderte sie gähnend.

»Tut mir leid«, sagte er sanft, »aber ich wollte einfach kurz deine Stimme hören. Es wird wahrscheinlich ein ziemlich unangenehmer Tag für mich.«

Der Mann vom Sicherheitsdienst des Flughafens machte ihm ein Zeichen und er erhob sich.

»Ich freue mich auch, dich zu hören. Gestern hätte ich dich fast noch einmal angerufen, als ich im Bett lag, aber das war alles so viel, ich dachte, wir sollten eine Nacht darüber schlafen«, sagte sie.

»Und?«, fragte er, während er Vassilis und den Sicherheitsleuten vom Flughafen zu dem auf dem Rollfeld wartenden Wagen folgte, »was denkst du jetzt, wo du eine Nacht darüber geschlafen hast?«

»Dass es wahnsinnig gut getan hat, endlich zu reden. Ich bin mir bewusst, dass ich mir da ziemlich selbst im Weg gestanden habe. Aris, ich will mit dir zusammen sein. Mit allem, was das bedeutet. Und ich möchte auch neben dir aufwachen. In unserem eigenen Bett. Nicht nur im Hotel, wie auf den kurzen Dienstreisen.«

»Melinda, wenn wir das wirklich wollen, werden wir es haben. Du musst es einfach nur zulassen.«

»Das habe ich schon. Seit gestern Abend bin ich mir sicher. Und danke für dein Verständnis. Das ganze Gespräch war wahrscheinlich auch für dich nicht so leicht«, sagte sie sanft.

»Ich möchte mein Leben mit dir teilen. Also muss ich auch deine Vergangenheit annehmen. Genau wie du meine. Wir kriegen das hin mit uns.«

»Bestimmt. Ich wünsche dir, dass heute alles kurz und schmerzlos verläuft. Du fehlst mir. Jetzt würde ich viel darum geben, deine Arme um mich zu spüren.«

Er hörte die Sehnsucht in ihrer Stimme und wollte fast umkehren, um ihr den Wunsch zu erfüllen.

»Du fehlst mir auch. Aber wenn wir endlich einen Schritt weitergehen, werden wir mehr von einander haben.«

»Ich weiß«, sagte sie.

»Ich denke an dich«, sagte er lauter, um das Lärmen der Turbinen zu übertönen, während er die Metalltreppe zu der kleinen Maschine hinaufstieg.

»Melde dich, wenn du kannst«, sagte sie, »ich werde dich nicht anrufen, um da nicht in etwas reinzuplatzen.«

»Ich melde mich. Aber ich will, dass du weißt, dass du mich immer anrufen kannst. Du kannst in nichts reinplatzen. Du bist mein Leben.«

Als Aris um halb neun in dem Haus ankam, in dem er fast siebzehn Jahre seines Lebens gelebt hatte, saßen Maria und die Jungs gerade beim Frühstück. Das Bild hatte er schon sehr lange nicht mehr gesehen. Lefteris brachte ein echtes Lächeln zustande, als er kurz von seinem Handy aufblickte, in das er irgendetwas eintippte, während Stamatis ihn gerade mal so zur Kenntnis nahm. Maria lächelte, stand auf und drückte ihm einen Kuss auf die Wange, was er vor seinen Kindern notgedrungen zulassen musste.

»Ihr seid schon auf?«, fragte er an seine Kinder gewandt.

»Wir haben Fußballtraining«, antwortete Lefteris. »Vielleicht hast du ja Lust, es dir anzusehen. Ich bin jetzt in der offiziellen Mannschaft der Insel.«

»Ich habe ein paar Sachen mit eurer Mutter zu besprechen«, sagte Aris, »aber ich komme gegen Ende vorbei.«

Lefteris nickte zustimmend, während Stamatis nur kurz mit den Schultern zuckte.

»Ich fahre sie schnell hin«, sagte Maria, »ich will nicht, dass Lefteris Stamatis auf dem Motorrad mitnimmt. Bin gleich wieder da.«

Aris sah ihnen nach. Er hatte eigentlich immer alles verpasst, er wusste gar nicht, was seine Kinder den ganzen Tag machten. Er bekam nur kurze Einblicke in ihr Leben. Was ganz klar seine Schuld war. Er überlegte, ob er das noch ändern konnte. Wahrscheinlich nicht wirklich. Durch Melinda schien er emotionaler geworden zu sein. Jedenfalls bedauerte er auf einmal sein distanziertes Verhältnis zu seinen Kindern. Mit Lefteris redete er wenigstens ab und zu am Telefon, aber meistens, wenn er seine Mutter umgehen wollte und etwas brauchte. Ein neues Handy oder ein Laptop oder ein Motorrad, was das Letzte gewesen war. Aris bewilligte alles aus schlechtem Gewissen und natürlich auch, um Maria eins reinzudrücken. Ihm war klar, dass das keineswegs bedeutete, dass er und Lefteris irgendeine Beziehung zueinander hatten. Vielleicht sollte er sich zumindest bemühen, ihr Verhältnis zu verbessern.

Lefteris war in den letzten Monaten richtig erwachsen geworden. Er sah gut aus und Aris hatte schon im Sommer bemerkt, dass er sich dessen durchaus bewusst war. Aber er hatte auch diese arrogante Ausstrahlung des privilegierten Sprösslings, was Maria sicher noch förderte. Er schien ganz klar die gesellschaftliche Stellung seiner Eltern voll zu seinen Gunsten auszunutzen. Aris konnte es ihm nicht wirklich verübeln, aber er brauchte da ein bisschen Führung, die ihm Maria nicht unbedingt gab.

Stamatis war auch verwöhnt, aber auf andere Weise. Als Marias jüngster Sohn hatte er Schwierigkeiten, sich von ihren Rockschößen zu lösen. Er sah seinem Bruder sehr ähnlich, hatte allerdings nicht dessen Selbstbewusstsein. Aber das würde sich vielleicht in ein paar Jahren ändern.

Aris lehnte sich an die Terrassentür und starrte auf die kleine Stadt hinunter, die unter ihm am Meer lag. Vassilis nickte ihm kurz zu, als er sich nach dem obligatorischen Rundgang über das Grundstück in Richtung des Gästehauses wandte, wo er schon bei seinem Besuch im Sommer gewohnt hatte.

Kurze Zeit später sah er Marias Wagen in die Einfahrt einbiegen. Er zündete sich eine Zigarette an und lehnte sich an den Küchentresen. Wenig später trat Maria durch die Terrassentür in die Küche.

»Das war ja ein ziemlich überraschender Besuch, den du mir da gestern angekündigt hast«, sagte sie.

Erstaunt stellte er fest, dass der gewohnte Vorwurf nicht in ihrer Stimme lag.

»Maria«, begann er, »ich will nicht um den heißen Brei herumreden.«

Sie räumte irgendwelche Dinge auf der gegenüberliegenden Seite der Küche in einen Schrank und hatte ihm den Rücken zugekehrt.

»Ich bin hier, weil ich die Scheidung will«, sagte er.

Sie drehte sich langsam zu ihm um.

»Ach, wirklich?«, fragte sie spitz.

»Ja. Rede mit deinem Anwalt, dass er Thymios kontaktieren soll. Ich will eine einvernehmliche Scheidung. In aller Freundschaft. Ohne Schlammschlacht.«

»Tatsächlich?« Sie zog eine Augenbraue hoch. »Die Antwort ist schlicht und ergreifend: Nein.«

Sie drehte ihm wieder den Rücken zu und räumte Geschirr in die Spülmaschine.

»Ich glaube, du hast mich da nicht ganz verstanden. Das war keine Bitte«, sagte er scharf, »du wusstest, dass das über kurz oder lang kommen würde, also lass das Spielchen.«

»Die Antwort ist weiterhin nein«, sagte sie, während sie weiter mit dem Geschirrspüler beschäftigt war.

»Dann überlege mal, was passiert, wenn ganz bestimmte Fotos an die Medien gehen.«

Das zeigte Wirkung. Sie drehte sich augenblicklich zu ihm und er hatte ihre volle Aufmerksamkeit.

»Das würdest du nie tun!«, rief sie aus.

»Oh doch, Maria. Das würde ich. Das wäre mit Sicherheit etwas unangenehme Publicity für mich, aber ich denke, ich kann das verkraften. Bei den nächsten Wahlen in vier Jahren wird sich niemand mehr daran erinnern können. Aber überlege mal, was mit dir passiert, wenn solche Fotos durchs Internet gehen und in diesen Zeitschriften erscheinen, die du so gerne liest. Und vielleicht sogar im Fernsehen gezeigt werden!«

Er kostete das richtig aus, wie sie immer blasser wurde.

»Du mieses Schwein! Du hast mich unsere ganze Ehe lang belogen und betrogen und jetzt meinst du, dass du mich wegen dieser einen Sache fertig machen kannst?!«

Er ging langsam auf sie zu.

»Ich werde nicht mit all den Dingen anfangen, die hier schief gelaufen sind. Es ist vorbei und ich verschwende keinerlei Energie mehr darauf. Da ist auch eine ganze Menge, was mir einfällt, wie du mich hintergangen hast. Aber lassen wir das. Es interessiert mich nicht mehr. Ich sage es dir noch einmal, da du mich offensichtlich vorhin nicht verstanden hast. Ich will deine Zustimmung zu der einvernehmlichen Scheidung. Dann werde ich dich, wie ich dir versprochen habe, in deiner politischen Karriere hier auf der Insel voll unterstützen. Das ist mein Angebot. Sonst gehen die Fotos an die Medien. Und das ist wirklich mein letztes Wort.«

Aris stand jetzt nur noch einen Meter von ihr entfernt.

Sie starrte ihn hasserfüllt an, aber er wusste, dass er gewonnen hatte. Sie kannte ihn nach all den Jahren gut genug, um das nicht als leere Drohung abzutun.

»Du willst die Trennung doch nur, weil das mit irgendeiner deiner verdammten Huren zu weit gegangen ist und du Angst hast, dass es rauskommt!«, bäumte sie sich ein letztes Mal auf.

»Nein Maria, mit den Huren in meinem Leben bin ich fertig«, sagte er mit eisiger Stimme, »deswegen will ich ja die Scheidung.«

Sie holte aus, um ihn zu ohrfeigen, aber er war schneller. Er ergriff ihre Hand in der Luft, bevor sie ihn treffen konnte. Fest schloss er seinen Griff um ihr Handgelenk.

»Pass auf, was du tust«, sagte er warnend, »der einzige Grund, warum ich dich noch nicht vernichtet habe, ist, dass du die Mutter meiner Kinder bist! Also«, fuhr er fort, während er ihren Arm weiterhin festhielt, »ich erwarte, dass dein Anwalt Thymios am Montag kontaktiert. Wegen der einvernehmlichen Scheidung.«

Sie nickte nur.

Er ließ sie los.

»Wir haben sowieso keine gemeinsamen Vermögenswerte, um die wir uns groß streiten müssten. Du hast dein eigenes Geld und mein Anteil an dem Haus gehört den Kindern. Die Scheidung ist also nur eine Formalität.«

»Ich bekomme das Sorgerecht«, sagte sie.

»Ok, da werde ich keine Einwände erheben. Aber du wirst im Gegenzug zu meiner Unterstützung in deiner Karriere nach außen kommunizieren, dass wir uns im Guten getrennt haben.«

Sie starrte ihn nur wütend an.

»Sieh es doch mal von der positiven Seite«, sagte er, »ich habe mir gedacht, dass du die Trennung öffentlich machst. Ich könnte dir in einer dieser Zeitschriften ein Interview organisieren. Da kannst du dich wunderbar profilieren. Einen ganzen Artikel lang mit Hochglanzfotos. Nur du alleine. Das Einzige, was du über mich zu sagen brauchst, ist, dass wir uns in aller Freundschaft getrennt haben, dass wir weiterhin ein gutes Team sind und ich bei deiner Kandidatur für den Gemeinderat hinter dir stehe.«

Er sah, wie plötzlich ein Lächeln über ihr Gesicht glitt, als sie sich das durch den Kopf gehen ließ. Die Frau war einfach unglaublich.

Sie sah ihn an. »Kannst du mir ein Interview im »Profil« organisieren?«

»Ich denke, das kann ich tun«, sagte er. »Aber ich möchte, dass es in den nächsten Wochen erscheint. Du solltest gleich damit anfangen, zu überlegen, wie du das aufziehen willst. Bis auf meine Bedingungen hast du freie Hand.«

Sie nickte zustimmend. Er konnte förmlich sehen, wie sie alles schon in Gedanken vorbereitete. Plötzlich verdunkelte sich ihr Blick.

»Aris, wie kann ich sicher sein, dass du die Fotos nicht trotzdem gegen mich verwendest?«, fragte sie.

»Du kannst dir nicht sicher sein«, erwiderte er ruhig.

In dem Blick, mit dem sie ihn jetzt ansah, lag abgrundtiefe Verachtung. Aber es prallte an ihm ab. Sie setzte an, etwas zu sagen, machte dann aber eine wegwerfende Handbewegung und wandte sich um. Er sah, wie ihre Schultern zuckten und sie ein Schluchzen zu unterdrücken versuchte, als sie aus der Küche stürzte.

Sie tat ihm fast ein bisschen leid. Vielleicht hatte er den Bogen etwas überspannt. Auf der anderen Seite wusste er aber, dass man Maria niemals unterschätzen durfte. Es war sicherer, wenn ihr klar war, dass er in dem Punkt keine Gnade zeigen würde.

Nach einer Weile kam sie wieder zu ihm in die Küche. Sie hatte sich gefangen, nur ihre Augen waren leicht gerötet.

»Wann sagen wir es den Kindern?«, fragte sie.

»Am besten gleich. Ich glaube nicht, dass das für sie einen großen Unterschied machen wird, so wie wir die letzte Zeit leben.«

»Das glaube ich auch nicht«, sagte sie resigniert.

»Komm«, sagte Aris ein bisschen freundlicher, »lass uns die Kinder abholen, dann können wir ihnen noch eine Weile zuschauen.«

Sie sah ihn überrascht an und nickte.

Begleitet von Vassilis fuhren sie zu dem kleinen Fußballstadion der Insel. Die Fahrt über sagte keiner von ihnen ein Wort. Zum Glück war es nur ein kurzer Weg. Als sie vom Parkplatz zu dem Spielfeld gingen, blieb Maria auf einmal stehen.

»Aris, warum hasst du mich eigentlich so?«

»Ich hasse dich nicht.« Er überlegte kurz, ob das stimmte. Sie war ihm zuwider und er hasste eine ganze Menge Dinge an ihr, aber er hasste sie nicht. Das war ein viel zu starkes Gefühl, als das er es für Maria empfinden könnte. »Ich bin nur müde«, sagte er, »ich bin diese ganzen endlosen Spielchen und Kämpfe und Intrigen zwischen uns leid. Ich will da einfach nur raus.«

»Irgendwann einmal hat dir das Spaß gemacht«, sagte sie.

Wenn er ganz ehrlich war, musste er zugeben, dass da möglicherweise ein kleines bisschen Wahrheit in ihren Worten lag. Aber das war vor einer Ewigkeit gewesen.

»Das ist schon sehr lange her«, antwortete er ihr, »aber das ist vorbei, Maria.«

»Ich weiß, dass es vorbei ist«, sagte sie leise. »Aris, wir können vielleicht keinen Frieden schließen, aber möglicherweise können wir uns auf eine Art Waffenstillstand einigen.«

Jetzt musste er fast lächeln.

»Ja, das könnten wir.«

Gemeinsam gingen sie auf das Spielfeld zu und Aris wurde sofort von einigen Zuschauern umringt, die ihn erfreut begrüßten. Sie sahen sich das Training bis zum Ende an und fuhren dann alle zusammen nach Hause.

Als die Jungs geduscht hatten, rief Maria sie in die Küche.

»Lefteris, Stamtatis, setzt euch mal bitte kurz zu uns«, sagte Maria, »euer Vater und ich wollen mit euch reden.«

Die beiden ließen sich maulend auf ihre Stühle fallen. Lefteris tippte schon wieder etwas in sein Handy. Maria griff danach und entriss es ihm, was er widerstandslos geschehen ließ, wie Aris überrascht feststellte.

»Wie ihr ja wisst, lebt euer Vater, seitdem er Minister und Abgeordneter ist, dauerhaft in Athen. Aber sein Posten nimmt ihn voll in Anspruch und er hat kaum Zeit, hierher zu kommen. Also, ...«

»Ich ziehe jedenfalls nicht nach Athen«, fiel ihr Stamatis trotzig ins Wort, »da ist es schmutzig und es stinkt überall und Herr Antonis hat gesagt, dass man da die ganze Zeit von bewaffneten Ausländern überfallen wird, die einem alles klauen, sogar die Schuhe!«

»Warte doch mal«, sagte Maria, »keiner hat etwas davon gesagt, dass wir nach Athen ziehen. Unabhängig davon, dass euer Vater auch dort keine Zeit für uns hätte, ist unser Leben, eures und meines, hier auf der Insel. Und ich muss hier ja auch das weiterführen, was ich und euer Vater all die Jahre aufgebaut haben, bevor er sich entschieden hat, sich anderen

Dingen zuzuwenden. Deshalb hat euer Vater ..., haben wir beschlossen, dass es keinen Sinn mehr macht, zusammen zu sein, weil wir das aufgrund der Umstände sowieso nicht mehr sind. Wir trennen uns also offiziell.«

Die beiden sahen ihre Mutter gelangweilt an. Aris würdigten sie keines Blickes.

»Und?«, fragte Lefteris, »was ändert sich da für uns?«

»Eigentlich nichts«, antwortete Maria. »Bei euch wird das gar nichts verändern. Nur, dass eure Mutter und euer Vater geschieden sein werden.«

»Aber nicht, dass wir nach Athen müssen?«, fragte Stamatis sicherheitshalber noch einmal nach.

»Nein.«

»Also ich würde schon gerne mal nach Athen kommen«, sagte Lefteris.

»Das kannst du ja auch«, mischte Aris sich jetzt doch ein.

»Wenn er irgendwann Zeit dafür findet«, warf Maria ein.

»Können wir gehen? Ich habe mich mit Nikos und Anestis verabredet, zu dem neuen Online-Spiel«, sagte Stamatis genervt.

»Einen Moment noch«, sagte Maria streng, »dass euer Vater und ich uns scheiden lassen, bedeutet nicht, dass wir nicht mehr miteinander sprechen oder uns nicht mehr sehen werden. Wie ihr wisst, sind wir eine sehr wichtige Familie hier auf der Insel und auch sonst in Griechenland. Wir stehen alle in der Öffentlichkeit und wir passen auf, was wir da sagen. Es wird vor anderen nicht schlecht über euren Vater oder die Scheidung gesprochen. Ihr sagt, dass eure Eltern gut befreundet sind und dass er mich dazu bestimmt hat, hier sein Büro und seine Arbeit weiterzuführen. Haben wir uns da verstanden?«

Die beiden nickten und sprangen auf, um in ihre Zimmer zu laufen. Lefteris drehte auf halbem Weg noch einmal um und griff nach seinem Handy, das Maria ihm zurückreichte.

Um Gottes willen, was hatte er seinen Kindern nur angetan mit so einer Mutter?! Aber wenn er ehrlich war, hatte er viel Schlimmeres erwartet. Das ganze Gespräch oder, besser gesagt, ihre Ansage, wäre wahrscheinlich anders verlaufen, wenn sie ihren gesellschaftlichen Status nicht von seinen Ämtern ableiten würde. Sie hatte ihn nur deshalb vor ihren Kindern nicht durch den Dreck gezogen, weil sie ihn brauchte.

»Zufrieden?«, fragte sie ihn, als die Kinder außer Hörweite waren.

Er atmete tief durch. »Ja. Für deine Verhältnisse war das richtig ..., ach, lassen wir das, wir hatten uns ja auf einen Waffenstillstand geeinigt.«

Sie lächelte. »Aris, ich hoffe, du hast nichts dagegen, aber ich habe heute Abend und morgen Mittag Treffen mit ein paar Leuten organisiert, nachdem du schon mal hier bist.«

Natürlich hatte er nichts dagegen. Er wollte so wenig Zeit wie möglich alleine mit ihr verbringen, bis er morgen Nachmittag wieder zurückfliegen würde.

»Das ist in Ordnung. Und Maria, wir sollten anfangen, deiner Familie und Freunden und Bekannten von der Trennung zu erzählen.«

Sie nickte. »Aber nicht heute Abend.«

»Nein, nicht heute. Wenn ich wieder weg bin«, sagte er beschwichtigend. »Ich gehe ein bisschen nach draußen«, fügte er hinzu, griff nach seinem Handy, das auf dem Küchentisch lag, und trat durch die Terrassentür.

Er ließ sich in einem Korbsessel nieder. Es war ungewöhnlich warm für Anfang November. Aris genoss kurz die Wintersonne und sah sich dann die Nachrichten auf seinem Handy durch, das er für das Gespräch mit den Kindern auf lautlos gestellt hatte.

Himmel, fünfzehn Anrufe in Abwesenheit! Zum Glück war keiner vom Büro des Premierministers. Aleka und Pavlos waren natürlich immer erreichbar, wenn er es nicht war, aber Seferlis reagierte meist sehr ungehalten, wenn er seine Minister nicht sofort finden konnte, wenn er mit ihnen sprechen wollte. Die meisten Anrufe stammten von Aleka. Er rief sie zurück.

»Sag mal, wo bist du denn?«, meldete sie sich, »Stavridis sucht dich!«

»Du weißt doch, dass ich auf der Insel bin. Ich musste mich um eine familiäre Angelegenheit kümmern.«

»Ist etwas passiert?«, fragte sie besorgt. »Du bist eine Stunde nicht an dein Telefon gegangen.«

»Nein, es ist alles in Ordnung. Ich bin wieder erreichbar.«

»Gut. Ruf Stavridis zurück«, sagte sie. »Was ist das denn für eine Angelegenheit mit deiner Familie?«, konnte sie sich die Frage offensichtlich nicht verkneifen.

»Wir reden am Montag darüber«, sagte Aris knapp und legte auf.

Nach seinem Gespräch mit Stavridis rief er endlich Melinda an. Er sehnte sich richtig nach ihr, nach ihrer Wärme.

»Aris«, meldete sie sich, »alles ok?«

»Ja, wir haben es den Kindern auch schon gesagt.«

»Wie war es?«

Er lachte. »Sagen wir es mal so, ich bin froh, dass ich es hinter mir habe. Was machst du?«

»Ich war beim Training. Jetzt gehe ich mit Pavlos essen.«

»Ok. Pass auf dich auf. Du fehlst mir.«

»Du mir auch.«

Melinda saß mit Pavlos in dem kleinen Bistro gegenüber ihrer Wohnung beim Mittagessen. Er ließ sich sein Steak schmecken, während Melinda ihm von ihrem Gespräch mit Aris gestern Abend erzählte.

»Er hat was?!«, rief Pavlos überrascht aus, als Melinda gerade die Szene mit den Fotos beschrieb.

»Er hat mir die Bilder gezeigt. Die waren ziemlich krass, Pavlos«, sagte sie vorwurfsvoll.

»Das mussten sie auch sein. Ich nehme mal an, dass er dir erklärt hat, warum. Aber ich hätte nie im Leben gedacht, dass er sie dir zeigen würde!«

»Es war ihm auch offensichtlich sehr unangenehm«, sagte Melinda. »Ich bin mir sicher, dass er es nur getan hat, weil ich mich immer geweigert habe, über seine Ehe zu sprechen und er mir klarmachen wollte, dass das mit Maria vorbei ist. Es tut mir auch fast ein bisschen leid. Ich habe ihn, glaube ich, gestern generell ziemlich an seine Grenzen gebracht. Wir haben das erste Mal ernsthaft über alles geredet und ein paar Sachen geklärt. Ich habe ihm gesagt, dass ich ein bisschen Angst davor habe und auch, warum.«

»Er scheint dass mit euch wirklich ernst zu meinen. Und ich glaube, dass du das auch willst.«

»Ich bin bereit, es zu versuchen. Ende des Jahres wäre zumindest der offizielle Teil meines Jobs hier sowieso beendet. Da ist alles aufgebaut und es läuft auch ohne mich, was ja die Vereinbarung war. Über kurz oder lang hätten wir darüber reden müssen, was dann mit uns wird. Ich kann zwar zwischen Brüssel und Athen pendeln, aber wenn das weiter eine geheime Affäre bleibt, ist es fast nicht umsetzbar, dass wir uns wirklich sehen können, das ist mir klar.« Sie trank einen Schluck aus ihrem Wasserglas. »Aber ich glaube, ich habe mich entschieden, auch wenn es jetzt doch ein bisschen schnell zu gehen scheint. Er hat es seiner Frau auch schon gesagt«, fügte sie hinzu.

»Ich weiß.« Pavlos lachte. »Er hat mich vorhin angerufen. Nicht, um mir das zu erzählen, sondern um mich zu bitten, ein Interview mit Maria im »Profil« in die Wege zu leiten, in dem sie über die Trennung reden wird. Natürlich mit den besten Worten.«

Melina sah ihn überrascht an. »Eigentlich ist das keine schlechte Idee. Ist sie denn damit einverstanden?«

»Ich glaube nicht, dass sie eine Wahl hat. Aber so wie ich sie kenne, ist das sicher ein Trostpflaster. Ich habe keine Ahnung, wie viel du von ihr weißt, aber ich kann dir versichern, dass sie dir in keinster Weise leid zu tun braucht. Deshalb habe ich damals auch Aris die Fotos überlassen. Damit er sich irgendwann von ihr befreien kann.«

»Ich habe nur ein sehr unscharfes Bild von ihr und ich glaube, dass ich wirklich nichts mit ihr zu tun haben will.« Sie zündete sich eine Zigarette an. »Pavlos, wie meinst du denn, wie ich mich in der ganzen Sache verhalten soll?«, fragte sie ihn.

»Schau mal, im Ministerium ist bekannt, dass du bis Ende des Jahres bleibst. Weil aber viele wissen, dass du auch eng mit ihm und auch mit mir zusammenarbeitest, solltest du nächste Woche nochmal klarstellen, dass du gehst, dass deine Aufgabe hier bald beendet ist. Dann kommen sowieso die Feiertage. Bis ins neue Jahr hat sich seine Trennung auch herumgesprochen. Dann würde ich noch einen Monat warten und bei erster Gelegenheit begleitest du ihn zu einem offiziellen Anlass und das war es dann.«

»Damit fühle ich mich eben nicht so wohl«, sagte sie. »Ich weiß, dass das paradox klingt, Öffentlichkeitsarbeit ist ja ein großer Teil meines Jobs. Aber ich stand eben noch nie selbst im Fokus, ich habe das immer nur für andere gehandhabt.«

»Ach komm schon, das ist nicht so tragisch. Natürlich wird sich die einschlägige Presse das nicht entgehen lassen, aber wenn keine Schlammschlacht mit seiner Scheidung verbunden ist, läuft das alles gemäßigt ab. Melinda, du bist nicht alleine damit, ich helfe dir dabei, ok?«

Sie lächelte ihn dankbar an. Dann stieß sie einen Seufzer aus.

»Komm, Melinda, jetzt bekomme keine kalten Füße, es wird sich einspielen. Und ich glaube, dass das zwischen euch eine Chance wert ist.«

»Ich denke ja mittlerweile auch, dass es funktionieren kann«, erwiderte sie.

Als Maria sich in ihr Schlafzimmer zurückzog, um sich für den Abend vorzubereiten, beschloss Aris, einen Versuch zu machen, wenigstens mit seinem ältesten Sohn zu reden. Er klopfte an Lefteris Tür.

»Ist offen«, hörte Aris seine Stimme und trat ein.

Lefteris saß bei halb geöffnetem Fenster auf dem Fensterbrett und rauchte.

»Kann ich kurz mit dir sprechen?«, fragte Aris.

Lefteris nickte gönnerhaft, während Aris sich den Schreibtischstuhl zu ihm heranzog. Er unterdrückte den Impuls, sich ebenfalls eine Zigarette anzuzünden. Lefteris machte seine jetzt aus und wandte sich ihm zu.

»Hör mal, das mit deiner Mutter und mir ...«, begann Aris.

»Vater, bitte. Ich bin kein kleines Kind mehr und ich bin in meinem Alter sehr wohl in der Lage, die Scheidung meiner Eltern psychisch zu verkraften.«

Aris wurde plötzlich schmerzlich bewusst, dass er ihn »Vater« nannte und nicht eine der gängigen Koseformen benutzte. Beide seiner Kinder hatten das nie getan und es war ihm heute eigentlich das erste Mal aufgefallen.

»Ok. Ich will nur, dass du weißt, dass mir klar ist, wie wenig ich für euch da war. Ich habe mich immer mit meiner Karriere beschäftigt und...«
»Ist schon gut«, unterbrach ihn Lefteris. »Du hast es ja auch geschafft. Immerhin bist du jetzt Minister. Das ist sicher eine beachtliche Leistung. Wir haben alle davon profitiert, schon als du Bürgermeister warst. Und naja, ich kann mich nicht beschweren, so als Sohn eines Ministers bekommt man die besten Frauen!«

Aris sah ihn entgeistert an. »Lefteris, du solltest dich da ein bisschen zurückhalten, ich bin immer noch dein Vater!«, versuchte er sich Respekt zu verschaffen.

»Komm schon, Vater. Ich bin siebzehn. Was hast du denn mit siebzehn gemacht?«

Da habe ich rumgevögelt, schoss es ihm durch den Kopf, *und mir Gedanken gemacht, wie ich ganz nach oben komme, damit ich die Frauen, die ich damals noch nicht haben konnte, auch noch bekomme.*

»Lefteris«, sagte Aris, »es dreht sich nicht alles im Leben um das.«

»Schon klar. Aber bitte versuche hier nicht, den Oberlehrer raushängen zu lassen. Das passt nicht nach so vielen Jahren. Und gerade in dem Thema - Vater, ich war noch ein Kind, als ich immer wieder durch eure lautstarken Streits unten im Wohnzimmer aufgewacht bin, wo Mama dir vorgeworfen hat, dass du rumvögelst. Vor allem, wenn du aus Athen gekommen bist. Und dann hast du es ihr gemacht, glaube mir, ich habe meinen Kopf unter mein Kissen gesteckt, aber ich habe es trotzdem gehört. Und danach war für ein paar Wochen wieder Ruhe.«

Aris war so perplex, dass es ihm buchstäblich die Sprache verschlug. Er musste sich bemühen, nicht vollkommen die Fassung zu verlieren.

»Ich weiß nicht, ob ich das schaffe, was du erreicht hast«, fuhr Lefteris unbeirrt fort, »aber ich mache auch noch andere Dinge, außer dieser Sache. Ich spiele Fußball und ich bin gut darin. Und ich will das weitermachen, deswegen nehme ich auch keine Drogen und versuche mich mit anderen ungesunden Dingen möglichst zurückzuhalten. Aber dass ich Frauen mag und es mit ihnen mache, sollte gerade dich wirklich nicht schockieren.«

Aris brachte immer noch kein Wort hervor. Wann zum Teufel war das alles passiert? Wann hatte sich sein Sohn in das verwandelt, was er da vor sich sah?

»Lefteris«, setzte er an, als er sich einigermaßen von dem Schock erholt hatte, »es ist in Ordnung, wenn du es mit Frauen tust, und ich will auch gar nicht so genau wissen, was du mit ihnen tust, aber sei dir bitte bewusst, dass ...«

Lefteris unterbrach ihn schon wieder. »Ich weiß, keine offenen Skandale. Das hat uns Mama schon als wir noch klein waren, immer wieder eingebläut. Keine Skandale, denn das könnte uns unseren Status kosten und dann könnten wir alles verlieren und das Leben wäre dann nicht mehr so angenehm und amüsant. Keine Angst, das will ich auch nicht riskieren, ich weiß, wie andere hier leben. Ich vögele nur hinter geschlossenen Türen. Du brauchst mir auch nicht zu erklären, wie man ein Kondom benutzt. Und ich weiß auch, warum das wichtig ist!«

Dann war sein Sohn ja wesentlich verantwortungsvoller als er, stellte Aris fest und musste an den Abend in Brüssel mit Melinda zurückdenken, als er es das zweite Mal, von dieser Leidenschaft vollkommen überwältigt, einfach vergessen hatte.

Aris gab auf und erhob sich. »Du scheinst ja alles im Griff zu haben«, sagte er nur. Er musste jetzt erst einmal verdauen, was da gerade über ihn hereingebrochen war.

Lefteris sprang von der Fensterbank.

»Ich bin jedenfalls immer stolz auf dich, wenn ich dich in den Nachrichten sehe. Und dass ihr richtig vorgeht gegen diese ganzen korrupten Sachen. Ich würde dich gerne mal besuchen kommen.«

»Jederzeit. Wenn deine Mutter damit einverstanden ist«, sagte Aris.

»Vater?«, fragte Lefteris, als Aris sich zum Gehen wandte, »kannst du mir mit ein bisschen Geld aushelfen? Mama ist immer so geizig.«

»Komm nachher runter, ich habe gerade nichts bei mir«, sagte Aris resigniert.

»Danke!«, rief Lefteris und ließ sich auf sein ungemachtes Bett fallen.

Aris atmete tief durch, als er die Tür zum Zimmer seines Sohnes hinter sich schloss.

Er lief die Treppe zum Wohnzimmer hinunter. In der Bar stand noch eine ungeöffnete Flasche von seinem Whiskey. Er schenkte sich einen guten Schluck in ein Glas und trank es in einem Zug leer. Dann trat er auf die Terrasse, zündete sich eine Zigarette an und starrte in den Winterhimmel über der Insel.

Am Sonntagnachmittag ließ sich Aris erleichtert in den Rücksitz seines Wagens sinken, der ihn in Athen vom Flughafen abholte. Endlich hatte er das Kapitel seiner Ehe mit Maria abgeschlossen.

Auf dem Empfang am Samstagabend, wo alle wichtigen Leute aus dem gesamten Bezirk dagewesen waren und natürlich auch Marias ganze Familie, hatte sich Aris noch einmal richtig Mühe gegeben, da es ihr wirklich letzter gemeinsamer Auftritt als Paar war. In Zukunft brauchte er sie nur noch als ihr Ex-Mann zu unterstützen. Und Maria hatte diesmal auch Distanz zu ihm gewahrt und nicht die ganze Zeit an ihm geklebt wie sonst immer auf solchen Veranstaltungen. Vielleicht gab es ja doch Hoffnung, dass sie es mit dem Waffenstillstand ernst meinte.

Den Sonntagmorgen hatte er bei Terminen mit verschiedenen Leuten in seinem alten Büro verbracht, das er von nun an Maria überlassen würde. Der Abschied war dann ziemlich verkrampft und kühl ausgefallen, nur Lefteris hatte ein echtes Lächeln zustande gebracht und ihn sogar kurz an sich gedrückt. Aris schätzte, dass ein Grund dafür sein Versprechen gewesen war, ihm ein eigenes Konto mit einer Karte einzurichten.

Jetzt wollte er nur noch zu Melinda und sich in ihr vergessen, all das auslöschen, was diese zwei Tage aus seinem alten Leben auf ihn eingeströmt war. Die Atmosphäre, die zwischen ihm und Maria geherrscht hatte, seine Kinder, die ihm entglitten waren, und die Tatsache, dass er so lange ein Leben gelebt hatte, das ihm rückblickend nicht mehr wie sein eigenes vorkam.

Als sie ihm die Tür öffnete, schloss er sie in die Arme, drückte sie fest an sich, nahm ihren Geruch und ihre Wärme tief in sich auf.

»Du hast mir gefehlt«, flüsterte er.

»Du mir auch«, erwiderte sie leise.

Er hob sie auf ihr Bett und küsste sie immer wieder sanft, während er ihr die Kleider abstreifte. Dann legte er sich nackt neben sie und zog sie vorsichtig an sich. Es war das erste Mal, dass sie sich so langsam liebten, ohne Hast und diesen Druck, das angestaute, überbrodelnde Verlangen nach einander in einen einzigen Akt zwängen zu müssen, als ob es der letzte wäre. Liebevoll flüsterte er ihr Dinge ins Ohr, die so unschuldig waren, dass er nie gedacht hätte, dass sie ihm beim Sex durch den Kopf gehen könnten. Auch die Geräusche, die sie machten, beschränkten sich auf Flüstern, Seufzen und ein paar unterdrückte Laute. Trotzdem war ihm sein Höhepunkt noch nie so lang vorgekommen.

Er grub sein Gesicht in ihre Haare, als es vorbei war. »*Kuschelsex*«, schoss es ihm durch den Kopf. Und er musste zugeben, dass er die Wirkung, die das haben konnte, bisher tatsächlich unterschätzt hatte.

»Melinda«, sagte er, »tust du mir einen Gefallen?«

Sie nickte und sah ihn zärtlich an.

»Ich will einfach nur eine Stunde schlafen. Leg dich zu mir und halt mich ganz fest. Nur eine Stunde«, sagte er leise.

Er rollte sich auf die Seite und sie schmiegte sich an seinen Rücken. Er spürte die Wärme ihres Körpers, die ihn schützend umgab, als sie ihre Arme um ihn schloss, und griff nach ihrer Hand, während ihm langsam die Augen zufielen. Sein letzter Gedanke, bevor er wegschlummerte, war, wie gut es sich anfühlte, neben einer Frau einschlafen zu können, ohne sich die ganze Zeit fragen zu müssen, mit was sie ihm als Nächstes in den Rücken fallen würde.

Kapitel 11

»Ich habe gerade die Ergebnisse der letzten Umfragen bekommen«, sagte Seferlis, als Eleftheriadis am Montagmorgen das Büro des Premierministers betrat.

»Wie sieht es aus?«, fragte Eletheriadis und griff nach den Unterlagen, die ihm Seferlis reichte. »Das ist gar nicht schlecht, Michalis«, sagte er, als er sie sich kurz durchgesehen hatte.

»Ja, wir haben uns tatsächlich ganz gut halten können. Aber die Opposition legt merklich zu. Verdammt, wenn ich diese Idioten von der Troika überzeugen könnte, uns ein bisschen mehr Luft zu lassen. Ich kann einfach nicht noch mehr kürzen und die Steuern weiter anheben. Was ich bei denen nicht verstehe, ist, dass die das nicht sehen. Die Bürger machen nicht mehr lange mit. Im Moment scheinen sie uns ja noch Schonfrist zu geben, weil sie wirklich sehen, dass wir etwas tun. Aber wie lange wird das noch gutgehen? Wäre es unseren sogenannten »Rettern« denn lieber, wenn sie den Oppositionsführer als Verhandlungspartner hätten? Wir müssen auch mehr für die Realwirtschaft tun. Was wir da machen, reicht nicht. Das Ministerium für Bauwesen haben wir ganz gut finanzieren können, da sollten jetzt einige größere Aufträge vergeben werden. Und auch für die nächste Tourismussaison gibt es Finanzspritzen. Die Vergabeverfahren für die Darlehen haben schon angefangen. Aber es ist zu wenig. Ich weiß auch nicht mehr, wo ich das Geld herbekommen soll. In das Land investiert ja im Moment niemand. Ich kann nur hoffen, dass der Tourismus uns im nächsten Sommer aus dem Gröbsten rausreißt.«

»Mit Aris bist du ganz zufrieden, oder?«, fragte Eletheriadis.

»Ja, sehr. Die machen da etwas. Dafür, dass er überhaupt keine Erfahrung hatte, läuft es wirklich gut. Ich bin ziemlich beeindruckt. Wie ist die Stimmung in deinem Ministerium?«

Eleftheriadis winkte ab. »Ich habe einen Riesenärger mit den Anwälten. Die stellen sich natürlich vollkommen quer wegen der Änderung ihrer Berufsordnung, die die Troika von uns verlangt, nach der die Mindesthonorare und die zwingende Mitwirkung der Anwälte an Immobilienübereignungen aufgehoben werden müssen. Und mit den Richtern sowieso. Die sind natürlich gegen ihre Gehaltskürzungen. Sie streiken zwar noch nicht, allerdings verzögern sie die Ausgabe ihrer Urteile in den Zivilprozessen um Monate. Aber die Umverteilung der Beamten läuft. Wir haben auf jeden Fall die Staatsanwaltschaft verstärken können, die sich mit den ganzen Korruptionsfällen herumschlagen muss.«

»Gut. Bleib dran. Zumindest in unserem Kampf gegen die Korruption konnten wir Erfolge verzeichnen.«

Aleka brachte Aris seinen Kaffee in sein Büro und ließ sich auf dem Stuhl vor seinem Schreibtisch nieder. Sie hatte auch ihre Tasse mitgebracht. Er musste lächeln, als ihm klar wurde, dass sie diesmal nicht locker lassen würde.

»Ok, Aleka, was willst du wissen?«

»Alles!«, sagte sie bestimmt und sah ihn gespannt an.

»Maria und ich haben uns getrennt«, sagte er so beiläufig wie möglich, während er sich seinen Posteingang durchsah, »wir lassen uns scheiden.«

»Gut für dich. Ich freue mich, dass du dich endlich dazu durchgerungen hast«, sagte Aleka, »und ich wünsche dir viel Kraft, das durchzustehen!«

»Es ist schon alles geregelt. Thymios reicht diese Woche den Scheidungsantrag bei Gericht ein«, sagte Aris und sah sie an.

»Sie hat der Scheidung zugestimmt?«, fragte Aleka überrascht.

»Ja, hat sie.«

»Das fällt mit schwer, zu glauben. Sie ist bereit, dich ohne Weiteres aufzugeben?«

»Sagen wir es mal so, sie hatte keine Wahl. Es wird keinen Krieg geben.«

»Was hast du gegen sie in der Hand?«, fragte sie und machte sich keine Mühe, ihre Neugier zu unterdrücken.

»Aleka, bitte. Die Details lass mal meine Sorge sein. Es ist jedenfalls vorbei. Wir haben uns offiziell in aller Freundschaft getrennt. Und du darfst auch darüber reden«, fügte er hinzu.

Er sah, wie sich ein Lächeln über ihr Gesicht ausbreitete. Sie nahm ihre Tasse in die Hand und blickte in ihren Kaffee. Offensichtlich überlegte sie, wie sie ihn dazu bringen konnte, mehr zu enthüllen.

»Sag mal«, begann sie.

Er schüttelte nur den Kopf.

Langsam führte sie ihre Tasse zum Mund. »Wann geht Melinda?«, fragte sie und sah ihn über den Rand ihrer Tasse an.

Jetzt war es an ihm, überrascht zu sein. »Vor den Feiertagen, wie vereinbart. Wieso?«, fragte er vorsichtig.

»Wenn sie weiter für dich arbeitet, machst du dich angreifbar«, stellte sie mit unschuldiger Miene fest.

»Du weißt von uns?!«, fragte Aris verblüfft.

Sie lächelte ihn amüsiert an. »Ich kenne dich mittlerweile zwanzig Jahre. Aber abgesehen davon ...«

Sie kostete das richtig aus.

»Ja?«, fragte Aris scharf.

»Naja, ich binde dir ungefähr ein- bis zweimal am Tag deine Krawatte und kümmere mich um deine Kleider, wenn du dich hier im Büro umziehst. Irgendwie hängt ihr Parfum ziemlich oft in deinen Sachen. Und da ich nicht davon ausgehe, dass du dasselbe benutzt, habe ich mich natürlich schon gefragt, wie es da hingekommen ist.« Sie stellte ihre Tasse zurück auf den Schreibtisch.»Aber um ehrlich zu sein«, fuhr sie immer noch lächelnd fort,»ich wusste schon, dass es passieren wird, als ich euch vor den Wahlen in unserem kleinen Büro bei der Partei zusammen gesehen habe. Und dass es ernst wird, als du ihr den Job angeboten hast und sie ihn angenommen hat. Ja, und die weitere Entwicklung habe ich dann eben gerochen.«

»Ok«, Aris gab sich geschlagen,»aber wir werden es erst im neuen Jahr öffentlich machen. Also halte das noch ein bisschen zurück.«

»Du müsstest mich inzwischen gut genug kennen, um zu wissen, dass du mir vertrauen kannst«, sagte sie leicht verletzt.

»Ich weiß«, erwiderte Aris beschwichtigend.

»Ich wünsche dir jedenfalls viel Glück. Du hast es verdient.«

»Danke, Aleka.«

»Dann schicke ich dir mal Pavlos«, sagte sie, während sie sich erhob, »er wollte die Anträge für die Darlehensvergabe mit dir durchgehen, bevor du mit Sarantis darüber sprichst.«

»Gut. Wann ist die Besprechung mit Seferlis heute Abend?«, fragte Aris.

»Um neun. Aber Kalliopi organisiert das, ich bin dann schon weg«, sagte sie.

Aris sah das leichte Lächeln auf ihrem Gesicht.

»Was war denn das eben für ein Lächeln, hast du etwas vor?«, fragte er ein wenig neugierig.

»Ach, nichts Besonderes«, sagte sie und wandte sich zur Tür,»nur ein Abendessen mit einem Bekannten.«

Aris sah ihr nach. Außer der Sache mit ihrem Sohn, bei der sie ihn damals um Hilfe gebeten hatte, wusste er auch nach all den Jahren ihrer Zusammenarbeit fast nichts über ihr Privatleben. Es gab ein paar Verwandte auf der Insel, aber er wusste nicht, ob es in ihrem Leben nach Makis Vater, der noch vor seiner Geburt verschwunden war, überhaupt andere Männer gegeben hatte. Oder was sie in ihrer Freizeit machte. Sie kannten sich gut, nach all diesen Jahren wo sie viele Stunden am Tag zusammenarbeiteten, aber ihre Privatleben hielten sie getrennt voneinander. Trotzdem schien sie mehr über ihn zu wissen als er über sie.

Was eigentlich für die meisten seiner engen Mitarbeiter galt, wie ihm bewusst wurde. Auch von Pavlos, der wirklich pikante Einzelheiten aus seinem Leben kannte, und jetzt durch Melinda wahrscheinlich noch viel mehr, wusste er nur, dass er mit einem Mann liiert war, weil Pavlos fand, dass ihm das bekannt sein sollte, bevor er sein Wahlkampfstratege geworden war.

Pavlos, der ins Zimmer trat, unterbrach seine Gedanken.

»Setz dich«, sagte Aris und zeigte auf den Stuhl vor seinem Schreibtisch, »wie war dein Wochenende?«

»Nicht so ereignisreich wie deines. Ich warte übrigens auf die Zusage für das Interview, ich denke, es wird klappen.«

»Danke«, sagte Aris.

»Ich habe mir die ersten Anträge für die Darlehen angesehen«, kam Pavlos dann zur Sache, »es sind ziemlich viele. Was ja klar ist bei der wirtschaftlichen Situation. Nachdem die Frist für die erste Runde abgelaufen ist, fangen wir mit der Bewilligung an. Aris, ich weiß von deinem Vorbehalt, was Sarantis betrifft, aber die ersten Darlehen sollen noch vor Jahresende ausgezahlt werden. Du kannst dir unmöglich alle Anträge selbst ansehen und die ganzen Firmen einzeln durchleuchten. Lass Sarantis die Vorauswahl treffen und wir überprüfen dann diese.«

»Ok«, lenkte Aris ein, »damit habe ich gerechnet. Sarantis scheint ja auch alles im Griff zu haben, aber ich will ihn mir trotzdem noch einmal genau anschauen, bevor ich ihm vertraue.«

»Ich bin dabei«, sagte Pavlos, »bis jetzt habe ich in seiner Abteilung keine Unregelmäßigkeiten finden können, aber das wird dauern, bis wir die gesamten Finanzen der letzten Jahre kontrolliert haben. Seferlis hat ja jedem Ministerium dafür Leute zugebilligt, aber das ist alles so undurchsichtig, es werden noch Monate vergehen, bis wir ein genaues Bild haben.«

»Ich weiß«, sagte Aris resigniert. »Aber wir müssen bei den neuen Verfahren sehr genau arbeiten. Seferlis wird keine Gnade zeigen, wenn da auch nur der Verdacht einer Mauschelei aufkommt.«

»Wir tun unser Möglichstes. Aber selbst Seferlis erwartet nicht, dass wir mit der jahrzehntelangen Misswirtschaft in ein paar Monaten aufgeräumt haben.«

Um acht Uhr am Montagabend machte Nassos Sarantis Schluss. Er packte seine Sachen zusammen und verabschiedete sich von seiner Sekretärin. Im Foyer des Stockwerks seiner Abteilung begegnete ihm niemand, als er zum Aufzug ging. Nur ein paar seiner engeren Mitarbeiter, die wegen dem Vergabeverfahren für die Darlehen, das ziemlich drängte, Überstunden machten, waren noch hier.

Im Aufzug überprüfte er kurz in dem Spiegel an der Rückwand den Sitz seines Sakkos und der Krawatte. Er fand nichts an sich auszusetzen. Er hatte sich gut gehalten für Ende fünfzig, stellte er zufrieden fest. Was sicher nicht zuletzt daran lag, dass er dem ganzen Missbrauch, den er um sich herum sah, dem Alkohol, den Zigaretten und dem fetten Essen noch nie etwas abgewinnen konnte. Er trank höchstens mal zu Weihnachten oder zu Ostern ein Glas Wein. Und er ging viel zu Fuß. Seinen Golf holte er nur zweimal in der Woche aus der Garage. Wenn er seine Frau Ismini zum wöchentlichen Einkauf in den großen Supermarkt begleitete und am Sonntag, wo sie zu irgendeiner etwas außerhalb gelegenen Taverne fuhren, um dort zu essen.

Unten angekommen, nickte er dem Sicherheitsdienst kurz zu, bevor er nach draußen trat und in das wartende Taxi stieg.

»Marina Zeas«, sagte er knapp zu dem Fahrer.

Er würde um diese Tageszeit eine knappe halbe Stunde brauchen, um vom Zentrum zu dem exklusiven Yachthafen in Piräus zu gelangen. Als das Taxi sich in den Abendverkehr um den Syntagmaplatz einreihte, zog er sein Handy hervor und rief Ismini an.

»Ich bin auf dem Weg zu dem Geschäftsessen. Ich denke, dass es schnell gehen wird, spätestens um elf bin ich zu Hause. Soll ich dir noch etwas mitbringen?«, fragte er.

»Nein, Nassos, wir haben alles. Ich esse jetzt eine Kleinigkeit.«

»Bis später, mein Herz«, sagte Sarantis liebevoll.

»Ich warte auf dich«, erwiderte sie.

Er sehnte sich förmlich das Ende des Abends herbei, wenn er zu Ismini nach Hause kommen würde. Nach all diesen Jahren ihres gemeinsamen Lebens freute er sich immer noch jeden Tag darauf. Aber diese Geschichte, die er da vor einigen Jahren mit Christos Mavros angefangen hatte, überschattete seitdem dieses Gefühl. Es schmerzte ihn, dass er sie hintergehen musste. Aber es ging nicht anders. Sie durfte niemals davon erfahren. Sie würde ihn mit Sicherheit verlassen. Noch viel schlimmer war die Vorstellung, wie enttäuscht sie von ihm sein würde. Wie ihr plötzlich aufgehen würde, was für ein Mensch er wirklich war. Und wie sie sich dann wünschen würde, ihr gesamtes gemeinsames Leben rückwirkend ungeschehen machen zu können. Das war noch unerträglicher, als das Wissen darum, dass er diese Sache vor ihr geheim hielt.

Sarantis hatte gehofft, dass die Wendung, die die Ereignisse in Griechenland genommen hatten, ihn von Mavros befreien würde. Mavros Allmacht begann zu bröckeln und er war davon ausgegangen, dass die neue Regierung Mavros abschrecken würde. Aber das war leider nicht der Fall gewesen.

Mavros war nur ein paar Jahre jünger als Sarantis. Er stammte aus Volos, einer Stadt an der Küste in der Nähe der Insel seines Ministers, und hatte als kleiner Unternehmer angefangen, genau wie Assimakopoulos. Die beiden waren für kurze Zeit sogar einmal Partner in einer Baufirma gewesen, wie er wusste. Und dann hatten sich ihre Wege getrennt. Mavros war ein sehr erfolgreicher Bauunternehmer geworden, dessen Baustil ganze Viertel in Athen prägte. Er hatte sein Imperium schnell in die verschiedensten Bereiche ausgeweitet, in allen relevanten Wirtschaftszweigen war er präsent und für über ein Jahrzehnt aus der griechischen Finanzwelt einfach nicht mehr wegzudenken. Unter anderem kontrollierte er einen der großen Privatsender. Aber es wurde gemunkelt, dass sein Unternehmen wegen der Krise, die unter anderem den Immobiliensektor mit vollster Härte getroffen hatte, kurz vor der Insolvenz stand. Aus dieser Situation versuchte Mavros sich gerade zu retten. Wie Sarantis klar war, nicht sein Unternehmen, sondern sich selbst. Und dazu brauchte Mavros ihn.

Der Plan, den Mavros hatte, war gar nicht so abwegig. Er könnte tatsächlich funktionieren. Sarantis wollte aber eigentlich nur raus aus der Sache und mit Ismini noch ein paar ruhige Jahre verbringen. Mavros hatte ihm versprochen, dass es das letzte Mal sein würde. Und er hatte Sarantis schon eine bedeutende Summe auf sein Konto auf den Cayman-Inseln überwiesen. Der Rest würde später folgen.

Um sich aus Mavros Netzen zu befreien, konnte Sarantis jetzt nur noch hoffen, dass seine Allmacht tatsächlich in sich zusammenfallen würde. Und dass er selbst dabei nicht mitgerissen wurde.

Als der Taxifahrer in der Einfahrt des Yachthafens hielt, reichte ihm Sarantis einen Zwanzigeuroschein. Er zählte das Restgeld sorgfältig und gab dem Fahrer ein großzügiges Trinkgeld, ohne es zu übertreiben. Es war ihm lieber, wenn der Fahrer sich so wenig wie möglich, weder positiv noch negativ, an ihn erinnerte.

Er stieg aus und ging auf die Frauengestalt zu, die neben dem Häuschen des Wärters stand.

»Frau Liberopoulou«, sagte er mit fester Stimme, »entschuldigen Sie bitte, dass ich Sie warten gelassen habe.«

»Das macht doch nichts«, sagte sie gut gelaunt.

»Kommen Sie«, Sarantis, ergriff ihren Arm und führte sie auf den Kai zu.

»Gehen wir nicht in das Restaurant?«, fragte sie überrascht.

»Ich will Ihnen erst etwas zeigen«, antwortete Sarantis.

»Ok«, sagte sie.

Sie gingen ein Stück den Kai entlang. Vor einer beindruckenden Yacht blieb er stehen. Ein Sicherheitsmann löste sich augenblicklich aus dem Schatten und reichte ihr die Hand, um ihr auf den schmalen Steg zu helfen.

»Was machen wir hier, Herr Sarantis?«, fragte sie etwas verunsichert.

»Ich erkläre es Ihnen gleich«, erwiderte Sarantis in seinem vertrauenerweckendsten Tonfall.

Sie ließ sich jetzt doch von dem Sicherheitsmann helfen. Sarantis tat es leid, dass er sie mit der Einladung zum Abendessen hierher gelockt hatte. Er mochte sie eigentlich. Aber er hatte keine Wahl.

Sarantis trat mit ihr in die geräumige Kabine. Er sah, wie sich ihre Augen vor Überraschung weiteten, als sie Christos Mavros erkannte, der in einem Ledersessel saß und keine Anstalten machte, sich zu erheben.

»Aleka!«, rief er aus. »Es ist schon sehr viele Jahre her. Aber so trifft man sich wieder.«

»Was soll das?«, fragte sie. Die Empörung in ihrer Stimme war nicht zu überhören.

»Du scheinst dich ja nicht sehr zu freuen, mich wiederzusehen. Tut mir leid, dass ich zu dieser unkonventionellen Methode greifen musste, aber auf meinen Anruf hin hättest du dich wahrscheinlich nicht mit mir getroffen.«

Ihr Blick war starr auf Mavros gerichtet. Sarantis sah, dass sie um Fassung rang und zu verstehen versuchte, was vor sich ging.

»Aber das hier dauert nicht lange, wenn ihr euch mögt, könnt ihr das mit dem Abendessen ja danach noch nachholen«, fügte Mavros mit einem süffisanten Lächeln hinzu.

»Sag mal, mit wem glaubst du eigentlich, dass du hier redest?!«, fragte sie wütend.

Sie hatte sich wieder im Griff und schien offensichtlich keine Angst vor Mavros zu haben. Aber das würde noch kommen, wie Sarantis wusste.

»Deine Mafiosi-Methoden greifen bei mir nicht! Ich will gar nicht wissen, was du von mir willst. Ich gehe!«, rief sie.

Sarantis bewunderte ihren Mut. Er hätte sich nie getraut, mit Mavros so zu sprechen. Sie wandte sich dem Ausgang zu, während sie ihr Handy aus der Tasche holte. Das war ein Fehler.

Zwei von Mavros Sicherheitsleuten, die im Hintergrund gestanden hatten, stürzten sofort auf sie zu. Der eine versperrte ihr den Weg und der andere entriss ihr mit einer blitzschnellen Bewegung das Telefon.

Sie erstarrte.

Der Sicherheitsmann überprüfte das Display, wohl um sich zu vergewissern, dass sie es nicht geschafft hatte, einen Notruf abzusetzen, und nickte Mavros, der von seinem Sessel aufgesprungen war, kurz zu.

»Also Aleka, das muss ich dir geben, ich habe dich tatsächlich unterschätzt. Das passiert mir nicht sehr häufig«, sagte Mavros mit gefährlich leiser Stimme.

Sie starrte ihn nur an. Sarantis konnte jetzt die Angst in ihrem Blick erkennen.

»Setz dich«, sagte Mavros scharf.

Sie ließ sich widerstandslos von einem von Mavros Männern zum Sofa führen.

»Dann können wir ja endlich zur Sache kommen«, sagte Mavros ruhig.

Er machte einem seiner Männer ein Zeichen, der daraufhin ein paar Fotos vor ihr ausbreitete.

Sarantis sah das Entsetzen in ihren Augen, bevor sie die Hände vors Gesicht schlug und versuchte, ihr Schluchzen zu unterdrücken. Ihr Entsetzen konnte er nur zu gut nachempfinden. Er wusste, was die Fotos zeigten. Und er dankte Gott dafür, dass es nicht sein Kind war, das da grün und blau geprügelt zwischen den Mülltonnen lag.

Sie zitterte am ganzen Körper.

»Um eins klarzustellen«, sagte Mavros an sie gewandt, »ich habe damit nichts zu tun gehabt. Ich erhielt die Fotos von einem Kontakt aus London. Es war vor drei Tagen. Wie mir versichert wurde, sieht es schlimmer aus, als es ist, er wird sich wieder erholen. Und warum das geschehen ist, brauche ich dir wahrscheinlich nicht zu erklären. Dein Makis hat wieder Spielschulden, dieses Mal bei ziemlich unangenehmen Leuten. Das nächste Mal wird er sich allerdings von so einer Sache vielleicht nicht mehr erholen. Aber zu deinem Glück kenne ich diese Leute, so dass es ein nächstes Mal nicht zu geben braucht. Das hängt allerdings ganz von dir ab.«

Jetzt sah Aleka ihn an. Sie nahm die Papierserviette, die ihr einer von Mavros Männern reichte, wischte sich damit aber nicht die Tränen ab, sondern zerdrückte sie in ihren Händen. Sie zitterte immer noch.

»Was willst du?«, fragte sie fast tonlos.

»Ah. Schon besser«, sagte Mavros. »Eigentlich will ich etwas von Aris. Da er bekanntlich einen Heiligenschein trägt, kann ich mich leider nicht an ihn wenden. Aber das macht nichts, ich denke, du und Sarantis könnt mir dabei genauso gut behilflich sein.«

Als Mavros ihr den Plan beschrieb, den sie sich gemeinsam ausgedacht hatten, sah Sarantis, wie sich ihr Blick zum zweiten Mal an diesem Abend mit Entsetzen füllte.

»Bitte Christos, bitte nicht«, flehte sie Mavros an, als er geendet hatte, »bitte zwinge mich nicht, Aris so etwas anzutun.« Sie schluchzte wieder.

Mavros lächelte sie amüsiert an. »Ich zwinge dich zu gar nichts. Es ist deine Entscheidung. Du warst Aris schon damals, als wir noch zusammengearbeitet haben, treu ergeben, und hast ihn geradezu vergöttert. Wenn du meinst, dass er dir wichtiger ist als das Leben deines Kindes, würde mich das zwar überraschen, aber wie gesagt, das musst du entscheiden. Allerdings solltest du dann Makis jetzt noch einmal anrufen, um dich von ihm zu verabschieden. Sag ihm, dass sein Leben schon sehr bald zu Ende sein wird. Und dass du das zwar verhindern könntest, aber deine Loyalität zu deinem Arbeitgeber leider über allem steht.«

Die Verachtung in ihrem Blick, mit dem sie Mavros ansah, jagte Sarantis einen Schauer über den Rücken.

Sie nickte kaum merklich. »Ich werde tun, was du verlangt hast.« Ihre Stimme war nur noch ein Krächzen.

»Ich habe mir schon gedacht, dass diese Liebe doch nicht so weit geht«, sagte Mavros spöttisch. »Dann sind wir uns ja einig. Sarantis wird dich über die Einzelheiten informieren. Du brauchst nur zu tun, was er dir sagt. Dann wird Makis ein hoffentlich langes Leben haben.«

Sie erhob sich zittrig und wandte sich zum Ausgang. Mit einer fahrigen Bewegung griff sie nach ihrem Handy, das der Sicherheitsmann ihr zurückreichte.

»Und Aleka!«, rief Mavros ihr hinterher.

Sie blieb stehen, drehte sich aber nicht um.

»Denke nicht einmal daran, dich an Aris zu wenden. Er kann dich nicht retten und Makis auch nicht. Er ist zwar mittlerweile ein mächtiger Mann in Griechenland, aber sein Einfluss reicht nicht in die Unterwelt und schon gar nicht bis nach London. Mach dir da keine Illusionen. Das ist eben der Nachteil, wenn man einen Heiligenschein hat.«

Jetzt straffte sie die Schultern und lief über den schmalen Steg auf den Kai. Sarantis folgte ihr. Sie hatte ihn, seit sie auf die Yacht gekommen waren, keines Blickes gewürdigt.

Plötzlich verspürte er das Bedürfnis, sie davon zu überzeugen, dass er genauso Opfer war wie sie auch. Obwohl das natürlich nicht ganz stimmte. Er hatte immerhin Geld für seine Hilfe bekommen. Auch wenn es sich um eine kleinere Summe handelte als die letzten Male. Sie hingegen nicht. Überhaupt war Mavros in der Vergangenheit, zumindest soweit er wusste, noch nie so weit gegangen. Er hatte hemmungslos bestochen und auch schon mal eine unterschwellige Drohung ausgestoßen, aber er konnte sich nicht erinnern, dass Mavros jemand so offen erpresst hatte. Vor allem nicht mit derart ernsthaften Konsequenzen für das Leben einer so nahestehenden Person. Dieser Aktion haftete eine ziemliche Verzweiflung an. Was die ganze Sache nur noch gefährlicher machte, wie ihm klar wurde.

»Frau Liberopoulou, es tut mir wirklich leid.«

Sie sah ihn immer noch nicht an.

»Er hat auch mich in der Hand. Ich...«

»Es interessiert mich nicht«, schnitt sie ihm mit kalter Stimme das Wort ab. Sie ließ ihn einfach stehen und entfernte sich mit schnellen Schritten in Richtung des Ausgangs des Yachthafens.

Melinda nahm Pavlos Rat an und begann bei ihren Kollegen verstärkt auf ihr baldiges Ausscheiden aus dem Mitarbeiterstab des Ministeriums hinzuweisen. Einige schienen tatsächlich überrascht, dass sie als mittlerweile enge Mitarbeiterin des Ministers ihren Aufenthalt nicht verlängern würde. Es war natürlich nicht auszuschließen, dass einige von ihnen, wenn das mit Aris Trennung von seiner Frau die Runde gemacht hatte, anfangen würden, die Schlüsse daraus zu ziehen.

Als sie sich am Mittwochabend mit Aris in ihrer Wohnung traf, sprach sie ihn darauf an.

»Melinda«, sagte er, während er sein Sakko auszog und sich auf das Sofa sinken ließ, »das ist nicht zu ändern. Möglicherweise werden sich manche Leute Gedanken machen. Aber ich denke mal, dass wir doch alles in die Wege geleitet haben. Meine Trennung von Maria ist kommuniziert, es wird sich allmählich herumsprechen. Wir werden vorsichtig sein, bis du gehst, und dann kann uns das Ganze im Prinzip nichts mehr anhaben. Über kurz oder lang wird es sich nicht vermeiden lassen, dass sich manche Leute damit beschäftigen werden«, sagte er sanft. »Schau mal, ich habe auch gedacht, dass außer meinen Sicherheitsleuten und Pavlos niemand etwas weiß, aber als ich Aleka von meiner Trennung von Maria erzählt habe, hat sie mich auf uns angesprochen. Sie wusste davon.«

»So viel also zu heimlichen Affären«, sagte Melinda resigniert. »Wusste sie etwas Konkretes?«, fragte sie.

Aris erzählte ihr von dem Gespräch mit Aleka.

»Darauf wäre ich gar nicht gekommen, aber es ist ja klar, dass sie irgendetwas geahnt haben muss, sie arbeitet ziemlich eng mit dir zusammen. Was ist eigentlich mit ihr? Ich habe sie seit Montag nicht mehr gesehen«, sagte Melinda.

»Ich weiß es auch nicht. Sie hat sich krank gemeldet über Kalliopi, was ich ungewöhnlich fand, sonst ruft sie mich immer selbst an. Jedenfalls habe ich sie dann zurückgerufen, sie klang ziemlich neben sich. Sie meinte, dass eine gute Freundin von ihr schwer erkrankt sei und die ihre Hilfe bräuchte. Aber ehrlich gesagt, glaube ich nicht so ganz, dass das stimmt. Ich habe mir erst überlegt, dass es etwas mit ihrem Sohn zu tun haben könnte, der spielsüchtig ist.«

Aris schilderte ihr kurz die Geschichte von Makis.

»Aber da habe ich ihr in der Vergangenheit schon einmal geholfen und ich bin mir sicher, dass sie mir das offen sagen würde.«

»Vielleicht ist es etwas anderes Persönliches. Möglicherweise ist irgendeine Beziehung in die Brüche gegangen«, sagte Melinda. »Wie viel Privates weißt du denn über sie?«

»Eigentlich nicht wirklich viel. Über solche Sachen hat sie mit mir noch nie gesprochen. Du könntest aber recht haben, am Montag hat sie erwähnt, dass sie irgendjemand treffen wollte. Es könnte sein, dass es nicht so gelaufen ist, wie sie sich das erhofft hat. Mit Liebeskummer würde sie natürlich nie zu mir kommen. Nächsten Montag ist sie in jedem Fall wieder da.«

Sie reichte ihm das Glas Wein, das sie für ihn eingeschenkt hatte.

»Weiß deine Familie mittlerweile von uns?«, fragte er und trank einen Schluck.

»Meine Stiefmutter und mein Bruder wissen, dass etwas zwischen uns ist. Aber über die letzten Entwicklungen wollte ich über die Feiertage mit ihnen reden.«

»Du wirst also Weihnachten in München sein?«, fragte er.

»So hatte ich das geplant. Ich muss ja sowieso eine Zeitlang hier weg. Dann werde ich in Brüssel bleiben, bis das mit deiner Trennung öffentlich ist. Obwohl ich die Feiertage am liebsten mit dir verbringen würde. Was hast du denn vor?«

Er lachte. »Was so auf dem Programm steht. Seit ich damals Bürgermeister wurde, gibt es für mich keine privaten Feiertage mehr. Dir sind diese Tage wichtig, oder?«, fragte er.

»Ach, ich weiß nicht, es ist bei uns eben so ein traditionelles Familienfest, wo wir uns alle einmal im Jahr treffen.«

»Ich lasse dich jetzt ungern gehen, Melinda. Der Gedanke, dich so lange nicht zu sehen, macht mir richtig zu schaffen, aber es geht wohl nicht anders. Dafür, deine Familie kennenzulernen, ist es wahrscheinlich noch zu früh, da sollten wir warten.«

Sie seufzte. »Das denke ich auch.«

»Aber ich dachte, ich könnte vielleicht zu Silvester und Neujahr, wo ja hier wirklich nichts los sein dürfte, zu dir nach Brüssel kommen.«

»Das wäre schön«, sagte sie und schmiegte sich an ihn. »Dann ist es auch nicht mehr lange. Ich könnte Mitte Januar wiederkommen, wenn wir nicht mehr so vorsichtig zu sein brauchen. Und ich werde sehen, was Nico mir anzubieten bereit ist, so dass ich so oft wie möglich ein paar Tage hier sein kann.«

Sie setzte sich auf und trank einen Schluck aus ihrem Glas.

»Die ganze Last mit dem Reisen wird leider hauptsächlich auf dir liegen. Und ich übernehme das finanziell«, sagte Aris.

Sie sah ihn überrascht an. »Also, so weit habe ich noch gar nicht gedacht. Aber ich verdiene dort schon etwas mehr als hier bei dir, das dürfte kein Problem für mich sein«, sagte sie lachend.

»Es ist mir, ehrlich gesagt, egal, was du verdienst, darum geht es nicht. Ich will nur klarstellen, dass ich die Kosten für unser gemeinsames Leben trage, da bin ich ziemlich altmodisch.«

»Aris, wir können darüber reden, wenn es so weit ist. Lass uns doch erst einmal diese Hürde nehmen, dass wir offiziell zusammen sind. Der Rest wird sich finden.«

Er beugte sich vor und ergriff ihre Hand. »Warum machst du dir so Sorgen? Ich glaube auch, dass wir die Feiertage pro forma noch abwarten sollten. Aber dann liegt es ganz bei dir, wann du glaubst, dass der richtige Zeitpunkt für dich ist. Ich will dich nicht mehr verstecken.«

»Ich möchte eine richtige Beziehung mit dir und das heißt auch, dass ich mich den Konsequenzen, der öffentlichen Aufmerksamkeit, die das notgedrungen nach sich ziehen wird, stellen muss. Ich habe mich entschieden. Es geht nur irgendwie alles schneller, als ich dachte.«

Er küsste sie zärtlich. »Ich habe manchmal Angst, dass du es dir anders überlegen könntest«, sagte er sanft.

»Ich werde es mir nicht anders überlegen«, sagte sie leise, während sie sich auf seinen Schoss setzte und ihm langsam das Hemd aufknöpfte.

Die nächsten Tage vor ihrer Abreise verbrachte Melinda damit, ihre Aufgabenbereiche an andere Mitarbeiter zu übertragen. Ihrer Assistentin Vivi, die ihr sehr ans Herz gewachsen war, verschaffte sie eine Festanstellung bei Alexandridis Agentur, so dass sie von den kurzfristigen Verträgen, die das Ministerium mit externen Mitarbeitern schloss, unabhängig war, und sie nicht um ihren Job bangen musste, falls die Führung des Ministeriums wechselte. Der Abschied fiel ihr schwerer, als sie gedacht hatte. Sie war jetzt fast ein dreiviertel Jahr Teil der Entwicklung der neuen Partei und ihrer ersten Monate an der Regierung gewesen und sie war sich bewusst, dass das nun ihren endgültigen Abschied von der griechischen Politik bedeutete. In Zukunft würden sie nur noch persönliche Beziehungen an das Land binden, in dem sie wegen Aris auch teilweise leben würde. Sie wusste aber, dass sie noch nicht bereit war, ihren Lebensmittelpunkt wegen ihm hierher zu verlegen. Und im Gegensatz zu Aris machte sie sich keine Illusionen darüber, dass ihre Beziehung nicht einfach werden würde, wenn sie beide ihre Karrieren behalten wollten, auch wenn sie glaubte, dass sie eine reelle Chance hatten.

Als sie an einem ihrer letzten Tage bei Aris im Büro saß, um ein paar liegen gebliebene Dinge aufzuarbeiten, rief Paris sie an.

»Hallo Paris«, meldete sie sich und registrierte, dass Aris sofort seine volle Aufmerksamkeit auf sie richtete. Obwohl Aris sein gutes Verhältnis zu Paris auf beruflicher Ebene wiederhergestellt hatte, war Paris immer noch ein Thema, auf das Aris jedes Mal allergisch reagierte.

»Ich habe gehört, dass du gehst, stimmt das?«, fragte Paris ungläubig.

»Ja, es stimmt. So war das von Anfang an geplant und ich muss wieder nach Brüssel, zu meinem eigentlichen Job. Ich hatte nicht vor, in der griechischen Politik alt zu werden, auch wenn es eine interessante Erfahrung war.«

Aris hatte sich ein Stück vorgebeugt, offensichtlich um zu versuchen, zu verstehen, was ihr Gesprächspartner zu ihr sagte. Sie warf ihm einen kurzen Blick zu und presste das Telefon enger an ihr Ohr.

»Das ist sehr schade!«, rief Paris aus. »Du warst eine ziemlich enge Mitarbeiterin vom Minister, ich hätte nicht gedacht, dass du uns so bald verlassen wirst. Es hat doch keinen Ärger gegeben, oder?«

»Nein, Paris, hier ist alles in bester Ordnung. Ich muss mich eben nur wieder meiner Karriere widmen.«

»Es tut mir sehr leid, das zu hören.«

Er schien wirklich betroffen zu sein und Melinda wünschte sich jetzt, das Gespräch nicht vor Aris angenommen zu haben. Aber sie hatte auch nicht riskieren können, den Anruf abzulehnen, falls er vielleicht den Namen auf dem Display erkannt hatte und sich dann fragte, warum sie nicht vor ihm mit Paris reden wollte. Sie hoffte, dass das mit Aris Eifersucht besser werden würde, wenn sie endlich offiziell ein Paar waren.

»Dann habe ich ja nur noch Livas als Informationsquelle«, sagte Paris enttäuscht.

»Mit Pavlos wirst du sicher genauso gut auskommen.«

Aris Stimmung wurde langsam kritisch, er hatte verärgert eine Augenbraue hochgezogen.

»Das hoffe ich. Melinda, wenn du schon gehen musst, ich dachte..., also ich wollte dich fragen, ob ich dich dann wenigstens einmal zum Abendessen einladen kann. Nur wir beide.«

»*Scheiße*«, fuhr es ihr durch den Kopf. Sie bemühte sich, sich jetzt keine falsch zu interpretierende Gefühlsregung anmerken zu lassen, und tat so, als würde sie etwas auf ihrem Notebook suchen.

»Es ist nett von dir, dass du fragst, aber das ist keine gute Idee.«

Aris blitzte sie wütend an und sie fürchtete schon, dass er aufspringen würde, um ihr das Handy aus der Hand zu reißen.

»Ok. Ich musste es einfach versuchen. Du bist mit jemand zusammen«, stellte Paris enttäuscht fest.

Melinda konnte sich unter Aris Blick nur mit Mühe auf ihren Gesprächspartner konzentrieren.

»Ja«, sagte sie mehr zu Aris als zu Paris, »ich bin fest mit jemand zusammen.«

Erleichtert sah sie, dass Aris sich etwas zu beruhigen schien nach ihrem letzten Satz, aber nur etwas.

»Ok, er ist mit Sicherheit ein sehr glücklicher Mann. Bitte nimm es mir nicht übel, dass ich gefragt habe. Ich habe jedenfalls gerne mit dir zusammengearbeitet. Und ich hoffe, wir bleiben in Kontakt. Wenn du irgendwann einmal etwas brauchen solltest von den griechischen Medien, bin ich für dich da.«

Jetzt sah sie Aris direkt in die Augen.

»Danke für unsere gute Zusammenarbeit. Mach's gut Paris.«

»Du auch.«

»Ich wusste es doch!«, rief Aris aus, als sie das Telefon vor sich auf den Tisch fallen ließ, »ich wusste doch die ganze Zeit schon, dass er was von dir will!«

»Ja und?«, fragte sie und sah ihn herausfordernd an. »Dann hast du ja gerade erfahren, dass er bisher nichts Ernsthaftes versucht hat. Und du hast gehört, was ich darauf geantwortet habe, als er es jetzt doch noch getan hat.«

»Ich hoffe, dass er dann auch bald erfährt, mit wem du fest zusammen bist«, brummte er.

»Aris«, sagte sie warnend, »hör auf damit. Hör auf damit, dich in solche Dinge so hineinzusteigern. Du hast absolut keinen Anlass dazu!«

»Ich weiß«, sagte er kleinlaut. »Ich will nur, dass das ein Ende hat. Dass jeder glaubt, dich einfach so anmachen zu können.«

Melinda verdrehte genervt die Augen, aber sie verzichtete darauf, das Thema weiter zu vertiefen.

Sie konzentrierten sich wieder auf die Arbeit und die Stimmung zwischen ihnen entspannte sich allmählich wieder.

»Melinda«, fragte Aris, als sie fertig waren, »glaubst du, Pavlos hat heute Abend Zeit und könnte uns einen Gefallen tun?«

Melinda sah ihn erstaunt an. »Wenn du mir sagst, worum es geht, kann ich ihn fragen.«

»Also, mein Freund Thymios, von dem ich dir ja schon erzählt habe, will dich unbedingt kennenlernen. Er weiß von uns, ich musste da auch irgendwann mit jemand über uns reden. Und er will auf keinen Fall so lange warten, bis du wiederkommst. Vielleicht können wir gemeinsam irgendwo zum Essen gehen. Pavlos könnten wir mitnehmen, sozusagen als zusätzliche Deckung. Wenn du bereit bist, ihn kennenzulernen, natürlich«, sagte er.

»Gerne«, sagte Melinda.

Sie würde sich freuen, Thymios kennenzulernen, und war auch ziemlich gespannt auf ihn. Sie wusste, dass er und Aris sich schon seit ihrer Kindheit kannten, und er schien der einzige Mensch zu sein, der Aris wirklich nahestand. Aris Eltern waren vor ein paar Jahren gestorben und er hatte keine Geschwister und offenbar auch keine engere Bindung zu anderen Verwandten, was für das Umfeld, aus dem er stammte, eigentlich recht ungewöhnlich war. Sie erhoffte sich natürlich, von Thymios etwas mehr über Aris zu erfahren.

Aris lächelte sie an. »Ich bin froh, dass du das willst. Es bedeutet mir sehr viel.«

»Ich organisiere das mit Pavlos«, sagte Melinda und erhob sich. »Bis nachher.« Sie drückte ihm einen Kuss auf den Mund und verließ sein Büro.

Ein paar Stunden später saßen Melinda, Aris und Pavlos in einem Lokal, das sich durch den Abstand und die Abtrennungen zwischen den Tischen gut für diskrete Geschäftsessen eignete, und warteten auf Thymios. Pavlos hatte sie nicht lange bitten müssen, so eine Gelegenheit hautnah dabei zu sein, wollte er sich natürlich auf gar keinen Fall entgehen lassen. Als Aris Blick sich plötzlich aufhellte und er jemand hinter ihr ein Zeichen machte, wandte sie sich um und blickte zu dem Mann, der auf ihren Tisch zukam.

Er hatte ein sympathisches, offenes Gesicht und sah überhaupt nicht wie ein Anwalt aus. Als sein Blick auf sie fiel, schenkte er ihr ein ehrliches, entwaffnendes Lächeln und sie konnte nicht anders, als es sofort zu erwidern. Ohne Pavlos und Aris anzusehen, reichte er ihr die Hand und drückte sie.

»Frau Kessler«, sagte er mit einer tiefen, warmen Stimme, »ich bin Thymios. Und ich freue mich sehr, Sie kennenzulernen.«

»Melinda«, sagte sie herzlich, »ich freue mich auch.«

Er ließ sich auf den Stuhl neben ihr nieder und begrüßte Aris und Pavlos. Dann wandte er sich wieder an sie.

»Melinda, damit, dass Sie, dass du schön bist, hatte ich ja gerechnet, aber ich bin wirklich beeindruckt.«

Er strahlte sie an und an der Art, wie er das sagte, spürte sie, dass er sich nicht bei ihr einschmeicheln wollte, er machte ihr einfach ein Kompliment, ohne irgendwelche Hintergedanken.

»Er versucht mit dir zu flirten«, sagte Aris, eher an Thymios gewandt als an sie, »weil er sich das sonst nicht traut. Zu Hause wartet nämlich Stella mit dem Pantoffel auf ihn!«

Thymios lachte und wollte etwas erwidern, aber Pavlos war schneller.

»Ok«, sagte er und hob die Hände, »bevor das jetzt richtig losgeht, bestellen wir erst einmal etwas zu trinken.«

Während Pavlos den Wein aussuchte und bestellte, wandte sich Melinda an Thymios. »Ich habe gehört, du kennst Aris schon seit immer. Wie war er denn als kleiner Junge?«

Thymios lachte wieder. »Es ist schwer, sich vorzustellen, dass er mal eine kleiner Junge war, nicht wahr? Er war eigentlich nicht sehr viel anders als heute.«

Er hielt kurz inne, als der Kellner ihnen Wein einschenkte. Dann begann er Geschichten über Aris aus ihrer Kindheit und Jugend zu erzählen, wobei er und Aris sich ständig aufzogen. Melinda erfuhr, dass die beiden ihre letzten Schuljahre gemeinsam in Athen verbracht hatten, als ihre Väter von der Insel weggegangen waren, um in Athen bei der gleichen Firma zu arbeiten. Ihre Familien standen sich offenbar nahe. Aris und Thymios hatten während ihrer Studienzeit in Athen zusammengewohnt und waren anscheinend unzertrennlich gewesen. Das hatte sich erst geändert, als Aris zurück auf die Insel gegangen war und Thymios seine Karriere in Athen begonnen hatte. Trotzdem spürte man, dass der enge Kontakt zwischen ihnen nie abgebrochen war und diese beiden ziemlich verschiedenen Menschen immer noch eine tiefe Freundschaft verband.

Melinda wusste nicht, was sie erwartet hatte, aber sie war positiv überrascht von Thymios. Er war einer dieser Menschen, die man einfach auf Anhieb mögen musste. Er hatte nichts Vorgespieltes oder Falsches an sich, alles an ihm wirkte echt und ehrlich. Nach ihrer Zeit in der griechischen Politik hatte sie fast vergessen, dass es solche Menschen überhaupt noch gab.

Es wurde ein sehr amüsanter Abend und es auch floss reichlich Wein, was nicht zuletzt an Pavlos lag, der immer wieder nachbestellte, offensichtlich um den Informationsfluss nicht abreißen zu lassen, den er aus den Gesprächen zwischen Aris und Thymios gewann.

Melinda, die den Alkohol inzwischen deutlich spürte, wurde mutiger und versuchte, Thymios Einzelheiten aus Aris früherem Leben zu entlocken. Thymios schien auch bereit zu sein, ein bisschen aus dem Nähkästchen zu plaudern. Aber jedes Mal, wenn Melinda das Gespräch auf Aris und Thymios wilde Jahre lenken wollte, funkte Aris dazwischen. Sie nahm sich schließlich zurück, da sie es vor Pavlos nicht auf die Spitze treiben wollte. Allerdings bestätigte das Wenige, was Thymios herausgerutscht war, ihren Verdacht, dass Aris in der Vergangenheit nicht unbedingt wegen seiner Zurückhaltung in Bezug auf Frauen bekannt gewesen war.

Als Pavlos kurz auf die Toilette verschwand, konnte sie sich eine direkte Frage an Thymios dann doch nicht verkneifen: »Sag mal, war Aris immer« schon so eifersüchtig?«

Aris starrte sie beide warnend an, aber Thymios beachtete ihn nicht. Er schien wirklich über die Frage nachdenken zu müssen.

»Also, eigentlich kann ich mich an so etwas nicht erinnern«, sagte er ehrlich. Dann lächelte er Melinda an. »Aber ich glaube, er hatte auch noch nie jemand, der ihm so wichtig war, dass er ihn nicht verlieren wollte.«

»Ok, das reicht«, mischte Aris sich ein, »es wäre nett von euch, wenn ihr aufhören würdet, über mich zu reden, als ob ich nicht dabei wäre.«

»Da wird aber jemand ungehalten«, sagte Thymios zu Melinda, was ihm schon wieder einen warnenden Blick von Aris einbrachte.

»Ok, für mich ist es Zeit, zu gehen«, sagte Thymios, als Pavlos wieder an den Tisch kam, »sonst kriege ich es noch mit Stella zu tun, die vielleicht denkt, dass ich einer anderen Frau verfallen bin.«

Jetzt lachte Aris wieder. »Das kann ich mir beim besten Willen nicht vorstellen, dass du einer anderen Frau außer Stella verfallen würdest.«

Thymios quittierte Aris Bemerkung mit einem gutmütigen Lächeln und wandte sich dann an Melinda.

»Es war sehr schön, dich kennenzulernen. Ich hoffe, dass du bald zurückkommst.«

»Das werde ich«, sagte sie und küsste ihn auf beide Wangen.

Kurz nach Thymios brachen sie auch auf. Pavlos rief sich ein Taxi und Aris nahm sie in seinem Wagen mit, obwohl sie das so vor dem Lokal lieber vermieden hätte. Aber er wollte sie nicht alleine lassen, nach dem, was sie getrunken hatten.

»Aris«, sagte sie, als sie nebeneinander im Wagen saßen, »tut mir leid wegen der Frage vorhin an Thymios. Das war vielleicht ein bisschen zu direkt für unseren ersten Abend.«

»Nein, ist schon ok. Das habe ich wahrscheinlich auch verdient nach heute Nachmittag. Ich bin froh, dass du dich mit Thymios gut verstehst. Das war bisher mit keiner anderen Frau in meinem Leben der Fall und das hat vieles zwischen mir und ihm verkompliziert. Und es stimmt, was er gesagt hat«, fügte er hinzu und drückte sie fest an sich.

Kapitel 12

In München war er es eiskalt und es dämmerte schon, als Melinda neben Carla aus dem Flughafengebäude trat. Ihre Stiefmutter hatte es sich natürlich nicht nehmen lassen, sie abzuholen. Nachdem sie mit ihrer Tirade darüber fertig war, dass Melinda sie aus ihrem Leben ausschloss und ihr nicht einmal erlaubt hatte, wenigstens ein paar Tage nach Athen zu kommen seit Anfang des Sommers, wandte sie sich ihrem Lieblingsthema zu: Aris.

»Und?«, fragte sie, während sie auf Carlas Auto zugingen, »was wird denn jetzt mit euch? Am Telefon hast du mir immer nur gesagt, dass es nicht vorbei ist und dass du mir alles erklären willst, wenn du hier bist. Nun bist du da. Also? Wie soll denn das mit euch weitergehen, wenn du wieder ausschließlich in Brüssel arbeitest?«

»Carla, um Gottes willen, lass mich doch erst einmal ankommen! Wir sind weiterhin zusammen, wie ich dir schon gesagt habe. Wir brauchten ein bisschen Zeit, um uns über ein paar Dinge klar zu werden. Ich wollte heute beim Abendessen mit euch sprechen, damit auch Antonio und Vater davon erfahren. Wir reden danach, nur wir beide, ich erzähle dir dann gerne alles, was du wissen willst. Bis dahin gib mir ein bisschen Luft. Bitte.«

»Ok.« Die Aussicht auf ein exklusives Mutter-Tochter Gespräch besänftigte sie offensichtlich. »Eine Frage musst du mir aber noch beantworten. Dann lasse ich dich bis heute Abend damit in Ruhe.«

Melinda sank resigniert auf den Beifahrersitz von Carlas Touareg. »Frag mich«, sagte sie, »aber kein Nachhaken.«

»Hat er sich von seiner Frau getrennt?«, fragte Carla, während sie den Wagen anließ.

»Ja«, antwortete Melinda und konnte sich ein Lächeln nicht verkneifen.

Carlas Gesicht hellte sich sichtlich auf. Als sie dazu ansetzen wollte, etwas zu sagen, sah Melinda sie warnend an. Carla fügte sich, legte entschlossen den Rückwärtsgang ein und lenkte den Wagen aus der Parklücke.

Auf dem Weg in die Stadt ließ sich Carla über ihren gesamten Bekanntenkreis aus und Melinda erfuhr sehr private Details über Leute, von denen sie nicht die leiseste Ahnung hatte, wer sie eigentlich waren. Melinda wusste aus langjähriger Erfahrung, dass es keinen Sinn hatte, Carla klarzumachen, dass sie so intime Einzelheiten aus dem Leben wildfremder Menschen gar nicht wissen wollte und es sie vor allem nichts anging. Also ließ sie Carlas Redefluss einfach über sich ergehen, ohne wirklich hinzuhören, wobei sie natürlich darauf achtete, in regelmäßigen

Abständen interessierte Zwischenlaute von sich zu geben, um Carla nicht wieder gegen sich aufzubringen.

Als sie in die Einfahrt des kleinen Stadthäuschens einbogen, das ihr Großvater Anfang des letzten Jahrhunderts gebaut hatte, wurde ihr warm ums Herz wie jedes Mal in den letzten Jahren, wenn sie nach langer Zeit wieder nach Hause kam. Das Haus, in dem sie aufgewachsen war, bildete den einen festen Punkt in ihrem Leben, zu dem sie immer wieder zurückkehren konnte.

Ihr Vater Georg, dessen Arbeitszimmer in den Vorgarten neben der Garage blickte, kam aus der Haustür. Ein schiefes Lächeln umspielte seine Lippen, als er langsam auf sie zuging. Er drückte sie kurz an sich und küsste sie auf die Stirn. Sie reichte ihrem Vater knapp bis zur Brust. Ihre Größe hatte sie eindeutig nicht von ihm geerbt.

»Geht es dir gut Kind?«, fragte er mit seiner ruhigen Stimme und wandte sich dann dem Kofferraum zu, um ihre Sachen aus dem Auto zu holen, ohne eine Antwort abzuwarten.

»Mir geht es gut, Vater«, sagte sie lächelnd und folgte dann Carla ins Haus.

»Antonio kommt in einer halben Stunde«, sagte Carla zu ihr, »du hast noch ein bisschen Zeit zum Auspacken und Ankommen.«

Sie schloss die Tür ihres alten Kinderzimmers hinter sich, das Carla zum Gästezimmer umfunktioniert hatte, und rief Aris an, während sie ihre Koffer öffnete. Sie sprachen nur kurz, weil er in einer Besprechung war. Dann ließ sie sich auf ihr Bett fallen, das Carla nicht ausgewechselt hatte, und fühlte sich plötzlich um Jahre zurückversetzt.

Sie sah das Gesicht ihrer Mutter vor sich, wie sie ihr Gutenachtgeschichten vorgelesen hatte. Immer auf Griechisch, sie hatte sich standhaft geweigert, mit ihr deutsch zu sprechen. Die endlosen Nachmittage drängten sich in ihre Gedanken, als sie in diesem Zimmer darauf gewartet hatte, dass ihre Mutter nach den Chemotherapien aus dem Krankenhaus zurückkam. Und hier hatte Georg ihr eines Tages gesagt, dass ihre Mutter niemals wiederkommen würde. Aber es war auch dieses Fensterbrett gewesen, von wo aus sie den neuen Nachbarsjungen Antonio Bälle ins Tor hatte schießen sehen und Carla, die alle naselang aus dem Haus gelaufen gekommen war, um abwechselnd mit ihm zu schimpfen und zu lachen. In diesem Zimmer hatte sie von Antonios damaligem bestem Freund ihren ersten Kuss bekommen. Aber der Kuss war grauenhaft gewesen und er war dann eine Woche lang mit einem blauen Auge herumgelaufen, das Antonio ihm verpasst hatte, weswegen er fast von der Schule verwiesen worden war. Sie wusste bis heute nicht, ob ihr Bruder es wegen dem Kuss an sich getan hatte oder wegen ihren negativen Empfindungen dabei, die sie ihm anvertraut hatte.

Sie erhob sich seufzend und wollte gerade nach unten zu Carla in die Küche gehen, als ihre Zimmertür aufgerissen wurde. Antonio stürmte herein, natürlich wie immer ohne anzuklopfen, schloss sie in seine Arme und wirbelte sie herum.

»Du siehst wirklich gut aus«, sagte er, als er sich von ihr gelöst hatte und sie aufmerksam betrachtete.

»Dir scheint es aber auch gut zu gehen. Etwas anderes hätte ich auch gar nicht erwartet.«

Antonio lachte.

Sie hakte sich bei ihm unter. »Komm, wir gehen Carla helfen.«

Gemeinsam deckten sie den Tisch wie schon als Kinder und zogen sich gegenseitig auf, bis Carla nach Georg rief.

Sie stürzten sich alle sofort auf Carlas vorweihnachtliche Paella. Melinda hatte gerade den zweiten Bissen auf ihre Gabel geschoben, als es kam.

»Dann sehen wir dich in Zukunft ja wieder öfter«, stellte Carla fest und sah sie an.

Melinda unterdrückte ein Lächeln. Das musste sie Carla lassen, sie fand immer den richtigen Einstieg für Themen, die der gesamten Familie kommuniziert werden sollten.

»Mein Job im Ministerium ist beendet, aber ich werde weiterhin regelmäßig in Athen sein«, erwiderte sie. »Aus privaten Gründen.«

»Wie bitte?!«, rief Antonio aus, »du willst doch diese Affäre nicht über die Distanz weiterführen! Melinda, wie soll denn das gehen? Das kommt doch raus!«

Melinda sah kurz zu ihrem Vater, der mit seinem Teller beschäftigt war und wie immer gar nicht zuzuhören schien.

»Es ist keine Affäre mehr. Ich und Aris sind zusammen. Wir machen das im neuen Jahr öffentlich. Er lässt sich von seiner Frau scheiden.«

»Wann ist das denn passiert?!«, rief Antonio aus. »Ich wusste doch, dass du dich da wieder in etwas hineinmanövrierst. Geliebte eines griechischen Ministers ist ja schon schlimm genug, aber seine offizielle Lebensgefährtin?! Ach komm, Melinda!«

»Warum denn nicht?«, mischte Carla sich ein, »was ist so schlimm daran, dass er Minister ist?«

»Er ist ein griechischer Politiker, Mama. Und was in dem Land los ist, dürfte dir ja nicht entgangen sein.«

»Also, was soll das denn?!« Melinda starrte Antonio überrascht an.

»Willst du wirklich mit jemand zusammen sein, der überall der Korruption bezichtigt wird?«, fragte er.

»Was sind denn das für pauschale Vorurteile?! Er ist das erste Mal im Parlament und hat mit der ganzen Vergangenheit absolut nichts zu tun. Und wie dir nicht entgangen sein dürfte«, äffte sie ihn nach, »wenn du mir überhaupt zuhörst, wenn ich von meiner Arbeit erzähle, gehört er zu der neuen griechischen Regierung, die das endlich ändern will!«

»Mag ja sein, dass sie das ändern wollen. Aber ob sie es tatsächlich schaffen, wird sich erst noch zeigen müssen. Im ganzen Ausland hat sich das Bild allerdings noch nicht gewandelt. Und du arbeitest in Brüssel.«

»Dann lass dir gesagt sein, dass sich in meinem Umfeld in Brüssel kein Mensch dafür interessiert, ob ich mit einem griechischen Politiker zusammen bin. Und seinen Ruf oder meinen lass mal meine Sorge sein. Ich bin allerdings jetzt schon ziemlich entsetzt über deine provinzielle Sichtweise. Es sind doch nicht alle Griechen korrupte Faulenzer, die auf Kosten des deutschen Steuerzahlers leben, wie das hier immer dargestellt wird. Von dir hätte ich etwas anderes erwartet!«

»So meine ich das doch gar nicht«, sagte er beschwichtigend, »das ist ja auch nicht meine Meinung, wie kannst du denn so etwas von mir denken! Es ist nur, dass ich dir klarmachen will, wie andere das sehen.«

Seine Reaktion erinnerte Melinda ziemlich an die von Kostas gestern. Sie hatte es ihm und Eleni erzählt, weil sie wollte, dass sie es von ihr erfuhren, bevor es die Runde machen würde. Kostas war richtiggehend entsetzt darüber gewesen, teilweise aus den gleichen Gründen wie Antonio, aber auch, weil er es weiterhin für gefährlich in der Politik hielt. Erst als sie ihn davon überzeugen konnte, dass sie ihre Karriere in Brüssel nicht aufzugeben gedachte, hatte er sich etwas beruhigt.

»Damit muss man als Grieche zurzeit leider leben. Aber solche Überlegungen werden mich mit Sicherheit nicht darin beeinflussen, mit wem ich eine Beziehung habe. Es ist mir, ehrlich gesagt, egal, was irgendwelche engstirnigen europäischen Steuerzahler darüber denken.«

»Es sollte dir auch egal sein«, sagte Carla. »Er gehört jedenfalls nicht zu dieser ganzen korrupten Clique und Melinda hätte wirklich eine schlechtere Wahl treffen können. Du solltest dich ein bisschen mehr freuen für deine Schwester, dass sie jemanden gefunden hat, mit dem es ihr gut geht. Sie ist endlich wieder die alte und ganz offensichtlich glücklich mit ihm.«

»Ok. Tut mir leid. Ich will ja auch, dass du glücklich bist. Ich hätte dir nur etwas weniger Kompliziertes gewünscht«, sagte Antonio zerknirscht.

»Das kann man sich nicht immer aussuchen«, sagte Melinda etwas versöhnlicher. »Schwierig ist aber eher das mit der Distanz. Ich werde ziemlich viel hin und her fliegen. Wir müssen erst mal schauen, wie das funktionieren kann.«

»Das sehe ich auch als nicht ganz einfach. Aber wenn ihr zusammenbleiben wollt, wird sich sicher eine Lösung finden«, sagte Carla optimistisch. »Und du hast natürlich wieder nichts dazu zu sagen«, stellte ihre Stiefmutter an Georg gewandt fest.

»Was soll ich dazu sagen?«, fragte er und blickte endlich von seinem Teller auf.

»Hast du überhaupt zugehört?«, fragte Carla leicht verärgert.

»Ja«, erwiderte er und sah seine Frau mit einem genervten Blick an. »Melinda ist mit dem Minister zusammen, für dessen Ministerium sie tätig war. Es kommt schon mal vor, dass man sich näher kommt, wenn man eng zusammenarbeitet.«

Melinda musste lächeln. So hatte er ihre Mutter kennengelernt. Sie war seine Doktorandin und Assistentin gewesen, als er an der Athener Universität einen Lehrstuhl für Archäologie gehabt hatte.

»Und ich denke, dass sie alt genug ist, selbst zu entscheiden, mit wem sie eine Beziehung hat«, fügte ihr Vater dann mit einem vielsagenden Blick auf Carla und Antonio hinzu.

Melinda sah ihn dankbar an. Das war ja für seine Verhältnisse schon richtig viel, was er dazu sagte. Und er schien es jedenfalls nicht negativ zu sehen. Sie hatte eher damit gerechnet, dass er sich wie üblich nicht äußerte, aber nicht begeistert darüber sein würde.

»Deswegen bin ich auch Silvester und Neujahr nicht hier. Er kommt zu mir nach Brüssel«, sagte Melinda.

»Geht denn das überhaupt?«, fragte Carla.

Melinda lachte. »Ja natürlich. Er darf ein Privatleben haben und auch verreisen. Er hat allerdings kaum Zeit dazu. Deswegen bieten sich die Tage eben an.«

»Hat er dann überall Sicherheitsleute dabei?«, fragte Antonio interessiert.

»Ja. Leider«, erwiderte Melinda, »sie begleiten ihn fast immer. Bei ihm in der Wohnung sind sie natürlich nicht und wenn wir uns bei mir getroffen haben, waren sie auch nicht dabei. Aber sie wussten natürlich von uns. Anders wäre das nicht gegangen.«

»Ja und jetzt in Brüssel?«, fragte Carla.

»Einer von ihnen wird sicher mitkommen, aber im Hotel wohnen. Es ist ein privater Besuch. Bei dem Personenschutz geht es ja nicht nur um die Gefahr, dass ihn irgendein Terrorist umbringt, sondern eher um die Sicherstellung des reibungslosen Ablaufs der Regierungsgeschäfte. Natürlich kann er in seinem Privatleben auch etwas alleine machen, wenn er will. Aber in Griechenland wird ihm aus Sicherheitsgründen im Moment davon abgeraten.«

»Sehr romantisch stelle ich mir das vor«, sagte Antonio, »wenn man erst mit seinem Sicherheitsdienst absprechen muss, ob man …«

»Antonio!«, unterbrach ihn Melinda warnend, mit einem Seitenblick auf ihren Vater. »Man gewöhnt sich daran, ok?!«

»Also, wenn ihr das geklärt habt, würde ich mich gerne noch ein bisschen in mein Arbeitszimmer zurückziehen«, schaltete sich Georg ein und lächelte Melinda zu. »Bin ich froh, dass ich solche Probleme nicht habe«, sagte er, während er aus dem Zimmer ging.

Sie mussten alle drei lachen.

»Melinda, ich muss auch los, ins Lokal. Hast du nicht Lust mitzukommen?«, fragte Antonio sie.

»Nichts da!«, rief Carla aus, »Melinda hat mir einen Abend mit ihr versprochen.«

»Na dann viel Spaß!«, sagte Antonio und grinste sie an, als er sah, wie sie sich von Carla abwandte und eine Grimasse in seine Richtung schnitt.

Sie half Carla mit dem Aufräumen und dann setzten sie sich mit einem Glas Wein an den Küchentisch, wo sie immer alle wichtigen Gespräche führten. Als das Verhör und die gut gemeinten Ratschläge endlich überstanden waren, ließ sie sich erschöpft auf ihr Bett fallen, um Aris noch einmal anzurufen.

Die Weihnachtsfeiertage verbrachten sie, wie jedes Jahr, im Familienkreis. Am Heiligabend kamen die jüngeren Schwestern ihres Vaters mit ihren Familien und Carlas beste Freundin mit ihrem Mann. Es wurde ziemlich voll im Wohnzimmer, da auch alle ihre Geschenke mitgebracht hatten, die sie hier im Elternhaus von Georg und seinen Schwestern austauschten, wie es immer schon Tradition war.

Nachdem sie vor dem riesigen Weihnachtsbaum mit Sekt angestoßen hatten, stürzten sich alle auf die Geschenke, um sie zu verteilen und ihre eigenen zu öffnen. Der Geräuschpegel stieg merklich an, als jeder die des anderen kommentierte, wobei sie kein Blatt vor den Mund nahmen.

»Ach, ist es nicht wunderschön!«, rief Carla aus und hielt das schwarze, tief ausgeschnittene Satinnachthemd vor sich an ihren Körper.

»Traumhaft!«, sagte Georgs jüngere Schwester. »Georg hat ja auf seine alten Jahre einen richtig guten Geschmack entwickelt.«

»Also, dein Bruder würde mir so etwas nie schenken!«, sagte Carla mit einem Blick auf ihren Mann. »Das ist von meiner Tochter. Ich war richtig neidisch, als ich in Griechenland war und gesehen habe, in was für Nachthemden sie schläft. Sie hat eine ganze Kollektion davon. Es ist atemberaubend!«, rief sie in Melindas Richtung.

Melinda bemerkte, wie Antonio sie amüsiert ansah.

»Du schläfst in solchen Dingern?!«, fragte einer ihrer Cousins an Melinda gerichtet, »ich dachte diese Nachthemden wären nur etwas für die bestimmten Momente!«

»Warum soll man nicht darin schlafen, wenn man alleine ist?«, mischte sich seine Schwester ein, bevor Melinda etwas erwidern konnte. »Es ist nicht immer alles nur für euch Männer. Man fühlt sich einfach besser, wenn man in so etwas nachts im Bett liegt!«

Melinda lachte und ihr wurde richtig warm ums Herz, als sie das Bild in sich aufnahm. Es war ein ganz normales Weihnachten, ihr ganz normales Weihnachten. Nur in ihrem ersten Jahr in London war sie nicht dabei gewesen, wonach Carla geschlagene vier Monate kein einziges Wort mit ihr gesprochen hatte. Ihr fiel plötzlich auf, dass an dem Bild etwas ganz Entscheidendes fehlte. Zum ersten Mal wurde ihr bewusst, dass in ihrer Generation niemand Kinder hatte. Sie wäre die Erste gewesen, wenn das damals nicht passiert wäre.

Die Weihnachten bei ihrer Familie in München mit Daniel schienen eine Ewigkeit her zu sein. Sie hatte drei Weihnachten hier mit ihm gehabt. Und das war das dritte ohne ihn. Einen kurzen Moment spürte sie eine leichte Wehmut, aber es war nicht weiter schlimm. Sie überlegte, wie Aris hier hineinpassen würde, und musste lachen.

»Was ist?«, fragte Antonio, der zu ihr getreten war.

»Ach, nichts«, erwiderte sie.

Er zog sie an sich. »Ich bin wirklich froh, dich an Weihnachten mal wieder lachen zu sehen.«

Melinda genoss den restlichen Abend, der sich bis auf ihre gute Stimmung eigentlich von dem Heiligabend der Vorjahre beruhigend wenig unterschied. Eine ihrer Cousinen und ihr Onkel trugen sogar genau die gleichen Kleider. Ihr Vater sprach wie jedes Jahr den Weihnachtswunsch am Tisch, bevor sich alle ungeduldig ans Essen machten. Die ältere ihrer beiden Tanten löffelte wie immer erst ihre Suppe aus, bevor sie einen entzückten Laut ausstieß und Carlas Tischdekoration lobte, woraufhin ihre Stiefmutter ausführlich zu erklären begann, was das Thema war und in welchem Kurs sie sich das Können angeeignet hatte. Georgs andere Schwester erzählte dann die Geschichte, als sie Kinder gewesen waren und der Weihnachtsbaum Feuer gefangen hatte. Ihre Tochter verdrehte dabei die Augen, was ihr alle ihre Cousins und Cousinen am Tisch nachtaten. Dann begann ihr Onkel, sich zu betrinken, bis ihn seine Frau mit Carlas Hilfe vom Stuhl hochstemmte, als die anderen schon längst gegangen waren. Wie schon in den Jahren davor musste ihr Vater ihm am Ende gewaltsam die Autoschlüssel abnehmen, bis er sich entschieden hatte, ob er seine Frau fahren lassen würde oder doch lieber ein Taxi nahm. Und auch diesmal gab es keine Überraschungen, seine Wahl fiel wie immer auf das Taxi.

Auch die nächsten Tage verbrachte Melinda in ihrer Feiertagsroutine, ließ sich von Carla bemuttern und holte den Schlaf nach, der ihr fehlte. Nur, dass sie, anders als die beiden Vorjahre, auch einen Abend mit Antonio ins Lokal ging, wo sich immer jemand aus ihrem alten Freundeskreis aufhielt. Die meisten von ihnen, mit denen sie schon gemeinsam in die Schule gegangen waren, lebten wie Antonio in München. Sie betrachtete sie mittlerweile als Antonios Freunde, durch die andere Entwicklung, die ihr Leben genommen hatte, waren sie ihr schon lange fremd geworden.

Sie freuten sich offensichtlich, Melinda wiederzusehen, und fragten sie über ihr Leben in Athen aus. Nach den Gesprächen mit sämtlichen Verwandten die letzten Tage überraschte sie das verzerrte Bild, das sie von den tatsächlichen Zuständen in dem Land hatten, eigentlich nicht mehr. Es waren die gleichen Vorurteile, die sie schon an ihrem ersten Abend aus Antonios Mund gehört hatte. Es erschreckte sie allerdings, dass sie an ihrer Sicht der Dinge nicht wirklich interessiert zu sein schienen.

Irgendwann hatte sie keine Lust mehr, gegen ihre offenbar festverwurzelten, pauschalen Ansichten anzureden. Sie wollte zu einem giftigen Kommentar ansetzen, hielt sich dann aber Antonio zuliebe zurück und wechselte nur genervt das Thema.

Ihr Vater hatte aber offenbar aufrichtiges Interesse an der Situation in Griechenland, wie Melinda erfreut feststellte. Bisher war alles, was mit dem Heimatland ihrer Mutter zu tun hatte, ein absolutes Tabuthema gewesen. An ihrem letzten Abend saßen sie nach dem Essen gemeinsam bis spät in seinem Arbeitszimmer und unterhielten sich über die Lage dort. Es war das erste Mal in sehr vielen Jahren, dass sie so ein langes Gespräch führten, das er selbst initiiert hatte.

»Warum kommst du nicht mal wieder nach Athen?«, fragte sie sanft. »Es ist über zwanzig Jahre her. Du hast das neue Akropolis-Museum noch gar nicht gesehen. Und du warst doch einer derjenigen, die sich immer aktiv für die Umsetzung eingesetzt haben. Du wirst beeindruckt sein.«

»Vielleicht werde ich das tun. Jetzt, wo du dein Leben enger an dieses Land binden wirst.«

»Vater, ich werde öfter dort sein, aber ich weiß nicht, ob ich da wirklich leben kann oder will.«

Er seufzte und spielte mit dem Band seiner Lesebrille, die ihm um den Hals hing.

»Es ist nicht einfach für eine Beziehung, wenn man aus zwei so verschiedenen Ländern kommt. Wenn einer sich entscheiden muss, seine Heimat zu verlassen. Manchen fällt das natürlich leichter als anderen. Ich habe damals gerne in Athen gelebt. Ich wäre auch geblieben, aber mein Lehrstuhl war befristet, die Universität hatte kein Geld für eine Verlängerung. Vielleicht ist es etwas anderes, wenn man für seine eigene Karriere in ein fremdes Land zieht, als wenn man das für seinen Partner tut.«

»Hat sich Mutter schwer damit getan, hierher zu ziehen?«, fragte Melinda vorsichtig. »Ich dachte immer, dass sie sich in Deutschland wohl fühlte.«

»Es war oft nicht leicht für sie, Griechenland hat ihr sehr gefehlt. Wir wollten wieder nach Athen zurück, als ich eine Stelle beim Archäologischen Institut angeboten bekam. Dann ist sie krank geworden und wir haben entschieden, hier zu bleiben, weil wir dachten, dass sie in Deutschland bessere Behandlungschancen hat. Vielleicht war es nicht die richtige Entscheidung.«

»Davon wusste ich ja gar nichts«, sagte Melinda bestürzt. Es war das erste Mal, dass er mit ihr so offen über etwas Persönliches sprach.

»Jetzt weißt du es.«

Er griff zu seiner Lesebrille und setzte sie wieder auf. Der kurze Einblick, den er ihr in sein Innenleben gewährt hatte, war vorbei.

»Ich werde noch ein bisschen arbeiten«, sagte er und wandte sich den Papieren zu, die vor ihm lagen. Es waren Skizzen von archäologischen Funden, wie sie erkennen konnte.

Sie stand auf und ging um den Schreibtisch herum.

»Gute Nacht, Vater«, sagte sie, während sie sich zu ihm hinunter beugte und ihn kurz auf die Wange küsste. »Und vielleicht solltest du mal deine Brille putzen.«

Er lächelte, als er sie abnahm und ein verstaubtes Tuch zwischen zwei Bücherstapeln hervorzog. »Gute Nacht, Melinda.«

Sie schloss die Tür seines Arbeitszimmers hinter sich und ging in ihr Zimmer. Es war spät und sie war müde, aber sie lag noch lange wach und dachte an das Gespräch mit ihrem Vater zurück. Die Erkenntnis, dass sie in Griechenland aufgewachsen wäre, wenn ihre Mutter nicht Krebs bekommen hätte, überwältigte sie. Sehr viele Dinge wären ganz anders gewesen. Sie würde diese Mentalität besser verstehen. Aris Mentalität. Sie fragte sich, ob ihr Leben dann einen anderen Verlauf genommen hätte. Ob sie vielleicht nicht nach London gezogen wäre und auch nicht nach Brüssel. Das Paradoxe an der Sache war, dass sie Aris dann wahrscheinlich nie kennengelernt hätte.

Plötzlich sehnte sie sich nach ihm. Sie war selbst überrascht davon, wie intensiv das Gefühl war. Er fehlte ihr, sie wollte einfach nur ihren Kopf an seinem Hals bergen und seine Arme um sich fühlen. Noch vor ein paar Monaten hätte sie es niemals für möglich gehalten, dass sie nach Daniel so etwas wieder empfinden konnte. Es war nicht diese Seelenverwandtschaft, die vom ersten Moment an zwischen ihr und Daniel existiert hatte. Dazu waren sie und Aris zu verschieden, die Welten, aus denen sie kamen, lagen einfach zu weit auseinander. Das mit Aris war körperlicher. Aber es war genauso stark. Und es hatte keinen Sinn mehr, das zu leugnen.

Aris ließ sich in die Kissen sinken. Melinda legte ihren Kopf auf seine Brust und er strich ihr sanft über die Haare. Wenig später hörte er ihre gleichmäßigen Atemzüge und musste lächeln. Sie war eingeschlafen. Mit der freien Hand zog er vorsichtig die Bettdecke über sie beide.

Sie hatten beschlossen, den Silvesterabend bei ihr zu Hause zu verbringen. Vassilis, den er notgedrungen mitgebracht hatte, war einverstanden gewesen, sich in das nahegelegene Hotel zurückzuziehen, solange sie Melindas Wohnung nicht verließen. Sie hätten das natürlich trotzdem tun können, schließlich kannte ihn hier niemand, aber sie waren viel zu sehr mit sich selbst beschäftigt gewesen. Ihm war es vollkommen egal, wie Brüssel seinen Silvester verbrachte, er wollte nur sie. Er hatte sie wahnsinnig vermisst. Niemals hätte er gedacht, dass ihm ein anderer Mensch so fehlen würde. Und es überraschte ihn immer wieder, wie stark sie aufeinander reagierten. Sie brachte ihn fast um den Verstand.

Seit er bei ihr war, hatten sie ihre Hände einfach nicht voneinander lassen können. Erst das Feuerwerk zum Jahreswechsel, das plötzlich über die Stadt hereingebrochen war, hatte sie für kurze Zeit in die Realität zurückgeholt. Sie hatten mit dem Champagner angestoßen und waren dann wieder vollkommen ineinander versunken.

Obwohl er jetzt die Erschöpfung spürte, die allmählich alle seine Glieder erfasste, konnte er nicht schlafen. Er musste sie die ganze Zeit ansehen, um sich zu vergewissern, dass sie wirklich neben ihm lag. Vorsichtig schlug er die Bettdecke zurück und ließ seinen Blick über ihren nackten Körper gleiten. Er war sich absolut sicher, dass er sich niemals an ihr satt sehen würde. Er wollte sie berühren und über ihre weiche, weiße Haut streifen, aber er hielt sich zurück, um sie nicht zu wecken. Sanft deckte er sie wieder zu und schloss die Augen. Wenige Augenblicke später schlief er tief und fest.

Als er am nächsten Morgen aufwachte, musste er lächeln, als ihm einfiel, wo er war. Mit noch geschlossenen Augen tastete er nach ihr, aber er konnte sie nicht finden. Ohne die Augen zu öffnen, rollte er sich auf ihre Seite und grub sein Gesicht in ihr Kissen. Er hörte sie in der Küche etwas herumräumen. Wenig später kam sie mit zwei Kaffebechern zurück ins Zimmer. Sie lächelte ihn an und stellte sie vorsichtig auf den Nachttisch.

»Frohes neues Jahr«, sagte sie sanft. Er konnte ihre Zahnpasta schmecken, als sie ihn küsste.

»Frohes neues Jahr«, erwiderte er und zog sie zu sich.

Er wollte gerade da weitermachen, wo sie letzte Nacht aufgehört hatten, nahm sich dann aber zusammen. Am Nachmittag musste er zurückfliegen und er wollte mit ihr noch ein bisschen durch die Stadt laufen. Einfach so ein paar alltägliche Dinge tun, die sie bisher nie hatten machen können.

»Lass uns nach draußen gehen. Nur wir zwei, wir sagen Vassilis nichts davon.«

»Ok«, sagte Melinda, »wenn du glaubst, dass das in Ordnung ist.«
»Melinda, kein Mensch kennt mich hier, ich bin mit Sicherheit nicht gefährdet.«
Sie lachte. »Ich gehe duschen und mich fertigmachen.«
Er redete kurz mit Vassilis und klopfte dann an die Badtür.
»Brauchst du das Bad?«, fragte sie, als sie die Tür öffnete, »ich kann mich auch im Schlafzimmer schminken.«
»Ich wollte nur sehen, was du machst«, sagte er und stellte sich hinter sie.
Er sah ihr eine Weile zu und sie lächelte, als sich ihre Blicke im Spiegel trafen. Dann stieg er in die Dusche. Genau wie in ihrer Wohnung in Athen standen hier unzählige Plastikflaschen, geordnet nach einem System, das er nicht ergründen konnte, in einem Regal. Ordnung schien ihr ziemlich wichtig zu sein. Er hatte sich mit so etwas noch nie aufgehalten, es war immer jemand da gewesen, der ihm hinterherräumte. Was dann dazu führte, dass er nie selbst etwas fand. Oft musste er sogar seine Haushälterin Natascha am Handy anrufen, um sie zu fragen, wo das Gesuchte zu finden war. Irgendetwas sagte ihm, dass Melinda ihm das nicht so ohne Weiteres durchgehen lassen würde.
»Aris!«, sagte Melinda vorwurfsvoll, als er kurze Zeit später die Tür der Duschkabine öffnete und der Spiegel beschlug.
Sie öffnete die Badtür und wischte dann nicht mit der Hand den Wasserdampf weg, wie er das gemacht hätte, sondern strich sorgfältig mit einem Tuch über das Glas. Er schüttelte den Kopf und holte sein Rasierzeug. Dann stellte er sich neben sie an den kleinen Waschtisch und begann sich zu rasieren.
»Aris!«, sagte sie lachend, als er sich vorbeugte, um besser sehen zu können, »ich war zuerst hier.«
Sie versuchte ihn zur Seite zu drängen, aber er hielt ihr stand. Sie bemühte sich noch einmal mit aller Kraft, ihn wegzuschubsen, und gab dann auf.
»Ich bin sowieso fertig«, sagte sie lachend und verschwand im Schlafzimmer.
Wenig später, nachdem Melinda mit ihrer Familie telefoniert hatte und er mit dem Versenden seiner obligatorischen Neujahrs-SMS fertig war, verließen sie Melindas Appartement.
Aris zog fröstelnd die Schultern hoch und schloss die Knöpfe am Kragen seiner Jacke, um sich vor dem eisigen Luftschwall zu schützen, als sie durch die Haustür auf die Straße traten. Der Grund, warum er ungern im Winter in nördliche Länder fuhr, geschweige denn dort jemals freiwillig Urlaub machen würde, war diese verdammte Kälte! Melinda schien sie jedenfalls nichts auszumachen, sie hatte ihren kurzen Mantel gar nicht zugeknöpft.

Sie griff nach seiner Hand und zog ihn über die Straße. Er fühlte sich plötzlich fast ganz normal, richtig frei, während sie durch die Altstadt liefen. Sie waren ein ganz gewöhnliches Paar am Neujahrstag in einer europäischen Stadt. Ihm wurde bewusst, wie sehr sich sein Leben im letzten Jahr verändert hatte, wie viele von diesen ganz selbstverständlichen Dingen für ihn nicht mehr möglich waren. Und wie sehr ihm das fehlte.

Melinda, die heute nichts Hochhackiges trug, sondern flache Schnürstiefel, erzählte ihm Einzelheiten über Brüssel und die Gebäude, an denen sie vorbeikamen. Es erstaunte ihn, wie gut sie die Stadt und ihre Geschichte kannte. Über Athen wusste er nicht annähernd so viel, was eigentlich in Anbetracht seiner Eigenschaft als Minister für Tourismus richtig peinlich war.

Als sie an einen kleinen Platz kamen, zog sie ihn zu einer Statue, die in der Mitte stand, und beschrieb ihm, was sie darstellte. Er konnte nicht wiederstehen und hob sie auf den Marmorsockel. Dann legte er seine Hände um ihr Gesicht und küsste sie leidenschaftlich.

»Was war denn das?«, fragte sie, als sie sich nach einer Weile voneinander lösten.

»Ich wollte das einfach einmal tun. Dich küssen in aller Öffentlichkeit. So, dass es jeder sehen kann.«

Sie lächelte ihn zärtlich an. »Jetzt ist es ja bald vorbei mit diesem Versteckspiel. Aber das werden wir in Griechenland wahrscheinlich trotzdem nicht machen können. Stell dir mal vor, was Seferlis dazu sagen würde«, sagte sie lachend.

Aris musste auch lachen.

»Glaubst du, dass Seferlis so etwas tun würde? Eine Frau einfach so küssen? Ich kann mir das überhaupt nicht vorstellen!«, sagte Melinda.

Aris lachte wieder. »Ja, da hast du recht, die Vorstellung hat schon etwas Befremdliches.«

Er holte sein Handy aus der Tasche, das gerade läutete.

»Es ist Seferlis«, sagte er immer noch lachend zu Melinda.

»Frohes neues Jahr, Michalis.«

»Dir auch, Aris. Was machst du?«

»Ich bin in Brüssel«, antwortete Aris.

»Was haben wir denn in Brüssel?«, fragte Seferlis.

»Nichts. Ich bin privat hier. Heute Abend fliege ich zurück.«

»Gut. Ich wollte nämlich für morgen Vormittag eine Sitzung einberufen.«

Der Mann machte wirklich nie Pause.

»Geht in Ordnung, Michalis.«

»Übrigens, ich habe gehört, dass du dich scheiden lässt«, sagte Seferlis.

»Ja, wir lassen uns scheiden«, erwiderte Aris.

»Das tut mir leid. Der Druck in unserem Beruf ist schon enorm. Das ist für die andere Seite nicht immer ganz einfach zu verstehen«, sagte Seferlis seufzend. »Ich wünsche dir alles Gute. Und ein frohes neues Jahr.«

»Dir auch«, erwiderte Aris und legte auf.

»Es hat sich schon bis zu Seferlis herumgesprochen?«, fragte Melinda überrascht.

»Ja«, er umriss ihr kurz, was Seferlis gesagt hatte. »Wir wollten doch, dass es schnell geht«, sagte Aris, »und das Interview mit Maria ist letzte Woche erschienen.«

»Was glaubst du, wird Seferlis dazu sagen, wenn er von uns erfährt?«, fragte ihn Melinda.

»Was soll er sagen? Vielleicht wird er ein bisschen überrascht sein, weil er dich kennt und wissen wird, wie das zwischen uns passiert ist. Aber darüber hinaus - es geht ihn schließlich nichts an, mit wem ich zusammen bin.«

»Ja, das stimmt«, sagte sie nachdenklich.

»Komm, lass uns etwas essen gehen«, sagte Aris und nahm ihre Hand.

Melinda entschied sich für ein kleines Bistro in einer Seitengasse. Inzwischen hatte Aris ein ziemlich schlechtes Gewissen und rief Vassilis an, der wenig später erschien. Er war ganz und gar nicht begeistert darüber, dass er ihn über seinen Alleingang nicht wenigstens informiert hatte. Erst als Aris sich mit seinem zerknirschtesten Gesichtsausdruck bei ihm entschuldigte, beruhigte sich Vassilis etwas. Melinda bestand darauf, dass er sich zu ihnen setzte, und als sie ihm eine Auswahl der örtlichen Küche bestellte, die offensichtlich seinen Geschmack traf, schien er wieder versöhnt. Er ließ sich sogar überreden, ein Glas belgisches Bier zu trinken.

Als sie dann wenig später in Vassilis Hotel auf das Taxi warteten, das sie zum Flughafen bringen würde, wurde Aris richtig schwer ums Herz.

»Bitte komm bald«, sagte er und nahm Melinda in die Arme. »Du fehlst mir so sehr, jetzt wo ich dich nicht mehr jeden Tag wenigstens kurz im Ministerium sehe.«

Vassilis machte ihm ein Zeichen, dass das Taxi da war.

»Du fehlst mir auch wahnsinnig. Ich komme sobald wie möglich für ein paar Tage«, sagte sie sanft.

Sie küsste ihn und er hielt sich förmlich daran fest, zögerte den Moment des Abschieds so lange wie möglich hinaus, bevor er sich mit einem Seufzen von ihr löste.

Kapitel 13

Es regnete in Strömen, als Melinda am Montagmorgen nach einem Wochenende in Athen vor dem Brüsseler Flughafen in ein Taxi stieg. Sie sah kurz auf die Uhr und entschied sich dann, nicht erst in die Agentur zu fahren, um ihren Trolley abzustellen. Es würde ein bisschen knapp werden für ihren Termin. Sie nannte dem Fahrer die Adresse der Firma des neuen Kunden, wo die Besprechung stattfinden würde, und ließ sich in den Rücksitz sinken.

Eigentlich hätte sie schon gestern fliegen sollen, weil sie wegen dem Meeting keine Verspätung riskieren wollte, aber Aris hatte endlich einmal wieder fast den ganzen Tag und vor allem den Abend freigehabt. Gerade heute passte es gar nicht, wenn sie zu spät kam. Nico hatte ihr das erste Mal nach der Zeit in Athen wieder einen größeren Auftrag übertragen und würde wahrscheinlich nicht sonderlich begeistert sein, wenn sie sich bei diesem ziemlich wichtigen Termin verspätete. Er kam ihr mit dem Pendeln entgegen, so dass sie oft ein paar Tage dranhängen konnte, wenn ihre persönliche Anwesenheit nicht erforderlich war, aber sie durfte es damit nicht zu weit treiben. Sie wollte ihren Job bei Nico auf jeden Fall behalten. Die Erfahrung des letzten Jahres hätte sie um nichts missen wollen, aber sie war froh, wieder in Brüssel zu arbeiten.

Als das Taxi vor dem spiegelverglasten Gebäude hielt, in dem die deutsche Mobilfunkgesellschaft ihre Brüsseler Büros hatte, bezahlte sie den Fahrer und eilte, ihren kleinen Koffer hinter sich herziehend, in die Lobby.

Nico war noch nicht da, wie sie erleichtert feststellte. Sie ging zum Empfang, um sich anzumelden, und wenige Augenblicke später erschien er auch.

Die Firma, die einen neuen Vorstand hatte, wollte Agentur wechseln und sie hofften, sie als neuen Kunden gewinnen zu können. Das Meeting zog sich ziemlich in die Länge, die Vorstandsvorsitzende hakte bei jedem der Strategiepunkte, die ihre Agentur für das Unternehmen ausgearbeitet hatte, nach, und ließ sich bis ins kleinste Detail erklären, wie er umgesetzt werden sollte und was genau das ihrer Firma bringen würde.

Als sie es schließlich geschafft hatten, alle ihre Zweifel auszuräumen, gingen sie zum Mittagessen in eines der Lokale in der Nähe des Europäischen Parlamentsgebäudes.

Das war natürlich kein rein privates Essen, sondern Teil von Nicos Kontaktpflege. Sie arbeiteten sich, immer wieder unterbrochen durch ein paar Wortwechsel mit bekannten und weniger bekannten Leuten aus dem breiteren Einflussbereich der EU-Politik, zu ihrem Tisch am anderen Ende des Restaurants durch und registrierten, wer mit wem zusammensaß.

»Ich habe erfahren, dass die Oppositionspartei auf Zypern in Erwartung des Machtwechsels bei den nächsten Wahlen sich hier in Brüssel verstärkt vernetzen will«, sagte Nico, nachdem sie bestellt hatten. »Ich denke, dass wir sie vielleicht dazu bringen können, unsere Hilfe in Anspruch zu nehmen. In Zypern schaut es ja auch nicht gut aus, aber die Partei hat Geld. Nachdem du jetzt öfter in Athen bist, dachte ich, du könntest dir das mal ansehen. Ob das etwas für uns wäre.«

»Ja, warum nicht? Vielleicht ist das tatsächlich interessant.«

»Sag mal Melinda, ist es eigentlich ernst mit deinem Minister? Ich frage mich nur, ob ich Gefahr laufe, dich in nächster Zukunft zu verlieren.«

Melinda lächelte. »Also, wir sind zusammen. Natürlich ist es ernst. Aber wie ich dir ja schon gesagt hatte, ich habe im Moment nicht vor, mein Leben nach Athen zu verlegen. Vor allem nicht, um da beruflich etwas zu machen. Wenn es für dich in Ordnung ist, dass ich weiter auf Provisionsbasis arbeite, kriege ich das hin.«

»Natürlich ist das ok. Bisher hat es gut funktioniert. Ich freue mich, dass du wieder ein Leben hast. Und, falls du dich erinnern kannst, ich habe es dir gleich gesagt mit Aris Assimakopoulos.«

Sie lachte. »Aber damals wusste ich es für mich noch nicht«, sagte sie, während der Kellner ihnen ihr Essen servierte.

»Melinda, Nico, schön euch endlich mal wieder zusammen zu sehen!«, hörte sie plötzlich eine Stimme hinter sich.

Sie wandte sich um. »Hallo Marc«, begrüßte sie ihn.

»Setz dich doch zu uns«, sagte Nico.

»Ich wollte gerade gehen, aber auf ein Glas Wein bleibe ich gerne.«

Nico machte dem Kellner ein Zeichen, während Marc sich auf dem Stuhl neben Melinda niederließ.

Marc war die Person, die man in Brüssel kennen musste, um hier weiterzukommen. Es gab niemand, zu dem Marc keinen Zugang finden konnte. Er war als junger Europaabgeordneter für Großbritannien im Parlament gesessen und hatte idealistische Reden gehalten, die niemand hören wollte, bevor er sich anderen Wegen zugewandt hatte, um seine Ideale zu verbreiten. Schließlich hatte er diese Ideale aufgegeben, war bei den nächsten Wahlen nicht wieder angetreten und tat seitdem das, was er am besten konnte: Die richtigen Leute zusammenbringen und dabei Geld verdienen. So hatte er Melinda seinen Lebenslauf zusammengefasst, als sie sich das erste Mal begegnet waren. Mittlerweile wusste sie, dass es stimmte. Und sie wusste auch, dass er eine ganze Menge Geld damit verdiente.

»Melinda, dich habe ich schon eine Weile nicht gesehen! Bist du endgültig zurück aus Griechenland?«

Melinda lächelte ihn an. »Beruflich ja.«

»Aber du hast doch sicher gute Kontakte zur griechischen Regierung. Ich habe da nämlich einen Energiekonzern, der vor der Krise kurz davor gewesen war, in große Solaranlagen dort zu investieren. Sie überlegen sich, es jetzt vielleicht doch umzusetzen. Im Moment würde natürlich kein zurechnungsfähiger Unternehmer das Risiko einer Investition in dem Land eingehen. Aber sie haben schon ziemlich viel Geld in das Vorhaben gesteckt und wenn sie sicherstellen könnten, dass man sie das Projekt zu Ende bringen lässt, wären sie bereit, das zu tun. Vielleicht können wir ihnen dabei helfen. Sie würden es sich auch etwas extra kosten lassen. Auch für die Zuständigen in den Schlüsselpositionen. Was meinst du?«

»Also Marc, wir können uns das gerne anschauen, aber ich denke nicht, dass Bestechung im Moment der richtige Weg ist. In Griechenland befindet sich einiges im Umbruch und der neue Premierminister hat sich die Bekämpfung der Korruption auf die Fahne geschrieben. So wie ich das erlebt habe, meint er es wirklich ernst damit.« Mal unabhängig davon, dass sie mit so etwas nichts zu tun haben wollte.

»Ach komm, Melinda, du bist doch schon länger dabei! Ich glaube dir gerne, dass der Premierminister die besten Absichten hat. Aber du weißt genau, wie die Dinge laufen. Natürlich müssen sich die Griechen etwas zurücknehmen, sie haben es eben mit ihrer Party ein bisschen zu sehr übertrieben, so dass alles zusammengekracht ist und das Land jetzt von den Europäern abgestraft wird. Schließlich haben sie die Eurozone ernsthaft in Gefahr gebracht und Europa damit bloßgestellt. Aber dass das plötzlich eine korruptionsfreie Zone wird, ist ja wohl Utopie. Bei uns funktioniert es schließlich auch nicht anders. Und die Einstellung mancher europäischer Länder, die da mit hocherhobenen Zeigefinger vor Griechenland stehen, ist doch eigentlich richtiggehend anmaßend in Anbetracht der Tatsache, dass ausgerechnet ein deutscher Elektronikkonzern und ein Rüstungskonzern aus eben diesem Land in die beiden größten griechischen Korruptionsskandale der letzten Jahre verwickelt waren.«

»Da liegst du sicher nicht ganz falsch. Aber lass uns noch mal in Ruhe darüber reden, damit ich sehen kann, um was es geht. Es gibt möglicherweise einen ganz legalen Weg.«

»Ach, früher einmal habe ich auch so gedacht wie du. Aber das ist schon eine ganze Weile her. Trotzdem, natürlich, ich ziehe den legalen Weg auch vor, wenn es ihn geben sollte.« Er warf einen Blick auf sein Handy. »Ich muss los«, sagte er und trank den letzten Schluck Wein aus seinem Glas. »Nico, ich nehme an, wir sehen uns heute Abend auf dem Ball der Juristenvereinigung.«

Nico nickte. »Bis dann Marc.«

Nico hatte noch einen anderen Termin und sie fuhr alleine mit dem Taxi in die Agentur zurück. Sie sah aus dem Fenster und ließ sich das

Gespräch mit Marc noch einmal durch den Kopf gehen. Natürlich bezahlten Unternehmen Agenturen wie die von Nico nicht nur dafür, dass sie Imagepflege für sie betrieben, sondern auch dafür, dass sie die Politik zu ihren Gunsten beeinflussten. Im Grunde war auch nichts falsch daran, Wirtschaft und Politik zusammenzubringen. Die Politik musste ja wissen, wie der Markt funktionierte, damit sie die bestmöglichsten Rahmenbedingungen für seinen Wachstum schaffen konnte. Trotzdem ging es auch darum, wer den größten Einfluss geltend machen konnte. Und das war oft ganz klar der Zahlungskräftigste.

Schon seit ihrer Anfangszeit in Brüssel, als sie mit Daniel in der Meinungsforschung für die Kommission tätig gewesen war, machte sie sich keine Illusionen mehr darüber, wie Politik funktionierte. Sie wusste, dass Marc recht hatte, dass es überall auf der Welt in der Wirtschaft und der Politik Korruption gab und sich die Linie zwischen legaler und illegaler Beeinflussung nicht immer eindeutig ziehen ließ. Ihr war klar, dass der ganze Bereich des Lobbyismus für Außenstehende ziemlich undurchsichtig erscheinen musste, wo unzählige Agenturen, Interessensverbände und Politikberater hier in Brüssel, wo EU-Politik gemacht wurde, um die Durchsetzung ihrer Interessen kämpften. Aber das hieß nicht, dass alle unseriös arbeiteten, und für Leute wie Nico und sie selbst gab es eindeutige Grenzen, die sie nie überschreiten würden.

Von Anfang an hatte Brüssel eine starke Faszination auf sie ausgeübt. Es war aufregend, in diesem weiten Bereich der Entscheidungsprozesse der Europapolitik zu arbeiten und zu verstehen, wie das System funktionierte. Das hier am Dreh-und Angelpunkt der EU war einfach eine ganz andere Dimension, vor der die Probleme, mit denen sie in Aris Ministerium zu kämpfen gehabt hatten, manchmal fast unwirklich erschienen. Die griechische Regierung hatte in den letzten Monaten in Europa wieder leicht an Ansehen gewonnen, aber das Vertrauen in das Land war natürlich noch lange nicht wiederhergestellt. Auch wenn die neue Regierung tatsächliche Zeichen setzte, dass sie es mit dem Umbruch anging. Aber hier interessierte es niemand, was für eine Aufgabe es war, eine Regierung zu halten, wenn die Hälfte der Bevölkerung in Dritte-Welt-Zustände versetzt wurde, ohne Hoffnung auf Aufschwung, auf eine Zukunft.

Manchmal hatte sie auch ein schlechtes Gewissen, wenn sie froh darüber war, damit beruflich nichts mehr zu tun zu haben. Diese Zerrissenheit zwischen den Gefühlen für dieses Land, das der Mann in ihrem Leben mitregierte, und der internationalen Realität, machte ihr natürlich schon zu schaffen. Aber das war eine Tatsache, mit der sie leben musste.

Ihre Beziehung zu Aris hatte sich jetzt nach fast zwei Monaten einigermaßen eingespielt, auch wenn das Jonglieren mit ihren Zeitplänen einen ziemlichen Kraftakt bedeutete. Sie hielten ihre Beziehung nicht mehr geheim, sie wohnte bei ihm, wenn sie sich in Athen aufhielt, und sie waren ein paar Abende gemeinsam ausgegangen, allerdings privat.

Das erste Mal war mit Thymios und seiner Frau Stella gewesen. Einige der Gäste hatten sie auch offen angestarrt, als ihr Blick auf den Arm gefallen war, den Aris ihr um die Taille gelegt hatte. Aber bis an die Boulevardpresse war es noch nicht durchgedrungen.

Aris drängte sie nicht, ihn zu einem offiziellen Anlass zu begleiten, aber sie wusste, dass es langsam Zeit wurde, das zu tun. Sie hatte sich entschieden, mit ihm zusammen zu sein, und so unangenehm ihr dieser Teil auch war, sie musste sich diesem öffentlichen Aspekt seines Lebens endlich stellen. Und so hätte sie zumindest die Möglichkeit, gelegentlich auf einer seiner Auslandsreisen dabei zu sein.

Wenn sie in Brüssel war, führten sie jeden Abend lange Telefongespräche und sie redeten auch wie früher über seine Arbeit und anstehende Entscheidungen, aber eben als Partner und nicht mehr als Mitarbeiter. Und dieser Abstand tat ihr gut.

Obwohl es ihr sehr wichtig gewesen war, ihr Leben in Brüssel zu behalten, musste sie sich eingestehen, dass er ihr wirklich fehlte, wenn sie sich länger nicht sahen. Und sie war immer noch überwältigt davon, wie intensiv sie das im Bett zwischen ihnen empfand. Das war nicht einfach nur diese Phase des Verliebtseins, sie spürte eine körperliche Anziehung zu ihm, die sie in der Form zum ersten Mal erlebte. Von Anfang an war ihr klar gewesen, dass er wesentlich mehr Erfahrung hatte als sie und dass dies nicht an den zehn Jahren Altersunterschied lag. Und ihr war ebenfalls klar, dass er diese Erfahrung nicht nur in den achtzehn Jahren Ehe mit seiner Frau gesammelt haben konnte.

Die Tatsache, dass es anscheinend ziemlich viele Frauen, auch während seiner Ehe, in seinem Leben gegeben hatte, verunsicherte sie. Nicht selten spürte sie, dass sie regelrecht verklemmt auf ihn wirken musste. Und manchmal fragte sie sich, ob sie wirklich die Frau war, die alle seine Bedürfnisse in diesem Bereich abdecken konnte. Sie wusste, dass sie sich wahrscheinlich viel zu viele Gedanken darüber machte, denn es war offensichtlich, was er für sie empfand, auch auf dieser Ebene. Trotzdem konnte sie diese Verunsicherung nicht vollständig aus ihren Gedanken verdrängen.

Aris sah von seinem Rechner hoch und stellte den Ton des Fernsehers leiser, in dem eine Nachrichtensendung lief, um sich besser konzentrieren zu können. Er blickte kurz zu Melinda hinüber, die neben ihm auf dem Bett saß und in ihren eigenen Rechner vertieft war. Er musste lächeln. Sie hatte eines ihrer Hollywoodnachthemden an und war noch geschminkt.

Abschminken war immer das Allerletzte, was sie machte, bevor sie sich schlafen legte.

Seufzend wandte er sich wieder seinem Rechner zu. Er sollte das noch fertigmachen. Morgen war das Treffen mit Seferlis und den anderen zuständigen Ministern zur Eröffnung der neuen Tourismussaison. Diese Treffen, in denen sich der Premierminister den Fortschritten seiner Minister widmete, legte er oft auf Sonntage, da er dann durch das Tagesgeschäft weniger abgelenkt war.

»Schaust du eigentlich Pornos?«, fragte Melinda plötzlich.

»Wie bitte?«, er sah sie überrascht an.

»Ich habe dich gefragt, ob du Pornos schaust«, wiederholte sie die Frage.

Aris nahm seine Lesebrille ab. Irgendwie fand er es unpassend, so ein Gespräch mit der Brille auf der Nase zu führen.

»Also …, ich hatte Phasen in meinem Leben, in denen ich Pornos geschaut habe. Aber ich denke, das haben alle Männer irgendwann mal gemacht. Wie kommst du denn darauf?«

»Einfach so.«

Ihm war klar, dass das nicht einfach so kam. Wenn Frauen ein Thema auf diese Weise anschnitten, wurde es meistens unangenehm. Aber er konnte auf die Schnelle nicht ergründen, wo das herkam.

»Und jetzt? Siehst du jetzt noch gerne Pornos?«, setzte sie wieder an.

»Melinda, ich habe nicht einmal Zeit, einen normalen Film zu sehen! Also mir einen Porno anzuschauen, ist mir, ehrlich gesagt, schon lange nicht mehr durch den Kopf gegangen.«

»Würdest du dir mit mir so etwas gerne ansehen?«

Sie ließ nicht locker.

»Was soll das denn? Ich habe noch nie darüber nachgedacht. Und ich kann mir nicht so richtig vorstellen, dass du auf so etwas stehst.«

»Du glaubst, ich bin verklemmt«, sagte sie vorwurfsvoll.

Er musste lachen. »Naja, in ein paar Dingen zierst du dich ein bisschen. Aber ich finde das süß. Und wenn man dich dann mal so weit hat, ist es wie ein Erdbeben!«

»Also, du würdest mit mir keinen Porno ansehen, weil du glaubst, dass ich nicht darauf stehe, obwohl dich das eigentlich anmachen würde.«

Ok. Jetzt musste er vorsichtig sein. Sie hatte sich da offensichtlich in etwas verrannt.

»Melinda, ich habe dir gerade gesagt, dass mich das einfach bisher noch nicht beschäftigt hat. Ich würde mir mit dir einen Porno anschauen, wenn du das möchtest. Aber ich will solche Dinge viel lieber mit dir tun, statt sie anzusehen.«

»Du willst also solche Dinge, die die Leute in Pornos tun, eigentlich mit mir machen, aber du glaubst, dass ich zu verklemmt dazu bin!« rief sie aus.

Scheiße, das hatte er doch gar nicht gesagt! Wieso wollte sie ihn da nur so missverstehen?

»So habe ich das nicht gemeint! Und mich machen auch nicht alle Dinge an, die Leute in Pornos tun. Nur manche. Aber das heißt nicht, dass ich alle diese Sachen mit dir machen will.«

»Aber mit anderen Frauen würdest du sie machen!«

Das wurde ja immer schlimmer, sie hatte sich richtig festgebissen. Allmählich ging ihm auch auf, wo das Ganze herkam.

»Hör mal, Melinda«, sagte er, »du machst mich wahnsinnig an. Und das weißt du auch. Das, was mich anmacht, sind nicht irgendwelche Dinge, es bist du. Mich macht das an, wenn ich dir geben kann, was du brauchst.«

»Ok«, lenkte sie in einem etwas versöhnlicheren Tonfall ein, »ich tue mir nur schwer damit, wenn ich weiß, dass du dich wegen mir zurücknimmst, obwohl du auch andere Bedürfnisse hast, die ich nicht abdecken kann.«

»Also, übertreib mal nicht. Ich glaube nicht, dass ich in irgendeiner Weise den Eindruck erwecke, dass ich mich im Bett mit dir langweile.«

»Tust du nicht?«, neckte sie ihn.

Er zog belustigt eine Augenbraue hoch.

»Es ist nur so«, fuhr sie fort, »dass ich wissen will, auf was du stehst. Nur weil ich das noch nie gemacht habe, muss das ja nicht heißen, dass ich es nicht mögen würde.«

Einige von diesen Dingen würde sie sicherlich nicht mögen. Aber das war es ja gerade, er wollte sie mit ihr auch wirklich nicht machen. Weil er das mit ihr ganz anders sah. Es machte ihm zwar Spaß, sie ab und zu über ihre Grenzen zu drängen, aber nur so weit sie das selbst wollte. Und sie schien ihre Grenzen ganz offensichtlich austesten zu wollen, wie ihm das Gespräch gerade offenbarte.

»Ok, an was denkst du denn da? Was glaubst du, was ich gerne machen würde, aber nicht tue, weil ich dich, wie du mir vorwirfst, für verklemmt halte?«

»Naja, ich dachte, dass wir vielleicht …, also ich hatte neulich das Gefühl…, dass du wolltest …«

»Du zierst dich schon wieder. Was genau meinst du?«

»Also, wir könnten…, Aris, ich denke, du weißt, was ich meine.«

»Nein, ich weiß nicht, was du meinst. Sag es mir einfach. Sprich es aus.«

Sie sah ihn verlegen an. Dann beugte sie sich an sein Ohr und flüsterte es ihm zu. Amüsiert bemerkte er, wie die Röte sich über ihr Gesicht ausbreitete, als sie ihn jetzt wieder ansah.

Er spürte, dass er langsam hart wurde. Zum Glück lag die Bettdecke darüber. Das war ihm tatsächlich schon durch den Kopf gegangen, aber sie hatte da nur auf die Andeutung ziemlich abwehrend reagiert. Und mal ehrlich, sie konnte es noch nicht einmal laut aussprechen, ohne rot zu werden, wie sollte er es denn dann wirklich mit ihr tun?!

»Hast du so etwas schon mal gemacht?«

»Nein«, antwortete sie.

Das hatte er sich schon gedacht. Der Gedanke, dass das neu für sie war, machte ihn natürlich an. Aber er war sich bewusst, dass sie einfach noch nicht so weit war.

Jetzt hatte er einen Ständer. Er rückte das Notebook ein Stück zur Seite.

»Woher willst du eigentlich wissen, dass ich so etwas gerne mit dir machen würde?«, zog er sie auf.

»Ach komm schon Aris, ich bin vielleicht verklemmt, aber ich bin nicht blöd!«, rief sie aus und riss ihm die Bettdecke weg.

Er lachte und zog sie über sich. »Melinda«, sagte er und sah sie eindringlich an, »du brauchst dich nicht zu überwinden, Dinge zu tun, weil du glaubst, dass ich sie will. Was dir vorhin in dem Gespräch durch dein hübsches Köpfchen gegangen ist, vergiss es ganz schnell wieder. Du gibst mir alles, was ich brauche. Und du bist alles, was ich brauche, ok?«

Melinda stand in der Küche und schenkte Kaffee in zwei Tassen, als sie Aris hinter sich spürte.

»Guten Morgen«, sagte er und küsste sie sanft auf den Nacken, was ihr einen wohligen Schauer über den Rücken jagte.

Das ließ sie unwillkürlich an gestern Abend denken. Und gestern Nacht. Sie sollte wirklich aufhören, sich wegen dieser Sache Gedanken zu machen. Sie hatte überhaupt keinen Anlass zu befürchten, dass ihm mit ihr etwas fehlte.

Er ließ sich auf seinen Platz am Küchentisch nieder, während sie ihm den Kaffee hinstellte.

»Nächsten Samstag«, begann er vorsichtig, »ist dieses Event, auf dem die Verbände aus der Wirtschaft der Regierung ihre Spenden überreichen werden. Das erste richtig große gesellschaftliche Ereignis, um das sich Seferlis nicht drücken kann, weil die ganze Veranstaltung als solche nochmal zusätzlich Spenden für das neue Kinderkrebszentrum, das die Reeder gegründet haben, einbringen soll. Ich dachte, das ist vielleicht eine ganz gute Gelegenheit ...«

»Ich komme mit dir mit«, unterbrach sie ihn und ließ sich auf dem Stuhl ihm gegenüber nieder.

Er sah sie überrascht an. »Wirklich?«, fragte er.

»Ja«, sie lächelte ihn an. »Es ist albern von mir, mich immer vor offiziellen Anlässen zu drücken. Du weißt, dass ich mir schwer tue mit der öffentlichen Aufmerksamkeit, aber es ist ein Teil deines Lebens. Und wir sind ein Paar. Also ist es ein Teil unseres Lebens. Wir gehen da gemeinsam hin.«

Als sie sein Lächeln sah, wurde ihr bewusst, wie sehr er darauf gewartet hatte. Dass sie ein Zeichen setzte, dass sie es mit ihrer Beziehung ernst meinte.

»Ach, Melinda. Du weißt gar nicht, wie sehr ich mich freue, dass du das endlich machen willst«, sagte er. Er zog sie an sich. »Ich kann gar nicht in Worte fassen, was du für mich bist. In allen Aspekten meines Lebens. In wirklich allen«, sagte er eindringlich.

Er griff ihr sanft unter das Kinn und hob es leicht an, so dass sie ihm in die Augen sehen musste. Er küsste sie und löste sich dann widerwillig von ihr.

»Ich muss los«, sagte er, »ich werde versuchen, rechtzeitig wieder da zu sein, damit ich mit dir zum Flughafen fahren kann.«

Am Samstagabend überprüfte Melinda nochmals ihr Makeup, als sie hörte, wie die Eingangstür ins Schloss fiel.

»Ich gehe mich umziehen. Ich bin ein bisschen spät dran«, rief Aris, ohne nach ihr zu sehen. »Bist du fertig?«

»Ja, gleich«, rief sie aus dem Gästezimmer zurück, wohin sie ihre Kleider gerettet hatte, nachdem ihr das Chaos zu viel geworden war, was Aris jedes Mal anrichtete, wenn er im Schrank etwas suchte. Sie schlüpfte in ihre Schuhe und schloss die Riemchen. Dann ging sie ins Wohnzimmer, wo Aris kurze Zeit später mit seiner Krawatte in der Hand erschien.

Er hielt überrascht inne, als sein Blick auf sie fiel. »Melinda, du siehst..., also du siehst einfach ...«

»Freut mich, dass es dir gefällt. Dimitris hat mir ein bisschen geholfen.«

»Dimitris?«, fragte er irritiert, während er ihr die Krawatte hinhielt.

»Pavlos Lebensgefährte. Dimitris hat einen ziemlich bekannten Friseursalon hier in Kolonaki«, klärte sie ihn auf, während sie den Knoten band.

Sie war sich bewusst, dass das vielleicht ein bisschen übertrieben gewesen war, aber nachdem sie Dimitris kannte, hatte sie seine Hilfe, die er ihr mit ihrem Outfit angeboten hatte, gerne angenommen, da er über die Regeln hier sicher besser Bescheid wusste als sie.

»Er scheint jedenfalls sehr talentiert zu sein«, sagte Aris, »ich hätte nicht gedacht, dass man in der Hinsicht bei dir überhaupt noch etwas steigern kann.«

Sie lächelte und hielt ihm das Cape hin, damit er es ihr umhängen konnte.

»Komm, lass uns gehen«, sagte er, während er in sein Sakko schlüpfte, »obwohl ich mir gar nicht sicher bin, ob ich überhaupt verantworten kann, dass dich andere Männer so sehen!«

Melinda lachte und als ihr Wagen wenig später vor dem Gebäude hielt, wo die Veranstaltung stattfand, nahm Aris ihre Hand und drückte sie fest.

»Danke, dass du das für mich tust«, sagte er und sah ihr fest in die Augen. »Ich verspreche dir, wenn ich dir heute Abend das Kleid ausziehe, wirst du sehen, dass es gar nicht so schlimm war.«

Sie lächelte ihn an und nickte. Dann holte sie tief Luft und ließ sich von einem Sicherheitsmann aus dem Wagen helfen. Aris ergriff ihren Arm und zusammen traten sie ins Foyer. Die Sicherheitsmaßnahmen waren enorm, sie musste, anders als Aris, der Immunität genoss, sogar durch einen Metalldetektor gehen.

Was sie sah, als sie den Veranstaltern, die sich am Empfang aufgereiht hatten, die Hände schüttelten, war schlimmer, als sie befürchtet hatte. Es waren alle da. Die gesamte Presse. Und alle Fernsehsender mit Kameras.

Als sie an dem Begrüßungskomitee vorbei waren, hielt Aris kurz inne und wechselte ein paar Worte mit den Reportern. Es ging natürlich hauptsächlich um den Stand der Dinge im Land und den Grund der Veranstaltung, aber ein paar mutige fragten, wer sie war. Aris ging auf diese Fragen natürlich nicht ein. Sie bemühte sich, möglichst offen zu lächeln und soweit sie konnte, natürlich zu wirken. Sie wollte klarmachen, dass sie absolut keine Intention der Selbstinszenierung hatte, aber auf der anderen Seite wollte sie die Reporter auch nicht total ignorieren, denn sie wusste nur zu gut, wie arrogant das auf Fotos und auf Film aussah, wenn man versuchte, zu wirken, als würde man die ganze Aufmerksamkeit einfach übersehen. Sie beneidete Aris darum, wie vertraut und selbstverständlich er mit den Medien umging.

Während sie sich langsam einen Weg durch die Menge bahnten, wurde ihr klar, dass sich ihre Beziehung noch nicht wirklich herumgesprochen hatte. Sie konnte die überraschten Blicke von Bekannten, aber auch Unbekannten buchstäblich körperlich spüren.

Sie nahm sich ein Glas Weißwein von dem Tablett eines Kellners und hielt sich an Aris Seite, der immer wieder von irgendwelchen Leuten gegrüßt und in kurze Gespräche verwickelt wurde.

Und plötzlich standen sie vor Paris.

»Melinda!«, rief er überrascht aus, bevor sein Blick zu Aris wanderte und zu dem Arm, den er ihr um die Taille gelegt hatte. »Herr Minister«, sagte er, während er offensichtlich zu realisieren versuchte, was er da vor sich sah. »Also ich bin..., ich wusste nicht..., ich bin jetzt wirklich...«

»Paris!«, sagte Aris und schenkte ihm sein strahlendstes Lächeln, während er Melinda noch enger an sich zog.

Aris wurde kurz von einem weißhaarigen Mann abgelenkt, der auf ihn zutrat und ihm die Hand schüttelte.

»Oh mein Gott«, sagte Paris an Melinda gewandt, »ich komme mir gerade vor wie ein absoluter Vollidiot.« Er trank einen tiefen Schluck aus seinem Glas. »Das erklärt natürlich einiges. Tut mir wirklich leid Melinda, ich konnte doch nicht ahnen ...«

»Schon gut, Paris«, wandte sich Aris ihm wieder zu, bevor Melinda antworten konnte, »du wusstest es ja nicht. Ich kann es dir auch eigentlich nicht verübeln, dass du es versucht hast. Ich habe auch ziemlich lange kämpfen müssen«, sagte er.

Aris genoss das sichtlich, stellte Melinda fest.

Paris, der sich von dem Schock wieder erholt zu haben schien, lächelte beide offen an.

»Herr Minister, hätten Sie nicht Lust auf ein kurzes Interview in den Abendnachrichten?«, nutzte er, wieder ganz der Profi, die Situation aus.

Aris lachte. »Gerne. Ruf mein Büro an.«

Melinda sah Pavlos und winkte ihm. Er kam lächelnd auf sie zu.

»Du siehst atemberaubend aus«, sagte er und küsste sie auf die Wange.

»Danke. Dimitris hat sich wirklich Mühe gegeben.«

Aris hatte sich etwas entfernt, um mit ein paar Leuten zu reden, sah aber immer wieder zu ihr hinüber. Sie nickte ihm kurz zu.

»Wie hältst du dich?«, fragte Pavlos.

»Ganz gut. Aber einige sind schon ziemlich überrascht.«

Pavlos lachte. »Das denke ich mir. Aber es war eine gute Idee mit heute Abend. Dann bist du wenigstens in einem Schlag durch.«

Sie stellte fest, dass sie mehr Leute hier kannte als erwartet, und war jetzt dankbar dafür, dass Pavlos sie schon in ihrer Anfangszeit in Athen immer wieder auf Veranstaltungen mitgenommen hatte, so dass sie sich problemlos alleine durch die Menge arbeiten konnte.

Allmählich begannen sich die Gäste in den Saal zu begeben und Melinda sah sich suchend nach Aris um. Er löste sich aus einer Gruppe Leute, als er sie bemerkte.

»Komm, lass uns reingehen«, sagte er und nahm ihren Arm.

Sie folgten der Platzanweiserin und Melinda sah Seferlis in der ersten Reihe sitzen.

»Frau Kessler!«, rief er, als sie an seinem Platz vorbeikamen, »wie geht es Ihnen? Ich dachte, Sie sind wieder in Brüssel.«

»Das bin ich auch, Herr Premierminister«, erwiderte sie.

Sein Blick glitt zu Aris, der genau hinter ihr stand und eine Hand auf ihren Arm gelegt hatte.

»Ach«, sagte er überrascht. »Tja, so kann es eben gehen im Leben«, fügte er nicht unfreundlich hinzu und grüßte Aris mit Handschlag.

Melinda wandte sich wieder an die Platzanweiserin, die ihnen ihre Plätze zeigte. Erleichtert ließ sie sich in ihren Sitz neben ein älteres Ehepaar sinken. Soweit hatte sie es überstanden.

Der offizielle Teil mit der Überreichung der Spenden und den ganzen Reden, gefolgt von einer musikalischen Darbietung aus dem Lebenswerk bekannter griechischer Komponisten, dauerte geschlagene zwei Stunden. Aris hielt immer wieder ihre Hand und strich ihr diskret zärtlich über den Arm, was der älteren Dame neben Melinda nicht entging und ihr jedes Mal ein Lächeln entlockte.

Im Anschluss gab es ein Buffet, auf das sich die meisten sofort stürzten, und Aris wurde wieder von allen möglichen Leuten beansprucht. Es hatte sich wohl inzwischen teilweise herumgesprochen, wer sie war, denn immer wieder kamen nun auch unbekannte Leute auf sie zu und stellten sich vor. Ein paar von diesen Unbekannten waren von der Boulevardpresse, aber Pavlos, der wie versprochen auf sie aufpasste, rettete sie jedes Mal.

Jetzt, als ihre Beziehung zu Aris endlich öffentlich war, fiel die Anspannung allmählich ganz von ihr ab. Sie konnte den Abend für sich in jedem Fall als Erfolg verbuchen. Ihr war klar, dass sich ein Teil der Leute damit beschäftigen würde, aber sie hatte das in ihrem Kopf viel zu sehr aufgebauscht. Und wenn sie mit Aris zusammen sein wollte, musste sie sich damit abfinden. Er erwartete schließlich nicht von ihr, dass sie überall mit ihm hinging, aber ab und zu mal konnte sie das für ihn tun. Im Prinzip war es auch nichts anderes, als wenn sie beruflich auf Empfänge ging. Nur hier machte sie es eben für ihn.

»Meine Schwester lebt in Brüssel«, sagte die Frau des Justizministers gerade, als Melindas Blick auf den Mann fiel, der ein paar Meter entfernt neben Doretta Stavrou, der Reedertochter, stand.

»*Was macht Jeff denn hier?!*«, schoss es ihr durch den Kopf.

Offensichtlich war er mit der Reedertochter liiert. Er hatte Melinda nicht bemerkt und sie hoffte inständig, dass es so bleiben würde. Jeff war einer der wenigen Menschen, denen sie am liebsten nie wieder begegnet wäre, und so viele Jahre war es auch gutgegangen, obwohl sie in der gleichen Stadt lebten. Und jetzt musste sie ausgerechnet in Athen auf ihn treffen.

Sie entschuldigte sich bei der Frau des Justizministers und lief zum anderen Ende des Saales, während sie sich suchend nach Pavlos umblickte. Sie wollte eine Begegnung mit Jeff möglichst vermeiden und er konnte ihr vielleicht dabei helfen. Leider war er nirgends zu entdecken.

Aris kam auf sie zu. »Hast du etwas gegessen?«, fragte er.

Sie nickte.

»Komm, wir holen uns noch einen Drink. Lange geht das nicht mehr, hoffe ich«, sagte er.

Sie folgte Aris an die Bar. Sie lag weit genug von der Stelle entfernt, wo Jeff gestanden hatte. Mit etwas Glück würden sie vielleicht nicht aufeinandertreffen.

Dankbar nahm sie das Glas Weißwein, das Aris ihr reichte. Sie trank einen tiefen Schluck und wandte sich um.

Mist! So viel zu ihrem Glück. Jeff stand nur drei Meter von ihr entfernt.

Seine Überraschung, als er sie erkannte, war offensichtlich. Er starrte sie an, als hätte er einen Geist gesehen. Dann verhärtete sich sein Blick, während er langsam auf sie zu kam.

»Melinda«, sagte er auf Englisch, »was machst du denn hier? Bist du nicht mehr in Brüssel?«

Aris legte sofort einen Arm um sie.

»Doch«, antwortete sie und versuchte, ihre Stimme so normal wie möglich klingen zu lassen. »Ich lebe zwischen Athen und Brüssel im Moment.«

Es half nichts, sie musste sie einander vorstellen.

»Das ist Jeff Williams.« Sie sah Aris kurz an und machte eine Geste in Jeffs Richtung. »Aris Assimakopoulos. Der Minister für Tourismus«, sagte sie dann zu Jeff.

Die beiden reichten sich kurz die Hände, wobei Jeff seinen Blick kaum von ihr abwandte. Doretta Stavrou, die ihm gefolgt war, ignorierte er vollkommen. Aris kannte sie offenbar und Melinda bekam am Rande mit, dass die beiden sich begrüßten.

»Es hat mir sehr leid getan, von deinem Verlust zu hören. So kurz vor eurer Hochzeit! Das war wirklich ein schrecklicher Unfall«, sagte Jeff zu Melinda. »Aber du bist ja offensichtlich inzwischen darüber hinweg gekommen. Wie ich sehe, hast du mittlerweile ein anderes Leben.« Der Sarkasmus in seiner Stimme war nicht zu überhören.

»Herr Minister«, er nickte Aris kurz zu, wandte sich ab und entfernte sich mit schnellen Schritten. Seine Begleiterin folgte ihm irritiert.

»Was war denn das?!«, fragte Aris, während sie versuchte, ihre Fassung wiederzugewinnen.

»Nichts«, antwortete sie, obwohl ihr klar war, dass er es dabei natürlich nicht belassen würde.

»Das war nicht nichts«, sagte Aris und machte sich keine Mühe, die Neugier in seiner Stimme zu unterdrücken. »Der muss stinksauer auf dich sein, um so etwas zu sagen. Also, wer war das?«

»Das war jemand, dem ich vor langer Zeit einmal sehr wehgetan habe. Lass uns bitte später darüber reden«, sagte sie sanft.

Aris wollte weiter in sie dringen, aber zum Glück kam Stavridis auf sie zu. Melinda versuchte, sich auf das Gespräch zu konzentrieren und dieses Gefühl, das Jeffs Angriff hinterlassen hatte, abzuschütteln, aber es gelang ihr nicht ganz. Seine Worte hatten sie sehr getroffen. Sie war überrascht, dass er nach so vielen Jahren so heftig reagiert hatte. Vor allem vor Aris und seiner Begleiterin. Jeff war eigentlich eine Seele von einem Menschen. Sie wusste, dass er ihr das, was damals passiert war, nie verzeihen würde, aber dass es in ihm immer noch so stark zu sein schien und er es auch noch öffentlich zur Schau stellte, hätte sie nicht erwartet.

Kurze Zeit später begann sich der Empfang allmählich aufzulösen und sie wandten sich auch zum Gehen. Melinda wappnete sich innerlich, als sie in den Wagen stiegen.

»Also«, begann Aris, »nachdem du jetzt nicht mehr auf dein Makeup aufpassen musst, will ich dich küssen. Und dann will ich die Jeff-Geschichte hören.«

Melinda musste wider Willen lachen.

Zum Glück wurde es ein ziemlich langer Kuss, der erst zu Ende war, als der Fahrer ihnen vor ihrem Wohnhaus die Tür öffnete.

»Was ist denn da passiert?«, fragte Aris leise in Melindas Ohr, während er den Reißverschluss ihres Kleides öffnete und dann ihren Nacken küsste.

»Aris bitte, das ist eine Geschichte, wegen der ich mich ziemlich schlecht fühle. Ich kann nicht darüber reden, wenn du solche Dinge mit mir machst.«

Langsam streifte er ihr das Kleid ab. Irgendwie konnte er sich nicht entscheiden. Aber seine Neugier siegte letztlich. Das mit Jeff sah sehr nach gebrochenem Herzen aus. Es war eine richtig bühnenreife Attacke gewesen, die er da miterlebt hatte. Im Nachhinein hätte er sich Jeff gerne vorgeknöpft gehabt, für diesen Angriff auf Melinda, aber in dem Moment war er so überrascht gewesen, dass er gar nicht hatte reagieren können. Es war schon ziemlich brutal, sie mit so einer Sache zu verletzen. Jetzt wollte er wirklich wissen, was Jeff zu dieser Reaktion verleitet hatte. Er kannte Melinda mittlerweile gut genug, um zu wissen, dass sie niemals mit Absicht jemandem weh tun würde. Er konnte sich beim besten Willen nicht vorstellen, was sie getan hatte, um diesen ziemlich harten Schlag zu rechtfertigen.

Er setzte sich aufs Bett und zog sie neben sich.

»Ich höre«, sagte er.

Melinda seufzte. »Vor vielen Jahren waren Jeff und ich zusammen«, begann sie.

Das hatte er sich schon fast gedacht.

»Er war der Anwalt einer amerikanischen Firma, die wir damals vertreten haben, so lernten wir uns kennen. Er sah die ganze Sache wesentlich ernster als ich. Ich mochte ihn sehr, aber naja, es fehlte irgendwas. Es war so eine Beziehung, in der man zu viel hat, um sich zu trennen, aber eben zu wenig, um sich richtig darauf einzulassen. Ich hätte natürlich erkennen müssen, dass Jeff das ganz anders empfand, aber ich habe es einfach weiter laufen lassen.«

Bisher klang das alles nicht sehr tragisch. Schließlich geschah es nicht selten, dass der eine in einer Beziehung mehr wollte, als der andere geben konnte.

»Mit Daniel war ich damals nur befreundet, er lebte zu der Zeit ebenfalls in einer festen Beziehung.«

Mister Supermann hatte also auch etwas damit zu tun. Jetzt hatte er eine leise Ahnung, auf was die Sache hinauslaufen würde.

»Jeff war nicht sehr begeistert über meine Freundschaft mit Daniel.«

»Das kann ich allerdings nachvollziehen«, warf Aris ein.

»Es war aber damals noch nichts zwischen uns. Wir waren wirklich nur Freunde. Allmählich hat Jeff das auch akzeptiert.«

Tja, das war offensichtlich ein Fehler gewesen.

»Jedenfalls lief das mit Jeff und mir so weiter und Jeff hat mich irgendwann gefragt, ob ich mit ihm zusammenziehen will. Anstatt mit ihm über meine Zweifel an unserer Beziehung zu sprechen, habe ich ihn in dem Glauben gelassen, dass wir das tun würden, obwohl ich sicher war, dass ich es nicht wollte. Ich habe die Entscheidung eben ein bisschen rausgeschoben. Zu der Zeit habe ich mit Daniel an einer Studie gearbeitet und war oft bei ihm zu Hause. Und an einem Abend ist es eben zwischen mir und Daniel passiert. Wir haben festgestellt, dass da mehr ist als bloße Freundschaft.« Sie strich sich eine Strähne ihrer Haare aus dem Gesicht und seufzte. »Als ich dann am nächsten Morgen nach Hause gekommen bin, saß Jeff auf den Stufen vor meiner Wohnung. Er war wohl am Abend vorher bei mir vorbeigekommen und hat dann auf mich gewartet. Er muss die ganze Nacht da gesessen haben. Natürlich hat er mich gefragt, wo ich gewesen bin. Und ich habe ihm die Wahrheit gesagt. Seitdem habe ich ihn nie wieder gesehen, bis heute Abend. Und wie er zu mir steht, hast du ja selbst erlebt.«

»Ok, Melinda, das war für Jeff sicher eine schwere Nacht und ein schwerer Morgen, aber es ist doch wirklich nichts passiert, wegen dem du dir Vorwürfe machen musst. Du hast nicht dasselbe für ihn empfunden wie er für dich. Er hat dich an einen anderen Mann verloren, für den du mehr Gefühle hattest. So etwas kommt vor.«

»Ich hätte mich eher von ihm trennen sollen.«

»Ach komm, er ist ein erwachsener Mann! Er hätte ja auch sehen können, auf was er sich einlässt. Du hast ihn ja eigentlich noch nicht einmal richtig betrogen. Als es passiert ist, hast du es ihm gesagt und es war vorbei. Ende!«

»Vielleicht hast du recht. Es war jedenfalls ein ziemlich unschöner Moment in meinem Leben und es hat mir einfach leid getan, ihm das anzutun.«

»Trotzdem ist es vollkommen lächerlich, sich nach den ganzen Jahren in aller Öffentlichkeit zu so einem Schlag unter die Gürtellinie hinreißen zu lassen«, sagte Aris.

»Das hat mich allerdings auch ein bisschen gewundert«, sagte sie nachdenklich.

»So, und jetzt hör auf, den armen Jeff zu bedauern. Er hat es ja offensichtlich überlebt. Und die Sache mit Stavrous Tochter scheint ernst genug zu sein, dass er sie durch halb Europa zu einem Empfang begleitet. Also, da hätte es das Leben schlechter mit ihm meinen können«, sagte er, während er sie an sich zog.

Er küsste sie, bis er spürte, wie sie sich entspannte und wieder ganz bei ihm war. Aber jetzt bekam er Jeff nicht mehr aus seinem Kopf. Selbstverständlich glaubte er nicht, dass sie sich wegen dieser Sache in irgendeiner Form etwas vorzuwerfen hatte, aber er konnte ziemlich gut nachvollziehen, wie Jeff sich gefühlt haben musste. Ebenso gut konnte er sich vorstellen, dass er selbst auch in hundert Jahren nicht darüber hinwegkommen würde, wenn sie ihn verließ. Und dass man sich wegen den Gefühlen für diese Frau absolut lächerlich machen konnte, wusste er inzwischen ebenfalls.

»Sag mal«, fragte er leise, »ich laufe doch nicht Gefahr, das gleiche Schicksal zu haben wie Jeff, oder?«

»Naja, so etwas kommt vor ...«, wiederholte sie seine Worte von vorhin.

»Melinda!«, rief er aus, »du bist ja richtig grausam!«

Sie lachte. Dann wurde sie wieder ernst. »Aris, ich habe Jeff nicht geliebt«, sagte sie sanft.

Als er realisierte, was sie gerade gesagt hatte, war er Jeff fast dankbar. Sie hatte es zwar nicht richtig ausgesprochen, aber es war doch wohl die logische Schlussfolgerung. Und nur mit großer Mühe konnte er sich davon abhalten, nachzufragen, was genau sie damit meinte.

Kapitel 14

»Wann fährst du für die Feiertage auf die Insel?«, fragte Aris Aleka am Dienstagmittag vor Ostern, als sie sein Programm für die nächsten Tage durchgesprochen hatten.

»Ich fahre morgen Abend. Außer, du brauchst noch etwas.«

»Nein, Kalliopi kriegt das doch ganz gut hin.«

»Für deine Reise ist soweit alles vorbereitet«, sagte Aleka.

Aris war von der Gemeinde einer Insel in der südöstlichen Ägäis eingeladen worden, Ostern dort zu feiern. Wegen der abgelegenen Lage waren diese Inseln vom Tourismus noch relativ unberührt und das Ministerium wollte die Gegend durch eine Reihe von Maßnahmen unterstützen, damit sich dort ein exklusiver Tourismus entwickeln konnte, der die Umgebung nicht mit Bettenburgen verschandeln würde.

»Wann kommt Melinda?«

»Übermorgen.«

»Grüß sie von mir. Ich freue mich für euch, dass ihr Ostern gemeinsam verbringen werdet. Auch wenn es eine offizielle Veranstaltung ist.« Aleka lächelte, aber er sah, dass es ihre Augen nicht wirklich erreichte.

»Wird Makis über Ostern hier sein?«, fragte Aris.

»Nein, er hat ja den neuen Job. Da kann er sich keinen Urlaub nehmen.« Aleka beugte sich vor und suchte geschäftig durch irgendwelche Unterlagen auf seinem Schreibtisch.

»Es ist doch alles in Ordnung, oder?«

»Ja. Er ist wirklich endlich weg vom Spielen. Das mit seinen Schulden hat er inzwischen auch im Griff.« Sie zog einen dünnen Ordner aus einem Stapel, setzte sich aufrecht auf ihrem Stuhl zurecht und sah ihn an. »Darüber wollte ich auch mit dir sprechen. Ich möchte dir gerne den Rest zurückzahlen, den ich dir von damals noch schulde, als du uns ausgeholfen hast.«

Er winkte ab. »Komm, Aleka, das hatten wir schon. Du zahlst mir immer regelmäßig etwas auf mein Konto ein. Wobei ich allerdings hoffen will, dass das Geld von Makis stammt und nicht von dir.«

»Nein, es ist von ihm. Aber trotzdem möchte ich mit dieser Sache abschließen. Makis und ich haben doch mit meinem Cousin, der in Kanada lebt, das Haus von unserer Tante geerbt. Mein Cousin wollte es unbedingt als Ferienhaus haben und hat uns ausgezahlt. Ich möchte endlich die Schulden bei dir begleichen, jetzt wo das Geld da ist. Bitte Aris, das war mir die ganze Zeit sehr unangenehm.«

»Wirklich, mach dir deswegen keinen Kopf.«

»Ich möchte es aber gerne.«

»Ok. Wenn dir das so wichtig ist. Aber es eilt, wie gesagt, nicht.«

Sie nickte und erhob sich.

»Aleka, versuche dich die Tage ein bisschen zu erholen. Ich habe den Eindruck, dass es dir in letzter Zeit nicht so gut geht.«

Aleka seufzte und ließ sich wieder auf der Stuhlkante nieder. »Mir geht es gut. Es ist nur die Gesamtsituation. Was um uns herum passiert. Den Leuten geht es immer schlechter, obwohl ihr fast schon Übermenschliches leistet, was niemand anerkennt.«

»Ich verstehe dich, an manchen Tagen möchte ich alles hinschmeißen. Aber es hilft ja nichts. Wenn wir es nicht schaffen, wird das für unser Land in einer Katastrophe enden. Und es gibt ja auch Fortschritte. Vielleicht nicht in allen Bereichen so bahnbrechende, wie wir uns das erhofft hatten, aber wir haben doch in diesem knappen Jahr, das wir an der Regierung sind, etwas erreicht. Im Bereich unseres Ministeriums hat sich viel getan, wie man an der Anzahl der Buchungen sehen kann. Diese Saison wird ein sehr gutes Jahr für den Tourismus.«

»Du hast hier tatsächlich gute Arbeit geleistet, Aris. Tut mir leid, meine Stimmung ist nicht die beste. Ich brauche mal ein paar Tage Ruhe. Deswegen habe ich vor, die Feiertage auf der Nachbarinsel im Kloster zu verbringen. Eine entfernte Cousine von mir ist dort seit einigen Jahren Nonne.«

»Im Kloster!?«, fragte er überrascht.

»Ja, das wollte ich schon länger tun. Die letzten Jahre, seit Makis aus dem Haus ist, habe ich immer mit Freundinnen Kurzreisen unternommen. Aber irgendwann macht das nicht mehr so richtig Spaß. Und ich werde auch älter. Jedenfalls habe ich dieses Jahr das Bedürfnis nach Rückzug.«

»Ok. Das ist dein gutes Recht. Aber du klingst so resigniert.«

»Weißt du, mit zunehmendem Alter ist man manchmal einfach müde von allem. Da kommt der Punkt, an dem man auf sein Leben zurückblickt und Bilanz zieht. Wo man sich fragt, was man alles hätte anders machen können.«

»Aleka, du hörst dich an, als wärst du schon uralt. Du bist Mitte fünfzig! Du kannst noch alles machen!«

Sie erhob sich wieder. »Ich glaube, für mich ist es ein bisschen spät, noch einmal ganz von vorne anzufangen. Manchmal trifft man Entscheidungen, weil man zu der Zeit glaubt, keine andere Wahl zu haben. Die man nicht mehr rückgängig machen kann. Und dann muss man damit leben.« Aleka lächelte ihn kurz halbherzig an und verließ sein Büro.

Leicht irritiert sah er ihr nach. Ihm war schon länger aufgefallen, dass mit ihr etwas nicht stimmte. Sie wirkte distanziert und schwermütig. Seit Ewigkeiten hatte er sie nicht mehr lachen sehen. Er hatte sich schon gefragt, ob es ihr vielleicht gesundheitlich nicht gut ging, aber außer damals im Herbst, als sie ein paar Tage angeblich wegen dieser Freundin nicht zur Arbeit erschienen war, konnte er keine Fehlzeiten bei ihr feststellen, die vielleicht für ärztliche Behandlungen sprechen würden. Also hatte sie wohl offensichtlich eine generelle Lebenskrise.

Kloster! Er schüttelte nur den Kopf. Eigentlich ging es ihn nichts an, wie Aleka ihren Urlaub verbringen wollte, wenn sie glaubte, dass ihr das half. Aber es tat ihm leid, dass sie in ihrem Privatleben offensichtlich nicht besonders glücklich war. Und er nahm sich vor, ihr in Zukunft etwas deutlicher zu zeigen, wie sehr er ihre Zusammenarbeit und ihre bedingungslose Loyalität in all den Jahren schätzte.

Am Mittwoch vor Ostern saß Nassos Sarantis neben seiner Frau Ismini auf dem Sofa und sah sich einen der üblichen Bibelfilme an, die in der Karwoche das Abendprogramm fast aller Sender bestimmten.

»Ich gehe noch ein bisschen an meinen Rechner«, sagte er zu Ismini, als endlich der Abspann über den Bildschirm lief. Er hasste diese Filme, aber Ismini zuliebe setzte er sich immer brav mit dazu.

»In Ordnung, ich lege mich schon mal hin. Und bleibe nicht zu lange«, ermahnte sie ihn.

Er lächelte sie an und ging dann in sein Arbeitszimmer. Als der Rechner hochgefahren war, rief er die Seite der Bank auf den Cayman-Inseln auf und gab sein Passwort ein. Er überprüfte die eingegangenen Zahlungen und fand die Gutschrift, die er suchte, neben der das heutige Datum stand. Die letzte Zahlung von Mavros. Erleichtert lehnte er sich zurück. Für ihn zumindest war es vorbei. Mavros hatte noch eine größere Sache im Bauministerium laufen, aber das ging ihn nichts an.

Ende des Jahres würde er von den Regelungen Gebrauch machen, die es den Beamten erlaubten, unter bestimmten Bedingungen in den Vorruhestand zu gehen. Mavros hatte sein Versprechen gehalten und ihm grünes Licht dafür gegeben. Er würde seine Dienste in Zukunft nicht mehr in Anspruch nehmen.

Die Umsetzung ihres Planes hatte jedenfalls problemlos funktioniert. Obwohl sie schon kurz davor gewesen waren, alles abzublasen, weil sie die persönlichen Überprüfungen des Minister unterschätzt hatten. Vor allem vor seinem Schatten, Pavlos Livas, hatte Sarantis ein bisschen Angst gehabt. Aber letztlich war es fast schon lächerlich einfach gewesen.

Dass da im Nachhinein noch etwas passieren konnte, hielt er für unwahrscheinlich. Niemand würde sich das Ganze noch einmal ansehen. Und selbst dann würde es nicht auffallen. Nur der Minister und Livas könnten es aufklären. Aber sie waren mittlerweile schon in die Falle getappt.

Mehr Sorgen machten ihm diese Finanzkontrolleure des Premierministers. Sie prüften zwar nur weiter zurückliegende Jahre, aber da könnten sie vielleicht fündig werden. Er hatte sich schon eine Verteidigungsstrategie zurechtgelegt und strafrechtlich belangen konnten sie ihn kaum, aber trotzdem wäre es unangenehm, wenn sein einwandfreier Ruf Kratzer bekäme. Deswegen hatte er auch Mavros gebeten, ein paar von den Leuten, die noch auf seiner Gehaltsliste standen, bei den Prüfern einzuschleusen. Damit dürfte die Gefahr eigentlich gebannt sein.

Er loggte sich aus seinem Konto bei der Bank aus und fuhr den Rechner herunter. Vorsichtig, um keinen Lärm zu machen, rückte er die Kommode ein Stück vor, löste das lockere Dielenbrett und holte die Tüte mit den SIM-Karten aus dem kleinen Hohlraum. Zusammen mit dem Handy und dem Ladegerät steckte er sie in eine größere Plastiktüte, die er in seine Aktentasche stopfte. Morgen würde er alles endgültig entsorgen.

Er schob die Kommode wieder an seinen Platz und löschte das Licht in seinem Arbeitszimmer. Dann ging er ins Bad, wo Ismini ihm seinen Schlafanzug bereit gelegt hatte.

Aris war schon zu Hause, als Melinda am Gründonnerstag aus Brüssel kam. Er küsste sie kurz und telefonierte weiter, während sie ihre Sachen auspackte.

Sie hatte sich über die griechischen Osterfeiertage Urlaub genommen, um die Tage mit Aris zu verbringen. Am Osterwochenende würde sie ihn auf seiner offiziellen Reise auf diese abgeschiedene Insel begleiten. Sie war schon gespannt auf diesen Teil von Griechenland, den sie noch nicht kannte.

Er sprach immer noch am Telefon, als sie fertig war, und sie ging in die Küche, um ihnen eine Kleinigkeit zu essen zu machen. Sie belegte gerade zwei Vollkornbrothälften mit Putenbrust, Käse und Salat, als Aris hinter sie trat. Er nahm ihre Haare zur Seite und küsste sie sanft auf den Hals. Sie lächelte und schnitt das Sandwich in zwei Hälften.

»Hier«, sagte sie, während sie sich zu ihm umdrehte, und hielt ihm eine Sandwichhälfte hin.

»Danke, Melinda, aber ich faste«, erwiderte er.

Sie sah ihn überrascht an. Sie wusste, dass viele Griechen die ganze Vorosterzeit seit Rosenmontag mehr oder weniger streng fasteten und bei offiziellen Anlässen wurde auch von den meisten darauf geachtet, auf Fleisch zu verzichten, aber sie glaubte, sich zu erinnern, dass er letztes Mal, als sie hier gewesen war, Hähnchen gegessen hatte.

»Nur die Karwoche«, fügte er erklärend hinzu, »aber da halte ich mich dran. Auch kein Öl und kein Wein.«

Das mit dem Alkohol war ihr neu. In den Klöstern tranken die Mönche doch Wein. Aber vielleicht galt das nicht für die Karwoche. Es erstaunte sie ein wenig, dass er offensichtlich so gläubig war, dass er meinte, deswegen fasten zu müssen. »Mir war gar nicht klar, dass du so religiös bist«, sagte sie.

»Also, religiös würde ich das nicht unbedingt nennen. Ich faste nur diese Woche, aus Respekt eben. Ich stehe nicht hinter allem, was unsere Kirche macht, aber ich bin Christ und ich glaube an Gott. Du nicht?«, fügte er etwas verunsichert hinzu.

»Ehrlich gesagt, nein.« Das war nie ein Thema in ihrem Leben gewesen. Natürlich hatte sie kein Problem mit dem Glauben anderer, aber bisher hatte das bei keinem ihrer Partner eine Rolle gespielt. »Ich bin griechisch-orthodox getauft, weil meine Mutter das wollte, und ich respektiere Religion auch, aber ich glaube selber nicht.«

Seine Überraschung über ihre Antwort stand ihm deutlich ins Gesicht geschrieben.

»Hast du deinen Glauben verloren, wegen dem, was in deinem Leben passiert ist?«, fragte er vorsichtig, während er sich auf einem der Stühle am Küchentisch niederließ.

»Nein. Ich habe nie an Gott geglaubt. Das war keine bewusste Entscheidung, es hat sich so ergeben. Ich sehe die christliche Religion einfach als Teil unserer Kultur, unserer Tradition.«

»Du glaubst, dass es keine höhere Kraft gibt?«, fragte er.

»Im Prinzip ja. Nur weil wir die Antwort auf viele Fragen nicht haben, heißt das für mich nicht, dass diese in Gott zu finden sind. Wir kennen die Antworten nur nicht«, sagte sie.

»Aber dann zweifelst du ja nur an Gott, du lehnst ihn nicht ab.«

»Aris, ich glaube nicht an Gott, also kann ich auch nicht an ihm zweifeln oder ihn ablehnen.«

Er sah sie nachdenklich an, sagte aber nichts. Das schien ihn ernsthaft zu beschäftigen.

»Also, ich spüre es einfach in meinem Inneren«, sagte er schließlich. »Ich weiß, dass es ihn gibt. Oder irgendeine Kraft da draußen, die eben die Antwort auf alle diese ungeklärten Fragen hat, die du erwähnt hast. Die Menschen haben immer in irgendeiner Form an eine höhere Macht geglaubt, unabhängig davon, wie man sie nennt. Es kommt ja nicht von ungefähr, dass die meisten Leute das in sich haben.«

»Naja«, wandte Melinda ein, schnitt das Brötchen nochmals durch und biss ein Stück davon ab, »dass viele so etwas glauben, beweist mir eigentlich gar nichts. Die Leute waren auch davon überzeugt, dass die Erde eine Scheibe ist. Bis man eben festgestellt hat, dass es nicht stimmt.«

»Du denkst wirklich, dass der Mensch irgendwann alles logisch erklären können wird? Ist das nicht ein bisschen anmaßend?«, er verschränkte die Arme vor der Brust und sah sie eindringlich an.

»Das weiß ich nicht. Ich halte es, zumindest theoretisch, für möglich. Aber warum ist das anmaßend?«, fragte sie.

»Weil du ..., weil du damit den Menschen über Gott stellst.«

Sie musste sich zusammennehmen, um nicht zu lachen. »Aris, ist dir klar, was du da gerade sagst? Du hältst andere für anmaßend, nur weil sie nicht dasselbe glauben wie du.«

»Nein, das stimmt nicht. Ich finde nur den Gedankengang anmaßend«, erwiderte er ruhig.

Das nahm jetzt allmählich Formen an, mit denen sie nicht gerechnet hatte. Sie ließ sich normalerweise auf solche Gespräche nicht ein. Mit jemand, der von seinem Glauben überzeugt war, in dem Punkt einen gemeinsamen Nenner zu finden, erschien ihr unmöglich. Aber sie waren ein Paar, sie musste sich mit seiner Denkweise auseinandersetzen. »Schau mal, ich maße mir nicht an, dass ich die Antwort weiß. Das ist es ja gerade. Ich glaube einfach, dass ich sie eben nicht kenne. Was ich sage, ist nur, dass ich nicht denke, dass die Antwort darauf eine große Kraft ist.«

»Aber sicher bist du dir nicht«, stellte er fest.

»Nein. Genaugenommen bin ich nicht sicher. Ich halte es nur für unwahrscheinlich.«

»Dann habe ich ja vorhin doch recht gehabt. Du zweifelst nur an Gott«, sagte er, während er sich erhob und auf sie zu ging.

Wenn er damit besser leben konnte, sollte er es eben so sehen.

Sie nahm seine Hand. »Ist das ein Problem für dich? Dass ich nicht dasselbe glaube wie du?«, fragte sie.

»Nein. Ich denke nicht. Schließlich war das in all diesen Monaten noch nie ein Thema zwischen uns. Also kann es nicht so wahnsinnig wichtig sein. Aber es ist schon komisch. Ich hätte gedacht, dass du glaubst.«

Sie wollte das Gespräch eigentlich nicht weiterführen. Aber was er gerade gesagt hatte, konnte sie überhaupt nicht nachvollziehen. »Wie kommst du denn darauf?«

»Weil du ein Mensch bist, der innerlich sehr gefestigt wirkt. Dir ist es wichtig, das Richtige zu tun, und es gelingt dir meist auch. Du hast ethische Grenzen, die du nicht überschreitest, und Prinzipien, an die du dich hältst«, sagte er.

Melinda verdrehte innerlich die Augen. Es durfte doch wohl nicht wahr sein, dass er daraus, was für ethische Grundsätze jemand hatte, Schlüsse über dessen Gläubigkeit zog. »Aris, glaube mir, ich mache nicht immer alles richtig. Ich habe eine ganze Menge Dinge getan, auf die ich nicht stolz bin. Aber das hat doch nichts damit zu tun, ob ich glaube oder nicht!«

»Für mich schon.« Er lächelte sie an.

Melinda schüttelte nur den Kopf. Sie beschloss, vorerst aufzugeben, und ging ins Wohnzimmer. Er folgte ihr und ging zur Anrichte, wo er nach der Whiskeyflasche griff.

»Du hast mir doch gerade gesagt, dass du fastest!«, rief sie entgeistert aus.
»Tue ich doch auch«, erwiderte er und schenkte sich ein halbes Glas ein.
»Ja und was ist dann das?«, fragte sie und zeigte auf sein Glas.
»Nach den Regeln darf man keinen Wein zu sich nehmen«, sagte er, »das ist kein Wein.«
Melinda war jetzt wirklich perplex. Er schien das tatsächlich ernst zu meinen.
»Die Regeln sprechen vom Wein, weil es Whiskey bei den Menschen, die diese Regeln aufgestellt haben, wahrscheinlich nicht gab! Aber es ist doch klar, dass damit Alkohol im Allgemeinen gemeint ist.«
»Also, ich respektiere, dass du diese Dinge anders siehst, aber dann versuche bitte nicht, die Regeln meiner Religion zu interpretieren!«
Sie sah ihn nur ungläubig an.
Er lachte und wollte sie an sich ziehen. Sie entwand sich ihm und starrte ihn weiter an.
»Du willst mich veralbern, oder?«, fragte sie.
Er lachte immer noch.
»Ok«, sagte er und wurde wieder ernst, »es stimmt wahrscheinlich, dass damit Alkohol insgesamt gemeint ist. Aber weil es nicht explizit so ausgedrückt wird, mache ich mir da eben meine ganz persönliche Ausnahme. Damit kann ich leben und habe trotzdem das Gefühl, mich an die Fastenregeln zu halten. Und ich denke, dass Gott dafür Verständnis hat.«
Er zog sie wieder an sich und diesmal ließ sie es zu.
»Du bist wirklich unglaublich«, sagte sie resigniert.

Am Karfreitag nahmen Aris und Melinda mit denjenigen aus der politischen Elite, die sich noch in der Hauptstadt aufhielten, an der Zeremonie in der Agios Dionyssios Kirche in Kolonaki teil, die den Dom von Athen ersetzte, solange dieser renoviert wurde. Sie war letztes Jahr mit Pavlos und Dimitris schon bei diesem Gottesdienst gewesen aber da waren sie erst gegen Ende gekommen und hatten vor der Kirche gestanden, genau wie beim Auferstehungsgottesdienst einen Tag später. Als sie jetzt neben Aris in der zweiten Reihe hinter dem Präsidenten der Republik in der Kirche stand, wurde ihr bewusst, dass es wahrscheinlich das erste Mal seit ihrer Taufe war, dass sie an einem Gottesdienst der griechisch-orthodoxen Religion, der sie zumindest auf dem Papier offiziell angehörte, teilnahm. Die Worte des Singsangs der Priester erkannte sie zwar als eine Form des Griechischen, aber sie konnte sie nur bruchstückhaft verstehen. Die byzantinische Musik des Kirchenchores klang ungewohnt in ihren Ohren und den intensiven Geruch von verbranntem Weihrauch empfand sie mehr als gewöhnungsbedürftig. Sie versuchte, sich nicht anmerken zu lassen, wie fremd die ganze Situation auf sie wirkte, da der Gottesdienst live im staatlichen Fernsehen übertragen wurde. Erleichtert reihte sie sich eine Weile später in die Menschenmasse ein, die nach draußen drängte.

Sie stellten sich zwischen den anderen im Vorhof vor der Kirche auf und Melinda blickte zu den Glocken hinauf, die Trauer schlugen, wie sie es schon den ganzen Tag in allen Kirchen in ganz Griechenland getan hatten. Kurz darauf trat der Metropolit in Begleitung anderer Bischöfe und Kirchenleute in imposanten Gewändern aus der Kirche, um den kleinen blumengeschmückten Schrein, der den Sarg Jesu darstellte, einmal um den Block zu tragen. Anschließend hatten die Geduldigen, die das Ende des Gottesdienstes abwarteten, Gelegenheit, unter dem Schrein hindurch zu laufen, dem eine lebensverlängernde Wirkung zugesprochen wurde, wie sie im letzten Jahr von Pavlos erfahren hatte.

Sie folgten der Prozession allerdings nur kurz, bevor sie sich mit Aris Parteifreunden und ihrem gesamten Gefolge in ein nahegelegenes Lokal zum traditionellen Karfreitagsessen begaben. Das Menu bestand keineswegs nur aus den Fastengerichten der Karwoche, zu denen der Fisch, aber auch die frittierten Speisen, wie Calamari und Pommes frites, offensichtlich nicht gehörten, aber das schien die meisten nicht zu stören. Trotzdem bemerkte sie, dass einige, genau wie Aris, tatsächlich nur bei den erlaubten Gerichten zugriffen, zu denen aber auch so erlesene Dinge wie Austern und Schalentiere, also auch Hummer, zählten.

Am Ostersamstag flogen sie dann mit ein paar Mitarbeitern von der PR-Abteilung des Ministeriums und Aris Sicherheitsleuten auf die Insel im Süden der Ägäis. Als der kleine Propellerflieger zur Landung auf die Insel ansetzte, stockte Melinda fast der Atem. Die gleißende Frühlingssonne, die das tiefblaue Meer unter dem strahlenden Himmel mit unzähligen kleinen Gold- und Silberglitzern überzog, und die weißen Häuschen, die sich über die raue, felsige Inseloberfläche verteilten und aus der Höhe wie Puppenhäuser wirkten, formierten sich zu einem einzigartigen Eindruck in ihrem Kopf. Und als sie nach der Begrüßung am Flughafen durch den Bürgermeister und den Bezirksleiter in die kleine Hauptstadt fuhren, bestätigte sich dieser Eindruck. Was sie hier vor sich sah, war unberührte, wirkliche Ägäis. Die bekannteren Kykladeninseln, auf denen sie schon öfter gewesen war, hatten sie in ihrer natürlichen Schönheit auch immer wieder beeindruckt, vor allem, weil man sich auf diesen Inseln auch bei Neubauten streng an die traditionelle Bauweise halten musste, aber hier bot sich ihr das erste Mal ein Einblick in das echte Inselleben.

Der Bürgermeister und seine Frau, die mit ihnen im Wagen saßen, schienen über Melindas Begeisterung sichtlich erfreut zu sein und antworteten bereitwillig auf alle ihre Fragen. Sie erfuhren, dass die Insel über genug Grundwasser verfügte, weswegen sie immer schon relativ autark gewesen war. Die Fischzucht und ein bisschen Viehzucht hatten es der Insel ermöglicht, auch ohne viel Tourismus zu überleben. Es gab Fremdenzimmer und ein paar kleinere Hotels, aber hier machten hauptsächlich Griechen Urlaub, der Massentourismus war, auch wegen der schlechten Verkehrsanbindung durch die Linienschiffe, nicht bis hierher vorgedrungen. Die Einwohner wollten das offensichtlich auch nicht. Sie waren vollkommen einverstanden mit dem Plan, den der Bürgermeister, die Bezirksleitung sowie Aris und Stavridis Ministerien für die Insel und die Nachbarinseln ausgearbeitet hatten, um exklusiven und alternativen Tourismus zu fördern.

Das Mittagessen in der kleinen, aber unerwartet luxuriösen Ferienanlage, die die Gemeinde gemeinsam mit einem von der Insel stammenden Athener Bauunternehmer betrieb, in der sie wohnen würden, bestand nur aus den erlaubten Fastengerichten, und Melinda war überrascht von der Vielfalt des Angebots. Die Frau des Bürgermeisters beschrieb ihr die einzelnen Speisen, unter denen eine ganze Reihe Muscheln und Meeresfrüchte waren, von denen sie noch nie gehört hatte. Sie probierte von allem etwas und stellte fest, dass es ihr tatsächlich schmeckte.

Nach dem Essen konnten sie sich kurz zurückziehen, bis das offizielle Programm beginnen würde. Melinda verschwand im Bad und Aris telefonierte. Als sie wieder ins Zimmer kam, beendete er gerade ein Gespräch mit einer seiner PR-Frauen.

Ihr wurde plötzlich bewusst, wie sehr sich alles verändert hatte. Früher kannte sie sein Leben nur aus der Perspektive seines Berufslebens, während sie jetzt alles nur noch aus der Sicht seines Privatlebens mitbekam.

»Melinda«, sagte Aris, »die Frau des Bürgermeisters hat anfragen lassen, ob du Lust hättest, dir nach dem offiziellen Programm ein paar Dinge von ihr alleine zeigen zu lassen, während wir uns die Grundstücke für die Anlagen ansehen, die wir fördern werden. Ich weiß nicht genau was, aber ich nehme an, sie wird dich den üblichen Frauenvereinen vorstellen wollen. Ich hatte zwar bei der Organisation der Reise klar gemacht, dass so etwas nicht geplant ist, aber sie mochte dich offensichtlich und wollte noch einmal fragen. Du musst das nicht machen, wenn du nicht willst«, fügte er hinzu.

»Nein, ist schon ok. Es wäre unhöflich, es abzulehnen. Ich bin schließlich mit dir hier.«

»Danke, ich weiß zu schätzen, dass du dir Mühe gibst. Mir ist klar, dass du dir die Feiertage wahrscheinlich etwas anders gewünscht hast. Aber das ist eben mein Job.«

»Ich weiß, was dein Job ist«, sagte sie und setzte sich neben ihn auf das Bett, »ich habe mal für dich gearbeitet, schon vergessen?«

Er strich ihr zärtlich über die Wange. »Das könnte ich nie vergessen«, sagte er leise.

»Ich bin ja froh, dass die Frau des Bürgermeisters mich mochte. Ich habe schon Angst gehabt, dass sie mich hier nicht so warm aufnehmen würden, schließlich sind wir nicht verheiratet.«

»Die Leute sind doch nicht aus der Welt. Hier werden Traditionen eher gepflegt und noch etwas ernster genommen, aber die alten Zeiten sind schon lange vorbei.«

»Vielleicht sollten wir uns in Zukunft ein bisschen genauer absprechen«, sagte sie, während sie sich ihr Kleid überzog. »Ich weiß, ich habe dir signalisiert, dass ich nicht einfach dein Anhang werden will, aber ich denke, mittlerweile kann ich mich von dir nicht so abspalten. Es ist ok, wenn du mich einbindest. Und ich werde mich bemühen, das so gut zu machen, wie ich kann. Manche Dinge sind mir fremd und ich werde wahrscheinlich ab und zu ins Fettnäpfchen treten, aber ich stehe an deiner Seite, wenn du mich brauchst, auch in der Öffentlichkeit.«

Sie drehte ihm den Rücken zu und hielt ihre Haare hoch, so dass er den Reißverschluss ihres Kleides schließen konnte.

»Du machst das gut. Und du hast ja auch gesehen, dass es mit der öffentlichen Aufmerksamkeit und den Medien alles nur halb so schlimm war.«

Sie lachte. »Bis auf die Kommentare über meine Herkunft war es im Großen und Ganzen erträglich.«

»Das waren vereinzelte Stimmen und du weißt, dass die Medien immer etwas Negatives finden werden. Mit der Zeit lernt man, da drüberzustehen. Du wirst sehen.«

»Es hält sich ja alles wirklich im Rahmen, was meine Person betrifft. Aber obwohl ich nur zu gut weiß, wie der Medienbereich funktioniert, war ich am Anfang selbst überrascht davon, dass ich mich teilweise richtig persönlich angegriffen gefühlt habe. Es wird jedenfalls besser.« Sie küsste ihn kurz. »Komm, wir sollten los, wir sind schon ein bisschen spät dran.«

Wenig später saßen sie im Gemeindesaal, wo der Bezirksleiter und der Bürgermeister eine kurze Ansprache hielten, in der es um die üblichen Probleme der abgelegeneren Inseln ging, die Melinda, die davon zwar schon gehört hatte, heute erstmals richtig ins Bewusstsein drangen. Die schlechte Linienschiffanbindung führte dazu, dass die Einwohner, vor allem im Winter, teilweise ganz auf sich gestellt waren, da die Schiffe bei großen Windstärken gar nicht ablegen durften. Es kam öfter zu tatsächlichen Lebensmittelengpässen und dasselbe traf auch auf Medikamente zu.

Für die knapp tausendfünfhundert Einwohner gab es einen einzigen Arzt, der im Sommer, wo sich die Anzahl der Leute, die sich auf der Insel aufhielten, zeitweise fast vervierfachte, vollkommen überfordert war. Für zwei Assistenzärzte waren zwar Stellen finanziert, aber kein junger Arzt wollte sich für einen Hungerlohn auf einer abgelegenen Insel niederlassen. Da versuchte er lieber, im europäischen Ausland eine Stelle zu finden. Für alle wichtigeren Untersuchungen, Geburten und Ähnliches mussten sich die Einwohner sowieso an das Bezirkskrankenhaus auf der Hauptinsel wenden, die dreimal in der Woche per Schiff und einmal in der Woche per Linienflug erreichbar war, wenn man das Ticket zahlen konnte. Für Notfälle stand natürlich ein Hubschrauber des griechischen Gesundheitssystems zur Verfügung, allerdings kam es oftmals wegen schlechten Wetterbedingungen oder Problemen bei der Finanzierung der Instandhaltung zu lebensbedrohlichen Verzögerungen. Erst neulich war ein frühgeborener Säugling verstorben, weil eben dieser Hubschrauber die Insel nicht rechtzeitig erreicht hatte.

Als ihre Gastgeber sie durch das kleine Heimatkundemuseum führten, das neben dem Gemeindegebäude lag, sah Melinda die Schwarzweißfotos aus dem letzten Jahrhundert mit ganz anderen Augen. Damals musste alles noch viel schwieriger gewesen sein.

Aris, der Bezirksleiter und der Bürgermeister verließen sie wenig später mitsamt ihren Mitarbeitern und Melinda blieb mit der Frau des Bürgermeisters und ein paar Frauen zurück, die sich ihr jetzt einzeln vorstellten.

»Ich bin wirklich überwältigt, wenn ich mir vor Augen halte, wie das damals war«, sagte Melinda und zeigte auf ein Foto, auf dem eine Gruppe Männer und Frauen bei einem Volkstanz zu sehen war.

»Das war meine Mutter«, sagte die Frau des Bürgermeisters.

Melinda beugte sich zu dem Foto und betrachtete die Frau, die sie in den traditionellen Kleidern mit dem obligatorischen Kopftuch anlächelte.

»Diese Panigyria, die Volksfeste, waren sehr wichtige gesellschaftliche Ereignisse neben den Taufen und Hochzeiten. Dort trafen sich die Leute aus allen Dörfern der Insel, teilweise auch der Nachbarinseln, um zu feiern. Sehr viele Vergnügungsmöglichkeiten gab es damals nicht. Und sie waren auch eine der wenigen Gelegenheiten für die jungen Leute, sich kennenzulernen. Um Ehepartner zu finden.«

»Ein Heiratsmarkt«, stellte Melinda fest.

»Ja. Da ging es etwas lockerer zu. Es wurde getanzt und auch die Unverheirateten hatten Gelegenheit, miteinander zu sprechen und sich näher zu kommen. Nach diesen Volksfesten machten sich dann die Heiratsvermittlerinnen ans Werk und brachten Familien zusammen, bei denen sie meinten, dass es passen würde, um über mögliche Eheschließungen zu verhandeln.«

»Also hatten die jungen Leute ja doch ein bisschen Mitspracherecht. Ich habe teilweise gehört, dass es ziemlich streng zuging. Dass die Eltern das einfach beschlossen.«

Die Frau des Bürgermeisters lachte. »Natürlich gab es solche Fälle. Das war oft hart für die jungen Mädchen, aber auch die Männer. Die hatten genauso wenig dazu zu sagen. Damals traf das Familienoberhaupt alle wichtigen Entscheidungen. Im Regelfall wurden die jungen Leute allerdings vorher angehört. Natürlich kam es schon mal vor, dass ein Paar ausriss und heimlich in einer anderen Gemeinde heiratete und dann die Familien vor vollendete Tatsachen stellte. Die Eltern meines Mannes haben das gemacht.«

Melinda lächelte. »Die Liebe setzt sich also doch oft durch.«

»Ja«, stimmte ihr die andere Frau zu. »Aber wissen Sie, die vermittelten Ehen waren nicht immer schlecht. Diese Heiratsvermittlerinnen machten ihren Job ziemlich gut. Da ging es ja nicht nur um Geld und Einfluss, die zusammengeführt werden sollten, sondern auch darum, welche Menschen zusammen passten. Und viele Ehen, die eine erfahrene Vermittlerin geschlossen hatte, waren tatsächlich glücklich.«

»Von dieser Seite habe ich das eigentlich noch nie betrachtet«, sagte Melinda, »heute bewertet man immer alles, was eine Einschränkung der persönlichen Freiheit bedeutet als negativ, aber für viele Menschen war es das wahrscheinlich gar nicht.«

»Diese gesellschaftlichen Regeln damals hatten durchaus ihren Sinn. Ich bin natürlich auch froh, dass diese Zeiten vorbei sind. Aber es stimmt, es ist nicht alles nur schlecht, was damals passierte. Der Zusammenhalt der Leute war viel stärker als heute. Es wurde zum Beispiel kaum jemand sozial ausgegrenzt. Wenn jemand krank war oder nicht mehr arbeiten konnte, hat ihn eben die Familie oder auch die Gemeinde generell mitversorgt.«

»Ja, das ist schon tragisch, was man heute in unseren Großstädten sieht. In Athen ist die Lage mit den Obdachlosen richtig schlimm seit der Krise. Dass da mittlerweile Familien mit Kindern auf der Straße leben, hat mich sehr erschüttert. Aber hier bei Ihnen ist die Situation doch sicher besser.«

»Natürlich. Aber auch bei uns ist die soziale Not spürbar. Die Gesellschaft ist offener geworden, wir haben hier inzwischen auch viele Fälle, die Hilfe benötigen. Dazu haben wir übrigens ein Sozialprojekt auf die Beine gestellt, das wollte ich Ihnen zeigen.«

»Sehr gerne«, sagte Melinda.

»Sagen Sie doch Käti zu mir«, sagte sie und führte sie wieder nach nebenan in den Gemeindesaal.

Käti stellte ihr Notebook auf den Tisch, um das sich jetzt alle setzten, und umriss Melinda das Projekt, was sie mit den anderen Frauen aus der

Gemeinde, aber auch aus anderen Inselgemeinden des Bezirks ins Leben gerufen hatte.

Melinda war überrascht, wie gut vernetzt sie waren und was für Hilfe sie boten. Das Projekt deckte eine ziemlich große Bandbreite ab, außer den üblichen Geld- und Sachspenden für Bedürftige, bot es Hilfe bei Behördengängen, aber auch bei speziellen Problemen, die das Leben auf den abgelegenen Inseln betrafen. Auf vielen der kleineren Inseln gab es nur Grundschulen. Damit die Kinder das Gymnasium besuchen konnten, half Kätis Projekt, die Schüler unter der Woche in Familien vor Ort unterzubringen. Melinda war beeindruckt, was hier auf Freiwilligenbasis geschah.

»Ich kannte dich ja vorher nicht«, sagte Käti, »und das Büro deines Mannes, ich meine, deines Lebensgefährten, wollte uns kein Treffen mit dir organisieren. Aber ich dachte, ich frage dich einfach, nachdem du mir so sympathisch warst. Ich würde unser Projekt gerne in der Hauptstadt etwas bekannter machen. Mein Mann hat mir nicht erlaubt, den Minister damit zu beschäftigen, da sind natürlich die Investitionen und all das wieder wichtiger. Was selbstverständlich wichtig ist, aber wir leisten ja auch etwas mit unserer Arbeit.«

»Ich bin sehr beeindruckt«, sagte Melinda, »auf jeden Fall werde ich euch helfen.«

»Tut mir leid, wenn ich dich so überfalle, aber es ist endlich eine Gelegenheit, das zu fördern. Nachdem du mir erzählt hast, was du in Brüssel machst, habe ich gedacht, dass du uns da vielleicht auch helfen kannst. Du kennst sicher Leute.«

»Das kann ich tun. Da überlegen wir uns etwas. Und du überfällst mich nicht, ich bin ja froh, dass ich helfen kann.«

Melinda meinte das ehrlich. Seit ihre Beziehung zu Aris öffentlich war, traten die Leute öfter an sie heran. Und bei solchen Dingen, die unterstützenswert waren, würde sie sich auch einsetzen. Hier ging es nicht um die üblichen persönlichen Gefälligkeiten, mit denen sie inzwischen ziemlich regelmäßig konfrontiert wurde.

»Danke«, sagte Käti, »ich weiß das wirklich zu schätzen. Wir führen dich noch ein bisschen herum und gehen dann zu Aggeliki. Sie hat ihr Haus ganz im traditionellen Stil gehalten, da kannst du dir ein Bild davon machen, wie es hier früher aussah.«

Nach einem kurzen Rundgang durch die kleinen Gässchen des alten Stadtkerns blieben sie vor einem Tor in einer der hohen, weißgetünchten Mauern stehen, die, wie Melinda gesehen hatte, die kleinen Innenhöfe vor dem Wohnhaus von der Straße abtrennten.

»Das ist mein Haus«, sagte Aggeliki sichtlich stolz und führte sie über den kleinen Hof, der von Töpfen mit Pflanzen und Blumen in allen möglichen Farben förmlich überquoll. Durch die Tür des Erdgeschoss des zweistöckigen Hauses gelangte man direkt in die Küche, die tatsächlich ganz im alten Stil eingerichtet war.

Aggeliki stellte die beiden älteren Frauen, die darin geschäftig zugange waren, als ihre Mutter und ihre Tante vor. Auf dem riesigen Küchentisch standen große Platten mit Gerichten.

»Das ist für morgen Mittag«, erklärte Käti Melinda. »Wir werden unten am Hafen essen, wo wir auch die Lämmer grillen, und jeder bringt etwas mit, damit ihr alle unsere traditionellen Osterspeisen probieren könnt. Heute Nacht nach der Auferstehung gehen wir in die Taverne von Stratos gegenüber der Kirche.«

Nach dem Rundgang durch das Haus mit Aggeliki setzten sie sich zu den anderen, die sich im Esszimmer versammelt hatten und den traditionellen griechischen Kaffee aus den kleinen Tässchen schlürften. Melinda beneidete diese Frauen um Käti, die sich offensichtlich schon ein Leben lang kannten und jetzt mit ihr an dem Projekt mitarbeiteten, plötzlich um ihren Zusammenhalt.

»Betty«, wandte sich Aggeliki an Melindas Tischnachbarin, als sie ihren Kaffee ausgetrunken hatte, »kannst du mir den Kaffeesatz lesen?« »Sie ist die beste Kaffeeleserin«, fügte sie hinzu, als sie Melindas erstaunten Blick sah.

»Vielleicht will Melinda sich ja den Kaffeesatz lesen lassen«, warf Kätis Schwester ein.

»Ach, lasst sie doch mit diesem Unfug in Ruhe«, rief Käti dazwischen.

»Möchtest du?«, fragte Betty an Melinda gewandt.

Melinda lachte. »Ja, warum eigentlich nicht, ich habe das noch nie gemacht.«

Sie hatte schon davon gehört und sie wusste, dass viele darauf schworen. Generell war Wahrsagen und Astrologie in allen gesellschaftlichen Schichten in Griechenland ziemlich weit verbreitet, wie sie festgestellt hatte.

Betty nahm Melindas ausgetrunkene Tasse, drehte sie vorsichtig, so dass sich der Kaffeesatz an der Tassenwand verteilte, und stellte sie dann umgedreht auf den Unterteller. Melinda und die anderen Frauen sahen sie gespannt an. Kurz darauf nahm sie die Tasse wieder in die Hand und hielt sie Melinda hin.

»Drück deinen Zeigefinger kurz auf den Boden«, sagte sie zu ihr.

Melinda tat, was sie gesagt hatte, und Betty blickte eine Weile schweigend in die Tasse. Dann sah sie Melinda ernst an.

»Du hast schon ziemlich viel hinter dir«, begann sie. »Ich sehe zwei sehr tragische Ereignisse in deinem Leben. Bei dem einen warst du noch ein Kind, das andere ist noch nicht so lange her.«

Melinda sah sie überrascht an. »Woher weißt du das?«, entfuhr es ihr.

»Ich habe dir doch gesagt, dass sie die Beste ist«, sagte Kätis Schwester.

»Und ich sehe einen Mann in deinem Leben«, fuhr Betty fort, »es ist ein Mann mit großer Verantwortung.«

Naja, dazu hätte sie den Kaffee nicht zu Rate ziehen brauchen.

»Es ist eine große Liebe. Sie ist sehr stark. Bei euch beiden. Und du bist jetzt die einzige Frau in seinem Leben. Früher hatte er scheinbar sehr viele. Schau her«, wandte sie sich an Melinda und zeigte auf etwas am Rand der Tasse. »Das ist er. Und das bist du. Siehst du, wie groß du bist? Und daneben ist nichts. Keine anderen Frauen. Und hier sind die früheren.«

Melinda konnte außer ein paar Kaffeeklecksern gar nichts erkennen, aber das Ganze zog sie ziemlich in den Bann. Es kam irgendwie hin. Betty konnte Aris schließlich nicht so gut kennen, um solche Dinge über ihn zu wissen.

»Ich sehe aber einen tiefen Abgrund vor ihm. Der dich auch beeinflussen wird. Es ist ziemlich schlimm, was da auf euch zukommt.«

Melinda spürte, wie sich eine leichte Gänsehaut in ihrem Nacken bildete.

»Es ist nicht der Tod, der da vor euch steht«, sagte Betty beschwichtigend, als sie offensichtlich Melindas entsetzten Blick sah, »aber es ist etwas, dass eure Liebe bedrohen und euer Leben verändern wird.«

»Komm Betty, hör auf, du machst ihr doch richtig Angst«, sagte Käti und wollte ihr die Tasse aus der Hand nehmen.

»Warte!« Betty vertiefte sich wieder in die Tasse. »Es ist gut, wenn man weiß, was einen erwartet, dann kann man oft besser damit umgehen. Melinda, es ist tatsächlich etwas ziemlich Dunkles, was da vor euch steht, ich kann nicht sagen, was es genau ist. Aber ich sehe auch zwei Wege für dich, die sich öffnen. Das bedeutet, dass du eine Wahl haben wirst, dass du dich entscheiden kannst. Der eine Weg führt dich weg von diesem Dunkel, aber auch von dieser Liebe. Und der andere führt mitten hindurch. Aber mit ihm. Mit einer Chance auf ein anderes Leben.«

Alle Blicke waren auf Betty gerichtet.

»Und was heißt das?«, fragte Melinda, bemüht, das leichte Zittern in ihrer Stimme zu unterdrücken.

»Ich weiß es nicht. Ich kann nur sagen, dass etwas passieren wird, dass sein und dein Leben unwiederbringlich verändert. Mehr ist nicht zu erkennen. Ich kann auch nicht sehen, was danach kommt. Die Aussagekraft des Kaffeesatzes ist begrenzt. Sie reicht maximal wenige Monate.«

»Tritt das immer ein, was man da sieht?«, fragte Melinda.

»Was Betty sieht, bewahrheitet sich immer«, sagte Kätis Schwester ernst.

»Ach, komm schon«, rief Käti, »es tritt jedenfalls nicht immer so ein, wie Betty das aufbauscht! Könnt ihr euch nicht erinnern, wie ich eine Woche nicht schlafen konnte, weil sie mir etwas Fürchterliches vorausgesagt hat, und was war es dann – mir ist der Absatz bei der Parade am Nationalfeiertag abgebrochen und ich bin der Länge nach vor allen Leuten auf der Straße gelandet. Peinlich, aber nichts wirklich Tragisches!«

Die Frauen lachten und die Stimmung hellte sich etwas auf.

»Also, mach dir nicht so viele Gedanken, Melinda«, sagte Käti.

Melinda zwang sich zu einem Lächeln. Sie wusste natürlich, dass das alles Unfug war, aber so ganz konnte sie das beklemmende Gefühl nicht abschütteln. Sie hatte das kurze Erschrecken in Bettys Augen wahrgenommen. Und das hatte nicht nach abgebrochenem Absatz ausgesehen.

Als sie später Aris davon erzählte, während sie sich für den Auferstehungsgottesdienst fertig machten, lachte er sie natürlich aus.

»Melinda, du hast mir vorgestern erst gesagt, dass du eigentlich nicht richtig an Gott glaubst. Und jetzt willst du mir erzählen, dass man das Schicksal eines Menschen aus dem Kaffeesatz lesen kann?«

»Nein, natürlich nicht, aber es war doch irgendwie unheimlich. Sie wusste ziemlich viele Dinge, die stimmten.«

»Ach ja? Was denn? Dass du die einzige Frau in meinem Leben bist? Sie hat dir einfach gesagt, was du hören wolltest.«

Melinda musste lachen. »Ok, das stimmt wahrscheinlich. Aber dass sie den Tod meiner Mutter und den von Daniel gesehen hat ....«

»Was genau hat sie denn gesagt?«

»Dass da zwei tragische Ereignisse in meinem Leben waren.«

»Siehst du! Sie wusste gar nichts. Jeder Mensch hat Erlebnisse, die er als tragisch bewertet. Sie suggeriert dir doch nur, dass sie weiß, was in deiner Vergangenheit passiert ist!«

Er hatte recht. Aber es war trotzdem faszinierend gewesen. Sie beschloss, die Sache als interessante Erfahrung zu verbuchen und sich nicht verrückt machen zu lassen. Und außerdem hatte Betty ihr gesagt, dass sie eine Wahl haben würde.

Aris sah auf Melinda hinunter, die zwischen ihm und der Frau des Bürgermeisters in der Hauptkirche der Insel stand, wo sie an dem Auferstehungsgottesdienst teilnahmen. Manchmal konnte er es immer noch nicht ganz glauben, dass sie jetzt wirklich zu ihm gehörte. Es war über ein Jahr her, seit er sie kennengelernt hatte. Er hätte sich damals niemals träumen lassen, dass sein Leben sich so einschneidend verändern würde.

Die Frau des Bürgermeisters flüsterte Melinda etwas zu und sie lächelte. Aris war stolz auf sie, wie sie das handhabte, wenn sie ihn zu einer offiziellen Veranstaltung begleitete. Sie machte das ganz anders als Maria, sie ging offen auf die Leute zu und ließ sich auf sie ein. Er spürte, dass die Leute sie wirklich mochten und sie nicht nur respektierten, weil sie die Frau an seiner Seite war. Und vor allem machte sie das alles nicht aus Eigennutz. Er wusste, dass ihr die ganze Aufmerksamkeit eigentlich zuwider war.

Wenn es nach ihm ginge, würde er sie gerne ganz in Athen haben. Aber er konnte von ihr nicht einfach so verlangen, dass sie ihre Karriere aufgab. Ihre Unabhängigkeit war ihr wichtig. Als er ihr das erste Mal Geld überwiesen hatte, weil er nicht wollte, dass sie die Reisekosten trug, war sie richtig wütend gewesen. Aber er hatte darauf bestanden und sie war schließlich bereit gewesen, es zu akzeptieren. Er würde sie auch am liebsten auf der Stelle heiraten. Aber da musste er sich gedulden, es war zu früh für sie. Und sein Scheidungsurteil würde auch noch eine Weile dauern.

Maria war vollkommen ausgerastet, als sie nach der ersten Veranstaltung, zu der er mit Melinda gegangen war, über die Medien von ihr erfahren hatte. Erst sein Versprechen, mit ihr zusammen eine Rede für ihren Wahlkampf auf der Insel für die in einem Monat anstehenden Gemeindewahlen zu halten, war imstande gewesen, sie wieder einigermaßen zu beruhigen.

Es wurde dunkel in der Kirche, bevor der Priester gleich das Licht der Auferstehung verteilen würde. Er musste lächeln, als er daran dachte, wie Melinda ihm vorhin nicht geglaubt hatte, dass das Osterlicht, das in allen Kirchen Griechenlands verteilt wurde, in der Auferstehungskirche in Jerusalem entzündet wurde und mit einem Sonderflug nach Athen kam und dort mit der für den Besuch eines ausländischen Staatsoberhaupts vorgesehenen Zeremonie empfangen wurde. Sie war erst überzeugt gewesen, dass er die Wahrheit sagte, als sie es gegoogelt hatte.

Ihm war klar, dass ihr sehr viele der Traditionen hier fremd vorkommen mussten, nach dem Tod ihrer Mutter war ihr Bezug zu Griechenland nicht mehr eng genug gewesen. Nur die Tatsache, dass sie nicht an Gott zu glauben schien, beschäftigte ihn wirklich. Eigentlich hatte er sich nie dafür interessiert, was andere glaubten oder ob sie glaubten. Er selbst redete über seinen eigenen Glauben auch nie. Noch nicht einmal zwischen ihm und Thymios war das jemals ein Gesprächsthema gewesen. Bei dem Gespräch mit Melinda hatte er seine Gedanken dazu überhaupt zum ersten Mal ausgesprochen. Aber irgendwie war ihm das wichtig gewesen. Dass sie ihn verstand und nachvollziehen konnte, wie er da empfand. Er hätte nicht gedacht, dass sie in dem Punkt so weit entfernt voneinander lagen. Aber im Grunde spielte es auch keine Rolle, solange sie ihre Ansichten gegenseitig akzeptieren konnten.

Jetzt trat der Priester aus dem kleinen Raum hinter dem Altar und hielt seine Kerze den Leuten in der ersten Reihe hin, die ihre eigene Osterkerze an seiner entzündeten und das Licht langsam weitergaben. Melinda zündete sich ehrfürchtig ihre Kerze an der des Bürgermeisters an und wandte sich ihm zu. Es rührte Aris, dass ausgerechnet sie ihm das Licht gab und nicht umgekehrt. Er konnte sich gerade noch zurückhalten, sie nicht kurz zu küssen, was ziemlich unpassend gewesen wäre, zumal auch zwei Reporter mit Kameras anwesend waren, die sie begleitet hatten. Darüber, wo die Mitglieder der Regierung die Auferstehung feierten, wurde natürlich von den Medien berichtet.

Dann folgten sie dem Priester nach draußen, wo der letzte Teil der Zeremonie stattfand. Als der Priester um Mitternacht, zeitgleich mit seinen Amtskollegen in ganz Griechenland, mit der entsprechenden Hymne die Auferstehung Christi verkündete, in die alle mit einstimmten, krachten die Feuerwerkskörper los. Er sah, wie Melinda heftig zusammenzuckte, und zog sie an sich. Dieser Brauch war tatsächlich nicht ganz ungefährlich, da es sich nicht selten um selbst zusammengebastelte Munition handelte, was jedes Jahr zu unzähligen Verletzungen und teilweise sogar Todesfällen führte. Aber er war aus der griechischen Ostertradition einfach nicht wegzudenken.

Als sich der Lärm endlich beruhigte, ging der Priester wieder in die Kirche, wo der Gottesdienst noch gute zwei Stunden weitergehen würde. Zum Glück schien der Bürgermeister nicht so streng gläubig zu sein, denn er machte keine Anstalten, wieder in die Kirche zurückzugehen.

»Christos anesti - Christus ist auferstanden« wandte er sich mit dem Osterwunsch an Aris.

»Alithos anesti- er ist wahrlich auferstanden«, erwiderte Aris.

Plötzlich spürte er etwas an seinem Bein und sah hinunter. Ein kleines Mädchen, das herzzerreißend weinte, versuchte sich zwischen seinen Beinen hindurch zu drängen. Er konnte das Alter von Kindern schlecht einschätzen, aber sie war noch sehr jung, vielleicht zwei. Melinda drückte ihm ihre Osterkerze in die Hand und beugte sich zu ihr hinunter. Sie nahm die Kleine hoch und sprach leise auf sie ein.

Diesen Ausdruck in ihrem Gesicht und den Klang in ihrer Stimme hatte er noch nie bei ihr erlebt und die Weichheit darin bewegte ihn. Es schien zu wirken, denn die Kleine hörte auf zu weinen und sah Melinda aufmerksam an. Wenige Augenblicke später tauchten die aufgeregten Eltern auf.

»Tut uns wirklich leid, Herr Minister, Herr Bürgermeister. Sie ist einfach weggerannt«, sagte der Vater.

»Danke«, wandte sich die Mutter an Melinda, »tut uns leid für die Umstände.«

Die Kleine streckte die Ärmchen nach ihrer Mutter aus und sah Melinda dann aus deren Armen lächelnd an.

»Es ist doch nichts passiert«, sagte Melinda. »Wie heißt sie denn?«

»Mirto«, erwiderte die Mutter, »ich bin ziemlich überrascht, dass Sie sie beruhigen konnten«, sagte sie freundlich, »normalerweise ist sie Fremden gegenüber sehr scheu.«

Melinda lächelte sie an.

»Christos anesti« wünschte die Mutter ihr, »und nochmals danke!«

Der Vater schüttelte Aris und dem Bürgermeister mit guten Wünschen die Hand und dann entfernten sie sich.

Sie folgten dem Bürgermeister in die Taverne gegenüber der Kirche. Aris sah, wie Melinda blass wurde, als die Frau des Bürgermeisters ihr die Zutaten der traditionellen Auferstehungsmahlzeit beschrieb, der »Magiritsa«- Suppe, die hauptsächlich aus Eingeweiden und Knochenmark bestand. Und er war sehr stolz auf Melinda, die es schaffte, ihren Teller bis zur Hälfte zu leeren.

Als sie dann um halb drei Uhr morgens endlich im Bett lagen, waren sie total erschöpft, aber zu aufgedreht, um zu schlafen.

Er zog sie an sich. »Melinda«, begann er vorsichtig, »als du vorhin das kleine Mädchen beruhigt hast, habe ich mich gefragt, da ich ja weiß, dass du schon einmal ein Kind verloren hast - möchtest du das irgendwann noch einmal versuchen?«

Sie setzte sich auf und sah ihn überrascht an. »Also, im Grunde ja. Aber ich habe schon länger nicht mehr darüber nachgedacht, dieses Thema war nach Daniel erst einmal vorbei. Und du hast schon zwei Kinder. Ich weiß nicht, könntest du dir vorstellen, noch ein Baby zu bekommen?«

»Ich will ehrlich zu dir sein. Ich bin kein guter Vater gewesen. Und ich will eigentlich auch kein Kind mehr, eben deswegen. Aber wenn du das möchtest, wäre ich bereit, es zu tun. Wenn du mir helfen würdest, es dieses Mal besser zu machen.«

Sie lächelte. »Danke«, sagte sie sanft, »es bedeutet mir sehr viel, dass du dazu bereit wärst.«

Sie schmiegte sich wieder an ihn.

»Wir müssen das auch nicht sofort entscheiden. Du hast ja noch ein bisschen Zeit, so alt bist du nun auch wieder nicht«, sagte er.

Sie lachte. Dann wurde sie wieder ernst. »Ich würde das eigentlich wollen. Aber wir müssten unser Leben dann wirklich ändern. Ich kann schließlich nicht mit einem kleinen Kind pendeln. Aber du hast recht. Lass uns das im Auge behalten. Und schauen, ob wir das hinkriegen können.«

Er schloss seine Arme fester um sie.

»Ich weiß, dass wir noch viel zu lösen haben. Aber ich bin mir sicher, dass wir es schaffen werden. Ich liebe dich, Melinda. Und du bist die einzige Frau, zu der ich das jemals gesagt habe.«

Kapitel 15

Als die Sonne hinter dem Horizont verschwand, trat Melinda auf die Veranda. Die letzten Augusttage in Athen waren sehr heiß gewesen. Heute wehte endlich ein leichter Wind. Aris hatte keinen Abendtermin und sie überlegte, ob sie etwas zu essen bestellen sollte. Natascha, Aris Haushälterin, würde erst nächste Woche aus ihrem Sommerurlaub zurückkehren, den sie in ihrer Heimat, in Russland, verbrachte. Aris mochte es, wenn Melinda selbst kochte. Aber jetzt war sie doch ein bisschen zu faul dazu.

Ihren verbliebenen Urlaub hatte sie damit zugebracht, die Neugestaltung von Aris Wohnung endlich voranzubringen. Am Anfang war sie bemüht gewesen, Aris in den Prozess einzubinden, aber für solche Dinge konnte er überhaupt kein Interesse aufbringen. Trotzdem merkte sie, dass er sich darüber freute, wie über alle Anzeichen, dass sie es mit ihrem gemeinsamen Leben ernst meinte.

Sie ging zu den zwei Zimmern, die sie noch vor sich hatte. Das eine würde wohl mehr oder weniger eine Abstellkammer bleiben. Sie blickte in den anderen Raum, in dem nur ein Laufband stand, das sie nie benutzten. Eigentlich wusste sie, was sie daraus machen wollte, aber sie traute sich noch nicht ganz, es sich wirklich einzugestehen. Seit er ihr Ostern gesagt hatte, dass er bereit wäre, noch einmal Vater zu werden, setzte sie sich mit dem Gedanken ernsthaft auseinander, wie es sein würde, mit ihm ein Kind zu haben.

Sie wollte das. Aber es bedeutete auch, dass sie dann ganz nach Athen ziehen müsste. Aris Leben war an Griechenland gebunden, mal unabhängig davon, dass er sein Amt nicht einfach aufgeben konnte. Also würde sie etwas an ihrem Leben verändern müssen, wenn sie mit ihm ein Baby wollte. Sie hatte schon überlegt, sich mit Nicos Hilfe hier beruflich etwas aufzubauen, vielleicht auch mit Pavlos und Alexandridis. Allerdings war die Krise in Griechenland noch lange nicht ausgestanden und die weiterhin unsichere Lage ließ sie in dem Punkt ein wenig zögern. Aber sie würde diesen Schritt tun, wenn sie beschlossen, eine Familie zu gründen.

Was sie in diesem Zusammenhang auch ziemlich beschäftigte, war seine vorherige Familie. Er war nach seiner Trennung von Maria nur ein einziges Mal auf der Insel gewesen, um Maria bei ihrem Wahlkampf für den Gemeinderat zu unterstützen. Seitdem hatte er seine Kinder nicht mehr gesehen. Sie wusste, dass sein Verhältnis zu ihnen nie eng gewesen war, aber dass sie mittlerweile fast gar keines mehr hatten, tat ihr sehr leid. Falls sie mit Aris ein Kind haben sollte, wollte sie, dass es zu seinen Geschwistern Kontakt hatte. Ihr Bruder litt sehr darunter, dass er seine Geschwister aus der zweiten Ehe seines Vaters gar nicht kannte, weil seine neue Frau das nicht zuließ. Und sie wollte auch Aris Insel endlich kennenlernen. Ihr war bewusst, dass sie für Maria ein rotes Tuch darstellte, und sie riss sich auch nicht unbedingt um eine Begegnung mit ihr, aber irgendwann mussten sie sich mit der Situation auseinandersetzen.

Zumindest hatte Aris ihre Eltern kennengelernt, als Georg Anfang des Sommers endlich bereit gewesen war, nach über zwanzig Jahren Athen wieder zu besuchen. Mit ihrem Vater verstand sich Aris so weit ganz gut und Melinda war überrascht über sein solides Griechisch, das er offensichtlich nicht vergessen hatte. Mit Carla war die Kommunikation aufgrund ihrer rudimentären Englischkenntnisse schon schwieriger. Was durchaus eine positive Seite hatte, denn so waren ihre Möglichkeiten, Aris mit allen möglichen Fragen zu löchern, natürlich begrenzt. Auch Antonio war ein Wochenende gekommen. Wie erwartet, wurden Aris und ihr Bruder nicht die besten Freunde, aber zumindest hatte sich Antonio mit seinem Beschützergehabe so weit zurückgehalten, dass es zu keinem offenen Konflikt gekommen war.

Melinda spürte, dass die Dinge langsam an ihren Platz fielen. Inzwischen konnte sie wieder optimistisch und zuversichtlich in die Zukunft blicken. Sie war glücklich mit Aris.

Plötzlich musste sie lächeln, als sie daran dachte, wie er ihr bei dem Gespräch über die Trennung von seiner Frau damals gesagt hatte, dass sie mit ihm ein anderes Leben haben konnte, wenn sie ihm eine Chance gab. Und er hatte recht gehabt.

Auf einmal war sie sich sicher. Das Zimmer mit dem Laufband würde ein Kinderzimmer werden.

Als Aris kurze Zeit später nach Hause kam, schloss sie ihn fest in die Arme.

»Womit habe ich das denn verdient?«, fragte er, als sie ihn freigab.

»Nur so«, erwiderte sie.

Er lächelte, aber er sah erschöpft aus.

»Kannst du mir einen Whiskey einschenken?«, fragte er, während er die Ärmel seines Hemdes aufrollte.

Sie holte ein Glas, füllte es bis zur Hälfte und brachte es ihm auf die Veranda. Er zündete sich eine Zigarette an.

»Aris, was ist denn? Geht es um diesen Abteilungsleiter, Sarantis?«, fragte sie sanft.

Sie wusste von Pavlos und Aris Verdacht, dass mit den Finanzen in seiner Abteilung etwas nicht stimmte. Ihr Kurzurlaub mit Stella und Thymios wäre deswegen fast ins Wasser gefallen, aber dann waren sie trotzdem gefahren und er hatte auch ein bisschen Abstand gewinnen können. Die letzten Tage hatte er das Thema Sarantis auch nicht mehr erwähnt, aber offensichtlich war es doch etwas Ernsteres.

»Wir haben Widersprüche in den Berichten der Finanzprüfer, die seine Abteilung kontrollieren, entdeckt. Jetzt stehen wir wieder am Anfang. Obwohl wir nun sicher sind, dass da definitiv etwas faul ist.«
»Die Prüfer scheinen also nicht so unabhängig zu sein.«
»So ist es. Ich bin einfach nur müde. Ich versuche seit einem Jahr das Ministerium zusammenzuhalten, produktiv zu sein und gleichzeitig alte Missstände aufzudecken. Jedes Mal, wenn ich glaube, dass ich endlich Licht sehe, muss ich feststellen, dass wir nichts und niemand im Griff haben. Und stell dir mal vor, wir überprüfen im Moment nur die letzten paar Jahre! Was da wirklich alles gewesen ist, wird wahrscheinlich nie jemand erfahren. Ich weiß nicht, was ich tun soll. Ich würde es ja an die Staatsanwaltschaft weiterleiten, damit die sich damit herumschlagen müssen. Aber dazu brauche ich mehr als diese diffusen Unregelmäßigkeiten, die es gegeben zu haben scheint. Außerdem müsste ich Sarantis suspendieren. Und wie sieht das dann aus, dass er der Verantwortliche für die Darlehensvergabe letzten Winter war? Verdammt, es war ein Fehler, ihn nicht von Anfang an abzusetzen. Ich kann nur noch hoffen, dass es vielleicht doch eine Erklärung für die fehlenden Gelder gibt oder alles zumindest nicht so schlimm ist. Zum Glück haben Pavlos und ich die neuen Verfahren genau im Auge behalten und jede Firma, die Sarantis für eines der größeren Darlehen vorgeschlagen hat, überprüft.«
»Mach dich doch nicht verrückt. Du kannst nicht mehr tun, als zu versuchen, es aufzuklären«, warf Melinda ein.
»Das ist mir klar. Aber ich habe einfach manchmal das Gefühl, dass mir alles entgleitet. Ich habe auch keine Ahnung, wem ich vertrauen kann. Von meinem Verdacht gegen Sarantis weiß kaum jemand, weil ich sichergehen will, dass nichts zu ihm durchdringt, bis wir mehr wissen. Seferlis gegenüber habe ich es erwähnt und er hat mit natürlich Druck gemacht, es aufzuklären. Aber aus dem Ministerium weiß eigentlich nur Pavlos davon. Auch unsere Mitarbeiter, die die Überprüfungen durchgeführt haben, wissen keine Einzelheiten. Nicht einmal Aleka ist eingeweiht. Aber der Grund dafür ist eher, dass sie die letzten Monate ein bisschen von der Rolle ist.«
»Hast du noch einmal versucht, mit ihr zu reden?«, fragte Melinda.
»Ja. Sie besteht darauf, dass alles in Ordnung ist. Aber sie ist verändert. Obwohl ich an ihrer Arbeit absolut nichts auszusetzen habe, ist sie eben nicht die alte Aleka, die ich kenne. Wir reden nicht mehr so wie früher miteinander.« Er zündete sich eine neue Zigarette an. »Jedenfalls muss ich mich entscheiden, was ich mit diesem Sarantis tun soll. Ich habe überlegt, ihn vielleicht erst mal zu versetzen, um mich zu schützen. Aber wenn er tatsächlich mit den Unregelmäßigkeiten zu tun hat, wird er Verdacht schöpfen. Und dann werden wir es vielleicht nie aufklären. Wie gesagt, für eine Anzeige habe ich noch zu wenig.«

»Aris, du bist nur verantwortlich dafür, dass du alles tust, um die Sache in den Griff zu bekommen. Niemand, auch Seferlis nicht, erwartet von dir das Unmögliche!«

»Ich weiß«, sagte er resigniert, »es ist alles eben nur ziemlich frustrierend. Dass da nach über einem Jahr noch so viele Fälle unaufgeklärt sind. In vielen Bereichen geht es auch munter weiter.«

»Ja, aber doch nicht bei euch in der Regierung, bei Seferlis Leuten«, wandte Melinda ein.

»Nach dem, was ich im letzten Jahr gesehen habe, lege ich meine Hand für niemand mehr ins Feuer. Wenn da etwas auftauchen sollte, was Seferlis Regierung in irgendeiner Weise diskreditieren könnte, sieht es nicht gut aus für das Land. Dann haben wir keine Chance mehr gegen die Opposition. Was das bedeuten würde, weißt du ja.«

»Komm, geh doch nicht gleich vom Schlimmsten aus. Es dauert eben länger, als ihr gedacht habt, aber ihr seid dran. Die anderen Ministerien haben die gleichen Probleme.«

Er trank noch einen Schluck aus seinem Glas und nickte.

»Komm her«, sagte er sanft.

Sie setzte sich auf seinen Schoß und legte die Arme um seinen Nacken.

»Ach Melinda«, flüsterte er, »ich brauche dich so sehr.«

Seine Lippen fanden ihre und allmählich spürte sie, wie die Anspannung von ihm abfiel und es nur noch sie beide gab in dieser Spätsommernacht.

Simos Eleftheriadis atmete tief durch, als der Oberstaatsanwalt in das Büro des Premierministers trat. Sie kannten sich von der Universität, auch wenn sie keine engere Freundschaft verband. Und im letzten Jahr, wo sie aufgrund ihrer Ämter wieder mehr miteinander zu tun hatten, waren sie eigentlich immer gut zurechtgekommen.

Seit der Oberstaatsanwalt ihn an diesem Samstagmorgen in einem Anruf um ein kurzfristiges Treffen mit ihm und dem Premierminister gebeten hatte, war Eletheriadis das flaue Gefühl in seinem Magen nicht mehr losgeworden. Und wie ihm der ernste Gesichtsausdruck des Staatsanwaltes verriet, würde es für seinen Magen keine Entwarnung geben.

»Herr Premierminister, Simos«, begrüßte der Staatsanwalt sie knapp und ließ sich auf dem zweiten Stuhl neben Eleftheriadis vor Seferlis Schreibtisch nieder.

Seferlis nickte nur kurz und sah ihn abwartend an.

»Leider ist das, was ich Ihnen mitteilen muss, sehr unerfreulich«, begann er und stellte sein Notebook auf den Tisch. »Seit ein paar Monaten haben wir Ermittlungen eingeleitet, zu Korruptionsfällen, die das Bauministerium betreffen. Wir haben festgestellt, dass für Vergabeverfahren für größere Aufträge, die alle im Endeffekt an Firmen gegangen sind, hinter denen in irgendeiner Weise der uns allen bekannte Großunternehmer Christos Mavros steckt, Bestechungsgelder gezahlt worden sind. An einige Mitarbeiter, den zuständigen Direktor der Abteilung für Vergabeverfahren, aber auch an den Minister Athanasiou selbst. Das Gesamtvolumen der betreffenden Aufträge beläuft sich auf knapp achtzig Millionen Euro und ein beträchtlicher Teil davon ist auch schon ausgezahlt worden.«

Eleftheriadis sah, wie Seferlis buchstäblich alle Farbe aus dem Gesicht wich.

»Oh mein Gott«, sagte Seferlis. Er senkte den Kopf, nahm seine Brille ab und drückte sich die Hände gegen die Schläfen. Dann sah er den Oberstaatsanwalt wieder an. »Warum habe ich darüber so lange nichts erfahren? Da hätten Sie mich doch informieren müssen!«, rief Seferlis aus.

»Bei allem Respekt, Herr Premierminister, wir mussten die Unabhängigkeit der Justiz wahren. Immerhin sind von dem Ermittlungsverfahren Mitglieder Ihrer Regierung betroffen.«

»Mitglieder?!«, fragte Eletheriadis entgeistert, »es sind noch mehr Minister darin verwickelt?«

»Wie es aussieht, noch ein weiteres Mitglied der Regierung, ja. Aber lassen Sie mich kurz erklären, was der Stand der Dinge ist«, sagte der Oberstaatsanwalt.

Seferlis trank einen Schluck Wasser und griff sich an den Hals, offenbar um seinen Krawattenknoten zu lockern, tat es aber dann doch nicht.

»Was die Fälle im Bauministerium betrifft«, fuhr der Oberstaatsanwalt fort, »sind wir absolut sicher, was vorgefallen ist. Die Bestechungsgelder wurden auf ziemlich komplizierte Weise auf Auslandskonten der vorher genannten Personen eingezahlt, und zwar bei allen an denselben Tagen. Es ist uns gelungen, den Ursprung der Zahlungen über ein Gewirr von Offshore-Firmen zurückzuverfolgen, und sie sind eindeutig von Christos Mavros gekommen. Jedenfalls haben wir von dieser Quelle noch eine andere Zahlungskette nachverfolgen können, die uns zu einem gewissen Nassos Sarantis geführt hat, der ebenfalls auf die gleiche Art Gelder von Mavros erhielt.«

Der Name sagte Eleftheriadis irgendetwas, aber er kam im Moment nicht darauf.

»Er ist der Direktor für Investitionen im Ministerium für Tourismus«, erklärte der Oberstaatsanwalt.

Seferlis war jetzt aschfahl im Gesicht und Eleftheriadis Magen krampfte sich empfindlich zusammen, als ihm bewusst wurde, worauf der Bericht des Staatsanwaltes hinauslaufen würde.

»Daraufhin haben wir ihn uns näher angesehen. Wir haben dreiundzwanzig Darlehensbewilligungen des Ministeriums für Tourismus gefunden, an Firmen, hinter denen ebenfalls Christos Mavros steckt. Da geht es nicht um so Riesenbeträge wie im Fall des Bauministeriums, aber die Gesamtsumme der schon an seine Firmen ausgezahlten Darlehen ist nicht zu verachten, es handelt sich um immerhin knapp acht Millionen Euro. Wir haben den dringenden Verdacht, dass der Minister da auch verwickelt ist.«

»Oh mein Gott, nicht Aris. Bitte nicht Aris«, sagte Seferlis und erhob sich von seinem Schreibtisch. Er ging zum Fenster und drehte ihnen den Rücken zu.

»Allerdings sind wir bei ihm nicht ganz sicher. An Assimakopoulos haben wir nämlich keine Zahlungen gefunden. Noch nicht.«

»Also kann es sein, dass er damit gar nichts zu tun hat?«, hakte Eleftheriadis nach.

»Möglich ist es, aber ich halte es für nicht sehr wahrscheinlich«, sagte der Oberstaatsanwalt. »Wie wir herausgefunden haben, kannte der Minister Mavros nämlich. In den letzten fünfzehn Jahren haben wir keine Verbindungen zwischen den beiden feststellen können, aber davor hatten sie eine kleine Baufirma zusammen, bevor Mavros zum Großunternehmer geworden ist. Dass dem Minister nicht aufgefallen ist, dass die ganzen Darlehen an Firmen von Mavors gehen, kann ich mir nicht vorstellen. Er hat das alles wahrscheinlich nicht selbst überprüft und bei den meisten Firmen ist der wirkliche Eigentümer auch richtig gut versteckt gewesen. Aber zwei der Firmen werden offen mit Mavros in Verbindung gebracht. Da sie früher schon einmal zusammengearbeitet haben und sich ziemlich gut gekannt haben müssen, wird es noch unwahrscheinlicher, dass er nichts wusste. Aber wie gesagt, wir können, was ihn betrifft, noch nichts Definitives nachweisen. Möglicherweise haben die beiden aus ihrer gemeinsamen Zeit eine andere Art, finanzielle Transaktionen durchzuführen, auf die wir noch nicht gekommen sind.«

»Bis wann, denken Sie, werden Sie das herausbekommen haben?«, fragte Eleftheriadis.

»Tja, jetzt komme ich zu unserem eigentlichen Problem, weswegen ich Sie um das kurzfristige Treffen gebeten habe«, sagte der Oberstaatsanwalt. »Dazu muss ich Ihnen erläutern, wie wir an diese Informationen gekommen sind.«

Seferlis trat vom Fenster zurück und ließ sich erschöpft wieder in seinen Sessel fallen.

»Bitte«, sagte er.

»Christos Mavros hat die letzten Jahre große Probleme mit seinen Unternehmen, er steht im Prinzip kurz vor der Pleite, was er aber durch seinen immer noch großen Einfluss und die Beziehungen, die er überall hat, bisher noch ganz gut verschleiern konnte. Das Geld, was er aus den beiden Ministerien abgezweigt hat, reicht bei Weitem nicht, um sein Imperium zu retten. Wir gehen davon aus, dass er sich damit irgendwann absetzen wollte, wenn der Verlust seiner Macht sich herumgesprochen hat und es für ihn in Griechenland zu eng werden würde. Und damit, wie viel Macht er noch besitzt, hat er sich offenbar gründlich verschätzt. Wie Ihnen ja bekannt sein dürfte, hält er weiterhin die Mehrheit an dem Fernsehsender »Giga-Channel«. Da läuft es nicht mehr so gut wie früher, aber es ist immer noch ein einflussreicher Sender. Mavros größter Konkurrent aus den guten alten Zeiten, der Unternehmer Fotopoulos mit seinem Sender »Prisma«, hat nun die Gelegenheit gesehen, Mavros ein für allemal aus der Medienlandschaft zu vertreiben. Möglicherweise ist auch Rache dabei, er hat sich die Recherche über Mavros jedenfalls einiges kosten lassen. Er war es, der uns die Informationen über die Fälle im Bauministerium zukommen ließ. Wir haben dann den Rest gemacht. Sein Sender würde nach Abschluss der Ermittlungen als Erster darüber berichten. Die Ermittlungen erfordern natürlich absolute Geheimhaltung und wir sind sehr stolz, dass nichts nach außen gedrungen ist in all dieser Zeit.« Er sah kurz auf sein Handy, das vibrierte, machte aber keine Anstalten, den Anruf anzunehmen. »Aber leider ist uns das Glück nun ausgegangen«, fuhr der Oberstaatsanwalt fort. »Es ist gestern auch an zwei andere einflussreiche Journalisten durchgedrungen. Wir haben mit ihnen noch eine kleine Schonfrist vereinbart, aber wir wissen nicht, wie lange das System dicht halten wird. Das heißt, wir müssen mit den Verhaftungen sofort zuschlagen.«

»Wann wollen Sie das tun?«, fragte Seferlis.

»Es ist schon alles vorbereitet, die Polizei weiß, wo sich die Tatverdächtigen aufhalten. Sie wartet auf meine Anordnung. Ich wollte Sie nur vorher informieren, Herr Premierminister. Bis heute Abend sollte es passiert sein. Bei den Ministern können wir natürlich nichts tun, die sind ja beide Abgeordnete, da muss das Parlament erst die Immunität aufheben. Das wird Ihre Aufgabe sein. Im Fall von Assimakopoulos haben wir eigentlich zu wenig, aber eine Anklage ist da gerade noch zu rechtfertigen. Dann liegt es am Ermittlungsrichter. Aber wir können nicht abwarten, falls sich das weiter herumspricht, besteht bei allen akute Fluchtgefahr. Die meisten haben genug Geld, um auf Nimmerwiedersehen zu verschwinden. Es ist auch in Ihrem Interesse, dass wir so wenige Verluste wie möglich einfahren.«

»Es wäre nützlich gewesen, wenn mir das ein bisschen früher mitgeteilt worden wäre«, sagte Seferlis.

»Sie hätten sowieso nichts tun können. Wenn Sie die Minister abgezogen hätten, wären die Ermittlungen gefährdet gewesen. Und damit auch die Unabhängigkeit der Justiz «, sagte der Oberstaatsanwalt und erhob sich.

»Sagen Sie mir nicht, was ich tun oder nicht hätte tun können!«, erwiderte Seferlis scharf.

»Ich informiere Sie, wenn es losgeht«, sagte der Oberstaatsanwalt, während er nach seinem Notebook griff und mit bestimmten Schritten den Raum verließ.

»Und was machen wir jetzt?«, fragte Eleftheriadis, sich bewusst, dass seine Äußerung wenig hilfreich war.

»Was wir jetzt machen?«, widerholte Seferlis die Frage, mehr zu sich selbst.

Er nahm die Brille ab und starrte auf seinen Schreibtisch.

»Verdammte Scheiße!!«, brüllte Seferlis plötzlich, während er aus seinem Sessel hochfuhr und mit einer heftigen Bewegung alles, was sich vor ihm auf der Tischplatte befand, zu Boden fegte.

Eleftheriadis fuhr erschrocken zusammen. Solche Ausbrüche war er von seinem Freund nicht gewöhnt.

Dann ließ Seferlis sich wieder in seinen Sessel sinken und sah ihn an. »Ich habe im Moment nicht die leiseste Ahnung, ob ich eine Chance habe, das innenpolitisch zu überleben. Glaube mir, am liebsten würde ich alles hinschmeißen und dieses verdammte Land mit seiner Unverbesserlichkeit und diesen ganzen Idioten sich selbst überlassen! Aber ich muss es wenigstens versuchen, denn wenn es der Opposition in die Hände fällt, wird nicht sehr viel von dem Land übrig bleiben. Ich kann nicht kampflos aufgeben. Ich werde nicht kampflos aufgeben! Und das Einzige, was wir tun können, ist, eine wirklich harte Linie durchzuziehen. Die ganz harte Linie! Verdammt, Simos, ich schwöre bei Gott, wenn ich könnte, würde ich sie öffentlich köpfen lassen!«

Melinda trat aus der Dusche und wickelte sich ein Handtuch um. Dann ging sie in die Küche und inspizierte den Kühlschrank. Nach dem Training, was sie leider nicht mehr so regelmäßig machte, wie sie sollte, hatte sie jetzt richtig Hunger. Sie entschied sich für einen Joghurt und wollte ihn gerade öffnen, als Aris in die Küche kam.

»Zieh dir etwas über!«, sagte er.

Melinda sah ihn irritiert an.

»Pavlos und Thymios werden jeden Augenblick hier sein.«

Er wirkte ziemlich durcheinander.

»Wieso kommen sie, ist etwas passiert?«, fragte sie.

»Pavlos hat mich gerade angerufen«, sagte er und folgte ihr in das Gästezimmer, wo sich immer noch ihr Kleiderschrank befand.

Sie ließ das Handtuch fallen und schlüpfte schnell in ihre Unterwäsche.

»Er meinte, dass er sofort mit mir reden muss und ich auch Thymios dazu holen soll. Er klang merkwürdig und ziemlich aufgeregt.«

»Warten wir es erst einmal ab«, sagte Melinda, während sie sich ein Kleid über den Kopf zog.

Ihr war auch nicht wohl bei der Sache. Was konnte so wichtig sein, dass Pavlos Aris zu Hause aufsuchte? Und warum wollte er Thymios dabei haben?

Sie stürzten beide gleichzeitig auf die Tür zu, als es läutete. Es war Thymios. Er küsste sie auf beide Wangen und wandte sich dann an Aris.

»Hast du eine Ahnung, worum es geht?«

»Vielleicht hat es etwas mit diesem Abteilungsleiter zu tun, den wir überprüfen. Aber dass er deswegen extra herkommt, ist schon ein bisschen komisch.«

»Ok«, sagte Thymios, »wir werden es ja bald wissen.«

Sie hatten sich gerade um den Couchtisch vor dem offenen Verandafenster niedergelassen, als es wieder klingelte.

Melinda öffnete Pavlos und er drückte ihr nur kurz den Arm, ohne sie wirklich anzusehen. Er wirkte außer Atem, sie sah den Schweiß auf seiner Stirn. Offenbar war er die fünf Stockwerke zu Fuß hochgelaufen. Er grüßte Aris und Thymios und legte seinen Rechner auf den Couchtisch.

»Pavlos, was ist denn los?«, fragte Aris.

Pavlos antwortete ihm nicht, sondern griff zur Fernbedienung und schaltete den Fernseher, der, wenn Aris zu Hause war, immer ohne Ton im Hintergrund lief, auf »Prisma«.

Dann setzte er sich.

»Schenk uns bitte etwas Hochprozentiges ein«, sagte er an Melinda gewandt, »wir werden es alle brauchen.«

Melinda stellte Gläser auf den Tisch und eine Flasche mit Aris Whiskey.

»Paris hat mich vor einer halben Stunde angerufen«, sagte Pavlos und schenkte sich sein Glas voll. »Er riskiert Kopf und Kragen damit, dass er mit mir gesprochen hat«, er sah erst Melinda und dann Aris kurz an. »Er kann nicht viel tun, aber er wollte, dass wir wenigstens vorgewarnt sind«, fuhr er fort und zündete sich eine Zigarette aus Aris Packung an, die auf dem Tisch lag.

»Pavlos, bitte«, sagte Aris ungeduldig, »sag uns einfach, was los ist.«

»Er hat Informationen von der Staatsanwaltschaft, die »Prisma«, sein Sender »Ultra-Channel«, aber wahrscheinlich auch andere in kurzer Zeit veröffentlichen werden. Ein großer Polizeieinsatz findet in diesem Moment, in dem wir reden, statt, um Verhaftungen vorzunehmen. Seferlis ist selbst erst heute Mittag informiert worden, es wusste anscheinend kaum jemand etwas davon. Aber jetzt ist es doch zu den Medien durchgesickert und die bei der Staatsanwaltschaft stehen unter

Zugzwang.« Pavlos trank einen tiefen Schluck aus seinem Glas. »Sie haben offensichtlich einen Riesenkorruptionsfall im Bauministerium aufgedeckt. Da sind der Direktor der Abteilung für Vergabeverfahren und der Minister Athanasiou involviert. Sie haben Bestechungsgelder gefunden, für die Vergabe von Aufträgen an Firmen von Christos Mavros.«

»Aber das ist ja eine Katastrophe! Das bringt die Regierung in Gefahr! Wie konnte Athanasiou sich zu so etwas hinreißen lassen?!«, rief Aris aus.

»Aris«, sagte Pavlos eindringlich, »Athanasiou ist nicht der Einzige, der in diese Ermittlungen involviert ist. Sie haben wohl festgestellt, dass Mavros noch andere Leute bestochen hat. Unter anderem unseren Sarantis.«

»Ich habe es dir doch gesagt«, sagte Aris, »ich war mir absolut sicher!«

»Nur leider geht es nicht um diese alten Fälle. Sondern um die Darlehen, die wir seit Dezember vergeben!«

Sie starrten Pavlos alle an.

»Aber die habt ihr doch überprüft!«, rief Melinda aus.

»Pavlos, komm schon, wir haben die Firmen durchleuchtet bis ins Mark, da kann nichts gewesen sein«, sagte Aris.

»Aris, es kommt noch schlimmer. Es ist nicht nur Sarantis, den die Staatsanwaltschaft auf der Anklageschrift hat. Es bist auch du.«

»Ich?!«, fragte Aris vollkommen entgeistert.

»Ja. Du. Sie haben, von dem, was ich von Paris erfahren habe, bei dir keine Bestechungsgelder nachweisen können, aber sie haben dich mit Mavros in Verbindung gebracht.«

»Himmel, das war vor ewigen Zeiten. Wir hatten mal für ein Jahr eine Firma zusammen, wir wollten ein Hotel bauen, und als mir klar wurde, was für ein Betrüger er ist, habe ich mich von ihm getrennt. Wir sprechen sicher seit über fünfzehn Jahren nicht mehr miteinander. Da gibt es absolut nichts, was mich zu ihm in Bezug setzt.«

»Die Staatsanwaltschaft sieht das anders. Sie glaubt das offensichtlich nicht. Und sie behauptet, dass die Darlehensvergaben Mavros Unternehmen begünstigen.«

»Pavlos, du weißt, dass das nicht sein kann. Du hast die begünstigten Firmen selbst überprüft.«

»Deswegen bin ich ja auch so entsetzt. Da stimmt etwas nicht an der ganzen Sache. Aber ich glaube, dass Paris mir die Wahrheit gesagt hat. Über das Bauministerium habe ich von meinen Quellen vor ein paar Tagen schon Gerüchte gehört. Ich wollte dir nur noch nichts sagen, bevor ich sicher war. Aber dass sie dich da involvieren, habe ich wirklich gerade erst von Paris erfahren. Ich kann mir im Moment überhaupt nicht erklären, wo das herkommt, aber wie dem auch sei, es ist verdammt ernst.«

»Du meinst...«, setzte Aris an.

»Es kommt«, unterbrach Pavlos ihn und griff zur Fernbedienung, um den Ton anzustellen.

Melinda zündete sich mit zitternden Händen eine Zigarette an und richtete ihren Blick auf den Fernseher, wo das Intro die Programmunterbrechung wegen einer Eilmeldung ankündigte.

Der grauhaarige Moderator sortierte geschäftig irgendwelche Papiere und blickte dann in die Kamera. »Meine Damen und Herren, guten Abend! Wir unterbrechen unser Programm, um sie darüber zu informieren, dass soeben ein großangelegter Polizeieinsatz beendet wurde, bei dem ein bekannter Unternehmer und mehrere hochrangige Angestellte im Staatsdienst festgenommen worden sind. Es geht um Bestechungsgelder in Millionenhöhe, die für die Übertragung öffentlicher Aufträge an staatliche Mitarbeiter gezahlt wurden. Mit diesem Polizeieinsatz ist den Ermittlungsbehörden ein entscheidender Schlag gegen die weiter ungestört um sich wütende Korruption in unserem Land gelungen. Durch die Geheimhaltung der Ermittlungen, die schon mehrere Monate andauern, konnte sichergestellt werden, dass sich heute Abend fast alle Tatverdächtige in Gewahrsam befinden. Nach bestätigten Informationen der Oberstaatsanwaltschaft sind in den Fall auch zwei Regierungsmitglieder verwickelt, die sich nicht unter den Festgenommenen befinden, da sie als Abgeordnete des nationalen Parlaments Immunität genießen. Es handelt sich dabei um den Minister für Bauwesen, Tassos Athanasiou, und den Minister für Tourismus, Aris Assimakopoulos.«

Melinda sah zu Aris hinüber. Aus seinem Gesicht war jegliche Farbe gewichen. Dann heftete sie ihren Blick entsetzt wieder auf den Fernseher.

»Ich muss an dieser Stelle betonen, dass nur sehr wenige Leute von den Ermittlungen wussten, selbst der Premierminister hat es erst heute erfahren. Die Oberstaatsanwaltschaft hat diese Ermittlungen aufgrund der Informationen, die Journalisten von unserem Sender zusammengetragen haben, eingeleitet. Selbstverständlich konnten wir nicht früher darüber berichten, da wir die Aufklärung dieses Falles in keinster Weise gefährden wollten. Wir schalten jetzt zum Polizeipräsidium, zu unserer Kollegin Anita Lira, mit den Einzelheiten.«

Die Reporterin war in einem Fenster oben rechts im Bild eingeblendet und beschrieb den Polizeieinsatz. Sie las die Namen der Verhafteten vor, während im restlichen Bild, in Großaufnahmen, die einzelnen Verdächtigen gezeigt wurden, wie sie in Handschellen aus den Polizeiwagen in das Gebäude geführt wurden. Das Entsetzen stand ihnen deutlich ins Gesicht geschrieben, sie hatten mit ihrer plötzlichen Festnahme offensichtlich nicht gerechnet.

In diesem Moment war Melinda zutiefst dankbar für Aris Immunität. Schon alleine von der Vorstellung, solche Bilder von ihm sehen zu müssen, wurde ihr regelrecht schlecht.

»Was zum Teufel ist da bloß passiert?!« rief Aris aus.

Pavlos schüttelte nur ungläubig den Kopf. »Ich kann mir das absolut nicht erklären. Ich gehe mal telefonieren, vielleicht finde ich ein bisschen mehr heraus«, sagte Pavlos, als klar wurde, dass keine neuen Informationen kommen würden, und zog sich in die Küche zurück.

Thymios und Aris sahen weiter wie gebannt auf den Fernseher. Melinda wollte irgendetwas sagen, um dieses unerträgliche, entsetzte Schweigen zwischen ihnen zu brechen, aber sie war selbst wie gelähmt. Sie versuchte vergeblich, sich in den Griff zu bekommen, um zu funktionieren, aber das, was geschah, war so unwirklich, dass es ihr einfach nicht gelang, die Situation als real zu begreifen. Wie konnten die Medien solche Berichte über ihn bringen, mit Dingen, die so offensichtlich nicht stimmten?!

»Aris, Seferlis hat mich gerade angerufen.«

Sie sahen alle drei zu Pavlos, der wieder ins Zimmer getreten war.

Er nahm die Fernbedienung und stellte den Ton ab.

»Er will deinen Rücktritt«, sagte er dann an Aris gewandt.

»Meinen Rücktritt? Verdammt, ich habe nichts falsch gemacht, die Presse diffamiert mich und er will meinen Rücktritt?! Und warum zum Teufel ruft er dich an und nicht mich?!«

Er griff zu seinem Telefon, tippte etwas auf das Display und hielt sich dann das Handy ans Ohr. Es läutete offensichtlich ins Leere.

Pavlos sah ihn ernst an. »Er wird nicht mit dir reden. Nach diesen Medienberichten, nach dem, was da gerade über die Regierung hereingebrochen ist, wird er sich so weit wie möglich von dir distanzieren. Bis das aufgeklärt ist, kannst du von ihm keine Hilfe erwarten, er muss seine Regierung retten. Aris, ich weiß, es ist hart und es ist ungerecht. Aber du wirst zurücktreten müssen«, sagte Pavlos ruhig.

Aris sah ihn entgeistert an. »Ich habe mit der ganzen Sache nichts zu tun! Das weißt du! Wenn ich zurücktrete, sieht es doch so aus, als ob ich schuldig bin.«

»Du wirst klarstellen, dass die Anschuldigungen gegen dich haltlos sind, du aber zurücktrittst, bis alles aufgeklärt ist, um der Regierung nicht zu schaden«, sagte Pavlos.

»Er hätte wenigstens so viel Anstand besitzen sollen, es mir selbst zu sagen. Ich hätte es ihm ja angeboten. Aber dass er mich noch nicht einmal anhört, dass er mich einfach so fallen lässt - er kennt mich doch verdammt!«

»Aris, in solchen Momenten ist sich jeder selbst der Nächste. Tritt zurück«, sagte er in eindringlichem Tonfall, »es gibt keinen anderen Weg.

Seferlis hat mir eine Stunde gegeben. Wenn du es nicht tust, wird er dich absetzen. Und du willst mit Sicherheit nicht, dass dir so etwas passiert!«

Aris fuhr sich mit der Hand durch die Haare und starrte auf den Couchtisch vor ihm. Dann sah er Pavlos an. »Schick ihm die verdammte Rücktrittserklärung«, sagte er knapp zu ihm und ging auf die Veranda.

Melinda wollte ihm folgen, aber Thymios hielt sie zurück. »Gib ihm einen Moment«, sagte er sanft.

Sie nickte und versuchte, ihre Tränen zurückzuhalten.

»Melinda«, sagte er leise und nahm ihre Hand, »bitte, keine Tränen, nicht jetzt. Die Sache ist wirklich ernst und er kann es im Augenblick nicht gebrauchen, dass du zusammenbrichst.«

Sie nickte wieder und nippte an ihrem Whiskey. Sie versuchte, sich mit aller Kraft nicht vorzustellen, was Aris gerade empfinden musste. Bisher war sie nur schockiert gewesen über das, was da in der letzten Stunde geschehen war, aber auf einmal spürte sie, wie Angst in ihr aufstieg und ihr das atmen schwer machte.

Als Aris zurück ins Zimmer trat, hatte sie sich, zumindest nach außen, wieder unter Kontrolle.

»Ok«, sagte Thymios zu ihm, »wir brauchen Hilfe. Du brauchst Hilfe. Es sieht danach aus, dass du in jedem Fall in dieses Ermittlungsverfahren verwickelt werden wirst. Du genießt zwar als Abgeordneter Immunität und es wird sicher ein paar Tage dauern, bis die aufgehoben ist, aber du wirst dich der Sache stellen müssen.«

»Du glaubst, dass sie mich anklagen werden?!«

»Von den wenigen Informationen, die wir bisher haben, kann ich nicht sicher sein, aber wir müssen mit dem Schlimmsten rechnen. Du wirst mit Sicherheit dazu vernommen werden.«

»Oh mein Gott, Thymios, ich habe nichts getan!«

»Ich weiß das. Aber sie haben dich irgendwie mit diesen Fällen in Verbindung gebracht und wir müssen herausfinden, warum. Schau mal Aris, ich kann das alleine nicht handhaben, das überschreitet einfach meine Fähigkeiten. Ich mache natürlich ein bisschen Strafrecht, aber das hier ist eine andere Dimension. Du brauchst einen Fachmann. Aber es muss auch jemand sein, der über diesem ganzen System steht und dem man von Anfang an abnimmt, dass er nur einen Unschuldigen verteidigen würde. Es sollte jedenfalls keiner aus der berüchtigten Clique der Athener Strafanwälte sein.«

Aris schüttelte nur ungläubig den Kopf und wandte sich ab. Er wollte den Ernst der Situation offensichtlich nicht wahrhaben.

»Hast du eine Idee?«, fragte Pavlos, der ebenfalls wieder ins Wohnzimmer gekommen war, an Thymios gewandt.

»Menios Georgopoulos. Er ist einer der wenigen, die einen einwandfreien Ruf genießen, auch bei den Richtern und Staatsanwälten.

Ich kenne ihn persönlich, wir haben schon einmal an einem Fall zusammen gearbeitet. Aber auf meine Bitte hin wird er sich mit Aris nicht beschäftigen. Er ist bekannt dafür, dass er keine Politiker vertritt, wenn es um Korruption geht«, sagte Thymios resigniert.

»Er wäre tatsächlich perfekt«, sagte Pavlos, »aber zu ihm fällt mir auf die Schnelle leider auch kein Zugang ein. Er wird oft der linken Ecke zugeordnet, aber eher der traditionellen, alten Linken.«

»Ich kenne da vielleicht jemand, der uns helfen kann«, sagte Melinda.

Pavlos sah sie skeptisch an. »Es würde mich wundern, wenn du aus diesen Kreisen jemand kennen solltest. Und wir sollten nicht mehr Leute involvieren, als unbedingt notwendig sind.«

Verletzt über die Herablassung in seiner Stimme wollte sie ihn angehen, aber er kam ihr zuvor. »Ok, es kann nicht schaden, es zu probieren«, sagte er in sanfterem Tonfall.

Thymios und Pavlos sahen sie an, während sie zu ihrem Telefon griff. Aris stand schon wieder rauchend auf der Veranda.

»Verdammt, mein Kind, ich hatte dich gewarnt!«, meldete Kostas sich.

Natürlich hatte er es schon gehört. Es war ja auf allen Sendern gelaufen.

»Kostas, bitte, das hilft mir im Moment nicht. Er hat damit nichts zu tun! Wirklich nicht. Wir haben es auch gerade erst erfahren. Kennst du einen Georgopoulos? Wir brauchen ihn als Aris Anwalt«, sagte sie.

Sie hörte, wie er die Luft einzog. »Ich kenne Georgopoulos, aber ich glaube nicht, dass er den Fall übernehmen würde.«

»Kannst du wenigstens mit ihm sprechen? Bitte. Für mich.«

Kostas hielt kurz inne.

»Beantworte mir eine Frage«, sagte er dann, »bist du dir absolut sicher, dass er unschuldig ist?«

»Ja, Kostas. Ich bin mir absolut sicher.«

»Ok. Ich rufe dich gleich zurück.«

Pavlos und Thymios sahen sie erwartungsvoll an.

»Er wird es versuchen«, sagte Melinda.

Pavlos nickte und entfernte sich ein wenig, als sein Handy wieder läutete.

Melinda holte ihren Rechner und klickte sich durch die Nachrichtenseiten im Internet. Thymios zappte durch die einzelnen Sender. Aber es gab nicht viel Neues. Aris kam jetzt wieder herein und nahm Thymios die Fernbedienung aus der Hand.

Ihr Telefon klingelte. Es war Kostas.

Sie hörte ihm aufmerksam zu.

»Danke Kostas. Ich weiß das zu schätzen. Wirklich.«

»Georgopoulos ist morgen um zehn hier«, sagte sie, als sie aufgelegt hatte, »und Aris soll mit niemand reden.«

»Gott sei Dank!«, sagte Thymios, »wie hat dein Bekannter es denn geschafft, ihn so schnell zu überreden?«

»Ich habe keine Ahnung. Aber ich weiß, dass Kostas Kontakt zu der linken Szene hat, auch wenn er nicht richtig dazugehört.«

»Danke Melinda«, sagte Aris knapp und wandte sich dann sofort wieder von ihr ab.

Ihr wurde plötzlich bewusst, dass es das erste Mal gewesen war, seit sie von der ganzen Sache erfahren hatten, dass er sie überhaupt angesehen hatte.

»Es wird sich aufklären«, sagte sie und hoffte, dass sie zuversichtlich klang.

»Ich glaube auch, dass Georgopoulos die beste Wahl ist. Aber wir sollten noch ein paar Alternativen haben«, sagte Pavlos an Thymios gewandt, der nickte und mit seinem Telefon auf die Terrasse hinausging.

Aris griff zu seinem Handy, das er offensichtlich auf lautlos gestellt hatte, aber an dem Aufleuchten des Displays konnte Melinda sehen, dass er Anrufe bekam.

»Geh nicht ran. Halte dich an Georgopoulos Anweisungen«, sagte Pavlos.

Aris nickte und legte sein Handy wieder auf den Tisch. Pavlos verzog sich mit seinem Telefon und seinem Rechner in die Küche. Melinda verfolgte die Hauptnachrichten mit Aris und Thymios. Es wurde angekündigt, dass im Anschluss eine Sondersendung mit den neuesten Entwicklungen folgen würde und der Premierminister eine Stellungnahme abzugeben plante.

Melinda erhob sich, um nach Pavlos zu sehen. Er telefonierte nicht mehr, sondern klickte sich durch PDF-Dateien auf der Internetseite des Regierungsblattes, wie sie erkennen konnte. Er war kreidebleich im Gesicht.

»Was ist Pavlos?«, fragte sie erschrocken.

Er beachtete sie nicht, sondern nahm sein Notebook und lief an ihr vorbei ins Wohnzimmer. Sie folgte ihm.

»Aris«, sagte Pavlos, »sieh dir das an.« Er zeigte auf den Bildschirm. »Die eigentlichen Darlehensbewilligungen sind nicht auf meinem Rechner und du wirst auch keine Unterlagen mit nach Hause genommen haben. Ich habe aber die ganzen Dateien von unseren einzelnen Überprüfungen. Ich bin gerade stichprobenhaft ein paar von den Erlassen durchgegangen. Einige sind nicht die, die du unterschrieben hast. Die Firmen sind nicht dieselben, wie die auf meinem Rechner«, sagte Pavlos.

»Wie bitte?«

»Einige dieser Erlasse, die hier im Regierungsblatt veröffentlicht sind, bewilligen Darlehen an andere Begünstigte, als die, die wir ausgewählt hatten. Und diese Begünstigten gehören, so wie das die Staatsanwaltschaft offensichtlich überprüft hat, zu Mavros. Es sind jedenfalls nicht die, die wir uns angesehen haben. Wenn es stimmt, dass die Unternehmen in den offiziellen Erlassen zu Mavros gehören, ist die Begünstigung seiner Firmen auffallend.«

»Lass mich mal sehen«, Aris starrte ungläubig auf den Rechner. »Das kann nicht sein, diese eine hier, die ist ganz offensichtlich Mavros zuzuordnen, der hätte ich nie im Leben ein Darlehen bewilligt, ohne das zu kontrollieren. Da ist irgendein Fehler passiert.«

»Das ist kein Fehler. Diese Erlasse, die du hier im Regierungsblatt siehst, sind die endgültigen. Es sind diejenigen, aufgrund derer die Darlehen ausgezahlt wurden. Aris, so bist du in die Sache hineingezogen worden. Sie, dieser Sarantis und wer da noch dahinter steckt, haben dich - uns reingelegt.«

»Willst du mir sagen, dass jemand, Sarantis, meine Unterschrift gefälscht und andere Erlasse an die Staatsdruckerei weitergeleitet hat?!«, rief Aris aus.

»Er brauchte deine Unterschrift gar nicht zu fälschen. Er hat nur nachträglich den Text ändern müssen, wo die Namen der begünstigten Firmen aufgeführt sind. Die letzte Seite mit deiner Unterschrift wäre ok gewesen.«

Pavlos drückte seine Hände gegen die Schläfen. Melinda konnte förmlich sehen, wie es in seinem Kopf arbeitete.

»Wenn man die ursprüngliche Version löscht und dann nur noch die veröffentlichte vorhanden ist, wird es schwer, nachzuweisen, dass der Minister eigentlich eine andere unterschrieben hat.«

Obwohl sie noch nicht ganz nachvollziehen konnte, was er gerade sagte, wusste sie instinktiv, dass da etwas ziemlich Großes dahintersteckte.

»Ja aber ist denn das so einfach? Ich meine, es muss doch Archive geben, man kann doch nachverfolgen, wer welche Dokumente verändert«, warf Thymios ein.

»Diese Dokumente sind passwortgeschützt, das nur ganz wenige Mitarbeiter haben. Aber unmöglich ist es sicher nicht, sich ins System zu hacken. Falls es Sarantis war, hatte er möglicherweise Hilfe von jemand mit Fachwissen. Das Problem wird sein, das zu beweisen. Leider haben wir nach deinem Rücktritt keinen Zugang mehr zu den Rechnern im Ministerium, aber ich bin mir ziemlich sicher, dass man feststellen können wird, dass Änderungen vorgenommen wurden. Man würde es wahrscheinlich so machen, die erste Version endgültig zu löschen, so dass man keine Vergleichsmöglichkeit mehr hat. Ich kenne mich da nicht so gut aus, aber es gibt Programme, die eine Wiederherstellung von Dateien unmöglich machen. Im Ministerium haben wir sie manchmal benutzt. Was man natürlich sehen kann, ist, dass etwas gelöscht wurde, aber wenn man nicht weiß was - ich muss mir das auch nochmal genau durch den Kopf gehen lassen, aber irgendwie so könnte es gewesen sein.«

»Das ist schon ziemlich der Hammer«, sagte Thymios, »aber das kommt doch irgendwann raus!«

»Ja, aber nur bei einer großflächigen Untersuchung. Wenn man da nicht über eine ganz andere Sache, durch die Bestechungsgelder im Bauministerium, darauf gekommen wäre, glaube ich nicht, dass es auffallen würde. Die Firmen, die offensichtlich zu Mavros gehören, sind nicht so viele. Zwei, wie ich auf die Schnelle feststellen konnte. Bei den anderen bedurfte es einer ziemlich langwierigen Recherche, um den wahren Eigentümer zu ermitteln. Die Staatsanwaltschaft hat dafür, wie ich eben von meinem Kontakt erfahren habe, Monate gebraucht. Und sie konnten die Firmen im Fall unseres Ministeriums nur so schnell zuordnen, weil sie Mavros Unternehmen schon für die Ermittlungen im Korruptionsfall des Bauministeriums auseinandergenommen hatten. Den Betrug bei unserer Darlehensvergabe hat die Staatsanwaltschaft nur herausgefunden, weil sie die Zahlungskette von den Riesensummen an Bestechungsgeldern aus dem Bauministerium verfolgt hat. Da wäre sonst niemand hellhörig geworden, selbst wenn sich jemand unsere Darlehenserlasse alle angesehen hätte. Wie gesagt, die einzelnen Beträge der Darlehen waren nicht so hoch, dass die Gefahr bestand, dass diese Darlehen Gegenstand einer größeren Untersuchung geworden wären. Nur mir und Aris hätte das auffallen können. Aber nach der Unterzeichnung der Erlasse hatten wir keinen Grund mehr, sie uns noch einmal anzusehen.«

»Oh mein Gott, das darf doch nicht wahr sein. Wenn das tatsächlich so ist, ich hab doch keine Chance..., wie hätte ich mich denn gegen so etwas schützen sollen?«, rief Aris aus.

»Aris, das wäre meine Aufgabe gewesen. Ich habe nie im Leben mit so etwas gerechnet, aber ich hätte es wissen müssen. Ich hätte diese Veröffentlichungen überprüfen sollen. Verdammt, es ist mir nie durch den Kopf gegangen. Wir verfolgen natürlich die Veröffentlichungen und legen sie in dem entsprechenden Ordner ab, wenn sie raus sind, aber ich habe mir das nie selbst angesehen.« Pavlos stützte resigniert seinen Kopf in die Hände. »Ich hab auf ganzer Linie versagt. Und du musst es ausbaden.«

»Es ist nicht deine Schuld. Egal wie außer mir, entsetzt und wütend ich im Moment bin, es ist nicht deine Schuld«, sagte Aris leise.

»Aber dann haben sie ja wirklich nichts gegen dich, Aris«, warf Melinda ein, »ich meine, wenn man bei dir keine Gelder findet und es bei den meisten Firmen nicht offensichtlich ist, wem sie gehören, haben sie nur deine frühere Zusammenarbeit mit Mavros.«

»Das stimmt zwar so, aber die Ermittlungsbehörden glauben es offensichtlich nicht«, sagte Thymios, »sie werden versuchen, dich anzuklagen, weil sie hoffen, dass sie noch etwas finden werden. Wenn Mavros und die anderen nicht reden, worauf ich mir keine allzu großen Hoffnungen mache, wird es schwer für dich. Zumindest was eine schnelle Aufklärung betrifft. Das passt denen viel zu gut zusammen. Für eine Verurteilung reicht es natürlich niemals aus, aber sie haben dich jetzt erst einmal mit den anderen in einen Topf geworfen.«

»Und bis die Wahrheit ans Licht kommt, ist meine Karriere, mein Ruf restlos zerstört. Da bleibt doch immer etwas hängen, bei den Ausmaßen, die das angenommen hat«, sagte Aris mit einer Geste auf den Fernseher.

»Aris, ich verspreche dir, dass ich diese ganze Sache restlos aufklären werde. Wenn es das Letzte ist, was ich tue, ich werde einen Weg finden, deinen Ruf reinzuwaschen«, sagte Pavlos.

Aris antwortete nicht und erhob sich, um wieder nach draußen zu gehen.

Melinda wollte Pavlos sagen, dass er sich nicht solche Vorwürfe machen sollte, aber sie kannte ihn gut genug, um zu wissen, dass solche Äußerungen ihm nicht helfen würden.

Sie bestellte ein paar Sandwiches, von denen sie nicht viel anrührten, und dann sahen sie sich schweigend die Sondersendungen an, die überall liefen. Als Seferlis seine Stellungnahme abgab, verließ Aris wieder das Zimmer. Der Premierminister gab die Rücktritte der beiden Minister bekannt und versprach, keine Gnade zu zeigen und das Messer diesmal bis ins Mark dringen zu lassen, bis das ganze Land restlos von dieser Seuche befreit war. Dann kündigte er die Einleitung des Verfahrens für die Aufhebung der Immunität der beiden involvierten Abgeordneten an und schloss sie aus der Fraktion und der Partei aus.

Melinda verstand zwar, in was für einer Situation sich Seferlis befand, aber dass er Aris nicht wenigstens auf persönlicher Ebene eine Chance gegeben hatte, etwas dazu zu sagen, konnte sie ihm nicht verzeihen. Er hatte ihn einfach geopfert.

Kurz vor Mitternacht brachen Thymios und Pavlos auf und Aris bat sie, morgen für das Treffen mit Georgopoulos wieder hier zu sein. Dann setzte er sich auf das Sofa und starrte auf den Fernseher.

Sie wollte nichts sehnlicher, als ihn zu berühren, ihn in ihre Arme zu schließen und ihm zu versichern, dass alles gut werden würde. Dass er nicht alleine damit war. Aber sie spürte, dass er im Moment keine Nähe zulassen konnte. Ihr war klar, dass er Mühe hatte, die Geschehnisse zu realisieren. Ihr ging es nicht anders. Heute Morgen war er noch Minister gewesen, Mitglied der Regierung, die das Land retten wollte, wirklich retten wollte. Und jetzt stand er plötzlich vor den Scherben seiner Karriere. Von einem Moment auf den anderen wurde er als Dieb und

Verräter dargestellt. Aris war plötzlich in den Abgrund gerissen worden und die ganze Nation sah zu.

»Geh doch ins Bett«, sagte er sanft, »du musst müde sein.«

»Ich würde lieber bleiben«, erwiderte sie leise, »außer du willst alleine sein.«

»Nein, aber leg dich wenigstens hin, ich stelle auch den Ton leiser.«

Sie tat, was er gesagt hatte und legte ihren Kopf in seinen Schoß. Erleichtert spürte sie, dass er ihr über die Haare strich. Sie schloss die Augen und versuchte krampfhaft, nicht daran zu denken, was vor ihnen lag. Plötzlich übermannte sie pures Entsetzen, als ihr die Worte aus der Vorhersage der Frau auf der Insel an Ostern durch den Kopf schossen. »*Ein Abgrund..., etwas Dunkles, das eure Liebe bedrohen wird.*« In dem Moment machte sich die Ahnung in ihr breit, dass ihnen das Schlimmste noch bevorstand. Obwohl es ihr unvorstellbar war, was an der ganzen Sache noch schlimmer werden konnte.

Irgendwann war sie dann offenbar vor Erschöpfung eingenickt, denn sie wachte auf, als Aris sich auf dem Sofa zurechtlegte und sie auf seine Brust zog. Das Wohnzimmer war in dieses Großstadtdunkel getaucht, wo die Lichter der Stadt es niemals richtig Nacht werden ließen. Er hatte den Fernseher endlich ausgemacht und schloss nun fest seine Arme um sie, während sie dem Schlag seines Herzen lauschte, der an ihr Ohr klang. Sie fielen gemeinsam in einen unruhigen Schlummer.

Als sie wieder erwachte, sah sie ihn auf der Veranda sitzen und rauchen. Er hatte geduscht, wie sie an seinen noch nassen Haaren erkannte, und sich ein frisches Hemd und Jeans angezogen. Sie stand auf, um sich auch fertig zu machen, als es an der Tür klingelte.

Es war Vassilis. Er informierte sie, dass sich Reporter vor ihrem Wohnhaus versammelt hatten. Und er wollte sich auch verabschieden, die Sicherheitsleute waren nach Schichtende abgezogen worden. Aris war jetzt nicht mehr Minister und hatte nur noch als Abgeordneter Anrecht auf den Polizeischutz vor seiner Wohnung. Sie hatten gestern schon mit Pavlos und Thymios darüber gesprochen, dass sie für die nächste Zeit einen privaten Sicherheitsdienst engagieren mussten. Aris bat Vassilis, ihm jemanden zu empfehlen.

»Ich will, dass Sie wissen«, sagte Vassilis, »dass ich diese Anschuldigungen gegen Sie keine Sekunde lang geglaubt habe. Da hat Ihnen jemand übel mitgespielt. Was mit Ihnen gerade passiert, es tut mir sehr leid für Sie. Herr Minister ...«

»Bitte nenne mich nicht so. Ich bin nicht mehr Minister«, unterbrach Aris ihn, »ich bin einfach nur Aris.«

»Also dann, Aris. Falls Sie etwas brauchen sollten, irgendetwas, egal was, bei dem ich helfen könnte, Sie haben meine Nummer«, sagte Vassilis.

»Danke«, erwiderte Aris, »danke für alles.«

»Frau Kessler«, er sah Melinda kurz an und dann wieder Aris, »ich wünsche Ihnen alles Gute.«

Er gab Aris die Hand und Melinda küsste ihn auf beide Wangen, bevor er ging.

Melinda musste mit den Tränen kämpfen, als ihr die gesamte Tragweite der gestrigen Geschehnisse wieder durch den Kopf schossen, und verschwand im Bad, damit Aris sie nicht weinen sah. Als sie wieder ins Wohnzimmer kam, waren Pavlos und Thymios schon da. Wenig später erschien auch Georgopoulos.

Sie hatte jemanden in Kostas Alter erwartet, aber er war um einiges jünger, er konnte noch keine sechzig sein. Höflich begrüßte er alle und ließ sich dann neben Thymios auf dem Sofa nieder.

Konzentriert hörte er zu, während Aris und Pavlos ihm die Situation beschrieben. Thymios hielt sich zurück, er warf nur ab und zu etwas ein. Georgopoulos machte sich auf einem Block Notizen und unterbrach sie gelegentlich, um etwas klarzustellen.

»Gut«, sagte er, als sie geendet hatten. »Zunächst einmal möchte ich Ihnen sagen, dass ich mir das heute überhaupt nur angehört habe, weil mich Kostas persönlich darum gebeten hat, Frau Kesslers Interessen in diesem Fall zu vertreten.«

Alle Blicke richteten sich auf Melinda.

»Diesen Fall hätte ich normalerweise nicht übernommen. Wie sich mir das hier aber darstellt, wenn es stimmt, was Sie mir da erzählt haben, bin ich allerdings gewillt, eine Ausnahme zu machen.«

Melinda sah, dass Thymios erleichtert aufatmete.

»Ich möchte aber sehr deutlich machen, dass ich mein Mandat sofort niederlegen werde, wenn ich merke, dass Sie mir nicht die Wahrheit sagen oder Dinge verschweigen«, sagte Georgopoulos zu Aris. »Ich werde auch Herrn Livas vertreten«, fuhr er an Pavlos gewandt fort. »Sie werden mit Sicherheit, wie auch Frau Kessler, im Zuge der Ermittlungen als Zeuge vernommen werden. Und falls es zu einem Konflikt zwischen Frau Kesslers Interessen und Ihren kommen sollte«, sagte er und wandte sich wieder an Aris, »werde ich nur noch Frau Kessler vertreten. Sind wir uns so weit einig?«, fragte er in die Runde.

Sie nickten alle nur.

»Gut«, sagte er wieder. »Ich werde das, was Sie erzählt haben, nochmals prüfen, und muss mir auch erst einmal anschauen, was die Ermittlungsbehörden so haben, aber wenn es stimmt, kann ich Ihnen schon einmal Folgendes dazu sagen: Wenn bei Ihnen keine Gelder zu finden sind, ist die Sache natürlich nur noch halb so schlimm. Damit ist die Bestechlichkeit vom Tisch. Dann könnte man bei der Sache mit den Darlehen an Mavros Firmen natürlich trotzdem noch an Untreue im Amt denken, aber dadurch, dass, wie Herr Livas schon sagte, es bei den meisten wirklich nicht offensichtlich ist, dass es sich um Mavros Firmen handelt, wird die Staatsanwaltschaft sich schwertun damit, dies nachzuweisen.«

»Aber«, sagte er, als er zu merken schien, wie sich allgemeine Erleichterung breit machte, »es wird sehr wahrscheinlich zu einer Anklage kommen. Die Staatsanwaltschaft ist offensichtlich überzeugt, dass das mit Ihrer Beziehung zu Mavros kein Zufall ist, und sie hoffen, da noch fündig zu werden. Der Druck der Regierung auf die Justiz wird enorm sein, denn Seferlis weiß, dass er da nur wieder herauskommt, wenn er das mit aller Härte verfolgen wird. So auf die Schnelle wird es uns nicht möglich sein, Material zusammenzutragen, mit dem wir erklären können, dass Sie hintergangen worden sind. Wir wissen ja auch noch nicht genau, wie das passiert ist. Dass da jemand von den anderen Angeklagten redet, halte ich für ausgeschlossen. Und Zugang zu den ganzen Daten der Rechner aus dem Ministerium werden wir erst sehr viel später haben, wenn die Ermittler sie für die Verteidigung freigeben. Sobald Ihre Immunität aufgehoben ist, was in ein paar Tagen geschehen wird, wie ich schätze, müssen Sie mit einer Anklage rechnen. Aber für eine Untersuchungshaft reicht das niemals aus, was die Ermittlungsbehörden haben.«

»Untersuchungshaft?!«, rief Aris aus.

»Ja, seit dem neuen Gesetz, nach dem Regierungsmitglieder sich, wie alle anderen auch, vor den normalen Gerichten verantworten müssen, gibt es keine Privilegien mehr. Sie können genauso in Haft genommen werden wie jeder Bürger. Aber darüber mache ich mir keine Sorgen, so wie sich die Lage darstellt. Ihr Problem sind eher die rufschädigenden Auswirkungen, die das für Sie haben wird. Bei der Aufmerksamkeit, die dieser Geschichte zuteilwird, ist es letztlich auch in Ihrem Interesse, dass es zum Prozess kommt. Das gibt uns auch Zeit, die Dinge restlos aufzuklären, so dass es nicht nur ein Freispruch aus Mangel an Beweisen wird.«

Aris nickte resigniert.

»So, zunächst brauche ich von Ihnen die Bewegungen aller Ihrer Konten. Bitte sehen Sie zu, dass Sie keines vergessen, was die Staatsanwaltschaft schon haben könnte. Gibt es da etwas Illegales? Auch bei Auslandskonten?«

Aris schüttelte den Kopf. »Ich habe alles angegeben beim Finanzamt, da ist nichts, was sie finden könnten.«

»Und was Sie sonst noch haben über dieses Vergabeverfahren, Ihr tägliches Programm seit der Amtsübernahme, alles, was helfen könnte.«

»Ich kümmere mich darum«, sagte Pavlos.

»Sie sollten heute noch alles aus der Wohnung entfernen, von dem Sie nicht wollen, dass es an die Öffentlichkeit dringt. Sobald das Parlament

Ihre Immunität aufgehoben hat, wird es hier von Ermittlungsbeamten nur so wimmeln. Das gilt auch für Ihre Rechner und Telefone. Machen Sie Kopien und löschen Sie persönlichen Daten sowie sehr private Fotos oder Ähnliches. Aber bitte nur das Allernotwendigste, wir wollen zeigen, dass Sie kooperativ sind.«

Sie nickten wieder alle.

»Gut«, sagte Georgopoulos schon wieder. »Informieren Sie Freunde und Bekannte, falls Sie das wollen, aber reden Sie so wenig wie möglich mit jemand über Einzelheiten. Das gilt insbesondere für die Presse. Nur ich werde Sie vor den Medien repräsentieren, ich möchte nicht, dass irgendeiner von Ihnen hier etwas im Alleingang unternimmt. Ich gebe noch heute eine Presseerklärung heraus. Ob wir auch eine kurze Stellungnahme von Ihnen persönlich im Fernsehen abgeben, werden wir sehen, wenn wir nach Ihrer Vernehmung vom Ermittlungsrichter wissen, wie die Dinge stehen.«

Er wandte sich an Thymios. »Ich werde Sie als zweiten Verteidiger in der Presseerklärung erwähnen, Herr Kollege. Ich arbeite normalerweise alleine, aber ich sehe, dass Sie Herrn Assimakopoulos sehr nahe zu stehen scheinen, also werde ich da auch eine Ausnahme machen.«

»Ich werde mich nicht einmischen«, versprach Thymios. »Ich will einfach nur dabei sein, um ihm zur Seite zu stehen. Wir kennen uns, seit wir Kinder sind.«

»Es ist schön, in solchen schweren Zeiten so jemanden zu haben«, sagte Georgopoulos. »Das wäre eigentlich erst einmal alles. Ich melde mich, wenn ich mehr habe. Ich speichere mir jetzt Ihre Nummern ab und für Sie alle bin ich zur jeder Tages- und Nachtzeit erreichbar, falls etwas sein sollte. Informieren Sie mich bitte sofort und reden Sie nicht alleine mit jemand von den Ermittlungsbehörden. Dass Sie sich in nächster Zeit bedeckt halten sollten, ist wahrscheinlich überflüssig zu sagen, Sie werden kaum Lust haben, die Wohnung zu verlassen. Das mit den Reportern vor ihrem Haus geht sicher noch eine Weile so weiter. Es wird keine leichte Zeit für Sie und leider wird es Monate dauern, bis es zum Prozess kommt, falls Sie angeklagt werden. Wovon ich aber, wie gesagt, ausgehe. Aber es hilft nichts, da müssen Sie durch.«

Kapitel 16

Die erste Erleichterung nach dem Gespräch mit Georgopoulos hielt nicht lange an. Die nächsten Tage begann Melinda allmählich die ganze Tragweite ihrer Situation zu begreifen. Sie waren mehr oder weniger Gefangene in ihrer eigenen Wohnung. Die Reporter campten auf der Straße vor dem Eingang ihres Wohnhauses und auch wütende Bürger stießen dazu. Das machte es, trotz des persönlichen Sicherheitsdienstes, den sie engagiert hatten, nahezu unmöglich, das Haus zu verlassen. Thymios, Pavlos und auch Natascha, die wieder aus ihrem Urlaub zurück war, wurden jedes Mal, wenn sie zu ihnen kamen, nicht nur mit Fragen bedrängt, sondern teilweise regelrecht beschimpft dafür, dass sie mit Dieben und Verrätern verkehrten. Aris hatte Natascha auch angeboten, nicht mehr für sie zu arbeiten, aber die wollte davon nichts hören.

»Ich kenne Thymios seit fast zwei Jahrzehnten. Wenn er sagt, dass Sie das nicht getan haben, dann ist das so. Und so ein Haufen Verrückter schüchtert mich nicht ein«, hatte sie bestimmt erwidert.

Wie Melinda aus den Medien wusste, ging das den Angehörigen der anderen in den Skandal verwickelten Personen ähnlich. Die Berichterstattung war haarsträubend. Sie hatten sie alle schon verurteilt, bevor es überhaupt einen Prozesstermin gab. Und in den Fällen des Bauministeriums schien es auch erdrückende Beweise zu geben, aber dass in Aris Fall gar keine Gelder gefunden worden waren, wurde, außer von dem Sender, für den Paris arbeitete, mit keinem Wort erwähnt. Es war eine riesige Hetzjagd, die von den Medien voll ausgekostet wurde. Immer und immer wieder flackerten die Bilder über den Fernsehschirm, wie die Beschuldigten in Handschellen den Ermittlungsrichtern vorgeführt wurden. Die Szenen, wie sie von Reportern umringt in das Gerichtsgebäude kamen und von Bürgern mit Beschimpfungen überzogen und mit Gegenständen beworfen wurden, erinnerten Melinda stark ans Mittelalter und ließen jedes Mal ihren Magen rebellieren. Und irgendwann hörte sie auch auf, die ganzen Kommentare zu lesen, die unter den Berichten der Nachrichtenseiten im Internet zu finden waren, in denen nicht nur Aris, sondern auch sie selbst aufs Krasseste attackiert wurde. Diese Kehrseite der öffentlichen Aufmerksamkeit und ihre Unfähigkeit, irgendetwas dagegen tun zu können, war für Melinda fast das Schlimmste an ihrer Situation.

Nico stellte sie eine Weile frei, sie musste bis zu ihrer Aussage hierbleiben und sie würde Aris natürlich nicht mit der Situation alleine lassen. Sie hoffte, ihn überreden zu können, mit ihr nach Brüssel zu kommen, aber sie wussten noch nicht, ob der Ermittlungsrichter ihm erlauben würde, das Land zu verlassen.

Ihre Familie war natürlich schockiert. Sie hatte ihren Vater bitten müssen, ein Machtwort zu sprechen, um Carla und Antonio davon abzuhalten, nach Athen zu kommen. Das war das Allerletzte, was sie brauchten, dass die beiden hier auch noch mitmischten.

Aris verließ die Wohnung nur einmal, zur Anhörung der Aufhebung seiner Immunität, der er zustimmte, um sich kooperativ zu zeigen. Die Parlamentssitzung wurde live übertragen, aber sie brachte es einfach nicht über sich, sie anzusehen. Und er erzählte ihr auch nichts darüber. Überhaupt sprach er kaum mit ihr. Den ganzen Tag war er ins Internet oder den Fernseher vertieft und als Melinda ihn irgendwann fragte, ob er wirklich glaubte, dass ihm das guttat, blitzte er sie nur wütend an.

Nur nachts spürte sie eine gewisse Nähe zu ihm. Seit diesem ersten Abend schliefen sie wieder in ihrem gemeinsamen Bett. Meist legte sich Melinda vor ihm hin. Er kam dann etwas später und schloss die Arme um sie, wenn er glaubte, dass sie schon schlief. Sobald er aber merkte, dass sie wach war, rückte er von ihr ab.

Er schenkte sich jetzt oft schon mittags einen Whiskey ein, allerdings hatte sie nicht feststellen können, dass er zu irgendeinem Zeitpunkt wirklich betrunken wirkte.

Was Melinda auch sehr erschreckte, war, dass sich fast alle von Aris abgewendet hatten. Ihm blieb nur eine Handvoll Leute. Ganz wenige seiner ehemaligen Mitarbeiter sagten ihm ihre Unterstützung zu. Einige griffen ihn offen an. Andere nahmen ihr Telefon gar nicht erst ab, als sie offensichtlich seine Rufnummer erkannten. Darunter war auch Aleka, was ihn sehr schwer getroffen haben musste. Auch Maria distanzierte sich öffentlich von ihm. Sie stellte überall eindeutig klar, dass sie mit Aris keinen Kontakt mehr hatte und deswegen nichts zu diesem Thema sagen konnte. Melinda war richtig wütend auf sie. Sie hätte zumindest erwartet, dass Maria dem Mann, mit dem sie so viele Jahre ihres Lebens geteilt hatte, so weit half, dass sie eine Aussage zu seinem vorherigen integeren Leben machte.

Am Abend nach der Aufhebung seiner Immunität kamen dann die Ermittlungsbeamten zu ihnen in die Wohnung. Thymios war bei ihnen und er wies sie an, in der Küche zu warten, während er den Beamten folgte. Aris und Melinda sahen sich nur entsetzt an, während sie Türen schlagen hörten und Schubladen und Schränke, die aufgerissen wurden. Melinda war froh, dass sie in Erwartung der Durchsuchung ihre persönlichen Sachen zu Thymios gebracht hatten. Aber als die Beamten nach zwei Stunden mit Aris Rechnern und seinen Telefonen sowie einigen anderen Unterlagen verschwanden und sie auf das Chaos blickte, dass sie hinterlassen hatten, brach sie in Tränen aus. Sie fühlte sich nackt und schutzlos und ohnmächtig. Aris schien es genauso zu gehen, sein Gesicht hatte eine ungute Farbe angenommen.

»Diese verdammten Wichser!«, brüllte er so laut, dass sie sich fast sicher war, dass es auch die Reporter unten auf der Straße mitbekommen haben mussten.

Sie erwartete, dass ein schlimmer Ausbruch folgen würde, aber er wandte sich nur resigniert ab und ging zurück in die Küche. Das machte ihr fast noch mehr Angst, als es ein Ausbruch getan hätte. Sie folgte ihm nicht, sondern rief Natascha an, und sie verbrachten die halbe Nacht damit, die Wohnung wieder einigermaßen bewohnbar zu machen. Auch Thymios half ihnen, aber Aris trat erst wieder aus der Küche, als Natascha sich verabschiedete.

Sein Blick war starr und ein bisschen glasig von dem Whiskey, den er den ganzen Abend getrunken hatte. Er drehte eine Runde durch die Wohnung und verschwand dann im Schlafzimmer.

Sie brachte Thymios zur Tür und sah nach Aris. Er schlief nicht, sondern starrte ins Leere und schien sie gar nicht wahrzunehmen, obwohl sie vor ihn ans Bett getreten war. Als sie ihn fragte, ob er sich nicht ausziehen wolle, drehte er sich einfach um, ohne ihr zu antworten.

Sie machte sich langsam ernsthaft Sorgen um ihn.

Seufzend löschte sie das Licht und legte sich neben ihn, um zu versuchen, wenigstens ein bisschen Schlaf zu finden vor ihrer Aussage morgen, zu der sie und auch Pavlos noch vor Aris Vernehmung vorgeladen worden waren.

Am nächsten Morgen verließ Melinda das erste Mal das Haus seit diesem Samstagabend, als Pavlos ihnen die Ereignisse mitgeteilt hatte. Die Sicherheitsleute waren gut vorbereitet und bevor sie wusste, wie ihr geschah, saß sie schon im Wagen. Die Gesichter der Reporter an den Scheiben und das Donnern, das ihre Schläge auf das Metalldach des Wagens verursachten, womit sie versuchten, ihre Aufmerksamkeit auf sich zu lenken, damit sie wenigstens ein Foto von ihr bekamen, ließen dann aber doch eine leise Panik in ihr aufsteigen. Thymios, der sie begleitete, drückte ihr beruhigend die Hand.

Auf dem Gerichtsgelände ging zunächst alles gut und die wartenden Reporter und Bürger, die sich versammelt hatten, waren von den Einsatzkräften der Polizei abgeschirmt, nur der eine oder andere Schmähruf erreichte sie.

Georgopoulos wartete schon vor dem Büro des Ermittlungsrichters. Sie begrüßten sich kurz und als sie sich umsah, bemerkte sie ein Stück weit den Gang hinunter Aleka. Sie spürte, wie Wut sich in ihr breitmachte und sie wollte zu ihr laufen, einfach um sie zu fragen, warum sie Aris so im Stich ließ, aber Thymios war schneller.

»Lass es bitte Melinda, das ist nicht der richtige Zeitpunkt«, sagte er eindringlich.

Sie holte tief Luft und nickte. Kurz darauf wurden sie zum Richter gerufen und die Vernehmung war auch nicht weiter schlimm, sie konnte alle Fragen wahrheitsgemäß beantworten. Sie stimmte der Offenlegung ihrer Konten zu und durfte dann gehen, mit der Aufforderung, sich für gegebenenfalls zusätzliche Fragen bereit zu halten.

Als sie nach draußen traten, bemerkte sie, dass jetzt wesentlich weniger Polizisten anwesend waren. Sie sah den erschrockenen Ausdruck in Thymios Gesicht, der sie wieder zurück ins Gebäude reißen wollte, aber es war zu spät.

Die Reporter stürmten, gefolgt von den wütenden Bürgern, an den wenigen Polizisten vorbei, die sie nicht aufhalten konnten, auf sie zu, stießen ihr die Mikrofone vors Gesicht und attackierten sie mit Fragen, die sie gar nicht richtig verstand, weil alle durcheinander brüllten. Nur Bruchstücke drangen zu ihr durch, während sie ihre Hände schützend vor ihr Gesicht hielt.

»Es zeigt sich wieder mal, dass die Deutschen, die uns die Katastrophe hier eingebrockt haben, mitten drin sind, in der Korruption...«, »... Ihre teuren Kleider müssen ja von irgendjemand bezahlt werden!«, »... finden Sie nicht, dass Sie sich schämen sollten?!«

Auch die Stimmen der wütenden Bürger mischten sich dazwischen, mit härteren Ansagen, wovon »du deutsche Hure«, noch eine der milderen war. Sie merkte, wie blanke Panik in ihr hochzusteigen begann, als sie an ihren Kleidern rissen und nach ihr griffen. Sie hatte Mühe, zu atmen. Himmel, sie durfte nicht ohnmächtig werden, nicht jetzt, sie würden über sie herfallen, sie zertrampeln, sie töten, schoss es ihr durch den Kopf. Sie spürte einen Schlag an der Schläfe, der ihr die Sonnenbrille herunter fegte. Die kleine Plastikwasserflasche, die jemand mit voller Wucht nach ihr geworfen haben musste, verschwand unter ihr. Melinda sah in die verzerrten Gesichter, hörte die Rufe, roch den Schweiß um sich herum. Sie taumelte und fühlte, wie sie den Halt verlor, nur die tobende Menge, die sich von allen Seiten gegen sie drängte, hielt sie noch aufrecht und drohte sie gleichzeitig zu erdrücken. Die Panik hatte jetzt vollkommen von ihr Besitz ergriffen, sie hörte sich aufschreien, als sie an den Haaren gepackt wurde, sie versuchte sich mit aller Kraft loszureißen. Als der letzte noch rational funktionierende Teil ihres Gehirns ihr signalisierte, dass sie absolut keine Chance hatte, spürte sie auf einmal zwei Arme um sich, die sie einfach hochhoben wie eine Puppe, und durch dieses Chaos hindurch trugen. Verzweifelt klammerte sie sich an den Mann, der Polizist sein musste, wie sie aus der schusssicheren Weste schloss, an der sie ihr Gesicht barg, um dieser Meute nicht in die Augen schauen zu müssen.

An den leiser werdenden Rufen erkannte sie, dass die Polizei offensichtlich die Kontrolle über die Situation wiedererlangte und sie sich weit genug von der aufgebrachten Menge entfernt hatten. Sie hob ihren Kopf und sah in das junge Gesicht des Fremden. Sein Blick war starr geradeaus gerichtet und er machte keine Anstalten, sie abzusetzen, sondern lief zielstrebig zu dem Wagen, auf den einer ihrer Sicherheitsleute zeigte. Erst vor der offenen Wagentür stellte er sie auf die Füße und ihr Sicherheitsmann drängte sie sofort in den SUV.

Sie zitterte am ganzen Körper, als ein ziemlich mitgenommener Thymios sich wenig später neben ihr niederließ. Dann fuhren sie unter Polizeieskorte aus dem Gerichtsgelände. Sie spürte, dass Thymios ebenfalls zitterte, als er den Arm um sie legte.

»Das war verdammt knapp«, sagte der Sicherheitsmann verärgert vom Beifahrersitz zu Thymios. »Sie hätten uns informieren müssen, dass Sie fertig sind. Wir hatten das doch vereinbart!«

»Scheiße, ich habe es einfach vergessen«, sagte Thymios kleinlaut. »Tut mir leid. Tut mir wirklich leid. Aris wird mich umbringen, wenn er die Bilder sieht. Bist du ok, Melinda?«, wandte Thymios sich ihr zu.

Sie nickte nur, wenig überzeugend.

»Die haben das auf Film, oder?«, fragte sie resigniert, als sie sich einigermaßen wieder im Griff hatte.

»Ja, davon kannst du ausgehen. Tut mir leid«, sagte er nochmals leise.

»Thymios, ist schon gut. Die Situation ist für uns alle neu, wir können doch nicht alles vorhersehen. Ich hatte richtig Angst. Und ich habe mich bei dem Polizisten noch nicht einmal bedanken können.«

»Es war wirklich Glück, dass der so beherzt eingegriffen hat, du hättest ernsthaft verletzt werden können.«

Sie lehnte sich gegen ihn und sie legten die kurze Strecke zu ihrer Wohnung schweigend zurück. Melinda beruhigte sich allmählich, konnte dieses schreckliche Erlebnis aber natürlich nicht abschütteln. Thymios schien es ähnlich zu gehen.

Als sie nach Hause kam, stand Aris in der Tür und sah sie bestürzt an. Er hatte es offensichtlich schon gesehen, im Moment lief alles, was diesen Fall betraf, sofort durch die Sondernachrichtensendungen, die diese Tage das Programm beherrschten. Er schloss seine Arme fest um sie und ihr wurde bewusst, dass es das erste Mal in diesen letzten schrecklichen Tagen war, dass er das tat, während er nicht glaubte, dass sie schlief.

»Oh mein Gott, in was habe ich dich da reingerissen«, sagte er leise. »Wenn deine Familie sieht, was du wegen mir durchmachst! Melinda, du musst hier weg, das kann ich nicht mehr verantworten. Du fliegst zurück nach Brüssel.«

»Aris, bitte, es ist einfach passiert. Wir werden in Zukunft vorsichtiger sein. Lass mich wenigstens noch bis zu deiner Vernehmung bleiben, damit wir sehen, mit was du angeklagt wirst. Vielleicht kannst du auch eine Weile kommen.«

»Ich glaube nicht, dass ich das Land verlassen darf. Aber du musst hier raus. Von mir aus bleibe bis übermorgen, unter der Bedingung, dass du das Haus nicht verlässt, aber dann musst du fliegen. Solange ich nicht in der Lage bin, deine Sicherheit zu gewährleisten, kannst du nicht in Griechenland sein! Buch deinen Flug! Jetzt! Und darüber werde ich nicht mit dir diskutieren, das ist mein letztes Wort in dieser Angelegenheit!«

Melinda sah ihn überrascht an. Er hatte noch nie so bestimmt mit ihr gesprochen und er hatte ihr auch noch nie etwas befohlen. Es machte ihr Angst, wie so vieles an seinem Verhalten in den letzten Tagen. Sie nahm sich fest vor, ihm noch eine Schonfrist bis zu seiner Vernehmung zu geben, aber danach würde sie Klartext mit ihm reden. Sie waren ein Paar. Das Ganze war zwar ihm passiert, aber es beeinflusste auch ihr Leben. Er musste endlich mit ihr darüber sprechen. Sie mussten gemeinsam einen Weg da durch finden.

»Wie sieht es aus?«, fragte Seferlis, ohne sich mit einem Gruß aufzuhalten, als Eleftheriadis ins Zimmer trat, um ihn über den neusten Stand in den Korruptionsfällen zu informieren.

»Soweit gut. Alle sind in Untersuchungshaft genommen worden, wie du ja weißt. Athanasiou wird morgen bei seiner Vernehmung durch den Ermittlungsrichter mit Sicherheit dasselbe erwarten.«

»Und was ist mit Assimakopoulos?«, fragte Seferlis ungeduldig.

Seit der Skandal ausgebrochen war, verwendete Seferlis nur noch Aris Nachnamen, wenn er über ihn sprach. Dass sein enger Parteifreund da verwickelt war, hatte ihn auch persönlich sehr schwer getroffen, wie Eleftheriadis wusste.

»Also, bei Assimakopoulos glaube ich kaum, dass eine Untersuchungshaft angeordnet wird. Da hat die Staatsanwaltschaft nicht genug. Das haben sie uns von Anfang an gesagt. Aber mit einer Anklage rechne ich«, erwiderte er.

»Das ist mir zu wenig«, sagte Seferlis in bestimmtem Ton, »da wird dann im Raum stehen, dass es Sonderbehandlungen gibt und ich ihn irgendwie schütze. Nein, das geht nicht, er muss auch in Untersuchungshaft.«

Eleftheriadis starrte ihn ungläubig an. »Also Michalis, bei allem Respekt, jetzt gehst du zu weit!«

»Ich gehe keineswegs zu weit. Dieses verdammte Land ist doch nur in diesem Zustand, weil sich bisher nie jemand getraut hat, so weit zu gehen, wie es nötig ist!«, rief Seferlis aus.

»Hör mal, er ist vielleicht gar nicht schuldig. Vielleicht finden sie ja wirklich nichts. Er hat uns schließlich gesagt, dass er Sarantis wegen früheren Fällen in Verdacht hatte. Es ist nicht unmöglich, dass er mit Mavros seit damals nichts mehr zu tun hat.«

»So? Und die Erlasse, die er unterschrieben hat? Das war alles ganz zufällig, ja?«

»Also, hör doch auf Michalis, willst du mir erzählen, dass du jeden deiner Erlasse, die dir deine Mitarbeiter ausarbeiten, persönlich auf Herz und Nieren prüfst? Ihm ist es möglicherweise einfach nicht aufgefallen.«

»Wenn er unschuldig ist, wird sich das im Prozess ja herausstellen. Und bis dahin wird er behandelt wie alle anderen. Punkt.« Seferlis schlug mit der flachen Hand auf den Tisch, um seine Worte zu bekräftigen.

»Das kann Monate dauern. Dir ist hoffentlich klar, dass du damit mehr zerstören wirst, als nur seine Karriere. Der Mann hat ein Leben, Michalis! Und außerdem, wie stellst du dir das denn vor? Ich nehme an, du hast schon einmal etwas von Gewaltenteilung gehört. Wir sind die Regierung, wir können die Justiz nicht einfach anweisen, etwas zu tun, nur weil du das so haben willst!«

»Du hast Bekannte im Justizsystem. Sieh zu, dass das ein Richter übernimmt, der so etwas anordnen würde. Jemand, der sich traut, das Richtige zu tun! Mach so viel Druck, wie du kannst.«

Eleftheriadis wusste, dass sich sein Freund entschieden hatte. Er konnte es ja auch nachvollziehen, dass er da mit aller Härte vorgehen wollte. Aber er hatte kein gutes Gefühl dabei, Aris so zu opfern. »Ich werde sehen, was sich machen lässt. Aber versprechen kann ich dir nichts«, sagte er und griff zu seinem Handy, während er das Büro des Premierministers verließ.

Aris sah die Ermittlungsrichterin ungläubig an. Er kam sich vor wie im falschen Film. Irgendetwas stimmte hier nicht. Er konnte vor seinem geistigen Auge förmlich sehen, wie sich ein Riss durch die Realität zog.

»Was haben Sie gesagt?«

»Ich habe gesagt, dass, nachdem der Staatsanwalt mir hier zustimmt, ich Ihre Untersuchungshaft anordne«, erwiderte sie mit eisiger Stimme.

Thymios und Georgopoulos redeten jetzt beide gleichzeitig aufgeregt auf sie und den Staatsanwalt ein. Aber er konnte ihre Worte nicht mehr verstehen, es war, als hätte jemand plötzlich den Ton abgestellt. Die Szene lief vor ihm ab wie in einem Stummfilm, er sah, wie sie vor der Richterin herumfuchtelten, aber die Worte drangen einfach nicht bis zu ihm durch.

Ein junger Polizist trat auf ihn zu, der nicht viel älter als sein Sohn sein konnte. Alle Details seiner Bewegungen drangen gestochen scharf in Aris Wahrnehmung. Es schien wie in Zeitlupe abzulaufen. Aris sah, wie der Polizist an seinen Gürtel griff, zu den Handschellen. Seine Hände waren groß und kräftig. An seinem Daumen konnte er etwas aufgeschürfte Haut erkennen, als ob er mit dem Zeigefinger häufig daran herumkratzte.

Der Polizist löste die Handschellen mit einer geübten Bewegung. Jetzt hielt er sie ihm unter das rechte Handgelenk. Aris spürte das kalte Metall auf seiner Haut. Und dann funktionierte sein Gehör plötzlich wieder, aber die Zeitlupe schien seine Lautempfindung zu verstärken. Das Klicken des sich schließenden Metalls dröhnte so laut in seinen Ohren, dass er es buchstäblich körperlich spüren konnte. Er schloss kurz die Augen, als das zweite Klicken an seine Ohren drang, das mit einer ernüchternden Endgültigkeit das Ende seines Rechtes auf Freiheit besiegelte.

Dann wandte er sich Thymios zu und sah, wie sich dasselbe bodenlose Entsetzen, das er empfand, in dessen Augen wiedergespiegelte. Der junge Polizist griff unter seinen Arm und zog ihn hoch. Wie in Trance stand er auf und ließ sich aus dem Zimmer den Gang entlang führen.

»*Oh mein Gott hilf mir. Hilf mir bitte*!«, flehte er in Gedanken.

Der Polizist drückte ihn sanft auf eine Bank und ließ sich neben ihm nieder. Thymios kniete sich vor ihn und sagte irgendetwas zu ihm. Er hörte ihn zwar, aber er konnte seine Worte einfach nicht verstehen.

Sein Handy klingelte.

Schlagartig hörte die Zeitlupe auf.

»*Ich kann nicht mehr an mein Handy*«, schoss es ihm verzweifelt durch den Kopf, »*ich kann mein Handy nicht aus der Tasche holen mit gefesselten Händen!*«

Thymios starrte ihn an, immer noch vor ihm kniend.

»Nimm. Mein. Handy. Aus. Meiner. Rechten. Tasche.« Nur mit Mühe gelang es Aris, die Worte aneinander zu reihen.

Thymios funktionierte auf einmal wieder und tat, was er ihm gesagt hatte. »Es ist Melinda«, sagte er und sah Aris abwartend an.

»*Oh mein Gott, Melinda. Sie darf mich nicht so sehen! Sie darf nicht sehen, was mit mir passiert ist!*«

Das Handy verstummte.

Thymios sah ihn immer noch an.

»Ruf sie zurück und rede du mit ihr. Ich kann es im Moment nicht«, sagte er mit brüchiger Stimme zu Thymios.

Thymios nahm ihm das Telefon aus der Hand. Er blickte kurz darauf und gab es ihm zurück.

»Der Code. Ich weiß den Code nicht«, sagte er.

Aris strich das Muster auf das Display, um es zu entsperren. Er drückte seinen Zeigefinger auf den letzten Anruf in Abwesenheit. Es war bizarr, das mit zusammengebundenen Händen zu tun.

Er hielt Thymios das Handy wieder hin, während sich die Verbindung aufbaute.

»Melinda, ich bin es, Thymios.«

»Sie haben Aris in Untersuchungshaft genommen. Es ist gerade eben passiert, wir sind alle einfach nur schockiert. Sie haben nichts, aber die

Ermittlungsrichterin hat es trotzdem angeordnet. Wir wissen nicht, was..., wie das weitergehen wird.«

»Melinda bitte, du musst dich beruhigen, es hilft nichts.«

»Nein, du kannst nicht herkommen, wir warten auf den Transfer zum Gefängnis.«

»Er kann jetzt nicht mit dir reden.«

»Bitte, hab ein wenig Geduld, ich ...«

Aris hörte die Sätze, die Thymios sprach, und versuchte sie verzweifelt mit der Realität zu verlinken. Irgendwie schien das, was Thymios gerade zu Melinda sagte, gar nicht ihn zu betreffen. Mit aller Kraft suchte er nach einem letzten Rest Rationalität in seinen Gedanken, um die Situation zu erfassen.

Und dann zerbrach plötzlich etwas in ihm. Er wusste nicht, was es genau war. Irgendetwas ganz tief in seinem Inneren wurde in Stücke gerissen. Er hörte auf zu fühlen. Auf einmal hatte er keine Angst mehr. Er hatte gar nichts mehr.

Aris machte Thymios ein Zeichen, ihm das Telefon zu reichen.

Thymios gab es ihm.

»Melinda, hör mir bitte gut zu«, sagte er mit einer Stimme, die er selbst nicht mehr als seine eigene erkannte. »Ich will, dass du deine Sachen packst und in das erste Flugzeug nach Brüssel steigst. Und dann möchte ich, dass du alles vergisst, was hier geschehen ist, und mit deinem Leben weitermachst.«

Er hörte ihr Schluchzen, sie war vollkommen aufgelöst. Und er konnte absolut nichts dagegen tun. Es war nicht mehr sein Leben.

»Aris, ich komme zu dir, das wird wieder, das kann doch alles gar nicht sein!«

Auch ihre Worte hörten sich an, als ob sie jemand anderes sprach.

»Nein, Melinda. Du hast Thymios gehört. Du kannst nicht kommen. Mach es nicht noch schwerer, als es sowieso schon ist. Tu bitte, was ich dir gesagt habe. Das mit uns ist zu Ende.«

»Was hast du gesagt?«

»Du hast gehört, was ich gesagt habe.«

»Das hast du jetzt nicht gesagt!« Ihre Stimme klang schrill.

»Melinda, ich habe es gesagt und ich meine es auch vollkommen ernst. Wir sind nicht verheiratet, wir haben nichts, was wir lösen müssen, das mit uns ist hier zu Ende. Ich will, dass du dich aus der Sache heraushältst. Und auch aus meinem Leben. Das Letzte, mit dem ich mich im Augenblick beschäftigen kann, ist mit diesem Verhältnis zwischen uns.«

Er legte einfach auf.

Thymios starrte ihn fassungslos an.

»Bist du vollkommen von allen guten Geistern verlassen?! Verdammt nochmal, du liebst diese Frau! Sie liebt dich! Was zum Teufel machst du da?«, rief Thymios entsetzt aus.

Aris sah ihn an, antworte ihm aber nicht. Sein Handy klingelte wieder. Es war Melinda. Er drückte den Anruf weg. Als sein Telefon erneut läutete, schaltete er es ab.

»Aris, bitte«, sagte Thymios mit sanfterer Stimme, wurde aber von dem Klingeln seines eigenen Handys unterbrochen.

Er entfernte sich einige Schritte und Aris konnte nicht hören, was er sagte. Es war wahrscheinlich Melinda. Es war ihm egal.

»Thymios, was ist da eigentlich los«, Melinda spürte, dass sie Mühe hatte, ihre Stimme unter Kontrolle zu bringen.

Sie hörte, wie er tief durchatmete. »Ich weiß es nicht. Ich kann mir nicht vorstellen, dass er das so gemeint hat. Er steht total neben sich. Wie gesagt, es ist noch nicht einmal zehn Minuten her. Georgopoulos ist selbst absolut entsetzt. Wir haben so etwas noch nie erlebt. Der Ermittlungsrichter hat wohl Befehl von ganz oben bekommen. Es ist unglaublich, was da passiert.«

»Thymios, was ist mit ihm los? Warum hat er das zu mir gesagt?«, sie schluchzte.

»Er steht unter Schock. Lass ihn sich erst einmal beruhigen. Gib ihm ein bisschen Zeit. Er kommt ins Gefängnis, wenn auch nur in Untersuchungshaft. Bitte, reiß dich zusammen. Du musst jetzt stark sein.«

»Ok, was kann ich tun?«, fragte sie mit zitternder Stimme und versuchte, sich zusammenzunehmen.

»Packe ihm ein paar Sachen, Kleidung, Toilettenartikel, solche Dinge eben. Ich hole sie später ab. Ruf den Sicherheitsdienst, jemand soll bei dir bleiben, die ganze Zeit. Lass dich dann bitte in deine Wohnung bringen, da bist du sicherer.«

»Thymios, ich komme mit dir mit«, sagte sie bestimmt.

»Du kannst da nichts tun. Sie werden dich ihn nicht sehen lassen und er ist im Moment auch einfach nicht in der Lage dazu.«

»Ich werde verrückt, wenn ich nicht wenigstens mit ihm reden kann! Er hat sich halb wahnsinnig angehört eben, er hätte so etwas nie zu mir gesagt!«

»So leid es mir tut, du musst da jetzt durch und du musst wirklich das tun, was ich dir sage. Und dann sehen wir weiter, ok?«

»Ok«, sagte sie, schon wieder den Tränen nahe.

»Du brauchst jemand, außer den Sicherheitsleuten, der bei dir bleiben kann heute. Du solltest nicht alleine sein. Ich schicke dir Stella.«

»Nein, ich will Stella da nicht hineinziehen. Ich rufe Pavlos an«, sagte sie.

»Wie du meinst. Wir reden später.«

Aris sah, wie Thymios sein Handy in die Tasche steckte und wieder auf ihn zu kam. Auch Georgopoulos näherte sich ihm. Georgopoulos sah Aris kurz an und warf dann Thymios einen besorgten Blick zu.

»Herr Assimakopoulos«, sagte Georgopoulos, während er sich neben ihn auf die Bank setzte, »ich werde ehrlich zu Ihnen sein und Ihnen sagen, dass ich mir das nicht erklären kann. Das hätte auf keinem Fall passieren dürfen, sie haben nicht genug, um so etwas zu rechtfertigen. Das ist ein Bruch der Rechtsstaatlichkeit. So etwas ist mir in meiner ganzen beruflichen Laufbahn noch nie untergekommen. Wie dem auch sei, wir können im Moment nicht sehr viel tun. Sie werden eine Weile in Untersuchungshaft verbringen müssen, bis über den Einspruch, den wir einlegen, entschieden wird. Sie wissen wahrscheinlich, dass Sie ins Koridallos-Gefängnis kommen, in den Bereich für Wirtschaftskriminalität. Da sind die Bedingungen lockerer, Sie können sich freier mit Ihren Anwälten besprechen und Sie werden wahrscheinlich auch die meiste Zeit Zugang zu Kommunikationsmitteln haben. Trotzdem ist es natürlich ein Gefängnis und es gelten dort andere Regeln als hier draußen. Und es kann auch sein, dass Sie auf Ihre Mitangeklagten treffen. Das wird nicht ganz leicht für Sie werden.«

Er hielt kurz inne und sah Aris an. Als er in keinster Weise reagierte, sah er wieder mit diesem besorgten Blick zu Thymios.

»Herr Assimakopoulos«, sagte er eindringlich.

Aris wandte sich ihm endlich zu.

»Wenn es irgendetwas gibt, zu Ihrem Fall, das ich wissen muss, dann ist dies der Zeitpunkt, es mir zu sagen.«

Aris schüttelte nur den Kopf.

»Gut. Herr Assimakopoulos«, fuhr Georgopoulos in bestimmtem Tonfall fort, »ich werde mir nicht anmaßen, dass ich weiß, wie Sie sich gerade fühlen, weil ich es nicht wissen kann. Ich habe aber in meiner beruflichen Laufbahn schon unzählige Fälle erlebt. Und eine Sache muss ich Ihnen mit aller Nachdrücklichkeit ans Herz legen. Bekommen Sie sich in den Griff. Es geht hier um Ihre Karriere, Ihren Namen, Ihren Ruf. Und nun leider auch um Ihre Freiheit. Wir brauchen Ihre Hilfe, um diesen Fall aufzuklären. Wenn Sie da nicht mitmachen, wird es nicht funktionieren.« Er sah Aris fest in die Augen. »Sie dürfen jetzt auf gar keinen Fall zusammenbrechen. Herr Assimakopoulos, es geht hier um Ihr Leben.«

Melinda tat, was Thymios ihr gesagt hatte. Sie rief den Sicherheitsdienst, suchte Aris ein paar Sachen zusammen und warf auch einige ihrer eigenen in eine Tasche.

Plötzlich hörte sie durch das offene Verandafenster die Reporter unten wild durcheinanderrufen. Die Nachricht von Aris Festnahme war offensichtlich heraus.

Melinda lief mit dem Sicherheitsmann nach draußen. Entsetzt starrten sie über das Geländer gebeugt nach unten. Die Menschenmasse vor dem Eingang war auf ein Vielfaches angewachsen.

»Scheiße, da kommen wir nie durch«, sagte der Sicherheitsmann, »ich muss mehr Leute anfordern. Aber das Problem wird sein, dass sie uns verfolgen werden. Dann haben Sie den ganzen Auflauf vor Ihrer Wohnung.«

Melinda sah ihn verzweifelt an. Das wurde ihr alles langsam zu viel. Sie konnte sich nur mit Mühe am Funktionieren halten, sie brauchte dringend jemand, der die Entscheidungen treffen konnte, die nötig waren. Warum kam Pavlos nicht endlich!

Sie griff zu ihrem Telefon und rief Thymios an. Noch während die Verbindung sich aufbaute, legte sie auf. Dann wählte sie Georgopoulos Nummer. Er nahm sofort ab und sie beschrieb ihm die Lage.

»Verdammt, daran hätte ich denken sollen. Ich bin hier gleich fertig, dann komme ich. Ich gebe eine Presseerklärung von dort ab, das wird sie ablenken.«

Melinda legte auf und versuchte mit aller Kraft, nicht vor dem Sicherheitsmann zusammenzubrechen. Sie musste durchhalten, wenigstens bis sie in ihrer Wohnung war.

Es kam ihr wie eine Ewigkeit vor, bis Pavlos endlich erschien und kurze Zeit später auch Georgopoulos. Wie durch einen dichten Nebel bekam sie mit, wie Pavlos und Georgopoulos sie zwischen sich nahmen und sie stützten, als sie nach draußen vor die tobenden Reporter traten. Georgopoulos setzte zu einer Stellungnahme an und die Sicherheitsleute und Pavlos nutzten den Moment, als sie alle auf Georgopoulos zustürzten, um sie in den Wagen zu bringen. Sie klammerte sich die ganze Fahrt an Pavlos und als sie vor ihrer Wohnung aus dem Wagen steigen wollte, versagten ihre Beine. Der Sicherheitsmann, der ihr die Tür geöffnet hatte, fing sie im letzten Augenblick ab und sie ließ sich von ihm und Pavlos in den Aufzug und ihre Wohnung helfen.

Und als sie mit Pavlos alleine war, gab sie auf. Pavlos schaffte es nicht, sie aufzufangen, bevor sie auf den Boden fiel. Sie krümmte sich zusammen und schluchzte so heftig, dass ihre Kehle schmerzte. Sie spürte, wie sie am ganzen Körper zitterte, sie verlor total die Kontrolle über sich.

Pavlos hob sie hoch und legte sie auf ihr Bett. Sie fühlte seinen warmen Körper hinter sich und seine Arme, die sich um sie schlossen, während er beruhigend auf sie einredete. Er hielt sie fest und wiegte sie vorsichtig hin und her, bis dieses fürchterliche Zittern etwas nachzulassen begann.

Als sie sich eine Weile später wieder so weit im Griff hatte, dass sie normal sprechen konnte, informierte sie ihre Familie. Und sie fand diesmal auch nicht die Kraft, Antonio davon abzuhalten, zu kommen, aber sie bat ihn, wenigstens Carla nicht mitzubringen, damit sie nichts von dem ganzen Medienrummel mitbekam. Im Moment wussten die Reporter nicht, wo sie war, aber das konnte sich ganz schnell ändern.

Sie versuchte immer und immer wieder Aris anzurufen, aber jetzt kam nur die Ansage der Mobilfunkgesellschaft, dass der gewählte Gesprächspartner nicht erreichbar war. Pavlos nahm ihr schließlich das Telefon weg.

Am Abend kamen Kostas und Eleni kurz vorbei. Eigentlich wollten sie sie mit zu sich nehmen, aber als Pavlos ihnen versicherte, dass er die Nacht bei ihr bleiben würde und sie Antonio am nächsten Tag erwarteten, ließen sie sich schließlich überzeugen, dass sie in guten Händen war. Sie erzählte ihnen natürlich nichts über Aris Verhalten und dass er sich weigerte, mit ihr zu reden.

Später kam auch Dimitris vorbei und Thymios rief sie an, um ihr zu sagen, dass er Aris kurz gesehen hatte, er aber immer noch nicht richtig ansprechbar war. Er teilte ihr mit, dass sie ihm das Handy abgenommen hatten, er es aber wahrscheinlich schon morgen wiederbekommen würde. Pavlos konnte sie dann mit viel Mühe überreden, es für heute gut sein zu lassen. Und nachdem er ihr ein Glas Rotwein eingeflößt hatte, legte er sich zu ihr aufs Bett, bis sie irgendwann vor lauter Erschöpfung in einen unruhigen Schlaf fiel.

Die Panik, die sich in Melinda breit machte, sobald ihr nach dem Aufwachen bewusst wurde, in welcher Situation sie sich befand, trieb sie sofort aus dem Bett und zu ihrem Telefon. Aber Pavlos, der auch aufgewacht war, konnte sie dazu bringen, wenigstens erst zu duschen und einen Kaffee zu trinken, bevor sie es wieder bei Aris versuchte.

Aber es war das Gleiche wie gestern.

Am späten Vormittag hielt sie es nicht mehr aus und wählte Thymios Nummer.

»Ich habe ihn gerade gesehen«, sagte er, »es geht ihm nicht gut. Er steht fast noch mehr neben sich als gestern. Er hat nach dir gefragt und ich habe ihm gesagt, dass Pavlos bei dir ist und dass dein Bruder heute kommt. Bitte tue ihm den Gefallen und fliege mit deinem Bruder zurück. Er macht sich sehr große Sorgen deswegen, er will auf keinen Fall, dass du hierbleibst.«

»Das ist ausgeschlossen. Nicht bevor ich mit ihm gesprochen habe.«

»Jetzt machst du es mir schwer. Er kann die Sache mit euch im Moment einfach nicht handhaben. Gib ihm bitte ein bisschen Zeit. Lass ihn erst einmal realisieren, was geschehen ist. Im Augenblick weigert er sich, mit dir zu sprechen, obwohl ich es wirklich versucht habe. Er wird sein Telefon zurückbekommen, wie ich dir gestern schon gesagt habe, obwohl das selbstverständlich verboten ist. Aber die Haftbedingungen sind relativ locker, natürlich inoffiziell. Ich werde ihn regelmäßig sehen können. Er hat auch seine eigene Zelle.«

Melinda unterdrückte ein Schluchzen. »Thymios ...«

»Melinda, bitte. Ich versuche es weiter. Aber im Moment kann ich nicht mehr tun, als ihm zur Seite zu stehen. Bitte gib mir mal Pavlos.«

Melinda nickte, obwohl ihr bewusst war, dass er das nicht sehen konnte, und reichte Pavlos das Handy.

»Ja, das kann ich mir vorstellen«, sagte Pavlos ernst.

»Ja, das ist der Plan.«

»Ok. Ist gut. Melde dich, wenn ich etwas tun kann.«

Pavlos legte auf und sah sie an.

Sie spürte, wie sich ihre Augen mit Tränen füllten, und stieß dann einen wütenden Schrei aus. Dieser verdammte Schmerz! Dieser verdammte Schmerz, von dem sie geglaubt hatte, dass er endlich aus ihrem Leben verschwunden war. Warum hatte sie es nicht gut sein lassen?! Warum war sie nach den Wahlen nicht in Brüssel geblieben? Warum hatte sie nicht auf ihre innere Stimme gehört, die sie gewarnt hatte, dass sie wieder verletzt werden könnte, wenn sie sich so tief auf jemand einließ?!

Pavlos, der zu merken schien, was gerade in ihr vorging, ergriff ihre Hände.

»Tu dir das nicht an. Es ist nicht das Gleiche wie damals«, sagte er sanft, »das, was passiert ist, ist sehr tragisch und es wird eine schwere Zeit. Aber er lebt. Das mit euch ist nicht vorbei. Dafür liebt er dich viel zu sehr. Ganz tief in deinem Herzen weißt du das auch. Und ich glaube, das ist auch der Grund, warum er sich so verhält. Er hat Angst um dich, er will, dass du hier weggehst. Er befindet sich in einem absoluten Ausnahmezustand. Gib ihm Zeit.«

»Es wird mir wohl nichts anderes übrig bleiben«, sagte sie leise.

Bis Antonio am Mittag aus München kam, hatte es Pavlos geschafft, sie so weit zu beruhigen, dass sie die Dinge wieder etwas rationaler sah. Sie bat ihn, nicht gleich zu gehen, wenn Antonio eintraf, da sie wusste, dass er zu Überreaktionen neigte, und sie erhoffte sich von Pavlos Anwesenheit eine dämpfende Wirkung auf ihren Bruder. Alleine schon der Gedanke an eine Auseinandersetzung mit Antonio war ihr im Moment unerträglich.

»Ach, Melinda«, sagte Antonio als sie ihm wenig später die Tür öffnete und nahm sie fest in den Arm.

Er begrüßte Pavlos und sie setzten sich auf die Veranda, während Pavlos im Wohnzimmer blieb, um ihnen ein bisschen Zeit alleine zu geben.

Melinda klärte ihn über die Einzelheiten auf, die er noch nicht wusste, und erzählte ihm auch im Detail von diesem Erlebnis nach ihrer Aussage. Und zum Schluss erzählte sie ihm von Aris Reaktion. »Seitdem, weigert er sich, mit mir zu reden. Er hat mir einfach gesagt, dass ich nach Brüssel zurückgehen soll, um mit meinem Leben weiterzumachen, und dass das mit uns zu Ende ist.« Bei dem Gedanken stiegen ihr wieder Tränen in die Augen.

»Also, du weißt, dass ich kein großer Fan von ihm bin, vor allem, nachdem sich alle meine Vorhersagen bewahrheitet haben. Aber in dem Punkt muss ich ihm ausnahmsweise mal zustimmen. Wir packen deine Sachen. Um elf geht eine Maschine nach München. Und dann bleibst du erst einmal bei uns, bis du wieder ein bisschen klarer siehst.«

»Antonio, ich kann nicht. Ich kann ihn nicht hier sich selbst überlassen, nicht in diesem Zustand.«

»Er hat selbst gesagt, dass du gehen sollst. Auch aus Sicherheitsgründen, wie ich verstanden habe. Du kannst hier nichts für ihn tun! Er hat seine Anwälte und die kümmern sich um ihn! Du hast mir doch erzählt, dass Kostas ihm einen von den besten verschafft hat. Du kommst mit mir mit!«

»Ich bin erwachsen, ok? Ich muss abwarten, bis er sich wieder gefangen hat. Ich liebe diesen Mann! Ich kann ihn nicht einfach aufgeben!«

»Verdammt noch mal, Melinda! Was ist das mit diesen Männern, in die du dich verliebst, die da durch dein Leben ziehen, nur um es dann in Schutt und Asche zurückzulassen?!«

Plötzlich waren die Parallelen zu Daniel, die Pavlos heute Morgen so mühsam zu verdrängen geschafft hatte, wieder da. Sie schlug die Hände vor das Gesicht, als sie der Schmerz wieder in seiner gesamten Heftigkeit übermannte, und schluchzte.

Pavlos war auf die Veranda getreten. Er verstand ein bisschen Deutsch, aber wahrscheinlich begriff er auch so, worum es ging.

»Antonio, du hilfst ihr nicht«, sagte er jetzt ruhig auf Englisch, »deine Schwester liebt diesen Mann und das musst du akzeptieren.«

Antonio blitzte Pavlos an, offensichtlich verärgert über die Einmischung, aber als er sah, in was für einem Zustand sie sich befand, schien er sich zu besinnen.

»Tut mir leid «, sagte Antonio betreten, »das wollte ich nicht. Ich will dich nur hier rausholen.«

»Melinda«, sagte Pavlos, während er sich zu ihnen an den Tisch setzte, »von dem, was ich verstanden habe, will Antonio, dass du mit ihm zurückfliegst. Das solltest du tun. Ich weiß, wie du dich fühlst, aber du kannst im Moment hier nichts machen. Du kannst auch aus dem Ausland versuchen, mit Aris Kontakt aufzunehmen. Irgendwann wird er da heraus schnappen. Dann kannst du jederzeit wiederkommen, um ihn zu sehen. Aber jetzt solltest du fliegen. Die Medien wissen wohl noch nicht, wo du dich im Moment aufhältst, aber das ist nur eine Frage der Zeit. Willst du das, was du die letzten Tage erlebt hast, wirklich alleine durchmachen? Da wirst du doch verrückt, wenn du mit einem Sicherheitsmann den ganzen Tag alleine in deiner Wohnung sitzt! Bitte Melinda, fliege heute Abend mit deinem Bruder zurück. Und ich verspreche dir, wir werden jeden Tag reden und Thymios und ich werden dich über alles auf dem Laufenden halten. Denke daran, du hilfst auch Aris damit. Er wird wesentlich beruhigter sein, wenn du nicht mehr hier bist.«

Melinda wusste, dass er recht hatte. Sie spürte, dass sie nicht mehr viel Kraft hatte. Und sie musste sie finden, wenn sie Aris helfen wollte. Aber solange die Situation durch die Medien und die öffentliche Meinung so aufgeheizt war, konnte sie das hier nicht tun.

»Ok«, sagte sie entschlossen, »ich fliege heute Abend mit Antonio. Aber nach Brüssel. In mein Leben. Ich will arbeiten, etwas machen, was mich von der ganzen Sache ablenkt. Und ich werde Carla bitten, zu kommen. Ein bisschen von ihrer Fürsorge könnte ich eigentlich ganz gut gebrauchen«, sagte sie mit dem Anflug eines Lächelns.

Pavlos nahm sie in die Arme. »Wir schaffen das. Wir kriegen das wieder hin. Er kommt da raus«, sagte er auf Griechisch zu ihr.

Sie löste sich von ihm und nickte. Dann ließ sie die beiden auf der Veranda zurück und packte ihre persönlichen Sachen und ein paar Kleider, die sie aus Aris Wohnung mitgenommen hatte, in eine Tasche. Sie bestellte den beiden etwas zu essen und informierte Georgopoulos und Thymios darüber, dass sie fliegen würde. Thymios war sichtlich erleichtert und versprach ihr, sie über alle Neuigkeiten zu informieren. Dann ließen sie die Rollläden herunter und schalteten die Alarmanlage ein. Sie drückte Pavlos fest an sich, bevor sie mit Antonio in den wartenden SUV der Sicherheitsfirma stieg, der sie zum Flughafen fahren würde.

Kapitel 17

In Brüssel stürzte sich Melinda sofort in die Arbeit. So entkam sie wenigstens einige Stunden am Tag diesem Schmerz, dieser Verzweiflung und diesem Gefühl der Ohnmacht, das sie verfolgte. Abends ließ sie sich von Carla umsorgen, was am Anfang richtig gut tat. Die ersten Nächte konnte sie nicht alleine einschlafen, nur wenn Carla sich zu ihr legte und ihre Hand hielt, schaffte sie es, ein paar Stunden Schlaf zu finden.

Dieser ganze Horror, die Medien, die Beschimpfungen, was mit Aris passiert war, drehten sich, sobald sie alleine war, in einer Endlosschleife durch ihre Gedanken. Jeden Morgen rief sie als Allererstes Aris an, der ihren Anruf wegdrückte. Abends, wenn sie nach Hause kam, wiederholte sich das Ganze. Dann telefonierte sie mit Pavlos, Thymios und manchmal auch Georgopoulos, die sie über den Stand der Dinge informierten.

In dem Verfahren gab es nicht viel Neues, Aris Einspruch gegen die Anordnung der Untersuchungshaft war abgelehnt worden. Georgopoulos würde in regelmäßigen Abständen Antrag auf Haftentlassung einlegen, aber ohne dass sie wirklich irgendetwas vorlegen konnten, das ihn offensichtlich entlastete, machte er sich keine Hoffnungen mehr. Die Justiz folgte offenbar der Linie der Regierung und es würde schwer werden, auf einen mutigen Richter zu treffen, der sich dagegenstellte. Damit wurde im Prinzip die Nachweispflicht der Staatsanwaltschaft einfach umgekehrt. Georgopoulos Leute und Pavlos recherchierten unermüdlich, um aufzudecken, wie das mit den Erlassen passiert war, aber sie kamen an die Daten der Rechner vom Ministerium nicht heran, sie würden abwarten müssen, bis die Ermittlungsbehörden sie freigaben.

Sie quetschte Thymios bei jedem Anruf über Aris aus, der ihn fast täglich besuchte. Er war anscheinend etwas kommunikativer, aber einfach noch nicht wieder er selbst, wie Thymios ihr mitteilte. Melinda fragte sich inzwischen sowieso, ob er das je wieder sein würde. So wie es aussah, würde er im schlimmsten Fall ein Jahr auf den Prozess warten müssen. Sie versuchte das natürlich zu verdrängen und hoffte, dass sie den Fall schneller aufklären würden, denn sie konnte sich nicht annähernd vorstellen, was ein Jahr im Gefängnis mit ihm machen würde.

Allmählich begann sie auch die Hoffnung zu verlieren, dass Aris nur ein bisschen Zeit brauchte und dann wieder mit ihr sprechen würde. Thymios versicherte ihr, dass er alles tat, ihn dazu zu bringen, wenigstens noch einmal mit ihr darüber zu reden, aber in dem Punkt konnte anscheinend nicht einmal Thymios zu ihm durchdringen.

Wieder und wieder ließ sie sich dieses letzte Telefongespräch mit Aris durch den Kopf gehen und versuchte, zu verstehen, warum er das getan hatte. Sie war so verzweifelt deswegen, dass sie es auch von anderen Rufnummern probiert hatte, um wenigstens einmal kurz seine Stimme zu hören, aber er nahm offenbar nur ab, wenn er den Anrufer eindeutig identifizieren konnte. Sie machte sich Vorwürfe, dass sie nicht eher mit ihm geredet hatte, als er sich, noch vor seiner Haft, so von ihr zurückgezogen hatte.

Oft war sie drauf und dran, einfach hinzufahren. Aber Thymios, der total entsetzt war, als sie das ihm gegenüber erwähnte, ließ sie schwören, sich nicht zu so einer Dummheit hinreißen zu lassen. Eine Szene im Gefängnis, falls Aris sich weigern würde, sie zu sehen, war das Letzte, was sie an Aufmerksamkeit durch die Medien brauchten.

Also versuchte sie es weiter und hoffte jeden Tag aufs Neue, dass das endlich der Tag sein würde, an dem sie zu ihm durchdrang. Sie hörte mit den Anrufen auf und begann ihm SMS und E-Mails zu schreiben, über ihren Alltag, über ihre Gefühle und ihre Wut auf ihn. Das Schlimmste war, dass sie nicht einmal wusste, ob er das las. Thymios gegenüber hatte er sich bisher geweigert, darüber Auskunft zu geben, ob er ihre Nachrichten öffnete.

Carla war genauso verzweifelt wie sie, was Melinda inzwischen nur noch zusätzlich belastete. Sie wollte, dass sie zurück nach München flog, aber Carla ließ sich nicht erweichen. Erst in ihrer sechsten Woche in Brüssel, als Georg sich das Handgelenk brach, war sie bereit, Melinda eine Weile alleine zu lassen.

Jetzt, als sie nicht mehr unter der Beobachtung ihrer Stiefmutter stand, ließ sie ihrer Verzweiflung und ihrem Schmerz freien Lauf, wenn sie abends alleine zu Hause war. Als sie Aris wieder einmal eine lange Mail geschrieben hatte, auf die sie keine Antwort erhalten würde, rief sie Pavlos an. Das Einzige, was manchmal ein bisschen half, waren die Gespräche mit ihm.

»Melinda«, meldete er sich, »wie hältst du dich?«

»Nicht gut«, erwiderte sie. »Ich bin am Verzweifeln. Ich verstehe das einfach nicht. Es sind fast zwei Monate vergangen, ich weiß wirklich nicht, was ich tun soll. Warum macht er das?«, sie spürte, wie ihr die Tränen kamen.

»Ich weiß mittlerweile nicht mehr, was ich dir dazu sagen soll. Sein Verhalten macht mir auch Sorgen. Aber wir dürfen nicht vergessen, dass er sich in einer Extremsituation befindet. Sein Leben liegt von einem Moment auf den anderen, nach diesem enormen Aufstieg, den er da hingelegt hat, buchstäblich in Trümmern vor ihm. Er ist unschuldig und kann sich nicht wehren. Er fühlt sich auch von Seferlis verraten und verkauft. Schau mal, er ist im Prinzip zum Kollateralschaden sowohl derjenigen geworden, die das ganze Spiel aufgesetzt haben, als auch von Seferlis Kriegszug gegen die Korruption, den er selbst unterstützt hat. Er hat auch seinen ganzen Rückhalt verloren. Von da, wo er über die Jahre überall Unterstützer hatte, haben sich plötzlich alle gegen ihn gewendet.

Und dann sitzt er nicht nur vor dem Trümmerhaufen, sondern tatsächlich im Gefängnis. Ich glaube, dass man sich nicht vorstellen kann, wie das ist, plötzlich seiner Freiheit beraubt zu werden. Diese Hilflosigkeit, absolut nichts mehr tun zu können.«

»Ich kann das nachvollziehen. Ich stand auch schon einmal vor den Trümmern meines Lebens. Ich weiß, dass man nach so einer Sache nicht ganz zurechnungsfähig ist. Aber dass er den Kontakt zu mir so abbricht, verdammt Pavlos, ich weiß, was er für mich empfunden hat. Wir hatten nicht nur eine aufregende Affäre. Du weißt das! Wir haben über Kinder geredet!«

»Ich denke, dass eben diese Gefühle für dich sein Problem sind. Er hat sehr um dich gekämpft und ich glaube, es war das erste Mal in seinem Leben, dass er solche Gefühle überhaupt zugelassen hat. Eure Beziehung war noch sehr neu, als es passiert ist. Ihr kanntet euch noch nicht lange genug, um dieses absolute Vertrauen in den anderen zu entwickeln. Ich bin nicht in seinem Kopf, aber ich könnte mir denken, so wie ich ihn kenne, dass er insgeheim auch Angst hat, dass du dich vielleicht von ihm abgewendet hättest. Und dem wollte er zuvorkommen.«

»Das kann er niemals geglaubt haben! Er kannte mich doch!«, rief sie aus.

»Aber nicht lange genug. Das ist eine harte Probe für eine neue Beziehung. Du weißt, dass seine Gefühle am Anfang stärker waren als deine. Und das wusste er auch«, erwiderte Pavlos.

»Ja aber was soll ich denn noch tun, um ihn zu überzeugen, dass ich zu ihm stehe? Es ist doch schon krankhaft, was ich ihm da alles schreibe, jeden verdammten Tag! Er muss doch sehen, dass ich ihn nicht aufgeben werde!«

»Ich hoffe immer noch, dass er sich irgendwann wieder fangen wird. Aber ich kann dir nicht raten, einfach durchzuhalten, weil ich nicht weiß, wie lange er brauchen wird. Ich weiß auch nicht mehr, ob das gut für dich ist. Die andere Möglichkeit ist, dass du seine Entscheidung respektierst. Hör auf, ihm zu schreiben, lass ihn eine Weile in Ruhe und sieh, wie die Dinge sich entwickeln.«

»Pavlos«, unterbrach sie ihn, »diese Option habe ich nicht. Wie ich meinem Bruder schon an dem Tag gesagt habe, als er mich mit nach Deutschland nehmen wollte, ich gebe Aris nicht auf. Weil ich es ganz einfach nicht kann. Egal wie weh mir das tut, was er macht, ich werde ihn nicht im Stich lassen. Dafür liebe ich ihn zu sehr«, sagte sie mit fester Stimme.

»Ist es so schlimm?«, fragte Pavlos sanft.

»Ja, es ist so schlimm. Oder so stark.«

»Ich weiß, dass dir das nicht helfen wird, aber ich muss es dir einfach sagen. Ich will wirklich nicht mit Aris tauschen im Moment, aber jetzt gerade bin ich nicht nur wahnsinnig wütend auf ihn, wegen dem, was er dir da antut, sondern ich beneide ihn richtig. So etwas hat noch nie jemand für mich getan. Vor allem noch nie so jemand wie du.«

»Ach, Pavlos«, sie ließ sie ihren Tränen freien Lauf. »Danke dir. Es hilft mir, dass du für mich da bist.«

Heute hatte Melinda sich verspätet, bemerkte Aris. Es war in Brüssel schon halb zehn, als er ihre erste SMS bekam, die sie ihm immer aus dem Taxi auf dem Weg zur Arbeit schrieb. Es war nicht ihre Art, einfach zu verschlafen. Aber die Nachricht enthielt die Antwort. Sie hatte einen frühen Telefontermin mit einer Firma auf Zypern gehabt und das Gespräch von zu Hause aus geführt. Er kopierte die SMS auf die Speicherkarte, wo er alle ihre Nachrichten und Mails ablegte. Ab und zu las er sie dann von Anfang an durch.

Er hatte eine recht gute Vorstellung von ihrem Leben. Sie beschrieb ihm ihren Tagesablauf ziemlich genau, abends in den Mails waren auch ihre ganzen Gefühle enthalten. Natürlich gab es Lücken, aber es machte ihm Spaß, diese Lücken in Gedanken zu füllen, sich auszumalen, was sie da getan hatte. Gestern Abend war sie wieder richtig wütend auf ihn gewesen. Und verzweifelt. Das hatte dann wahrscheinlich Pavlos ausbaden müssen.

Er war überrascht, dass sie nach zwei Monaten immer noch nicht aufgegeben hatte. Und er fand auch keine Anzeichen dafür, dass sich etwas veränderte. Es gab Schwankungen in ihrer Stimmung, an manchen Tagen war der Tonfall ihrer Mails eher zärtlich, an anderen sehnsuchtsvoll und in ziemlich vielen war es eine Mischung aus dieser Wut und Verzweiflung. Er hätte nicht gedacht, dass sie alle diese Dinge für ihn empfand. Ihre Gefühle für ihn schienen tatsächlich die gleichen zu sein wie seine für sie. Manchmal fragte er sich, ob es richtig gewesen war, dass mit ihr so endgültig zu beenden. Er sehnte sich nach ihr, er brauchte sie so sehr. Nur ihre Stimme zu hören, wäre eine Erlösung.

Ab und zu ließ er sich dazu hinreißen, sich auszumalen, wie es sein würde, wenn er sie wieder in sein Leben ließ. Vielleicht würde sie sogar auf ihn warten, wenn er verurteilt wurde und jahrelang im Gefängnis sitzen musste. Er stellte sich vor, wie er als alter Mann wieder rauskam und sie ihn in die Arme schloss. Thymios und Georgopoulos waren sich zwar sicher, dass es nicht zu einer Verurteilung kommen würde und er im schlimmsten Fall auf den Prozess warten musste, aber schließlich waren sie auch sicher gewesen, dass er nicht in Untersuchungshaft genommen werden konnte. Und wie sich gezeigt hatte, war die Justiz keineswegs unabhängig, sie gehörte jetzt anscheinend Seferlis.

Dass sie so lange auf ihn warten würde, war zwar ein schöner Traum, aber natürlich Utopie. Vielleicht gab es ja doch Hoffnung, dass er früher entlassen wurde. Trotzdem, die Entscheidung war richtig gewesen. Er hatte Angst um sie gehabt und gewollt, dass sie Griechenland verließ. Das war der eine Grund gewesen.

Natürlich spielten auch andere, irrationalere Faktoren eine Rolle. Wie, dass er einfach nicht wollte, dass sie dieses Bild von ihm sah, wie er hinter Gittern saß. Er hatte vollkommen versagt. Er hatte ihr ein Leben versprochen, damals als sie bereit gewesen war, sich ernsthaft auf ihn einzulassen. Und das hatte er nicht nur nicht halten können, er war unfähig gewesen, sie vor dieser Hatz der Medien und den wütenden Bürgern zu schützen. Sie konnte in Griechenland nicht mehr vor die Tür treten. Sie waren vor diesem Gerichtsgebäude über sie hergefallen, sie hatten sie tätlich angegriffen. Diese Bilder würde er nie im Leben vergessen. Das konnte er sich nicht verzeihen, dass sie das wegen ihm hatte durchmachen müssen. Dass er nicht in der Lage gewesen war, sie zu beschützen. Sie verdiente einen Mann, nicht jemanden, der sein Haus nicht mehr verlassen konnte, weil eine Horde Journalisten es darauf abgesehen hatte, ihn niederzujagen. Und der jetzt im Gefängnis saß.

Aber der wahre Grund war ein anderer. Der wirkliche Grund, warum er an diesem Entschluss festhielt, war, dass er den Gedanken nicht ertragen konnte, dass sie vielleicht nicht durchhalten und ihn verlassen würde. Er wusste, dass er diesen Schmerz nicht aushalten würde. An so etwas starb man nicht. Und er würde dann den Rest seines Lebens mit dem Gefühl leben müssen. Wie dieser Doktor aus dieser Arztserie, der die Schmerzen in seinem Bein nicht loswurde, was ihn schließlich in den Wahnsinn trieb.

Der Schmerz war auch so schlimm genug. Er hatte jetzt schon Angst vor dem Moment, wenn sie aufgeben würde. Wenn sie ihm keine Nachrichten und Mails mehr schickte. Wenn er nicht mehr wissen würde, was sie den ganzen Tag machte und wie sie sich fühlte.

»Sie können raus«, unterbrach Babis, der Wärter, seine Gedanken.

Aris legte das Handy weg und erhob sich. Eigentlich waren Mobiltelefone auch in ihrem Flügel verboten. Aber solange sie sie nur diskret in ihren Zellen benutzten, drückte die Gefängnisleitung beide Augen zu.

Aris folgte Babis den Gang entlang zu dem kleinen Innenhof. Seine Mithäftlinge in ihrem Flügel kamen nicht auf den großen Hof mit den anderen Insassen. Das war zu gefährlich und so wurden sie in Gruppen auf die kleineren Innenhöfe verteilt.

Aris ließ sich auf seinem Stammplatz auf der Bank nieder und zündete sich eine Zigarette an.

Bald würden die anderen erscheinen. Das meiste an seinen Tagen im Gefängnis war inzwischen eingespielte Routine, Dinge, die immer zur gleichen Zeit stattfanden. Er merkte allmählich, dass er das ganz angenehm fand, man kam dann besser durch den Tag, wenn alles vorhersehbar war. Es half, die Hoffnung zu dämpfen, dass irgendetwas Außergewöhnliches passieren würde und man plötzlich freikam.

Der alte ehemalige Minister, der sich gleich zu ihm auf die Bank gesellen würde, hatte ihm bei ihrer ersten Begegnung gesagt, dass man sich an den Alltag hier gewöhnte, und er hatte ihm damals natürlich nicht geglaubt.

»Es wird besser«, hatte er Aris versichert, »und eigentlich ist es nicht so unangenehm hier, wenn man sich erst einmal damit abgefunden hat, dass man auf ein paar Dinge verzichten muss. Im Grunde ist alles da, was man braucht. Und man hat Zeit. Etwas, von dem ich erst hier gelernt habe, wie wertvoll das ist. Ich kann lesen und den ganzen Tag lang denken, was ich will. Gut, Frauen gibt es keine, aber das ist in meinem Alter auch nicht mehr so wichtig.«

Aris hatte ihn nur kurz angesehen und sich abgewendet. Der ehemalige Minister saß eine lange Haftstrafe für Verstrickungen in dubiose Geldwäschegeschäfte ab. Aris wollte mit ihm absolut nichts zu tun haben, er war ein Dieb und Betrüger. Aber sehr viel Auswahl hatte man im Gefängnis natürlich nicht. Also ließ er den alten Minister neben sich auf der Bank sitzen und laut über alles Mögliche reflektieren. Aris antwortete ihm zwar nie, aber das schien den Alten nicht zu stören.

Zuerst trat jetzt aber der schwule Modedesigner auf den Hof. Er ging zu seinem Stammplatz auf dem Mäuerchen neben dem Blumentopf und blitzte Aris wütend an. Das tat er bei allen. Er empfand es offensichtlich als unter seiner Würde, mit ihnen im Gefängnis zu sitzen, nur weil er jahrelang keine Steuern abgeführt hatte.

Dann kam der Unternehmer mit den Kopfhörern im Ohr. Er nickte Aris kurz zu und er nickte zurück. Manchmal wechselten sie auch ein paar Worte miteinander. Er war wegen Konkursverschleppung verurteilt worden, was Aris angesichts der anderen Dinge, wegen denen die Leute hier im Flügel für Wirtschaftskriminalität saßen, geradezu wie ein Kavaliersdelikt vorkam.

In ihrem Flügel fand die Trennung der Häftlinge nicht so sehr nach Untersuchungshaft und tatsächlicher Haft statt, sondern nach Sicherheitskriterien. In seiner ersten Woche war er in der gleichen Gruppe wie Mavros auf dem Hof gewesen. An diese Zeit konnte er sich nur sehr unscharf erinnern. Sie hatten ihn mit irgendwelchen Beruhigungsmitteln vollgepumpt gehabt. Was zunächst auch ganz angenehm gewesen war, da diese ganzen Gefühle, die ihn quälten, nur sehr gedämpft an ihn herankamen. Nur die Gedanken an Melinda hatten fast genauso wehgetan wie vorher. Und jetzt. Aber dann hatte er angefangen, vollkommen verrückte Sachen zu denken. Ob er das mit den Erlassen nicht vielleicht doch getan hatte und sich an die Bestechungsgelder nur nicht erinnern konnte. Dass er vielleicht an Gedächtnisverlust litt. Dann war er nicht mehr sicher gewesen, ob Pavlos überhaupt existierte. Vielleicht hatte er sich nur eingebildet, dass es Pavlos gab, damit jemand bezeugen konnte, dass er die Firmen geprüft hatte. Und schließlich hatte er nicht mehr gewusst, ob er tatsächlich Minister gewesen war.

Jedenfalls war er an einem Tag auf Mavros losgegangen. Er wusste nicht mehr, wie genau es passiert war, nur, dass Mavros danach ziemlich aus der Nase geblutet hatte. Daraufhin hatte sich Babis, der Wärter, für ihn eingesetzt und er war dieser Gruppe zugeteilt worden. Und nachdem Thymios von Babis über die Medikamente informiert worden war, hatte es Ärger gegeben und der Gefängnisarzt hatte sie abgesetzt.

Jetzt ließ sich der Minister neben ihm auf der Bank nieder. Aris blickte kurz auf und starrte dann wieder auf den Blumentopf neben dem Modedesigner.

»Ich habe heute erfahren, dass meine Ex-Frau wieder geheiratet hat«, begann er seinen heutigen Monolog. »Der tut mir richtig leid, der neue Mann.« Er sah Aris an. »Sie sollten mit dem Rauchen aufhören. Das wird Sie noch umbringen«, sagte er.

Aris sah nur starr geradeaus.

»Sie hat mir ziemlich den Kopf verdreht, als ich sie kennenlernte«, fuhr der Alte dann mit seiner Geschichte fort. »Sie war so jung. Ich habe mich sehr um sie bemüht und es war dann ja auch ein Riesenskandal, als ich sie heiratete, wie Sie sich vielleicht erinnern können. Ich war tatsächlich so blöd, zu glauben, dass sie mich geliebt hat. Als ich verurteilt wurde, hat sie mich verlassen und mir gesagt, dass sie mir nie verzeihen würde, dass ich ihr Leben zerstört habe. Als sie damals mein ganzes Geld zum Fenster rauswarf für allen möglichen Unsinn, hat es sie offensichtlich nicht gestört, woher das Geld kam. Ich tat jedenfalls alles, was damals noch in meiner Macht stand, um sie zu schützen, damit sie nicht auch angeklagt wird. Und das war dann der Dank dafür. Sobald sich diese Tore hinter mir geschlossen haben, wollte sie nichts mehr mit mir zu tun haben. Dass man geliebte Menschen verliert, wenn man im Gefängnis sitzt und ihr wahres Gesicht sieht, ist ein ...«

Das wollte Aris sich auf keinen Fall länger anhören. Er stand auf und ging zu dem Unternehmer hinüber. Was ein Fehler gewesen war, wie ihm sofort bewusst wurde. Denn nun würde der Alte wissen, dass er damit bei Aris einen Nerv getroffen hatte.

Er unterhielt sich eine Weile mit dem Unternehmer, bis es Zeit wurde, wieder hinein zu gehen.

»Ich habe Ihnen Ihre Zigaretten und Kaffee besorgt«, sagte Babis, als er ihn zurück in die Zelle brachte.

»Danke«, sagte Aris. »Darf ich Sie etwas fragen?«, fügte er vorsichtig hinzu, »warum helfen Sie mir? Sie haben mich damals gerettet, mit den

Medikamenten. Und auch mit Mavros. Von dem, was hier so geredet wird, sollen Sie eigentlich ziemlich streng sein.«

Babis lachte. »Ja, man wird sehr schnell misstrauisch im Gefängnis! Aber ich habe Ihnen geholfen, weil ich Ihnen helfen wollte. Da steckt nichts dahinter. Ich habe übrigens bei den letzten Wahlen wegen Ihnen Ihre Partei gewählt.«

Aris musste lachen. Es hörte sich fremd an. Er konnte sich nicht erinnern, hier schon einmal gelacht zu haben. Nicht einmal mit Thymios.

»Das haben viele andere auch und die allermeisten davon haben ihre Meinung über mich geändert.«

»Wissen Sie, ich mache den Job schon seit fast dreißig Jahren. Ich habe ein ganz gutes Gespür dafür entwickelt, wer hier tatsächlich hingehört und wer nicht. Aber ich muss zugeben, dass es bei fast allen in unserem Flügel einen guten Grund gibt, warum sie hier sind. Herr Assimakopoulos«, fuhr er fort, »ich will Ihnen ja nicht zu nahe treten, aber Sie müssen einfach nur durchhalten. Geben Sie die Hoffnung nicht auf. Und vielleicht sollten Sie diese Nachrichten auf Ihrem Telefon, die Sie da immer bekommen, mal beantworten. Dann sieht die Welt möglicherweise schon wieder ganz anders aus.«

Sarantis stand am Fenster des Aufenthaltsraumes und starrte hinaus. Sein Blick war auf Assimakopoulos geheftet, der neben diesem alten Minister auf der Bank saß. Der Alte redete wie jeden Tag auf ihn ein, aber Assimakopoulos beachtete ihn wie immer nicht. Unglaublich, dass Assimakopoulos noch vor Kurzem sein Minister gewesen war. Den er zu Fall gebracht hatte. Er tat ihm fast leid, wie er so auf der Bank saß und ins Leere starrte.

Sarantis überlegte, ob er sich inzwischen zusammenreimen konnte, was ungefähr passiert war. Es sah jedenfalls nicht danach aus, dass sein Minister wusste, wer ihn verraten hatte. Und vielleicht würde er nie darauf kommen. Dann würde die Sache für ihn kein gutes Ende nehmen.

Offensichtlich hatte ihn auch diese schöne Frau verlassen. Sie war hier nie erschienen, davon hätte er gehört. Das musste fast schlimmer sein, als ohne Grund im Gefängnis zu sitzen.

Das war auch für ihn selbst das Schlimmste an der Sache. Darüber, dass er im Gefängnis saß, war er ziemlich erleichtert. Da gehörte er auch hin. Es ging ihm viel zu gut hier. Eigentlich sollte er mit den Schwerverbrechern im normalen Vollzug sitzen. Nicht wegen den Geldern, die er über die Jahre für Mavros und auch sich selbst abgezweigt hatte. Sondern dafür, was er Ismini angetan hatte.

Als sie nach seiner Verhaftung vollkommen aufgelöst in die Haftträume des Polizeipräsidiums gekommen war, hatte sie sich an ihn geklammert und ihm geschworen, alles zu tun, um ihm zu helfen, seine

Unschuld zu beweisen. Es war ihr nicht eine Sekunde lang durch den Kopf gegangen, dass er es getan hatte. Diesen Ausdruck in ihrem Gesicht, als er ihr dann alles erzählt hatte, würde er nie vergessen. Erst war es Ungläubigkeit gewesen. Dann Entsetzen. Dann Schmerz. Und dann abgrundtiefe Verachtung.

Er stellte sich die Szene vor, wie Assimakopoulos seine Lebensgefährtin zu überzeugen versuchte, dass er unschuldig war, und sie ihm nicht glaubte.

Plötzlich huschte ein Lächeln über sein Gesicht. Er könnte ihn retten. Er könnte ihm seine Freiheit wiedergeben. Und seine Frau.

Die Erkenntnis, dass er die Macht hatte, diesem Mann sein Leben zurückzugeben, überwältigte ihn auf einmal. Bisher hatte er den Ermittlungsbehörden, außer seinem Namen, nichts gesagt. Nicht wegen Mavros Drohung, dass es ihm leid tun würde, wenn er es tat. Mavros konnte ihn nicht mehr einschüchtern. Er hatte geschwiegen, weil es einfacher war. Er war schuldig und er würde dafür bestraft werden. Warum sollte er die Sache verkomplizieren und reden? Das würde nur Emotionen in ihm hochkommen lassen. Und die Hoffnung, dass ihm vielleicht vergeben wurde, wenn er Reue zeigte. Aber genau das wollte er nicht. Er wollte keine Vergebung. Nicht, wenn Ismini ihm nicht vergab. Das war die einzige Vergebung, die er wollte.

Melinda ließ sich erschöpft auf ihr Sofa sinken. Sie fühlte sich die letzten Tage so müde. Was ja eigentlich auch nicht ungewöhnlich war, sie schlief schließlich nicht genug. Aber normalerweise hielten sie diese ganzen Gedanken um Aris vom Schlaf ab. Jetzt spürte sie aber, dass sie auf der Stelle einschlafen würde, wenn ihr Kopf nur ihr Kissen berührte.

Sie sollte noch etwas essen. Sie hatte schon den ganzen Tag so ein leichtes Gefühl der Übelkeit gehabt. Wie in der ganzen letzten Zeit, wie ihr aufging. Was wahrscheinlich daran lag, dass sie, seit Carla nicht mehr da war, kaum etwas aß.

Sie öffnete den Pappkarton vom Chinesen, den sie sich nach der Arbeit geholt hatte. Als ihr der Geruch des Nudelgerichts in die Nase stieg, rebellierte ihr Magen. Sie wollte zur Toilette stürzen, aber so schlimm war es dann doch nicht. Als sie den Pappkarton wieder schloss, wurde es besser. Verdammt, was konnte das sein? Eine Grippe fehlte ihr gerade noch. Aber irgendwie fühlte sich das nicht nach Grippe an.

»*Scheiße!*« Die Erkenntnis hämmerte das Wort förmlich in ihr Bewusstsein. Ihr wurde heiß und sie merkte, wie ihre Hände leicht zu zittern begannen, als sich ihre Gedanken überschlugen.

Sie griff nach ihrem Handy und suchte fieberhaft in ihrem Kalender nach dem Datum. Verdammt, wann hatte sie das letzte Mal ihre Tage gehabt?! Sie überlegte, ob sie, seit sie in Brüssel war, schon einmal

Tampons gekauft hatte, aber es fiel ihr einfach nicht ein. In dem Planer war der sechzehnte August eingetragen. Vielleicht hatte sie vergessen, es zu notieren. Aber das machte sie immer!

Wann konnte das passiert sein? Himmel, diese Antibiotika im Sommer wegen ihrer Mandelentzündung, die nicht ausheilen wollte. Sie und Aris hatten noch über die Warnung des Arztes gelacht, dass die Medikamente die Wirkung der Pille beeinflussen könnten, die sie damals noch genommen hatte, und sich gesagt, dass es ja eigentlich nicht so schlimm wäre, wenn es passieren sollte. Aber das war vor dieser ganzen Sache gewesen. In einem anderen Leben.

Sie griff nach ihrer Handtasche und dem Mantel und stürzte aus der Tür. Sie schaffte es gerade noch vor Ladenschluss in die Apotheke.

»Zwei Schwangerschaftstests«, sagte sie atemlos zu dem Verkäufer hinter der Theke, »von zwei verschiedenen Firmen.«

Er lächelte. »Da ist aber jemand aufgeregt«, sagte er freundlich.

Melinda sah ihn nur an, bezahlte die Tests und rannte fast den Block zurück zu ihrer Wohnung.

Sie überflog die Anweisungen, eigentlich war der Test idiotensicher, aber in ihrem jetzigen Zustand kam ihr alles wahnsinnig kompliziert vor. Als sie es dann geschafft hatte, legte sie den Test auf den Waschtisch und drehte sich um. Der Sekundenzeiger ihrer Uhr bewegte sich quälend langsam über das Zifferblatt. Noch während sie nach dem Test griff, wusste sie schon, was er zeigen würde. Und es bestätigte sich.

Sie schlug die Hände vor das Gesicht und hielt kurz inne. Dann stürzte sie zu ihrem Rechner und googelte die Frist für einen legalen Schwangerschaftsabbruch in Belgien. Aber noch bevor sie die erste Seite in der Liste der Suchergebnisse öffnete, war ihr klar, dass sie das nicht tun würde. Sie wollte dieses Kind. Und es konnte schließlich nichts dafür, dass sein Vater ein Idiot war. Den sie trotzdem liebte.

Sie überlegte, wie viel Alkohol sie die letzte Zeit konsumiert hatte. Ab und zu hatte sie zwar ein Glas Wein getrunken, aber ihr war schon länger nicht mehr wirklich danach gewesen. Auch nach rauchen nicht. Was sie gewundert hatte, denn wenn sie gestresst war, brauchte sie ihre gelegentliche Zigarette eigentlich.

Sie suchte die Handynummer ihres Arztes in ihren Kontakten und rief ihn an. Sie kannte ihn auch privat ein bisschen, er war ein Freund von Nico und schon damals mit Daniel ihr Arzt gewesen. Es tat ihm leid, zu hören, dass sie wieder unter so widrigen Umständen schwanger geworden war, und klärte sie über ein paar grundlegende Dinge auf. Er konnte sie auch ein wenig beruhigen, was den Alkoholkonsum betraf. Sie machte einen Termin für morgen mit ihm aus und buchte dann für Samstag einen Flug nach München. Ihrer Familie wollte sie es persönlich sagen. Pavlos erzählte sie in ihrem abendlichen Telefongespräch nichts davon, obwohl ihr das schwerfiel. Aber sie musste sich erst selbst darüber klar werden, wie sie diese Sache Aris gegenüber handhaben würde.

Mit einem Lächeln auf den Lippen verließ Melinda am nächsten Tag die Arztpraxis. Es sah alles so weit gut aus und am Abend würde sie die Ergebnisse der Blutuntersuchung haben. Es war ein Mädchen! Sie war im vierten Monat! Das erste Trimester hatte sie schon hinter sich, ohne es gemerkt zu merken.

Sie öffnete die eingegangene E-Mail auf ihrem Handy und betrachtete das Ultraschallbild, das ihr der Arzt geschickt hatte. Ihr Lächeln erstarb erst wieder, als sich Aris in ihre Gedanken drängte.

Im Büro lief sie, noch im Mantel, in Nicos Zimmer. Er umarmte sie, als sie ihm die Neuigkeiten mitteilte.

»Gut für dich, Melinda. Egal was passiert, du schaffst das auch alleine. Wir werden das schon hinbekommen.«

Nach dem Gespräch mit Nico ließ sie sich an ihrem Schreibtisch nieder und klickte sich durch mehrere Schwangerschaftsseiten. Erst als sie sich einigermaßen einen Überblick über den Entwicklungsstand der Kleinen in ihrem Bauch verschafft hatte, wandte sie sich ihrem Posteingang und ihrem Tagesplaner zu.

Den Rest der Woche eignete sie sich alle Informationen über die Schwangerschaft an, die sie finden konnte, und plante, wie ihre Zukunft mit dem kleinen Wesen aussehen würde. Sie achtete auf regelmäßige Esszeiten und passte insgesamt besser auf sich auf. Sie ließ sich ganz auf das Kind in ihrem Bauch ein, von dem sie drei Monate lang gar nicht gemerkt hatte, dass es da war.

Jeden Morgen wachte Melinda mit einem Lächeln auf und ihr erster Gedanke war das Baby. Sie verdrängte Aris ganz bewusst aus diesem Prozess und schrieb ihm auch keine Nachrichten. Sie wollte ein paar Tage nur für sich und die Kleine haben, bevor sie sich wieder mit dieser verfahrenen Situation auseinandersetzen musste. Natürlich gelang ihr das nicht ganz und der Schmerz und die Wut drängten sich immer wieder dazwischen, aber sie stellte mit Genugtuung fest, dass Aris nicht mehr das Allerwichtigste in ihrem Leben war.

Am Samstagmorgen auf dem Weg zum Flughafen rief sie Thymios an.

»Melinda, du bist ja zeitig unterwegs am Wochenende«, meldete er sich.

»Ich hoffe, ich habe dich nicht aus dem Bett gerissen. Hör mal, ich fliege heute nach München und morgen von dort nach Athen. Organisiere bitte, dass ich Aris sehen kann«, sagte sie in ihrem bestimmtesten Tonfall.

Er seufzte. »Du weißt doch, dass er das nicht akzeptieren wird. Ich bin ja auch verzweifelt wegen dieser Sache. Er braucht dich, aber er will es einfach nicht einsehen. Er macht es mir sehr schwer.«

»Thymios, finde einen Weg! Ich will ihn am Sonntag sehen. Außer du möchtest, dass er aus den Medien erfährt, dass ich ein Kind von ihm bekomme!«

»Was?!«, rief Thymios aus, »wie ist das denn passiert?!«

»Ich denke nicht, dass ich dir erklären muss, wie so etwas passiert. Ich weiß es erst seit ein paar Tagen, weil ich durch diese ganze Situation einfach nicht auf die Anzeichen geachtet habe, ich bin im vierten Monat. Also, Thymios, das betrifft jetzt nicht mehr nur mich. Es ist mir egal, wie du das machst, aber morgen werde ich mit ihm reden.«

»Ich weiß gar nicht, was ich sagen soll. Es ist komisch, trotz der Umstände freue ich mich irgendwie darüber«, sagte er sanft.

»Ich freue mich auch, Thymios. Egal was wird, ich werde das Baby bekommen. Aber er muss endlich mit mir reden, ob er will oder nicht. Es ist auch sein Kind!«

»Ich verspreche dir, du wirst ihn am Sonntag sehen. Ich habe keine Ahnung, wie ich das hinkriegen werde. Aber ich werde es hinkriegen!«

Aris griff sofort zu seinem Handy, als er den Ton hörte, der den Eingang einer SMS ankündigte. Aber sie war nicht von Melinda. Die Mobilfunkgesellschaft teilte ihm mit, dass er das ganze Wochenende billiger telefonieren konnte.

Es war schon sechs Tage her, seit er ihre letzte Nachricht bekommen hatte. Sie hatte also aufgegeben. Es war nur so plötzlich gekommen. Er hatte sich vorgestellt, dass es langsam weniger würde, bis es ganz aufhörte. Aber sie hatte ihm an ihrem letzten Tag noch ganz normale Nachrichten geschickt, in dem Tonfall, wie sie das immer tat. Abends war dann das erste Mal die Mail ausgeblieben. Und dann nichts mehr.

Er hatte erst Angst gehabt, dass ihr vielleicht etwas passiert sein könnte, aber Thymios erwähnte am nächsten Tag, dass er mit ihr gesprochen hätte. Sie redeten jeden Tag, wie er wusste. Wenn da etwas wäre, hätte Thymios ihm das gesagt. Er hatte natürlich nicht nachgefragt, da Thymios dann nur wieder angefangen hätte, mit ihm über diese Sache zu streiten.

Also hatte sie sich entweder entschieden, die Taktik zu ändern, oder einfach aufgegeben. Gut für sie, wenn sie aufgegeben hatte. Vielleicht machte sie ja endlich weiter mit ihrem Leben. Vielleicht würde sie ja endlich einmal Glück haben und jemanden finden, der sie glücklich machen konnte. Er kannte jedenfalls einige, die alles dafür geben würden, es versuchen zu dürfen. Vielleicht so jemand wie Paris. Jung, gutaussehend, erfolgreich. So etwas verdiente sie auch. Nicht jemand, der von einem Lastwagen überfahren wurde. Oder im Gefängnis saß, weil er unfähig gewesen war, sein Ministerium im Griff zu haben. Und sie mit in die Tiefe gerissen hatte. Eigentlich hätte er lieber mit Daniel getauscht. Der konnte zumindest nichts dafür, dass er so plötzlich aus dem Leben gerissen worden war. Trotzdem klammerte er sich an das Fünkchen Hoffnung, dass sie nur die Taktik geändert hatte.

Sein Telefon klingelte. Vielleicht versuchte sie es ja wieder mit den Anrufen!

Aber es war nur Thymios.

»Hallo Thymios«, meldete er sich.

»Aris, ich werde diesmal nicht lange mit dir diskutieren. Melinda kommt dich morgen besuchen und du wirst sie sehen!«

Hatte er es doch gewusst. Sie hatte nur die Taktik geändert und Thymios vorgeschickt.

»Ich weiß gar nicht, warum du es immer noch nicht leid bist, dieses Thema an mich heranzutragen«, sagte er, sich bewusst, dass er lächerlich und überheblich klang.

»Ach, hör doch auf mit diesem kindischen Getue! Du wirst morgen mit ihr reden. Sie muss dir etwas sagen!«

Thymios klang ziemlich aufgeregt.

»Ist etwas passiert?«, fragte er, ohne die Aufregung in seiner eigenen Stimme vollständig unterdrücken zu können.

»Das wird sie dir selbst sagen«, erwiderte Thymios bestimmt.

»Also, wenn sie herkommen kann, wird es ja nicht so schlimm sein. Die Antwort ist nein. Ich sitze zwar im Gefängnis, aber ich bin noch nicht ganz rechtlos. Ich bin nicht verpflichtet, Besuch zu empfangen, wenn ich das nicht möchte. Und ich will sie nicht sehen. Ende.«

»Hör mir mal zu, mein Lieber. Ich habe mir dieses ganze Theater, das du da aufführst, lange genug angeschaut! Ich habe vollstes Verständnis dafür, dass dir der Boden unter den Füßen weggebrochen ist und du deswegen ziemlich von der Rolle bist. Aber das reicht jetzt. Weißt du eigentlich, was du ihr angetan hast?!«

»Ja, das weiß ich. Deswegen habe ich die Sache mit ihr auch beendet und deswegen will ich sie auch nicht sehen.«

»Lass doch dieses blöde Selbstmitleid! Das meine ich nicht. Ich meine, was du ihr damit angetan hast, dass du sie so weggestoßen hast. Sie ist vollkommen am Ende! Jede andere hätte dich schon längst zum Teufel geschickt! Aber sie gibt nicht auf, sie steht zu dir, trotz allem! Du hast sie überhaupt nicht verdient, du verdammter Idiot! Jedenfalls wirst du sie morgen sehen und dir anhören, was sie zu sagen hat. Und dann mach von mir aus, was du willst. Wenn du dein Leben vollständig wegwerfen möchtest, ist das deine Sache. Aber sie hat zumindest ein Recht darauf, dich nach dieser ganzen Geschichte noch einmal zu sehen, so dass du es ihr ins Gesicht sagen kannst. Wenn du schon einen auf hart spielst, dann richtig. Am Telefon mal eben kurz eine Beziehung beenden und sich dann verstecken, kann jeder. Sieh sie an und sag es ihr! Aris, ich kenne dich zu gut, ich weiß ganz genau, warum du das machst. Du hast Angst. Und das ist auch ok. Aber jetzt musst du dich dieser Angst stellen. Denn wenn du sie nicht überwinden kannst, wirst du sehr viel mehr verlieren als Melinda. Höre dieses eine Mal auf mich. Bitte!«

Aris schwirrte der Kopf von Thymios Ausbruch. Da war etwas, was er nicht greifen konnte, irgendetwas war da vorgefallen und Thymios wusste davon. Aber unabhängig davon, hatte er recht. Wenn er das endgültig beenden wollte, dann musste er auch den Mut haben, es von Angesicht zu Angesicht zu tun. Das war er ihr schuldig.

Aber er wusste, dass er das nicht konnte. Er konnte dieser Frau, die er über alles auf der Welt liebte, die die ganze Zeit zu ihm gehalten hatte, nicht in die Augen sehen und ihr sagen, dass er sie nie wiedersehen wollte. Er musste seine Angst überwinden. Er musste den Mut finden, sich in sie fallen zu lassen. Ihr zu vertrauen. Ihren Gefühlen für ihn zu vertrauen. Wenn sie überhaupt noch bereit dazu sein würde. Er war wirklich ein verdammter Idiot.

»Ok«, sagte er leise, »ich werde sie morgen sehen.«

»Das hoffe ich.« Er hörte, wie Thymios tief durchatmete.

»Du, Thymios ...«, setzte er vorsichtig an.

»Was du dir da geleistet hast«, schnitt ihm Thymios das Wort ab, »also bei allem Verständnis für deine Situation - Aris, du wirst sehr viel mehr brauchen als deinen Charme, um das wiedergutzumachen.«

»Glaubst du, dass es möglich ist? Das wiedergutzumachen?« fragte Aris.

»Unter normalen Umständen würde ich das mit nein beantworten. Aber sie scheint eine außergewöhnliche Frau zu sein. Und sie muss dich sehr lieben, um das ausgehalten zu haben.«

Melinda war fast mit dem Essen fertig und überlegte, wie sie das Thema anschneiden sollte, als Carla ihr wie immer, diesmal natürlich unbewusst, das Stichwort gab.

»Melinda!«, sagte sie überrascht, »du hast ja gar nichts von deinem Wein getrunken! Geht es dir nicht gut?«, fragte sie und sah mit einem irritierten Blick auf ihren leergegessenen Teller.

Melinda konnte förmlich sehen, wie es in ihrem Kopf arbeitete.

»Du bist doch nicht ..., Melinda, du bist schwanger!«, rief sie aus.

Alle Blicke waren jetzt auf Melinda gerichtet, sogar Georgs.

»Das darf doch nicht wahr sein!« Antonio, der neben ihr saß, stieß seine Hände so heftig gegen die Tischkannte, dass der Wein in ihrem vollen Glas über den Rand schwappte.

»Ach mein Kind«, sagte Carla und ging um den Tisch herum auf Melinda zu. Sie nahm sie in die Arme und lachte und weinte gleichzeitig.

»Ich freue mich so für dich! Es ist natürlich eine Scheißsituation, aber das kriegen wir schon hin. Wir werden dir helfen. Vielleicht kannst du ja wieder nach München ziehen ...«

»Carla«, unterbrach Melinda sie, »lass mich doch erst einmal etwas dazu sagen und dann kannst du planen.«

»Melinda, stimmt das?«, fragte Antonio.

»Ja«, sagte sie strahlend, »ich habe es vor Kurzem erfahren. Ich hatte es einfach in dem ganzen Stress um Aris nicht gemerkt.«

Carla war immer noch gerührt und betupfte ihre Augen mit der Serviette. Dann wandte sie sich warnend Antonio zu, der nur ungläubig den Kopf schüttelte.

»Fang nicht an! Egal, was mit dem Vater ist oder wie du zu ihm stehst, es ist das Kind von deiner Schwester. Sie will es offensichtlich haben. Und ich auch. Was meinst du Georg? Wir werden Großeltern!«

Georg sah Melinda an und lächelte. Er schien sich tatsächlich zu freuen. Dann stand er auch auf und umarmte sie kurz.

»Wenn du das wirklich willst, werden wir dich dabei unterstützen. Ich denke, dass es an der Zeit ist, dass ich Großvater werde«, sagte er und küsste sie auf die Stirn.

»Dann ist das ja entschieden«, sagte Antonio resigniert und beugte sich zu ihr hinüber. »Komm her«, sagte er und zog sie an sich.

Erleichtert legte sie die Arme um ihn.

»Weiß er es schon?«, fragte Carla, als sie sich alle wieder setzten.

»Ich fliege morgen nach Athen und sage es ihm.«

»Er redet wieder mit dir?«, fragte Antonio überrascht.

»Es wird ihm nicht viel anderes übrigbleiben«, antwortete Melinda.

Melinda trat aus der Dusche und ihr Blick blieb kurz im Spiegel an der Wand gegenüber hängen. Es war da! Sie war sich ganz sicher, dass man eine winzige Wölbung an ihrem Bauch sehen konnte. Der Arzt hatte ihr gesagt, dass das bald kommen würde. Sie hatte gestern schon das Gefühl gehabt, dass man es sah, aber heute war die Wölbung eindeutig da.

Eigentlich hätte sie jetzt richtig glücklich sein sollen. Aber die Tatsache, dass sie das mit Aris nicht teilen konnte, setzte ihrer Freude über das neue Leben, das in ihr wuchs, mal wieder einen Dämpfer auf. Sie war so verdammt wütend auf ihn. Und gleichzeitig sehnte sie sich nach ihm.

Sie schlüpfte in ihre Unterwäsche und begann, ihr Makeup aufzutragen.

Heute war es endlich so weit. In wenigen Stunden würde sie in Athen sein und ihn sehen. Nach zweieinhalb Monaten.

Thymios war, nachdem sie ihm so zugesetzt hatte, anscheinend endlich zu ihm durchgedrungen. Er hatte ihr versichert, dass Aris nichts von dem Baby wusste, aber er hatte Klartext mit ihm gesprochen und es schien gefruchtet zu haben. Aris war bereit, sie zu treffen, und Thymios hatte auch durchscheinen lassen, dass da endlich etwas in ihm aufgebrochen war. Trotzdem wusste sie natürlich nicht, wie er wirklich auf sie reagieren würde.

Sie schüttelte ihre Haare aus und knetete etwas Haarwachs in ihre Locken. Dann ging sie ins Zimmer zurück und zog sich fertig an. Sie packte ihre Sachen zusammen und griff nach ihrem Handy, um es in ihre Handtasche zu werfen. Als sie die Mitteilung auf der Taskleiste sah, erstarrte sie. Um zwei Uhr früh hatte sie eine SMS erhalten. Von Aris.

Mit zitternden Händen versuchte sie, das Display zu entsperren. Sie brauchte drei Versuche, bis sie es endlich schaffte, das richtige Muster einzugeben.

»*Melinda, ich liebe dich. Ich habe nie aufgehört, dich zu lieben. Ich hatte einfach nur Angst.*«

Thymios holte Melinda vom Flughafen ab. Er war fast noch aufgeregter als sie wegen der ganzen Sache. Und als sie ihm die SMS zeigte, stieß er einen Seufzer der Erleichterung aus.

»Ich freue mich sehr für dich, Melinda. Vor allem darüber, dass du das Baby bekommen willst«, sagte er, während er den Wagen in den Verkehr einfädelte. »Ich hoffe, dass das Aris endlich dazu bringen wird, aufzuwachen. Manchmal habe ich wirklich Angst, dass er aufgibt. Er muss kämpfen. Und er braucht etwas, wofür er kämpfen kann. Er braucht dich, Melinda. Glaubst du, du kannst ihm verzeihen?«

»Ich denke nicht, dass ich ihm das so einfach verzeihen werde.«

Thymios sah sie erschrocken an.

»Aber ich hoffe, dass wir einen Weg finden können, das zu überbrücken. Wenn er bereit ist, mich in Zukunft an sich heran zu lassen.«

Thymios atmete hörbar aus.

»Ich habe schon ein bisschen Angst vor dieser Begegnung heute. Da sind so viele Gefühle - ach Thymios, er hat mir so gefehlt. Aber ich werde ihm gründlich den Kopf waschen, ich nehme keine Rücksicht auf seine Situation!«

Thymios lachte. »Ja, das solltest du. Das hat er auch verdient!«

Melinda sah aus dem Fenster, als sie von der Nationalstraße in Richtung Koridallos abbogen, einem Vorort im Westen Athens, in dem die größte Justizvollzugsanstalt des Landes lag. Sie war noch nie in dieser Gegend gewesen.

»Wir sind gleich da«, sagte Thymios.

Melinda musste schlucken, als sie den riesigen Gebäudekomplex vor sich auftauchen sah, der mit hohen Mauern und stacheldrahtgesicherten Gitterzäunen umgeben war. Das sah anders aus als diese modernen Anlagen, die sie aus den Fernsehserien kannte. Das Gebäude war alt und machte einen ziemlich vernachlässigten Eindruck.

Sie wappnete sich innerlich, als sie aus dem Wagen stieg, den Thymios in einer Seitenstraße in der Nähe des Haupteingangs abgestellt hatte. Thymios legte einen Arm um sie, während sie über die Straße auf das Tor zugingen. Sie passierten eine Kontrolle und ein junger Vollzugsbeamter führte sie durch einen kleinen Hof. Es wirkte alles ziemlich schäbig und Melinda war fast ein bisschen unheimlich, als sie zu den hohen Mauern hinaufblickte, die sie einschlossen. Dann betraten sie ein anderes Gebäude. In dem großen Vorraum stand eine Reihe von Metalldetektoren.

»Hier ist es. Der Flügel für Wirtschaftskriminalität, der berühmte sechste Flügel, wo auch Aris untergebracht ist«, sagte Thymios, als sie die Sicherheitskontrolle hinter sich hatten. »Für die in diesem Flügel untergebrachten Häftlinge gibt es einen gesonderten Besuchsraum. Es ist im Prinzip ein leeres Büro und man kann sich darin etwas privater besprechen.«

Melinda nickte nur.

Thymios machte ihr ein Zeichen, sich auf eine Bank zu setzen, während er sich einem der Wärter zuwandte, der ihn freundlich begrüßte. Offensichtlich kannten sie sich. Sie drückte ihre Hände gegen die Schläfen und versuchte, die leichte Panik zu unterdrücken, die plötzlich in ihr hochstieg.

Wenig später trat Thymios in Begleitung eines anderen Wärters auf sie zu.

»Kommen Sie«, sagte der Wärter freundlich zu ihr, während sie sich unsicher erhob.

Thymios lächelte ihr beschwichtigend zu und sie folgte dem Vollzugsbeamten.

»Ich bin Babis«, sagte er, »und ich freue mich wirklich, dass Sie hier sind.«

Melinda sah ihn leicht irritiert an. Aber ihre Aufregung ließ es im Moment nicht zu, sich ernsthaft darüber Gedanken zu machen, dass es eigentlich ziemlich unpassend war, einen Besucher im Gefängnis auf diese Art zu begrüßen. Er blieb vor einer Tür stehen und Melinda holte tief Luft, als Babis sie jetzt öffnete.

Aris stand an das vergitterte Fenster gelehnt und als sich ihre Blicke trafen, schien die Zeit plötzlich still zu stehen. Es war, als ob jemand die Pausetaste gedrückt hätte.

Er hatte abgenommen und die Fältchen um seine Augen waren tiefer. Aber sonst sah er aus wie immer. Sie wollte auf ihn zulaufen, ihn in ihre Arme schließen und ihm sagen, dass sie ihn liebte, dass er Vater werden würde und dass es nichts gab, was sie nicht gemeinsam durchstehen konnten. Aber irgendwie war es ihr unmöglich, sich zu bewegen.

»Melinda«, brach er mit kaum hörbarer Stimme als Erster die Stille.

Und dann kam alles wieder hoch. Diese ganze Verzweiflung der letzten Monate. Sie sah die Bilder wieder vor sich. Diesen Tag, an dem sie mit dem Sicherheitsmann alleine in Aris Wohnung war und mit aller Kraft versuchte, nicht zusammenzubrechen. Als Pavlos sie wie ein Kind in seinen Armen wiegte. Wie sie immer und immer wieder Aris Handynummer wählte. Diese Nächte in Brüssel, in denen sie sich in den Schlaf weinen musste. Diese ganzen verdammten Tränen, nur weil er es nicht zulassen konnte, sie an sich heranzulassen. Weil er nicht bereit gewesen war, ihren Gefühlen für ihn zu vertrauen.

Sie stürzte auf ihn zu und stieß ihn so heftig vor die Brust, dass er gegen den Fensterrahmen krachte. Sie schlug mit ihren Fäusten immer wieder auf ihn ein, während er die Arme fest um sie schloss, bis sie keine Bewegungsfreiheit mehr hatte. Ihr Schluchzen, das aus ihrer Kehle drang, hörte sich so grauenvoll an, dass sie selbst Angst davor bekam.

»Melinda…, bitte, verzeih mir, beruhige dich…, mein Engel, bitte, bitte verzeih mir«, sagte er immer wieder, während er sie noch fester an sich drückte.

Und dann nahm sie seinen Geruch wahr, diesen Geruch, an dem sie ihn auch mit geschlossenen Augen immer und überall erkennen würde. Sie hob ihren Kopf und küsste seinen Hals. Sie versuchte, ihre Hände frei zu bekommen, und suchte seine Lippen, die sie jetzt fand, während er sich zu ihr herunterbeugte. Er löste seinen Griff gerade so weit, dass sie ihre Arme um seinen Nacken legen konnte und drückte sie wieder fest an sich, während sie sich vollkommen in diesem Kuss zu verlieren drohte.

Und auf einmal war es, als ob nie etwas zwischen ihnen gestanden hatte, dieser ganze Schmerz, die Verzweiflung, die Wut, sie waren plötzlich weg.

Irgendwann lösten sie sich voneinander und Melinda wurde wieder bewusst, wo sie sich befanden. Sie sah ihm fest in die Augen und sie konnte diese Sehnsucht und diese Zärtlichkeit in seinem Blick kaum ertragen.

»Aris«, sagte sie und trat einen Schritt zurück, »ich liebe dich. Und das ist der einzige Grund, warum ich überhaupt hier bin. Aber glaube nicht, dass du mir so einfach davonkommst. Ich bin stinksauer auf dich. Du wirst mir erklären müssen, was das war!«

»Ich liebe dich auch. Ich habe dich immer geliebt«, sagte er eindringlich. »Das Einzige, was mich in dieser ganzen Zeit aufrecht gehalten hat, waren deine Nachrichten und deine Mails. Dass ich wusste, was du machst.«

»Du hast sie also gelesen«, stellte sie fest.

»Ja. Alle. Mehrmals«, sagte er mit einem vorsichtigen Lächeln. »Und als du vor einer Woche so plötzlich aufgehört hast, dachte ich, dir wäre etwas passiert.«

»Da musst du dir wirklich große Sorgen um mich gemacht haben, so oft wie du mich angerufen hast«, sagte sie.

»Komm, Melinda, ich weiß, dass du mit Pavlos und Thymios jeden Abend redest. Ich wusste von ihnen, dass dir nichts passiert ist. Mir ist mittlerweile klar, dass ich dir sehr weh getan habe«, sagte er leise, »und es tut mir so leid. Ich wünschte, ich könnte es ungeschehen machen. Aber ich habe das gar nicht so empfunden. Ich war so in meinem Selbstmitleid verstrickt, dass alles andere nicht mehr existierte. Und gestern hat Thymios mich dazu gebracht, das endlich einzusehen.«

»Aber warum Aris? Warum hast du mich so aus deinem Leben ausgeschlossen?«

»Als sie mir an dem Tag die Handschellen angelegt haben, ist in mir etwas zugeschnappt. Irgendwie war in dem Moment alles zu Ende, mein ganzes Leben lag in Scherben vor mir.«

Sie spürte die Wut wieder in sich hochsteigen. »Ach, und da dachtest du, du schmeißt es gleich ganz weg. Und meines mit dazu!«

»Ich habe nicht mehr rational gedacht. Mit ein Grund war, dass ich wollte, dass du gehst, damit du in Sicherheit bist. Aber der eigentliche Grund war, dass ich einfach Angst hatte. Ich hatte Angst, dass du das vielleicht nicht durchhältst mit dieser ganzen Sache. Ich konnte es nicht ertragen, dass das vielleicht passiert wäre.«

»Du hast also an mir gezweifelt. An meinen Gefühlen für dich. Nachdem ich dir mehr als zwei Monate lang all das geschrieben habe.«

»Ich weiß, es gibt dafür keine Entschuldigung, außer, dass ich nicht ganz bei mir war. Ich habe es gar nicht so wahrgenommen, dass ich an dir gezweifelt habe. Ich habe nur diese Angst gesehen, die mich vollkommen im Griff hatte. Diese Angst, dass du dich irgendwann von mir abwenden könntest. Ich weiß, ich hatte dazu überhaupt keinen Anlass, ganz im Gegenteil. Aber ich war so darin verstrickt, es war mir unmöglich, es aus einem anderen Blickwinkel zu betrachten. Und ich habe mich dafür gehasst, dass ich dir gar nichts mehr geben konnte. Seit dem Tag, als alles zusammengebrochen ist und ich nichts dagegen tun konnte, dass du mitgerissen wirst, habe ich mich dafür gehasst. Das Schlimmste war, dich nach deiner Vernehmung nicht beschützen zu können. Dass irgendein Polizist, der dich gar nicht kannte, das gemacht hat, was eigentlich meine Aufgabe gewesen wäre.«

Jetzt konnte sie ein bisschen nachvollziehen, was da in ihm vorgegangen war, auch wenn sie es immer noch nicht ganz verstand.

»Ich habe mir von Anfang an Sorgen um dich gemacht«, sagte sie sanfter, »als du mit mir nicht über diese Sache reden wolltest und auch keine Nähe mehr zugelassen hast. Und ich mache mir auch Vorwürfe, dass ich dich nicht früher darauf angesprochen habe. Ich wollte es tun, nach deiner Vernehmung, aber da war es leider zu spät.«

»Ich werde diesen Tag nie vergessen, solange ich lebe. Im Nachhinein ist mir bewusst, wie krank das war, was mir da alles durch den Kopf gegangen ist, aber ich konnte damals einfach nicht klar sehen! Ich brauche dich so sehr«, sagte er mit brüchiger Stimme, »und du hast mir so gefehlt.«

Er zog sie an sich.

»Ich brauche dich auch«, sagte sie leise. »Und wenn du es zulässt, schaffen wir es auch gemeinsam da durch. Aber du musst es zulassen. Du musst mir vertrauen. Glaubst du, dass du das tun kannst?«

Er nickte. »Ich denke, das kann ich.«

»Weißt du eigentlich, wie das für mich ist, dass du hier bist und ich keine Ahnung habe, was du machst, wie es dir wirklich geht?«

»Bitte, verzeih mir. Bitte«, sagte er flehentlich.

»Ich werde es versuchen, ok? Mir ist klar, dass diese ganze Sache dir passiert ist und dass es schlimm für dich sein muss. Ich glaube auch nicht, dass jemand, der das nicht am eigenen Leib erfahren hat, weiß, wie du dich fühlst. Aber versuche manchmal daran zu denken, dass das Ganze auch Auswirkungen auf das Leben anderer hat. Du bist nicht alleine.«

»Ich weiß. Danke Melinda. Danke, dass du diese ganze Zeit nicht aufgegeben hast.«

»Aris«, sagte sie und löste sich ein Stück von ihm, »damit meine ich nicht nur mich.«

»Thymios und Pavlos haben auch viel mit mir aushalten müssen, das ist mir klar«, sagte er.

»Die beiden meine ich auch nicht. Da gibt es noch jemand anderen, der von deinem Leben betroffen ist.«

Er sah sie verständnislos an und sie musste lächeln.

»Du wirst im Mai noch einmal Vater. Ich bin schwanger!«

Seine Augen weiteten sich vor Überraschung. Er hielt sich am Fensterbrett fest und ließ sich dann auf den Sessel, der an der Wand stand, fallen.

»Wie...?, wann...?«, seine Stimme zitterte.

»Denk mal nach, wann das passiert sein könnte. Vor der ganzen Sache«, half sie ihm.

»Wo du die Medikamente genommen hast..., das hatte ich völlig verdrängt. Ich habe überhaupt nicht mehr daran gedacht. Scheiße!« Er sah sie bestürzt an.

»Ich ja auch nicht. Ich habe es auch die ganze Zeit nicht gemerkt, weil ich so beschäftigt damit war, wegen dir verzweifelt zu sein. Ich weiß es seit einer Woche.«

»Die Nachrichten. Da hast du aufgehört, mir zu schreiben.«

»Ja. Ich habe mich eine Weile ausgeklinkt.«

»Hast du darüber nachgedacht ob du..., ob du es vielleicht nicht bekommen wolltest?«, fragte er vorsichtig.

»Nicht eine Sekunde lang. Ich hätte es auch alleine durchgezogen. Ich war wütend auf dich. Aber doch nicht auf das Kind! Ich will dein Kind.«

Er erhob sich und ging langsam auf sie zu. Dann ließ er sich vor ihr auf die Knie sinken und drückte sein Gesicht an ihren Bauch. »Oh Gott, und ich habe dich so im Stich gelassen. Das verzeihe ich mir nie, selbst wenn du es in deinem Herzen finden solltest, mir jemals zu vergeben«, sagte er mit erstickter Stimme. »Warst du schon beim Arzt?«, fragte er plötzlich aufgeregt und stand auf.

Sie musste lachen. »Natürlich! Es ist alles in Ordnung. Sie haben auch diese erste Untersuchung gemacht, die das Down-Syndrom ausschließen kann. Es ist ein richtiger kleiner Mensch, ich bin ja schon in der vierzehnten Woche.«

Er sah sie irritiert an.

»Das rechnet man so. Ich bin am Anfang des vierten Schwangerschaftsmonats«, klärte sie ihn auf.

»Himmel, ich habe überhaupt keine Ahnung von solchen Sachen«, sagte er und zog sie mit sich zu dem Sessel.

»Schau, das ist sie«, sagte Melinda, während sie sich auf seinen Schoß setzte und zeigte ihm das Ultraschallbild auf ihrem Handy.

»Sie? Es ist ein Mädchen?!« fragte er überrascht

»Ja! Das wolltest du doch, oder?«, fragte sie.

Er nickte gerührt und küsste sie. Dann nahm er ihr das Telefon aus der Hand und betrachtete das Bild.

»Bist du sehr böse, wenn ich ehrlich bin und dir sage, dass ich gar nichts darauf erkennen kann?«

Sie lachte wieder und versuchte, ihm das kleine Wesen zu beschreiben.

»Verdammt Melinda«, sagte er plötzlich, »ich muss hier raus. Ich muss für euch da sein. Ich kann doch von hier drinnen gar nichts für euch tun! Das macht mich wahnsinnig!«

»Aris, du kommst wieder raus. Du musst durchhalten. Du kommst hier raus, hörst du?« Sie umschloss sein Gesicht mit ihren Händen und sah ihm fest in die Augen. »Und bis dahin bekommen wir das hin. Meine Familie wird mir helfen. Sie wissen es schon.«

»Verdammt, deine Familie. Ich will mir gar nicht ausmalen, was die über mich denken«, sagte er resigniert.

»Keine Angst. Sie freuen sich sehr über das Baby. Sogar Antonio.«

»Ich werde Thymios sagen, dass er dir Geld schicken soll. Melinda, es bringt mich um, dass ich nicht bei dir sein kann. Dass du da alleine durch musst«, sagte er verzweifelt.

»Ich fühle mich nicht mehr alleine damit. Jetzt nicht mehr«, sagte sie zärtlich. »Und wir werden das Beste aus der Situation machen, ok?«

Er nickte und streichelte vorsichtig ihren Bauch.

»Glaubst du, dass sie das spürt?«, fragte er.

»Vielleicht. Was sie aber sicher spüren kann, ist, dass ich nicht mehr so wütend und verzweifelt wegen ihrem Vater bin«, sagte sie sanft.

Als Melinda mit Babis gegangen war, ließ sich Aris seufzend wieder in den Sessel sinken. Er legte den Kopf in den Nacken und blickte zur Zimmerdecke hinauf. Auf einmal merkte er, wie ihm Tränen über die Wangen liefen. Mit einer fahrigen Bewegung wischte er sie weg. Er wollte auf keinen Fall, dass Babis ihn so sah, der gleich wiederkommen würde, um ihn abzuholen.

Er war vollkommen überwältigt. Davon, dass er sie gesehen hatte. Dass er sie gespürt, gerochen, geschmeckt hatte. Dass er noch einmal Vater werden würde. Aber vor allem von ihr. Dass sie all das ausgehalten hatte und dass sie bereit war, zu versuchen, es hinter sich zu lassen.

Es war schon ein kleines Wunder, dass sie das Baby nicht verloren hatte. Schon gestern, nach dem Gespräch mit Thymios, war ihm mit vollster Härte klar geworden, dass er ihr im Grunde genau den Schmerz zugefügt hatte, vor dem er sich selbst hatte schützen wollen. Eigentlich verdiente er sie wirklich nicht. Aber anstatt schon wieder im Selbstmitleid zu versinken, sollte er vielleicht zur Abwechslung einmal dankbar sein.

Als Babis kam, um ihn zu holen, bat er ihn, die Kapelle besuchen zu dürfen. Babis brachte ihn sofort hin, ohne ihm irgendwelche Fragen zu stellen. Zu dieser Stunde hielt sich niemand darin auf und Babis trat auch nach draußen, um ihm ein bisschen Privatsphäre zu geben.

Er zündete zwei Kerzen für sein ungeborenes Kind und Melinda an und zwei weitere für seine beiden Söhne. Dann ließ er sich auf einen Stuhl nieder und dankte Gott für alles. Und zum ersten Mal, seit er an diesem Samstagabend von seiner Verwicklung in den Skandal erfahren hatte, setzte er sich mit allem auseinander. Er sah seinem Leben ins Angesicht und fasste den Entschluss, es nicht aufzugeben. Mavros und Sarantis und Seferlis und wer da sonst noch involviert war, würden ihn nicht in die Knie zwingen. Er durfte nicht zulassen, dass sie sein Leben zerstörten. Er würde kämpfen.

Als Babis ihn in seine Zelle zurückgebracht hatte, rief er Pavlos an.

»Gratuliere!«, meldete Pavlos sich.

»Du weißt es also auch schon. Ich scheine das ja als Letzter erfahren zu haben«, stellte Aris fest.

»Tja, das hast du dir wohl selbst zuzuschreiben«, sagte Pavlos.

»Ok, da hast du wahrscheinlich recht«, erwiderte Aris. »Pavlos«, fuhr er mit bestimmter Stimme fort, »ich muss hier raus. Ich kann Melinda mit dem Kind nicht alleine lassen.«

»Das freut mich zu hören«, sagte Pavlos, »dass du offensichtlich wieder zur Besinnung gekommen bist.«

»Ich dachte, wir setzen uns zusammen und gehen noch einmal gemeinsam alles durch. Schritt für Schritt. Wie die Abläufe im Ministerium waren. Vielleicht kommen wir ja darauf, was passiert sein kann. Oder wenigstens, wo wir suchen müssen«, sagte Aris entschlossen.

»Das hatte ich dir auch schon vorgeschlagen, aber du warst ja nicht ansprechbar«, sagte Pavlos vorwurfsvoll.

»Jetzt bin ich es aber wieder. Hör mal, ich weiß, dass ich mich wie ein totaler Idiot benommen habe. Dafür muss ich mich auch bei dir entschuldigen. Ich weiß, was du für mich tust.«

»Ich komme morgen zu dir«, sagte Pavlos. »Und ich freue mich wirklich, dass du wieder bei uns bist.«

Kapitel 18

Melinda leerte den Inhalt ihrer Einkaufstüten auf den Couchtisch. Sie hatte schon wieder nicht widerstehen können und Babysachen gekauft. Lächelnd betrachtete sie die beiden Strampler und die winzige Jeansjacke. Was wahrscheinlich ein absolut unpassendes Kleidungsstück für ein neugeborenes Baby war. Trotzdem hatte Melinda sie unbedingt haben müssen.

Seitdem sie sich mit Aris ausgesprochen hatte, konnte sie ihre Schwangerschaft endlich richtig genießen. Nach ihrem ersten Besuch war sie auch an den beiden darauffolgenden Wochenenden nach Athen geflogen, weil sie einfach viel nachholen mussten. Jetzt würde sie erst nach Weihnachten wieder hinfliegen. Aber sie telefonierten jeden Tag und er hatte sein Versprechen gehalten. Er ließ sie an allem teilhaben und sie hatte inzwischen ein klareres Bild von seinem Leben im Gefängnis und darüber, was mit ihm die erste Zeit dort los gewesen war. Und obwohl ihn an manchen Tagen diese Ohnmacht, nichts tun zu können, nicht zu wissen, wie lange er noch durchhalten musste und wie die Sache ausgehen würde, fest im Griff hatte, war er nun entschlossen, nicht aufzugeben und Pavlos und Georgopoulos zu helfen, die Sache aufzuklären. Es war ihnen inzwischen gelungen, die ganzen Abläufe im Ministerium zu rekonstruieren und die Stellen des Prozesses, in die eingegriffen worden sein konnte, herauszustellen, aber einen Durchbruch hatte es noch nicht gegeben. Damit war ohne die Daten von den Rechnern im Ministerium auch nicht wirklich zu rechnen.

Melinda räumte die Babysachen zu den anderen in den Schrank und rief dann Pavlos an. Nachdem sie sich über das Baby ausgetauscht hatten, kam Melinda zu ihrem eigentlichen Anliegen.

»Wie sehen denn deine beruflichen Pläne für die Zukunft aus? Es ist mir richtig unangenehm, dass wir nie darüber geredet haben, weil ich so mit meinen eigenen Angelegenheiten beschäftigt war.«

Pavlos lachte. »Ich habe nicht erwartet, dass du dich in diesen Zeiten auch noch mit meinen Problemen herumschlagen kannst. Aber mein Plan ist im Moment nur, die Sache mit Aris aufzuklären. Ich muss herausfinden, was da passiert ist, ich muss ihm helfen, aus der Sache wieder herauszukommen. Ich bin mit verantwortlich für das, was vorgefallen ist. Es war schließlich mein Job, ihn vor genau diesen Dingen zu schützen, verdammt!«

»Bitte, fang du nicht auch noch an, im Selbstmitleid zu versinken!«

»Melinda«, sagte er ernst, »das ist kein Selbstmitleid. Es ist die Wahrheit. Ich werde nicht eher ruhen, bis ich das wiedergutgemacht habe. Aber unabhängig davon, weiß ich nicht, was ich machen werde. Im Moment bin ich nicht sehr beliebt wegen meiner engen Bindung zu Aris.«

»Wir haben die Oppositionspartei aus Zypern unter Vertrag, die wir hier in Brüssel repräsentieren. Du weißt ja, dass sie reelle Chancen hat, bei den nächsten Wahlen zu gewinnen. Sie suchen jemand für den Wahlkampf. Nico und ich dachten, dass du genau der Richtige dafür wärst. Du könntest unser Mann da unten sein. Selbstverständlich hättest du freie Hand.«

»Das ist ein super Angebot! Danke dir. Das würde ich sehr gerne machen. Aber ich muss erst die Sache mit Aris lösen.«

»Ihr habt ja hoffentlich bald alle Daten. Und du bist nicht alleine auf Zypern, du wirst Leute haben.«

»Ich möchte wirklich zusagen. Du weißt, dass ich sehr gerne mit euch, vor allem mit dir, zusammenarbeiten würde. Aber ich werde Aris auf keinen Fall im Stich lassen. Wenn sich das damit vereinbaren lässt, mache ich es.«

»Ich organisiere ein Treffen mit ihnen. Dann sehen wir weiter. Bis dahin werden wir in Aris Fall hoffentlich klarer sehen. Und ich bin ja auch noch da. Ich bin schwanger, nicht krank.«

»Ok. Einverstanden. Das kann ich nicht ablehnen. Ich hoffe, dass wir die Daten bald bekommen.«

»Wie glaubst du denn, dass es passiert sein könnte?«, fragte Melinda.

»Ich weiß es einfach nicht. Experten haben mir gesagt, dass es schwierig ist, sich ins System zu hacken. Die Sicherheitsvorkehrungen sind relativ hoch und wenn sich jemand von einem Rechner außerhalb ins System schaltet, hätten die IT-ler vom Ministerium das gemerkt. Es ist nicht unmöglich, aber es ist nicht sehr wahrscheinlich, dass Mavros einen Fachmann für so etwas bezahlt hat. Also muss es entweder ein IT-ler gewesen sein oder jemand, der ganz legal Zugang hatte.«

»Jemand, der die Sicherheitsfreigabe für das Büro des Ministers hatte, denn die Passwörter wurden ja ständig geändert«, sagte Melinda.

»Nur, das Problem ist, dass man bei allen diesen Mitarbeitern, zu denen wir auch gehören, keine Gelder gefunden hat. So etwas macht doch niemand umsonst! Es ist wirklich zum Verzweifeln! Außer es ist anders passiert und ich komme einfach nicht darauf. Wenn ich diese verdammten Daten endlich auswerten könnte!«

»Hast du eigentlich mal versucht, mit jemand von den IT-lern zu sprechen? Mit denen von der Datensicherung haben wir uns doch immer ganz gut verstanden. Vielleicht wäre einer von ihnen bereit, dir wenigstens zu erklären, wie so etwas passiert sein könnte.«

»Das habe ich schon getan. Die wollen sich da nicht hineinziehen lassen. Warte mal, was hast du da gerade gesagt?!«, rief er aus.

»Ob jemand von den IT-lern bereit wäre ...«

»Die Datensicherung!«, unterbrach sie Pavlos. »Melinda, kannst du dich erinnern, als du gegangen bist, hat es Riesenärger gegeben, weil der

Administrator dir, als du von Aris die Erlaubnis erhalten hattest, diese Daten von deiner Kampagne zu kopieren, aus Versehen das ganze Netzwerk freigeschaltet hat?!«

»Ja, klar weiß ich das noch. Sie haben es aber sofort gemerkt und den Vorgang abgebrochen.«

»Wo hast du das hin kopiert?«, er konnte die Aufregung in seiner Stimme kaum unterdrücken.

»Auf eine externe Festplatte. Ich habe sie auch noch. Keiner hat mich danach gefragt. Ehrlich gesagt, habe ich sie mir nie angesehen. Aber die Darlehensverträge waren doch erst danach«, warf sie ein, als ihr klar wurde, worauf Pavlos hinaus wollte.

»Nein. Wir hatten schon begonnen. Und eines der Darlehen von den involvierten wurde Mitte Dezember bewilligt. Melinda, schicke mir die Festplatte morgen mit einem Kurierdienst, damit ich sie auswerten lassen kann. Vielleicht haben wir Glück und es ist etwas darauf, was uns hilft! Bitte, sag Aris nichts davon. Ich will erst sicher sein, bevor ich ihm falsche Hoffnungen mache.«

Melinda versprach es. Als sie auflegten, suchte sie die Festplatte heraus und legte sie neben ihre Handtasche. Sie war versucht, sie sich anzusehen, entschied sich dann aber dagegen, um nicht aus Versehen etwas zu zerstören, was vielleicht wichtig sein könnte.

Aris war in ein Buch vertieft, als Babis in seine Zelle kam.

»Sie haben Besuch«, sagte er.

Aris sah ihn überrascht an. Thymios, Pavlos und Georgopoulos kamen immer nachmittags. Und mit Melinda hatte er gerade gesprochen, sie war in Brüssel.

»Wer ist es denn?«, fragte er.

»Ein junger Mann«, erwiderte Babis fröhlich. »Ich bin mir sicher, dass Sie sich freuen werden, ihn zu sehen. Kommen Sie«, forderte er ihn auf.

Aris erhob sich. Er hätte natürlich darauf bestehen können, dass er ihm sagte, wer es war, aber Babis wollte ihn offensichtlich überraschen und er sah keinen Grund, es ihm kaputt zu machen. Babis tat wirklich viel für ihn hier. Vielleicht war es ja Vassilis, er hatte ihn schon einmal besucht.

Aris ließ sich in dem kleinen Besucherraum nieder, während Babis verschwand, um den Besuch zu holen.

Als sich wenig später die Tür öffnete, blickte Aris überrascht auf Lefteris.

»Was machst du denn hier?!«, rief Aris aus.

Er hatte seine Kinder seit Marias Wahlkampf im Mai nicht mehr gesehen. Und seit dem Skandal auch nicht mehr gesprochen.

Lefteris lächelte ihn an. »Hallo Vater«, sagte er und schlug ihm kurz auf die Schulter, bevor sie sich auf den Sesseln niederließen.

»Ich dachte, ich komm dich besuchen. Ich weiß, dass wir nie ein enges Verhältnis hatten, und vielleicht werden wir das auch nie haben. Aber wenn mir so etwas passiert wäre und ich im Gefängnis sitzen würde, würde ich mich sicher freuen, wenn du wenigstens mal vorbei kommst.«

»Du bist doch nicht in Schwierigkeiten?«, fragte Aris.

»Nein«, Lefteris lachte, »ich wollte wirklich nur sehen, wie es dir geht.«

»Weiß deine Mutter, dass du hier bist?«, wollte Aris wissen.

Lefteris lachte wieder. »Nein, natürlich nicht. Aber ich bin diesen August achtzehn geworden, ich muss sie auch nicht mehr fragen. Es hat allerdings eine Weile gedauert, bis ich rausgefunden habe, wie ich dich besuchen kann.«

Aris war sprachlos. Dieses Kind schaffte es immer wieder, ihn zu überraschen.

»Wie geht es dir denn?«, fragte Lefteris. »Ich habe von dem Anwalt, der mir das organisiert hat, erfahren, dass es nicht so schlimm ist, hier. Also nicht so wie im richtigen Gefängnis.«

»Naja, nicht so schlimm ist relativ. Die, die wie ich in Untersuchungshaft in diesem Flügel sind, haben zwar ziemlich viel Freiraum, wobei es sich natürlich um inoffizielle Privilegien handelt. Du siehst ja, dass wir einen eigenen Besucherraum haben, wo man ein bisschen Privatsphäre hat, und für uns gelten auch lockerere Regeln, was die Besuchszeiten betrifft. Aber es ist trotzdem ein richtiges Gefängnis und es ist nicht besonders angenehm, hier zu sein.«

»Ich hab mir das auch anders vorgestellt, mit solchen Abtrennungen dazwischen, wo sich die Leute durch eine Scheibe unterhalten. Und wie ist das mit den Zellen? Bist du da mit einem Haufen anderer zusammen?«

Aris lachte. »Nein. Also ich bin jedenfalls alleine. Dadurch, dass für den Bereich für Wirtschaftskriminalität in der letzten Zeit ziemlich Andrang herrscht, gilt das aber nicht für alle. Bisher habe ich Glück. Wenn man den Ausdruck hier überhaupt verwenden kann.«

»Wie lange musst du bleiben?«, fragte Lefteris.

»Wahrscheinlich bis zum Prozess. Und da ist noch nicht einmal der Termin angesetzt. Tja, und danach sehen wir weiter.«

»Vater, ich weiß, dass du mit der Sache nichts zu tun hast. Ich bin mir sicher, dass du so etwas nie machen würdest.«

»Danke«, sagte Aris gerührt.

Lefteris sah sich im Zimmer um und sein Blick blieb an dem vergitterten Fenster hängen.

»Was ist mit deiner Freundin? Im Internet stand, dass sie dich verlassen hat«, sagte Lefteris.

Es erstaunte Aris ein wenig, dass ihn das interessierte.

»Es geht ihr gut. Den Umständen entsprechend. Aber wir haben uns nicht getrennt, sie lebt in Brüssel, wo sie arbeitet. Hier in Athen ist es im Moment nicht so ganz leicht für sie, wie du dir ja wahrscheinlich vorstellen kannst.« Er überlegte, ob er ihm das mit dem Baby sagen sollte. Aber das war vielleicht nicht der richtige Zeitpunkt. »Wie geht es Stamatis und deiner Mutter?«, fragte er stattdessen.

»Ach, Stamatis geht es wie immer. Naja, und Mama, sie ist stinksauer auf dich.«

»Natürlich. Ich hatte auch nichts anderes erwartet«, sagte er resigniert.

»Sie glaubt aber nicht, dass du es getan hast«, klärte ihn Lefteris auf, »sie denkt, dass du da reingezogen wurdest, weil du einfach nicht aufgepasst hast, weil deine Schlampe dir den Kopf verdreht hat.«

Aris zog die Luft ein. »Lefteris, nimm dich zurück. Nenn sie nicht so, auch wenn du nur die Worte deiner Mutter wiederholst! Ich reagiere ziemlich allergisch auf alles, was Melinda betrifft. Sie hat schon genug wegen mir durchmachen müssen, ich will nicht, dass mein eigenes Kind vor mir mit solchen Worten über sie spricht!«

Offensichtlich überrascht über die Heftigkeit seiner Zurechtweisung sah Lefteris ihn an.

»Tut mir leid«, sagte er beschwichtigend, »es war wirklich nicht so gemeint, ich habe ja gar nichts gegen sie.«

»Schon gut. Wie ist es denn auf der Insel? Es ist sicher nicht leicht für euch.«

»Nein. Ganz und gar nicht. Die Leute sind gespalten. Manche glauben es nicht und manche ziehen uns voll durch den Schmutz. Angenehm ist das nicht.«

»Es tut mir leid, dass das solche Folgen für euch hat.«

Lefteris zuckte mit den Schultern. »Das ist nicht zu ändern. Ich versuche, da drüber zu stehen. Schließlich ist sicher, dass ich in jedem Fall nichts mit der Sache zu tun habe. Aber es ist nicht immer so leicht zu ignorieren.«

Es schmerzte Aris, als ihm plötzlich das ganze Ausmaß der Auswirkungen dieser Geschichte auf all die Leute in seinem Leben klar wurde, die gar nichts dafür konnten.

»Was ist eigentlich mit deinen Prüfungen für die Universität?«

»Hat nicht geklappt. Was ja auch zu erwarten war. Ich habe aber einen Vertrag angeboten bekommen, von der Mannschaft in Nordgriechenland. Mutter ist zwar dagegen, aber ich werde es machen. Dann bin ich auch von der Insel weg.«

»Das ist ja toll, dass sie dir das angeboten haben! Aber vielleicht hat deine Mutter doch recht. Kannst du es mit der Prüfung nicht wenigstens noch einmal probieren?«

»Vater, das hat doch keinen Sinn! Ich bin fürs Lernen nicht gemacht. Durch die Schule bin ich doch nur so gut gekommen, weil ich dein Sohn war. Und die werden mit dem Vertrag nicht warten. Da gibt es genug andere, die sofort unterschreiben würden.«

Aris wusste, dass er in keiner Position war, ein Machtwort zu sprechen. So abwesend, wie er aus dem Leben seiner Kinder gewesen war, stand ihm das auch nicht zu. Außerdem hatte Lefteris wenigstens ein Ziel vor Augen und verbrachte seine Zeit nicht damit, den ganzen Tag in Cafés und Clubs herumzuhängen, wie viele privilegierte Sprösslinge. Was er jetzt ja nicht mehr war, wie Aris bewusst wurde.

»Ok«, sagte Aris, »es ist dein Leben. Aber versprich mir wenigstens, dass du die Englischprüfung machst. Vielleicht willst du irgendwann einmal im Ausland in einer Mannschaft spielen. Dann kann das sicher nicht schaden.«

Lefteris lächelte. »Einverstanden. Ich komme dich vielleicht noch mal besuchen«, sagte er, während er Aris zum Abschied kurz umarmte.

Ein paar Tage später lehnte Aris am Fenster in dem Besucherraum und wartete auf Thymios, Pavlos und Georgopoulos. Der junge Wärter Thomas, der Dienst hatte, brachte noch zwei weitere Stühle. Pavlos hatte anscheinend endlich etwas herausgefunden und sie wollten das gemeinsam durchsprechen. Aris versuchte krampfhaft, sich nicht zu viele Hoffnungen zu machen. Ihm war inzwischen klar, dass die harte Linie, der die Justiz unter dem Druck der Regierung folgte, nur aufgegeben werden würde, wenn wirklich etwas Einschneidendes geschah. Und wie so oft stieg Wut in ihm auf, wenn er daran dachte, dass er hier fest saß und nichts tun konnte. Dass Melinda mit dem ungeborenen Baby in Brüssel lebte. Sie waren da zwar in Sicherheit, aber er wollte bei ihr sein. Er wollte dieses Kind, weil sie es wollte und weil es ihr gemeinsames Kind war. Etwas, das sie für immer verbinden würde. Und er hatte sich fest vorgenommen, dieses Mal nicht wieder den gleichen Fehler zu machen. Er würde an dem Leben dieses Kindes teilhaben. Wenn er es schaffte, hier endlich rauszukommen!

Nachdem sich kurze Zeit später alle versammelt hatten, erklärte Pavlos für Georgopoulos und Thymios den Ablauf der Prozedur zur Unterzeichnung und Veröffentlichung der Erlasse.

»Das mit Melindas Festplatte war verdammtes Glück«, sagte er, als er ihnen kurz erklärt hatte, wie er an die Daten gekommen war. »Sie haben den Kopiervorgang tatsächlich ziemlich schnell abgebrochen, aber es sind ein paar Dateien von den Rechnern deiner persönlichen Mitarbeiter damals darauf. Und an dem Tag, an dem der Erlass für die Vergabe eines Darlehens an eine von Mavros Firmen ausgefertigt wurde, für das du angeklagt wirst, ist eine Datei angelegt worden, die den Erlass enthält. In der Form, wie er veröffentlicht wurde. Wie die Jungs, die mir mit der Auswertung der Daten geholfen haben, feststellen konnten, ist eine Stunde davor auf demselben Rechner ein Löschprogramm gelaufen, das eine Wiederherstellung der Dateien unmöglich macht. Das kann kein Zufall sein.«

»Mensch Pavlos!«, rief Thymios aus, »das sind ja super Neuigkeiten! Du hattest also die ganze Zeit recht!«

»Warte mal«, sagte Aris, »willst du mir damit sagen, dass es in meinem Büro passiert ist? Dass einer meiner engen Mitarbeiter das gemacht hat?«

»Ja.«

»Gib mit einen Moment«, sagt Aris und fuhr sich mit der Hand durch die Haare.

Das kam jetzt ein bisschen plötzlich. Irgendwie hatte er gehofft, dass es ein Außenstehender war, jemand den er nicht kannte. Ein anonymer Hacker, der von Mavros bezahlt worden war. In seinem persönlichen Büro waren nur Leute gewesen, denen er vertraut hatte. Er hatte sogar die Neuen, die erst im Wahlkampf zu ihm gekommen waren, alle nochmals überprüfen lassen, als sie mit ihm ins Ministerium eingezogen waren. Natürlich gab es nie eine Garantie, aber er hatte sich eigentlich in dem kleinen Kreis seiner engsten Mitarbeiter immer sicher gefühlt. Wer konnte das gewesen sein? Kimonas? Kalliopi? Er weigerte sich einfach, diese Möglichkeit auch nur in Betracht zu ziehen.

»Ok. Sag mir, wessen Rechner es war. Ich kann es verkraften.«

Er sah, wie Pavlos tief durchatmete.

»Ich muss dir leider sagen, dass es Alekas Rechner war, auf dem die Datei angelegt wurde und das Programm gelaufen ist«, sagte Pavlos ruhig.

»Nie im Leben! Das kann nicht sein. Aleka würde mir so etwas niemals antun. Da bin ich mir absolut sicher. Außerdem kannte sie Mavros von früher, sie hat ihn gehasst! Vielleicht hat sich jemand mit ihrem Passwort eingeloggt, als sie nicht da war.«

»Ich glaube, du solltest deine Hand für niemand mehr ins Feuer legen. Aber ich kann mich erinnern, wie das mit diesen Löschprogrammen war. Wenn man sie laufen lässt, braucht man Genehmigung vom Administrator. Und das System fordert einen zu einem zufälligen, späteren Zeitpunkt auf, die Löschung zu bestätigen. Wenn sie mit der Sache nichts zu tun hätte, wäre es ihr aufgefallen und sie hätte mit Sicherheit Alarm geschlagen. Sie ist es gewesen. Es tut mir leid, Aris«, sagte Pavlos.

»Das kann ich nicht glauben.« Aris wollte es einfach nicht wahrhaben.

»Was ich mir aber nicht ganz erklären kann, ist, warum. Soviel ich weiß, hat man alle deine engen Mitarbeiter überprüft. Und man hat bei keinen anderen Zahlungen gefunden. Außer, da sind die Ermittlungen noch nicht ganz abgeschlossen.« Pavlos sah Georgopoulos an.

»Nein, man hat tatsächlich nichts gefunden. Nichts, was aus der Zahlungsquelle von Mavros Offshore-System kam. Das hätten sie inzwischen festgestellt. Aber vielleicht wurde sie gar nicht bestochen. Es gibt noch andere Möglichkeiten, Leute dazu zu bringen, etwas zu tun, was sie vielleicht sonst nie tun würden«, sagte Georgopoulos.

»Erpressung«, sagte Thymios. »Aris, du kanntest sie, gab es da irgendetwas, was dir einfällt, mit dem sie sie erpresst haben könnten?«

Aris schnürte es die Kehle zu, als ihm Makis einfiel.

»Sie hat einen Sohn, der spielsüchtig ist«, sagte er und beschrieb ihnen kurz die Situation, wie Aleka ihm das dargestellt hatte.

»Das ist es!«, rief Pavlos aus. »Mavros hat sie erpresst. Er wusste, dass es keinen Sinn hatte, an dich heranzutreten. Sarantis wusste, dass wir alles überprüfen und konnte es nicht im Alleingang machen, weil er die Passwörter auf deiner Ebene nicht hatte. Also hat Mavros jemanden gefunden, der dir so nahe war, dass er da eingreifen konnte. Es war für ihn wahrscheinlich nicht schwierig, das über ihren Sohn herauszufinden.«

»Aber ich wusste doch von ihrem Sohn. Ich hätte ihr doch geholfen. Das wusste sie. Ich hätte sie geschützt«, sagte Aris leise.

»Aris, wir wissen nicht, mit was genau er sie erpresst hat, oder mit was er ihr gedroht hat. Es ging immerhin um ihr Kind. Dass Mavros gefährlich werden konnte, wusste sie«, sagte Thymios, »sie kannte ihn schließlich.«

»Sie hat sich die letzten Monate auch so merkwürdig verhalten. Sie war anders. Aber ich hätte mir doch nicht denken können, dass da so etwas dahinter steckt! Ich habe geglaubt, dass sie nach diesem Skandal nicht ans Telefon gegangen ist, weil sie mit mir nichts mehr zu tun haben wollte, weil sie mich für einen Dieb und Betrüger hielt!« Aris lachte bitter. »Himmelherrgott nochmal! Ich kannte sie seit zwanzig Jahren. Sie war immer an meiner Seite. Ich habe ihr absolut blind vertraut. Sie wusste alles über mich. Alles!«

Das war ihm jetzt einfach zu viel. Nicht auch noch Aleka! Sie war, zumindest was seine berufliche Laufbahn betraf, seine absolute Vertrauensperson gewesen.

Ihm wurde schlecht und er bemühte sich mit aller Kraft die Übelkeit, die in ihm hochstieg, zu unterdrücken. Diese verdammte Macht- und Geldgier! Was das aus Menschen machte! Mavros und Sarantis hatten es geschafft, diese Frau, die immer hinter ihm gestanden hatte, gegen ihn zu benutzen. Und sie hatte wahrscheinlich noch nicht einmal etwas dafür bekommen. Nur die Hoffnung, dass Mavros ihren Sohn nicht zerstörte.

In diesem Moment schwor er sich, dass er, egal wie diese Sache ausging, nie wieder zurückgehen würde, selbst wenn er könnte. Wenn es ihm geschenkt würde. Er wollte nie wieder etwas mit Politik zu tun haben. Mit diesem ganzen Schmutz und Betrug und Verrat.

»Aber selbst wenn es so ist«, sagte Aris, »warum hat sie dann nach Mavros Festnahme nichts gesagt? Da hätte man sie doch schützen können.«

»Sie konnte nicht sicher sein, wie weit Mavros Macht reicht. Er wäre ja nicht der Erste, der aus dem Gefängnis heraus munter weiter seine schmutzigen Geschäfte macht, über Mittelsmänner«, warf Pavlos ein.

»Trotzdem, es fällt mir immer noch schwer, das zu glauben.«

»Herr Assimakopoulos«, mischte Georgopoulos sich ein, »wir werden bald wissen, ob das so passiert sein kann. Ich beauftrage jemand, die Situation ihres Sohnes zu klären. Wir werden auch bald Zugang zu den übrigen Daten der Rechner aus dem Ministerium haben. Aber es passt zusammen. Und das ist auch Ihre Rettung. Wir könnten«, fuhr er fort, »wenn sich das aus den übrigen Daten bestätigen sollte, natürlich große Lücken in die Strategie der Staatsanwaltschaft reißen. Möglicherweise kann man den Staatsanwalt und den Ermittlungsrichter dazu bringen, sich die Sache noch einmal unter einem anderen Gesichtspunkt anzusehen und so Ihre Haftentlassung erreichen.«

Aris seufzte erleichtert auf.

»Aber«, sagte Georgopoulos, »ich bin mir nicht so sicher, ob dieser Weg klug ist. Wenn in diese Richtung neu ermittelt wird, muss Ihre ehemalige Mitarbeiterin erneut vernommen werden. Und dann wäre sie vorgewarnt, dass wir einen Verdacht haben. So verbohrt, wie die bei der Staatsanwaltschaft sind, kann es auch sein, dass es gar nicht klappt, dass sie trotzdem auf den Prozess und Ihre Haft bestehen. Dann hätten wir nichts gewonnen. Und auch die Chance vertan, das restlos aufzuklären. Herr Assimakopoulos, hören Sie mir bitte genau zu. Ich weiß, dass Sie hier raus wollen. Ihre Lebensgefährtin ist schwanger und ich kann verstehen, dass Sie ihr zur Seite stehen möchten. Aber hier bekommen Sie die einmalige Möglichkeit, sich wirklich reinzuwaschen. Keinen Freispruch wegen begründeter Zweifel an Ihrer Schuld, sondern absolute Rehabilitation. Selbst wenn Ihre ehemalige Assistentin von den Ermittlungsbehörden nochmals vernommen werden sollte, kann es sein, dass sie nichts sagt. Aber wenn sie ganz normal als Zeugin nichtsahnend vor Gericht erscheint und Ihnen dort ins Gesicht sehen muss, sind die Chancen wesentlich höher, dass ich sie weich kriege. Zumal ich die richtigen Fragen stellen werde, was die Ermittlungsbeamten möglicherweise nicht tun. Vielleicht tut sich dann auch die Möglichkeit auf, dass auch jemand anderes von den Angeklagten reden wird. Es ist nicht selten, dass da jemand im letzten Moment sein Gewissen erleichtern will, wenn die richtigen emotionalen Umstände dafür geschaffen werden. Aber dazu brauchen wir die Situation der mündlichen Verhandlung. Wo der psychische Druck hoch genug ist.«

Sie sahen ihn jetzt alle an.

»Sie meinen, wir können das vor dem Prozess überhaupt nicht verwenden?«, fragte Aris.

»Es ist natürlich Ihre Entscheidung. Aber mein Rat ist, die Sache mit Ihrer Mitarbeiterin, wenn sich der Verdacht erhärten sollte, nicht vor dem Prozess aufzudecken. Sie haben ja noch ein bisschen Zeit, sich das zu überlegen, bis wir mehr wissen.«

»Ok«, sagte Aris, »ich sehe Ihren Punkt. Aber was ist, wenn sie zu dem Prozess nicht erscheint?«

»Bei diesem Prozess wird sie mit Sicherheit im Notfall unter Zwang vorgeladen werden. Im schlimmsten Fall müssen wir sie von der Verteidigungsseite vorladen lassen. Das würde ich aber nur im letzten Moment tun, wenn es keine andere Möglichkeit gibt. Ich werde sie unter Beobachtung stellen, damit wir wissen, was sie bis zum Prozess macht. Das Einzige, was natürlich ein Risiko darstellt, ist, dass ihr bis dahin etwas zustößt. Aber das ist ein Risiko, dass Sie eingehen sollten. Wie gesagt, die Beweise gegen Sie sind sehr dünn. Es wird zu einem Freispruch kommen. Ich habe aus meinen Quellen erfahren, dass es inzwischen auch kritische Stimmen unter den Richtern gibt. Aber ich will Ihnen die Möglichkeit verschaffen, dass es am Ende ein echter Freispruch wird.«

Aris nickte. »Ich lasse mir das durch den Kopf gehen.«

»Herr Assimakopoulos, es ist wirklich ein Durchbruch.«

Aris zwang sich zu einem Lächeln, obwohl ihm im Moment überhaupt nicht danach zumute war.

Melinda war einfach nur entsetzt, als sie von Aleka erfuhr. Sie versuchte erst gar nicht, sich vorzustellen, was es für Aris bedeuten musste, dass ausgerechnet sie ihn in diese ganze Sache hineingezogen hatte. Anfangs wollte sie Aleka aufsuchen, um ihr ins Gewissen zu reden, dass sie die Sache wenigstens jetzt aufklärte, aber inzwischen sah sie ein, dass der sicherste Weg der des Prozesses war. Aris hatte sich zwar noch nicht endgültig entschieden, aber sie wusste, dass er abwarten musste. Auch wenn das noch weitere, lange Monate in Untersuchungshaft bedeutete. Er würde diese ganze Sache irgendwann einmal nur endgültig hinter sich lassen können, wenn seine Verwicklung in den Skandal restlos aufgeklärt würde. Sie wusste, dass er sonst damit nicht leben konnte. Hier ging es um mehr, als nur aus dem Gefängnis zu kommen. Seine ganze Karriere, seine politische Laufbahn waren bis vor Kurzem sein ganzes Leben gewesen. Es würde ihn umbringen, das nicht reinwaschen zu können. Sie wusste, dass er niemals wieder der Mensch sein würde, der er vorher gewesen war. Aber wenn er sich restlos von jeglichem Verdacht befreien konnte, hatte er eine Chance, das Geschehene irgendwann zu überwinden. Dabei musste sie ihn unterstützen, auch wenn die Aussicht auf eine frühere Haftentlassung dadurch in ziemlich weite Ferne rückte.

Aris Stimmungsschwankungen, die seine Zerrissenheit in diesem Thema nach sich zog, stellten auch für sie eine extreme emotionale Belastung dar. Wenn sie seine abgrundtiefe Verzweiflung über dieses Dilemma spürte, musste sie sich jedes Mal überwinden, ihm nicht zu raten, alles auf eine Karte zu setzen und die Ermittlungsbehörden zu informieren.

Als dann Anfang Januar endlich die Daten von den Rechnern des Ministeriums freigegeben und von Georgopoulos Mitarbeitern ausgewertet worden waren, bestätigte sich der Verdacht gegen Aleka. Und Aris entschied sich schließlich schweren Herzens, nichts zu unternehmen und auf den Prozess zu warten.

Was den Prozesstermin betraf, gab es gute Neuigkeiten. Sie hatten schon befürchtet, dass er erst nach der Sommerpause angesetzt werden würde, aber der Druck der Regierung hatte auch seine positiven Seiten. Aris Prozess würde am fünften Mai beginnen. Melinda war froh, dass es schneller ging als befürchtet, auch wenn es bedeutete, dass sie, zumindest am Anfang, nicht dabei sein konnte, weil die Kleine Ende Mai auf die Welt kommen würde. Allerdings rechnete Georgopoulos mit einer Prozessdauer von fünf bis sechs Monaten.

Die Stimmung bei allen Beteiligten hellte sich merklich auf und auch Pavlos konzentrierte sich endlich wieder mehr auf sein eigenes Leben. Er übernahm den Zypern-Auftrag und Nico war sehr angetan von ihm. Dimitris hatte das nicht so begeistert aufgenommen, da er fürchtete, dass weitere Aufträge im Ausland folgen würden, aber schließlich akzeptierte er es, da er wusste, dass Pavlos einfach etwas zu tun brauchte.

Melinda besuchte Aris so oft sie konnte, teilweise flog sie jedes Wochenende nach Athen. Sie wohnte immer bei Kostas und Eleni oder bei Pavlos und Dimitris, da ihr die Belagerung durch die Medien im Sommer noch so in den Knochen saß, dass sie auf keinen Fall alleine sein wollte, falls sie beschlossen, sich wieder näher mit ihr zu befassen.

Als sie an einem Samstag Ende Februar vor dem Koridallos-Gefängnis aus dem Taxi stieg, wurde ihr bewusst, dass ihr die Besuche bei Aris inzwischen schon fast zur Routine geworden waren. Sie spürte jedenfalls nicht mehr dieses beklemmende Gefühl, wenn sie durch das Tor trat. Sie grüßte die Wärter am Eingang mit Namen und ließ die obligatorische Sicherheitskontrolle über sich ergehen.

Babis hatte Dienst, wie sie erfreut feststellte, als sie ihn in den Warteraum treten sah. Sie wechselten ein paar Worte, während er sie zu dem Besucherraum führte, wo sie sich immer mit Aris traf.

Sie umarmte Aris und setzte sich auf seinen Schoß, als Babis sie alleine ließ.

Aris küsste sie innig.

Wenn Babis Dienst hatte, saßen sie immer so beisammen und nutzten diese einzigen Momente, in denen ihnen körperliche Nähe zu einander möglich war, voll aus. Mehr war da natürlich noch nie gewesen, schließlich konnten sie nicht sicher sein, dass nicht irgendwer hereinkam.

»Du fehlst mir so sehr«, sagte er. »Es macht mich wahnsinnig, dass diese Momente alles sind, was ich an Privatsphäre mit dir habe.«

Sie drängte sich enger an ihn. »Babis ist noch nie früher reingekommen«, sagte sie leise in sein Ohr.

»Melinda, denk nicht einmal daran. Selbst wenn so etwas möglich wäre, so eine Erinnerung an hier drin kann ich nicht ertragen. Und außerdem bist du schwanger.«

»Also, was soll das denn?!«, rief sie aus. »Ich kann verstehen, dass du so etwas hier nicht tun willst, ich finde den Gedanken auch nicht sehr prickelnd. Aber was hat meine Schwangerschaft damit zu tun? Willst du mir sagen, dass du mich nicht anrühren würdest, wenn du nicht hier wärst?«

»Ich hätte da so meine Schwierigkeiten damit«, sagte er vorsichtig.

Melinda sah ihn entsetzt an und löste sich von ihm. »Warum? Stößt dich das irgendwie ab?«, fragte sie, ohne die Verletzung in ihrer Stimme unterdrücken zu können.

»Melinda! So etwas darfst du nicht einmal denken! Du könntest mich niemals abstoßen! Du bist wunderschön und ich will dich jetzt noch viel mehr als vorher, wenn das überhaupt möglich ist. Das ist es nicht.«

»Was ist es dann?«, fragte sie, noch nicht ganz überzeugt.

»Naja, einfach, dass ich da so in unmittelbarer Nähe von dem Baby wäre, es merkt vielleicht etwas davon. Das ist doch so ein unschuldiges Wesen, ich könnte einfach nicht solche Dinge mit dir tun. Außerdem ist es möglicherweise gefährlich.«

Sie musste lachen. Dass er so denken würde, hätte sie wissen sollen.

»Aris, das ist doch Quatsch! Also, du hast wirklich merkwürdige Einstellungen in manchen Dingen.«

Er zog sie wieder auf seinen Schoß. »Obwohl ich es schon schade finde, dass ich die hier verpasse«, sagte er und umschloss ihre Brüste, »die sind ja riesig geworden! Wirst du das Baby stillen?«, fragte er und ließ sie los.

»Eine Weile wahrscheinlich. Ich würde es gerne versuchen. Aber sie wird auch die Flasche bekommen. Mal sehen, ob ich überhaupt stillen kann.«

»Und mit der Geburt?«, fragte er und setzte sich etwas aufrechter zurecht, »hast du dich entschieden?«

»Ich denke, dass ich an dem Kaiserschnitt festhalte, wie ich dir gesagt hatte. Mein Arzt ist auch nicht einer von diesen Fanatikern, die auf die natürliche Geburtsweise bestehen. Und damit komme ich besser zurecht.

Ich weiß, dass es blöd klingt, aber ich kann mich einfach nicht mit dem Gedanken anfreunden, da einen Babykopf durchzupressen.«

Aris lachte. »Wer hat denn jetzt merkwürdige Einstellungen? Schließlich haben Frauen über Jahrhunderte auf diese Weise ihre Kinder bekommen.«

»Ja, aber ich lebe eben in unserem Jahrhundert und es gibt die medizinische Möglichkeit, die ganze Sache kürzer und schmerzloser zu gestalten. Warum soll ich sie nicht wahrnehmen?«

Er lachte wieder. »Mir ist es auch lieber, wenn du den Kaiserschnitt machst. Ich denke, das ist auch sicherer.«

»Sag mal, wenn du dabei sein könntest, bei der Geburt, würdest du es machen?«, fragte sie vorsichtig.

»Melinda, so etwas schaffe ich, glaube ich, nicht. Da würde ich wahrscheinlich ohnmächtig zusammenbrechen. Ich habe neulich versucht, eine Geburt im Internet anzuschauen. So eine natürliche Geburt. Als ich die Frau da schreien gehört habe - also ich habe es gleich wieder ausgemacht. Ich beneide Frauen ja um viele Sachen, aber in dem Punkt bin ich echt froh, dass ich ein Mann bin.«

Sie musste lachen. Sie wusste, dass er in dieser Hinsicht tatsächlich nicht sehr hilfreich sein würde. Und sie konnte akzeptieren, dass er nicht der aufgeklärte, moderne Vater war. Um ehrlich zu sein, hatte sie es auch total lächerlich gefunden, als sie letzte Woche zu diesem Geburtsvorbereitungskurs gegangen war, wo die werdenden Väter hechelnd geatmet hatten, um zu üben, wie sie ihren Frauen bei den Wehen beistehen konnten. Sie hatte sich geschworen, dort nie wieder hinzugehen und beschlossen, dass sie auf eine natürliche Geburt gut verzichten konnte.

»Nächste Woche schaue ich mir Wohnungen an«, wechselte sie das Thema.

»Das solltest du wirklich langsam tun. Und wie wir ja schon besprochen hatten, es sollte keine Übergangslösung sein. Suche nach etwas, dass für uns drei reicht. Diese Sache hier wird spätestens im Herbst hoffentlich vorbei sein. Dann werden wir gemeinsam dort leben.«

»Bist du wirklich entschlossen, Athen zu verlassen?«, fragte sie.

Sie konnte verstehen, dass er erst einmal eine Pause brauchen würde. Aber sie konnte sich nicht ganz vorstellen, dass er Griechenland einfach so, für immer, den Rücken kehren würde.

»Ja, Melinda. Ich weiß, dass es für mich nicht leicht sein wird, in meinem Alter noch einmal ganz neu anzufangen. Aber das habe ich vor. Ich will mit meinem Land in Zukunft so wenig wie möglich zu tun haben. Und ich werde schon etwas finden, was ich machen kann. Das ist jetzt aber nicht mein Problem. Mein Problem ist, wie ich hier rauskomme. Wann ich hier rauskomme. Um wieder selbst entscheiden zu können, wann und wie oft ich meine Frau sehen und wie nah ich ihr kommen darf!«

Kapitel 19

Melinda wurde von diesem Ziehen in ihrem Bauch wach. Sie bemerkte, wie sich ihr Bauch verhärtete, und dann den leichten Schmerz, der aber auszuhalten war. Sie versuchte, es zu ignorieren und noch ein bisschen weiterzuschlafen. In letzter Zeit passierte das öfter und der Arzt hatte ihr erklärt, dass es sich um Vorwehen handelte. Und offensichtlich hatte sie sich mit dem Umzug in die neue Wohnung etwas übernommen. Das hätte sie vielleicht eher tun sollen, aber dadurch, dass sie Aris so oft wie möglich sehen wollte, hatte sie die Wohnungssuche auf April verschoben, wo ihr Mutterschutzurlaub begann und sie wegen ihrer fortgeschrittenen Schwangerschaft nicht mehr fliegen durfte. Aber diesmal hörte es nicht auf wie sonst. Und sie hatte den Eindruck, dass der Schmerz am Ende des Ziehens stärker war.

Sie setzte sich auf und sah auf ihr Handy. Es war kurz nach halb vier Uhr morgens. Der Tag vor Aris Prozessbeginn.

Sie wartete noch eine Weile ab, aber die Schmerzen wurden eindeutig stärker. Das hatte sie sich nicht nur eingebildet.

Langsam machte sich Panik in ihr breit, als ihr bewusst wurde, dass die Kleine heute kommen würde. Sie war dreieinhalb Wochen zu früh dran, aber das war durchaus im Rahmen, wie sie wusste.

Sie lief ins Gästezimmer und rüttelte Carla aus dem Schlaf, die sich seit dem Umzug bei ihr in Brüssel aufhielt.

»Beruhige dich, Kind«, sagte sie beschwichtigend, als Melinda ihr die Situation erklärte. »So schnell kommt das Baby dann auch nicht.«

»Lass uns ins Krankenhaus fahren. Sofort. Ich habe gehört, dass es manchmal sehr schnell geht, so dass es für die Periduralanästhesie nicht mehr reicht. Dann kann ich vielleicht keinen Kaiserschnitt mehr machen. Vielleicht zwingen sie mich sogar zu einer natürlichen Geburt! Das will ich auf gar keinen Fall ohne Anästhesie durchmachen müssen!«

»Ruf erst einmal deinen Arzt an«, sagte Carla lachend.

Ihr Arzt, den sie offensichtlich aus dem Bett geklingelt hatte, beruhigte sie und versprach ihr, den OP-Raum vorbereiten zu lassen, nachdem er sich vergewissert hatte, dass sie es nicht doch noch auf natürlichem Wege versuchen wollte.

Dann rief sie Aris an. Er war offensichtlich schon wach, aber in Athen war es ja auch eine Stunde später. Sie bemühte sich, ihm möglichst ruhig zu erklären, was los war, da sie wusste, dass er sich sonst total in seine eigenen Ängste hineinsteigern würde, aber es gelang ihr nicht ganz, die Panik in ihrer Stimme zu unterdrücken.

»Melinda, du hast ja Angst!«, rief er aus. »So kenne ich dich gar nicht. Du hast doch sonst immer alles im Griff!«

»Ich bin nur aufgeregt«, sagte sie, um einen ruhigeren Tonfall bemüht.
»Ich fahre jetzt mit Carla ins Krankenhaus. Ich rufe dich von da noch einmal an.«

»Was ich dir vor ein paar Wochen gesagt habe, dass ich lieber nicht dabei wäre, ich nehme es zurück. Wenn ich könnte, wäre ich bei dir. Bitte, glaube mir. Ich will im Moment nichts auf der Welt mehr, als dir da durchzuhelfen. Und ich denke, für dich könnte ich das auch aushalten.«

»Ich weiß«, sagte sie, »ich weiß, dass du mich nie wieder im Stich lassen würdest.«

»Melinda, fahr sofort ins Krankenhaus«, sagte er eindringlich. »Und ruf mich an.«

Das einzig wirklich Unangenehme war die Vorbereitung auf die OP. Vor allem die Periduralanästhesie war eine Erfahrung, auf die Melinda gerne verzichtet hätte. Aber dann war es eigentlich nicht mehr schlimm. Sie redete kurz mit Aris, bevor die Hebamme ihr das Handy wegnahm und es Carla gab, die sich in den Warteraum begeben musste. Die Hebamme und eine Krankenschwester lenkten sie mit Gesprächen über alles Mögliche ab, bis sie dann das Rucken und Ziehen in ihrem Unterbauch spürte, als ihr Arzt und sein Assistent die Kleine ans Licht der Welt brachten.

Sie hörte einen Schrei, wie von einer kleinen Katze, durchdringend und sehr bestimmt.

»Da ist aber jemand richtig wütend, dass er sein warmes Nest verlassen musste«, sagte die Hebamme lächelnd und legte ihr ein schleimverschmiertes, warmes Bündel auf die Brust.

Melinda sah auf das kleine Köpfchen hinunter und blickte dann das erste Mal in das Gesicht ihrer Tochter. Plötzlich öffnete das kleine Wesen kurz die Augen und sah sie mit einem wässrigen, vorwurfsvollen Blick an. Es war ein komisches Gefühl, sie endlich kennenzulernen. Sie konnte gar nicht glauben, dass dieser kleine Mensch zu ihr gehörte.

Als sie endlich auf ihrem Zimmer war, wo Carla schon wartete, und die Schwester ihr wenig später ihre Tochter in den Arm legte, rief sie Aris an.

Sie konnte die Erleichterung in seiner Stimme hören, als er sich überzeugt hatte, dass es ihr gut ging.

»Carla hat mir schon ein Foto geschickt von der Kleinen«, sagte er, »aber ich möchte auch eines mit dir.«

Sie lachte. »Ok. Ich schicke es dir gleich. Aber ich muss mich erst frisch machen, ich sehe wahrscheinlich ziemlich mitgenommen aus.«

»Melinda, ich will ein Foto, so wie du im Moment aussiehst.«

Am darauffolgenden Morgen war Aris schon um kurz vor fünf Uhr früh hellwach. Gestern hatten sie ihre Tochter bekommen! Er konnte das noch immer nicht ganz glauben. Irgendwie wusste er, dass die Kleine großes Glück hatte, Melinda würde sicher eine gute Mutter werden. Sie wollte sogar versuchen, das Baby zu stillen, was ihn sehr beeindruckt hatte. Auch wenn sie das nie zugeben würde, Melinda war ziemlich eitel, was ihren Körper betraf. Er konnte sich erinnern, dass Maria nicht gestillt hatte, weil sie überzeugt gewesen war, dass ihre Brust sonst die Form verlieren würde. Er hatte keine Ahnung, ob das stimmte, aber Melinda schien es egal zu sein. Ihm war es auch egal, er würde sie immer schön finden, selbst wenn sie irgendwann einmal eine alte Frau sein würde.

Und heute begann sein Prozess. Georgopoulos hatte ihn darauf vorbereitet, dass es am ersten Tag noch keine weltbewegenden Entwicklungen geben würde. Trotzdem spürte er die Aufregung in sich aufsteigen. Gar nicht so sehr wegen der Gerichtsverhandlung selbst, sondern weil er das erste Mal nach acht Monaten hier rauskommen würde, in die wirkliche Welt. Es erschreckte ihn ein wenig, dass es auch etwas leicht Beängstigendes hatte, diesen Ort, den er so sehr hasste, nach so langer Zeit zu verlassen, auch wenn es unter strenger Bewachung der Sicherheitskräfte sein würde und mit tatsächlicher Freiheit nichts zu tun hatte.

Entschlossen begann er, sich fertig zu machen. Er rasierte sich und schlüpfte dann in das Hemd und die Hose des Anzugs, den Thymios ihm gestern vorbeigebracht hatte. Vor dem Plexiglasspiegel versuchte er, seine Krawatte zu binden. Das Ergebnis war allerdings alles andere als befriedigend. Er würde Babis bitten, vielleicht konnte der das besser. Aber dann riss er sich die Krawatte mit einer fahrigen Bewegung vom Hals und warf sie auf das Bett. Er wollte keine verdammte Krawatte tragen. Es erinnerte ihn viel zu sehr an sein früheres Leben. Und das war vorbei. Sollte ihn der Richter doch wegen Missachtung des Gerichts zurechtweisen.

Babis führte ihn wenig später durch die langen Gänge des Gefängnisses auf den Parkplatz, wo der kleine Bus der Polizei stand, der sie zum Gerichtsgebäude bringen würde. Hier war er seit seiner Ankunft nicht mehr gewesen, an die er allerdings nur schemenhafte Erinnerungen hatte. Der Bus war schon fast voll, wie er sehen konnte. Er war entschlossen, seine Mitangeklagten zu ignorieren, aber er würde einem zufälligen Blickkontakt nicht ausweichen.

Das war allerdings gar nicht nötig, denn als er in den Bus stieg, hatten alle ihren Blick starr auf ihre mit Handschellen gesicherten Handgelenke geheftet. Nur noch neben Mavros und Athanasiou war ein Platz frei und er entschied sich für Athanasiou.

Als es wenig später losging, sah er aus dem Fenster. Diese Bilder des ganz normalen Lebens da draußen durch die vergitterten Scheiben an sich vorbeiziehen zu sehen, hatte etwas seltsam Unwirkliches. Der Fahrer unterhielt sich mit den Polizisten, die für den Transfer zuständig waren, lautstark über das anstehende Fußballspiel. Von seinen Mitangeklagten sagte während der gesamten Fahrt niemand ein Wort und sie waren krampfhaft darum bemüht, sich nicht anzusehen.

Aris holte tief Luft, als er die wartenden Reporter vor dem Gerichtsgebäude sah. Die Sicherheitsvorkehrungen waren allerdings enorm, sie konnten sich ihnen nicht nähern. Was die Reporter natürlich nicht daran hinderte, ihnen trotzdem Fragen zuzubrüllen. Aber niemand von ihnen beachtete sie.

Die Presse würde im Gerichtssaal zugelassen sein, aber ohne Kameras. Wie er wusste, war auf Druck der Regierung hin beantragt worden, den Prozess live im Fernsehen zu zeigen, aber die entsetzten Richter hatten sich durchgesetzt und der Gerichtspräsident hatte den Antrag abgelehnt.

Thymios und Georgopoulos waren schon da und begleiteten ihn zu den Stühlen unmittelbar gegenüber der noch leeren Richterbank, auf denen die Angeklagten saßen. Die Zuschauersitze waren bis auf den letzten Platz besetzt, wie er feststellte, als er sich kurz umsah. Sie hatten den größten Raum des Gerichtsgebäudes, der eigentlich als Veranstaltungssaal vorgesehen war, für den Prozess umfunktioniert, in dem das erste Mal in der jüngeren Rechtsgeschichte über von Regierungsmitgliedern begangene Straftaten im gleichen Verfahren, das für den Normalbürger galt, verhandelt werden würde. Er hatte selbst für dieses Gesetz gestimmt. Trotz der Tatsache, dass er jetzt hier saß, war das eines der Dinge aus seiner Zeit als Abgeordneter, die er nicht bereute.

Vor der rechten Seite der Richterbank wurde es plötzlich laut. Es waren offensichtlich zu wenig Plätze für die Anwälte der Verteidigung vorgesehen und diejenigen, die keinen Platz gefunden hatten, redeten, mit ihren Notebooks und Unterlagen beladen, die sie nirgends ablegen konnten, aufgeregt durcheinander. Einige beschlossen, selbst Abhilfe zu schaffen, und rückten ein paar leere Tische und Stühle von der gegenüberliegenden Seite, auf der nur ein paar Anwälte, die den griechischen Staat vertraten, saßen, der als Nebenkläger auftreten würde, auf ihre Seite. Der Staat hatte entschieden, diesmal tatsächlich Schadensersatz von den einzelnen Tätern einzufordern.

Aber es reichte immer noch nicht. Als der Vorsitzende Richter um Punkt neun mit seinen Beisitzern, die beide Frauen waren, und dem Staatsanwalt auf der Richterbank erschien, erhoben sich alle im Raum, um dem Gericht kurz Respekt zu bekunden, was den Geräuschpegel weiter in die Höhe trieb. Dann versuchte der Vorsitzende sich Gehör zu verschaffen, was eine Weile dauerte, da der Gerichtssekretär offensichtlich Probleme damit hatte, das Mikrofon einzuschalten.

»Was ist denn hier los?!«, rief der Vorsitzende genervt aus, als der Ton endlich da war und blitzte die Polizisten, die für Sicherheit und Ordnung im Raum zuständig waren, wütend an.

Als sie es ihm erklärt hatten, wandte er sich dem Saal zu. »Dann werde ich hier unterbrechen, obwohl ich noch nicht einmal begonnen habe. Regeln Sie das«, sagte er in bestimmtem Tonfall und verließ, gefolgt von den anderen, die Richterbank.

Thymios und Georgopoulos gesellten sich wieder zu ihm. Auch Pavlos, der als Zeuge in dem Verfahren aussagen würde, trat zu ihnen. Aris war froh, dass Melinda das erspart blieb. Sie hatten sie nicht vorgeladen, da sie an der Darlehensvergabe nicht beteiligt gewesen war und das Ministerium dann ja auch verlassen hatte. Thymios und Pavlos versuchten Aris mit Belanglosigkeiten abzulenken, aber er war einfach zu angespannt, um sich wirklich auf ein Gespräch konzentrieren zu können.

Eine halbe Stunde später hatten dann alle Platz gefunden und es ging endlich los.

»Also, dann können wir ja anfangen«, sagte der Vorsitzende jetzt in etwas milderem Tonfall. Er verlas die Namen der Angeklagten und die einzelnen Anwälte legitimierten sich. Dann wurden die Zeugen und Sachverständigen aufgerufen, während der Gerichtssekretär sich die Namen der nicht erschienenen notierte.

Aris atmete erleichtert aus, als er Aleka nach vorne laufen sah, um den Richtern ihre Anwesenheit zu bestätigen. Sie ging aufrecht und mit festen Schritten auf die Richterbank zu, aber als er ihr Gesicht sah, erschrak er. Aleka schien in den vergangenen Monaten um Jahre gealtert zu sein, tiefe Falten gruben sich um ihre Mundwinkel und ihre Augen. Außerdem war sie nicht geschminkt, was er bei ihr noch nie gesehen hatte. Sie blickte nicht zu ihm herüber, als sie auf ihrem Weg zurück an den Plätzen der Angeklagten vorbeikam. Für einen Augenblick tat sie ihm fast leid, aber dann besann er sich. Sie war mitbeteiligt an dem, was ihm passiert war. Und immer noch passierte.

Im Anschluss verlas der Staatsanwalt die Anklageschrift. Nachdem sie dann zwei Stunden mit irgendwelchen prozessualen Fragen verbracht hatten, von denen Aris kein Wort verstand, wandte sich der Vorsitzende Richter den Angeklagten zu.

»Dann wollen wir mal sehen«, sagte er und blickte auf ein Schriftstück vor ihm. »Ich werde mich kurz einzeln mit Ihnen unterhalten. Sie können, müssen mir aber nichts zu Ihrem Fall sagen. Sie werden am Ende des Verfahrens noch Gelegenheit haben, sich zu allem ausführlich zu äußern. Herr Athanasiou«, begann er und verlas die Anklagepunkte. »Möchten Sie mir etwas sagen?«

Athanasiou wollte offensichtlich.

»Ich bin entsetzt über diese ganzen Anklagen. Das ist doch alles eine riesige Intrige. Ich habe absolut nichts mit dieser Sache zu tun und ich kann schließlich nichts für die illegalen Aktivitäten meines Direktors. Ich hoffe, dass das Gericht in diesem Prozess feststellen wird, dass ich unschuldig bin und mich endlich von diesen diffamierenden Vorwürfen befreit, die mir selbst, aber auch meiner gesamten Familie das Leben zur Hölle gemacht haben.«

»Aha«, sagte der Vorsitzende. »Wir werden natürlich im Laufe der Verhandlung noch genauer darauf eingehen, aber wie erklären Sie sich dann, dass Sie auf ziemlich dubiose Weise Gelder von Herrn Mavros erhalten haben? Für was waren die denn?«

»Wie ich schon dem Ermittlungsrichter gesagt habe, waren das Schulden, die Herr Mavros aus einer alten, legalen Transaktion bei mir hatte. Da es sich um eine Transaktion im Ausland handelte, habe ich geglaubt, das Geld beim hiesigen Finanzamt nicht angeben zu müssen. Was natürlich ein grober Fehler war, wie ich mir mittlerweile bewusst bin.«

»Es ist schon ein ziemlich großer Zufall, dass diese Gelder aus genau den gleichen Quellen wie die Gelder stammen, die bei allen anderen Ihrer Mitangeklagten gefunden wurden. Bei fast allen«, berichtigte er sich kurz. »Aber vielleicht hatten die ja auch alte Rechnungen mit Herrn Mavros offen. Es ist schon erstaunlich, dass Herr Mavros sich ausgerechnet zu dem Zeitpunkt darauf besann, sie zu begleichen, als er von Ihrem Ministerium öffentliche Aufträge erhielt.«

»Für Zufälle bin ich nicht verantwortlich«, erwiderte Athanasiou. »Und ich war auch sehr kooperativ und habe zu der Aufklärung des Falles, in den mein Direktor verwickelt ist, beigetragen.«

»Ich schlage vor, wir lassen das erst einmal. Wir werden noch genug Zeit haben, uns ausgiebig damit auseinanderzusetzen. Sie plädieren also auf nicht schuldig?«

»Ja, Herr Vorsitzender.«

»Herr Georgiou«, wandte der Richter sich dem ehemaligen Direktor der Abteilung für Vergabeverfahren des Bauministeriums zu. »Was ist mit Ihnen? Hatte Herr Mavros auch bei Ihnen alte Schulden?«

»Ich habe in meiner Aussage zugegeben, dass ich einen Fehler gemacht habe. Einen sehr großen Fehler. Aber es war nicht meine Schuld. Ich habe mich von Athanasiou in diese ganze Sache verwickeln lassen. Er hat mich dazu gebracht, Dinge zu tun, die ich gar nicht wollte. Ich habe ja auch schon alle Gelder freiwillig der Staatskasse zugeleitet.«

»Ach«, sagte der Vorsitzende, »und damit glauben Sie, dass es getan ist?«

»Nein, Herr Vorsitzender. Aber ich habe es wirklich bereut. Ich wollte es nicht.«

»Auf was plädieren Sie denn jetzt?«

»Also, ich habe es zwar ...«

»Wir plädieren auf nicht schuldig«, unterbrach ihn sein Verteidiger, »wir werden im Laufe des Prozesses zeigen, dass Herr Georgiou in keinem dieser Fälle, für die er hier angeklagt wird, vorsätzlich gehandelt hat.«

Der Vorsitzende nickte.

Die übrigen angeklagten Mitarbeiter des Bauministeriums wollten sich nicht äußern und plädierten nur alle auf nicht schuldig.

»Und nun zu Ihnen, Herr Assimakopoulos«, wandte sich der Vorsitzende an Aris. »Ich habe gehört, dass Sie gestern Vater geworden sind. Ich gratuliere Ihnen«, sagte er sachlich.

Aris nickte ihm zu, erwiderte aber nichts. Er hatte nicht gewollt, dass Melinda und die Geburt seiner Tochter durch die Medien gingen, aber Georgopoulos hatte darauf bestanden, es durchsickern zu lassen, um ein möglichst menschliches Bild von ihm zu zeichnen. So war gestern auf allen Internetnachrichtenseiten die kurze Meldung erschienen, mit einem Foto von Melinda von vor zwei Monaten, wo sie das Koridallos-Gefängnis verließ, auf dem man ihren Babybauch deutlich erkennen konnte.

»Also, bei Ihnen liegen die Dinge etwas anders, wie ich gesehen habe. Sie scheinen als einziger aller Beteiligten keine Gelder von Mavros erhalten zu haben.«

Er sah Aris abwartend an.

Aris blickte zu Georgopoulos hinüber, der ihm kurz zunickte.

»Ich habe keine Gelder von Herrn Mavros erhalten«, sagte er mit fester Stimme. »Und ich habe auch sonst nichts getan, was diese Anklagen gegen mich rechtfertigen würde.«

»Ja also, was den Tatbestand der Bestechlichkeit betrifft, bin ich allerdings auch gespannt, wie die Staatsanwaltschaft die Vorteile, die Ihnen in diesem Fall verschafft worden sein sollen, darlegen wird.«

Der Vorsitzende zog eine Augenbraue hoch und sah den Staatsanwalt streng an. Der ließ sich aber nicht beirren und hielt dem Blick des Vorsitzenden stand.

»Allerdings«, wandte er sich wieder an Aris, »werden Sie uns ein bisschen genauer erklären müssen, warum Herr Mavros in ziemlich vielen Fällen der Darlehen, die von Ihrem Ministerium vergeben wurden, der Begünstigte ist. Zumal er ein alter Bekannter von Ihnen zu sein scheint.«

»Also, ich...«, setzte Aris an, aber Georgopoulos unterbrach ihn.

»Herr Vorsitzender, wir werden im Laufe der Verhandlung darlegen, wie mein Mandant in die Sache verwickelt worden ist. Wir plädieren auf nicht schuldig.«

»Gut«, sagte der Vorsitzende und wandte sich Sarantis zu. Er wollte keine Aussage machen. Zum Schluss nahm er sich Mavros vor.

»Das ist eine einzige Hetzkampagne gegen mich, mit der man mich vernichten will! Ich bin unschuldig! Mehr habe ich dazu nicht zu sagen«, rief er mit hochrotem Kopf aus.

»Also auch nicht schuldig«, stellte der Vorsitzende fest. »Gut, dann sind wir fertig«, sagte er. »Ich werde gleich unterbrechen und morgen beginnen wir mit der Beweisaufnahme. Aber vorher möchte ich noch etwas sagen.« Er rückte seine Brille zurecht und sah in den Saal. »Ich fühle mich geehrt, dieser Verhandlung vorsitzen zu dürfen. Es ist zweifelsohne einer der wichtigsten Prozesse der letzten Jahrzehnte, der Korruptionsfälle zum Gegenstand hat, die staatliche Gelder betreffen. Es hat natürlich in der Vergangenheit auch schon andere Prozesse gegeben, leider viel zu wenige, wie ich hier anmerken muss, in denen die Verwicklung von hohen Amtsträgern und Mitgliedern der Regierung untersucht worden ist. Aber es ist das erste Mal, dass dies vor den ordentlichen Gerichten stattfindet und die Strafprozessordnung und das Strafgesetzbuch für alle gleiche Geltung haben.

Wenn hier jemand schuldig ist, wird er vor diesem Gericht keine Gnade finden. Ich werde sicherstellen, dass ein Zeichen gesetzt wird, dass niemand über Gesetz und Recht steht. Wer immer noch glaubt, Bestechung und Veruntreuung von staatlichen Geldern sei ein Kavaliersdelikt, was vom System totgeschwiegen und nicht verfolgt wird, der wird erfahren, dass er sich getäuscht hat! Dieses Geld, um das es dabei geht, ist nicht das Geld irgendeines diffusen, anonymen Staatsapparats, bei dem sich jeder bedienen kann. Es geht hier um Geld, das dem griechischen Volk gehört, dem Bürger, dem Steuerzahler, der sich das, vor allem in letzter Zeit, hart vom Mund abgespart hat.

Aber ich möchte auch mit aller Nachdrücklichkeit betonen, dass ich ebenfalls sicherstellen werde, dass die einzelnen Beweise sorgfältig geprüft und bewertet werden. Schlampige Arbeit lasse ich hier nicht durchgehen!«

Er blickte wieder mit hochgezogener Augenbraue zum Staatsanwalt.

»Ich werde nicht dulden, dass mein Gericht für einen Hexenprozess missbraucht wird, in dem pauschal alles über einen Kamm geschoren wird, nur damit die Öffentlichkeit beruhigt ist! Was die Medien sagen oder was der Premierminister oder sonst wer sagt, ist in meinem Gerichtssaal in keinster Weise von Relevanz. Hier sprechen nur die nackten Fakten!«

Melinda war unendlich erleichtert, als Aris ihr von dem ersten Tag vor Gericht erzählte. Es hatte sich offensichtlich im Justizsystem jemand gefunden, der nicht bereit war, nur Seferlis Befehle auszuführen. Sie rief natürlich sofort Thymios, Georgopoulos und Kostas an, die ihr bestätigten, dass es gut aussah. Wenn sie jetzt noch Aleka dazu bringen konnten, vor Gericht die Wahrheit zu sagen, dann war es endlich zu Ende!

Sie nahm das kleine Bündel aus dem Bettchen neben sich und küsste ihre Tochter zärtlich.

»Dein Vater wird freikommen«, flüsterte sie ihr sanft zu.

Das schien die Kleine nicht zu interessieren. Sie stieß ein paar ungeduldige Laute aus, die signalisierten, dass sie Hunger hatte. Melinda legte sie an und sie beruhigte sich, während sie mit einem schmatzenden Geräusch an ihrer Brust saugte.

Am Abend kamen Antonio und ihr Vater aus München. Die beiden schienen tief berührt von der Kleinen. Vor allem ihr Vater überraschte sie. Als sie ihm erzählte, dass Aris und sie sich entschieden hatten, der Kleinen den Vornamen ihrer Mutter zu geben, kamen ihm fast die Tränen.

»Sie hätte sich sicher darüber gefreut, Melinda«, sagte er, »in ein paar Dingen war sie immer sehr traditionell. Und ich denke, ich habe in der Hinsicht nicht genug Rücksicht auf sie genommen, als sie wegen mir nach Deutschland gezogen ist.«

Melinda hatte sich über den Namen eigentlich gar keine Gedanken gemacht. Aber als Aris es ihr vorgeschlagen hatte, weil sein ältester Sohn schon nach griechischer Tradition den Namen seines Vaters trug, hatte sie das gerne angenommen, obwohl sie von dem Vornamen ihrer Mutter nicht wirklich begeistert war. Mit der Koseform »Lia« konnte sie sich aber anfreunden und es war ihr plötzlich wichtig, in dieser Weise eine Brücke zu der Frau zu schlagen, die ihre Mutter gewesen war, über die sie so wenig wusste und die sie so früh verloren hatte.

Auch Antonio schien von dem kleinen Wesen eingenommen zu sein. Er wollte sie jedes Mal im Arm halten, wenn er bei Melinda im Zimmer saß, und so schlief die Kleine friedlich bei ihm, während sie nach langer Zeit endlich mal wieder ausgiebige Gespräche miteinander führten. Dabei mieden sie natürlich das Thema Aris, das nach wie vor zwischen ihnen stand. Aber Antonio schaffte es, in den paar Tagen, die ihre Familie bis zur ihrer Entlassung an ihrer Seite im Krankenhaus verbrachte, keinen negativen Kommentar über ihn abzugeben.

Carla blieb bei ihr, als sie mit dem Baby endlich nach Hause durfte. Melinda war überrascht, wie selbstverständlich sie diese riesige Veränderung in ihrem Leben annahm und wie gut es ihr dabei ging. Die Kleine trank alle paar Stunden und schlief zwischen den Mahlzeiten friedlich, so dass sie sich schon fragte, wann sie endlich mal länger wach sein würde. Sie versuchte, sie die ersten Tage zu Hause zwischendurch zu stillen, aber sie fütterte sie eher mit der Flasche, weil ihr einfach wohler war, wenn sie sehen konnte, wie viel sie trank. Mit diesen Milchpumpen im Krankenhaus hatte sie sich überhaupt nicht anfreunden können und so begann ihre Milch allmählich zu versiegen, bis sie ganz aufhörte. Manchmal bedauerte sie, dass sie nicht konsequenter gewesen war, aber das Füttern mit der Flasche hatte auch den Vorteil, dass Carla ihr nachts ein Fläschchen abnehmen konnte, so dass sie von diesem permanenten Schlafmangel einer neuen Mutter, von dem sie so oft gehört hatte, eigentlich nichts mitbekam.

Und als der Arzt ihr nach sechs Wochen das Ok gab und man ihr fast nicht mehr ansah, dass sie schwanger gewesen war, flog sie mit Carla und der Kleinen nach Athen. Ursprünglich hatte sie vorgehabt, einen Babysitter mit nach Griechenland zu nehmen, aber Carla hatte davon natürlich nichts hören wollen.

Sie zogen in Melindas und nicht in Aris Wohnung, die größer war, weil sie bei ihr auf mehr Anonymität hoffen konnten. Die Presse war zwar bei Weitem nicht mehr so aufgebracht wie beim Ausbruch des Skandals, trotzdem lag der Prozess natürlich voll im Blickpunkt der Medien. Aber zumindest was Aris Person betraf, begann sich die Einstellung etwas zu verändern. Die Ansagen des Vorsitzenden Richters waren nicht ungehört geblieben und einige Medien hatten sofort angefangen, sie zu analysieren und auszulegen, und auch die Anhänger der Oppositionspartei befassten sich damit. Allmählich wurden Stimmen laut, dass die Regierung und die Staatsanwaltschaft mit ihrer harten Linie vielleicht zu viel des Guten getan hatten, und der Vorwurf der Behördenwillkür fiel jetzt immer öfter in den Diskussionsrunden der Sondersendungen zum Prozess. Bisher waren es aber nur einzelne Stimmen, das Blatt hatte sich noch nicht gewendet, der Großteil der Medien differenzierte nicht wirklich zwischen Aris und den anderen Angeklagten, zumal es auch keine neuen Entwicklungen in dem Verfahren gab. Die Beweisaufnahme in Aris Fall hatte noch gar nicht begonnen. Das Gericht war immer noch damit beschäftigt, das Firmengeflecht zu entwirren, das Mavros geschaffen hatte, um seine Machenschaften zu verschleiern, und dem Weg der finanziellen Transaktionen zu folgen.

Melinda war überglücklich, dass sie Aris an den Wochentagen jeden Tag bei der Verhandlung sehen konnte, die sie verfolgen durfte, da sie keine Zeugin war. In den Verhandlungspausen konnte sie auch immer zu ihm und kurz mit ihm reden. Sie hatte sich schon überlegt, die Kleine mitzubringen, damit er sie kennenlernen konnte, aber Aris wollte nicht, dass die gesamte Öffentlichkeit zusah, wenn er sein Kind das erste Mal im Arm hielt.

Schließlich schaffte es Georgopoulos, den Gefängnisdirektor zu überreden, Melinda mit dem Baby an einem Wochenende einen Besuch bei Aris zu erlauben.

Es war dann in diesem Besucherraum, in dem sie sich über die letzten Monate immer getroffen hatten, wo Aris seine mittlerweile zwei Monate alte Tochter das erste Mal zu Gesicht bekam.

Die Kleine wachte auf, als Aris sich über die Babyschale beugte. Sie öffnete die Augen und sah ihn interessiert an.

»Glaubst du, sie erkennt mich?«, fragte Aris, während Lia eines ihrer Fäustchen in den Mund steckte.

»Sie wird dich schon noch kennenlernen. Das ist dein Vater«, sagte sie sanft zu dem Baby und nahm Aris Hand. Sie hielt sie über das freie Händchen der Kleinen und die schloss es reflexartig um seinen Finger.

»Siehst du, sie scheint ja doch zu wissen, wer ich bin.«

Melinda lachte. »Komm, ich gebe sie dir mal«, sagte sie und hob Lia aus der Schale.

»Ich weiß nicht, Melinda, sie sieht so zerbrechlich aus, nicht dass ich sie zerdrücke oder fallen lasse«, sagte er sichtlich erschrocken.

»Setz dich«, sagte sie sanft zu ihm und legte ihm dann seine Tochter in den Arm, bevor er richtig wusste, wie ihm geschah.

Sie half ihm, das Köpfchen zu stützen, und sah dann zu, wie er ihr vorsichtig mit einem Finger über das Gesicht strich. Als er sich Lias Lippen näherte, versuchte sie, an seinem Finger zu saugen, und er zog schnell die Hand zurück.

»Sie tut das mit allem, was in die Nähe ihres Mundes kommt«, erklärte ihm Melinda lachend, »das machen Babys so.«

Er beugte sich wieder über Lia und hielt ihr einen Finger über die kleine Faust bis sie erneut um seinen Finger griff.

»Sie ist jetzt schon mehr als vierzig Tage alt«, sagte er, »würdest du mir einen Gefallen tun?«

Melinda nickte und sah ihn an.

»Ich weiß, wie du darüber denkst, aber bei uns ist es üblich, dass man die Kinder in dem Alter in die Kirche bringt und der Priester spricht dann einen ersten Segen. Glaubst du, du könntest das machen? Für mich? Ich kann ja hier nicht raus. Es dauert auch nicht lange.«

Melinda hatte davon schon gehört und verdrehte innerlich die Augen. Der Gedanke, dass sich irgendein wildfremder Priester mit ihrem Kind befasste, empfand sie als nicht so angenehm, aber sie konnte es ihm auch nicht abschlagen, wenn ihm das wichtig war.

»Ok. Ich bitte Pavlos oder Thymios, mit mir hinzugehen«, erwiderte sie.

Sie holte eine Thermoskanne aus der Tasche und begann, ein Fläschchen zu machen. Sie bot ihm an, die Kleine zu füttern, aber das traute er sich dann doch nicht zu. Vorsichtig nahm sie ihm Lia ab und setzte sich in den anderen Sessel, um ihr die Flasche zu geben.

Er sah sie zärtlich an und sein Blick glitt immer wieder zwischen ihr und der Kleinen hin und her, während Lia langsam das Fläschchen leerte.
»Glaubst du, ich komme hier raus?«, fragte Aris plötzlich leise.
»Ja. Ich bin mir sicher. Und ich glaube, dass es bald sein wird.«

Kapitel 20

Eleftheriadis war gerade im Begriff, seine Wohnung zu verlassen, als sein Handy klingelte.

»Michalis«, meldete sich Eleftheriadis.

»Ich habe gerade die Umfragen zum Prozess hereinbekommen. Ich bin zufrieden. Wir haben ein bisschen zugelegt. Die Gerichtsverhandlung scheint den Bürgern unseren Willen zur Bekämpfung der Korruption wieder in Erinnerung gerufen zu haben.«

»Das ist erfreulich«, erwiderte Eleftheriadis, während er in den Aufzug trat.

»Was allerdings nicht so erfreulich ist, sind diese Stimmen, die da vereinzelt zu hören sind, dass die Staatsanwaltschaft schlampig gearbeitet hat. Du weißt, welcher Fall damit gemeint ist«, sagte Seferlis.

»Du wusstest, dass Assimakopoulos Fall problematisch ist.« Eleftheriadis nickte dem Polizisten im Eingangsbereich seines Wohnhauses, der ihm die Tür aufhielt, kurz zu. »Der Staatsanwalt hat mir gesagt, dass das mit der Bestechlichkeit schwierig wird, da konnten sie einfach nicht genug finden. Aber er hofft, wenigstens die Untreue durchzubekommen. Der Vorsitzende Richter ist dem Fall gegenüber leider ziemlich skeptisch eingestellt«, sagte Eletheriadis, während er in den wartenden Wagen stieg.

»Ja, ich weiß. Da hätten wir nichts machen können, oder?«

»Nein«, erwiderte Eleftheriadis bestimmt, »wir sind sowieso viel zu weit gegangen mit dem Druck. Wir können nur hoffen, dass da tatsächlich etwas dran war. Ich möchte mir nicht vorstellen, was passiert, wenn es nicht so ist. Das wäre eine absolute Katastrophe!«

Aris blickte auf die Richterbank, wo die Mitglieder des Gerichts gerade erschienen waren. Der Staatsanwalt hatte packenweise Unterlagen vor sich auf der Bank liegen, so dass er dahinter kaum noch zu sehen war.

Heute begann endlich die Beweisaufnahme in seinem Fall. Georgopoulos erwartete für diesen ersten Tag zwar noch keinen Durchbruch, aber sie würden endlich ein klareres Bild davon bekommen, wie das Gericht Aris gegenüber eingestellt war.

Zunächst beschäftigte sich das Gericht aber mit irgendwelchen Anträgen zu prozessualen Fragen, bei denen Aris nie ganz durchblickte. Es zog sich ziemlich in die Länge und er wurde langsam ungeduldig.

Außer am ersten Tag hatten sie sich mit seiner Person noch überhaupt nicht beschäftigt, und der Prozess dauerte jetzt schon drei Monate an. So lange wie seine Tochter auf der Welt war, wurde ihm schmerzlich bewusst.

Seit er seine Tochter vor einem Monat das erste und einzige Mal gesehen hatte, ging ihm dieses kleine Wesen, das er kaum kannte, nicht mehr aus dem Kopf. Ihm war an dem Tag erst wirklich klar geworden, was es bedeutete, ein Baby zu haben. Er hatte es richtig mit der Angst zu tun bekommen, als die Kleine ihm von Melinda in den Arm gelegt worden war. Ohne Melinda hätte er gar nicht gewusst, was er tun sollte. Er hatte keine Ahnung, wie man Babys wickelte und fütterte, sie hielt oder wusch oder beruhigte. Maria, seine Schwiegermutter und seine Mutter hatten sich um seine Söhne gekümmert, als sie klein waren, und er konnte sich nicht erinnern, dass er jemals in irgendeiner Form daran beteiligt gewesen war. Damals hatte auch niemand erwartet, dass er sich mit einem Baby beschäftigte. Aber Melinda sah das definitiv anders. Er wollte es diesmal auch besser machen und hoffte, dass er sich sicherer fühlen würde, wenn er mehr Zeit mit der Kleinen verbrachte. Aber dazu musste er endlich frei kommen.

Ihm wurde plötzlich bewusst, wie anders sein Leben aussehen würde. Er hatte kein Amt mehr inne, keine unzähligen Mitarbeiter, die alles für ihn regelten. Von nun an würde es um andere Dinge gehen. Er musste für die Frau an seiner Seite da sein und für seine kleine Tochter. Und er hatte vor, zu versuchen, das Verhältnis zu seinen Jungs, wenn er es auch nicht wiedergutmachen konnte, zumindest zu verbessern.

Aber er wusste überhaupt nicht, wie man so ein Leben lebte, wie es war, einen normalen Alltag zu haben. Natürlich würde er sich etwas zu tun suchen, wenn er diese ganze Sache hinter sich gebracht hätte, auch wenn er finanziell nicht unbedingt darauf angewiesen war. Und er hatte sich entschlossen, nicht nur der griechischen Politik endgültig den Rücken zu kehren, sondern er wollte ganz weg aus dem Land. Aus seiner Zeit in der Politik hatte er Bekannte in Brüssel, die sich dort niedergelassen hatten, und dieser Kreis war durchaus ein Anknüpfungspunkt, um sich in irgendeiner Weise zu betätigen. Aber in alltäglichen Dingen würde er auf Melinda angewiesen sein. Er hatte zwar nicht mehr so viel Angst davor, ihr zu vertrauen, sich ihr zu öffnen und auf sie einzulassen. Er zweifelte inzwischen nicht mehr an ihren Gefühlen für ihn und er konnte das mittlerweile auch annehmen. Sie war mit ihm durch diese Extremsituation gegangen, aber was für Erwartungen würde sie an ihn haben, wenn er wieder raus kam? Konnte er ihr überhaupt noch geben, was sie brauchte? Melinda hatte ihn in einer Zeit kennengelernt, in der er am Höhepunkt seiner Karriere angelangt war, und nicht selten fragte er sich, ob er als Normalsterblicher überhaupt noch der Mann sein würde, den sie haben wollte.

Er sah zu ihr hinüber und sie lächelte ihn zuversichtlich an.

Es fiel ihm schwer, hier einfach nur zu sitzen und zuzusehen. Er konnte, genau wie im Gefängnis, überhaupt nichts tun. Er musste

Georgopoulos vertrauen. Und er hoffte inständig, dass Georgopoulos, den Thymios, Pavlos und Melinda als seinen Verteidiger ausgesucht hatten, wusste, was er tat. Denn was Melinda ganz sicher nicht brauchte, war ein Mann, der verurteilt im Gefängnis saß.

Das Gericht schien endlich mit den Anträgen fertig zu sein. Aris setzte sich aufrecht auf seinem Stuhl zurecht, als der Vorsitzende dem Staatsanwalt das Wort erteilte. Der begann langatmig zu erklären, was die Unterlagen vor ihm enthielten, die das Unternehmen, das Aris mit Mavros damals gehabt hatte, betrafen.

»Herr Staatsanwalt«, unterbrach ihn der Vorsitzende eine dreiviertel Stunde später genervt, »warum erzählen Sie uns das alles? Ich wollte mir wirklich nicht jede einzelne Transaktion anhören, die diese Firma getätigt hat. Das ist alles schon mehr als fünfzehn Jahre her und bisher scheint es mit unserem Fall nichts zu tun zu haben.«

»Diese ganzen Unterlagen beweisen eindeutig, dass die Angeklagten Assimakopoulos und Mavros in einer sehr engen Verbindung standen.«

»Standen. Vergangenheitsform«, mischte Georgopoulos sich ein, »das wollen wir gar nicht bestreiten. Aber seit sie diese Firma aufgelöst haben, stehen sie in keiner Form mehr in Kontakt!«

»Herr Staatsanwalt, gibt es, außer dieser Verbindung durch die Firma damals, die, soweit ich bisher aus Ihren Darlegungen ersehen konnte, in keinerlei illegale Aktivitäten verwickelt war, was außerdem für unseren heutigen Fall nicht relevant wäre, irgendetwas, das aussagt, dass die beiden auch danach miteinander zu tun hatten?«

»Es ist doch offensichtlich, dass bei so einer engen Zusammenarbeit der Kontakt nicht einfach abbricht.«

»Herr Staatsanwalt, Sie sind ja wohl schon länger im Geschäft. Können Sie das beweisen? Vielleicht durch einen Ihrer Zeugen? Ich würde sagen, wir kürzen die Sache jetzt ab, zumal die Verteidigung eine frühere Zusammenarbeit der beiden nicht bestreitet, und hören uns Ihren ersten Zeugen dazu an.«

Ihr damaliger Steuerberater, Lakis Dimitriou, wurde in den Zeugenstand gerufen. Er bestätigte die Zusammenarbeit und dass ihm keine illegalen Geschäfte aufgefallen waren sowie, dass seines Wissens, zumindest was die Insel betraf, keine weitere Zusammenarbeit zwischen Mavros und ihm stattgefunden hatte.

Zwei weitere Zeugen machten ähnliche Aussagen, bis der Vorsitzende wieder die Geduld verlor.

»Das reicht jetzt«, unterbrach er den Staatsanwalt. »Herr Verteidiger, haben Sie noch Fragen, sonst würde ich gerne zu unserem nächsten Punkt kommen.«

Georgopoulos verneinte und der Staatsanwalt begann darzulegen, dass sich hinter den Firmen, die Darlehen bekommen hatten, auf die sich die

Anklage bezog, Christos Mavors befand und er somit in allen Fällen der eigentliche Begünstigte war. Er legte eine Reihe von Unterlagen dazu vor.

»Gut«, sagte der Vorsitzende, »jetzt interessiert mich zunächst, nachdem der erste Anklagepunkt der der Bestechlichkeit im Amt ist, worin genau dieser Vorteil gelegen hat. Das ist uns«, er sah zuerst auf seine erste und dann auf seine zweite Beisitzerin, die zustimmend nickten, »ehrlich gesagt, aus den Unterlagen zum Ermittlungsverfahren nicht ganz klar geworden.«

»Für den Tatbestand der Bestechlichkeit ist nicht erforderlich, dass es sich um Leistungen an den Täter selbst handelt. Es kann sich auch um einen Vorteil für einen Dritten handeln und er muss ihn auch noch gar nicht angenommen haben, es genügt, dass er ihm versprochen wurde ...«

»Bitte, Herr Staatsanwalt, ich glaube nicht, dass Sie mir und Ihren Kollegen den Tatbestand des Delikts beschreiben müssen!«

»Also, eine der Firmen, die da verwickelt ist, die eines der Darlehen erhalten hat, um die es hier geht, die Mavros gehört, hat Anteile an einer anderen Firma, die ein Hotel auf der Insel besitzt, auf der Herr Assimakopoulos Bürgermeister war.«

Er schob dem Vorsitzenden ein paar Dokumente hin.

»Diese Firma«, fuhr er dann fort, »hat eine Spende an die Partei gemacht, der Herr Assimakopoulos zur seiner Zeit als Kommunalpolitiker angehörte, für den Wahlkampf bei den Kommunalwahlen im Mai letzten Jahres. Das Interessante ist, dass die Ex-Frau von Herrn Assimakopoulos mit eben dieser Partei zu den Gemeindewahlen antrat. Herr Assimakopoulos und seine ehemalige Frau standen sich, zumindest damals noch, nahe. Herr Assimakopoulos hat sie auch in dem Wahlkampf unterstützt. Das ist ein eindeutiger Vorteil, den Herr Assimakopoulos von Herrn Mavors zugunsten seiner Frau erhielt, für die Begünstigungen in der Darlehensvergabe!«

Ein Raunen ging durch den Saal. Aris brach der Schweiß aus. Was zum Teufel war das denn? Georgopoulos hatte doch alles überprüft! Er sah verunsichert zu ihm hinüber. Der nickte ihm nur beschwichtigend zu, machte aber keine Anstalten, in das Geschehen einzugreifen.

»Ich bitte um Ruhe!«, rief der Vorsitzende. »Fahren Sie fort, Herr Staatsanwalt. Was war das für eine Spende an die Partei?«

»Nun ja«, antwortete der Staatsanwalt, »wir wissen nicht genau, was da vielleicht schwarz...«

»Herr Staatsanwalt! Haben Sie einen Nachweis über eine solche Spende?«

Der Staatsanwalt suchte durch seine Unterlagen, wurde aber anscheinend nicht fündig.

»Herr Staatsanwalt, daran werden Sie sich ja gerade noch erinnern können, auch ohne den Beleg zu finden. Um was für einen Betrag ging es da?«, rief der Vorsitzende ungeduldig aus.

»Um tausend Euro«, sagte der Staatsanwalt.

Im Saal wurde es wieder lauter und auch ein paar Lacher waren zu hören. Auch Aris musste lächeln.

»Also, der Vorteil, den Herr Assimakopoulos aus der Sache erlangt hat, sind tausend Euro, die von einer Firma, die Anteile an einer anderen Firma hat, die ein Hotel hat, als Spende an eine Partei gezahlt wurden, in der Herr Assimakopoulos Ex- Frau ..., nun gut. Haben Sie noch etwas anderes?«

»Es ist eindeutig, dass Herr Assimakopoulos seinen alten Freund bei diesen Darlehensvergaben begünstigt hat. Das ist kein Zufall! Möglicherweise haben sie eine andere Art, miteinander Geschäfte zu machen, aber Tatsache ist, dass er ihm in rechtswidriger Weise Gelder zugeschachert hat, die Mavros nie vorhatte, zurückzuzahlen, und so dem griechischen Staat ein Schaden in Millionenhöhe entstanden ist. Selbst wenn er es nur getan hat, um seinem Freund zu helfen, ist es immer noch strafbar! Hier geht es um die Veruntreuung von Staatsgeldern, die diesem Minister anvertraut waren. Mit denen der Tourismus angekurbelt werden sollte! Und nicht Christos Mavros sterbende Unternehmen! Hier sind die dreiundzwanzig Erlasse, von Herrn Assimakopoulos unterschrieben, mit denen Mavros Firmen einen Betrag von insgesamt sieben Millionen achthundertzwanzigtausend Euro erhalten haben«, rief er aus und wedelte mit einem Stapel Papiere vor sich herum.

»Ja, das schauen wir uns jetzt genauer an«, sagte der Vorsitzende gespannt.

Der Staatsanwalt rief einen Mitarbeiter aus Sarantis Abteilung in den Zeugenstand, an den sich Aris nur vage erinnerte. Er war einer der Angestellten, die die Darlehensvergabe durchgeführt hatten, wie Aris seiner Aussage entnahm. Er wurde gebeten, zu beschreiben, wie dieses Verfahren ablief und was dabei geprüft wurde. Soweit Aris das nachvollziehen konnte, stimmte es, was der Mann sagte.

»Wer war der Verantwortliche für die Ausarbeitung dieser Erlasse, der die begünstigten Firmen nach der Überprüfung genehmigte?«, fragte der Staatsanwalt.

»Der Direktor der Abteilung für Investitionen. Herr Sarantis«, sagte der Zeuge und zeigte auf Sarantis.

»Was passierte dann?«

»Danach wurden die Erlasse zum Büro des Ministers geschickt, der sie unterzeichnete. Nach der Unterschrift des Ministers und der Veröffentlichung der Erlasse im Regierungsblatt wurden die Beträge an die Begünstigten ausgezahlt.«

»Also ist der Minister der Letzte, der sie genehmigt, durch seine Unterschrift. Vorher sind sie nicht gültig, wie ich verstanden habe.«

»Das ist richtig, ja«, sagte der Zeuge.

»Der Minister ist also der Letzte, der sie sich ansieht, bevor sie unterzeichnet werden.«

»Ja«, sagte der Zeuge nur.

»Herr Verteidiger«, wandte sich der Vorsitzende mit einer auffordernden Geste an Georgopoulos, als der Staatsanwalt offensichtlich keine weiteren Fragen hatte.

»Außer den genannten Überprüfungen, haben Sie da noch andere Dinge bei den Firmen kontrolliert? Also zum Beispiel, wem die Firmen genau gehörten?«, begann Georgopoulos seine Befragung.

»Wir haben die Dinge überprüft, die aus dem Handelsregister hervorgehen. Wenn da Auffälligkeiten waren, haben wir noch ein bisschen genauer hingesehen.«

»Wer hat entschieden, ob da genauer hingesehen wird?«

»Der Direktor meiner Abteilung. Herr Sarantis.«

»Können Sie sich entsinnen, dass er bei den Darlehen, um die es hier geht, zusätzliche Überprüfungen angeordnet hat?«

»Nein, nicht dass ich mich erinnern kann zumindest.«

»Hat der Minister zusätzliche Überprüfungen angeordnet?«

»Nicht das ich wüsste. Aber ich hatte mit dem Minister keinen direkten Kontakt. Ich würde davon nur wissen, wenn mein unmittelbarer Vorgesetzter mich darüber informiert hätte.«

»Hat der Minister gewusst, dass es sich bei den begünstigten Firmen um Firmen gehandelt hat, die Christos Mavros gehören?«, fragte Georgopoulos.

»Das kann er nicht wissen, er hat gerade gesagt, dass er keinen unmittelbaren Kontakt zum Minister hatte!« rief der Staatsanwalt dazwischen.

»Lassen Sie mich anders fragen: Haben Sie gewusst, als unmittelbarer Sachbearbeiter, dass alle diese Darlehen an denselben Begünstigten gezahlt wurden? Wussten Sie, dass Christos Mavros sich als eigentlicher Eigentümer hinter all diesen, von Ihnen selbst überprüften Firmen verbarg?«

»Nein. Bis auf zwei, wo bekannt war, dass er Anteile hatte, wusste ich das nicht. Ich habe es nicht einmal geahnt. Erst durch die Festnahmen letzten Sommer erfuhr ich davon«, antwortete der Zeuge.

»Es ist also möglich, dass das auch der Minister nicht wusste?«

»Ja, das ist möglich.«

»Keine weiteren Fragen«, sagte Georgopoulos und setzte sich wieder.

»Eine Frage noch«, sagte der Staatsanwalt. »Ist es möglich, dass der Minister, der Angeklagte Aris Assimakopoulos, aus anderer Quelle wusste, dass hinter all diesen Firmen Christos Mavros stand?«

»Das ist doch eine absolut hypothetische Frage, die kann der Zeuge ja nur auf eine Weise beantworten!«, rief Georgopoulos dazwischen.

»Hören Sie auf, beide!«, mischte sich der Vorsitzende ein. »Wir sind hier nicht in einem amerikanischen Justizthriller und wir haben auch keine Jury, der wir Theater vorspielen müssten. Dem Gericht ist klar, worauf beide Seiten hinaus wollen. Sie sind entlassen«, sagte er knapp zu dem Zeugen.

Dann sah er auf die Uhr. »Ich denke, für heute machen wir Schluss. Ich unterbreche an dieser Stelle und morgen geht es weiter mit dem nächsten Zeugen.«

Aris sah den Richter entsetzt an. Er durfte jetzt nicht unterbrechen! Es fing doch gerade erst an, gut zu laufen! Melinda schien genauso enttäuscht zu sein, wie er sehen konnte. Aber Thymios und Georgopoulos nickten sich nur zufrieden zu.

»Da haben wir Glück gehabt«, sagte Georgopoulos, als er zu Aris trat, »die nächste Zeugin ist Aleka Liberopoulou. In ihrer Aussage hätte er auf gar keinen Fall unterbrechen dürfen. Das hätte alles zerstören können! Herr Assimakopoulos, morgen ist es so weit!«, verabschiedete er sich von ihm.

Nassos Sarantis sah sich noch einmal das durch, an dem er die ganzen letzten Monate jeden Abend in seiner Zelle gearbeitet hatte. Am Anfang war es ihm schwergefallen und er hatte jeden Tag nur ein paar Zeilen schreiben können. Aber allmählich, als der Plan in ihm weiter gereift war und damit seine Hoffnungen, dass er Erfolg haben würde, war er schneller vorangekommen. Und seit Prozessbeginn war er fertig. Er hatte alles mit der Hand geschrieben. Es gab niemand, weder draußen noch hier drinnen, der ihm einen Rechner besorgen könnte. Außerdem war es so besser. So konnte man an seiner Handschrift erkennen, dass es wirklich von ihm stammte.

Alles stand auf diesem Papier. Es war sein Geständnis. Und Assimakopoulos Rettung.

Er hatte sich letztlich doch dafür entschieden. Nicht wegen Assimakopoulos. Der hatte jetzt zumindest seine Frau wieder. Die bei ihm im Gericht saß und die er jeden Tag umarmte. Und sie dann kurz küsste. Er fragte sich, wie sich das wohl anfühlen würde. Ismini ein letztes Mal küssen zu dürfen.

Vielleicht war es ja doch möglich. Wenn er den Mut fand, seinen Plan endlich umzusetzen. Es war alles vorbereitet. Er musste nur den Richter bitten, etwas sagen zu dürfen. Vielleicht erlaubte er es ihm. Er hatte gesehen, dass der Vorsitzende durchaus bereit war, sich Anträge anzuhören. Er musste nur schnell sein und ihm klarmachen, dass er den Fall aufklären konnte. Dann wäre Assimakopoulos frei. Er würde sein Leben zurück bekommen, nach Hause gehen können, zu seinem neuen Kind.

Es würde alles wegen ihm passieren. Wegen seinem Mut. Es wäre dann ihm zu verdanken, dass sich Assimakopoulos Verwicklung restlos aufklären würde. Dass er letztlich einmal in seinem Leben das Richtige tat und damit das Leben eines unschuldigen Mannes rettete, könnte Ismini vielleicht erweichen. Vielleicht wäre sie sogar stolz auf ihn, dass er seine eigene Verteidigung dafür opferte. Und dann könnte sie ihm vergeben.

Er musste es nur über sich bringen, vor Gericht aufzustehen und zu reden. Jeden Tag nahm er sich fest vor, dass heute der Tag war, an dem er es endlich tun würde. Aber immer kam irgendetwas dazwischen. Manchmal war der Vorsitzende schlecht gelaunt und er traute sich nicht. Dann wieder schien er zu sehr abgelenkt. Manchmal war ihm auch der Staatsanwalt zu kämpferisch gestimmt und dann hatte er Angst, dass er dazwischenfahren und ihn nicht ausreden lassen würde.

Er könnte die eng beschriebenen Seiten natürlich in einer Verhandlungspause einfach dem Gerichtssekretär geben. Oder dem Anwalt von Assimakopoulos. Aber das würde nicht reichen. Er musste es selbst sagen. Nur so würde Ismini sehen, wie ernst es ihm war.

Er seufzte und erhob sich. Dann faltete er die Bögen wieder zusammen und griff entschlossen zu seinem Sakko. Vorsichtig steckte er sie in die Tasche an der Innenseite. Morgen war der Tag. Morgen würde er es tun.

In dieser Nacht fand Aris keinen Schlaf. Immer wieder schossen Bilder von Aleka durch seine Gedanken. Von ihrem Vorstellungsgespräch bei ihm. Wie er sich eigentlich schon für eine blutjunge, vollbusige Blondine entschieden hatte und nur bereit gewesen war, Aleka anzuhören, wegen dem Gefallen, den er einem Bekannten geschuldet hatte. Wie er ihr abwesend die Frage gestellt hatte, was sie glaubte, für ihn tun zu können, und wie sie ihm daraufhin die ganze Organisation seines damals noch kleinen Unternehmens in einer halben Stunde in einen Plan gefasst hatte. Woraufhin er sie sofort eingestellt hatte.

Er hätte niemals gedacht, dass er diesen Moment einmal bitterböse bereuen würde. Mit ihr an seiner Seite hatte er als Unternehmer Erfolg gehabt. Mit ihr war er in die Politik gegangen und Bürgermeister geworden. Und dann Abgeordneter und Minister. Ausgerechnet dieser Person, der einzigen Person, die in seiner Karriere von Anfang an dabei gewesen war, verdankte er seinen Untergang. Er verspürte eine unbeschreibliche Wut auf sie. Aber es war die Enttäuschung, die am schlimmsten war. Er würde damit leben müssen. Und sie auch.

Jedes Mal in dieser Nacht, als er endlich in einen unruhigen Schlummer zu versinken spürte, drang sie in seine Gedanken. Ihr Gesicht. Wie sie sich verändert hatte. Diese Bleiche, diese Falten und immer und immer wieder, je weiter die Nacht vorrückte, Szenen, wie sie ins Ausland floh, von einem Auto überfahren wurde, Selbstmord beging und morgen nicht erscheinen würde. Diese Panik, dass er kurz davor stand und es dann doch nicht passieren würde.

Entsprechend gerädert stieg er an diesem Freitagmorgen in den Bus. Er starrte aus den vergitterten Fenstern und versuchte krampfhaft, nicht zu hoffen, dass heute der Tag war, an dem der Durchbruch geschah. Denn das, wovor er noch mehr Angst hatte, war, dass es heute passierte. Dass diese ganze Irrationalität ein Ende fand und sein Leben wieder beginnen würde. Was kam nach dem Durchbruch? Diese Hollywoodfilme hatten immer so ein bewegendes Ende, wo alles gut wurde. Was, wenn er das nicht so empfinden würde? Dass alles plötzlich an seinen Platz fiel und das Leben danach nur noch einer einzigen weichen, rosaroten Wolke glich? Und was war, wenn Georgopoulos sich täuschte? Wenn er Aleka nicht dazu bringen konnte, zu gestehen? Wenn sie es vielleicht gar nicht gewesen war? Was, wenn es in dieser Geschichte kein Happy-End gab? Wenn Seferlis und seine Leute gewinnen würden?

Melinda stand schon am Eingang des Verhandlungssaales und wartete auf ihn.

»Ich habe heute Nacht kein Auge zugetan«, begrüßte sie ihn.

Er küsste sie kurz. Sie wirkte angespannt, aber sonst sah sie aus wie immer.

»Viel Glück«, sagte sie, als der Polizist ihn weiterdrängte. Sie waren spät dran, es war kurz vor neun.

Thymios und Georgopoulos hatten schon ihren Platz auf der Bank der Verteidiger eingenommen. Thymios machte eine Geste in der Zeichensprache, die sie in ihrer Kindheit entwickelt hatten, um sich verständigen zu können, wenn andere nichts mitbekommen sollten. Ihm stiegen fast Tränen in die Augen, als er sie verstand.

»Frau Liberopoulou«, kam der Vorsitzende gleich zur Sache.

Aleka trat in den Zeugenstand. Sie sah fast noch schlechter aus als letztes Mal, falls das überhaupt möglich war. Aris saß fünf Meter von ihr entfernt, aber er konnte die Stellen in ihrem Gesicht erkennen, wo ihre bleiche Haut fast transparent zu sein schien. Es erinnerte ihn daran, wie sein Vater nach seinem ersten Herzinfarkt ausgesehen hatte, bevor er zehn Tage später an einem zweiten gestorben war.

»Legen Sie bitte Ihre Hand auf die Bibel. Schwören Sie, die Wahrheit zu sagen, so wahr Ihnen Gott helfe?«

Aleka bejahte offensichtlich, auch wenn man das kaum hören konnte. Der Vorsitzende wandte sich dem Staatsanwalt zu. Der befragte sie zu dem Mitarbeiterverhältnis, in dem sie zu ihm gestanden hatte, und dem Verfahren der Ausfertigung der Erlasse. Sie gab einsilbige Antworten und Aris bemerkte, dass alle Bestimmtheit und Selbstsicherheit, die er von ihr kannte, verschwunden war.

»Frau Liberopoulou«, fragte der Staatsanwalt, »hat der Minister die Erlasse durchgelesen, bevor er sie unterzeichnet hat?«

»Ja«, erwiderte sie mit derselben leisen Stimme, mit der sie die ganze Zeit schon geantwortet hatte, die nur durch das Mikrofon überhaupt im Saal hörbar war.

»Sind Sie sich sicher? Er hat sie wirklich erst gelesen und dann unterzeichnet?«

»Ja. Das hat er immer gemacht. Er hat sie durchgelesen und dann unterzeichnet. Alle seine Dokumente.«

»Was passierte dann mit den Erlassen?«

»Dann habe ich sie ausgefertigt und eine Kopie zu den Akten gelegt. Anschließend habe ich das Dokument zur Veröffentlichung an das Regierungsblatt weitergeleitet.«

»Frau Liberopoulou, wusste der Minister, dass es sich bei den Firmen, an die die Darlehen, um die es in diesem Prozess geht, gezahlt wurden, um Christos Mavros Firmen handelte?«

»Das weiß ich nicht. Ich habe mit ihm nicht über so etwas geredet.«

»Hat er die Firmen überprüft?«

»Das weiß ich nicht. Das war nicht meine Aufgabe. Ich habe seine Erlasse nur ausgefertigt.«

»Sehen Sie sich das bitte an«, der Staatsanwalt zeigte ihr ein Schriftstück. »Das ist einer dieser Erlasse, der eines der Darlehen betrifft, um die es hier geht. Ist das die Unterschrift von Aris Assimakopoulos?«

»Ja, das ist sie.«

»Und das?«, fragte er, während er ihr ein weiteres Schriftstück hinhielt.

»Ja.«

»Und das?«

»Herr Staatsanwalt!«, donnerte der Vorsitzende dazwischen, »Sie werden doch jetzt nicht ernsthaft alle Erlasse, um die es in der Anklage geht, einzeln vor sie hinhalten und sich die Echtheit der Unterschrift bestätigen lassen?! Es ist klar. Der Minister hat diese ganzen Erlasse unterschrieben. Was uns interessiert ist, ob er gewusst hat, dass er damit Mavros begünstigt! Lassen Sie uns weitermachen. Herr Verteidiger, haben Sie Fragen?«

Er sah Georgopoulos gar nicht an und vertiefte sich in irgendwelche Unterlagen vor ihm. Offensichtlich erwartete er keine aufregenden Erkenntnisse von dieser Aussage.

Georgopoulos erhob sich und knöpfte sein Sakko zu. Er wirkte fast irritiert, als ob er mit der Aufforderung zur Befragung in etwas Wichtigerem unterbrochen worden war. Nur an Thymios Gesichtsausdruck konnte Aris erkennen, dass der entscheidende Moment gekommen war.

»Frau Liberopoulou, Sie haben ausgesagt, dass Sie Herrn Assimakopoulos seit zwanzig Jahren kennen. Sie waren seine Assistentin, seine rechte Hand in allem, wie ich Ihrer Aussage entnehmen konnte.«

»Ja.«

»War er ein guter Arbeitgeber?«

»Er…, er war ein guter Arbeitgeber.«

»Wie war Ihr Verhältnis zueinander?«

»Wir hatten ein gutes Verhältnis zueinander.«

»Sie standen sich relativ nahe, oder? Er hat Sie in alles miteinbezogen, was seine Karriere betraf. Als Unternehmer, als Kommunalpolitiker, als Abgeordneter und als Minister. Sie waren von Anfang an dabei. Haben Sie heute noch Kontakt zu Herrn Assimakopoulos?«

Sie sah Georgopoulos nur an.

»Haben Sie heute noch Kontakt zu dem Mann, mit dem Sie zwanzig Jahre Seite an Seite gearbeitet haben, mit dem sie ein gutes Verhältnis hatten, dessen ganze berufliche Laufbahn auch Ihrem Einsatz zu verdanken ist?«

»Nein.«

»Seit wann haben Sie keinen Kontakt mehr zu ihm?«

»Seit …, seit diese Sache passiert ist«, antwortete sie leise.

»Warum?«

Aleka antwortete nicht.

»Vielleicht, weil er in einen Skandal verwickelt wurde, in den Sie nicht hineingezogen werden wollten? Vielleicht waren Sie enttäuscht von ihm?«, fragte Geogropoulos.

Aleka sah ihn an, antwortete aber immer noch nicht.

»Ist das so, ja oder nein?«, fragte Georgopoulos energisch.

»Ja«, antwortete sie mit brüchiger Stimme.

»Haben Sie versucht, mit ihm zu sprechen? Ihn zu fragen, was da passiert ist? Ob er überhaupt etwas damit zu tun hat?«

»Nein«, sie schüttelte leicht den Kopf.

»Hat er versucht, Kontakt zu Ihnen aufzunehmen?«

»Ja. Er hat ein paarmal angerufen«, erwiderte sie.

»Aber Sie wollten nicht mit ihm sprechen.«

Sie schüttelte nur den Kopf.

»Sie haben diesem Mann, den Sie angeblich so gut kannten, der offensichtlich noch nie in irgendetwas Illegales verwickelt war, wie Sie selbst zum Staatsanwalt gesagt haben, mit dem Sie die letzten zwanzig

Jahre jeden Tag zusammengearbeitet haben, nicht wenigstens ein Telefongespräch zugestanden, als der Skandal plötzlich durch die Medien ging, zumindest um sich anzuhören, was er dazu zu sagen hat? Wissen Sie was, es fällt mir schwer, das zu glauben.«

Aris sah, wie sich Aleka merklich anspannte.

Der Staatsanwalt erhob sich. »Was hat denn das mit dem Fall zu tun? Also, ich bitte Sie, Herr Verteidiger, Sie können doch die Zeugenbefragung nicht dazu missbrauchen, herauszufinden, warum die ehemalige getreue Mitarbeiterin von Herrn Assimakopoulos ihm den Rücken gekehrt hat!«, rief er aus.

Der Vorsitzende sah von seinen Unterlagen hoch. »Der Staatsanwalt hat recht. Das hat mit unserem Fall wirklich nichts zu tun.«

»Vielleicht doch«, sagte Georgopoulos und griff nach ein paar Papieren, die Thymios ihm reichte. »Sie haben ausgesagt, dass Sie es waren, die die Erlasse und alle Entscheidungen des Ministers ausgefertigt haben. Hatte jemand anderes die Möglichkeit, Zugriff auf diesen Prozess zu bekommen? Waren die Dateien passwortgeschützt? Oder kam da jeder einfach so ran?«

»Sie waren passwortgeschützt. Nur ich und einige Mitarbeiter seines persönlichen Büros hatten Zugang.«

Aris sah, wie sie das Papiertaschentuch, das sie in ihren Händen hielt, zerknüllte.

»Wissen Sie, was »EraserX« ist?«, fragte Georgopoulos.

Sie sah ihn nur an.

»Ich helfe Ihnen ein bisschen. Es ist ein Computerprogramm.«

»Ich weiß, was das ist«, sagte sie leise.

»Was ist das für ein Programm?«, fragte der Vorsitzende. Er schien wieder Interesse an dem Geschehen zu haben.

»Ein Programm, mit dem man Daten so löscht, dass man sie nicht wiederherstellen kann. So etwas wie ein Shredder. Das haben wir manchmal im Ministerium benutzt.« Ihre Stimme zitterte leicht.

»Darf ich vortreten?« fragte Georgopoulos, wartete die Antwort des Vorsitzenden aber nicht ab. Er reichte eines der beiden Dokumente, die er in der Hand hielt, an die Richterbank und näherte sich dann Aleka.

»Frau Liberopoulou«, sagte Georgopoulos und hielt ihr das zweite Dokument hin, »ich werde Sie nicht fragen, was das ist, weil Sie es auf die Schnelle wahrscheinlich nicht werden bewerten können. Es ist ein Auszug aus den Dateien auf Ihrem Rechner aus dem Ministerium. Ich werde Ihnen erklären, was darinsteht, so, wie das aus dem Sachverständigengutachten hervorgeht, das wir eingereicht haben.«

»Das Gutachten mit den Löschungen!« rief der Vorsitzende aus, »das will ich mir jetzt genauer anhören. Ich habe nicht so ganz verstanden, was es bedeutet, Herr Verteidiger.«

»Am Tag, als der Erlass unterzeichnet und ausgefertigt wurde, der das erste Darlehen betrifft, für das Herr Assimakopoulos hier angeklagt ist, findet sich eine Datei, die den Entwurf des Erlasses enthält, und auch das gescannte Dokument mit seiner Unterschrift. Der Entwurf wurde, nehme ich an, von Ihnen ausgedruckt, dem Minister vorgelegt und dann eingescannt, wenn ich das vorhin richtig verstanden habe. Stimmt das so?«

»Ja.« In Alekas Blick lag Entsetzen, als sie Georgopoulos ansah.

»Kurz nachdem diese Datei angelegt wurde, ist eines dieser Löschprogramme gelaufen. Können Sie sich erinnern, was da gelöscht wurde?«

Aleka verneinte, aber Aris sah, dass sie Mühe hatte, das Zittern ihrer Hände zu unterdrücken.

»Wissen Sie, was merkwürdig ist? An allen Tagen, an denen Erlasse ausgefertigt wurden, die Darlehen betreffen, die Mavros Firmen begünstigen, ist immer kurze Zeit nach Anlage der Datei, die den Entwurf enthielt, eines dieser Löschprogramme gelaufen. Noch merkwürdiger ist, dass bei allen anderen Erlassen, die andere Darlehen betreffen, die entsprechenden Ordner schon Tage vorher angelegt wurden. Und keine Löschprogramme gelaufen sind. Können Sie sich das erklären?«

Alle starrten sie gebannt an, sogar der Staatsanwalt schien gespannt zu sein und versuchte erst gar nicht, in die Befragung einzugreifen.

»Nein«, sagte sie fast tonlos.

»Dann will ich Ihnen helfen. Diese Löschprogramme, die übrigens recht selten verwendet wurden, wie die Überprüfung ergeben hat, scheinen auf Ihrem Rechner ziemlich oft gelaufen zu sein. Zufälligerweise immer in Zusammenhang mit diesen Erlassen. Diese Programme löschen tatsächlich fast alles, aber sie hinterlassen natürlich Spuren. Es ist schon erstaunlich, was man da für Rückschlüsse ziehen kann.«

Aleka hatte ihren Blick auf den Boden geheftet und umklammerte das Geländer des Zeugenstands.

»Frau Liberopoulou«, sagte Georgopoulos in bestimmtem Tonfall.

Aris konnte sehen, dass sie zusammenzuckte und ihren Blick endlich hob, um den Verteidiger anzusehen.

»Ist es nicht so, dass mit diesem Programm der Entwurf gelöscht wurde, der Herrn Assimakopoulos zur Unterschrift vorgelegt worden war? Ist es nicht so, dass Sie die Erlasse nachträglich geändert haben und zusammen mit der Seite, die seine Unterschrift enthielt, weitergeleitet haben? Sarantis und Mavros wussten, dass der Minister die Firmen überprüfen würde. Und deswegen haben Sie ihm Entwürfe vorgelegt, auf denen andere Namen als Begünstigte erschienen! Sie haben diesen Mann, mit dem Sie seit zwanzig Jahren zusammengearbeitet haben, der Ihnen vertraut hat, der sich blind auf Sie verlassen hat, verraten und verkauft, um diesen Betrügern zu helfen! Ist es nicht so, Frau Liberopoulou?!«

Aleka war, noch während Georpopoulos auf sie einredete, vollkommen zusammengebrochen. Sie schluchzte hinter vorgehaltenen Händen und versuchte vergeblich, zu Atem zu kommen.

»Ist es nicht so?!«, wiederholte er. Er brüllte fast. »Sehen Sie diesem Mann ins Gesicht, an dessen Untergang Sie beteiligt waren und sagen Sie ihm, wie es gewesen ist. Sehen Sie ihn an!«

»Es stimmt.« Ihre Worte waren durch das Schluchzen kaum zu verstehen. »Es tut mir so leid, Aris, es tut mir so leid.« Sie sah Aris dabei nicht an und versuchte, ihre Stimme unter Kontrolle zu bringen. »Sie haben mich dazu gezwungen. Ich hätte dir das niemals angetan, ich hätte ihm das niemals angetan, aber Mavros hat gedroht, dass Makis, dass meinem Sohn etwas passiert, wenn ich es nicht tue!«

Für den Bruchteil einer Sekunde nachdem Aleka geendet hatte, herrschte Totenstille. Alle Augen waren auf sie gerichtet. Es war fast, als ob der gesamte Saal plötzlich den Atem anhielt.

Der Vorsitzende erholte sich als Erster. »Also, das ist ja ungeheuerlich! Herr Staatsanwalt!«, rief er aus, also ob das alles seine Schuld war.

»Ja, das ist tatsächlich ungeheuerlich«, erwiderte dieser verwirrt, »das ist Urkundenfälschung, das ist Betrug, Erpressung, das ist..., also auf die Schnelle fällt mir gar nicht ein, was das alles ist.« Er schien vollkommen von der Rolle.

Ein Raunen begann sich unter den Zuschauern auszubreiten, das immer weiter anschwoll, bis der Geräuschpegel die Luft fast zum Platzen brachte. Aufgeregte Zwischenrufe wurden laut. Die Verwirrung war offensichtlich perfekt. Die Polizisten formierten sich und der diensthabende Offizier sprach in sein Funkgerät, wahrscheinlich um Verstärkung anzufordern. Die Verteidiger von Sarantis und Mavros, die anscheinend auch endlich realisiert hatten, was geschehen war, sprangen auf und brüllten durcheinander. Aleka klammerte sich an das kleine Pult im Zeugenstand, auf dem die Bibel lag, und konnte sich nur mit Mühe auf den Beinen halten. Jemand brachte ihr einen Stuhl. Aris sah zu Melinda hinüber, die neben Thymios Frau Stella saß. Sie hatte ihren Blick starr auf Aleka geheftet und Tränen liefen ihr über das Gesicht.

»Ruhe!«, brüllte der Vorsitzende ins Mikrofon. »Ruhe! Setzen Sie sich! Alle! Den nächsten, den ich höre, der noch einen Mucks von sich gibt, lasse ich in Gewahrsam nehmen!«

Die Ansage wirkte, denn es herrschte augenblicklich wieder absolute Stille.

»So. Jetzt möchte ich hören, was da passiert ist. Frau Liberopoulou, Sie können sitzen bleiben. Haben Sie sich beruhigt? Bringen Sie der Zeugin bitte ein Glas Wasser«, sagte er zu niemand bestimmten.

Einer der Polizisten reichte ihr eine kleine Wasserflasche, aus der sie einen Schluck trank. Sie schnäuzte sich in das zerknüllte Taschentuch und sah dann den Vorgesetzten an. Sie wirkte vollkommen erschöpft, aber gefasst.

»Also, was war das gerade eben? Erklären Sie mir das bitte von Anfang an«, sagte der Vorsitzende.

»Aris, Herr Assimakopoulos, hat tatsächlich nicht gewusst, welche Firmen da begünstigt wurden. Christos Mavros, der sich das ausgedacht hatte, kannte Aris von früher. Er wusste, dass Herr Assimakopoulos nicht bestechlich war und bei so etwas niemals mitmachen würde. Er hatte zwar Sarantis bestechen können, der für die Vergabe verantwortlich war. Aber er wusste auch, dass Herr Assimakopoulos alles in seinem Ministerium genau überprüfte.«

Ihre Stimme wurde immer fester. Es war offensichtlich, dass sie die Last loswerden wollte, die sie die ganze Zeit mit sich herumgetragen hatte. Und obwohl Aris sich seit der Auswertung der Daten ziemlich sicher gewesen war, dass sie ihn hintergangen hatte, konnte er es erst jetzt, als er es aus ihrem Mund hörte, wirklich glauben. Bis zuletzt hatte er einen kleinen Funken Hoffnung gehabt, dass es vielleicht eine andere Erklärung gab. Als ihm endgültig bewusst wurde, dass sie ihn so verraten hatte, verspürte er zwar Erleichterung darüber, dass die Wahrheit endlich ans Licht gekommen war, aber der Schmerz fühlte sich trotzdem schlimm an.

»Also haben sie sich diesen Plan zurechtgelegt«, fuhr sie fort. »Sie haben in den Erlassen andere Firmen, die unauffällig waren, in den Entwürfen erscheinen lassen. Um dann die nachträglichen Änderungen vornehmen zu lassen, brauchten sie mich. Kurz bevor die Darlehensvergabe begann, ist er«, sagte sie verächtlich und zeigte auf Mavros, wobei Aris für den Bruchteil einer Sekunde die alte kämpferische Aleka wieder in ihr erkannte, »an mich herangetreten und hat mich erpresst. Mein Sohn ist spielsüchtig, schon seit Jahren. Er lebt in London. Mavros hat mir ein Foto gezeigt, auf dem er halb totgeschlagen auf der Straße lag. Ich wusste, dass er wieder spielte, obwohl er eine Therapie gemacht hatte. Er kam nicht mehr legal an Kredit und hatte sich offensichtlich an irgendwelche Kredithaie gewandt. Ich weiß nicht, ob Mavros dafür verantwortlich war oder andere. Aber ich bin nach London geflogen. Es stimmte. Er war im Krankenhaus. Ich habe ihn nach Hause gebracht und er konnte einen Monat die Wohnung nicht verlassen. Ich hatte keine Möglichkeit, bei ihm zu bleiben, weil mein Fehlen im Ministerium aufgefallen wäre. Und Mavros und Sarantis wollten ja auch mit ihrem Plan anfangen. Es gab keinen anderen Weg für mich. Ich musste mein Kind retten.« Sie schluchzte wieder.

»Wissen Sie, was ich nicht verstehe«, sagte Georgopoulos, »Sie sind offensichtlich erpresst worden. Alle, die wir hier Kinder haben, können nachvollziehen, in was für einer Situation man sich da befindet. Das ist sicher so grausam, dass es unvorstellbar ist, wenn man es nicht selbst erlebt. Ich kann nachvollziehen, dass man in dem Moment, in dem man das Leben seines Kindes in akuter Gefahr weiß, einfach rot sieht. Aber Christos Mavros wurde verhaftet. Er wurde aus dem Verkehr gezogen. Wieso haben Sie sich nicht spätestens da an die Behörden gewandt? Sie sind erpresst worden, das wäre doch für Sie gar nicht so schlimm ausgegangen. Warum haben Sie nichts gesagt?!«

»Ich ..., ich habe es mir ja überlegt. Aber ich hatte Angst. Ich wusste doch nicht, ob Mavros noch Helfer hatte, die für meinen Sohn weiter eine Gefahr darstellten. Und ich...«, ihre Stimme wurde wieder brüchig, »ich hatte Angst davor, dass Aris ..., dass er mich hassen würde.«

»Ach!«, rief Georopoulos verächtlich aus, »die Tatsache, dass seine Karriere zerstört wurde, sein gesamtes Leben in Trümmern liegt und er elf Monate in Untersuchungshaft verbringen musste, hat ihn mit Sicherheit milder gestimmt!«

»Ich wollte das nicht. Ich wollte niemals, dass so etwas passiert. Es gibt niemanden auf der Welt, den ich mehr bewundere als ihn. Aber es ging um mein Kind, ich konnte nicht anders handeln! Es tut mir leid. Es tut mir so leid.« Ihr liefen wieder Tränen über das Gesicht.

Und dann wandte sie sich ihm zu. Sie sah ihm direkt in die Augen.

»Verzeih mir, bitte«, ihre Stimme war kaum hörbar.

Aris hielt ihrem Blick stand. Er war sich um die Kälte bewusst, die in seinem eigenen Blick lag. Mit aller Kraft versuchte er, etwas in seinem Inneren zu finden, was diese Kälte abmildern würde. Irgendetwas, das zumindest ein Verständnis für ihr Verhalten rechtfertigen konnte. Aber die Bilder in seinem Kopf ließen es nicht zu. Seine Tochter Lia, die er nur ein einziges Mal gesehen hatte. Melinda, die mit ihm und wegen ihm durch die Hölle gegangen war. Lefteris, der es wer weiß wie geschafft hatte, ganz alleine einen Anwalt zu finden, der ihm diesen Besuch bei ihm im Gefängnis ermöglicht hatte, Stamatis, von dem er überhaupt nichts wusste, der aber wahrscheinlich tiefer denn je in seinen Videospielen vergraben war, sogar Maria, die sich sicherlich jeden Tag im Gemeinderat gegen die unterschwelligen Vorwürfe behaupten musste. Seine Mitarbeiter, deren Karrieren mit seiner beendet worden waren. Er konnte Aleka niemals verzeihen, dass sie sich nicht an ihn gewendet hatte. Er hätte Himmel und Hölle in Bewegung gesetzt, um Makis zu retten. Notfalls hätte er ihn nach Athen geholt und unter Personenschutz stellen lassen. Aber sie hatte ihm nach all diesen gemeinsamen Jahren nicht genug vertraut, um sich von ihm helfen zu lassen. Sie hatte es vorgezogen, ihn zu hintergehen, sein Leben zu zerstören. Und das Leben der

Menschen, die er liebte. Er konnte es einfach nicht in seinem Herzen finden. Er konnte ihr nicht vergeben.

Sie senkte ihren Blick als Erste. Und er atmete auf.

Ein Polizist trat zu ihr. Sie hatten offensichtlich beschlossen, sie festnehmen zu lassen. Aleka schien keineswegs überrascht zu sein und hielt dem Polizisten gefasst ihre Handgelenke hin. Als Aris sah, wie sich die Handschellen darum schlossen, empfand er kein Mitleid. Aber auch keine Genugtuung.

»Herr Vorsitzender, ich beantrage die Aufhebung der Untersuchungshaft für meinen Mandanten und seine sofortige Entlassung«, hörte er Georgopoulos plötzlich sagen, »der dringende Tatverdacht ist ja nun wohl weggefallen.«

Schlagartig wandte Aris seine Aufmerksamkeit wieder dem Gericht zu.

»Also, ich denke, da müssen wir nicht erst groß beraten«, sagte der Vorsitzende zu seinen beiden Beisitzerinnen, die ihm hinter vorgehaltener Hand etwas zuflüsterten.

»Herr Staatsanwalt?«, fragte der Vorsitzende.

»Ich..., ich habe keine Einwände«, sagte er.

»Das Gericht hält die Zeugin für glaubwürdig. Schließlich hat sie sich mit der Aussage selbst belastet. Wir werden natürlich noch einige Fragen klären müssen, aber ich gebe dem Antrag der Verteidigung statt. Das Gericht hebt hiermit die Anordnung der Untersuchungshaft auf. Ich werde gleich unterbrechen und den Beschluss ausfertigen lassen, damit Sie heute noch entlassen werden können, Herr Assimakopoulos.«

Aris starrte ihn nur entgeistert an. Georgopoulos hatte ihn darauf vorbereitet, dass es vielleicht geschehen würde. Das Prozessgericht durfte die Haftentlassung anordnen, wenn dafür Gründe vorlagen. Trotzdem, jetzt wo der Richter es ausgesprochen hatte, konnte er es kaum fassen.

Er war frei. Er würde das Meer und den Sternenhimmel wiedersehen, er würde Melinda die ganze Nacht in den Armen halten können. Es war fast zu übermächtig, um es zu begreifen. Es war so unermesslich viel, was es bedeutete. Und das erste Mal in seinem Leben fühlte er mit seinem ganzen Sein, was Freiheit wirklich war. Ihm wurde bewusst, dass es ihm niemals möglich seine würde, das in Worte zu fassen. Dieses Gefühl überwältigte ihn so vollkommen, dass er sich nur mit Mühe auf den Vorsitzenden konzentrieren konnte.

»Dass das klar ist, das ist kein Freispruch! Sie werden aus der Untersuchungshaft entlassen, aber Sie werden jeden Tag hier zum Prozess erscheinen. Wir haben noch einiges zu klären. Das Urteil wird am Ende dieses Prozesses gesprochen werden, für alle!«

Kapitel 21

Als der Vorsitzende sich erhob und die Richterbank verließ, stürzte Melinda sofort auf Aris zu. Er war von allen möglichen Leuten umringt, aber sie schaffte es, sich bis zu ihm vorzudrängen. Sie legte ihre Arme um seinen Hals und er drückte sie fest an sich. Er grub sein Gesicht in ihre Haare und flüsterte ihr dann immer wieder ihren Namen ins Ohr. Sie spürte, dass er am ganzen Körper leicht zitterte.

»Kommen Sie«, sagte Georpopoulos sanft, »wir erledigen die Formalitäten, damit Sie endlich nach Hause können.«

Melinda sah zu den beiden Polizisten, die ungeduldig auf Aris warteten. Heute machten sie jedenfalls keine Anstalten, ihm Handschellen anzulegen, wie sie das bei allen Angeklagten nach Verhandlungsende taten, stellte sie erleichtert fest.

»Die Prozedur ist folgende«, erklärte Georgopoulos, »eigentlich kommen Sie jetzt wieder nach Koridallos, bis ich den Beschluss des Gerichts dem Gefängnisdirektor ausgehändigt habe, der Sie dann offiziell aus der Haft entlässt.«

Melinda sah ihn entsetzt an.

»Das wird sicher schnell gehen. Nach diesem Desaster hier will kaum jemand für weitere Verzögerungen verantwortlich sein«, sagte Thymios und legte Melinda beschwichtigend einen Arm um die Schulter.

»Ich könnte aber versuchen, direkt vom Justizminister eine Ausnahmegenehmigung zu erhalten, so dass Sie nicht mehr zurück müssen. Ich denke, das ist das Mindeste, was er tun kann«, sagte Georgopoulos.

Aris schüttelte den Kopf. »Nein, ich will keine Sonderbehandlung. Nicht von Seferlis Regierung. Auf ein paar Stunden kommt es auch nicht mehr an.«

Melinda sah ihn überrascht an.

»Ich glaube, dass es so besser ist. Es ist auch für mich wichtig, da noch einmal hinzugehen. Um die Möglichkeit zu haben, damit abzuschließen«, sagte Aris an sie gewandt.

Sie nickte. »Ok. Ich denke, ich kann verstehen, dass du das willst.« Sie nahm seine Hand.

»Wir sehen uns in ein paar Stunden«, sagte er und lächelte sie zärtlich an. »Und Melinda, bitte warte zu Hause auf mich. Ich will nicht, dass du zum Gefängnis kommst. Versprichst du mir das?«

Das hatte sie natürlich vorgehabt, aber sie beschloss, ihm seinen Weg zu lassen. Auf diesen Tag wartete er zwar seit elf Monaten, aber ihr war klar, dass das für ihn alles ziemlich plötzlich kommen musste.

Sie versprach es und er küsste sie sanft. Widerwillig löste sie sich von ihm und sah ihm nach, wie er mit Georgopoulos und Thymios, gefolgt von zwei Polizisten, den Gang hinunter ging.

Kurze Zeit später stand Melinda vollkommen überwältigt im Wohnzimmer von Aris Wohnung, wo sie vor knapp einem Jahr in den Strudel der Ereignisse gerissen worden waren. Obwohl sie Aris Haftentlassung in der letzten Stunde unzählige Male über Telefon an alle möglichen Leute weitergegeben hatte, kam es ihr immer noch unglaublich vor, dass er noch heute Nachmittag wieder hier sein würde.

Sie sah kurz auf die Uhr und schaltete den Fernseher ein, wo die Geschehnisse im Gericht heute Morgen von allen Mittagsmagazinen gebracht wurden. Melinda schüttelte nur den Kopf über die Änderung im Tonfall der Berichterstattung. Der Moderator sprach von Behördenwillkür und Hexenprozess, wobei er die Hetzjagd der Medien gegen sie, an der er selbst maßgeblich beteiligt gewesen war, offensichtlich vergessen hatte.

Und dann schaltete der Sender zum Koridallos-Gefängnis, wo sich die gleichen Reporter, die letzten Sommer vor ihrer Wohnung gecampt hatten, aufgeregt vor den Haupteingang drängten. Jetzt kamen ihr doch die Tränen, als Aris im Bild erschien. Er trug die gleichen Kleider wie heute Vormittag und ging zwischen Georgopoulos und Thymios durch das Tor. Sein Gesichtsausdruck war ernst und gefasst, wie sie sah, als die Kamera heran zoomte, man konnte ihm absolut nicht ansehen, was er gerade fühlte. Fühlen musste.

Die Reporter bestürmten ihn mit allen möglichen Fragen, die man in dem Gewirr kaum verstehen konnte, weil alle durcheinanderriefen. Er blieb stehen und sah direkt in die Kamera des Senders, den sie eingeschaltet hatte.

»Ich bin froh, dass die Wahrheit endlich ans Licht gekommen ist«, sagte er mit fester Stimme, »und erleichtert, dass sich in der griechischen Justiz jemand gefunden hat, den die Wahrheit interessiert. Bitte lassen Sie mich durch. Ich möchte endlich nach Hause. Zu meiner Familie. Denn sie war es, die am meisten unter dieser ganzen Geschichte gelitten hat.«

Sie öffneten ihm tatsächlich einen Weg und sie sah, wie er, gefolgt von Thymios und Georgopoulos, in den Wagen ihrer Sicherheitsfirma stieg.

Als er eine halbe Stunde später endlich da war und Thymios sie alleine gelassen hatte, sahen sie sich erst einmal nur an, hielten sich einfach mit dem Blick fest. Dann zog er sie zu sich, hob sie hoch und küsste sie zärtlich, während sie die Beine um seine Hüften schlang.

Vorsichtig stellte er sie zurück auf den Boden und trat auf die Veranda. Er atmete tief ein, während er sein Gesicht in die Sonne hielt. Dann drehte er sich zu ihr um.

»Das kommt vielleicht ein bisschen plötzlich für dich. Aber ich habe mir geschworen, dass es das Erste sein wird, das ich mache, wenn ich aus dem Gefängnis raus bin.«

Sie lächelte. »Was denn?«

Er ergriff ihre Hände.

»Melinda«, sagte er ernst, »willst du mich heiraten?«

Damit hatte sie überhaupt nicht gerechnet! Das war noch nie ein Gesprächsthema zwischen ihnen gewesen und ihr wurde bewusst, dass sie auch noch nie richtig darüber nachgedacht hatte. Irgendwie war ihr das in der Ausnahmesituation des letzten Jahres nicht von Bedeutung erschienen. Nach allem, was sie zusammen durchgemacht hatten, fühlte sie sich eigentlich als seine Frau. Aber jetzt, als er es aussprach, spürte sie, wie wichtig es ihr plötzlich war. Dass sie heirateten. Dass sie das zwischen ihnen besiegelten. Sie merkte, wie ihr Tränen in die Augen stiegen, als sie dazu ansetzte, ihm zu antworten.

»Ja. Ich will. Ich will dich heiraten«, sagte sie leise.

Er umfasste ihr Gesicht und küsste sie. Dann hob er sie wieder hoch und trug sie ins Schlafzimmer. Sie kniete sich auf das Bett und er zog ihr vorsichtig das Kleid über den Kopf.

»Nein, warte«, sagte er sanft, als sie ihm das Hemd absteifen wollte, »bleib so.«

Er stellte sich vor sie ans Bett und seine Blicke glitten über ihren Körper, während er sich auszog.

»Du siehst genauso aus, wie ich dich in Erinnerung habe. Man sieht gar nicht, dass du schwanger warst. Nur hieran«, sagte er leise und strich ihr sanft mit dem Finger über die dünne, noch gerötete Narbe.

Sie spürte, wie sie erschauerte unter seiner Berührung. Sie wollte ihn so sehr, sie hatte Mühe, ihre Ungeduld zu zügeln, aber er schien es langsam angehen lassen zu wollen, obwohl sie sehen konnte, dass er bereit war.

Er kniete sich vor sie und strich ihr zärtlich über die Wange. Sie legte die Hand auf seine Brust. Es tat so gut, ihn wieder spüren zu können. Langsam ließ sie ihre Hand abwärts gleiten, aber er hielt sie fest, bevor sie das gefunden hatte, was sie suchte. Himmel, sie brauchte ihn. Jetzt.

»Melinda«, sagte er vorsichtig und rückte ein Stück von ihr ab, ohne aber ihre Hand loszulassen, »ich muss dich um etwas bitten.«

Sie sah ihn an.

»Du hast mir wahnsinnig gefehlt. Das hat mir gefehlt. Ich habe mich jeden Tag nach dir gesehnt, dass es mich fast in Stücke gerissen hat. Aber ich glaube, ich brauche ein bisschen Zeit. Es bist nicht du, du kannst sehen, wie sehr ich dich will. Irgendwie sind das zu viele Eindrücke auf einmal, mir ist ganz schwindlig von allem.«

Mit aller Kraft versuchte sie, sich ihre Überraschung nicht anmerken zu lassen. Er hatte Angst! Und in diesem Punkt hätte sie bei ihm niemals damit gerechnet.

»Komm«, sagte sie leise und zog ihn mit sich. »Nimm mich einfach in den Arm und halte mich ganz fest. Wir brauchen das eine Jahr nicht in einer Stunde nachzuholen.«

Er legte sich hinter sie und schloss seine Arme um ihren Oberkörper. Sie konnte spüren, wie hart er war, als er sich gegen sie drängte. Es machte sie fast wahnsinnig. Und es verunsicherte sie auch. Wenn sie das verloren, wenn er das verlor, würde es ihn umbringen. Das war eine Sache, die immer erschreckend einfach zwischen ihnen gewesen war. Sie hatten sich oft nur kurz zu berühren brauchen, um das in Gang zu setzen. Sie hatte das zwar ab und zu selbst provoziert, aber eigentlich war er es dann immer gewesen, der die Kontrolle über die Situation hatte. Jetzt verstand sie auch, was ihm so Angst machte. Und es würde in nächster Zeit noch eine ganze Menge ähnlicher Situationen geben. Sie musste damit sehr behutsam umgehen. Ihr wurde plötzlich klar, was da vor ihr lag. Ihm durch die Haft zu helfen und immer wieder aufzubauen, war eine Sache gewesen. Aber es war nicht zu Ende. Er musste sich nun mit einem anderen Leben auseinandersetzen und würde sicher eine Weile brauchen, um sich in seiner neuen Realität zurechtzufinden.

»Melinda«, sagte er plötzlich in die Stille, »glaubst du, ich kann die Kleine kurz sehen?«

»Ja, klar. Ich hab schon mit Carla abgemacht, dass sie vorbeikommen soll. Ich lasse sie gleich holen. Ich habe übrigens ein paar Leuten eingeladen für heute Abend. Sie wollen das gerne mit dir teilen. Ist das ok?«

»Das ist in Ordnung. Ich will mich ja auch bei allen bedanken. Obwohl ich natürlich lieber mit dir alleine wäre.«

»Ich auch. Wir kommen allerdings nicht darum herum. Ich habe aber gedacht, dass Lia mit Carla noch in meiner Wohnung übernachtet. Damit wir ein bisschen Zeit für uns haben.«

»Ok. Auch wenn ich mich da ziemlich schlecht fühle. Sie ist immer bei dir, ich will ihr dich doch nicht wegnehmen.«

»Lia ist mit ihrer Großmutter gut aufgehoben. Es ist ja nur bis morgen. Oder übermorgen. Dann holen wir sie her, die Wohnung ist groß genug. Und Carla muss ja nicht zu uns ziehen. Das regeln wir dann.«

Er nickte. »Tut mir leid wegen vorhin. Ich habe kalte Füße bekommen.«

»Ich bin froh, dass ich dich wieder habe«, sagte sie sanft, »und neben dir schlafen werde heute Nacht. Ich weiß, dass das alles ziemlich viel für dich ist. Wir kriegen das hin. Wir haben schon ganz andere Sachen zusammen geschafft, ok?«

Er nickte und küsste sie sanft. »Ich gehe duschen«, sagte er, »ich habe mich schon die ganze Zeit auf eine Dusche mit Wasserdruck gefreut!«

Sie lachte. »Ok, ich rufe Carla an. Spätestens um acht schläft Lia nämlich.«

Aris war ziemlich überrascht über die Veränderungen bei seiner Tochter. Sie lächelte ihn tatsächlich an! Melindas Stiefmutter legte sie ihm sofort in den Arm. Als sie ihm die Flasche mit der Milch hinhielt, versuchte er abzuwehren, aber sie drückte sie ihm resolut in die Hand und zeigte ihm, wie er sie halten sollte. Er war dann richtig stolz, als die Kleine daran zu saugen begann. Als sie das Fläschchen fast geleert hatte, schlief Lia ein.

»Das war es dann«, sagte Melinda, »sie schläft bis morgen um acht.«

»Wirklich? Ich kann mich erinnern, dass meine Jungs mehrmals nachts Stress gemacht haben. Maria hat sie auch immer wieder ein paar Nächte zu ihrer Mutter gebracht, damit sie schlafen konnte.«

»Ich habe da, glaube ich, Glück gehabt. Sie wacht nur kurz auf, wenn sie Hunger hat, und schläft dann gleich wieder.«

Melinda brachte sie ins Schlafzimmer, als die anderen kamen. Und Lia ließ sich tatsächlich nicht stören, als alle nacheinander kurz zu ihr hereinsahen, um wenigstens einen Blick auf das Baby zu werfen, und dabei leise, unterdrückte Entzückungslaute ausstießen. Sie schlief tatsächlich tief und fest.

Obwohl Aris sich von allem ein bisschen überfordert fühlte, war er dann doch froh, die Leute zu sehen, die diese ganzen albtraumhaften Monate zu ihm gehalten hatten. Ein paar seiner engsten Mitarbeiter und vor allem Thymios und Stella, Pavlos und auch Vassilis, der ihn in regelmäßigen Abständen besucht hatte. Auch die Freunde von Melindas Mutter, Kostas und Eleni, die er noch nicht persönlich kannte, waren gekommen. Und natürlich Georgopoulos.

»Du kannst Menios zu mir sagen«, sagte er zu Aris, als er mit ihm anstieß, »und nur damit du es weißt, dein Fall war der erste in sehr vielen Jahren, bei dem ich richtig geschwitzt habe vor Gericht. Bis zum Schluss wusste ich nicht sicher, ob ich es schaffen würde, der Zeugin das Geständnis zu entlocken. Aber es hat alles geklappt. Es ist bald zu Ende.«

Am meisten freute Aris sich über Babis, der kurz vorbeikam, bevor er seine Nachtschicht im Gefängnis antreten würde.

»Ich habe es Ihnen doch gesagt, dass Sie nur durchhalten müssen«, sagte er, als Aris ihn zur Begrüßung umarmte.

Er hatte keinen Dienst gehabt bei seiner Entlassung heute Mittag. Aber Thymios hatte ihm offensichtlich Bescheid gesagt. Aris war sich bewusst, dass er es diesem Mann verdankte, dass er damals bei seiner Inhaftierung nicht vollends den Verstand verloren hatte.

Er fand es erstaunlich, wie wenige Menschen im Leben tatsächlich wichtig waren. Und er hätte niemals gedacht, dass er da einen Justizvollzugsbeamten dazu zählen würde.

Aris nahm sein Glas und trat zu Pavlos auf die Veranda.

»Es ist vorbei«, sagte er und legte ihm die Hand auf die Schulter.

»Ja. Gott sei Dank.« Pavlos lächelte schief. »Aris, ich hätte dir das letzte Jahr wirklich gerne abgenommen. Ich fühle mich da mitverantwortlich.«

»Hör mir zu. Du hättest das nicht vorhersehen können. Ich habe dir sehr viel zu verdanken. Wir haben in etwas mehr als einem Jahr im Ministerium eine Menge erreicht und das weißt du auch. Über kurz oder lang wären wir darauf gekommen. Schließlich standen wir unmittelbar davor, aufzudecken, dass mit Sarantis etwas nicht stimmte. Dieser Betrug war so krass- das hättest du nicht verhindern können.«

»Trotzdem. Das ist eine Sache, die werde ich mir nie verzeihen.«

»Ich war der Minister und ich hatte letztlich die Verantwortung. Meine engste Mitarbeiterin hat mich da hineingezogen. Weil ich ihr blind vertraut habe. Hör auf, dir Vorwürfe zu machen. Es hat sich alles aufgeklärt. Lass uns nach vorne schauen.«

Pavlos nickte.

»Und danke, dass du dich damals so um Melinda gekümmert hast.«

»Zu der Zeit hätte ich dir liebend gerne den Kopf abgerissen!«, rief Pavlos aus.

»Nicht nur du«, sagte Thymios, der zu ihnen auf die Terrasse trat, um eine Zigarette zu rauchen.

»Ok, lasst uns nicht wieder damit anfangen. Mir ist klar, was ich ihr angetan habe. Und ich hoffe, dass sie mir inzwischen verziehen hat.«

Pavlos klopfte Aris kurz auf die Schulter und ging wieder hinein.

Aris zündete sich ebenfalls eine Zigarette an und stellte sich neben Thymios an das Geländer. Eine Weile starrten sie schweigend in den Nachthimmel.

»Ich habe Melinda heute gefragt, ob sie mich heiraten will«, brach Aris die Stille.

»Gut für dich«, sagte Thymios erfreut. »Was hat sie denn gesagt?«, zog er ihn auf.

Aris strahlte nur über das ganze Gesicht. »Wirst du mein Trauzeuge?«

»Natürlich«, sagte Thymios gerührt und umarmte ihn.

»Thymios«, sagte Aris, als sein Freund ihn freigab, »heute Nachmittag, als ich mit ihr alleine war, also ich ..., ich habe sie nicht angerührt.«

Thymios sah ihn überrascht an. »Wie meinst du das? Konntest du nicht?«

»Nein, ich konnte und ich wollte sie auch wie verrückt. Aber ich habe mich irgendwie nicht getraut. Lach bitte nicht, ok? Das ist ziemlich ernst.«

»Also, dass ich so etwas jemals aus deinem Mund hören würde, hätte ich nicht gedacht.« Er lachte jetzt doch ein bisschen, fing sich aber sofort wieder. »Ok, was ist passiert?«, fragte Thymios.

»Ich war plötzlich total blockiert. Weißt du, das zwischen uns war ziemlich intensiv auf dieser Ebene. Ich weiß nicht, es ist nur, dass ich Angst habe, dass ich sie da ..., dass ich ihr das vielleicht nicht mehr geben kann. Thymios, ich bin nicht mehr der gleiche Mann nach dieser Geschichte. Das alles hat mich unwiederbringlich verändert.«

»Aris, glaube mir, du bist immer noch der gleiche Mann. Auch wenn du es nicht sehen kannst, ich sehe es. Du bist dir treu geblieben und du hast dir nichts vorzuwerfen. Du hast nur eine andere Sichtweise auf die Dinge. Du wirst dich in deinem neuen Leben zurechtfinden. Gib dir einfach ein bisschen Zeit. Das zwischen dir und Melinda ist so stark, es spielt sich wieder ein. Du wirst sehen.«

Aris nickte nachdenklich und Thymios prostete ihm zu. Dann gesellten sie sich wieder zu den anderen.

Aris musste lächeln, als er sah, dass Melindas Stiefmutter versuchte, sich mithilfe von Melinda und Stella, die Deutsch sprach, mit Menios zu unterhalten, der von ihr sichtlich eingenommen schien.

Er ging auf Melinda zu und zog sie an sich. Sie lächelte.

»Aris, was meinst du, sollen wir es ihnen sagen?«, fragte sie leise.

»Ich glaube, sie werden sich darüber freuen. Wenn du damit einverstanden bist, ich denke, wir sollten«, erwiderte er.

Sie lächelte strahlend und nickte. »Sag du es ihnen.«

Er zog sie mit sich vor das Verandafenster.

»Ich bin wahnsinnig froh, dass ihr hier seid mit uns heute Abend«, sagte er, als er merkte, dass alle ihre Aufmerksamkeit auf sie richteten. »Und das ist keine hüllenlose Floskel. Ihr kennt mich gut genug, um das zu wissen. Deswegen werde ich euch auch eine schwülstige Rede ersparen, ihr wisst, was ihr mir bedeutet, aber ich möchte noch einmal ehrlich danke sagen. Für alles. Ohne euch wäre ich heute nicht hier, wäre ich nicht zu Hause. Und weil ihr jetzt alle da seid, möchten Melinda und ich euch auch noch etwas sagen.«

Sie sahen sich an und er küsste sie kurz auf die Lippen. »Ich habe Melinda heute gefragt, ob sie meine Frau werden will. Und sie hat ja gesagt!«

Carla, der seine Worte offensichtlich von Stella übersetzt worden waren, rief irgendetwas auf Deutsch aus, was sehr begeistert klang. »Ich freue mich so für euch!«, fügte sie auf Englisch hinzu, während sie auf sie zustürzte und erst ihn und dann Melinda fest an sich drückte.

Die anderen kamen auch einzeln zu ihnen, um ihre Glückwünsche auszusprechen. Als Letzter trat Kostas vor sie.

»Alles Gute«, sagte er und schüttelte Aris die Hand, nachdem er Melinda umarmt hatte.

»Danke. Ich stehe übrigens tief in Ihrer Schuld dafür, dass Sie mir damals mit Georgopoulos geholfen haben. Das werde ich Ihnen nie vergessen.«

»Das haben Sie ganz alleine Melinda zu verdanken. Sie hat an Sie geglaubt. Ich habe das für sie getan.«

»Ich verdanke ihr wirklich sehr viel«, sagte Aris ernst.

»Machen Sie sie glücklich!«, sagte Kostas nicht unfreundlich, »sie hat es verdient.«

»Das werde ich«, versprach Aris.

»Wer sind denn die Trauzeugen?«, fragte Carla.

Melinda sah ihn fragend an.

»Ich habe Thymios gebeten«, sagte er an sie gewandt, »wenn du einverstanden bist.«

»Natürlich!«, rief sie aus und umarmte Thymios.

»Du kannst selbstverständlich auch noch jemand anderen fragen«, sagte Aris.

»Also, ich glaube, dass Thymios das auch alleine schaffen wird«, sagte Melinda mit einem Lächeln in Thymios Richtung, »aber ich würde gerne noch jemand bitten.«

Aris folgte ihrem Blick, der auf Pavlos fiel. Der sah sie überrascht an.

»Willst du mein Trauzeuge werden?«

»Melinda, natürlich will ich das«, sagte er, kam auf sie zu und schloss die Arme erst fest um sie und dann um ihn.

Die nächste Stunde floss noch reichlich Champagner, bevor Thymios mit einer eindeutigen Ansage das Ende des Abends ankündigte, um sie nach diesem ereignisreichen Tag ein bisschen zur Ruhe kommen zu lassen.

Als sie alle gegangen waren, rief Aris den Wagen für Carla, die richtig glücklich wirkte und aufgeregt auf Deutsch auf Melinda einredete, während sie Lias Sachen zusammensuchte. Es ging wahrscheinlich um die Hochzeit, die sie anscheinend schon in allen Einzelheiten plante, wie Melinda ihm vorhin mit genervtem Blick mitgeteilt hatte.

Er fand Carlas Anteilnahme eigentlich sehr bewegend. Die Reaktion ihrer Familie beschäftigte ihn schon sehr lange, sie konnte kaum begeistert darüber sein, was Melinda im letzten Jahr wegen ihm durchgemacht hatte. Aber Carla ließ ihn den ganzen Abend lang nur spüren, wie sehr es sie freute, dass die Sache für ihn ein so gutes Ende genommen hatte. Von ihrem Bruder hätte er sich mit Sicherheit nicht das gleiche Verständnis erhoffen können, wenn er hier gewesen wäre.

Als Melinda ihrer Stiefmutter behutsam die Babyschale mit der tief schlafenden Lia reichte, bemerkte er, dass sie kurz zögerte, bevor sie sie

Carla gab. Die sagte in beruhigendem Tonfall etwas auf Deutsch zu Melinda.

»Gute Nacht, Aris. Ich bin froh, dass es vorbei ist. Dass ihr wieder zusammen seid«, sagte sie auf Englisch zu ihm und küsste ihn auf die Wange.

»Danke. Danke für alles«, erwiderte er und drückte sie fest an sich.

Als Melindas Stiefmutter mit seiner Tochter gegangen war, hatte er ein ziemlich schlechtes Gewissen. Egal, was Melinda dazu sagte, morgen Abend würde die Kleine hierbleiben. Er war ihr Vater. Und er hatte nicht das Recht, ihre Mutter zu monopolisieren, auch wenn er Zeit mit ihr brauchte. Melinda brachte schon mehr als genug Verständnis für seine Situation auf.

Er setzte sich mit einem letzten Glas Whiskey aufs Bett und zappte durch das Programm, während Melinda im Bad war. Als sie wieder erschien, trug sie eines dieser Nachthemden, die er so vermisst hatte. Sie war noch nicht abgeschminkt, wie er feststellte, und musste dabei ein Lächeln unterdrücken. Dann kniete sie sich neben ihn auf das Bett und griff nach seinem Whiskey. Sie trank einen tiefen Schluck und hielt ihm das Glas hin. Er tat es ihr nach.

Das Nachthemd war sehr kurz und als er seinen Blick über sie gleiten ließ, bemerkte er, dass sie darunter kein Höschen trug.

Er würde es tun müssen. Er würde irgendetwas tun müssen, er war so hart, dass es schmerzte.

»Aris, sieh mich an«, sie fixierte ihn förmlich mit ihrem Blick. »Genau wie heute Nachmittag hast du einen verdammten Ständer. Ich kann es durch das Leintuch sehen, ok?! Wenn es nicht so wäre, würde ich dich in Ruhe lassen. Aber jetzt will ich dich. Du kannst mir geben, was ich von dir brauche. Und ich weiß, dass du es auch brauchst.« Ihre Stimme klang heiser.

Er ertrank fast in ihrem Blick. Der Schmerz da unten wurde auf einmal so heftig, dass er glaubte, gleich zu explodieren.

Sie riss ihm das Leintuch weg und setzte sich auf seinen Schoß. Sie küsste ihn sanft, während ihre Hand über seine Brust glitt und langsam seinen Bauch hinunter strich. Dann schloss sie ihre Hand um ihn und er versuchte erfolglos, einen Aufschrei zu unterdrücken, als diese Empfindung in sein Bewusstsein drang, die dieses erste Mal nach fast einem Jahr, dass sie ihn da berührte, in ihm auslöste.

Plötzlich war es wieder da. Ihre Körper erinnerten sich aneinander. An all das, was zwischen ihnen existierte. Es gab nur noch sie und ihn.

Und als sie sich irgendwann, sehr viel später, vollkommen erschöpft in den Armen lagen, schien es, als ob diese ganzen Monate der Trennung nie gewesen wären.

»Du bist aber früh auf«, sagte Melinda und trat schlaftrunken zu Aris auf die Veranda.

Er lächelte sie an. »Ich konnte nicht richtig schlafen. Die ganze Zeit hatte ich Angst, einzuschlafen und dann vielleicht wieder in meiner Zelle aufzuwachen. Außerdem wollte ich einfach den Sonnenaufgang sehen. Ich kann mich nicht erinnern, das früher jemals bewusst getan zu haben, und im Gefängnis macht man sich solche Gedanken, was man alles nicht gemacht hat.«

Sie setzte sich auf seinen Schoß.

Er seufzte. »Ich hoffe, dass es bald vorbei ist. Ich habe wirklich Angst vor Montagmorgen, wenn ich wieder zum Prozess muss. Natürlich weiß ich, dass nicht mehr viel passieren kann, aber trotzdem kann ich nicht aufatmen. Das hat mich immer noch so im Griff - ich bin da schließlich von einem Tag auf den anderen hinein geraten, obwohl ich absolut nichts getan hatte! Trotz der Wendung, die die Ereignisse genommen haben, kann ich nicht sagen, dass mein Vertrauen in das Justizsystem restlos wiederhergestellt ist.«

»Ich verstehe, wie du dich fühlen musst. Ich kann es ja auch immer noch nicht glauben, dass wir hier zusammen auf der Veranda sitzen. Aber ich denke mal, der Rest des Prozesses wird dir helfen, das alles zu realisieren. Es ist auch wichtig für dich, dass das dort aufgearbeitet und endgültig geklärt wird.«

Sie nahm ihn in die Arme und er grub sein Gesicht in ihre Haare.

»Komm, ich mache uns einen Kaffee«, sagte sie, als er sich von ihr löste.

»Wann willst du eigentlich wieder anfangen, zu arbeiten?«, fragte er, während er ihr in die Küche folgte.

»Wenn alles gut geht, im neuen Jahr. So habe ich das mit Nico vereinbart. Der Prozess wird ja sicher noch bis Oktober dauern, wie Georgopoulos schätzt. Dann hätten wir noch eine Weile Zeit, uns in Brüssel einzuleben. Aris, bist du dir sicher, dass du ganz hier wegziehen willst?«, fragte sie, während sie die Kaffeemaschine einschaltete.

»Ich will dort leben, wo meine Familie ist. Aber unabhängig davon, hält mich hier nichts mehr. Und in die Politik gehe ich nie wieder zurück!«

»Pavlos hat mir erzählt, dass ihn gestern schon eine ganze Menge Leute angerufen haben, die an dich herantreten wollen.«

»Ich weiß. Zum Glück habe ich seit dieser Hausdurchsuchung eine neue Handynummer, die niemand kennt. Ich habe Pavlos gebeten, das alles so weit wie möglich von mir fernzuhalten. Ich lasse mich nicht benutzen, von diesem ganzen Schmutz habe ich genug. Nachträgliche Entschuldigungen brauche ich auch nicht. Wo waren denn alle, als ich sie wirklich gebraucht habe?«

»Ich kann dich ja verstehen. Aber überstürze nichts. Lass das alles auf dich zukommen. Egal was kommt, wir werden in Zukunft zusammenleben. Wo auch immer das sein wird.«
»Das werden wir in jedem Fall. Ich lasse dich bestimmt nie wieder gehen.«
Sie küsste ihn kurz, als sie ihm den Kaffee hinstellte.
»Weißt du, was ich heute gerne machen würde? Einfach irgendwohin fahren, ans Meer. Das hat mir sehr gefehlt«, sagte er.
»Das können wir ja organisieren.«
»Aber nur wir drei. Und ich will selber fahren.«
»Aris, das ist noch zu gefährlich. Wir müssen die Sicherheitsleute mitnehmen. Vielleicht können sie hinter uns herfahren. Ich rede mit ihnen.«
»Melinda, ich mache das. Du musst dich nicht mehr um alles selber kümmern, ok? Ich bin wieder da.«
Sie lächelte und nahm sich vor, sich in Zukunft etwas zurückzunehmen. Wenn sie ehrlich war, würde sie froh sein, diese alltägliche Verantwortung mit jemand teilen zu können.

Sarantis saß auf seinem Bett in der kleinen Zelle und starrte vor sich auf den grauen Betonboden. Seine Schultern waren nach vorne gesunken, seine Hände ruhig in seinem Schoß gefaltet. Es war vorbei. Er hatte seine letzte Chance vertan. Er hatte zu lange gezögert.

Schon seit der Wärter ihn gestern Abend in die Zelle gesperrt hatte, saß er so da. In den gleichen Kleidern. Mit dem gleichen Ausschnitt des Betonbodens im Blickfeld.

Jetzt stand er auf. Es war fast halb sieben Uhr früh. Er ging zu dem kleinen Tisch, an dem er die ganzen letzten Monate geschrieben hatte, und ließ sich auf dem Stuhl davor nieder. Es war alles umsonst gewesen.

Er holte das Geständnis hervor, das inzwischen ziemlich mitgenommen wirkte, durch das ständige Hervorholen und Wiedereinstecken in seine Sakkotasche. Er strich es glatt und nahm dann einen sauberen Papierbogen aus einem Karton. Vorsichtig schrieb er das Datum oben rechts auf die Seite. Er hielt kurz inne und begann dann entschlossen, den Text aufs Papier zu bringen, den er sich die ganze Nacht zurechtgelegt hatte. Als er fertig war, schob er das Blatt mitsamt seinem Geständnis unter die Matratze. Dann lehnte er sich auf dem Stuhl zurück und wartete auf den Wärter, der ihm gleich aufschließen würde.

Als der Wärter ihn endlich zu seinem Rundgang auf dem kleinen Innenhof holte, überkam ihn Erleichterung. Er blinzelte kurz in die gleißende Sonne, als er nach draußen trat, und schlenderte dann zu seinem Stammplatz auf dem Mäuerchen, wo der schwule Modedesigner immer bei seinem eigenen Hofgang saß. Er sah zu dem Blumentopf, auf den Assimakopoulos Blick am Anfang seiner Haft immer geheftet gewesen war, als er neben dem alten Minister auf der Bank gesessen hatte. Auf die Bank, die noch leer war, würde sich wenig später Athanasiou setzen.

Er fragte sich, was Assimakopoulos gerade machte. Vielleicht lag er noch im Bett und hatte sein Gesicht in das leere Kissen seiner Frau vergraben, das nach der ganzen Nacht ihren Geruch angenommen hatte, als sie aufgestanden war, um nach dem Baby zu sehen. Oder er saß auf dem Balkon und trank den Kaffee, den ihm heute endlich mal wieder seine Frau gekocht hatte.

Er gönnte Assimakopoulos sein Glück. Dass es für ihn vorbei war. Dass er von nun an jeden Morgen in den Armen seiner Frau aufwachen würde. Er freute sich nicht für ihn. Aber er neidete es ihm auch nicht.

Langsam glitt sein Blick wieder zu dem Blumentopf. Die Gardenie darin war inzwischen ein ganzer Busch geworden, der unbeirrt in dem angerosteten Metallfass vor sich hin wuchs. Irgendjemand schien die Pflanze zu gießen, da sie immer höher und dichter wurde und im Frühjahr sogar Blüten geworfen hatte. Aber um die Erde hatte sich schon lange niemand mehr gekümmert, wie die Wurzeln verrieten, die auf der Oberfläche bloßlagen. Die oberste Schicht war abgetragen, so dass man den Rand des ehemaligen Topfes der Pflanze erkennen konnte. Es war ein alter Tontopf. Jemand hatte die Gardenie offensichtlich mitsamt ihrem alten Behälter irgendwann in das Fass gesteckt.

Er ließ seine Hand wie beiläufig über die trockene Erde gleiten, bis er fand, was er suchte. Er hatte recht gehabt. Die Wurzeln hatten den Ton gesprengt. Es bedurfte nur eines kurzen Griffes und schon hatte er eine Tonscherbe in der Hand.

Er schaffte es gerade noch, sie in der Tasche seiner Hose verschwinden zu lassen, bevor der Wärter mit Athanasiou auf den Hof trat. Athanasiou würdigte ihn, wie immer, keines Blickes, während er sich auf der Bank niederließ und sich eine Zigarette anzündete.

Sarantis überlegte, ob er auch eine rauchen sollte. Einfach, um zu sehen, was die Leute daran fanden. Aber dann entschied er sich dagegen. Denn das hätte bedeutet, dass er das Wort an Athanasiou oder den Wärter richten und eine aktive Bitte aussprechen musste. Und dazu war er nicht mehr in der Lage.

Er sah zu dem Stück Himmel hinauf, das man von hier sehen konnte, und richtete seinen Blick direkt in die Sonne. Seine Augen tränten, aber er versuchte, dem Licht standzuhalten, bis der Überlebensinstinkt ihn zwang, seine Augen zu schließen und sich abzuwenden.

Als der Wärter ihn wenig später zu seiner Zelle führte, tanzten immer noch diese schwarzen Punkte vor seinen Augen. Er fragte sich, ob das wieder weggehen würde. Oder ob sein letzter Blick in die Sonne bleibende Schäden hinterlassen hatte. Er musste fast lächeln, als ihn die Erkenntnis traf. Es war nicht mehr wichtig. Erstaunt stellte er fest, wie beruhigend das war. Dass sich irgendwann alles relativierte. Dass alles sich so weit relativierte, dass es egal wurde.

Er nickte dem Wärter kurz zu, bevor er ihn in seine Zelle einschloss. Als er die sich entfernenden Schritte wahrnahm, holte er die beiden Dokumente unter seiner Matratze hervor. Vorsichtig legte er sie auf den Tisch.

Er ließ sich auf das Bett nieder und starrte auf den Ausschnitt des Betonbodens, den er schon die ganze Nacht betrachtet hatte. Er kannte jede Ritze. Langsam ließ er seine Hand in die Tasche seiner Hose gleiten und holte die Tonscherbe hervor. Prüfend strich er mit seinem Finger die Ränder entlang. Dann holte er tief Luft.

Als die Sonne am späten Nachmittag nicht mehr so sehr brannte, holten Aris und Melinda Lia von Carla ab und machten sich auf den Weg zum Meer. Sie wählten eine Gegend etwas außerhalb von Athen, wo sie hofften, dass der Strand nicht so überfüllt sein würde. Es war noch zu warm, um mit der Kleinen einen Spaziergang am Strand entlang zu machen, und so beschlossen sie, sich in eine kleine Taverne in den Schatten zu setzen. Die Gäste sahen sie offen an, als sie sich an einem der Tische niederließen, Aris Freilassung war schließlich durch alle Medien gegangen. Aber niemand behelligte sie.

Aris bestellte die gesamte Speisekarte, wie es Melinda vorkam, und Lia schlief friedlich in ihrem Kinderwagen, während sie aßen.

Melinda war plötzlich vollkommen überwältigt. Sie hatten diesen Nachmittag fast wie eine ganz normale Familie verbracht, wenn man von dem Sicherheitsdienst und den Blicken der Leute absah. Auf einmal war sie dankbar für die Veränderung in ihrem Leben. Das wäre ihnen früher nie möglich gewesen.

Ihr Blick fiel auf eine junge Familie, die zwei Tische hinter ihnen saß und sich gerade erhob, um aufzubrechen. Als die Mutter an ihrem Tisch vorbeikam, blieb sie stehen und sah Aris an. Die Sicherheitsleute am Nebentisch sprangen auf, aber Aris machte eine beruhigende Geste in ihre Richtung. Dem Vater, der notgedrungen hinter seiner Frau stehengeblieben war, schien das sichtlich peinlich zu sein.

»Ich will Sie nicht stören«, sagte sie zu Aris und lächelte, als ihr Blick auf Lia fiel. »Ich wollte Ihnen einfach nur sagen, dass ich sehr froh war, zu erfahren, dass Sie mit der ganzen Sache nichts zu tun hatten. Ich habe Ihre Partei damals wegen Ihnen gewählt und ich würde es wieder tun. Ich wünsche Ihnen viel Glück.« Sie lächelte auch Melinda kurz zu.

»Danke, das ist sehr freundlich von Ihnen«, sagte Aris und reichte ihr die Hand.

»Alles Gute«, murmelte jetzt auch der Vater und drängte seine Frau weiter, während er seinen kleinen Sohn hinter sich herzog.

Melinda lächelte Aris an. »Siehst du«, sagte sie, als sie sich entfernt hatten, »du solltest dir nochmal überlegen, ob du wirklich aussteigen willst. Vielleicht kannst du ja eine eigene Partei gründen.«

Er zog eine Augenbraue hoch. »Ich bitte dich, dass...« Er wurde von seinem Handy unterbrochen.

»Menios, was gibt es denn?«

»Was?!«, seine Augen weiteten sich vor Überraschung.

Melinda versuchte, zu verstehen, was passiert war, aber aus Aris Erwiderungen konnte sie keine Schlüsse ziehen.

»Stell dir vor«, sagte er, als er aufgelegt hatte, »Sarantis hat sich heute Mittag das Leben genommen. Er hat sich mit einer Scherbe von einem Blumentopf die Pulsadern aufgeschnitten!«

»Oh mein Gott!« Melinda sah ihn entsetzt an.

»Sie haben einen Brief bei ihm gefunden und ein handschriftliches Geständnis. Er hatte offensichtlich vorgehabt, das Geständnis vor Gericht zu verlesen und meine Verwicklung in die Sache aufzuklären, um seine Frau dazu zu bringen, ihm zu vergeben. Als ihm dann Alekas Aussage zuvorkam, ist er offensichtlich ausgetickt. So geht es anscheinend aus seinem Abschiedsbrief hervor.«

»Wahnsinn«, sagte Melinda, »aber das heißt ja, dass es zusätzlich zu Alekas Geständnis noch ein zweites gibt, das deine Unschuld bestätigt. Also Aris, du bist wirklich aus dem Schneider! Da kann doch gar nichts mehr schief gehen.«

»Ich denke auch, dass ich ein bisschen zuversichtlicher sein sollte.«

»Was mich interessieren würde, ist, was Seferlis dazu sagt. Bisher hat er sich ja noch nicht offiziell geäußert. Und ich bin sehr gespannt, ob er sich bei dir entschuldigen wird.«

»Melinda, ich hoffe, sowohl für ihn als auch für mich, dass es zu so einer Begegnung nie kommen wird. Denn ich werde für nichts garantieren können, was ich dann mit ihm mache!«

Kapitel 22

Einen Monat nach Aris Freilassung war tatsächlich so etwas wie Normalität bei ihnen eingekehrt. Aris schien die Umstellung besser zu verkraften, als Melinda anfangs befürchtet hatte. Und sie hätte nicht gedacht, dass er an ganz alltäglichen Dingen so viel Freude finden konnte.

Carla war eine Woche nach Aris Entlassung schweren Herzens wieder nach München geflogen. Natascha passte auf Lia auf, wenn Melinda mit Aris im Gericht saß, und an den paar Abenden, an denen sie zum Essen ausgingen oder bei Stella und Thymios waren. Aris hatte sich inzwischen an seine kleine Tochter gewöhnt und ging nicht mehr so übervorsichtig mit ihr um. Er übernahm auch eines der nächtlichen Fläschchen, die sie noch brauchte. Allerdings musste Melinda zum Wickeln doch noch aufstehen, da er sich das immer noch nicht zutraute. Sie gingen auch ab und zu im Supermarkt gemeinsam einkaufen oder liefen manchmal Abends mit dem Kinderwagen durch Kolonaki, natürlich immer noch in Begleitung der privaten Sicherheitsleute, aber sie hatten, zumindest ausschnitthaft, ein fast normales Leben.

Sie führten lange Gespräche miteinander und versuchten, dieses ganze letzte Jahr aufzuarbeiten. Aris erschien jeden Tag zum Prozess, aber nach Sarantis Geständnis, das Alekas Aussage in allem bestätigte, war das im Grunde nur noch eine reine Formalität. Er musste es einfach absitzen.

Immer mehr Leute, vor allem alte Parteifreunde, aber auch generell aus der Politik und aus den Medien, traten an Aris heran. Um sich zu entschuldigen, ihre Unterstützung anzubieten und auch, um ihn dazu zu bewegen, wieder aktiv zu werden. Jetzt, nachdem seine Verwicklung in diesen Skandal restlos aufgeklärt war und im Prinzip nur noch das Urteil fehlte, das seine Unschuld auch formell bestätigen würde, hatten ihn die Medien schon wieder voll rehabilitiert und regelrecht zum Märtyrer erhoben, der die Last der ganzen Katharsis getragen hatte. Wie die Meinungsumfragen zu diesem Prozess und dem Skandal zeigten, war er bei den Bürgern einer der beliebtesten Personen in der Politik. Aber obwohl er sich durchaus mit der politischen Lage beschäftigte, schien er sich aktiv wirklich nicht mehr einmischen zu wollen.

Am Sonntag vor der Urteilsverkündung kam Lefteris zu ihnen, da er dabei sein wollte, wenn das Urteil gesprochen werden würde. Melinda freute sich für Aris, dass er seinem Sohn allmählich näher kam und dass sich Lefteris ganz offensichtlich Mühe gab.

Lefteris sah seinem Vater ziemlich ähnlich, wie sie schon von Fotos wusste, aber er hatte ein vollkommen anderes Wesen. Er freute sich offensichtlich sehr, seine kleine Schwester kennenzulernen. Ganz anders als Aris am Anfang hatte er keine Angst vor Babys. Er nahm sie sofort hoch, redete auf sie ein und knuddelte sie. Lia schien ihn auch zu mögen, denn sie krähte ihn fröhlich an.

Melinda gegenüber verhielt er sich höflich, aber sehr zurückhaltend, was gar nicht seine Art zu sein schien. Mit Aris redete er jedenfalls ziemlich gerade heraus und nahm kein Blatt vor den Mund, wie sie feststellte. Sie fragte sich schon, ob er aus Loyalität zu seiner Mutter Abstand zu ihr hielt, aber als sie dann im Laufe des Tages bemerkte, dass sein Blick ein paar Mal eindeutig zu lange auf ihrem Körper hängen blieb, wurde ihr klar, warum er sich bemühte, ihr aus dem Weg zu gehen.

Sie wusste nicht, ob sie entsetzt oder belustigt sein sollte. Aber er war wohl in einem Alter, in dem er einfach nicht anders konnte. Aris schien davon zum Glück nichts mitzubekommen. Sie wollte auf keinen Fall, dass die Beziehung zwischen den beiden, die sich gerade erst entwickelte, durch so etwas belastet wurde. Aber Lefteris hatte sich eigentlich so weit im Griff und sie nahm sich auch zurück und versuchte nicht weiter, die Distanz, die er zu ihr wahrte, zu überbrücken.

Der letzte Prozesstag hielt keine Überraschungen bereit. Als der Richter die einzelnen Anklagepunkte in Aris Fall verlas, spürte Melinda dann aber doch, wie sich die Spannung in ihr aufbaute. Das »Nicht schuldig« des Vorsitzenden, als er Aris Urteil endlich verkündete, hallte noch in ihren Ohren, als sie auf Aris zulief, sobald die Verhandlung unterbrochen wurde.

Seine Mitangeklagten, die in allen Anklagepunkten für schuldig befunden worden waren, würden morgen nochmals zur Ankündigung des Strafmaßes erscheinen müssen, aber für Aris war der Prozess zu Ende.

Es war vorbei. Melinda atmete erleichtert aus, als sie mit Aris und Lefteris aus dem Gerichtgebäude vor die wartenden Reporter trat.

Eleftheriadis ließ sich in den Rücksitz seines Wagens sinken. Die Klimaanlage lief, obwohl sie schon Mitte Oktober hatten, auf Hochtouren. Es war ein heißer Herbst gewesen in Athen. Die Dinge sahen nicht gut aus für die Regierung, an gar keiner Front. Die Kürzungen und Steuerbelastungen, die unter Seferlis nun schon ins dritte Jahr gingen, hatten die Bürger vollkommen ausgelaugt. Seit einem Monat streikten die Ärzte und Rettungskräfte im öffentlichen Dienst und das hatte zu zwei Todesfällen geführt, die unmittelbar auf die durch den Streik entstandenen Verzögerungen zurückzuführen waren. Dann hatten sie noch drei Abgeordnete verloren, die von Seferlis nach ihrer Weigerung für das neue Steuergesetz zu stimmen, aus der Fraktion ausgeschlossen worden waren. Sie besaßen nur noch eine hauchdünne Mehrheit im Parlament. Und um dem noch die Krone aufzusetzen, war diese Katastrophe mit Assimakopoulos Prozess dazugekommen.

Als der Wagen vor dem Maximou-Gebäude hielt, stieg er aus und eilte zum Büro des Premierministers.

»Ich wollte die neuen Umfragen mit dir besprechen«, sagte Seferlis, als er eintrat, wie üblich, ohne sich mit Begrüßungsfloskeln aufzuhalten.

»Wir sind weiter abgefallen«, sagte Eleftheriadis ernst.

»Danke, Simos, das habe ich schon festgestellt. Die Opposition liegt das erste Mal ganze acht Punkte vorn! Dieser verdammte Prozess! Seit der Aussage von Aris Assistentin und dem Selbstmord von diesem Sarantis geht es bei uns mit den Umfragen nur noch den Bach hinunter. Alles, was wir durch die positive Aufmerksamkeit, durch die harte Verfolgung der Korruptionsfälle gewinnen konnten, ist aufgrund des Umstands, dass wir unseren eigenen Mann unschuldig ins Gefängnis gesperrt haben, zunichte gemacht worden. Aris sahnt voll ab in den Umfragen! Obwohl er sich noch nicht einmal äußert! Nicht in den Medien, nicht auf Twitter, nicht auf Facebook! Die Umfragen zeigen ihn, knapp nach dem Oppositionsführer, als die beliebteste Person in der Politik. Weit vor mir!«

»Michalis«, sagte Eletheriadis, »darf ich dich daran erinnern, dass ich dich gewarnt hatte? Dass du zu weit gehst mit deiner harten Linie? Es gab damals schon Anzeichen, dass er vielleicht nicht schuldig ist. Du warst derjenige, der darauf bestanden hat, dass wir Druck machen!«

»Ich weiß, Simos, ich weiß. Aber ich hätte doch nicht damit rechnen können, dass da absolut nichts dahinter steckt! Es sah so eindeutig aus. Da musste doch irgendetwas sein. Wenigstens Mitschuld an der Katastrophe hätte hängen bleiben müssen. Doch jetzt stellt sich heraus, dass er ein verdammter Heiliger ist! Dann musste er auch noch dieses Baby bekommen! Und seine Frau oder Verlobte oder was zum Teufel sie ist, haben die Medien gleich noch mit heiliggesprochen. Weil sie all die Monate jeden Tag mit ihm in diesem Gerichtsaal saß. Hatte die denn nichts anderes zu tun?! Simos, wenn Aris anfängt, den Mund aufzumachen, und vielleicht auf die Idee kommt, eine eigene Partei zu gründen, können wir einpacken, das ist dir hoffentlich klar!«

»Das ist mir bewusst. Und es gibt nur einen Weg daran vorbei. Du musst mit ihm reden. Entschuldige dich bei ihm. Und bei der Öffentlichkeit. Hole ihn wieder an Bord. Nur so kommst du da durch.«

»Ich will mich ja bei ihm entschuldigen. Auch persönlich, nicht nur für die Wählerstimmen. Ich bin damals zu weit gegangen. Eigentlich kannte ich ihn gut genug, um zu wissen, dass es da eine andere Erklärung geben musste. Ich dachte, ich hätte keine Wahl. Das war ein Fehler. Ich hätte wenigstens mit ihm reden sollen. Glaubst du, dass ich eine Chance habe? Ihn wieder zu uns zu holen?«

»Ehrlich gesagt, ich weiß es nicht. Aber du musst es wenigstens versuchen. Falls Aris wirklich einen Alleingang vorhaben sollte, wird uns über kurz oder lang die Mehrheit im Parlament wegbrechen! Und dann werden Neuwahlen anstehen. Die wir so nicht gewinnen können!«

Zwei Tage nach dem Urteil brachte Aris Melinda und die Kleine zum Flughafen. Natürlich hatte Melinda mit ihm gemeinsam fliegen wollen, aber schließlich war sie bereit gewesen, zu akzeptieren, dass er noch ein paar Tage alleine brauchte, um Abschied zu nehmen, bevor er nach Brüssel zog.

Eines der ersten Dinge, die er tat, war, sich mit Thymios an diesem Abend sinnlos zu betrinken. Es begann in einer Bar, dann eiste ihn Thymios aber los und sie setzten das Ganze bei ihm zu Hause fort. Wofür Aris ihm sehr dankbar war, denn wenn ihn die anderen Gäste in diesem Zustand gesehen hätten, in dem er sich um vier Uhr früh befunden hatte, hätte sein gerade erst wiederhergestelltes Image mit Sicherheit Kratzer bekommen. Er war vollkommen abgestürzt und jetzt, um drei Uhr nachmittags, hatte er es immer noch nicht geschafft, seine Kopfschmerzen wenigstens halbwegs unter Kontrolle zu bringen. Wenn er noch eine Tablette nahm, würde er sich wahrscheinlich vergiften. Es war erstaunlich, dass das der ganze Alkohol gestern nicht schon geschafft hatte.

Als er sich am Abend endlich wieder fast im Normalzustand befand, schickte er Maria eine Kurznachricht, dass er morgen auf der Insel sein würde, und bat sie um ein Treffen. Er rechnete nicht mit einer Antwort, aber zu seiner Überraschung textete sie ihm wenig später, dass er bei ihr vorbeikommen sollte.

Als die Maschine am nächsten Morgen zum Landeanflug ansetzte, wurde ihm warm ums Herz. Das war der Ort, an dem er sich richtig zu Hause fühlte. Hier hatte er seine Kindheit verbracht und seine Karriere begonnen. Auf dieser Insel waren seine Kinder aufgewachsen und dort hatte er das erste Mal erfahren, wie es sich anfühlte, eine Wahl zu gewinnen.

Von oben konnte er das kleine Dorf ausmachen, das in der Nähe der Hauptstadt am Wasser lag, aus dem seine Eltern stammten. Er nahm sich vor, sein Elternhaus zu renovieren, damit sie hier eine feste Bleibe hatten. Vielleicht konnte er noch heute mit Manos, dem Architekten, sprechen. Er wollte Melinda und Lia spätestens im Sommer endlich die Insel zeigen.

Es fühlte sich merkwürdig an, dass ihn ausgerechnet an dem Ort, den er als sein Zuhause empfand, niemand am Flughafen erwartete. Aber als er, gefolgt von dem privaten Sicherheitsmann, durch die Absperrung ging, kamen zwei Polizisten auf ihn zu, die er noch aus seiner Zeit als Bürgermeister kannte.

»Willkommen zu Hause! Wir wussten gar nichts von Ihrem Besuch!«, sagte der eine und streckte ihm die Hand hin.

Aris lachte. »Ich bin nur einen Tag hier«, sagte er.

Nun traten auch andere Leute an ihn heran, die sich im Flughafen aufhielten. Manche sahen ihn nur an, aber die meisten schüttelten ihm die Hand und sprachen Glückwünsche aus, so dass es eine Weile dauerte, zu dem Büro der Autovermietung auf der anderen Seite des Ankunftsbereiches durchzukommen. Der Inhaber kam selbst an den Schalter, als er Aris davor treten sah, gab ihm einen Schlüssel und zeigte durch das Fenster auf einen Wagen auf dem Parkplatz. Von Aris Kreditkarte wollte er nichts wissen.

»Hören Sie«, sagte Aris zu dem Mann vom privaten Sicherheitsdienst, als sie in den Mietwagen stiegen, »ich nehme Sie gerne mit in die Stadt, aber dann können Sie sich ein bisschen die Insel ansehen, wenn Sie mögen. Ich glaube, ich brauche Sie heute nicht, Sie sehen ja, dass mir hier keine Gefahr droht.«

Sobald er den Mann abgesetzt hatte, fuhr er einfach ziellos über die Insel und setzte sich dann eine Weile ans Meer. Er besuchte das Grab seiner Eltern und auch das Haus, in dem er aufgewachsen war. Zwar hatte er keinen Schlüssel dabei, aber die alte Nachbarin besaß natürlich einen, noch von seiner Mutter. Sie bestand auch darauf, dass er einen Kaffee mit ihr trank, und bald füllte sich ihre kleine Küche mit Leuten aus dem Dorf, die von seinem Besuch erfahren hatten.

Es war dann schon Nachmittag, als er bei Maria und Stamatis eintraf. Stamatis begrüßte ihn kurz und konnte es kaum abwarten, von seiner Mutter die Erlaubnis zu erhalten, wieder in seinem Zimmer verschwinden zu dürfen. Aris ließ sich auf einen Stuhl in der Küche sinken und Maria setzte sich ihm gegenüber. Seit er ihr vor fast zwei Jahren die Scheidung angekündigt hatte, schien sich nichts verändert zu haben, wie er feststellte.

»Hier wird nicht mehr geraucht«, sagte sie scharf, als er sich eine Zigarette anzünden wollte.

Er machte eine beschwichtigende Geste und legte die Packung weg.

»Maria, es war sicher nicht leicht für dich auf der Insel, als ich im Gefängnis saß. Es tut mir leid, dass du das wegen mir durchmachen musstest.«

»Tja, mir auch. Es war ziemlich hart. Aber es ist ja vorbei. Und du bist bekannter und beliebter denn je. Ich habe eigentlich nie geglaubt, dass du mit der Sache etwas zu tun hattest.«

»Danke, dass du mich dann so unterstützt hast in der ganzen Zeit, als niemand etwas mit mir zu tun haben wollte, weil alle geglaubt haben, ich hätte es getan«, sagte er.

»Wie du dich ja vielleicht erinnern kannst, warst du derjenige, der mit mir nichts mehr zu tun haben wollte. Deswegen hast du doch auch die Scheidung verlangt, oder täusche ich mich da?«

Ok. Der Punkt ging eindeutig an sie.

»Um mich zu schützen, musste ich, bei dieser Verurteilung durch die Medien, die da am Anfang über uns hereingebrochen ist, so viel Abstand wie möglich zu dir wahren. Das hätte ich sonst hier nicht überlebt. Es war eine grausame Zeit. Für mich, aber auch für Stamtatis und Lefteris. Mit Lefteris hast du ja Kontakt, wie ich erfahren habe.«

Er nickte. Sie fragte natürlich mit keinem Wort, wie diese Zeit für ihn gewesen war. Nicht, dass ihn das überraschte.

»Jedenfalls bin ich sehr froh, dass es hinter uns liegt. Was hast du denn vor? Seferlis nimmt dich mit Sicherheit zurück, hat er es dir schon angeboten? Aber verkaufe dich nicht zu billig, er wird sich öffentlich bei dir entschuldigen müssen. Du wirst verlangen können, was du willst! Stell dir mal vor, vielleicht Innenminister!«

Aris schüttelte nur den Kopf. Maria würde sich niemals ändern.

»Oder«, sagte sie, »du könntest auch etwas Eigenes machen. Eine Partei gründen. Du könntest vielleicht sogar Premierminister werden eines Tages!«

»Maria, tut mir leid, dass ich dich da enttäuschen werde, aber ich habe nichts dergleichen vor. Zu Seferlis werde ich mit Sicherheit nicht zurückgehen. Auch sonst will ich mit Politik nichts mehr zu tun haben. Das Kapitel ist vorbei. Ich habe beschlossen, dass ich dieses Land mit seiner ganzen verdammten Korruption verlasse. Ich will hier nicht mehr leben. Ich werde nach Brüssel ziehen.«

»Bist du wahnsinnig!? Du kannst doch jetzt nicht einfach gehen! Die Medien tragen dich auf Händen! Das musst du doch ausnutzen! Du kannst plötzlich alles haben! Denke doch auch mal an mich. Ich könnte mit deiner Unterstützung locker Bürgermeisterin werden!«

»Meine Entscheidung ist gefallen. Meine Verwicklung in die Sache ist aufgeklärt, mein Ruf ist wiederhergestellt und damit auch deiner. Mehr bin ich dir nicht schuldig.«

»Du bist wirklich total verrückt! Sie hat dir ja vollkommen den Verstand geraubt! Was willst du denn da machen, in Brüssel? Du kannst gerade mal so Englisch, geschweige denn, was die dort sprechen. Willst du Hausmann und Babysitter werden für sie? Überhaupt, das mit dem Baby. Es ist doch absolut lächerlich, dass du in deinem Alter nochmal Vater geworden bist!«

»Maria, es geht dich nichts mehr an, wie ich mein Leben lebe.«

Sie schnaubte. Dann sah sie ihn resigniert an. »Weißt du was, mach doch, was du willst. Aber ich wette mit dir, dass du nach spätestens zwei Monaten Windelwechseln genug haben wirst und wieder hier bist. Außerdem ist es kalt da im Winter. Und du hasst Kälte!«

Aris packte seine letzten Sachen für Brüssel. Das meiste hatte Melinda schon erledigt. Er stopfte gerade seine alte Trainingshose, die Melinda verabscheute, von der er sich aber nicht trennen wollte, in den Koffer, als sein Handy klingelte. Er meldete sich, ohne auf die Rufnummer zu achten.

»Aris, guten Abend, hier spricht Michalis. Ich wollte dir gratulieren, zu deinem Freispruch. Der Prozess hat die Geschichte ja restlos aufgeklärt. Ich weiß, dass es sicher sehr schwer für dich war, und ich bin dir auch eine persönliche Entschuldigung schuldig. Aber ich nehme an, du verstehst, dass ich der Justiz ihren Lauf lassen musste. Ich rufe dich an, um dir meine vollkommene Unterstützung in deiner weiteren politischen Laufbahn zu versichern. Ich dachte, wir setzen uns die Tage zusammen und reden über alles Weitere. Ich werde hinter dir stehen. Es wird kein schwarzer Fleck auf der Sache bleiben, dafür sorge ich. Ich dachte mir, dass die Pressemeldung, die du sicher herausgeben wirst...«

Als Aris sich von dem Schock erholt hatte und endlich realisierte, wer sein Gesprächspartner war und was er da sagte, brannten ihm alle Sicherungen durch. Er spürte, wie ihm das Blut in den Kopf stieg.

»Michalis«, unterbrach er ihn, bemüht, nicht vollends die Beherrschung zu verlieren, »ich hätte nicht gedacht, dass es irgendetwas gibt, das mich noch überraschen könnte. Aber jetzt bin ich absolut sprachlos. Du hast nicht nur den Nerv, mich anzurufen, nach all dem, was geschehen ist, aber du besitzt tatsächlich die Unverfrorenheit, mich zu bitten, wieder bei dir mitzuarbeiten. Und versuche nicht, mir diese Scheiße zu verkaufen, dass du mir helfen willst, meinen Ruf restlos wiederherzustellen! Für wie blöd hältst du mich eigentlich?! Ich kenne die Meinungsumfragen zu dem Prozess. Du willst mich benutzen - schon wieder!«

»Aris, ich kann verstehen, was du jetzt vielleicht fühlst, aber ich kann dir versichern, dass...«

»Weißt du was«, schnitt Aris ihm wütend das Wort ab, »du wusstest davon, dass mir Unregelmäßigkeiten in meinem Ministerium aufgefallen sind. Ich war dabei, mir, unter anderem, diesen Sarantis näher anzusehen. Natürlich hatte ich damals keine Ahnung, wie tief das ging, aber wir waren an der Sache dran. Und als sich dann die Ereignisse überschlugen und ich da mit hineingezogen wurde, weil ich vor hundert Jahren mal mit diesem Mavros zusammengearbeitet habe, legal, wie ich betonen muss, hast du es abgelehnt, auch nur ein Telefongespräch mit mir zu führen. Ich habe an dich geglaubt, verdammt noch mal! Du hast mich einfach geopfert. Ihr hattet nichts gegen mich in der Hand. Absolut nichts! Trotzdem habt ihr mich fast ein Jahr lang in dieses verdammte Loch gesperrt. Ich weiß, dass das auf deinen Befehl hin passiert ist. Von wegen unabhängige Justiz! Selbst als wirklich klar wurde, dass ihr nichts finden würdet, sind trotzdem alle meine Anträge auf Haftentlassung abgelehnt worden. Bis sich endlich ein Richter gefunden hat, der sich offensichtlich von dir nicht einschüchtern ließ. Meine Tochter ist mittlerweile sechs Monate alt. Das erste Mal, als ich sie gesehen habe, war im Gefängnis. Kannst du dir überhaupt vorstellen, wie sich das angefühlt hat?! Meine Familie, genauer gesagt, meine beiden Familien, sind ein Jahr lang durch die Hölle gegangen! Geh zum Teufel, Michalis, geh einfach zum Teufel!!«

Er machte sich nicht die Mühe aufzulegen, sondern schleuderte sein Handy mit aller Kraft gegen die gegenüberliegende Wand, wo es in alle seine Einzelteile zerbrach.

»Ich kann nicht glauben, dass es endlich vorbei ist«, sagte Aris zu Thymios, der ihn am nächsten Morgen zum Flughafen brachte, »und dass ich in ein anderes Land ziehe.«

»Gewinne erst einmal ein bisschen Abstand. Dass du da wirklich für immer leben wirst, davon bin ich noch nicht so richtig überzeugt.«

»Ich habe mich entschieden, ok?«

Thymios nickte und umarmte ihn fest zum Abschied.

»Mach's gut Thymios«, sagte Aris und reichte dem Sicherheitsmann des Flughafens seine Papiere. Er winkte Thymios noch einmal zu und lief dann direkt zum Gate.

Aris ließ sich auf einem der Sitze nieder, da der Flug noch nicht aufgerufen war. Einige der Passagiere ließen kurz den Blick über ihn gleiten, als sie ihn erkannten, aber zum Glück machte niemand Anstalten, mit ihm zu reden. Jetzt war er richtig froh, dass er bald in einer fremden Stadt sein würde, in der keiner wusste, wer er war.

»Herr Assimakopoulos«, hörte er plötzlich den Mann sagen, der sich neben ihn setzte.

»Paris!«, sagte Aris überrascht, »und du kannst Aris zu mir sagen.«

»Aris. Gratuliere dir zu allem. Vor allem zu deinem Baby.«

»Danke. Und übrigens auch danke dafür, dass du der Einzige unter deinen Kollegen warst, der versucht hat, mich zu unterstützen. Es ist nicht an mir vorbeigegangen.«

»Ich wollte die Dinge nur objektiv darstellen. Aber es hat mich letztlich meinen Job gekostet«, sagte Paris resigniert.

»Das habe ich gehört, es tut mir leid. Aber jetzt werden sie dich sicher zurückhaben wollen, nachdem du der Einzige warst, der damals richtig lag«, wandte Aris ein.

»Es wurde mir angeboten, aber ich habe abgelehnt. Ich bin ganz zufrieden mit dem neuen Sender. Da habe ich die Möglichkeit, von Anfang an alles mit aufzubauen. Aris, ich kann mir wirklich nicht vorstellen, wie diese Zeit für dich gewesen sein muss. Und für Melinda. Ich habe mich jedenfalls sehr für euch gefreut, als es vorbei war.«

Aris nickte nur.

»Darf ich dich etwas fragen?«, sagte Paris und sah ihn an. »Du musst mir nicht antworten, wenn du nicht willst, aber es wird gemunkelt, dass Seferlis dich zurückhaben will. Stimmt das? Hat er es dir angeboten?«

Aris lachte. »Ich antworte dir gerne. Er hat es mir angeboten.«

»Und? Was hast du gesagt?«, fragte Paris, ohne seine Neugier zu unterdrücken.

»Ich habe ihn zum Teufel geschickt.«

Paris lachte. »Das hätte ich wahrscheinlich auch getan. Ich weiß nicht, was du vorhast. Aber wenn du über diese ganze Sache reden willst, die Geschichte aus deiner Sicht darstellen möchtest, dann ruf mich an. Ich würde gerne eine Sendung darüber machen. Aber nur, wenn du darin auch persönlich zu Wort kommst.«

»Ich überlege es mir. Wenn ich mich entscheide, über die Geschehnisse zu sprechen, dann werde ich es auf jeden Fall mit dir tun, ok?«

Paris nickte und Aris erhob sich, als das Gate für die Passagiere der Business-Class geöffnet wurde.

»Mach's gut Paris.«

»Du auch. Viele Grüße an Melinda. Und Aris, du hast viel mitgemacht, aber ich glaube, dass du dich mit deiner neuen Familie glücklich schätzen kannst.«

Aris lächelte ihm zu und ging dann durch die Absperrung. Die Maschine war nicht direkt am Gebäude geparkt und sie wurden mit einem kleinen Bus über das Rollfeld gefahren. Langsam stieg er hinter dem Geschäftsmann in dem Nadelstreifenanzug die Metalltreppe zum Flieger hoch. Bevor er in die Maschine trat, drehte er sich kurz um und blickte ein letztes Mal in den strahlend blauen Himmel über Athen.

Aris wappnete sich, bevor er die Eingangstür ihres Wohnhauses aufstieß, und trat dann entschlossen in die Kälte. Er hielt die Tür auf und wartete auf Melinda, die wenig später mit dem Kinderwagen erschien. Er nahm ihr den Wagen ab und sie gingen über die Straße in den kleinen Park, der gegenüber lag. Es hatte in der Nacht geschneit und alles war mit diesem gleißenden Weiß bedeckt. Jetzt schien allerdings die Sonne von einem blassblauen Himmel. Und es wehte ein eisiger Wind.

An diese Kälte, die einem sofort unter die Kleidung kroch, sobald man nach draußen ging, egal was man anzog, würde er sich niemals gewöhnen können. Obwohl das Klima hier in Brüssel angeblich mild sein sollte und Schnee eher selten war, wie Melinda ihm erklärt hatte. Er wollte sich gar nicht vorstellen, wie es in den weniger milden Klimazonen Kontinentaleuropas aussah. Neiderfüllt blickte er auf Lia, die, fest eingepackt in ihrem Schneeanzug, von der Kälte offensichtlich nichts zu spüren schien. Vielleicht sollte er sich auch so einen Anzug zulegen, wenn er den Winter in Brüssel überleben wollte.

Lia starrte neugierig auf den Schnee und wollte aus dem Kinderwagen.

»Sollen wir sie herausnehmen?«, fragte Aris.

»Ja, klar, wenn sie will. Dieser Anzug ist doch wasserfest«, sagte Melinda.

Aris setzte Lia vorsichtig auf den Boden und sie kreischte vor Vergnügen, während sie ihre Fäustchen in den kleinen Handschuhen in den Schnee stopfte.

Er lachte. Die letzten Monate mit seiner Tochter hatten ihm eine ganz neue Welt eröffnet. Er war auf das Leben mit einem Baby überhaupt nicht vorbereitet gewesen, aber mittlerweile übte sie eine wahnsinnige Faszination auf ihn aus. Es tat ihm leid, dass er diese Zeit bei seinen Söhnen so vollkommen verpasst hatte. Damals war ihm einfach nicht bewusst gewesen, dass es auch nur annähernd seine Pflicht war, wenigstens einen Blick auf diese neue Generation zu werfen, die da mit ihren Müttern beziehungsweise in seinem Heimatland eher mit ihren Großmüttern heranwuchs, und in deren Leben die Väter, wenn überhaupt, eine untergeordnete Rolle spielten. Ihm war nicht klar gewesen, wie die Kleinen sich jeden Tag mühevoll den Weg zu einem selbstständigen Menschen erkämpfen mussten, wie viel Kraft und Entschlossenheit es bedurfte, sich den unzähligen Herausforderungen zu stellen, und wie schnell sie diese zu meistern lernten.

Er nahm seine kleine Tochter hoch und lächelte sie an. Sie lächelte zurück und kuschelte dann ihr Köpfchen an seinen Hals. Es war das erste Mal, dass sie das tat, und was er in diesem Moment empfand, überwältigte ihn vollkommen.

Und plötzlich fühlte er, wie sich tief in seinem Inneren eine Schleuse öffnen. Alle möglichen Empfindungen stürzten auf einmal ungebremst auf ihn ein. Diese ganzen angestauten Gefühle der letzten anderthalb Jahre. Das Entsetzen, die Wut, die Verzweiflung, die Enttäuschung, der Schmerz. Die Angst. Der Verrat. Und wie verdammt fremd er sich hier fühlte. Wie sehr ihm sein Heimatland fehlte. Er spürte die Tränen, die ihm über das Gesicht zu laufen begannen.

Melinda, die ihn die ganze Zeit mit einem Lächeln beobachtet hatte, erstarrte. Er weinte! Sie hatte ihn noch nie weinen sehen. Auch in diesem letzten tragischen Jahr kein einziges Mal. Es brach ihr fast das Herz, mit ansehen zu müssen, wie er darum kämpfte, die Kontrolle über seine Gesichtszüge wiederzugewinnen.

»Ich… «, er rang um Fassung, sein Blick verlor sich irgendwo in der Ferne. »Ich war so dumm«, fuhr er mit brüchiger Stimme fort. »So dumm zu glauben, dass ausgerechnet ich etwas verändern kann. Dass ich dieses

System, zu dem ich nie gehört habe, durchbrechen kann. Dieses Land ist noch nicht bereit, sich zu ändern. Mittlerweile weiß ich auch nicht mehr, ob es jemals dazu bereit sein wird. Ich habe so viel verloren. Dich. Meine Freiheit, meinen Ruf, meine Würde. Und ich habe das alles wiederbekommen. Nur eines nicht. Meine Heimat. Meine Heimat habe ich für immer verloren.«

In diesem Moment war sie sich absolut sicher. Sie liebte diesen Mann, Lias Vater, von ganzem Herzen. So sehr, dass es schon fast wehtat. Aber gleichzeitig wurde ihr in diesem Augenblick mit schmerzlicher Klarheit bewusst, dass sie nicht in der Lage sein würde, ihm das zu ersetzen. Sie konnte ihm seine Heimat nicht ersetzen.

»Aris, höre mir bitte zu«, sagte sie eindringlich, während sie beruhigend eine Hand auf das Köpfchen ihrer Tochter legte, die verunsichert zwischen ihnen hin und her blickte, »du hast deine Heimat nicht verloren. Dir wurden nur die Illusionen über deine Heimat genommen. Es war deine Entscheidung, deinem Land den Rücken zu kehren. Auch wenn du das die letzten Monate nicht hören wolltest, ich glaube nicht, dass es die richtige Entscheidung war. Du darfst die Hoffnung nicht aufgeben! Du darfst dein Land nicht aufgeben! Egal, wie sehr es dich verletzt hat. Gib dieses Griechenland, das du in deinem Herzen hast, an deine Kinder weiter. An deine Landsleute. Du hast selbst erlebt, dass sie dir letztlich zugehört haben. Obwohl du eigentlich noch gar nichts gesagt hast. Du hast eine Chance, etwas zu verändern. Hör auf, dich hier zu verstecken und deine Wunden zu lecken! Ruf Paris an und gib ihm die Zusage für die Sendung. Und dann geh zurück und gründe deine Partei. Mit deinen eigenen Werten und Zielen. Vielleicht haben wir dann irgendwann die Chance, ein anderes Griechenland zu erleben.«

Er sah sie nur an.

»Du meinst das vollkommen ernst, oder?«, fragte er schließlich.

»Ja, das tue ich.«

»Wenn du mitkommen würdest«, sagte Aris, während sich ein leises Lächeln auf seinem Gesicht ausbreitete, »könnte ich mir das vielleicht vorstellen.«

»Natürlich werde ich mitkommen. Es muss dir ja jemand mit dem Wahlkampf helfen!«

Hintergrund:
Im Frühjahr 2012 befindet sich Griechenland mitten in der Finanzkrise, der Austritt aus der Eurozone stellt eine reale Gefahr dar, nicht zuletzt weil ungewiss ist, ob bei den Wahlen nach der Übergangsregierung die Pro-Europa Kräfte eine Mehrheit bilden können, oder ob die sich neu formierende Linkspartei, die während der Krise stark an Zuwachs gewonnen hat, als Wahlsieger hervorgehen wird, mit ungewissen Folgen für das krisengebeutelte Land.

Fiktion ist, dass sich die Zentrumskräfte, die sich einer Pro-Europa-Politik und dem Versuch einer ernsthaften Sanierung im Rahmen des Hilfspakets verschrieben haben, unter Abstoßung des korrupten Teils des alten Zweiparteiensystems zu einer neuen Partei zusammengeschlossen haben, die auch tatsächlich die Wahlen gewinnt.

Die gesellschaftliche Realität und die immer noch tief verwurzelte Korruption beruhen aber auf den tatsächlichen Gegebenheiten. Die politischen Skandale, die in dieser Zeit vermehrt ans Licht kommen, basieren auf realen Medienberichten. Die rechtlichen Rahmenbedingungen und auch das Justizsystem stützen sich auf die existente Rechtslage. Allerdings unterliegen Regierungsmitglieder, auch nach Aufhebung ihrer Immunität vom Parlament, nach der derzeitigen Verfassungs- und Gesetzeslage nicht der ordentlichen Gerichtsbarkeit, der Prozess für im Amt begangene Straftaten findet vor einem Sondergericht statt. Auch die Anordnung einer Untersuchungshaft für Regierungsmitglieder für die während ihrer Amtszeit begangenen Straftaten wäre nach derzeitiger Gesetzeslage nicht möglich. Der sechste Flügel des Koridallos-Gefängnisses, der sogenannte VIP-Flügel, existiert allerdings, natürlich inoffiziell, in einer der beschriebenen sehr ähnlichen Form tatsächlich.

Der Skandal, in den der Tourismusminister verwickelt wird, und die in der Handlung erwähnten Vergabeverfahren sind frei erfunden. Auch die einzelnen Zuständigkeiten innerhalb der -und zwischen den Ministerien entsprechen nicht ganz der heutigen Situation. Ebenfalls frei erfunden sind alle in der Handlung erwähnten Charaktere.

Printed in Great Britain
by Amazon